FANTASY

Terry Brooks im Goldmann Verlag:

Das Schwert von Shannara (23828)
Der Sohn von Shannara (23829)
Der Erbe von Shannara (23830)

Die Elfensteine von Shannara (23831)
Der Druide von Shannara (23832)
Die Dämonen von Shannara (23833)

Das Zauberlied von Shannara (23893)
Der König von Shannara (23894)
Die Erlösung von Shannara (23895)

Die Kinder von Shannara (24535)
Das Mädchen von Shannara (24536)
Der Zauber von Shannara (24537)

Die Schatten von Shannara (11584)

Der verschenkte König (24502)
Königreich zu verkaufen (23914)
Das schwarze Einhorn (23935)

Die Elfenkönigin von Shannara (24571)
Die Verfolgten von Shannara (24572)

Hook. Roman zum Film von
Steven Spielberg (41326)

FANTASY

TERRY BROOKS

DIE SCHATTEN VON SHANNARA

Aus dem Amerikanischen
von Angelika Weidmann

GOLDMANN VERLAG

Die Originalausgabe erschien unter dem Titel
»The Druid of Shannara« bei Ballantine Books,
a division of Random House, Inc., New York

Deutsche Erstveröffentlichung

Umwelthinweis:
Alle bedruckten Materialien dieses Taschenbuches
sind chlorfrei und umweltschonend.
Das Papier enthält Recycling-Anteile.

Der Goldmann Verlag
ist ein Unternehmen der Verlagsgruppe Bertelsmann

Umschlaggestaltung: Design Team München
Umschlagillustration: Keith Parkinson
Satz: IBV Satz- und Datentechnik GmbH, Berlin
Druck: Elsnerdruck, Berlin
Verlagsnummer: 11584
Redaktion: SN
Herstellung: Peter Papenbrok/sc
Made in Germany
ISBN 3-442-11584-1

5 7 9 10 8 6 4

NORDLAND
SCHADELREICH
CHARNAL GEBIRGE
KIERLAK WÜSTE
SCHADEL BERG
MALG SUMPF
MESSERGEBIRGE
LETHE
STRELEHEIM EBENE
JANNISON-PASS
OSTLAND
TAL VON RHENN
RABB EBENE
PARANOR
WESTLAND
ANAR
MERMIDON
RABB
DRACHENZAHNE
TAL VON SHALE
KENNON PASS
WOLFSKTAAG GEBIRGE
KERN
STORLOCK
RUNNE-GEBIRGE
JADE-PASS
VARIPLEET
TYRSIS
CALLAHORN
REGENBOGEN-SEE
SILBER-FLUSS
CULHAVEN
NEBEL-SUMPF
SÜDLAND
DULN-WALD
LEAH
SHADY VALE
TIEFLAND VON CLETE
TIEFLAND VON BATTLE MOUND
ANAR

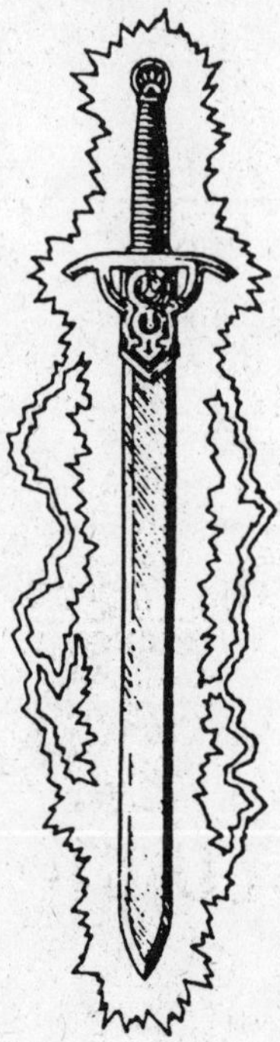

CHARNALGEBIRGE
OBERER ANAR
RABB
DUNKEL-
STREIF
TOFFERKAMM
ALTMOOR
HIMMELS
BRUNNEN
STORLOCK
FINSTERWEIHER
MANGOLD
FALL
MAELMORD
JADEPASS
KAMIN
ROOKER
STATION
RABENHORN
GEBIRGE
GRAUMARK
HOCHWARTE
WOLFSKTAAG-
GEBIRGE
DUN
FEE ARAN
OSTLAND
NOOSEPASS
CAPAAL
CILLIDELLAN
SILBERFLUSS
KEIL
CULHAVEN
UNTERER ANAR

Der König vom Silberfluß stand am Rande des Gartens, der seit der Dämmerung des Elfenzeitalters seine Sphäre war, und blickte hinaus auf die Welt der sterblichen Menschen. Was er sah, machte ihn traurig und mutlos. Überall kränkelte das Land und starb, fruchtbarer schwarzer Humus wurde zu Staub, grasbewachsene Ebenen welkten dahin, Wälder wurden zu riesigen Gebieten toten Holzes, und Seen und Flüsse versandeten und trockneten aus. Und allenthalben wurden auch die Geschöpfe, die das Land bewohnten, krank und starben, außerstande sich zu ernähren, weil die Nahrung, auf die sie angewiesen waren, zunehmend giftiger wurde. Selbst die Luft hatte begonnen, faulig zu werden.

Und währenddessen, dachte der König vom Silberfluß, *werden die Schattenwesen immer stärker.*

Seine Finger streichelten die karmesinroten Blüten der Zyklamen, die üppig zu seinen Füßen wuchsen. Große Forsythienbüsche standen gleich dahinter, Hartriegel und Kirschen ein Stück weiter, Fuchsien und Hibiskus, Rhododendron und Dahlien, Beete mit Iris, Azaleen, Gänseblümchen, Rosen und hundert andere Arten von Blumen und Blütensträuchern, die immer in Blüte standen, ein Reichtum an Farben, der sich in die Ferne erstreckte, so weit das Auge reichte. Auch Tiere waren zu sehen, große und kleine, Geschöpfe, deren Evolution zurückverfolgt werden konnte in jene längst vergangenen Zeiten, als alles in Frieden und Harmonie lebte.

In der gegenwärtigen Welt der Vier Länder und der Rassen, die sich aus Chaos und Zerstörung der Großen Kriege entwickelt hatten, war diese Zeit fast ganz vergessen. Der König vom Silberfluß war der einzige, der übriggeblieben war. Er hatte schon gelebt, als die Welt noch neu war und ihre ersten Geschöpfe gerade geboren wurden. Damals war er jung gewesen, und es hatte viele gegeben, die so waren wie er. Jetzt war er alt, und er war der Letzte seiner Art. Alles, was einmal gewesen war, mit Ausnahme der Gärten, in denen er lebte, war verschwunden. Nur die Gärten überlebten unverändert, getragen von der Elfenmagie. Das Wort hatte dem König vom Silberfluß die Gärten gegeben und ihm aufgetragen, sie zu pflegen und als Mahnmal dessen, was einmal war und was eines Tages vielleicht wieder sein würde, zu erhalten. Die Welt draußen würde sich entwickeln, wie sie mußte, doch die Gärten würden für immer bleiben, wie sie waren.

Und dennoch schrumpften sie. Es war nicht so sehr materiell, sondern spirituell. Die Grenzen der Gärten lagen unveränderlich fest, denn sie existierten auf einer Ebene, die von den Veränderungen der sterblichen Welt nicht beeinflußt wurden. Die Gärten waren eher eine Gegenwart als ein Ort. Doch diese Gegenwart wurde durch die Krankheit der Welt, an die sie gebunden war, vermindert, denn die Aufgabe der Gärten und ihres Pflegers bestand darin, jene Welt stark zu erhalten. Je vergifteter die Vier Länder wurden, desto schwerer wurde diese Aufgabe, desto schwächer die Auswirkung dieser Arbeit, und die Kraft menschlichen Glaubens und Vertrauens in ihre Existenz – die immer ein wenig schwankend gewesen war – begann, ganz und gar zu versiegen.

Der König vom Silberfluß war bekümmert darüber. Er trauerte nicht um seiner selbst willen, er stand über solchen Gefühlen. Er trauerte für die Völker der Vier Länder, die sterblichen Männer und Frauen, die Gefahr liefen, die Elfenmagie für immer zu verlieren. Die Gärten im Lande des Silberflusses waren jahrhundertelang ihre Zuflucht gewesen, und er ihr spiritueller Freund, der seine Völker beschützte. Er hatte über sie gewacht, hatte ihnen ein Gefühl von Frieden und Wohlergehen vermittelt, das die körperlichen Grenzen überstieg, und hatte das Versprechen gegeben, daß Wohlwollen und guter Wille in manchen Winkeln der Welt noch immer für alle zugänglich wären. Das war nun vorbei. Er konnte niemanden mehr schützen. Das Übel der Schattenwesen, das Gift, das sie über die Vier Länder gebracht hatten, hatte seine eigene

Kraft untergraben, bis er wahrhaftig innerhalb seiner Gärten eingesiegelt war und nicht mehr die Macht besaß, denen zu Hilfe zu kommen, die er so lange beschützt hatte.

Er starrte geraume Zeit auf die Ruinen der Welt hinaus, und Verzweiflung nahm unnachgiebig Besitz von ihm. Erinnerungen spielten Verstecken in seinem Bewußtsein. Einst hatten die Druiden die Vier Länder beschützt. Aber die Druiden waren fort. Eine Handvoll von Nachfahren des Elfenhauses von Shannara waren über Generationen die Helden der Rassen gewesen und hatten die verbliebene Elfenmagie ausgeübt. Aber sie waren alle tot.

Er verdrängte seine Verzweiflung und ersetzte sie durch Hoffnung. Die Druiden konnten wiederkommen. Und es gab neue Generationen des alten Hauses von Shannara. Der König vom Silberfluß wußte fast alles, was sich in den Vier Ländern ereignete, auch wenn er nicht dorthin gehen konnte. Allanons Schatten hatte die Aussendung der Shannara-Kinder veranlaßt, um die verlorene Magie zurückzuerobern, und vielleicht würde es ihnen auch gelingen, falls sie lange genug überleben konnten, um Mittel und Wege zu finden, es zu tun. Aber alle waren größten Gefahren ausgesetzt. Alle waren vom Tode bedroht, im Osten, Süden und Westen von den Schattenwesen, im Norden von Uhl Belk, dem Steinkönig.

Er schloß für einen Moment die alten Augen. Er wußte, was für die Rettung der Shannara-Kinder vonnöten war – ein magischer Akt, einer von solcher Kraft und so ausgeklügelt, daß nichts seinen Erfolg vereiteln konnte, einer, der die Barrieren, die ihre Feinde geschaffen hatten, überwinden und durch den Schirm aus Täuschung und Lügen hindurchbrechen würde, der alles vor den Vieren verbarg, von denen so vieles abhing.

Ja, *vier*, nicht drei. Nicht einmal Allanon verstand die Gesamtheit dessen, was sein sollte.

Er wandte sich um und ging zurück in das Herz seines Refugiums. Er ließ sich vom Gesang der Vögel, dem Duft der Blumen und der warmen Luft streicheln, und seine Sinne sogen die Farben und Düfte und Gefühle all dessen, was ihn umgab, in sich auf. Es gab praktisch nichts, was er innerhalb seiner Gärten nicht zu tun vermochte. Doch seine Magie wurde draußen gebraucht. Er wußte, was not tat. Zur Vorbereitung nahm er die Gestalt des alten Mannes an, in der er sich gelegentlich der Welt jenseits zeigte. Sein Gang wurde ein unsicheres Wanken, sein Atem keuchend, seine Augen trüb, und sein ganzer Körper schmerzte mit dem Gefühl des dahinschwindenden Lebens. Das Vogelgezwitscher verstummte, und die kleinen Tiere in seiner Nähe hasteten eilig davon. Er zwang sich, sich von allem zu lösen, in das er sich entwickelt hatte, zu dem zurückzuschrumpfen, was er hätte werden können, weil er für einen Augenblick menschliche Sterblichkeit empfinden mußte, um zu wissen, wie er jenen Teil seines Selbst geben mußte, der gebraucht wurde.

Als er in das Herz seines Besitzes gelangte, blieb er stehen. Es gab einen Teich mit allerklarstem Wasser, der von einem kleinen Bächlein genährt wurde. Ein Einhorn trank daraus. Die Erde, die den Teich umgab, war dunkel und fruchtbar. Winzige, zarte Blümchen, die keinen Namen hatten, wuchsen am Wasser; sie hatten die Farbe von frischem Schnee. Ein kleiner, filigraner Baum wuchs aus einem Flecken von violettem Gras am anderen Ufer des Teichs, seine grünen Blätter waren mit Mustern wie aus roten Spitzen überzogen. In zwei gewaltigen Felsen glitzerten Streifen farbigen Erzes im Sonnenschein.

Der König vom Silberfluß stand reglos in der Gegenwart des Lebens, das ihn umgab, und er zwang sich, mit ihm eins zu werden. Als er das getan hatte, als sich alles durch die menschliche Gestalt, die er angenommen hatte, gesponnen hatte, als sei es aus Teilen und Stücken unsichtbarer Stickerei zusammengefügt, nahm er es in sich auf. Er hob die Hände, runzlige, menschliche Haut und zerbrechliche Knochen, und rief seine Magie, und das Gefühl von Alter und Zeit, Mahnung der sterblichen Existenz, verschwand.

Erst zog der kleine Baum seine Wurzeln aus dem Boden, kam zu ihm und landete vor seinen Füßen, das Knochengerüst, auf dem er aufbauen würde. Langsam bog es sich und nahm die Form an, die er wünschte, die Blätter falteten sich eng um die Zweige, wickelten sie ein und umschlossen sie. Dann kam die Erde, unsichtbare Schaufeln hoben sie auf und klopften und formten sie an den Baum. Dann kamen die Erze für Muskeln, die Wässer für Flüssigkeiten und die Blütenblätter der kleinen Blumen als Haut. Er sammelte Seide von der Mähne des Einhorns für das Haar und schwarze Perlen für die Augen. Der Zauber wand und webte sich, und seine Schöpfung nahm langsam Gestalt an.

Als er fertig war, war das Mädchen, das vor ihm stand, in jeder außer einer Hinsicht perfekt. Es lebte noch nicht.

Er ließ seinen Blick umherwandern, dann wählte er die Taube. Er nahm sie aus der Luft und setzte sie lebend in die Brust des Mädchens, und sie wurde sein Herz. Er eilte hin und umarmte sie und hauchte ihr sein eigenes Leben ein. Dann trat er zurück und wartete. Die Brust des Mädchens hob und senkte sich, ihre Glieder begannen zu zucken. Ihre Augenlider flackerten und klappten auf, ihre kohlschwarzen Augen schauten aus ihrem zarten Gesicht. Sie war zierlich und feingliedrig, wie kunstvoll aus Papier gefaltet, geglättet und geformt, so daß die Kanten und Ecken durch Rundungen ersetzt wurden. Ihr Haar war so weiß, daß es wie Silber schimmerte, und es hatte einen Glanz, der das Vorhandensein dieses kostbaren Metalls nahelegte.

»Wer bin ich?« fragte sie mit sanfter, heller Stimme, die von kleinen Bächlein und zarten, nächtlichen Geräuschen wisperte.

»Du bist meine Tochter«, erwiderte der König vom Silberfluß und entdeckte Gefühle, die sich in ihm regten, die er seit langer Zeit verloren geglaubt hatte.

Er machte sich nicht die Mühe, ihr zu sagen, daß sie ein Elementarwesen, ein Erdkind war, das aus seiner Magie erschaffen wurde. Sie konnte mit den Instinkten, die er ihr eingegeben hatte, fühlen, was sie war. Weitere Erläuterungen waren überflüssig.

Sie tat versuchsweise einen zaghaften Schritt vorwärts, dann noch einen. Als sie sah, daß sie gehen konnte, bewegte sie sich schneller, prüfte ihre Fähigkeiten auf unterschiedliche Weise, indem sie um ihren Vater herumging und den alten Mann im Gehen scheu und behutsam betrachtete. Neugierig blickte sie sich um, nahm den Anblick, die Gerüche, die Geräusche und den Geschmack der Gärten in sich auf und entdeckte in ihnen eine Verwandtschaft, die sie sich nicht sofort erklären konnte.

»Sind diese Gärten meine Mutter?« fragte sie unvermittelt, und er sagte ihr, so sei es. »Bin ich ein Teil von euch beiden?« wollte sie wissen, und er bejahte es.

»Komm mit«, lud er sie freundlich ein.

Zusammen wandelten sie durch die Gärten und erforschten sie in der Art von Vater und Kind, betrachteten Blüten, beobachteten die flinken Bewegungen der Vögel und Tiere, studierten die weitläufigen, komplizierten Strukturen des wirren Unterholzes und die komplexen Schichten von Stein und Erde, die Muster, gewoben aus den Fäden der Existenz der Gärten. Sie war schnell und helle, interessierte sich für alles, voller Liebe und Respekt vor dem Leben. Er war zufrieden mit dem, was er sah. Er fand, er hatte sie gut gemacht.

Nach einer Weile begann er, ihr etwas von der Magie zu zeigen. Zunächst demonstrierte er die seine, nur ein ganz klein wenig, um sie nicht zu überfordern. Dann ließ er sie ihre eigene ausprobieren. Überrascht stellte sie fest, daß sie solche besaß, und war noch mehr überrascht über das, was sie bewirkte. Aber sie zögerte nicht, sie zu verwenden. Sie war ganz eifrig.

»Du hast einen Namen«, sagte er zu ihr. »Möchtest du wissen, wie du heißt?«

»Ja«, sagte sie und schaute ihn aufmerksam an.

»Du heißt Quickening. Belebung.« Er machte eine Pause. »Verstehst du, warum?«

Sie überlegte ein Weilchen. »Ja«, antwortete sie dann wieder.

Er führte sie zu einem uralten Hickorybaum, dessen Rinde sich in großen, ausgefransten Streifen vom Stamm löste. Eine kühle Brise wehte hier und duftete nach Jasmin und Begonien, und sie setzten sich auf das weiche Gras. Ein Greif kam zwischen den hohen Halmen herbei und schnupperte an der Hand des Mädchens.

»Quickening«, sagte der König. »Es gibt etwas, das du tun mußt.«

Langsam und sorgfältig erklärte er ihr, daß sie die Gärten verlassen und hinaus in die Welt der Menschen müsse. Er sagte ihr, wohin sie zu gehen und was sie zu tun hätte. Er sprach von dem Dunklen Onkel, dem Hochländer, und dem namenlosen Anderen, von den Schattenwesen, von Uhl Belk und Eldwist und von dem schwarzen Elfenstein. Und während er zu ihr sprach und ihr die Wahrheit enthüllte, wer und was sie war, fühlte er einen Schmerz in seiner Brust, der eindeutig menschlich war, ein Teil von ihm, der seit vielen Jahrhunderten untergetaucht gewesen war. Der Schmerz brachte eine Traurigkeit, die drohte, seine Stimme zum Brechen und seine Augen zum Tränen zu bringen. Einmal hielt er überrascht inne, um dagegen anzukämpfen. Es kostete ihn einige Mühe, wieder weiterzusprechen. Das Mädchen schaute ihn still an – aufmerksam, in sich gekehrt, erwartungsvoll. Sie gab keine Widerworte, und sie stellte nicht in Frage, was er ihr sagte. Sie lauschte nur und akzeptierte es.

Als er zu Ende gekommen war, stand sie auf. »Ich weiß, was von mir erwartet wird. Ich bin bereit.«

Doch der König vom Silberfluß schüttelte den Kopf. »Nein, mein Kind, das bist du nicht. Du wirst es feststellen, wenn du von hier fortgegangen bist. Ungeachtet dessen, was du bist und was du kannst, bist du doch verwundbar durch Dinge, vor denen ich dich nicht schützen kann. Sei auf der Hut und schütze dich selbst. Sei wachsam gegen alles, was du nicht verstehst.«

»Das werde ich«, erwiderte sie.

Er begleitete sie bis zum Rand der Gärten, wo die Welt der Menschen anfing, und gemeinsam schauten sie hinaus auf den um sich greifenden Ruin. Ohne zu sprechen, standen sie lange, lange Zeit so da, bis sie sagte: »Ich sehe, daß ich dort gebraucht werde.«

Er nickte bekümmert, fühlte schon ihren Verlust, obgleich sie noch gar nicht fortgegangen war. *Sie ist nur ein Elementarwesen*, dachte er und wußte gleichzeitig, daß dies nicht stimmte. Sie war viel mehr. So, als habe er sie zur Welt gebracht, war sie ein Teil von ihm.

»Auf Wiedersehen, Vater«, sagte sie plötzlich und wich von seiner Seite.

Sie verließ die Gärten und verschwand in der Welt jenseits. Sie küßte oder berührte ihn nicht zum Abschied. Sie ging einfach fort, denn das war alles, was sie zu tun wußte.

Der König vom Silberfluß wandte sich ab. Seine Anstrengungen hatten ihn erschöpft, hatten ihm seine Magie ausgesogen. Er mußte eine Weile ruhen. Schnell schlüpfte er aus seiner menschlichen Gestalt, streifte die falschen Schichten aus Haut und Knochen ab und wusch sich von ihren Erinnerungen und Gefühlen rein, um wieder zu der Elfenkreatur zu werden, die er war.

Doch das, was er für Quickening empfand, seine Tochter, das Kind aus seiner Hand, das blieb.

Walker Boh erwachte schaudernd.

Dunkler Onkel.

Eine wispernde Stimme in seinem Bewußtsein riß ihn zurück aus dem schwarzen Loch, in das er zu gleiten drohte, zerrte ihn aus dem Tintenschwarz in die grauen Randzonen des Lichts, und er schreckte so heftig auf, daß er einen Krampf in den Muskeln seiner Beine bekam. Sein Kopf schnellte hoch, seine Augen klappten auf, und er starrte blicklos vor sich hin. Sein ganzer Körper tat ihm weh, nicht enden wollende Wellen von Schmerz. Der Schmerz traf ihn wie glühendes Eisen, und in einem hilflosen Versuch, ihn zu lindern, rollte er sich ganz fest zusammen. Nur sein rechter Arm blieb ausgestreckt, ein schweres, hinderliches Ding, das nicht mehr zu ihm gehörte, für immer auf den Boden der Höhle gebannt, auf dem er lag, vom Ellenbogen an zu Stein geworden.

Die Quelle des Schmerzes war dort.

Er schloß die Augen und kämpfte, daß er aufhöre, verschwinde.

Aber ihm fehlte die Kraft, es zu befehlen, seine Magie war fast erschöpft, verschwendet in seinem Kampf gegen das Vordringen des Giftes vom Asphinx. Vor sieben Tagen war er auf der Suche nach dem schwarzen Elfenstein in die Halle der Könige gekommen, sieben Tage, seit er statt dessen die tödliche Kreatur gefunden hatte, die dort hingebracht worden war, um ihm eine Falle zu stellen.

Oh, ja, dachte er fiebernd. Eindeutig eine Falle.

Aber von wem? Von den Schattenwesen oder von jemand anderem? Wer war jetzt im Besitz des schwarzen Elfensteins?

Verzweifelt rief er sich die Ereignisse in Erinnerung, die ihn hierhergeführt hatten. Da war der Aufruf von Allanon, der schon seit dreihundert Jahren tot war, an die Erben der Shannara-Magie gewesen, seinen Neffen Par Ohmsford, seine Kusine Wren Ohmsford und ihn selbst. Sie hatten den Aufruf und einen Besuch des einstigen Druiden Cogline erhalten, der sie drängte, ihm Folge zu leisten. Sie hatten es getan. Sie hatten sich am Hadeshorn getroffen, wo Allanons Schatten ihnen erschienen war und jeden mit einer anderen Aufgabe betraut hatte. Sie alle waren dazu ausersehen, das zerstörerische Werk der Schattenwesen zu bekämpfen, die ihre eigene Magie einsetzten, um das Leben aus den Vier Ländern fortzustehlen. Walker hatte den Auftrag, Paranor zurückzugewinnen, die untergegangene Festung der Druiden, und gleichzeitig die Druiden selbst wieder zu holen. Er hatte sich dieser Aufgabe widersetzt, bis Cogline ihn noch einmal aufsuchte und ihm diesmal ein Buch der Druidengeschichte mitbrachte, in der von einem schwarzen Elfenstein die Rede war, der die Kraft besaß, Paranor wiederzufinden. Das wiederum hatte ihn zum Finsterweiher geführt, dem Seher der Geheimnisse der Welt und der sterblichen Menschen.

Sein Blick wanderte durch die Dämmerung der Höhle um ihn herum, über die Türen zu den Grüften der Könige der Vier Länder, seit Jahrhunderten tot, die Schätze, die vor den Krypten, in denen sie lagen, aufgestapelt waren, und die steinernen Wächter, die über ihre Überreste wachten. Steinaugen starrten aus reglosen Gesichtern, blicklos, achtlos. Er war mit ihren Gespenstern allein.

Er lag im Sterben.

Tränen traten ihm in die Augen, blendeten ihn, als er versuchte, sie zu unterdrücken. Was war er doch für ein Dummkopf!

Dunkler Onkel. Die Worte hallten geräuschlos, eine Erinnerung, die ihn heimsuchte und quälte. Es war die Stimme des Finsterweihers, dieses üblen, heimtückischen Geistes, der für das, was ihm widerfahren war, verantwortlich war. Es waren die Rätsel des Finsterweihers gewesen, die ihn auf der Suche nach dem schwarzen Elfenstein in die Halle der Könige geführt hatten. Der Finsterweiher mußte gewußt haben, was ihn dort erwartete – nicht der Elfenstein, sondern statt dessen der Asphinx, eine tödliche Falle, die ihn vernichten würde.

Und warum hatte er angenommen, daß es anders wäre, fragte Walker sich kleinmütig. Haßte ihn der Finsterweiher mehr als alle anderen? Hatte er sich nicht vor Walker gerühmt, daß er ihn ins Verhängnis schickte, indem er ihm gab, was er wünschte? Walker war ihm einfach aus dem Wege gegangen, um dem Geist gefällig zu sein, indem er übereifrig davonhastete, um den Tod zu finden, der ihm versprochen war, in dem naiven Glauben, er könne sich gegen jedwedes Übel, das ihm in die Quere kommen könnte, selber schützen. Erinnerst du dich, schalt er sich selbst, erinnerst du dich, wie zuversichtlich du warst?

Er wand sich, als das Gift in ihm brannte. Gut und schön. Und wo war seine Zuversicht jetzt?

Er zwang sich auf die Knie und beugte sich hinunter über die Öffnung im Höhlenboden, wo seine Hand an dem Stein festgehalten wurde. Er konnte so eben die Überreste des Asphinx sehen. Der steinerne Leib der Schlange war um seinen versteinerten Arm geringelt, beide für immer verbunden und fest mit dem Felsen des Gebirges verwachsen. Er kniff den Mund zusammen und zog den Ärmel seines Kittels zurück. Sein Arm war hart und rührte sich nicht, grau bis an den Ellenbogen. Graue Streifen arbeiteten sich langsam zu seiner Schulter hinauf. Der Prozeß war langsam, aber stetig. Sein ganzer Körper würde zu Stein werden.

Nicht, daß es einen Unterschied machte, wenn das geschah, dachte er, denn er würde ohnehin verhungern, bevor es soweit war. Oder verdursten. Oder dem Gift erliegen.

Er schob den Ärmel wieder hinunter und ließ ihn das Grauen verdekken, das aus ihm geworden war. Sieben Tage vergangen. Das bißchen Nahrung, das er mitgenommen hatte, war fast sofort aufgezehrt gewesen, und das letzte Wasser hatte er vor zwei Tagen getrunken. Seine Kraft verließ ihn jetzt schnell. Die meiste Zeit lag er im Fieberrausch, seine klaren Momente wurden immer kürzer. Zu Anfang hatte er gegen das, was geschah, angekämpft und versucht, mit Hilfe seiner Magie das Gift aus seinem Körper zu verbannen und seine Hand und seinen Arm wieder zu Fleisch und Blut zu machen. Doch seine Zauberkraft hatte vollständig versagt. Er hatte sich abgemüht, seinen Arm vom Steinboden loszubekommen, in der Hoffnung, er könnte ihn irgendwie befreien. Doch er wurde festgehalten, ein Verurteilter ohne jegliche Hoffnung auf Befreiung. Irgendwann hatte seine Erschöpfung ihn zum Schlafen gezwungen, und im Laufe der Tage hatte er immer häufiger geschlafen und war immer weiter von dem Wunsch fortgeglitten, wieder aufzuwachen.

Und nun, während er als ein Häufchen Elend und Schmerz dakniete, nur zeitweilig durch die Stimme des Finsterweihers vor dem Sterben bewahrt, erkannte er mit entsetzlicher Gewißheit, daß, falls er wieder einschliefe, es für immer wäre. Er atmete schnell ein und aus und würgte die Angst zurück. Er durfte es nicht geschehen lassen. Er durfte nicht aufgeben.

Er zwang sich zum Nachdenken. Solange er denken konnte, sagte er sich, würde er nicht einschlafen. Im Geiste verfolgte er noch einmal seine Unterhaltung mit dem Finsterweiher, hörte noch einmal die Worte des Geistes und versuchte noch einmal, ihre Bedeutung zu entziffern. Der Finsterweiher hatte die Halle der Könige nicht beim Namen genannt, als er beschrieb, wo der schwarze Elfenstein zu finden sei. Hatte Walker einfach den falschen Schluß gezogen? War er absichtlich fehlgeleitet worden? Lag irgendeine Wahrheit in dem, was man ihm gesagt hatte?

Walkers Gedanken zerstreuten sich verwirrt, und sein Verstand weigerte sich, der Anforderung nachzukommen, die er ihm stellte. Verzweifelt schloß er die Augen, und es kostete ihn ungeheure Mühe, sie wieder aufzumachen. Seine Kleider waren kalt und feucht von seinem eigenen Schweiß, und er zitterte. Sein Atem ging keuchend, seine Sicht war getrübt, und es fiel ihm zunehmend schwer zu schlucken. So viele Ablenkungen – wie sollte er da denken? Er wollte nichts als daliegen und…

Er geriet in Panik, als er fühlte, daß die Bewußtlosigkeit ihn zu verschlingen drohte. Er änderte seine Stellung und rieb seine Knie über den Stein, bis sie bluteten. Ein bißchen zusätzliche Schmerzen können mich vielleicht wachhalten, dachte er. Aber er spürte es kaum.

Er zwang seine Gedanken zum Finsterweiher zurück. Er führte sich den Geist vor Augen, wie er über sein Mißgeschick lachte und sich daran erfreute. Er hörte die spöttische Stimme nach ihm rufen. Wut gab ihm ein Quentchen Kraft. Da war etwas, an das er sich erinnern mußte, dachte er verzweifelt. Da war etwas, das der Finsterweiher ihm gesagt hatte, an das er sich erinnern mußte.

Bitte, laß mich nicht einschlafen!

Die Halle der Könige reagierte nicht auf sein Flehen. Die Statuen blieben still, desinteressiert, blind. Der Berg wartete.

Ich muß freikommen! brüllte er wortlos.

Und dann erinnerte er sich an die Visionen, genauer gesagt an die erste der drei, die der Finsterweiher ihm gezeigt hatte, die, in der er auf einer Wolke über der kleinen Gruppe, die sich aufgrund des Auftrags von Allanons Schatten am Hadeshorn versammelt hatte, stand, jene Vision, in der er gesagt hatte, daß er sich eher die Hand abhacken als die Druiden zurückbringen würde, und dann den Arm in die Höhe gehoben hatte, um zu zeigen, daß er genau das getan hatte.

Er erinnerte sich an die Vision und erkannte ihre Wahrheit.

Er verbannte voll ungläubigen Entsetzens die Reaktion, die das hervorrief, und ließ seinen Kopf sinken, bis er auf dem Steinboden der Höhle ruhte. Er weinte und fühlte, wie ihm die Tränen über die Wangen rannen und in den Augen brannten, als sie sich mit dem Schweiß vermischten. Sein Körper zuckte unter der Qual seines Wissens um den nächsten Schritt.

Nein! Nein, er würde es nicht tun.

Aber er wußte, daß er es tun mußte.

Sein Weinen wandelte sich in Gelächter, eiskalt rollte es in seinem Wahnsinn aus ihm heraus in die leere Gruft. Er wartete, bis es sich von allein erschöpfte und das Echo zu Stille verstummte. Dann schaute er wieder auf. Seine Möglichkeiten hatten sich erschöpft, sein Schicksal war besiegelt. Wenn er jetzt nicht freikam, wußte er, würde er nie mehr freikommen.

Und es gab nur einen einzigen Weg.

Er machte sich stark dafür, schirmte sich vor seinen Gefühlen ab und zog aus einer letzten Reserve seine allerletzte Kraft. Er ließ seinen Blick über den Höhlenboden wandern, bis er fand, was er brauchte. Es war ein Felsbrocken von etwa der Größe und der Form einer Beilklinge, auf einer Seite ausgezackt und hart genug, den Sturz von der Höhlendecke überstanden zu haben, wo er vier Jahrhunderte zuvor bei dem Kampf zwischen Allanon und der Schlange Valg losgeschlagen worden war. Der Stein lag fast sieben Meter entfernt, eindeutig jenseits der Reichweite eines gewöhnlichen Menschen. Doch nicht für ihn. Er sammelte ein Fragment der Magie, die ihm noch blieb, und zwang sich, standhaft zu bleiben, während er sie benutzte. Der Stein ruckte knirschend vorwärts, ein langsames Kratzen in der Stille der Höhle. Walker schwindelte von der Anstrengung, das Fieber brannte in ihm, verursachte ihm Übelkeit. Doch er ließ den Stein stetig näherrücken.

Endlich war er in Reichweite seiner freien Hand. Er ließ die Magie davonschlüpfen und brauchte eine lange Weile, um sich wieder zu erholen. Dann streckte er die Hand aus, und seine Finger packten den Stein. Langsam holte er ihn heran, fand ihn ungeheuer schwer, so schwer, daß er nicht sicher war, ob er ihn hochheben konnte, geschweige denn...

Er konnte den Gedanken nicht zu Ende denken. Er konnte sich mit dem, was er auf dem Wege war zu tun, nicht aufhalten. Er zerrte den Stein heran, bis er neben ihm lag, stützte sich fest auf seine Knie, holte tief Luft, hob den Stein über den Kopf, zögerte einen winzigen Augenblick und brachte ihn dann in einem Drang aus Furcht und Eile herunter. Er krachte auf den Stein seines Armes zwischen Handgelenk und Ellenbogen und schlug mit solcher Kraft auf, daß sein ganzer Körper davon erschüttert wurde. Der davon hervorgerufene Schmerz war so qualvoll, daß er ihn bewußtlos zu machen drohte. Er schrie, als er in Wellen über ihn schlug, er hatte das Gefühl, zerrissen zu werden, von innen nach außen. Er fiel vornüber, schnappte nach Luft, und der Beilklingenstein fiel aus seinen verkrampften Fingern.

Dann merkte er, daß sich etwas verändert hatte.

Er richtete sich auf und schaute auf seinen Arm hinunter. Der Schlag hatte sein steinernes Glied an der Stelle des Aufschlag zerschmettert. Handgelenk und Hand waren im Dämmerlicht dieses verborgenen Lochs im Höhlenboden an den Asphinx geheftet. Doch sein übriger Körper war frei.

In benommenem Staunen kniete er lange Zeit so da, starrte auf die Überreste seines Arms, auf das graudurchzogene Fleisch oberhalb des Ellenbogens und die zersplitterten Reste am Boden. Sein Arm war bleischwer und steif. Das Gift, das sich schon darin befand, wirkte weiter. Schmerz durchzuckte seinen ganzen Leib.

Aber er war frei! Himmel noch mal, er war frei!

Plötzlich rührte sich etwas in der hinteren Kammer, ein schwaches, entferntes Rascheln, als ob etwas erwacht sei. Walker Boh wurde es eiskalt in der Magengrube, als er begriff, was geschehen war. Sein Schrei hatte ihn verraten. Die hintere Kammer war der Versammlungssaal, und im Versammlungssaal hatte einst die Schlange Valg, Wächter der Toten, gelebt.

Und lebte vielleicht noch immer.

Walker stand auf, und ein plötzlicher Schwindelanfall packte ihn. Er ignorierte es, ignorierte auch Schmerz und Erschöpfung, und taumelte zu den schweren, eisenbeschlagenen Eingangstoren, durch die er hereingekommen war. Er verdrängte sämtliche Geräusche um sich herum und in seinem Inneren und konzentrierte seine ganze Anstrengung darauf, über den Höhlenboden zu der Passage dahinter zu gelangen. Falls die Schlange lebte und ihn jetzt fand, war es mit ihm zu Ende, das wußte er.

Das Glück war ihm hold. Die Schlange kam nicht zum Vorschein. Nichts kam zum Vorschein. Walker erreichte die Tür, die aus der Gruft führte, und schaffte es hinaus in die Finsternis.

Was danach geschah, war ihm nachher nie ganz klar. Irgendwie gelangte er in die Königshalle, vorbei an den Todesfeen, deren Geheul einen wahnsinnig machen konnte, vorbei an den Sphinxen, deren Blick einen in Stein zu verwandeln vermochte. Er hörte die Todesfeen brüllen, fühlte den Blick der Sphinxen brennen und spürte das Grauen der uralten Magie des Bergs, der versuchte, ihm eine Falle zu stellen und zu einem weiteren Opfer zu machen. Doch er entkam. Ein letzter Schild von Entschlossenheit schützte ihn, obwohl dem Wahnsinn nahe, auf dem Weg, ein eiserner Wille, gepaart mit Erschöpfung und Schmerz, umhüllte und bewahrte ihn. Vielleicht kam ihm auch seine Magie zur Hilfe, er hielt es für möglich. Die Magie war schließlich ein unvorhersehbares, ein ewiges Mysterium. Er trotzte sich durch die fast vollständige Dunkelheit und vorbei an phantasmagorischen Bildern und steinernen Wänden, die sich um ihn zu schließen drohten, durch Tunnel von Anblicken und Geräuschen, in denen er weder sehen noch hören konnte, und schließlich war er frei.

Er gelangte bei Tagesanbruch in die Außenwelt. Die Sonne schien blaß und kühl durch die graue, tiefhängende Wolkendecke, die von einem Gewitter der vergangenen Nacht übriggeblieben war. Den Arm unter dem Umhang verborgen wie ein verwundetes Kind, folgte er dem Bergpfad hinunter in die südlichen Ebenen. Er schaute keinmal zurück. Er konnte kaum nach vorn schauen. Er war nur auf den Beinen, weil er sich weigerte, klein beizugeben. Er konnte sich selbst kaum noch fühlen, nicht einmal die Schmerzen seiner Vergiftung. Er ging, als würde er an Fäden vorangezerrt, die an seinen Gliedmaßen festgebunden waren.

Sein schwarzes Haar wehte wild im Wind, peitschte ihm das blasse Gesicht, bis ihm die Augen tränten. Wie eine Vogelscheuche des Wahnsinns verließ er den grauen Nebel.

Dunkler Onkel, wisperte die Stimme des Finsterweihers in seinem Bewußtsein und lachte schadenfroh.

Er hatte jegliches Zeitgefühl verloren. Dem schwachen Sonnenlicht gelang es nicht, die Gewitterwolken aufzulösen, und der Tag blieb farblos und unfreundlich. Wege kamen und gingen, eine endlose Prozession von Felsen, Schluchten, Hohlwegen und Abgründen. Walker nahm das alles nicht wahr. Er wußte nur, daß er bergab ging, daß er sich abwärts aus dem Felsengebiet arbeitete, zurück in die Welt, die er so törichterweise verlassen hatte. Er wußte, daß er versuchte, sein eigenes Leben zu retten.

Es war Mittag, als er endlich die hohen Gipfel hinter sich ließ und das Tal von Shale erreichte, ein zerlumptes, zielloses Etwas von einer menschlichen Ruine, so fieberkrank und schwach, daß er halbwegs über den zersplitterten, glänzendschwarzen Fels des Talbodens stolperte, ehe er begriff, wo er war. Als er es schließlich erkannte, verließen ihn seine Kräfte. Er verwickelte sich mit seinem Mantel und stürzte, fühlte, wie die scharfen Kanten des Gesteins ihm die Haut der Hand und des Gesichts ritzten, doch er beachtete es nicht und blieb mit dem Gesicht nach unten erschöpft liegen. Nach einer Weile begann er in Richtung der stillen Wasser des Sees zu kriechen, mühsam rückte er, mit seinem versteinerten Armstumpf unter sich, stückchenweise vor. In seinem Delirium erschien es ihm logisch, daß, wenn er den Rand des Hadeshorns erreichte und seinen kaputten Arm hineintauchte, die todbringenden Wasser dem Gift, das ihn langsam umbrachte, entgegenwirken würden. Es war Unsinn, doch für Walker Boh war Wahnsinn das Maß des Lebens geworden.

Doch er versagte selbst in diesem kleinen Bestreben. Zu schwach, mehr als ein paar Meter zurückzulegen, verlor er das Bewußtsein. Das letzte, was er wahrnahm, war, wie finster es mitten am Tag war, die Welt ein Ort der Schatten.

Er schlief, und im Schlaf träumte er, daß Allanons Schatten zu ihm kam. Der Schatten tauchte aus den brennenden, kochenden Wassern des Hadeshorns, dunkel und mysteriös, als er sich aus der Unterwelt des Lebens nach dem Tode, zu dem er verbannt war, materialisierte. Er streckte Walker die Hand entgegen, hob ihn auf die Füße, durchflutete ihn mit neuer Kraft und gab seinem Denken und Sehen wieder Klarheit. Er hing geisterhaft und durchsichtig über den dunklen grünlichen Wassern – doch seine Berührung fühlte sich seltsam menschlich an.

– Dunkler Onkel. –

Als der Schatten die Worte sprach, waren sie nicht spöttisch und haßerfüllt, wie wenn der Finsterweiher sie aussprach. Sie waren ganz einfach eine Bezeichnung dessen, wer und was Walker war.

– Warum willst du den Auftrag, mit dem ich dich betraut habe, nicht erfüllen? –

Walker mühte sich aufgebracht, zu antworten, doch er konnte die Worte nicht finden.

– Du wirst dringend gebraucht, Walker. Nicht von mir, doch von den Vier Ländern und ihren Völkern, den Rassen der neuen Welt. Wenn du meinen Auftrag nicht annimmst, gibt es für sie keine Hoffnung mehr... –

Walkers Zorn war grenzenlos. Die Druiden, die es nicht mehr gab, und das verschwundene Paranor wiederbringen? Gewiß doch, dachte Walker zur Antwort. Gewiß doch, Schatten von Allanon. Ich werde meinen ruinierten Leib, meinen vergifteten Arm auf die Suche nach dem, was du haben willst, schleppen, auch wenn ich am Sterben bin und keine Hoffnung hegen kann, irgendwem zu helfen, doch ich...

– Akzeptiere es, Walker. Du akzeptierst es nicht. Gesteh dir die Wahrheit deiner selbst und deines Schicksals ein. –

Walker verstand ihn nicht.

– Verwandtschaft mit jenen, die vor dir gegangen sind, jenen, die die Bedeutung des Akzeptierens verstanden. Das ist es, was dir fehlt. –

Walker schauderte, und die Vision seines Traums wurde unterbrochen. Seine Kräfte verließen ihn. Er sackte am Ufer des Hadeshorns zusammen, fassungslos vor Angst und Verwirrung, und fühlte sich so verloren, daß es ihm unmöglich schien, je wiedergefunden werden zu können.

Hilf mir, Allanon, flehte er verzweifelt.

Der Schatten hing reglos vor ihm in der Luft, ätherisch vor dem Hintergrund winterlichen Himmels und kahler Gipfel, aufsteigend wie das Gespenst des Todes, das gekommen war, sich ein neues Opfer abzuholen. Plötzlich kam es Walker so vor, als ob Sterben das einzige war, das ihm noch blieb.

Willst du, daß ich sterbe? fragte er ungläubig.

Der Schatten sagte nichts.

Wußtest du, daß mir das zustoßen würde? Er streckte seinen Arm vor, den angesplitterten Steinstumpf und das giftdurchzogene Fleisch.

Der Schatten blieb still.

Warum willst du mir nicht helfen? heulte Walker.

– Warum willst du mir nicht helfen? –

Die Worte hallten scharf durch sein Bewußtsein, drängend und voll finsterer Entschlossenheit. Aber er sprach sie nicht. Es war Allanon.

Dann begann der Schatten plötzlich in der Luft vor ihm zu schimmern und verblaßte. Die Wasser des Hadeshorns dampften und zischten, brodelten zornig und wurden wieder still. Die Luft rundum war dunkel und dunstig, voller Gepsenster und wilder Einbildungen, ein Ort, wo Leben und Tod sich an einem Kreuzweg unbeantworteter Fragen und ungelöster Rätsel begegneten.

Walker Boh nahm sie nur einen Moment lang wahr, wußte, daß er sie nicht im Traum, sondern wachend sah, und erkannte plötzlich, daß seine Vision vielleicht gar kein Traum gewesen war.

Dann war alles fort, und er fiel in tiefe Schwärze.

Als er wieder erwachte, beugte sich jemand über ihn. Walker sah den anderen durch einen Nebel aus Fieber und Schmerzen, eine dünne, stangenförmige Gestalt in grauen Gewändern, mit einem schmalen Gesicht, schütterem Bart und Haar und einer Hakennase, der sich so nah über ihn beugte, als habe er im Sinn, ihm das letzte bißchen Leben auszusaugen.

»Walker?« flüsterte die Gestalt freundlich.

Es war Cogline. Walker schluckte gegen seine trockene Kehle an und bemühte sich aufzustehen. Das Gewicht seines Armes zerrte an ihm, zog ihn zurück, zwang ihn nieder. Die Hand des alten Mannes wühlte unter dem darüberliegenden Mantel und fand den bleischweren Stumpf. Walker hörte, wie er scharf einatmete.

»Wie... wie hast du mich gefunden?« brachte er hervor.

»Allanon«, erwiderte Cogline. Seine Stimme war rauh und gebrochen vor Zorn.

Walker seufzte. »Wie lange habe ich...?«

»Drei Tage. Ich weiß nicht, wieso du noch lebst. Du hast kein Recht dazu.«

»Gar keins«, gab Walker zu und umarmte den alten Mann impulsiv. Der vertraute Geruch des alten Mannes brachte ihm Tränen in die Augen. »Ich glaube... ich soll noch nicht sterben... noch nicht gleich.«

Cogline drückte Walker seinerseits an sich. »Nein, Walker«, sagte er, »noch nicht.«

Dann half ihm der alte Mann auf die Füße, zog ihn mit einer Kraft hoch, die Walker ihm nicht zugetraut hatte, und während er ihn aufrechthielt, zeigte er hinunter zum südlichen Ende des Tals. Es war wieder Morgendämmerung, der Sonnenaufgang wolkenlos und leuchtend golden am östlichen Horizont, die Luft still und erwartungsvoll.

»Halte dich an mir fest«, drängte Cogline, während er ihn über den zersplitterten schwarzen Fels führte. »Pferde warten auf uns und hilfreiche Hände. Halte dich fest, Walker.«

Walker klammerte sich an ihn wie an sein Leben.

Cogline brachte Walker nach Storlock. Selbst zu Pferd, mit Walker auf dem Sattel festgebunden, brauchten sie bis zum Einbruch der Nacht. Sie kamen aus den Drachenzähnen hinunter in einen sonnenerfüllten, warmen Tag, wandten sich ostwärts über die Rabbebenen, in die Ostlandwälder von Zentral-Anar zu dem legendären Dorf der Stors. Von Schmerzen gepeinigt und von Gedanken an den Tod aufgezehrt, blieb Walker fast die ganze Zeit wach. Aber er war nie sicher, wo er sich befand oder was um ihn herum geschah, war sich nur des Schaukelns seines Pferdes bewußt und Coglines ständiger Versicherungen, daß alles gut werden würde.

Er glaubte nicht, daß Cogline ihm die Wahrheit sagte.

Storlock war still, kühl und trocken im Schatten der Bäume, eine Zuflucht vor der drückenden Hitze und dem Staub der Ebenen. Hände hoben Walker aus dem Sattel, aus dem Schweißgeruch und dem Geschaukel und fort von dem Gefühl, daß er jeden Augenblick dem Tod nachgeben müsse, der auf ihn wartete. Er wußte nicht, warum er noch lebte. Er konnte sich keinen Grund dafür geben. Weiß gewandete Gestalten waren um ihn herum, stützten ihn, hielten ihn – Stors, Heilergnome aus dem Dorf. Sie waren die fortschrittlichsten Heilkundigen in den Vier Ländern. Wil Ohmsford hatte einst bei ihnen studiert und war ein Heiler geworden, der einzige Südlander, der das je getan hatte. Shea Ohmsford war nach einem Angriff im Wolfsktaag geheilt worden. Vorher war Par auch zu ihnen gebracht worden, weil er vom Gift der Werbiester in Olden Moor infiziert war. Walker hatte ihn hingebracht. Jetzt war Walker selbst an der Reihe, um gerettet zu werden. Doch Walker glaubte nicht, daß das geschehen würde.

Eine Tasse wurde an seine Lippen gehalten, und eine unbekannte Flüssigkeit sickerte seine Kehle hinunter. Fast augenblicklich ließen die Schmerzen nach, und er wurde schläfrig. Schlaf würde ihm guttun, dachte er plötzlich und zu seiner eigenen Überraschung. Schlaf war ihm willkommen. Er wurde ins Zentralhaus getragen, das Hauptpflegequartier, und in einem der Hinterzimmer auf ein Bett gelegt, wo man den Wald durch das Gewebe der Vorhänge sehen konnte, eine Wand aus dunklen Stämmen, die dort wachten. Man zog ihm die Kleider aus, wickelte ihn in Decken und gab ihm noch etwas zu trinken, eine bittere, heiße Flüssigkeit, und dann wurde er zum Schlafen allein gelassen.

Er schlief fast augenblicklich ein.

Während er schlief, ließ das Fieber nach, und er erholte sich von der Erschöpfung. Der Schmerz war noch da, doch irgendwie fern und nicht Teil von ihm. Er versank in der Wärme und Behaglichkeit seines Betts, und selbst Träume konnten den Schild seiner Rast nicht durchbrechen. Er hatte keine Visionen, die ihn peinigten, keine finsteren Gedanken, die ihn weckten. Allanon und Cogline waren vergessen. Seine Verzweiflung über den Verlust seines Arms, der Kampf, um dem Asphinx und der Halle der Könige zu entkommen, und das grauenvolle Gefühl, nicht länger Herr seines eigenen Schicksals zu sein – alles war vergessen. Er hatte Frieden.

Er wußte nicht, wie lange er schlief, denn ihm war nicht bewußt, wie die Zeit verstrich, wie die Sonne über den Himmel wanderte, wie es Nacht und Tag und wieder Nacht wurde. Als er langsam wieder aufwachte, aus der Dunkelheit seiner Rast durch eine Welt des Halbschlafs schwebte, rührten sich unerwarteterweise Erinnerungen an seine Kindheit, Fetzen seines Lebens aus den Tagen, als er lernte, mit der Enttäuschung und dem Staunen der Entdeckung zurechtzukommen, wer und was er war.

Die Erinnerungen waren klar und deutlich.

Er war noch ein Kind, als er zum ersten Mal erkannte, daß er Magie besaß. Er nannte es damals nicht Magie, er nannte es überhaupt nicht. Er hielt solche Fähigkeiten für alltäglich, dachte damals, er sei wie jedermann. Er lebte mit seinem Vater Kenner und seiner Mutter Risse in Hearthstone in Darklin Reach, und dort gab es keine anderen Kinder, mit denen er sich hätte vergleichen können. Das kam später. Seine Mutter war es, die ihm sagte, daß das, was er vermochte, ungewöhnlich war, daß es ihn von anderen Kindern unterschied. Er konnte ihr Gesicht noch immer sehen, als sie es ihm zu erklären versuchte, ihre zarten Züge ernst und konzentriert, ihre weiße Haut und ihr kohlschwarzes Haar, das sie immer zu Zöpfen geflochten trug und mit Blüten schmückte. Er konnte ihre leise, dringliche Stimme noch immer hören. Risse. Er hatte seine Mutter innig geliebt. Sie hatte selbst keine Magie besessen; sie war eine Boh, und die Magie kam von seiten seines Vaters, von den Ohmsfords. Sie hatte ihn an einem strahlenden Herbsttag, an dem die Luft von den Düften welkender Blätter und brennenden Holzes erfüllt war, vor sich hin gesetzt und hatte es ihm lächelnd und vorsichtig mitgeteilt, hatte erfolglos versucht, das Unbehagen, das sie darüber empfand, vor ihm zu verbergen.

Das war eines von den Dingen, die die Magie ihm erlaubte. Sie ließ ihn manchmal sehen, was andere fühlten – nicht bei jedem, aber fast immer bei seiner Mutter.

»Walker«, sagte sie, »die Magie macht dich zu etwas Besonderem. Sie ist eine Gabe, die du pflegen und hegen mußt. Ich weiß, daß du eines Tages etwas Wunderbares damit tun wirst.«

Ein Jahr später starb sie an einem Fieber, gegen das selbst sie mit ihren außerordentlichen Heilkräften kein Mittel hatte finden können.

Dann lebte er mit seinem Vater allein, und die »Gabe«, mit der sie ihn gesegnet geglaubt hatte, entwickelte sich schnell. Die Magie gab ihm Fähigkeiten, gab ihm Einblick. Er entdeckte, daß er oft Dinge in Leuten spürte, ohne daß man es ihm gesagt hätte – Wandel ihrer Stimmung und ihres Charakters, Emotionen, die sie geheimhalten zu können glaubten, Meinungen und Ideen, Nöte und Hoffnungen, sogar die Hintergründe ihrer Taten. Es gab immer Besuch in Hearthstone – Durchreisende, Hausierer, Händler, Holzfäller, Jäger, Trapper, sogar Fährtensucher –, und Walker wußte genau über sie Bescheid, selbst wenn sie kein Wort sagten. Er offenbarte ihnen, was er wußte, ein Spiel, das er schrecklich gerne spielte. Manche unter ihnen verängstigte es, und sein Vater befahl ihm, damit aufzuhören. Walker tat, wie ihm geheißen. Er hatte inzwischen eine neue, interessantere Fähigkeit entdeckt. Er stellte fest, daß er mit den Tieren des Waldes kommunizieren konnte, mit den Vögeln und den Fischen und selbst mit den Pflanzen. Er konnte spüren, was sie dachten und fühlten, genauso wie bei den Menschen, auch wenn ihre Gedanken und Gefühle begrenzter und rudimentärer waren. Stundenlang verschwand er zu Lernausflügen, zu vorgeschützten Abenteuern und Reisen zum Auskundschaften und Erproben. Er betrachtete sich in sehr jungen Jahren schon als Erforscher des Lebens.

Während die Zeit verstrich, wurde deutlich, daß Walkers besondere Einsicht ihm auch bei seiner Ausbildung zugute kommen würde. Er begann, in der Bibliothek seines Vaters zu lesen, sobald er gelernt hatte, wie die Buchstaben des Alphabets auf den abgenutzten Seiten von seines Vaters Büchern Wörter bildeten. Mühelos meisterte er die Mathematik. Die Naturwissenschaften verstand er intuitiv. Kaum irgend etwas mußte ihm erklärt werden. Irgendwie schien er einfach zu begreifen, wie das alles funktionierte. Geschichte wurde seine besondere Leidenschaft, seine Erinnerungsfähigkeit an Orte und Ereignisse und Leute war erstaunlich. Er begann, eigene Aufzeichnungen zu machen, alles, was er lernte, niederzuschreiben und Lehren zu kompilieren, die er eines Tages anderen weitergeben wollte.

Je älter er wurde, desto mehr schien sich die Haltung seines Vaters ihm gegenüber zu verändern. Zunächst wehrte er den Verdacht ab, überzeugt, daß er sich irrte. Doch das Gefühl blieb. Schließlich fragte er seinen Vater danach, und Kenner – ein großer, schlanker Mann mit flinken Bewegungen und großen, intelligenten Augen, einem Stotterproblem, das er mit harter Anstrengung überwunden hatte, und einer handwerklichen Begabung – gab zu, daß es stimmte. Kenner hatte selbst keine Magie. Er hatte in seiner Jugend Spuren davon gehabt, doch kurz nachdem er aus dem Jungenalter gewachsen war, waren sie verschwunden. So war es auch seinem Vater und dem Vater seines Vaters und allen Ohmsfords, von denen er Kenntnis hatte, bis zurück zu Brin gegangen. Doch bei Walker schien es nicht der Fall zu sein. Walkers Magie schien sogar immer stärker zu werden. Kenner sagte ihm, daß er fürchtete, die Fähigkeiten seines Sohnes würden ihn irgendwann überwältigen und sich zu einem Punkt entwickeln, wo er ihre Wirkung nicht mehr vorhersehen und kontrollieren könne. Doch er sagte gleichzeitig, daß sie nicht unterdrückt werden dürfe, daß Magie eine Gabe sei, deren Vorhandensein immer einen bestimmten Sinn habe.

Wenig später erzählte er Walker die Geschichte der Hintergründe der Ohmsfordmagie, von dem Druiden Allanon und dem Talmädchen Brin und von dem mysteriösen Vermächtnis, das er ihr im Sterben überantwortet hatte. Walker war zwölf Jahre alt, als er die Legende hörte. Er hatte wissen wollen, worin denn das Vermächtnis bestanden habe. Sein Vater hatte es ihm nicht sagen können. Er hatte ihm nur die Geschichte berichten können, wie es durch die Blutlinie der Ohmsfords weitergegeben wurde.

»Es manifestiert sich in dir, Walker«, sagte er. »Du deinerseits wirst es deinen Kindern weitergeben und sie den ihren, bis es eines Tages gebraucht wird. Das ist das Vermächtnis, das du geerbt hast.«

»Aber wozu taugt denn ein Vermächtnis, das keinem Zweck dient?« hatte Walker gefragt

Und Kenner hatte wiederholt: »Die Magie hat immer einen Sinn – selbst wenn wir nicht erkennen, worin er liegt.«

Knapp ein Jahr später, als Walker in seine Jugendjahre kam und seine Kindheit hinter sich ließ, offenbarte die Magie eine andere, dunkle Seite. Walker fand heraus, das sie zerstörerisch sein konnte. Manchmal, vor allem, wenn er wütend war, verwandelten sich seine Gefühle in Energie. Wenn das geschah, konnte er Dinge von der Stelle bewegen und zerbrechen, ohne sie zu berühren. Manchmal konnte er eine Art Feuer auslösen. Es war kein gewöhnliches Feuer, es brannte nicht wie gewöhnliches Feuer, und es hatte eine andere Farbe, eine Art Kobaltblau. Es wollte nicht viel von dem tun, was er versuchte, es tun zu lassen, es machte so ziemlich das, was es wollte. Er brauchte Wochen, um zu lernen, es zu kontrollieren. Er versuchte, seine Entdeckung vor seinem Vater zu verbergen, doch sein Vater erfuhr trotzdem davon, so wie er irgendwann alles über seinen Sohn herausfand. Auch wenn er wenig sagte, fühlte Walker, wie sich der Abstand zwischen ihnen vergrößerte.

Walker war auf der Schwelle zum Mannesalter, als sein Vater sich entschloß, ihn aus Hearthstone fortzubringen. Kenner Ohmsfords Gesundheitszustand hatte sich seit mehreren Jahren immer mehr verschlechtert, sein einst starker Körper war von einer zermürbenden Krankheit befallen. Er verschloß die Hütte, die von Geburt an Walkers Heim gewesen war, und brachte den Jungen nach Shady Vale, um dort bei einer anderen Ohmsford-Familie zu leben, Jaralan und Mirianna mit ihren Söhnen Par und Coll.

Der Umzug wurde zu dem schlimmsten Ereignis, das Walker Boh je zugestoßen war. Shady Vale war kaum mehr als ein kleiner Weiler, doch nach Hearthstone bedeutete es große Einschränkungen. Vorher hatte er grenzenlose Freiheit genossen, hier gab es Grenzen, denen er nicht zu entkommen vermochte. Walker war nicht daran gewöhnt, von so vielen Leuten umgeben zu sein, und er konnte sich nicht einfügen. Er sollte zur Schule gehen, doch es gab dort nichts für ihn zu lernen. Der Lehrer und die Mitschüler mißtrauten ihm; er war ein Außenseiter und benahm sich anders als sie, er wußte bei weitem zu viel, und sie entschieden sehr schnell, daß sie nichts mit ihm zu tun haben wollten. Seine Magie wurde zu einer Falle, aus der er nicht entkommen konnte. Sie manifestierte sich in allem, was er tat, und als er schließlich erkannte, daß er sie hätte geheimhalten sollen, war es längst zu spät. Er wurde mehrfach zusammengeschlagen, weil er sich nicht zur Wehr setzte. Er war gefesselt von dem Gedanken, was geschehen würde, wenn er das Feuer ausbrechen ließ.

Er war weniger als ein Jahr in dem Dorf, als sein Vater starb. Walker hatte sich damals gewünscht, er könnte auch sterben.

Er lebte weiterhin bei Jaralan und Mirianna Ohmsford, die gut zu ihm waren und Verständnis für die Schwierigkeiten zeigten, mit denen er zu kämpfen hatte, denn bei ihrem eigenen Sohn Par machten sich gerade die ersten Zeichen bemerkbar, daß er selbst seine eigene Magie besaß. Par war ein Nachkomme von Jair Ohmsford, Brins Bruder. Beide Seiten der Familie hatten in den Jahren seit Allanons Tod die Magie ihrer Ahnen weitervererbt, so daß das Erscheinen von Pars Magie nicht völlig unerwartet kam. Pars Magie war weniger unvorhersehbar und weniger kompliziert und manifestierte sich in der Hauptsache in der Fähigkeit des Jungen, lebensähnliche Bilder mit seiner Stimme zu erzeugen. Par war damals noch klein, gerade fünf oder sechs Jahre alt, und er verstand kaum, was ihm geschah. Coll war noch nicht kräftig genug, um seinen Bruder zu beschützen, also nahm Walker den Knaben schließlich unter seine Fittiche. Das schien völlig natürlich zu sein. Schließlich verstand nur Walker wirklich, was Par erlebte.

Seine Beziehung zu Par änderte alles. Sie gab ihm eine Richtung und einen Sinn jenseits der Sorge um sein eigenes Überleben. Er verbrachte viel Zeit mit Par, um ihm zu helfen, mit der Anwesenheit von Magie in seinem Körper zurechtzukommen. Er beriet ihn in ihrer Anwendung und lehrte ihn die notwendigen Vorsichtsmaßnahmen, die anzuwenden er ebenfalls lernen mußte. Er versuchte, ihn zu lehren, wie er mit der Angst und der Abneigung der Leute umgehen konnte, die es nicht verstehen wollten. Er wurde zu Pars Mentor.

Die Bewohner von Shady Vale begannen ihn »Dunkler Onkel« zu nennen. Es fing bei den Kindern an. Er war natürlich nicht Pars Onkel, er war niemandes Onkel. Aber in den Augen der Dorfleute hatte er keine klare Blutsverwandtschaft, und niemand verstand wirklich die Beziehung, die er zu Jaralan und Mirianna hatte, also bestand keine Festlegung, nach der sie ihn zuordnen konnten. »Dunkler Onkel« blieb hängen. Walker war inzwischen groß, blaßhäutig und mit schwarzem Haar wie seine Mutter und offenbar immun gegen die bräunende Wirkung der Sonne. Er sah gespensterhaft aus. Den Dorfkindern kam er wie ein Nachtgeschöpf vor, das nie das Tageslicht erblickt, und seine Beziehung zu dem Jungen Par erschien ihnen mysteriös. So wurde er der »Dunkle Onkel«, der Magie-Ratgeber, der seltsame, verlegene, in sich gekehrte junge Mann, dessen Einsicht und Verstehen ihn von jedermann absetzten.

Ungeachtet des Namens »Dunkler Onkel« verbesserte sich Walkers Stellung. Er begann zu lernen, mit Ablehnung und Mißtrauen umzugehen. Er wurde nicht mehr angegriffen. Er merkte, daß er diese Attacken durch nicht viel mehr als einen Blick oder auch nur eine gewisse Körperhaltung ablenken konnte. Er konnte die Magie dazu benutzen, sich abzuschirmen. Er merkte, daß er Vorsicht und Zurückhaltung in andere projizieren und sie damit daran hindern konnte, ihre gewalttätigen Absichten auszuführen. Er wurde sogar recht geschickt darin, Streit zwischen anderen zu stoppen. Unglücklicherweise isolierte ihn das alles noch weiter. Die Erwachsenen und älteren Jugendlichen ließen ihn ganz und gar in Ruhe, nur die kleineren Kinder wurden zaghaft freundlicher.

Walker war in Shady Vale nie glücklich. Mißtrauen und Furcht blieben bestehen, nur ungenügend versteckt unter erzwungenem Lächeln, beiläufigem Kopfnicken und Höflichkeiten der Dorfleute, die es ihm ermöglichten, unter ihnen zu leben, ohne jemals akzeptiert zu werden. Walker wußte, daß die Magie Ursache seines Problems war. Sein Vater und seine Mutter mochten es als eine erfreuliche Gabe betrachtet haben, er nicht. Und er würde es auch nie können. Für ihn war es ein Fluch, der ihn bis ins Grab verfolgen würde, dessen war er sicher.

Als Walker das Mannesalter erreicht hatte, hatte er sich entschlossen, nach Hearthstone zurückzukehren, in sein Heim, an das er sich so gerne zurückerinnerte, fort von den Leuten in Vale, fort von Mißtrauen und Verdacht, von der Fremdheit, die sie ihn fühlen ließen. Der Junge Par hatte sich gut genug angepaßt, so daß Walker sich um ihn keine Sorgen mehr machte. Zunächst war Par in Vale geboren und wurde in einer Weise akzeptiert, die für Walker ausgeschlossen war. Darüber hinaus war Pars Einstellung zur Verwendung der Magie anders als Walkers. Par zögerte nie, er wollte alles kennen, was die Magie tun konnte. Was andere dachten, betraf ihn nicht. Die beiden hatten sich einander entfremdet, je älter sie wurden. Walker wußte, daß das unvermeidlich war. Es war Zeit, daß er ging. Jaralan und Mirianna drängten ihn zu bleiben, doch sie verstanden gleichzeitig, daß er das nicht konnte.

Sieben Jahre nach seiner Ankunft verließ Walker Boh Shady Vale. Er hatte inzwischen den Namen seiner Mutter angenommen, weil er den Namen Ohmsford, der ihn so eng mit dem inzwischen verhaßten Magievermächtnis verband, nicht leiden konnte. Er ging zurück nach Darklin Reach, zurück nach Hearthstone, und er kam sich vor, wie ein in einen Käfig gesperrtes, wildes Tier, das freigelassen worden war. Er brach mit dem Leben, das er hinter sich gelassen hatte. Er beschloß, nie wieder Magie zu benutzen. Er gab sich das Versprechen, für den Rest seines Lebens der Welt der Menschen fernzubleiben.

Fast ein Jahr lang tat er genau das, was er sich vorgenommen hatte. Und dann tauchte Cogline auf, und alles wurde anders...

Aus dem Halbschlaf erwachte Walker plötzlich, und die Erinnerungen verblaßten. Er bewegte sich in seinem warmen Bett und blinzelte. Für einen Augenblick konnte er sich nicht erinnern, wo er sich befand. Das Zimmer, in dem er lag, war taghell, trotz der massigen Waldbäume direkt vor dem Fenster. Das Zimmer war klein und sauber und fast ohne Möbel. Neben dem Bett standen ein kleiner Tisch und ein Stuhl, sonst nichts. Eine Vase mit Blumen, eine Schüssel Wasser und ein paar Kleider befanden sich auf dem Tisch, die einzige Tür war geschlossen.

Storlock. Da war er. Da hatte Cogline ihn hingebracht.

Dann erinnerte er sich, was geschehen war.

Er zog seinen zerstörten Arm unter der Bettdecke hervor. Er hatte wenig Schmerzen, doch der Stein war noch immer schwer, und er hatte kein Gefühl. Vor Wut und Enttäuschung biß er sich auf die Lippe, als sein Arm freikam. Außer dem Nachlassen der Schmerzen hatte sich nichts geändert. Der steinerne Stumpf, wo sein Unterarm zerschmettert worden war, war noch immer da. Die grauen Streifen, wo das Gift sich nach oben zu seiner Schulter arbeitete, waren ebenfalls noch da.

Er schob den Arm wieder aus seinem Blickfeld. Die Stors waren nicht in der Lage gewesen, ihn zu heilen. Was auch immer die Natur des Giftes war, das der Asphinx ihm eingespritzt hatte, die Stors konnten es nicht behandeln. Und wenn die Stors es nicht behandeln konnten – die Stors, die die besten Heilkundigen in den Vier Ländern waren...

Er konnte den Gedanken nicht zu Ende denken. Er schob ihn beiseite, schloß die Augen und versuchte, wieder einzuschlafen, doch es ging nicht. Das einzige, was er sehen konnte, war, wie sein Arm unter der Wucht der Steinaxt zersplitterte.

Verzweiflung überfiel ihn, und er weinte.

Eine Stunde war verstrichen, als die Tür aufging und Cogline ins Zimmer trat, ein Eindringling, dessen Anwesenheit die Stille noch unbehaglicher machte.

»Walker«, grüßte er leise.

»Sie können mich nicht retten, nicht wahr?« fragte Walker ohne Umschweife. Seine Verzweiflung verdrängte alles andere.

Der alte Mann wurde zu einer Statue neben seinem Bett. »Du lebst, nicht wahr?« erwiderte er.

»Mach keine Wortspiele mit mir. Was immer getan worden ist, es hat das Gift nicht rausgetrieben. Ich kann es spüren. Ich mag noch leben, aber nur für den Augenblick. Sag mir, ob ich mich irre.«

Cogline machte eine Pause. »Du irrst dich nicht. Das Gift ist noch immer in dir. Selbst die Stors haben keine Mittel, es zu entfernen oder seine Ausbreitung aufzuhalten. Doch sie haben den Prozeß verlangsamt, den Schmerz gelindert und dir Zeit gegeben. Das ist mehr, als ich erwartet hätte, in Anbetracht der Art und des Umfangs der Verletzung. Wie fühlst du dich?«

Walkers Lächeln war zögernd und bitter. »So, wie man sich fühlt, wenn man im Sterben liegt natürlich. Aber auf angenehme Weise.« Sie schauten einander einen Augenblick wortlos an. Dann ging Cogline zu dem Stuhl und ließ sich darauf nieder, ein Bündel aus alten Knochen, schmerzenden Gelenken und runzliger, brauner Haut. »Erzähl mir, was dir geschehen ist, Walker«, sagte er.

Walker tat es. Er berichtete ihm, wie er die alte, ledergebundene Druidengeschichte gelesen hatte, die Cogline ihm gegeben hatte; wie er da von dem schwarzen Elfenstein erfahren und den Entschluß gefaßt hatte, den Rat des Finsterweihers einzuholen; wie er dessen Rätsel angehört und die Visionen angeschaut, wie er daraus geschlosen hatte, daß er zur Halle der Könige gehen müsse, wo er das geheime, mit Runen markierte Fach auf dem Boden der Gruft gefunden hatte und schließlich vom Asphinx gebissen und vergiftet worden war, der dort hingebracht worden war, um ihm aufzulauern.

»Um jemandem aufzulauern jedenfalls, vielleicht irgendwem«, bemerkte Cogline.

Walker sah ihn scharf an, Mißtrauen und Zorn blitzten aus seinen Augen. »Was weißt du darüber, Cogline? Spielst du jetzt die gleichen Spiele wie die Druiden? Und was ist mit Allanon? Wußte Allanon...?«

»Allanon wußte gar nichts«, unterbrach ihn Cogline und wischte den Vorwurf beiseite, ehe er ausgesprochen werden konnte. Seine alten Augen funkelten unter den zusammengezogenen Brauen. »Du hast es unternommen, die Rätsel des Finsterweihers allein zu lösen – eine törichte Entscheidung von dir. Ich habe dich wiederholt gewarnt, daß der Geist einen Weg finden würde, dich zu vernichten. Wie sollte Allanon von deiner mißlichen Lage wissen? Du unterstellst einem Mann, der seit dreihundert Jahren tot ist, zu viel. Selbst wenn er noch lebte, könnte seine Magie niemals jenen Zauber, der die Halle der Könige abschirmt, durchdringen. Sobald du im Inneren warst, warst du für ihn verloren. Und für mich auch. Erst als du wieder herauskamst und am Hadeshorn zusammenbrachst, war er wieder in der Lage, zu erkennen, was geschehen war, und mich zu rufen, um dir zu helfen. Ich kam, so schnell ich konnte, und auch das brauchte drei Tage.«

Er hob eine Hand und stieß ihn mit seinem knochigen Finger an. »Hast du dir mal die Mühe gemacht, dich zu fragen, warum du nicht tot bist? Du bist nicht tot, weil Allanon einen Weg gefunden hat, dich am Leben zu halten, zuerst, bis ich ankam, und dann, bis die Stors dich behandeln konnten! Denk mal ein bißchen daran, ehe du anfängst, so leichthin Vorwürfe auszuteilen!«

Er funkelte ihn an, und Walker funkelte zurück. Es war Walker, der als erster den Blick abwandte, zu krank im Herzen, um die Konfrontation fortzusetzen. »Mir fällt es schwer, gerade jetzt irgendwem zu glauben«, bot er jämmerlich an.

»Dir fällt es schwer, irgendwem irgendwann zu glauben«, erwiderte Cogline schnippisch und unversöhnt. »Du hast dein Herz vor langer Zeit mit Eisen gepanzert, Walker. Du hast aufgehört, an irgendwas zu glauben. Ich erinnere mich an Zeiten, als das nicht der Fall war.«

Er versank in Gedanken, und es wurde still im Zimmer. Walker mußte unwillkürlich an die Zeit denken, die der alte Mann meinte, damals, als er zum ersten Mal bei Walker erschienen war und ihm angeboten hatte, ihm Wege zu zeigen, wie er die Magie nutzen konnte. Cogline hatte recht. Damals war er voller Hoffnung gewesen.

Er mußte beinahe lachen. Das lag schon so lange zurück.

»Vielleicht kann ich meine eigene Magie dazu verwenden, das Gift aus meinem Körper zu vertreiben«, erkühnte er sich leise. »Wenn ich erst wieder in Hearthstone bin und mich erholt habe. Brin Ohmsford hatte einst so große Macht.«

Cogline senkte den Blick und schaute nachdenklich drein. Seine knochigen Hände lagen lose auf den Falten seines Gewandes. Er sah aus, als versuche er, sich zu einer Entscheidung durchzuringen.

Walker wartete ein Weilchen, dann fragte er: »Was ist aus den anderen geworden – aus Par und Coll und Wren?«

Cogline hielt seinen Blick gesenkt. »Par ist auf die Suche nach dem Schwert gegangen, der junge Coll begleitet ihn. Das Mädchen sucht nach den Elfen. Sie haben die Aufträge, die Allanon ihnen gegeben hat, angenommen.« Er schaute auf. »Und du, Walker?«

Walker starrte zu ihm auf. Er fand die Frage gleichzeitig absurd und beunruhigend, war hin- und hergerissen zwischen widerstreitenden Gefühlen von Unglauben und Ungewißheit. Einst hätte er nicht gezögert, die Antwort zu geben. Er dachte wieder an das, was Allanon ihn zu tun gebeten hatte: Bring das untergegangene Paranor und die Druiden zurück. Ein lächerliches, unmögliches Unterfangen, hatte er damals gedacht. Als alberne Spielchen hatte er es verdammt. Er wollte an solcher Dummheit nicht teilhaben, hatte er Par, Coll, Wren und den anderen der kleinen Gruppe verkündet, die mit ihm ins Tal von Shade gekommen waren. Er verachtete die Druiden wegen ihrer Manipulationen der Ohmsfords. Er würde sich nicht zu ihrer Marionette machen lassen. Er war so verwegen gewesen, so gewiß. Eher würde er sich eine Hand abhacken, als die Druiden wiederkommen sehen, hatte er verkündet.

Und der Verlust seiner Hand war der Preis, der gefordert worden war, so schien es.

Doch hatte der Verlust wirklich jeglicher Rückkehr von Paranor und den Druiden ein Ende gesetzt: Genauer gesagt, war das das, was er jetzt beabsichtigte?

Ihm war bewußt, daß Cogline ihn musterte und ungeduldig auf Walker Bohs Antwort auf seine Frage wartete. Walker hielt seinen Blick fest auf den alten Mann gerichtet, ohne ihn zu sehen. Er mußte plötzlich an die Druidengeschichte und die Legende von dem schwarzen Elfenstein denken. Wäre er nicht auf die Suche nach dem Elfenstein gegangen, hätte er seinen Arm nicht eingebüßt. Warum war er gegangen? Aus Neugierde, dachte er. Aber das war eine zu simple Antwort, und er wußte, daß es nicht so einfach war. Wie auch immer, war nicht allein die Tatsache, daß er trotz seines Protests gegangen war, ein Beweis dafür, daß er tatsächlich Allanons Auftrag angenommen hatte?

Und wenn nicht, was war es dann, was er getan hatte?

Er sah den alten Mann wieder an. »Sag mal, Cogline. Wo hast du das Buch der Druidengeschichte herbekommen? Wie hast du es gefunden? Als du es mir gebracht hast, sagtest du, daß du es aus Paranor geholt habest. Doch das stimmt gewiß nicht.«

Coglines Lächeln war dünn und ironisch. »Warum ›gewiß nicht‹, Walker?«

»Weil Paranor vor dreihundert Jahren von Allanon aus der Menschenwelt fortgeschickt worden ist. Es existiert nicht mehr.«

Coglines Gesicht runzelte sich wie zerknittertes Pergament. »Existiert nicht? Oh, doch, das tut es, Walker. Und du irrst dich. Jeder kann es erreichen, wenn er über die richtige Magie verfügt, die ihm dabei hilft. Selbst du.«

Walker zögerte plötzlich verunsichert.

»Allanon hat Paranor aus der Menschenwelt geschickt, doch es existiert nach wie vor«, sagte Cogline leise. »Es braucht nur die Magie des schwarzen Elfensteins, um es wieder herzuholen. Bis dahin bleibt es für die Vier Länder verloren. Doch es kann von denen, die die Mittel und den Mut haben, es zu versuchen, betreten werden. Es braucht Mut, Walker. Soll ich dir sagen, warum? Möchtest du die Hintergrundgeschichte meiner Reise nach Paranor hören?«

Walker zögerte wieder. Er fragte sich, ob er jemals wieder irgend etwas über die Druiden und ihre Magie hören wollte. »Ja.«

»Aber du bist nicht bereit, das, was ich dir erzählen werde, zu glauben, Walker, oder?«

»Ja.«

Der alte Mann lehnte sich vor. »Weißt du was? Ich lasse dich das selbst beurteilen.«

Er hielt inne und sammelte seine Gedanken. Das Tageslicht umrahmte ihn strahlend und zeigte die Bürden des Alters, die seine magere Gestalt zu Kanten und Höhlen geätzt und sein Haar und seinen Bart schütter gemacht hatten und die seine Hände zittern ließen, die er fest gefaltet hielt.

»Es war nach deiner Begegnung mit Allanon. Er fühlte, genau wie ich, daß du den Auftrag, der dir erteilt worden war, nicht annehmen würdest, daß du dich jeglicher Beteiligung widersetzen würdest, wenn du nicht eine gewisse Zusicherung dafür, daß es dir gelingen könnte, bekämest. Und daß du einen Grund brauchtest, um es zu wollen. Du unterscheidest dich in deiner Haltung von den anderen – du zweifelst an allem, was man dir sagt. Als du zu Allanon gekommen bist, plantest du schon im voraus, alles abzulehnen, was du hören würdest.«

Walker setzte zum Protest an, doch Cogline hob eilig die Hände und schüttelte mit dem Kopf. »Nein, Walker. Widersprich nicht. Ich kenne dich besser als du dich selbst. Hör mir jetzt einfach mal zu. Ich ging auf Allanons Bitte nach Norden, schien zu verschwinden und überließ es euch, miteinander zu debattieren, welchen Aktionskurs ihr einschlagen würdet. Deine Entscheidung lag schon im voraus fest. Du wolltest nicht tun, um was man dich bat. Und da das so war, beschloß ich, dich umzustimmen. Siehst du, Walker, ich glaube an die Träume; ich sehe die Wahrheit darin, die du noch nicht siehst. Ich wäre nicht Allanons Bote, wenn es irgendeine Möglichkeit gäbe, es zu umgehen. Meine Zeit als Druide ist seit langem abgelaufen, und ich suche nicht danach, wieder zu werden, was ich einmal war. Aber ich bin alles, was noch übrig ist, und da das so ist, werde ich tun, was ich für notwendig halte. Dich von deiner Weigerung, in die Angelegenheit verwickelt zu werden, abzubringen, erachte ich als lebensnotwendig.«

Der alte Mann zitterte vor Überzeugung, und der Blick, den er Walker schenkte, war einer, der versuchte, ihm Wahrheiten mitzuteilen, die er nicht aussprechen konnte.

»Ich ging, wie gesagt nach Norden, Walker. Ich verließ das Tal von Shale, überquerte die Drachenzähne und gelangte in das Tal des Druidenturms. Von Paranor sind nurmehr ein paar verfallene Nebengebäude auf einer kahlen Anhöhe übrig. Die Wälder umschließen noch immer die Stelle, wo es einst stand, doch in der Erde will nichts wachsen, nicht einmal der kleinste Grashalm. Die Dornenhecke, die die Burg einst schützte, ist verschwunden. Alles ist verschwunden – als habe ein Riese sich hinuntergebeugt und alles aufgeklaubt.

Ich stand dort kurz vor der Dämmerung und schaute auf die Leere, führte mir vor Augen, was dort einmal gewesen war. Ich konnte die Gegenwart der Burg spüren. Ich konnte sie beinahe aus den Schatten lauern sehen, wie sie sich vor dem dunkel werdenden östlichen Himmel erhob. Ich konnte fast die Form ihrer steinernen Türme und Mauern ausmachen. Ich wartete, denn Allanon wußte, was gebraucht wurde und wann die Zeit gekommen war.«

Die alten Augen starrten in die Ferne. »Ich schlief, als ich müde wurde, und Allanon erschien mir im Traum, wie er es jetzt mit allen von uns tut. Er bestätigte mir, daß Paranor tatsächlich noch immer dort sei, durch Zauber in eine andere Zeit an einen anderen Ort versetzt, doch trotzdem gleichzeitig dort. Er fragte mich, ob ich hineingehen und ein bestimmtes Buch mit der Druidengeschichte herausholen wolle, in dem die Mittel und Wege, mit denen Paranor den Vier Ländern wiedergebracht werden könne, beschrieben seien. Und er fragte, ob ich das Buch zu dir bringen würde.«

Er zögerte, überlegte, ob er noch mehr enthüllen sollte, und sagte dann einfach: »Ich stimmte zu. Da streckte er den Arm aus und nahm mich bei der Hand. Er hob mich von mir selbst fort, meinen Geist aus meinem Körper. Er hüllte mich in seine Magie. Ich wurde zeitweilig etwas anderes als der Mann, der ich bin – aber ich weiß nicht einmal jetzt, was dieses Etwas war. Er erklärte mir, was ich zu tun hätte. Ich ging allein an die Stelle, wo einst die Mauern der Burg gestanden hatten, schloß meine Augen, so daß sie mich nicht täuschen konnten, und tastete in Welten, die jenseits unserer eigenen liegen, nach der Form, die einst gewesen war. Ich stellte fest, daß ich das tun konnte. Stell dir mein Erstaunen vor, als Paranors Mauern sich plötzlich unter meinen Fingern materialisierten. Ich wagte einen schnellen Blick, doch es war nichts zu sehen. Ich mußte wieder von vorn beginnen. Selbst als Geist konnte ich die Magie nicht durchdringen, wenn ich ihre Regeln brach. Diesmal hielt ich meine Augen fest geschlossen, tastete wieder nach den Mauern, entdeckte die verborgene Falltür im Fundament, drückte auf den Riegel, der das Schloß aufschnappen ließ, und trat ein.«

Cogline preßte die Lippen zusammen. »Dann durfte ich die Augen öffnen und mich umschauen. Walker, es war das alte Paranor, eine großartige, weitläufige Festung mit Türmen, die in den Nebel hinaufragten, und Befestigungsmauern, die in ewige Ferne reichten. Es kam mir endlos vor, als ich die Treppen hinaufstieg und durch die Säle wanderte. Ich war wie eine Ratte im Labyrinth. Die Burg roch und schmeckte nach Tod. Die Luft hatte eine seltsam grünliche Färbung, alles war davon umhüllt. Hätte ich versucht, in meinen Körper aus Fleisch und Blut zurückzukehren, wäre ich auf der Stelle zerstört worden. Ich konnte fühlen, wie der Zauber noch immer an der Arbeit war und die steinernen Flure nach irgendwelchen Lebenszeichen absuchte. Die Öfen, die einst von den Feuern im Erdkern gespeist wurden, waren stumm, und Paranor war kalt und leblos. Als ich in die oberen Säle gelangte, fand ich Haufen von Knochen, grotesk und mißgebildet, die Überreste der Mordgeister und Gnomen, die Allanon dort eingefangen hatte, als er die Magie angerufen hatte, um Paranor zu verzaubern. Nichts lebte in der Druidenfestung außer mir selbst.«

Er schwieg ein Weilchen in Erinnerungen versunken. »Ich suchte das Gewölbe auf, wo die Druidengeschichte versteckt war. Ich hatte ein Gespür dafür, wo sie war, unterstützt zum Teil durch die Zeit, die ich in Paranor studiert hatte, zum Teil durch Allanons Magie. Ich suchte die Bibliothek auf, durch die man in das Gewölbe gelangte und stellte dabei fest, daß ich Dinge berühren konnte, als sei ich noch immer ein Geschöpf aus Substanz und nicht aus Geist. Ich tastete an den staubigen, abgenutzten Bücherregalen entlang, bis ich den Riegel fand, der die Türen öffnete, die hineinführten. Sie schwangen weit auf, und der Zauber wich vor mir zurück. Ich trat ein, fand die Druidengeschichte und nahm den Band, der gebraucht wurde, von seinem Ruheplatz.«

Coglines Blick wanderte durch den sonnendurchfluteten Raum und suchte Visionen, die Walker verborgen waren. »Dann ging ich wieder. Ich nahm denselben Weg zurück, auf dem ich gekommen war, ein Geist aus der Vergangenheit wie jene, die dort gestorben waren, spürte das Frösteln ihres Todes und die unmittelbare Nähe meines eigenen. Im Halbschlaf stieg ich die Treppen hinunter und ging die Flure entlang und fühlte und sah gleichzeitig das Grauen dessen, was jetzt die Festung der Druiden beherrschte. Solche Kraft, Walker! Der Zauber, den Allanon heraufbeschwor, war auch jetzt noch schreckenerregend. Ich flüchtete davor, als ich fortging – nicht zu Fuß, verstehst du, sondern im Geiste. Ich war zu Tode verängstigt!«

Die Augen schwenkten zurück. »Also entkam ich. Und als ich erwachte, war ich im Besitz des Buches, das ich zu holen gesandt worden war, und brachte es zu dir.«

Er verstummte und wartete geduldig, während Walker seine Geschichte überdachte. Walkers Blick war in die Ferne gerichtet. »Es ist also möglich? Man kann Paranor also betreten, obwohl es in den Vier Ländern nicht mehr existiert?«

Cogline schüttelte langsam den Kopf. »Nicht die gewöhnlichen Menschen.« Er runzelte die Stirn. »Aber du vielleicht. Mit der Hilfe des schwarzen Elfensteins.«

»Mag sein«, stimmte Walker düster zu. »Was für eine Magie besitzt der Elfenstein?«

»Ich weiß nicht mehr darüber als du«, erwiderte Cogline ruhig.

»Nicht einmal, wo man ihn finden kann? Oder wer ihn hat?«

Cogline schüttelte den Kopf. »Gar nichts.«

»Gar nichts.« Walkers Stimme klang bitter. Er hielt die Augen eine Weile gegen das, was er fühlte, geschlossen. Als er sie öffnete, war er resigniert. »So sieht die Sache für mich aus. Du erwartest von mir, daß ich Allanons Auftrag, das verschwundene Paranor zurückzuholen und die Druiden wiederzubringen, annehme. Ich kann das nur tun, wenn ich mir zunächst den schwarzen Elfenstein beschaffe. Doch weder du noch ich wissen, wo er sich befindet oder wer ihn hat. Und außerdem bin ich von dem Gift des Asphinx infiziert und werde langsam in Stein verwandelt. Ich liege im Sterben! Und selbst wenn ich überzeugt wäre...« Seine Stimme krächzte, und er schüttelte den Kopf. »Siehst du das denn nicht? Die Zeit reicht nicht aus!«

Cogline schaute aus dem Fenster und kauerte sich in seinen Gewändern zusammen. »Und wenn sie doch reichte?«

Walkers Lachen klang hohl, seine Stimme müde. »Cogline, ich weiß es nicht.«

Der alte Mann erhob sich. Er schaute lange Zeit auf Walker hinunter, ohne etwas zu sagen. »Doch, du weißt es«, erklärte er dann und faltete seine Hände. »Walker, du beharrst auf deiner Weigerung, die Wahrheit dessen, was sein soll, zu akzeptieren. Du erkennst diese Wahrheit tief in deinem Herzen, doch du willst sie nicht beachten. Woran liegt das?«

Walker starrte ihn wortlos an.

Cogline zuckte mit den Achseln. »Das ist alles, was ich zu sagen habe. Ruhe dich aus, Walker. In ein oder zwei Tagen wirst du weit genug wiederhergestellt sein, daß du fortgehen kannst. Die Stors haben alles getan, was sie können; deine Heilung, falls es eine gibt, muß aus einer anderen Quelle kommen. Ich werde dich nach Hearthstone zurückbringen.«

»Ich werde mich selbst heilen«, flüsterte Walker. Seine Stimme klang plötzlich dringlich, voller Verzweiflung und Wut gleichzeitig.

Cogline reagierte nicht. Er raffte nur seine Gewänder zusammen und verließ das Zimmer. Die Tür schloß sich leise hinter ihm.

»Das werde ich«, schwor Walker Boh.

Morgan Leah brauchte fast drei Tage, nachdem er mit Padishar Creel und den Überlebenden der Widerstandsbewegung aufgebrochen war, um über die leeren Weiten der Drachenzähne zu der waldgeschützten Zwergengemeinde Culhaven zu gelangen. Am ersten Tag brausten Gewitter durch die Berge. Wolkenbrüche prasselten auf Bergkuppen und Hänge, verwandelten die Wege zu Schlamm und Morast und hüllten das ganze Land in Nebel und graue Wolken. Am zweiten Tag zogen die Gewitter ab, und die Sonne brach durch die Wolkendecke und begann, den Boden zu trocknen. Der dritte Tag brachte den Sommer zurück, die Luft war warm und duftete nach Blumen und frischem Gras, die Landschaft war hell und farbenfroh unter dem kalten, vom Wind durchwehten Himmel, und man hörte die langsamen, trägen Geräusche von wildlebenden Tieren aus geschützten Winkeln, wo sie sich ihr Heim eingerichtet hatten.

Morgans Laune besserte sich mit dem Wetter. Beim Aufbruch war er sehr niedergeschlagen gewesen. Steff war tot, gestorben in den Katakomben des Jut, und Morgan litt unter unterschwelligen Schuldgefühlen in dem unbegründeten, doch hartnäckigen Glauben, er hätte etwas tun können, um es zu verhindern. Er wußte natürlich nicht, was. Teel war es, die Steff und beinahe auch ihn getötet hatte. Weder Steff noch er hatten bis zum allerletzten Moment gewußt, daß Teel etwas anderes war, als sie zu sein vorgab, daß sie nicht das Mädchen war, in das der Zwerg sich verliebt hatte, sondern ein Schattenwesen, das ausschließlich in der Absicht, sie zu vernichten, mit ihnen in die Berge gezogen war. Morgan hatte einen stillen Verdacht gehegt, doch hatte ihm jeglicher Beweis dafür gefehlt, bis zu dem Augenblick, als sie sich zu erkennen gab, und dann war es zu spät gewesen. Seine Freunde, die Talbewohner Par und Coll Ohmsford, waren verschwunden, nachdem sie dem Grauen der Grube in Tyrsis entkommen waren, und wurden seither nicht mehr gesehen. Der Jut, die Feste der Mitglieder der Bewegung, war in die Hände der Föderation gefallen, und Padishar Creel und seine Geächteten waren nach Norden in die Berge vertrieben worden. Das Schwert von Shannara war noch immer nicht gefunden. Wochen der Suche nach dem Talisman, Wochen, in denen sie sich abgemüht hatten, das Rätsel seines Verstecks zu erschließen, Wochen haarsträubender Konfrontationen mit und Entkommen vor der Föderation und den Schattenwesen, Wochen ständiger Anstrengungen und Enttäuschungen hatten absolut nichts erbracht.

Doch Morgan Leah war zäh, und nachdem er einen Tag oder zwei über das, was vergangen und unabänderlich war, gebrütet hatte, hob sich eine Stimmung wieder. Immerhin war er jetzt so etwas wie ein Veteran in dem Kampf gegen die Unterdrücker seiner Heimat. Vorher war er kaum mehr als ein Störfaktor für die Handvoll von Föderationsoffizieren gewesen, die die Angelegenheiten des Hochlands regierten, und in Wirklichkeit hatte er nie irgend etwas getan, das den Ausgang größerer Ereignisse in den Vier Ländern beeinträchtigt hätte. Er war nur ein minimales Risiko eingegangen, und die Ergebnisse seiner Bestrebungen waren dementsprechend minimal gewesen. Aber in den vergangenen Wochen war er zum Hadeshorn gereist, um dort Allanons Schatten zu begegnen, und er hatte sich der Suche nach dem verlorenen Schwert von Shannara angeschlossen, hatte sowohl gegen die Föderation als auch gegen die Schattenwesen gekämpft, und er hatte Padishar Creel und seinen Geächteten das Leben gerettet, indem er sie vor Teel gewarnt hatte, ehe sie einen letzten Verrat begehen konnte. Er wußte, daß er endlich etwas getan hatte, das von Wert und Bedeutung war.

Und er war dabei, noch etwas zu tun.

Er hatte Steff ein Versprechen gegeben. Als sein Freund im Sterben lag, hatte Morgan geschworen, daß er nach Culhaven ins Waisenhaus gehen würde, wo Steff aufgewachsen war, um Großmutter Elise und Tante Jilt zu warnen, daß sie in Gefahr schwebten. Elise und Jilt – die einzigen Eltern, die Steff je gekannt hatte, die einzigen Verwandten, die er zurückließ – durften nicht im Stich gelassen werden. Wenn Teel Steff verraten hatte, hatte sie auch sie verraten. Morgan würde ihnen helfen, heil zu entkommen.

Es gab dem Hochländer ein neues Ziel, und das half ihm mehr als alles andere, seine Depression zu überwinden. Er hatte seine Reise ernüchtert angetreten. Er hatte getrödelt, niedergeschlagen vom Wetter und seiner Stimmung. Im Laufe des dritten Tages hatte er beides abgeschüttelt. Seine Entschlossenheit gab ihm Auftrieb. Er würde Elise und Jilt aus Culhaven fort und irgendwo in Sicherheit bringen. Er würde nach Tyrsis zurückkehren und die Talbewohner suchen. Er würde die Suche nach dem verlorenen Schwert von Shannara fortsetzen. Er würde ein Mittel finden, Leah und die Gesamtheit der Vier Länder sowohl von den Schattenwesen als auch von der Föderation zu befreien. Er war am Leben, und alles war möglich. Er pfiff im Gehen vor sich hin, ließ sich das Gesicht von der Sonne wärmen und verbannte Selbstzweifel und Mutlosigkeit. Es war an der Zeit, die Dinge in die Hand zu nehmen.

Hin und wieder wanderten seine Gedanken zu der verlorenen Magie des Schwerts von Leah. Er trug noch immer die Reste der zersplitterten Klinge in der Behelfsscheide, die er dafür hergestellt und um die Taille gebunden hatte. Er dachte an die Kraft, die es ihm gegeben hatte, und daran, wie er sich nach dem Fehlen dieser Kraft fühlte – so, als könne er niemals mehr vollständig sein ohne sie. Doch ein kleiner Teil der Magie lebte in der Waffe noch fort; es war ihm gelungen, sie in den Katakomben des Jut wiederzubeleben, als er Teel vernichtete. Es hatte gerade ausgereicht, sein Leben zu retten.

Tief in seinem Inneren, wo er es verbergen konnte und die Unwahrscheinlichkeit nicht zugeben mußte, hegte er den Glauben, daß eines Tages die Magie des Schwertes von Leah wieder die seine wäre.

Es war später Nachmittag des dritten Reisetages, als er aus den Wäldern des Anar tauchte und Culhaven erreichte. Das Zwergendorf war schäbig und verkommen, Refugium jener nun, die entweder zu alt oder noch zu jung waren, um von den Föderationsautoritäten geholt und in die Bergwerke gebracht oder auf dem Markt als Sklaven verkauft zu werden. Culhaven hatte einst zu den gepflegtesten Gemeinden gehört und war jetzt nur noch eine verfallene Ansammlung von Gebäuden und Leuten, die wenig Zeichen von Pflege und Liebe aufwiesen. Der Wald wuchs direkt bis an die äußersten Gebäude heran, Unkraut überwucherte die Gärten, die Straßen verrotteten und erstickten unter Gestrüpp. Holzwände verfaulten unter abblätternder Farbe, Ziegel und Schindeln waren zersprungen und gesplittert, und Blenden um Fenster und Türen hingen schief in den Angeln. Augen lugten aus den Schatten und verfolgten den Hochländer, als er den Ort betrat. Er konnte fühlen, wie die Leute ihn hinter Fenstern und Türen verborgen anstarrten. Die wenigen Zwerge, denen er begegnete, wichen seinem Blick aus und wandten sich hastig ab. Ohne seinen Schritt zu verlangsamen, ging er weiter, und sein Zorn entzündete sich erneut bei dem Gedanken, was man diesen Leuten angetan hatte. Alles bis auf ihr nacktes Leben war ihnen genommen, und ihr Leben selbst war nichtig geworden.

Er erwog noch einmal, wie Par Ohmsford es getan hatte, als sie das letzte Mal hier gewesen waren, was damit bezweckt werden sollte.

Er hielt sich von den Hauptstraßen fern und nahm nur die Nebenpfade, nicht erpicht darauf, irgendwelche Aufmerksamkeit auf sich zu lenken. Er war Südländer und daher frei, im Ostland zu kommen und zu gehen, wie und wohin ihm beliebte, doch er identifizierte sich in keiner Weise mit der Föderationsbesatzung und zog es vor, ihnen überhaupt fernzubleiben. Selbst wenn nichts von dem, was den Zwergen zugestoßen war, auf seine Kappe ging, schämte er sich über das, was er in Culhaven sah, erneut für das, was und wer er war. Eine Förderationspatrouille kam an ihm vorbei, und die Soldaten nickten ihm freundlich zu. Er konnte nichts anderes tun, als zurückzunicken

Als er sich dem Waisenhaus näherte, steigerte die Erwartung dessen, was er dort vorfinden würde, seine Wahrnehmungen. Besorgnis stritt mit Zuversicht. Und wenn er zu spät kam? Er schob diese Möglichkeit beiseite. Es gab keinen Grund anzunehmen, daß es so sei. Teel würde es nicht riskiert haben, ihre Verkleidung aufs Spiel zu setzen, indem sie überstürzt handelte. Sie würde mit großer Wahrscheinlichkeit abwarten, bis sie sicher sein konnte, daß es keine Rolle mehr spielte.

Die Schatten wurden länger, und die Sonne verschwand hinter den Bäumen im Westen. Die Luft kühlte ab, und der Schweiß auf Morgans Rücken trocknete unter dem Kittel. Die Tagesgeräusche verwandelten sich in erwartungsvolles Schweigen. Morgan schaute auf seine Hände, fixierte seinen Blick auf das unregelmäßige Muster weißer Narben, die im Zickzack seine gebräunte Haut zeichneten. Kampfwunden hatte er seit Tyrsis und Jut am ganzen Leib. Er biß die Zähne zusammen. Kleinigkeiten, dachte er. Die in seinem Inneren gingen tiefer.

Er erhaschte einen Blick auf ein Zwergenkind, das ihn aus dem Schutz einer niedrigen Steinmauer mit intensiven, schwarzen Augen anschaute. Das Kind war mager und zerlumpt. Seine Augen verfolgten ihn eine Weile und verschwanden dann.

Morgan eilte, plötzlich wieder beunruhigt, schnell weiter. Er sah das Dach des Waisenhauses auftauchen, die erste der Mauern, ein Fenster ganz oben, eine Dachluke. Er bog um eine Kurve in der Zufahrt und wurde langsamer. Er wußte im gleichen Augenblick, daß etwas nicht stimmte. Der Garten des Waisenhauses war leer. Das Gras war nicht gemäht. Es gab keine Spielsachen und keine Kinder. Er kämpfte gegen die Panik an, die ihn zu übermannen drohte. Die Fenster des alten Gebäudes waren dunkel. Nirgendwo war ein Zeichen von irgendwem.

Er erreichte das Tor zum Vorgarten und blieb stehen. Alles war still.

Er hatte sich geirrt. Er kam doch zu spät.

Er tat einen Schritt und blieb wieder stehen. Sein Blick wanderte über das finstere alte Haus, und er fragte sich, ob er vielleicht in irgendeine Art Falle tappen würde. Lange Zeit stand er da und beobachtete. Aber er entdeckte keinerlei Lebenszeichen. Und es gab keinen Grund anzunehmen, daß irgendwer ihn hier erwarten würde, entschied er.

Er ging durch das Tor, stieg die Eingangsstufen hinauf und stieß die Haustüre auf. Drinnen war es dunkel, und er wartete, bis seine Augen sich angepaßt hatten. Dann trat er ein. Langsam ging er durch das ganze Haus, suchte jedes Zimmer eins nach dem anderen ab und kam wieder heraus. Alles war mit Staub überzogen. Es war geraume Zeit her, seit hier jemand gewohnt hatte. Jedenfalls lebte jetzt niemand mehr hier.

Was war dann aus den beiden alten Zwergendamen geworden?

Er setzte sich auf die Eingangsstufen und ließ seine große Gestalt gegen das Geländer sacken. Die Föderation hatte sie. Es gab keine andere Erklärung. Elise und Jilt hätten ihr Heim niemals verlassen, es sei denn, sie wären dazu gezwungen worden. Und sie würden niemals die Kinder im Stich lassen, die in ihrer Obhut standen. Außerdem waren alle ihre Kleider noch in den Truhen und Schränken, die Kinderspielsachen, das Bettzeug, alles. Er hatte es bei seiner Suche gesehen. Das Haus war nicht verschlossen worden, wie es sich gehörte. Viel zuviel war in Unordnung. Nichts war so, wie es wäre, wenn die beiden alten Damen eine Wahl gehabt hätten.

Bitterkeit erfüllte ihn. Steff hatte sich auf ihn verlassen; er konnte jetzt nicht aufgeben. Er mußte Elise und Jilt finden. Aber wo? Und wer in Culhaven konnte ihm sagen, was er wissen mußte? Niemand wußte etwas, vermutete er. Die Zwerge würden ihm gewiß nicht trauen – nicht einem Südländer. Er konnte fragen, bis die Sonne im Osten auf und im Westen wieder unterging.

Lange Zeit saß er so da und dachte nach, und es begann zu dämmern. Nach einer Weile wurde ihm bewußt, daß ein kleines Kind ihn vom Eingangstor her beobachtete, dasselbe, das ihn oben an der Straße angestarrt hatte. Schließlich fragte er: »Kannst du mir sagen, was aus den beiden alten Damen geworden ist, die hier gewohnt haben?«

Der Junge verschwand auf der Stelle. Er war so schnell verschwunden, daß es aussah, als sei er vom Erdboden verschluckt worden. Morgan seufzte. Das war zu erwarten gewesen. Er streckte seine Beine. Er würde die Informationen, die er brauchte, von den Föderationsautoritäten herausbekommen müssen. Das war gefährlich, besonders, falls

Teel ihnen nicht nur von Elise und Jilt, sondern auch von ihm berichtet hatte – und es bestand kein Grund zu der Annahme, daß sie das unterlassen hätte. Sie mußte die alten Damen verraten haben, noch ehe die Gruppe die Reise nordwärts nach Darklin Reach angetreten hatte. Die Föderation mußte Elise und Jilt abgeholt haben, sobald Teel das Dorf verlassen hatte. Teel hatte sich keine Sorgen darüber gemacht, daß Steff oder Morgan oder die Talbewohner es erfahren würden. Schließlich sollten sie alle tot sein, ehe es bedeutsam wurde.

Morgan war danach zumute, jemanden oder etwas zu zerschlagen. Teel hatte sie alle verraten. Par und Coll waren verloren. Steff war tot. Und nun diese beiden alten Damen, die nie jemandem etwas zuleide getan hatten...

»He, Mister«, rief eine Stimme.

Er schaute ruckartig auf; der Junge war wieder am Tor. Ein älterer Junge stand neben ihm. Es war der zweite Junge, der sprach, ein stämmiger Bursche mit borstigem, rotem Haar. »Föderationssoldaten haben die alten Damen vor mehreren Wochen weggeholt und in die Arbeitshäuser gebracht. Hier wohnt jetzt keiner mehr.«

Dann waren sie fort, wie vom Erdboden verschluckt wie zuvor. Morgan starrte hinter ihnen her. Sagte der Junge die Wahrheit? Der Hochländer entschied, daß es so war. Gut und schön. Jetzt hatte er eine Kleinigkeit in der Hand, von der er ausgehen konnte. Er wußte, wo er mit der Suche beginnen konnte.

Er stand auf, ging die Auffahrt hinunter und durch das Tor. Er folgte der verrotteten Straße, die sich durch die Dämmerung zum Zentrum des Dorfes schlängelte. Die Wohnhäuser gingen in Läden und Geschäfte über, die Straße verbreiterte sich und teilte sich in mehrere Richtungen. Morgan umging das Geschäftszentrum und beobachtete, wie der Himmel dunkel wurde und die Sterne erschienen. Fackeln beleuchteten die Hauptstraße, doch auf den Gassen und Pfaden, denen er folgte, fehlten sie. Stimmen wisperten in der Stille, undeutliche Geräusche, die keinen Sinn ergaben, murmelnd, als fürchteten die Sprecher, verstanden zu werden. Die Häuser änderten ihren Charakter, wurden gepflegt und sauber, die Gärten gestutzt und gehegt. Föderationshäuser, dachte Morgan, den Zwergen gestohlen – von den Opfern bedient. Er hielt seine Bitterkeit in Schach und konzentrierte sich auf die Aufgabe, die vor ihm lag. Er wußte, wo die Arbeitshäuser lagen und welchen Zweck sie erfüllten. Die Frauen, die dorthin gebracht wurden, waren zu alt, um als Sklaven verkauft zu werden, doch kräftig genug, um Knechtarbeit wie Waschen und Flicken und dergleichen zu erledigen. Die Frauen waren den Föderationsbaracken zugewiesen und gezwungen, den Bedürfnissen der Garnison zu genügen. Wenn jener Junge die Wahrheit gesagt hatte, dann war es das, was Elise und Jilt zu tun hatten.

Morgan erreichte die Arbeitshäuser wenige Minuten später. Fünf davon standen parallel zueinander, niedrige, lange Gebäude mit Fenstern auf beiden Seiten und Türen an jedem Ende. Die Frauen, die darin arbeiteten, wohnten gleichzeitig auch dort. Pritschen, Decken, Waschschüsseln und Nachttöpfe wurden ihnen zur Verfügung gestellt und nachts unter den Arbeitstischen hervorgezogen. Steff hatte Morgan einmal zu einem Fenster geführt, und er hatte hineingeschaut. Einmal hatte ihm gereicht.

Morgan stand im Schatten eines Lagerschuppens auf der anderen Seite und durchdachte gründlich, was er tun würde. Wachen standen vor allen Eingängen und patrouillierten über die Wege und Flächen. Die Frauen in den Arbeitshäusern waren Gefangene. Es war ihnen nicht erlaubt, die Gebäude aus irgendeinem Grund zu verlassen, es sei denn wegen Krankheit oder Tod oder auch einer wohlwollenderen Form von Freistellung – wobei letzteres so gut wie nie vorkam. Sie durften hin und wieder Besuch empfangen und wurden dabei streng überwacht. Morgan erinnerte sich nicht mehr, wann Besuchszeit war. Außerdem spielte das auch keine Rolle. Es machte ihn wütend, wenn er daran dachte, daß Elise und Jilt an so einem Ort gefangengehalten wurden. Steff hätte nicht gezögert, sie zu befreien, und er auch nicht.

Aber wie sollte er hineinkommen? Und wie sollte er Elise und Jilt herausbringen, wenn er einmal drin war?

Es war hoffnungslos. Es gab keine Möglichkeit, sich ungesehen den

Arbeitshäusern zu nähern und sowieso keine Möglichkeit, zu wissen, in welchem der fünf Gebäude die beiden alten Damen gefangengehalten wurden. Er mußte wesentlich mehr herausfinden, ehe er daran denken konnte, einen Rettungsversuch zu unternehmen. Es war nicht zum ersten Mal, seit er die Drachenzähne verlassen hatte, daß er wünschte, Steff wäre bei ihm, um ihn zu beraten.

Schließlich gab er es auf. Er ging hinunter ins Dorfzentrum, nahm ein Zimmer in einem der Gasthäuser, die Händler und Geschäftsleute aus dem Südland beherbergten, nahm ein Bad, um den Dreck abzuwaschen, wusch auch seine Kleider und ging zu Bett. Er lag wach und dachte an Elise und Jilt, bis der Schlaf ihn schließlich übermannte.

Als er am nächsten Morgen erwachte, wußte er, was er zu tun hatte, um sie zu retten.

Er kleidete sich an, frühstückte im Speisesaal des Gasthauses und machte sich auf. Was er vorhatte, war riskant, aber dagegen war nichts zu machen. Nachdem er ein paar Nachforschungen angestellt hatte, wußte er die Namen der Kneipen, die von den Föderationssoldaten am meisten besucht wurden. Es gab drei davon, und alle drei lagen an der gleichen Straße nahe dem Markt. Er fand sie, wählte die wahrscheinlichste aus – es war ein dämmriger Saal, »Hoher Stiefel« genannt – trat ein, suchte sich einen Tisch in der Nähe der Bar, bestellte ein Bier und wartete. Obwohl es noch früh am Tag war, kamen schon vereinzelt Soldaten herein, Männer von der Nachtschicht, die noch nicht ins Bett gehen wollten. Eifrig unterhielten sie sich über das Garnisonsleben und scherten sich wenig darum, wer ihnen lauschen mochte. Morgan hörte aufmerksam zu. Von Zeit zu Zeit schaute er gerade lange genug auf, um eine freundliche Frage zu stellen. Manchmal gab er Kommentare von sich. Und hier und da bestellte er ein Bier für jemanden. Aber vor allem wartete er ab.

Ein großer Teil der Gespräche drehte sich um ein Mädchen, von dem das Gerücht ging, sie sei die Tochter des Königs vom Silberfluß. Sie war reichlich mysteriös aus dem Silberflußland aufgetaucht, südwestlich unterhalb des Regenbogensees, und war auf dem Weg nach Osten. Wo immer sie hinkam, in Dörfern oder Städten, die sie durchquerte, vollbrachte sie Wunder. Nie hatte es solche Magie gegeben, wurde behauptet. Sie war jetzt auf dem Weg nach Culhaven.

Die übrigen Kneipengespräche drehten sich um Klagen über die Art, wie die Föderationsarmee von den Offizieren dirigiert wurde. Da es sich um niedrigrangige Soldaten handelte, die sich beklagten, war die Art ihrer Unterhaltungen nicht weiter verwunderlich. Dies war der Teil, dem Morgan mit Interesse lauschte. Der Tag verstrich träge; es war schwül und stickig in dem Saal, und nur das kühle Bier und die Gespräche verhinderten die Langeweile. Föderationssoldaten kamen und gingen, doch Morgan blieb, wo er war, als fast unsichtbare Erscheinung nippte er an seinem Glas und lauschte. Er hatte zunächst gedacht, er würde von der einen Kneipe in die nächste ziehen, doch es wurde sehr bald deutlich, daß er alles, was er wissen mußte, erfahren würde, wenn er im »Hohen Stiefel« blieb.

Im Laufe des Nachmittags wußte er, was er wissen wollte. Es wurde Zeit zu handeln. Er stand auf und ging über die Straße in die zweite der Kneipen, genannt »Froschteich«, der passendste Name für das Lokal, den man sich denken kann. Er ließ sich hinter einem grünen, stoffbespannten Tisch nieder, der im Dämmerlicht dastand wie ein Seerosenblatt in einem dunklen Teich und hielt nach einem Opfer Ausschau. Er fand es fast sofort, einen Mann von ungefähr seiner Größe, niederer Soldat ohne besonderen Rang, der allein trank und in irgendwelche privaten Gedanken so versunken war, daß er den Kopf so weit gesenkt hielt, daß er fast den Tresen berührte. Eine Stunde verstrich, dann noch eine. Morgan wartete geduldig, bis der Soldat sein letztes Glas leergetrunken hatte, sich aufrichtete und schließlich durch die Türen nach draußen torkelte. Dann folgte er ihm.

Der Tag war fast vorüber, und das Tageslicht wurde grau mit dem herannahenden Abend. Der Soldat schlurfte unsicher die Straße hinunter, an Gruppen von anderen Soldaten und durchreisenden Händlern vorbei in Richtung der Baracken. Morgan wußte, wo er hinging, und schlüpfte an ihm vorbei, um ihm den Weg abzuschneiden. Als der Soldat neben einer Schmiede um eine Ecke kam, fing er ihn ab. Scheinbar stieß er rein zufällig mit ihm zusammen, doch er schlug so kräftig zu, daß der Mann bewußtlos war, noch ehe er zu Boden ging. Morgan ließ ihn fallen, murmelte etwas in gespielter Entrüstung und hob den Kerl dann auf und schwang ihn sich über eine Schulter. Der Schmied und seine Arbeiter und ein paar Passanten schauten herüber, und Morgan verkündete ziemlich gereizt, daß er den Kerl wohl oder übel in sein Quartier würde schleppen müssen. Dann stolzierte er mit vorgetäuschtem Widerwillen davon.

Er schleppte den bewußtlosen Soldaten ein paar Häuser weiter zu einer Scheune und schlüpfte hinein. Niemand sah ihn hineingehen. Dort im Finstern zog er dem Mann die Uniform aus, fesselte und knebelte ihn sorgfältig und zerrte ihn hinter einen Stapel Hafersäcke. Er zog die Uniform an, klopfte sie sauber, strich die Falten glatt und stopfte seine eigenen Kleider in einen Sack, den er mitgebracht hatte. Dann schnallte er sich die Waffen um und trat wieder hinaus.

Und beeilte sich. Das Gelingen seines Plans hing von der Wahl des richtigen Zeitpunkts ab. Er mußte das Verwaltungszentrum der Arbeitshäuser direkt nach dem Wachwechsel erreichen. Der in den Kneipen verbrachte Tag hatte ihm alle Informationen über Leute, Orte und Arbeitsweise gebracht, die er nötig hatte, er brauchte seine Kenntnisse nur in Anwendung zu bringen. Die abendlichen Schatten breiteten sich schon über das Waldland und verschlangen die restlichen sonnigen Flecken. Die Straßen begannen sich zu leeren, Soldaten, Händler und Bürger strebten heimwärts zum abendlichen Mahl. Morgan hielt Abstand, achtete darauf, höher gestellte Offiziere im Vorbeigehen zu grüßen und alles in seiner Macht Stehende zu tun, keine Aufmerksamkeit auf sich zu lenken. Er gab sich einen entschlossenen Ausdruck und eine Haltung, die dazu angetan war, andere in Schach zu halten. Er wurde zu einem ziemlich hart aussehenden, pflichtbewußten Föderationssoldaten – einem von jenen, denen man sich lieber nicht ohne triftigen Grund näherte, einem, den man besser nicht verärgerte. Es schien zu klappen, man ließ ihn in Ruhe.

Die Arbeitshäuser waren erleuchtet, als er sich ihnen näherte, das Tagwerk kam zu seinem Ende. Das Abendessen in Form von Suppe und Brot wurde von den Wächtern hineingetragen. Die Essensgerüche wehten durch die Luft – nicht besonders appetitanregend. Morgan überquerte die Zufahrt zu den Vorratsscheunen und tat so, als überprüfe er etwas. Die Minuten verstrichen, und die Dunkelheit kam näher.

Genau bei Sonnenuntergang war Wachwechsel. Neue Wachen traten an die Stelle der alten auf den Straßen und an den Türen der Arbeitshäuser. Morgan hielt seinen Blick auf das Verwaltungszentrum fixiert. Der Tagesoffizier gab seinen Platz für seinen nächtlichen Partner frei. Ein Adjutant übernahm den Empfangstresen. Zwei Männer im Dienst – das war alles. Morgan gab allen ein paar Minuten Zeit, sich einzurichten, dann holte er tief Luft und trat aus den Schatten hervor.

Er ging schnurstracks ins Zentrum, trat ein und präsentierte sich am Empfangsschalter. »Da bin ich wieder«, verkündete er.

Der Adjutant schaute ihn ausdruckslos an.

»Wegen der alten Damen«, fügte Morgan hinzu. Er machte eine Pause. »Hat man Sie nicht informiert?«

Der Adjutant schüttelte den Kopf. »Ich bin eben erst...«

»Aber da müßte ein Auslieferungsbefehl von vor weniger als einer Stunde auf Ihrem Tisch liegen«, fauchte Morgan. »Haben Sie ihn nicht?«

»Hm, nein...« Der Adjutant wühlte auf seinem Schreibtisch herum und schob Aktenstapel hin und her.

»Unterschrieben von Major Assomal.«

Der Adjutant erstarrte. Er wußte, wer Major Assomal war. Es gab in der ganzen in Culhaven stationierten Garnison keinen Soldaten, der ihn nicht kannte. Morgan hatte in der Kneipe von dem Major erfahren. Assomal war der gefürchtetste und verhaßteste Föderationsoffizier der Besatzungsarmee. Niemand wollte mit ihm zu tun haben, wenn er es irgendwie vermeiden konnte.

Der Adjutant erhob sich eilig. »Ich gehe den Wachoffizier holen«, stammelte er.

Er verschwand im Nebenbüro und kam wenige Augenblicke mit seinem Vorgesetzten zurück. Der Kapitän war sichtlich erregt. Morgan salutierte mit genau der richtigen Dosis Verachtung.

»Um was handelt es sich?« fragte der Kapitän, doch die Frage klang eher wie ein Flehen.

Morgan verschränkte die Hände hinter dem Rücken und reckte sich auf. Sein Herz klopfte heftig. »Major Assomal wünscht die Dienste von zwei Zwergenfrauen, die sich zur Zeit in den Arbeitshäusern befinden. Ich habe sie heute auf seinen Wunsch persönlich ausgewählt. Ich bin fortgegangen, damit die Papiere ausgefüllt werden können, und jetzt bin ich wieder da. Doch mir scheint, die Papiere sind noch nicht fertiggestellt worden.«

Der Wachkapitän war ein bleicher Mann mit einem runden Gesicht, der aussah, als habe er den größten Teil seiner Dienstzeit hinter einem Schreibtisch absolviert. »Ich weiß davon nichts«, knurrte er verdrießlich.

Morgan zuckte mit den Achseln. »Na gut. Soll ich Major Assomal diese Nachricht überbringen, Kapitän?«

Der Mann erblaßte. »Nein, nein, das wollte ich damit nicht sagen. Die Sache ist, daß ich...« Er atmete scharf aus. »Das ist sehr unangenehm.«

»Insbesondere, weil Major Assomal mich jeden Moment zurückerwartet.« Morgan hielt inne. »Mit den Zwerginnen«, fügte er hinzu.

Der Wachkapitän warf die Hände in die Luft. »Also gut! Was spielt es für eine Rolle! Ich werde sie selbst unterzeichnen! Lassen Sie sie herschaffen und die Angelegenheit hinter uns bringen!«

Er klappte das Namensregister auf, während Morgan ihm über die Schulter schaute, und stellte fest, daß Elise und Jilt im Arbeitshaus Nummer vier untergebracht waren. Hastig füllte er einen Entlassungsschein für die Arbeitshauswache aus. Als er den Adjutanten losschicken wollte, um die alten Damen zu holen, bestand Morgan darauf, daß er selbst mitginge.

»Nur, um sicher zu sein, daß es keine weiteren Mißverständnisse mehr gibt, Kapitän«, erklärte er. »Immerhin muß ich gegenüber Major Assomal dafür geradestehen.«

Der Wachkapitän widersprach nicht, weil ihm offensichtlich daran lag, die Angelegenheit so schnell wie möglich zu erledigen, und Morgan ging mit dem Adjutanten hinaus. Die Nacht war still und angenehm warm. Morgan war es fast fröhlich zumute. Sein Plan, Risiko hin oder her, schien zu klappen. Sie überquerten das Gelände zum Gebäude vier, präsentierten den Wachen, die vor der Tür postiert waren, den Entlassungsbefehl und warteten, bis sie ihn durchgelesen hatten. Dann schlossen die Wachen die Türen auf und winkten sie hinein. Morgan und der Adjutant stießen die schweren Holztüren auf und traten ein.

Das Arbeitshaus war vollgestopft mit Arbeitstischen und Leibern. Es roch nach Schweiß und verbrauchter Luft. Staub lag überall, die Lampen beleuchteten die schmutzigen, ungetünchten Wände. Die Zwergenfrauen kauerten auf dem Fußboden, hielten Suppenschüsseln und Brotstücke in der Hand und beendeten ihr Abendessen. Köpfe und Augen drehte sich hastig zu den beiden Föderationssoldaten und wandten sich ebenso hastig wieder ab. Morgan entging der unmißverständliche Ausdruck von Angst und Abscheu nicht.

»Rufen Sie sie auf«, befahl er dem Adjutanten.

Der Adjutant tat, wie geheißen. Seine Stimme hallte durch den kellerartigen Saal, und am hinteren Ende rappelten sich zwei gebeugte Gestalten auf die Füße.

»Und jetzt warten Sie draußen auf mich«, forderte Morgan.

Der Adjutant zögerte und verschwand dann durch die Tür. Morgan wartete ungeduldig, bis Elise und Jilt sich mühsam den Weg zwischen den Leibern, Bänken und Pritschen hindurch bis zu der Stelle, an der er stand, gebahnt hatten. Er konnte sie kaum wiedererkennen. Ihre Kleider waren zerlumpt. Elises feines, graues Haar war ungepflegt und sah aus, als sei es ausgefranst. Jilts Vogelgesicht war verbissen und spitz. Sie waren mehr als nur vom Alter gebeugt, und sie bewegten sich so langsam, als verursache es ihnen Schmerzen, auch nur zu laufen.

Sie traten mit gesenktem Blick vor ihn und blieben stehen.

»Elise«, sagte er leise. »Jilt.«

Sie schauten langsam auf, und ihre Augen weiteten sich. Jilt hielt den Atem an. »Morgan!« flüsterte Elise erstaunt. »Junge, bist du es?«

Er beugte sich schnell hinunter und nahm sie in die Arme und drückte sie an sich. Sie sackten in seine Arme wie Stoffpuppen, die keine eigene Kraft besitzen, und er hörte, wie sie beide zu weinen begannen. Hinter ihnen starrten die anderen Zwergenfrauen sie verwirrt an.

Morgan stellte die beiden Greisinnen sanft auf die Füße. »Hört genau zu«, sagte er leise. »Wir haben wenig Zeit. Ich habe den Wachkapitän ausgetrickst, so daß er euch in meine Obhut entläßt, aber er kann mir auf die Schliche kommen, wenn wir ihm die Gelegenheit dazu geben, also müssen wir uns sputen. Gibt es einen Ort, wo ihr euch verstecken könnt? Wo man euch nicht findet?«

Jilt nickte mit entschlossener Miene. »Der Widerstand wird uns verstecken. Wir haben noch immer Freunde.«

»Morgan, wo ist Steff?« unterbrach Elise.

Der Hochländer zwang sich, ihrem fragenden Blick standzuhalten. »Es tut mir leid, Elise. Steff ist tot. Er wurde im Kampf gegen die Föderation in den Drachenzähnen getötet.« Er sah den Schmerz in ihren Augen. »Teel ist ebenfalls tot. Sie war es, die Steff getötet hat. Sie war leider nicht, was wir alle angenommen hatten. Sie war ein Schattenwesen, ein Geschöpf finsterer Magie, das mit der Föderation im Bunde stand. Sie hat auch euch verraten.«

»Oh, Steff«, flüsterte Elise geistesabwesend. Sie weinte wieder.

»Die Soldaten haben uns gleich nach eurer Abreise geholt«, berichtete Jilt zornig. »Sie haben die Kinder fortgebracht und uns in diesen Käfig gesperrt. Ich wußte, daß irgend etwas schiefgegangen war. Ich dachte, sie hätten euch ebenfalls erwischt. Verdammt, Morgan, dieses Mädchen war wie eine von uns!«

»Ich weiß, Jilt«, erwiderte er in Erinnerung daran, wie es gewesen war. »Es ist schwierig geworden zu erkennen, wem man trauen kann. Wie ist es mit den Zwergen, bei denen ihr euch verstecken wollt? Sind sie vertrauenswürdig? Seid ihr sicher, daß ihr dort in Sicherheit seid?«

»Einigermaßen« erwiderte Jilt. »Hör auf zu weinen, Elise«, sagte sie und tätschelte liebevoll die Hand der anderen. »Wir müssen tun, was Morgan gesagt hat, und sehen, daß wir von hier fortkommen, solange wir die Gelegenheit dazu haben.«

Elise nickte und wischte sich die Tränen ab. Morgan richtete sich wieder auf und strich den beiden über das graue Haar. »Denkt dran, ihr kennt mich nicht. Ihr steht nur unter meiner Verantwortung, bis wir von hier fort sind. Und wenn irgend etwas schiefgeht und wir getrennt werden, geht an einen sicheren Ort. Ich habe Steff das Versprechen gegeben, daß ich dafür sorgen würde. Sorgt also dafür, daß ich mein Versprechen nicht breche, ja?«

»In Ordnung, Morgan«, sagte Elise.

Dann gingen sie hinaus, Morgan voran und die beiden Greisinnen hinter ihm her. Der Adjutant stand starr allein auf einer Seite, und die Wachen sahen gelangweilt aus. Mit den Zwergenfrauen im Schlepp kehrten Morgan und der Adjutant zum Verwaltungszentrum zurück. Der Wachkapitän erwartete sie ungeduldig, die versprochenen Entlassungspapiere in der Hand. Er reichte sie Morgan über den Empfangstresen hinweg zur Unterschrift, schob sie dann dem Adjutanten zu und stakste in sein Büro zurück. Der Adjutant schaute Morgan unbehaglich an.

Morgan gratulierte sich im stillen für seinen Erfolg. »Major Assomal wird schon warten«, sagte er.

Er wandte sich um und war gerade dabei, Elise und Jilt nach draußen zu bugsieren, als die Tür direkt vor ihrer Nase aufging und ein neuer Föderationsoffizier auftauchte. Dieser hier trug die gekreuzten Streifen eines Divisionskommandanten.

»Kommandant Soldt!« Der Adjutant sprang auf die Füße und salutierte zackig.

Morgan erstarrte. Kommandant Soldt war mit der Überwachung der inhaftierten Zwerge beauftragt, der höchstrangige Offizier der ganzen Garnison. Was er um diese Zeit im Zentrum zu suchen hatte, stand jedem frei, sich auszudenken, aber es bedeutete jedenfalls für die Durchführung von Morgans Plan nichts Gutes.

Der Hochländer salutierte.

»Was soll das alles?« fragte Soldt mit einem Seitenblick auf Elise und Jilt. »Was haben die hier außerhalb ihrer Quartiere zu suchen?«

»Nur ein Auslieferungsantrag, Kommandant«, erwiderte der Adjutant. »Von Major Assomal.«

»Assomal?« Soldt runzelte die Stirn. »Er ist im Feld. Was will er dort mit Zwergen...« Er schaute zu Morgan. »Ich kenne Sie nicht, Soldat. Zeigen Sie mir Ihre Papiere.«

Morgan schlug so kräftig zu, wie er konnte. Soldt stürzte und blieb reglos liegen. Morgan stürmte augenblicklich auf den Adjutanten zu, der schreiend zurückwich. Morgan erwischte ihn und rammte seinen Schädel gegen das Pult. Der Wachkapitän erschien im richtigen Moment, um ein paar schnelle Schläge ins Gesicht zu erhalten. Er taumelte in sein Büro zurück und ging zu Boden.

»Raus hier!« flüsterte Morgan Elise und Jilt zu.

Sie rannten aus dem Verwaltungszentrum in die Nacht hinaus. Morgan schaute schnell um sich und atmete erleichtert auf. Die Wachen waren noch immer auf ihren Posten. Niemand hatte den Kampf gehört. Er führte die alten Damen schnell die Straße hinunter von den Arbeitshäusern fort. Eine Patrouille tauchte vor ihnen auf. Morgan verlangsamte seine Schritte und ging mit ehrfurchtgebietender Haltung vor seinen Schützlingen her. Die Patrouille bog ab, ehe sie sie erreichten, und verschwand in der Dunkelheit.

Dann begann jemand hinter ihnen um Hilfe zu rufen. Morgan zerrte die alten Damen in eine Seitengasse und scheuchte sie bis zum anderen Ende. Die Rufe vervielfältigten sich jetzt, und man hörte rennende Schritte. Pfeifen schrillten, und eine Sirene heulte auf.

»Gleich haben wir sie alle auf dem Hals«, murmelte Morgan vor sich hin.

Sie gelangten an die nächste Querstraße und bogen ein. Das Geschrei war auf allen Seiten um sie herum. Er zog die alten Damen in einen dämmrigen Hauseingang und wartete. An beiden Enden der Straße tauchten Soldaten auf und suchten nach ihnen. Morgans Rettungspläne waren zunichte. Er ballte die Hände zu Fäusten. Was auch immer passierte, er konnte nicht zulassen, daß die Föderation Elise und Jilt wieder einfing.

Er beugte sich zu ihnen hinunter. »Ich muß sie weglocken«, flüsterte er dringlich. »Bleibt hier, bis sie hinter mir her sind, dann rennt los. Sobald ihr euch versteckt habt, bleibt dort – egal was passiert.«

»Morgan, und du?« Elise packte seinen Arm.

»Macht euch um mich keine Sorgen. Tut nur, was ich euch gesagt habe. Kommt nicht nach mir suchen. Ich werde euch finden, wenn diese ganze Angelegenheit überstanden ist. Auf Wiedersehen, Elise. Auf Wiedersehen, Jilt.«

Er ignorierte ihr Flehen, er solle bleiben, umarmte und küßte sie hastig und stürmte auf die Straße hinaus. Er rannte, bis er den ersten Suchtrupp sah, und schrie ihnen zu: »Da drüben sind sie!«

Die Soldaten kamen hinter ihm hergerannt, als er in eine Seitenstraße einbog und sie von Elise und Jilt wegführte. Er riß das Breitschwert, das er auf den Rücken geschnallt trug, aus seiner Scheide. Als er die Seitenstraße verließ, entdeckte er einen weiteren Trupp und rief sie ebenfalls hinter sich her, indem er vage nach vorn zeigte. Für sie war er nur ein anderer Soldat – jedenfalls für den Augenblick noch. Wenn er sie vor sich manövrieren konnte, wäre es ihm vielleicht möglich, ebenfalls zu entkommen.

»Die Scheune da vorn!« schrie er, als der erste Trupp ihn einholte. »Da sind sie drin!«

Die Soldaten stürmten an ihm vorbei, erst der erste Trupp, dann der zweite. Morgan wendete und stürmte in entgegengesetzter Richtung davon. Als er um die Ecke eines Nahrungsspeichers bog, rannte er direkt in die Arme eines dritten Trupps.

»Sie sind in...«

Er hielt abrupt inne. Der Wachkapitän stand vor ihm und brüllte, als er ihn erkannte.

Morgan versuchte zu fliehen, doch die Soldaten waren im Nu über ihm. Er verteidigte sich tapfer, aber er hatte keinen Platz zum Manövrieren. Seine Angreifer rückten näher und zwangen ihn zu Boden. Schläge prasselten auf ihn nieder.

Es klappt nicht so, wie ich mir das vorgestellt hatte, dachte er trübsinnig, und dann wurde alles schwarz.

Drei Tage danach gelangte jene, von der man sagte, sie sei die Tochter des Königs vom Silberfluß, nach Culhaven. Die Nachricht von ihrer Ankunft kam einen halben Tag vor ihr an, und als sie die Außenbezirke des Dorfs erreichte, reihten sich die Leute über eine Meile weit zu beiden Seiten der Straße, die in den Ort führte. Von überall her waren sie herbeigeeilt – aus dem Dorf selbst, aus den umliegenden Gemeinden sowohl aus dem Ostland als auch aus dem Südland, von den Gehöften und aus den Hütten der Ebenen und aus den tiefen Wäldern und sogar aus den Bergen im Norden. Da waren Zwerge und Menschen und eine Handvoll Gnome beider Geschlechter und jeden Alters. Sie waren zerlumpt und arm und bis zu diesem Moment ohne jede Hoffnung. Sie drängten sich erwartungsvoll am Straßenrand; einige waren aus reiner Neugierde gekommen, die meisten jedoch aus ihrer Not, irgend etwas zu finden, woran sie wieder glauben konnten.

Die Geschichten über das Mädchen waren voller Wunder. Sie war im Herzen des Silberflußlandes in der Nähe des Regenbogensees aufgetaucht, ein Wundergeschöpf, das einfach so aus der Erde gehüpft war. Sie machte in jedem Dorf, in jeder Stadt, auf jeder Farm, bei jeder Hütte halt und vollbrachte Wunder. Es hieß, sie heile das Land. Sie verwandele geschwärzte, welke Stiele in frische Sprößlinge. Sie lasse mit einer leisen Berührung Blumen erblühen, Früchte wachsen und Ernte reifen. Sie erwecke die Erde vom Tode zu neuem Leben. Selbst dort, wo die Krankheit am schlimmsten wüte, gewinne sie die Oberhand. Sie habe eine besondere Zuneigung zu dem Land, eine Verwandtschaft, die direkt aus den Händen ihres Vaters stamme, aus der legendären Herrschaft des Königs vom Silberfluß. Seit Jahren hatte man geglaubt, daß der Geisterherr mit dem Ausklang des magischen Zeitalters gestorben sei. Jetzt wußte man, daß dies nicht der Fall war; zum Beweis hatte er seine Tochter zu ihnen gesandt. Die Leute des Silberflußlandes sollten ihr altes Leben wiederbekommen. So behaupteten die Geschichten.

Niemand war erpichter darauf, die Wahrheit hinter diesen Gerüchten zu erfahren, als Pe Ell.

Es war Mittag, und er hatte seit Sonnenaufgang im Schatten des hohen, alten, borkigen Hickorybaumes auf einem Hügel am äußersten Stadtrand auf das Mädchen gewartet, sobald die Kunde, heute sei der Tag, an dem sie ankomme, ihn erreicht hatte. Er konnte sehr gut warten, sehr geduldig, und die Zeit war für ihn schnell verstrichen, während er mit den anderen in der ständig wachsenden Menge stand und beobachtete, wie die Sonne langsam in den Sommerhimmel stieg und die Tageshitze sich breitmachte. Die Gespräche um ihn herum waren vielfältig gewesen und ohne Zurückhaltung, und er lauschte aufmerksam. Da waren Geschichten darüber, was das Mädchen getan haben sollte, und darüber, was man glaubte, was sie tun würde. Es gab Spekulationen und Urteile. Die Zwerge waren am inbrünstigsten in ihrem Glauben – oder dem Fehlen eines solchen. Manche sagten, sie sei die Erlöserin ihres Volkes; manche meinten, sie sei nichts anderes als eine Südlandpuppe. Stimmen hoben sich zu Geschrei, stritten und verstummten. Auseinandersetzungen wehten durch die stille, feuchte Luft wie kleine Dampfexplosionen aus einem Geysir. Launen flammten auf und kühlten sich wieder. Pe Ell hörte zu und sagte gar nichts.

»Sie kommt her, um die Föderationssoldaten zu vertreiben und uns unser Land zurückzugeben, ein Land, das dem König vom Silberfluß am Herzen liegt! Sie kommt, uns zu befreien!«

»Bah, Alte, du redest Unfug! Es gibt keinen Beweis dafür, daß sie ist, was sie zu sein vorgibt. Was weißt du darüber, was sie tun kann und was nicht?«

»Ich weiß, was ich weiß. Ich fühle, was sein wird.«

»Ha! Die Schmerzen in deinen Gelenken sind es, die du fühlst, sonst nichts! Du glaubst, was du glauben willst, nicht, was ist. Die Wahrheit ist, daß wir nicht mehr von dem Mädchen wissen, als wir wissen, was der morgige Tag bringen wird. Es ist sinnlos, uns irgendwelche Hoffnungen zu machen!«

»Es ist noch sinnloser, sich keine zu machen!«

Und so fort, hin und her, eine endlose Folge von Argumenten und Gegenargumenten, die nichts weiter brachten, als der Zeit verstreichen zu helfen. Pe Ell seufzte innerlich. Er stritt sich selten. Er hatte selten Grund dazu.

Als es endlich hieß, sie nähere sich, verstummten die Gespräche und Auseinandersetzungen zu Gemurmel und Geflüster. Und als sie wirklich auftauchte, erstarb auch das Murmeln und das Flüstern. Eine seltsame Stille breitete sich über die Volksmenge am Straßenrand, die unterstellte, daß das Mädchen entweder ganz und gar nicht das war, was sie erwartet hatten, oder auch eine ganze Menge mehr.

Sie kam mitten auf der Straße entlang, umgeben von dem Möchtegerngefolge, das sich ihr auf ihrem Weg nach Osten angeschlossen hatte, eine überwiegend zerlumpte Menge mit zerfetzten Kleidern und heiteren Gesichtern. Ihre eigenen Gewänder waren grob und schlecht genäht, doch sie strahlte etwas Atemberaubendes aus. Sie war klein und zierlich und so erlesen von Gestalt, als wäre sie nicht ganz wirklich. Ihr Haar war lang und silbern, glänzend wie Wasser, wenn es im Mondschein schimmert. Ihre Züge waren perfekt. Sie ging allein in einer Horde von Leibern, die sich um sie drängten und stießen und sich doch nicht nah an sie heranwagten. Sie schien zwischen ihnen zu schweben. Stimmen riefen dringlich nach ihr, doch sie sah aus, als sei sie sich nicht bewußt, daß überhaupt jemand in ihrer Nähe war.

Dann kam sie an Pe Ell vorbei und drehte sich absichtsvoll um und schaute ihn an. Pe Ell schauderte vor Überraschung. Das Gewicht dieses Blicks – oder vielleicht nur sein Erleben dieses Blicks – reichte, um ihn aus dem Gleichgewicht zu bringen. Ihre schwarzen Augen wandten sich sofort wieder ab, und sie ging weiter wie ein leuchtender Sonnenstrahl, der ihn für einen Moment geblendet hatte. Pe Ell starrte ihr nach. Er wußte jetzt, was sie mit ihm gemacht hatte, was mit ihm in diesem kurzen Moment geschehen war, als ihre Blicke sich begegneten. Es war, als habe sie in sein Bewußtsein und in sein Herz geschaut und darin gelesen. Es war, als habe sie mit diesem einzigen Blick alles erfahren, was man von ihm wissen konnte.

Er empfand sie als das wundervollste Geschöpf, das er in seinem ganzen Leben gesehen hatte.

Sie bog in die Straße ein, die in den eigentlichen Dorfkern führte, die Menge folgte ihr, und Pe Ell schloß sich ihnen an. Er war ein großer, schlanker Mann, so schlank, daß er mager aussah. Seine Knochen standen hervor, und Muskeln und Haut umspannten sie so stramm, daß es aussah, als könnte er leicht zerbrechen. Nichts war der Wahrheit ferner. Er war so hart wie Eisen. Er hatte ein langes, schmales Gesicht mit einer Adlernase, eine breite Stirn mit hohen Brauen über haselnußbraunen Augen, die einen mit entwaffnender Offenheit anschauten. Wenn er lächelte, was er oft tat, verzog sein Mund sich ein wenig schief. Sein braunes Haar war kurz geschnitten, ziemlich borstig und wild. Sein Gang war ein bißchen schlaksig wie bei einem hochaufgeschossenen Knaben oder einer einherstolzierenden Katze. Seine Hände waren schlank und feingliedrig. Er trug gewöhnliche Waldkleider aus grobem, in verschiedenen Grün- und Braunschattierungen gefärbtem Tuch, ausgetretene, geschnürte Lederstiefel und einen kurzen Mantel mit Taschen.

Er trug keine sichtbaren Waffen. Sein Stiehl war direkt unter seiner rechten Hüfte an den Schenkel geschnürt. Das Messer steckte unter seinen locker sitzenden Hosen, wo man es nicht sehen, aber leicht durch einen Schlitz in der Hosentasche erreichen konnte.

Er fühlte die magische Wärme seiner Klinge.

Als er schneller ging, um das Mädchen einzuholen, traten die Leute zur Seite – entweder wegen seines Gesichtsausdrucks oder wegen seiner Art, sich zu bewegen, oder wegen der unsichtbaren Mauer, die sie um ihn spürten. Er mochte nicht berührt werden, und jedermann schien das instinktiv zu wissen. Wie immer wich man ihm aus. Er ging an ihnen vorbei wie ein Schatten, der hinter dem Licht herjagt, behielt dabei das Mädchen im Auge und überlegte. Sie hatte ihn nicht grundlos angeschaut, und das beschäftigte ihn. Er war nicht sicher gewesen, wie sie wohl sein würde, was für Gefühle es in ihm auslösen würde, wenn er sie zum ersten Mal sah – aber er hatte absolut nicht erwartet, daß es so sein könnte. Es überraschte ihn, gefiel ihm, und gleichzeitig machte es ihm ein bißchen Sorge. Er mochte Sachen nicht, die er nicht unter Kontrolle hatte, und er hatte den Verdacht, daß es jedermann schwerfallen würde, sie unter Kontrolle zu bekommen.

Er war natürlich nicht einfach jedermann.

Die Menge hatte zu singen angefangen, ein altes Lied, das davon erzählte, wie die Erde mit der neuen Ernte wiedergeboren wurde, von der Nahrung aus den Feldern, die auf den Tisch der Leute gelangte, die dafür gearbeitet hatten. Ein Lob auf die Jahreszeiten, auf Regen und Sonne, auf das Geschenk des Lebens. Ein Gesang für den König vom Silberfluß. Die Stimmen wurden stetig lauter und inbrünstiger. Das Mädchen schien sie nicht zu hören. Sie wandelte durch den Gesang und das Geschrei, ohne darauf zu reagieren, vorbei an den ersten Häusern am Dorfrand und den größeren Läden, die das Herz des Geschäftszentrums darstellten. Föderationssoldaten tauchten auf und versuchten, den Verkehr zu lenken, der vorwärtsdrängte. Es waren zu wenige, und sie waren nicht gut genug vorbereitet, dachte Pe Ell. Offenbar hatten sie das Ausmaß der Reaktion der Bevölkerung auf die Ankunft des Mädchens gewaltig unterschätzt.

Die Zwerge himmelten sie an wie im Fieber. Es war, als habe man ihnen das Leben wiedergegeben, das man ihnen geraubt hatte. Ein seit vielen Jahren gebrochenes, unterjochtes Volk, für das es reichlich wenig Grund zur Hoffnung gegeben hatte. Doch dieses Mädchen schien zu sein, worauf sie gewartet hatten. Es war mehr als die Geschichten, mehr als die Gerüchte, wer sie sei und was sie zu tun imstande sei. Sie war anders als alle, die er je gesehen hatte. Sie war aus einem bestimmten Grund hergekommen. Sie würde etwas *tun*.

Das Geschäftsleben von Culhaven erstarb, als das gesamte Dorf, Unterdrücker und Unterdrückte gleichermaßen, erkannte, was geschah, und Teil des Geschehens wurde. Pe Ell hatte die Vorstellung einer Woge, die draußen auf dem Meer Kraft sammelt, wächst und schließlich die gewaltige Wassermenge, die ihr das Leben gegeben hat, weit überragt. So war es mit diesem Mädchen. Es war, als ob alle anderen Ereignisse neben diesem hier zu existieren aufhörten. Alles außer ihr verblaßte und verlor jede Bedeutung. Pe Ell lächelte. Es war das allerwunderbarste Gefühl.

Die Woge rollte über das Dorf, an Läden und Geschäften vorbei, an den Sklavenmärkten, den Arbeitshäusern, den schäbigen Heimen der Zwerge und den gepflegten Villen der Föderationsoffiziere, die Hauptstraße hinunter und wieder hinaus. Niemand schien erraten zu können, wohin sie rollte. Niemand außer dem Mädchen, denn sie führte und dirigierte irgendwie mitten in dem Strudel aus Leibern die ganze Woge ganz nach ihrem Belieben. Das Geschrei und der Gesang gingen unverdrossen weiter, frohsinnig und verzückt. Pe Ell staunte.

Und dann blieb das Mädchen stehen. Die Menge wurde langsamer, wirbelte um sie herum und wurde still. Sie stand am Fuß des schwarz gewordenen Hanges, wo einst die Meadegärten geblüht hatten. Sie hob das Gesicht zu der scharfen Linie des kahlen Hügelkamms, so, als schaue sie jenseits zu einem Ort, den niemand außer ihr sehen konnte. Wenige in der Menge schauten in die gleiche Richtung wie sie; die meisten starrten sie einfach nur an. Es waren Hunderte inzwischen, und alle warteten auf das, was sie tun würde.

Dann ging sie langsam und zielbewußt den Hang hinauf. Die Menge folgte ihr nicht, fühlte vielleicht, daß sie zurückbleiben sollte, erriet aus einer kleinen Geste oder einem Blick, daß sie warten solle. Sie teilte sich für sie, ein Meer aus erwartungsvollen Gesichtern. Ein paar Hände streckten sich nach ihr aus, doch keiner gelang es, sie zu berühren.

Pe Ell drängte sich durch die Menge, bis er in der vordersten Reihe stand, weniger als zehn Schritte von dem Mädchen entfernt. Auch wenn er sich zielstrebig dorthinbegeben hatte, wußte er noch nicht, was er tun wollte.

Eine Gruppe von Soldaten, angeführt von einem Offizier mit den gekreuzten Schulterstreifen eines Föderationskommandanten, schnitt dem Mädchen den Weg ab. Ein unfreundliches Murmeln erhob sich aus der Menge.

»Sie dürfen hier nicht sein«, verkündete der Kommandant mit klarer, fester Stimme. »Niemand darf hier sein. Sie müssen wieder hinuntergehen.«

Das Mädchen schaute ihn an und wartete.

»Dies ist verbotener Boden, junges Fräulein«, fuhr der Kommandant fort mit der Attitüde eines Höhergestellten gegenüber einem Niederen, mit der er Autorität demonstrieren wollte. »Niemand hat die Erlaubnis, diesen Boden zu betreten. Eine Proklamation des Koalitionsrats der Föderationsregierung, die ich zu vertreten die Ehre habe, verbietet es. Verstehen Sie mich?«

Das Mädchen antwortete nicht.

»Wenn Sie nicht sofort umkehren und freiwillig gehen, sehe ich mich gezwungen...«

Das Mädchen machte eine Geste, und im gleichen Augenblick waren die Beine des Mannes von daumendicken Wurzeln umwickelt. Die Soldaten, die ihn begleitet hatten, wichen entsetzt zurück, als sich die Speere, die sie in den Händen hielten, in knorrige Holzstücke verwandelten, die ihnen zwischen den Fingern zerbröselten. Das Mädchen ging an ihnen vorbei, ohne hinzuschauen. Die dröhnende Stimme des Kommandanten wurde zu einem verängstigten Wimmern und ging im Gemurmel der Menge unter.

Pe Ell lächelte grimmig. Magie! Das Mädchen verfügte über wahre Magie! Die Geschichten waren also wahr. Das war mehr, als er hatte hoffen können. Ob sie wirklich die Tochter des Königs vom Silberfluß war?

Die Soldaten hielten sich von ihr zurück, weil sie die Macht, die sie offensichtlich besaß, nicht herausfordern wollten. Ein paar niedere Offiziere versuchten, ein paar Befehle zu erteilen, aber niemand wußte nach dem, was dem Kommandanten widerfahren war, so recht, was zu tun sei. Pe Ell schaute sich schnell um. Offenbar gab es in dem Dorf keine Sucher. In Abwesenheit von Suchern würde niemand handeln.

Das Mädchen stieg über die kahle, abgebrannte Oberfläche des Hanges zum Gipfel hinauf, und ihre Schritte bewegten kaum die trokkene Erde, auf der sie ging. Die Sonne glühte unerbittlich aus dem Mittagshimmel und verwandelte den kahlen Boden in einen Brennofen. Das Mädchen schien es nicht zu bemerken. Ihr Gesicht blieb ruhig, während sie durch die Hitze schritt.

Pe Ell starrte sie an und fühlte, wie er an den Rand eines gewaltigen Abgrunds gezogen wurde. Er wußte, daß dahinter etwas unvorstellbar Unmögliches steckte.

Was wird sie tun?

Sie erreichte die Anhöhe und blieb stehen. Ihre schlanke, ätherische Gestalt hob sich vor dem Himmel ab. Sie hielt einen Moment inne, als suche sie etwas in der Luft um sie herum, ein unsichtbares Etwas, das zu ihr sprechen würde. Dann kniete sie sich hin. Sie ließ sich auf die verbrannte Erde des Hügels nieder und vergrub ihre Hände darin. Sie senkte den Kopf, und ihr Haar fiel ihr wie ein Schleier aus silbrigem Licht über die Schultern.

Die Welt um sie herum verstummte vollständig.

Dann begann die Erde zu zittern und zu beben, und ein Donnern rollte aus den Tiefen. Die Menge wich staunend zurück. Männer suchten ihr Gleichgewicht zu halten, Frauen schnappten sich ihre Kinder, und Schreie und Rufe wurden laut. Pe Ell trat einen Schritt vor. Er hatte keine Angst. Das war es, worauf er gewartet hatte, und nichts konnte ihn vertreiben.

Dann schien Licht aus dem Hügel zu strahlen, ein Glühen, das das Sonnenlicht fahl erscheinen ließ. Geysire sprangen aus dem Boden, kleine Eruptionen, die himmelwärts spritzten und Pe Ell und die Nächststehenden mit Erde und Schlamm besprühten. Der Boden wankte, als erwache ein eingegrabener Riese aus seinem Schlaf, und riesige Brocken flogen aus dem Boden wie die Knochen von des Riesen Schultern. Die versengte Oberfläche des Hügels begann sich selbst umzuwenden und zu verschwinden. Frische Erde kam herauf und deckte sie zu, fruchtbare, glänzende Erde, die die Luft mit einem kräftigen Geruch anfüllte. Starke Wurzeln ringelten sich schlangengleich hervor, wanden und drehten sich in Antwort auf das Donnergetöse. Grüne Sprossen begannen sich zu entfalten.

Und inmitten all dessen kniete das Mädchen. Ihr Körper unter den losen Gewändern war starr, und sie hatte ihre Arme bis zu den Ellbogen in der Erde vergraben. Ihr Gesicht war nicht zu sehen.

In der Menge hatten sich viele hingekniet. Manche beteten zu den Mächten der Magie, von denen man einst geglaubt hatte, daß sie das Schicksal der Menschen kontrollierten, manche nur, um sich gegen die Erdstöße zu schützen, die inzwischen so gewaltig geworden waren, daß auch die kräftigsten Bäume gerüttelt wurden. Erregung durchwallte Pe Ell und ließ ihn erröten. Er wollte zu dem Mädchen laufen, es umarmen und fühlen, was in ihr geschah, die Kraft mit ihr teilen.

Felsbrocken knirschten und dröhnten, als sie sich selbst zurechtrückten und die Form des Hanges umgestalteten. Terrassenmauern schichteten sich aus den Feldsteinen auf. Moos und Efeu füllten die Spalten. Pfade wanden sich von einem Niveau zum nächsten in sanfter Neigung. Bäume erschienen, Wurzeln wurden kleine Schößlinge, die Schößlinge ihrerseits wurden dicker und verzweigten sich, durchlebten Dutzende von Jahreszeiten des Wachstums in wenigen Minuten. Blätter knospten und entfalteten sich, als suchten sie gierig das Sonnenlicht. Gras und Buschwerk breiteten sich über die kahle Erde und verwandelten die verkohlte Oberfläche in üppiges Grün. Und Blumen! Pe Ell schrie auf in der Stille seines Bewußtseins. Überall waren Blumen, sie erblühten in den leuchtendsten Farben, die ihn zu blenden drohten. Blau und rot und gelb und lila – alle Schattierungen und Tönungen des Regenbogenspektrums überzogen den Hang.

Dann verstummte das Dröhnen, und die darauf folgende Stille wurde von Vogelgezwitscher gebrochen. Pe Ell warf einen Blick auf die Menge. Die meisten waren noch immer auf den Knien, mit weit aufgerissenen Augen und staunend verzückten Gesichtern. Viele weinten.

Dann wandte er sich wieder dem Mädchen zu. In wenigen Minuten hatte sie den ganzen Hang umgewandelt. Sie hatte ein ganzes Jahrhundert von Verheerung und Vernachlässigung, von absichtlichem Roden und Abbrennen und Einebnen ungeschehen gemacht und den Zwergen von Culhaven das Symbol dessen, wer und was sie waren, zurückgegeben. Sie hatte ihnen die Meadegärten wiedergegeben.

Sie kniete noch immer mit gesenktem Kopf am Boden. Als sie aufstand, konnte sie sich kaum halten. Sie hatte ihre ganze Kraft zur Wiedererstehung der Gärten verausgabt; sie schien nichts mehr übrig zu haben. Schwach schwankte sie mit schlaff herunterhängenden Armen, und ihr hübsches Gesicht war gezeichnet und verhärmt, und ihr silbriges Haar feucht und zerzaust. Pe Ell spürte ihren Blick wieder auf sich gerichtet, und diesmal zögerte er nicht. Hurtig eilte er den Hang hinauf, sprang über Steine und Gebüsch und ließ die Pfade außer acht, als wären sie Hindernisse. Er fühlte, wie die Menge ihm nachdrängte, hörte ihre Stimmen aufschreien, doch sie bedeuteten ihm nichts, und er schaute sich nicht um. Er erreichte das Mädchen, als sie fiel, und fing sie auf. Sanft hielt er sie in den Armen, als habe er ein wildes Geschöpf gefangen, beschützend und besitzergreifend zur selben Zeit.

Ihre Augen schauten in die seinen, er sah ihre Intensität und ihr Leuchten und die Gefühlstiefe, die darin zum Ausdruck kam. In diesem Augenblick war er an sie in einer Weise gebunden, die er nicht zu beschreiben vermochte. »Bring mich an einen Ort, wo ich ruhen kann«, flüsterte sie.

Die Menge umringte sie jetzt, und er konnte sich ihrem aufgeregten Geschnatter nicht entziehen. Ein Meer von Gesichtern drängte in die Nähe. Er sagte etwas zu den Nächststehenden, um sie zu beruhigen, daß das Mädchen nur erschöpft sei, und er hörte, wie seine Worte von Mund zu Mund weitergegeben wurden. Er erhaschte einen Blick der Föderationssoldaten am Rande der Menge, doch sie zogen es weise vor, sich fern zu halten. Mit dem Mädchen auf dem Arm ging er los. Er staunte, wie wenig sie wog. Es ist nichts an ihr dran, dachte er. Und alles.

Eine kleine Gruppe von Zwergen trat ihm entgegen und forderte ihn auf, ihnen zu folgen und die Tochter des Königs vom Silberfluß in ihr Haus zu bringen, damit sie sich dort ausruhe. Pe Ell ließ sich von ihnen führen. Ein Haus war für den Moment so gut wie jedes andere. Die Augen der Menge folgten ihnen, doch sie begann sich schon zu zerstreuen und in das Paradies der Gärten zu schwärmen und sich an ihrer Schönheit zu ergötzen. Gesang erschallte wieder, sanfte Lieder, die das Mädchen priesen und ihm dankten, lyrisch und süß.

Pe Ell, das schlafende Mädchen auf den Armen, ging den Hügel hinunter, verließ die Meadegärten und betrat wieder das Dorf Culhaven. Sie hatte sich in seine Obhut begeben. Sie hatte sich unter seinen Schutz gestellt. Welche Ironie.

Schließlich war er hergeschickt worden, um sie zu töten.

Pe Ell trug die Tochter des Königs vom Silberfluß in das Haus der Zwerge, die angeboten hatten, sie zu beherbergen. Die Familie bestand aus dem Mann, seiner Frau, ihrer verwitweten Tochter und zwei kleinen Enkelkindern. Ihre Kate aus Stein stand am Ostrand des Dorfes, geschützt von einer Eiche und einer Blutulme, nicht weit von der Mauer des Waldes und in der Nähe des Flußkanals. Es war ruhig dort, isoliert vom eigentlichen Dorf, und als sie ankamen, hatte sich der größte Teil der Menge zerstreut. Ein paar hatten beschlossen zu bleiben und am Rand des Grundstücks ein Lager aufzuschlagen. Die meisten davon gehörten zu denen, die dem Mädchen aus dem Süden gefolgt waren, Eiferer, die beschlossen hatten, daß sie ihre Retterin sei.

Aber sie war nicht für sie bestimmt, das wußte Pe Ell. Sie gehörte jetzt ihm.

Mit der Hilfe der Familie legte er das Mädchen in ein Bett in einem kleinen Hinterzimmer, wo der Mann und die Frau schliefen. Der

Mann, die Frau und die verwitwete Tochter gingen wieder hinaus, um etwas für jene zu essen zu bereiten, die sich entschlossen hatten, Wache über das Mädchen zu halten. Doch Pe Ell blieb. Er setzte sich auf einen Stuhl neben das Bett und beobachtete ihren Schlaf. Eine Weile blieben auch die Kinder dabei, neugierig, was geschehen würde. Doch irgendwann verloren sie das Interesse, und er war allein. Das Tageslicht schwand, und es wurde dunkel und still, und er saß da und wartete geduldig auf ihr Erwachen. Er betrachtete ihre schlafende Gestalt, die Kurve ihrer Hüften und Schultern, die sanfte Rundung ihres Rückens. Sie war so ein winziges Geschöpf, nur ein wenig Fleisch und Knochen unter der Decke, ein winziger Lebensfunken. Er staunte über die Beschaffenheit ihrer Haut, die Färbung, die Makellosigkeit. Sie hätte von einem großen Künstler gestaltet sein können, dessen Kunstfertigkeit und Genie ein einmaliges Meisterwerk geschaffen hatten.

Draußen wurden Feuer entfacht, und Stimmen drangen durch das verhangene Fenster. Nächtliche Geräusche füllten die Stille zwischen den Gesprächen, Vogelgesang und das Summen von Insekten erhoben sich über das ferne Rauschen des Flusses. Pe Ell war nicht müde und empfand keinen Bedarf nach Schlaf.

Er nutzte statt dessen die Zeit zum Nachdenken.

Vor einer Woche war er zur Südwache zu einer Unterredung mit Felsen-Dall gerufen worden. Er war gegangen, weil ihm gerade danach war, nicht, weil es nötig war. Er langweilte sich und hoffte, der Erste Sucher könnte ihm etwas Interessantes zu tun geben, ihm eine Herausforderung bescheren. Für Pe Ells Empfinden war das das einzig Bedeutsame bei Felsen-Dall. Das übrige, was der Erste Sucher mit seinem Leben und dem anderer anfing, interessierte ihn nicht. Er machte sich natürlich keinerlei Illusionen. Er wußte, was Felsen-Dall war. Es war ihm einfach egal.

Er brauchte zwei Tage für die Reise. Er ritt aus dem zerklüfteten Hügelland unterhalb des Battlemound Tieflands, wo er sich niedergelassen hatte, nordwärts und gelangte bei Sonnenuntergang des zweiten Tages zur Südwache. Er stieg vom Pferd, als er noch außer Sichtweite der Wachen war, und näherte sich zu Fuß. Es wäre nicht nötig gewesen; er hätte ohne weiteres offen vorreiten können und wäre sofort vorgelassen worden, aber ihm gefiel es, nach Belieben und ungesehen kommen und gehen zu können. Es gefiel ihm, seine Fähigkeiten zu zeigen.

Vor allem den Schattenwesen.

Pe Ell war wie sie, als er in den schwarzen Monolithen kam, scheinbar durch die Sprünge im Stein drang, eine Erscheinung aus der Finsternis. Ungesehen und ungehört ging er an den Wachen vorbei, so unsichtbar für sie wie die Luft, die sie atmeten. Südwache war still und dunkel, die Mauern glatt und poliert, die Flure leer. Es vermittelte den Eindruck einer guterhaltenen Gruft. Nur die Toten gehörten hierher oder jene, die mit dem Tod Handel trieben. Er durchquerte die Katakomben, spürte das Pulsieren der in der Erde gefangenen Magie, hörte, wie sie in dem Bemühen, sich zu befreien, wisperte. Ein schlafender Riese, den Felsen-Dall und seine Schattenwesen zu zähmen gedachten, wie Pe Ell wußte. Sie hüteten ihr Geheimnis wohl, doch vor ihm konnte man keine Geheimnisse bewahren.

Als er fast den hohen Turm erreicht hatte, wo Felsen-Dall wartete, tötete er einen von denen, die Wache hielten, ein Schattenwesen, aber das spielte keine Rolle. Er tat es, weil er dazu in der Lage war und weil er Lust dazu hatte. Er verschmolz mit der schwarzen Steinmauer und wartete, bis das Geschöpf an ihm vorbeikam, angelockt von einem kleinen Geräusch, das er verursacht hatte. Dann zog er den Stiehl aus der Scheide unter seiner Hose und schnitt seinem Opfer geräuschlos den Lebensfaden ab. Der Wachmann starb in seinen Armen, sein Schatten stieg wie schwarzer Rauch vor ihm auf, während der Leib zu Asche zerfiel. Pe Ell schaute zu, wie die erstaunten Augen brachen. Er ließ die leere Uniform liegen, damit man sie finden würde.

Er lächelte, während er durch die Schatten glitt. Er tötete schon seit langer Zeit, und er beherrschte es sehr gut. Er hatte diese Begabung sehr früh in seinem Leben erkannt, seine Fähigkeit, selbst das wachsamste Opfer aufzufinden und zu zerstören, sein Gefühl, wie ihr Schutz niedergebrochen werden konnte. Der Tod machte den meisten Leuten angst, doch nicht Pe Ell. Pe Ell wurde von ihm angezogen. Der Tod war der Zwillingsbruder des Lebens und der interessantere von den beiden. Er war geheimnisvoll, unbekannt, mysteriös. Er war unvermeidlich und für immer, wenn er kam. Er war eine dunkle Festung mit unendlich vielen Kammern, die darauf warteten, erforscht zu werden. Die meisten Leute betraten sie nur einmal, und das auch nur, weil sie keine andere Wahl hatten. Pe Ell wollte bei jeder Gelegenheit eintreten können, und die Möglichkeit, dies zu tun, gaben ihm die, die er tötete. Jedesmal, wenn er jemanden sterben sah, entdeckte er ein neues Gemach, sah er einen anderen Teil des Geheimnisses. Er wurde wiedergeboren.

Hoch oben im Turm traf er auf zwei Wächter, die vor einer verschlossenen Tür postiert waren. Sie bemerkten ihn nicht, als er sich näherte. Pe Ell lauschte. Er konnte nichts hören, doch er konnte spüren, daß jemand in dem Raum hinter der Tür gefangengehalten wurde. Er überlegte einen Augenblick, ob er herausfinden sollte, wer es war. Aber das hieße, daß er danach fragen müßte, was er niemals tun würde, oder die Wachen töten müßte, wozu er keine Lust hatte. Er ging weiter.

Pe Ell stieg die verdunkelten Treppen hinauf in die Spitze der Südwache und betrat einen Saal mit unregelmäßigen Kammern, die wie Gänge in einem Labyrinth miteinander verbunden waren. Es gab keine Türen, nur Türöffnungen. Es gab keine Wachen. Pe Ell schlüpfte hinein, ein geräuschloser Teil der Nacht. Draußen war es inzwischen dunkel, vollständig schwarz, weil Wolken den Himmel zudeckten und die Welt darunter undurchdringlich machten. Pe Ell durchquerte mehrere der Kammern, lauschte und wartete.

Dann blieb er unvermittelt stehen, richtete sich auf und wandte sich um.

Felsen-Dall trat aus der Finsternis, von der er ein Teil war. Pe Ell lächelte. Felsen-Dall konnte sich ebenfalls gut unsichtbar machen.

»Wie viele hast du umgebracht?« fragte der Erste Sucher mit seiner wispernden, leisen Stimme.

»Einen«, erwiderte Pe Ell. Ein Lächeln zuckte in seinen Mundwinkeln. »Vielleicht werde ich noch einen töten, wenn ich hinausgehe.«

Dalls Augen schimmerten in einem eigentümlichen Rot. »Eines Tages wirst du dieses Spiel einmal zu oft gespielt haben. Eines Tages wirst du aus Versehen dem Tod in die Quere kommen, und er wird *dich* schnappen statt deines Opfers.«

Pe Ell zuckte mit den Achseln. Sein eigener Tod bekümmerte ihn nicht. Er wußte, daß er kommen würde. Wenn es soweit war, würde ihm sein Gesicht vertraut sein, eins, das er sein Leben lang gekannt hatte. Für die meisten gab es die Vergangenheit, die Gegenwart und die Zukunft. Nicht für Pe Ell. Die Vergangenheit war nichts als Erinnerungen, und Erinnerungen waren abgestandene Mahnungen an das, was verloren war. Die Zukunft war ein vages Versprechen – Träume und Rauchwölkchen. Mit beiden konnte er nichts anfangen. Nur die Gegenwart zählte, denn die Gegenwart war das Hier und Jetzt dessen, was man war, die Ereignisse des Lebens, die Unmittelbarkeit des Todes, und man konnte sie kontrollieren, wie es weder für die Vergangenheit noch für die Zukunft möglich war. Pe Ell glaubte an Kontrolle. Die Gegenwart war eine sich stetig weiterentwickelnde Kette von Augenblikken, die das Leben und Sterben schmiedeten, und man war immer da, um sie kommen zu sehen.

Ein Fenster öffnete sich in die Nacht jenseits eines Tisches mit zwei Stühlen, und Pe Ell ließ sich auf dem einen nieder. Felsen-Dall gesellte sich dazu. Eine Weile saßen sie schweigend da, und jeder schaute den anderen an, doch sah noch etwas mehr. Sie kannten sich schon seit über zwanzig Jahren. Ihre Begegnung war ein Zufall gewesen. Felsen-Dall war damals Jungmitglied eines Polizeikomitees des Koalitionsrates und schon zutiefst verstrickt in die Gift verspritzende Politik der Föderation. Er war grausam und ehrgeizig und, kaum aus den Kinderschuhen herausgewachsen, schon jemand zum Fürchten. Er war natürlich ein Schattenwesen, aber nur wenige wußten das. Pe Ell, beinahe gleich alt, war ein Mörder, der damals schon über zwanzig Morde auf dem Gewissen hatte. Sie waren sich in den Schlafquartieren eines Mannes begegnet, den Felsen-Dall zu beseitigen gekommen war, ein Mann, nach dessen Position in der Südlandregierung er trachtete und dessen Einmischungen er lange genug geduldet hatte. Pe Ell war als erster dort angelangt, geschickt von einem anderen der vielen Feinde dieses Mannes. Sie hatten sich über der Leiche des Mannes schweigend gegenübergestanden, und die Nachtschatten hüllten sie beide in die gleiche Düsterkeit, die ihr Leben widerspiegelte, und sie hatten eine Verwandtschaft gefühlt. Beide verfügten über Magie. Keiner war, was er zu sein schien. Beide waren rücksichtslos unmoralisch. Keiner hatte Angst vor dem anderen. Draußen summte und klirrte und fauchte die Südlandstadt Wayfort unter den Intrigen von Männern, deren Ehrgeiz größer war als ihr eigener, doch deren Fähigkeiten weit geringer waren. Sie schauten einander in die Augen und erkannten ihre Möglichkeiten.

Sie gründeten eine unwiderrufliche Partnerschaft. Pe Ell war die Waffe, Felsen-Dall die Hand, die sich ihrer bediente. Jeder diente dem anderen zu seinem eigenen Genuß; es gab keine Beschränkung und kein Band. Jeder nahm, was er brauchte, und gab, was gefordert war – doch keiner identifizierte sich mit dem anderen oder verstand, was der andere davon hatte. Felsen-Dall war der Schattenwesenführer, dessen Pläne ein unangetastetes Geheimnis waren. Pe Ell war der Mörder, dessen Tätigkeit seine absonderliche Leidenschaft blieb. Pe Ell nahm die Einladung an, wenn die Aufgabe spannend genug war. Sie labten sich genüßlich am Tod anderer.

»Wer ist das, den du da unten gefangenhältst?« fragte Pe Ell plötzlich und brach damit das Schweigen, beendete den Sturm der Erinnerungen.

Felsen-Dall neigte den Kopf ein wenig, eine knochige Maske, die sein Gesicht wie einen fleischlosen Schädel aussehen ließ. »Einen Südländer, einen Talbewohner. Einen von zwei Brüdern mit dem Namen Ohmsford. Der andere Bruder glaubt, daß ich diesen hier umgebracht habe. Ich habe dafür gesorgt, daß er das glaubt. Ich hatte es so geplant.« Der große Mann schien mit sich selbst zufrieden zu sein. »Wenn es Zeit dafür ist, werde ich dafür sorgen, daß die beiden sich wiederfinden.«

»Dein eigenes Spiel, wie mir scheint.«

»Ein Spiel mit sehr hohem Einsatz, einem Einsatz, der Magie von unvorstellbaren Ausmaßen mit einschließt – Magie, die größer ist als deine oder meine oder die von irgendwem sonst. Grenzenlose Kraft.«

Pe Ell antwortete nicht. Er fühlte das Gewicht des Stiehls an seinem Schenkel, die Wärme seiner Magie. Es fiel ihm schwer, sich eine stärkere Magie vorzustellen – unmöglich, sich eine nützlichere auszumalen. Der Stiehl war die perfekte Waffe, eine Klinge, die alles durchtrennen konnte. Nichts hielt ihm stand. Eisen, Stein, die undurchdringlichste aller Verteidigungen – alles war nutzlos dagegen. Niemand war davor sicher. Sogar die Schattenwesen waren anfechtbar, sogar sie konnten damit zerstört werden. Das hatte er vor Jahren herausgefunden, als einer von ihnen wie eine schleichende Katze in sein Schlafzimmer gekommen war und versucht hatte, ihn umzubringen. Er hatte geglaubt, ihn schlafend zu finden, doch Pe Ell war immer wach. Er hatte das schwarze Ding ohne Schwierigkeiten getötet.

Später war ihm der Gedanke gekommen, daß das Schattenwesen von Felsen-Dall geschickt worden sein mochte, um ihn zu testen. Er hatte sich mit dieser Möglichkeit nicht lange aufgehalten. Es spielte keine Rolle. Der Stiehl machte ihn unbesiegbar.

Das Schicksal hatte ihm diese Waffe gegeben, dachte er. Er wußte nicht, wer den Stiehl hergestellt hatte, aber er war für ihn bestimmt. Er war zwölf Jahre alt gewesen, als er ihn fand, auf einer Reise mit einem Mann, der behauptete, sein Onkel zu sein – ein schroffer, verbitterter Trunkenbold mit der Neigung, alles, was kleiner und schwächer war als er, zu verprügeln –, auf einer Reise durch das Tiefland von Battlemound nach Norden in eine endlose Folge von Städten und Dörfern, die sie aufsuchten, damit der Onkel sein Diebesgut verhökern konnte. Sie kampierten in einem trostlosen, leeren Gestrüppgelände am Rande der Schwarzen Eichen, einem Grenzgebiet zwischen den Sirenen und den Waldwölfen, und der Onkel hatte ihn wieder einmal für irgendeine eingebildete Untat geschlagen und war mit der Flasche in der Hand eingeschlafen. Pe Ell machten die Prügel nichts mehr aus; er hatte sie ertragen, seit er mit vier Jahren zum Waisen geworden und von seinem Onkel aufgenommen worden war. Er erinnerte sich kaum mehr daran, wie es war, nicht mißhandelt zu werden. Was ihm etwas ausmachte, war die Art und Weise, wie der Onkel es in diesen Tagen tat – als wollte er mit jedem Schlag testen, wieviel der Junge aushalten konnte. Pe Ell hatte begonnen zu vermuten, daß die Grenze erreicht war.

Er ging in der einfallenden Dämmerung davon, um allein zu sein, schlenderte die leeren Hänge hinunter, trottete über trostlose Anhöhen und wartete, daß die Schmerzen von den Striemen und Beulen nachließen. Die Talmulde war nicht weit, nur ein paar hundert Meter entfernt, und die Höhle in ihrer Sohle zog ihn an wie ein Magnet. Er spürte ihre Existenz in einer Weise, die er nicht zu erklären vermochte, nicht einmal später. Verborgen unter Gestrüpp und halb unter lockerem Geröll begraben öffnete sich ein schwarzer, geheimnisvoller Schlund in der Erde. Pe Ell ging ohne zu zögern hinein. Selbst damals gab es nicht vieles, das ihm angst machte. Seine Augen waren immer ausgezeichnet gewesen, und ein Minimum an Licht reichte ihm, um seinen Weg zu finden.

Er drang in die Höhle ein bis zu der Stelle, wo die Knochen herumlagen – jahrhundertealte Menschenknochen, verstreut, als habe man sie auseinandergetreten. Der Stiehl lag dazwischen. Seine Klinge leuchtete silbern in der Dunkelheit, pulsierte vor Leben, und sein Name war in den Griff geritzt. Pe Ell hob ihn auf und fühlte seine Wärme. Ein Talisman aus einem anderen Zeitalter, eine Waffe von großer Kraft – er wußte augenblicklich, daß sie magisch war und daß ihr nichts widerstehen konnte.

Er zögerte nicht. Er verließ die Höhle, kehrte ins Lager zurück und schnitt seinem Onkel die Kehle durch. Vorher weckte er ihn, damit er wußte, wer ihn umbrachte. Sein Onkel war der erste Mensch, den er tötete.

Das alles lag schon lange zurück.

»Es gibt da ein Mädchen«, sagte Felsen-Dall plötzlich und schwieg wieder.

Pe Ells Blick schwenkte wieder zurück auf das grobknochige Gesicht des anderen, das sich vor der Nacht abzeichnete. Er sah die karmesinroten Augen leuchten.

Der Erste Sucher ließ seinen Atem zwischen den Lippen herauszischen. »Man sagt, sie verfüge über Magie, sie könne das Land verändern, indem sie es einfach berührt, sie vertreibe Befall und Krankheit und lasse ausgewachsene Blumen aus dem schlechtesten Boden sprießen. Man sagt, sie sei die Tochter des Königs vom Silberfluß.«

Pe Ell lächelte. »Und ist sie das?«

Felsen-Dall nickte. »Ja, sie ist das, was die Geschichten behaupten. Ich weiß nicht, mit welchem Auftrag sie geschickt worden ist. Sie reist ostwärts in Richtung Culhaven zu den Zwergen. Es sieht aus, als habe sie etwas Bestimmtes im Sinn. Ich will, daß du herausfindest, was das ist, und sie dann tötest.«

Pe Ell räkelte sich genüßlich und beeilte sich nicht mit seiner Antwort. »Warum bringst du sie nicht selber um?«

Felsen-Dall schüttelte den Kopf. »Nein. Die Tochter des Königs vom Silberfluß ist für uns tabu. Außerdem würde sie ein Schattenwesen sofort erkennen. Feengeschöpfe sind einander verwandt, und die Verwandschaft vereitelt jede Tarnung. Es muß jemand anderes sein als einer von uns, jemand, der ihr nah genug kommen kann, jemand, den sie nicht verdächtigt.«

»Jemand.« Pe Ells schiefes Lächeln verhärtete sich. »Es gibt haufenweise Jemands, Dall. Schick einen anderen. Du hast ganze Armeen von blindlings gehorsamen Halsabschneidern, die nur zu glücklich wären, ein Mädchen zu beseitigen, das töricht genug ist, zu zeigen, daß sie über Magie verfügt. Dieses Geschäft interessiert mich nicht.«

»Bist du sicher, Pe Ell?«

Pe Ell seufzte innerlich. Jetzt geht das Feilschen los, dachte er. Er stand auf und lehnte seinen gertenschlanken Leib über den Tisch, so daß er das Gesicht des anderen klar sehen konnte. »Ich habe dich oft genug sagen gehört, wie sehr ich für dich wie ein Schattenwesen wirke. Wir sind uns sehr ähnlich, erzählst du mir. Wir üben Magie aus, gegen die es keinen Schutz gibt. Wir verfügen über Einsicht in den Sinn des Lebens, die anderen abgeht. Wir teilen gemeinsame Instinkte und Fähigkeiten. Wir riechen, schmecken und fühlen gleich. Wir sind zwei Seiten der gleichen Münze. Und so weiter und so fort. Also dann, Dall, wenn das so ist und du nicht lügst, würde ich doch von diesem Mädchen genauso schnell wie du erkannt werden, oder? Daher hat es keinen Sinn, mich hinzuschicken.«

»Du mußt es tun.«

»Muß ich wirklich?«

»Deine Magie ist nicht angeboren. Sie ist getrennt und unabhängig von dir und von dem, was du bist. Selbst wenn das Mädchen sie spürt, weiß sie nicht, wer du bist. Sie wird die Gefahr, die du für sie bedeutest, nicht erkennen. Du wirst in der Lage sein, zu tun, was zu tun ist.«

Pe Ell zuckte mit den Achseln. »Wie gesagt, die Sache interessiert mich nicht.«

»Weil du meinst, sie bedeutet keine Herausforderung?«

Pe Ell schwieg und setzte sich langsam wieder hin. »Ja. Weil es keine Herausforderung ist.«

Felsen-Dall lehnte sich in seinem Stuhl zurück, und sein Gesicht verschmolz mit dem Schatten. »Dieses Mädchen ist nicht einfach ein Geschöpf aus Fleisch und Blut; sie wird nicht leicht zu überwältigen sein. Sie besitzt gewaltige Magie, und ihre Magie wird sie beschützen. Es braucht noch stärkere Magie, um sie zu töten. Gewöhnliche Menschen mit gewöhnlichen Waffen haben keine Chance. Meine Legionen von Halsabschneidern, wie du sie so verächtlich nennst, sind wertlos. Föderationssoldaten können sich ihr nähern, doch sie können ihr nichts anhaben. Schattenwesen können ihr noch nicht einmal nahe kommen. Und selbst wenn sie das könnten, nehme ich an, würde es keinen Unterschied machen. Verstehst du, was ich dir sage, Pe Ell?«

Pe Ell antwortete nicht. Er schloß die Augen und konnte fühlen, wie Felsen-Dall ihn anschaute.

»Dieses Mädchen ist gefährlich, Pe Ell, und um so gefährlicher, weil sie offensichtlich geschickt worden ist, um etwas von Bedeutung zu erreichen, und ich weiß nicht, was es ist. Ich muß es herausfinden, und ich muß es verhindern. Es wird beides nicht leicht zu erledigen sein. Es mag sogar deine Fähigkeiten übersteigen.«

Pe Ell neigte nachdenklich den Kopf. »Glaubst du das im Ernst?«

»Möglich.«

Pe Ell war blitzschnell aufgesprungen, hatte den Stiehl aus der Scheide gezogen und hielt die Spitze der Klinge knapp vor Felsen-Dalls Nase. Pe Ells Lächeln war furchteinflößend. »Wirklich?«

Felsen-Dall zuckte nicht, er zuckte nicht einmal mit der Wimper. »Tu, was ich dir sage, Pe Ell. Geh nach Culhaven. Such das Mädchen und finde heraus, was sie vorhat. Dann bring sie um.«

Pe Ell fragte sich, ob er Felsen-Dall umbringen sollte. Er hatte schon früher daran gedacht. Es ziemlich ernsthaft in Betracht gezogen. In letzter Zeit erschien ihm dieser Gedanke einigermaßen faszinierend. Er empfand keinerlei Loyalität zu dem Mann. Er war ihm so oder so nicht wichtig, abgesehen von den Gelegenheiten, die er ihm bot, und selbst die befriedigten ihn längst nicht mehr so wie früher. Er war der ständigen Versuche des anderen, ihn zu manipulieren, müde. Ihm behagte ihr Abkommen nicht mehr. Warum dem nicht ein Ende setzen?

Der Stiehl schwankte. Die Sache war natürlich, daß es keinen wirklichen Grund dafür gab. Felsen-Dall zu töten brachte überhaupt nichts, es sei denn, er war erpicht darauf, die Geheimnisse zu entdecken, die sich ihm im Augenblick des Todes des Ersten Suchers enthüllten. Das könnte sich als interessant erweisen. Andererseits brauchte man nichts zu übereilen. Es war besser, die Vorfreude darauf noch ein Weilchen auszukosten. Abwarten war besser.

Er steckte den Stiehl blitzschnell wieder in die Scheide und wich zurück. Für einen kurzen Moment hatte er das Gefühl, er habe eine Gelegenheit verpaßt, aber das war töricht. Felsen-Dall konnte ihn nicht abhalten. Das Leben des Ersten Suchers gehörte ihm, wann immer er es sich holen wollte.

Er schaute Felsen-Dall eine Weile an, dann spreizte er die Hände. »Ich werde es tun.«

Er drehte sich um und schickte sich an zu gehen. Felsen-Dall rief hinter ihm her: »Laß dich warnen, Pe Ell. Dieses Mädchen ist dir mehr als ebenbürtig. Treib keine Spielchen mit ihr. Sobald du ihre Absichten kennst, bring sie schleunigst um.«

Pe Ell antwortete nicht. Er schlüpfte aus dem Zimmer und verschmolz wieder mit den Schatten der Festung, desinteressiert an allem, was Felsen-Dall denken oder wünschen mochte. Es reichte, daß er sich einverstanden erklärt hatte, zu tun, worum das Schattenwesen ihn gebeten hatte. Wie er es ausführte, ging nur ihn selbst etwas an.

Er verließ die Südwache, um nach Culhaven zu gehen. Er tötete keine der Wachen auf dem Weg. Er fand, es sei der Mühe nicht wert.

Mitternacht rückte näher. Er war des Denkens müde und schlummerte in seinem Stuhl, während die Stunden verstrichen. Es war nicht lange vor Tagesanbruch, als das Mädchen erwachte. In der Kate war es still, die Zwergenfamilie schlief. Die Lagerfeuer draußen waren niedergebrannt, und das letzte Gesprächsgeflüster war verstummt. Pe Ell wachte sofort auf, als das Mädchen sich regte. Sie schlug die Augen auf und fixierte ihn. Lange Zeit starrte sie ihn an, ohne etwas zu sagen, dann setzte sie sich langsam auf.

»Ich heiße Quickening«, sagte sie.

»Ich bin Pe Ell«, erwiderte er.

Sie faßte nach seiner Hand und nahm sie in die ihre. Ihre Finger waren so leicht wie Federn, als sie seine Haut berührten. Dann schauderte sie und wich zurück.

»Ich bin die Tochter des Königs vom Silberfluß«, sagte sie und schwang ihre Beine vom Bett und saß ihm gegenüber. Sie strich sich das zerzauste Silberhaar zurück. Pe Ell war fasziniert von ihrer Schönheit, doch sie schien sich dessen nicht im geringsten bewußt zu sein. »Ich brauche deine Hilfe«, sagte sie. »Ich bin aus den Gärten meines Vaters gekommen, um einen Talisman zu suchen. Wirst du mit mir reisen und ihn suchen?«

Die Bitte kam so unerwartet, daß Pe Ell zunächst nicht antwortete, sondern das Mädchen nur anstarrte. »Warum wählst du mich aus?« fragte er schließlich verwirrt.

»Weil du etwas Besonderes bist«, gab sie zurück.

Das war genau die richtige Antwort, und Pe Ell war überrascht, daß sie genug wußte, um sie zu geben, daß sie fühlen konnte, was er hören wollte. Dann dachte er an Felsen-Dalls Warnung und wappnete sich. »Was für einen Talisman suchen wir denn?«

Ihr Blick blieb fest auf ihn gerichtet. »Einen magischen, einen mit so viel magischer Kraft, daß er sogar jener der Schattenwesen überlegen ist.«

Pe Ell blinzelte. Quickening war so schön, doch ihre Schönheit war eine Maske, die ihn ablenkte und verwirrte. Er fühlte sich plötzlich all seines Schutzes beraubt, bis in die tiefsten Winkel entblößt. Sie erkannte ihn als das, was er war. Sie sah alles.

In diesem Moment hätte er sie beinahe getötet. Was ihn aufhielt, war, wie wahrhaft verletzlich sie war. Trotz ihrer Magie, die in der Tat außergewöhnlich war, Magie, die einen kahlen, wüsten Hügel in etwas zurückverwandeln konnte, was vermutlich nicht mehr als eine Erinnerung der allerältesten der Zwerge sein konnte. Dennoch fehlte ihr jeglicher Schutz gegen eine Mordwaffe wie den Stiehl. Er spürte, daß es so war. Sie war schutzlos, sollte er beschließen, sie zu töten.

In diesem Wissen entschied er, es nicht zu tun. Noch nicht.

»Schattenwesen«, wiederholte er leise.

»Fürchtest du sie?« fragte sie ihn.

»Nein.«

»Und die Magie?«

Pe Ell atmete langsam ein. Seine hageren Züge zogen sich zusammen, als er sich zu ihr beugte. »Was weißt du von mir?« fragte er, und seine Augen suchten die ihren.

Sie schaute nicht weg. »Ich weiß, daß ich dich brauche. Daß du keine Angst haben wirst, zu tun, was getan werden muß.«

Pe Ell kam es vor, als hätten ihre Worte mehr als nur eine Bedeutung, aber er war seiner Sache nicht sicher.

»Kommst du mit?« fragte sie noch einmal.

Töte sie schnell, hatte Felsen-Dall gesagt. Finde heraus, was sie vorhat, und töte sie. Pe Ell schaute durch das Hüttenfenster in die Nacht hinaus, lauschte auf das Rauschen des nahen Flusses und des Windes, sanft und fern. Er hatte sich nie besonders um den Rat anderer gekümmert. Der war meistens eigennützig und überflüssig für einen Mann, dessen Leben von seiner eigenen Urteilsfähigkeit abhing. Außerdem war an diesem Geschäft einiges mehr, als Felsen-Dall ihm enthüllt hatte. Es gab Geheimnisse, die darauf warteten, aufgedeckt zu werden. Vielleicht war der Talisman, den das Mädchen suchte, etwas, das sogar der Erste Sucher fürchtete. Pe Ell lächelte. Und wenn ihm dieser Talisman in die Hände fiele? Wäre das nicht interessant?

Er schaute sie wieder an. Er konnte sie jederzeit töten.

»Ich werde mit dir gehen«, sagte er.

Sie stand plötzlich auf, streckte die Hände aus, faßte die seinen und zog ihn gleichzeitig hoch. »Da sind noch zwei, die mitkommen müssen, zwei wie du, die gebraucht werden«, sagte sie. »Einer von ihnen ist hier in Culhaven. Ich will, daß du ihn herholst.«

Pe Ell runzelte die Stirn. Er hatte schon beschlossen, sie von jenen Dummköpfen, die da draußen lagerten, diesen fehlgeleiteten Leuten, die an Wunder und an das Schicksal glaubten und die ihm nur in die Quere kamen, zu entfernen. Quickening gehörte ihm ganz allein. Er schüttelte den Kopf. »Nein.«

Sie trat näher, ihre kohlschwarzen Augen waren seltsam ausdruckslos. »Ohne sie können wir nicht erfolgreich sein. Ohne sie ist der Talisman unerreichbar. Sonst brauchen wir niemanden, aber die beiden müssen mitkommen.«

Sie sprach mit solcher Bestimmtheit, daß er außerstande war, ihr zu widersprechen. Sie war offenbar überzeugt, daß das, was sie sagte, stimmte. Vielleicht war es so, dachte er, sie wußte im Augenblick besser als er, was sie vorhatte.

»Nur zwei?« fragte er. »Sonst keiner? Niemand von denen da draußen?«

Sie nickte wortlos.

»Also gut«, willigte er ein. Zwei Männer konnten ihm keine Probleme machen und seine Pläne durchkreuzen. Er konnte das Mädchen noch immer töten, wenn er wollte. »Einer ist hier im Dorf, sagtest du. Wo soll ich ihn suchen?«

Zum ersten Mal, seit sie erwacht war, wandte sie sich ab, so daß er sie nicht sehen konnte.

»Im Föderationsgefängnis«, sagte sie.

Morgan Leah.

So hieß der Mann, den Pe Ell ausfindig machen und zu der Tochter des Königs vom Silberfluß bringen sollte.

Die Straßen von Culhaven waren leergefegt. Nur ein paar Heimatlose kauerten in den Nischen und Einfahrten der Läden, formlose, zerlumpte Bündel, die die Nacht abwarteten. Pe Ell beachtete sie nicht auf seinem Weg ins Ortszentrum zu den Föderationsgefängnissen. Die Morgendämmerung war noch mindestens zwei Stunden entfernt; er hatte mehr als genug Zeit, das Nötige zu tun. Er hätte diese Befreiungsangelegenheit auf eine andere Nacht verschieben können, doch er sah keinen Grund dafür. Je eher dieser Kerl gefunden wurde, desto schneller waren sie alle unterwegs. Er hatte das Mädchen noch nicht gefragt, wohin sie gehen würden. Das spielte keine Rolle.

Er hielt sich im Schatten, während er sich vorwärtsschlich und dabei über die widersprüchliche Wirkung, die sie auf ihn hatte, nachgrübelte. Er war gleichzeitig erregt und abgestoßen. Sie versuchte, in ihm das Gefühl zu erzeugen, ein Mann zu sein, der dabei ist, sich selbst wiederzuentdecken und sich gleichzeitig wie ein Idiot vorzukommen. Felsen-Dall würde vermutlich für letzteres plädieren und sagen, er spiele das allergefährlichste aller Spiele, er lasse sich an der Nase herumführen und bilde sich dabei ein, das Kommando zu haben. Aber Felsen-Dall hatte kein Herz, keine Seele und keinen Sinn für die Poesie von Leben und Tod. Er scherte sich um nichts und niemanden – nur um die Macht, über die er verfügte oder abzusichern suchte. Er war ein Schattenwesen, und Schattenwesen waren leere Dinger. Wie auch immer Felsen-Dall die Sache sah, Pe Ell glich ihm weit weniger, als der Erste Sucher meinte. Pe Ell wußte um die rauhe Wirklichkeit des Daseins, die praktische Notwendigkeit, am Leben zu bleiben und sich abzusichern; doch er hatte auch einen Sinn für die Schönheiten der Dinge, insbesondere angesichts des Todes. Der Tod besaß große Schönheit. Felsen-Dall sah darin nur Vernichtung. Aber wenn Pe Ell tötete, so tat er es, um erneut die Grazie und die Symmetrie zu entdecken, die den Tod zu dem wunderbarsten Ereignis des Lebens machten.

Er war überzeugt, daß der Tod von Quickening von atemberaubender Schönheit sein würde. Es würde ganz etwas anderes sein als alle Morde, die er je begangen hatte.

Er würde es also nicht übereilen, die unwiderrufliche Tatsache nicht überstürzen. Er würde sich Zeit lassen und es auskosten. Die Gefühle, die sie in ihm auslöste, würden den Handlungsablauf, den er sich vorgenommen hatte, nicht verändern oder gegenteilig beeinflussen. Er verachtete sich nicht dafür, daß er so empfand; das war ein Teil seines Wesens, eine Bestätigung seiner Menschlichkeit. Felsen-Dall und seine Schattenwesen hatten keine Ahnung von solchen Gefühlen; sie waren so gefühlskalt wie Stein. Nicht so Pe Ell. Absolut nicht.

Er schlich an den Arbeitshäusern vorbei und mied die Lichter der Anlage und die Wache haltenden Föderationssoldaten. Der umliegende Wald war still und schlief, eine schwarze Leere, in der Geräusche körperlos und irgendwie furchteinflößend wurden. Pe Ell wurde Teil dieser Leere und fühlte sich wohl in ihrer Hülle, während er sich geräuschlos fortbewegte. Er konnte sehen und hören, was niemand sonst wahrnahm; es war immer so gewesen. Er spürte, was im Dunkeln lebte, selbst wenn es sich vor ihm verbarg. Die Schattenwesen waren so; doch selbst sie konnten sich nicht wie er einpassen.

An einer beleuchteten Kreuzung machte er halt und vergewisserte sich, daß die Luft rein war. Es gab überall Patrouillen.

Er stellte sich Quickening im Schein einer einzelnen Straßenlaterne vor. Ein Kind, eine Frau, ein magisches Wesen – sie war all das und noch viel mehr. Sie war die Verkörperung der allerschönsten Dinge des Landes – eine sonnige Bergschlucht, ein tosender Wasserfall, ein blauer Mittagshimmel, ein Farbenkaleidoskop des Regenbogens, ein endloser Sternenhimmel bei Nacht über einer kahlen Ebene. Sie war ein Geschöpf aus Fleisch und Blut, ein Menschenwesen, und dennoch war sie auch Teil der Erde, aus frisch umgepflügtem Boden, aus Bergströmen, aus großen alten Felsen, die nichts anderem als der Zeit nachgeben. Sie war ihm ein Rätsel, doch er fühlte Dinge in ihr, die widersinnig und gleichzeitig miteinander vereinbar waren. Wie war das möglich? Was war sie, außer dem, was sie zu sein vorgab?

Er bewegte sich schnell durch das Licht und verschmolz wieder mit den Schatten. Er wußte die Antwort nicht, aber er war entschlossen, sie zu finden.

Der eckige, dunkle Kasten der Gefängnisse ragte vor ihm auf. Pe Ell nahm sich einen Augenblick Zeit, seine Alternativen zu überdenken. Er kannte die Anlage der Föderationsgefängnisse von Culhaven; er war ein- oder zweimal drinnen gewesen, auch wenn das außer Felsen-Dall niemand wußte. Sogar im Gefängnis gab es Männer, die umgebracht werden mußten. Aber das war für heute nacht nicht vorgesehen. Zugegeben, er hatte in Betracht gezogen, diesen Mann, den er befreien sollte, diesen Morgan Leah, zu ermorden. Das wäre eine Möglichkeit, das Mädchen daran zu hindern, darauf zu bestehen, daß er sie bei der Suche nach dem Talisman begleitete. Jetzt diesen und später den anderen umlegen, das wäre damit das Ende dieser Angelegenheit. Er könnte lügen darüber, wie es geschehen wäre, doch das Mädchen mochte die Wahrheit ahnen oder erraten. Sie vertraute ihm. Warum sollte er das aufs Spiel setzen? Außerdem hatte sie vielleicht recht, vielleicht wurden diese Männer gebraucht, um den Talisman zu beschaffen. Er wußte noch nicht genug über das, was sie vorhatte. Es war besser abzuwarten.

Er ließ seine schlanke Gestalt in der Steinmauer verschwinden, an der er nachdenklich lehnte. Er konnte das Gefängnis einfach direkt betreten, dem Kommandanten sein Schattenwesen-Abzeichen unter die Nase halten und die Freilassung des Mannes verlangen, ohne daß es irgendein Aufhebens machte. Aber das hieß, daß er sich zeigen mußte, und er zog es vor, das nicht zu tun. Niemand kannte ihn außer Felsen-Dall. Er war der private Mörder des Ersten Suchers. Keiner der anderen Schattenwesen ahnte von seiner Existenz, keiner hatte ihn je zu Gesicht bekommen. Jene, die ihm begegnet waren, Schattenwesen und andere, waren alle tot. Er war für jedermann ein Geheimnis, und er zog es vor, es dabei zu belassen. Es war besser, den Mann in der üblichen Weise herauszuholen, leise, heimlich und allein.

Pe Ell lächelte sein schiefes Lächeln. Den Mann jetzt retten, um ihn später umzubringen. Was für eine verrückte Welt.

Er kam aus der Wand und schlich durch die Finsternis zu den Gefängnissen.

Morgan Leah schlief nicht. Er lag in eine Decke gewickelt in seiner Zelle auf einer Strohpritsche und dachte nach. Er hatte den größten Teil der Nacht wachgelegen, zu rastlos zum Schlafen, von Sorgen und Kummer und einem nagenden Gefühl der Aussichtslosigkeit geplagt, das er nicht verbannen konnte. Die Zelle war erdrückend, kaum dreieinhalb Meter im Quadrat, dafür aber über sechs Meter hoch, mit einer mehrere Zentimeter dicken Eisentür und einem einzigen, vergitterten Fenster so hoch oben, daß er es nicht erreichen konnte, um hinauszuschauen, nicht einmal, wenn er in die Höhe sprang. Die Zelle war nicht gereinigt worden, seit man ihn hineingeworfen hatte, und folglich stank es. Sein Essen wurde ihm zweimal am Tag durch einen Schlitz unten in der Tür zugeschoben. Auf die gleiche Weise bekam er Wasser zum Trinken, doch keines zum Waschen. Er war jetzt seit fast einer Woche eingesperrt, und er hatte niemanden zu Gesicht bekommen. Er kam langsam zu der Überzeugung, daß es auch in Zukunft so bleiben würde.

Das waren düstere Aussichten. Als sie ihn geschnappt hatten, war er sicher gewesen, daß sie es eilig hätten, mit allen ihnen zur Verfügung stehenden Mitteln herauszufinden, warum er sich solche gewaltigen Schwierigkeiten aufgehalst hatte, um die beiden alten Zwergendamen zu befreien. Er hatte einen Föderationsoffizier zusammengeschlagen und vielleicht sogar getötet. Er hatte eine Föderationsuniform gestohlen, um einen Föderationssoldaten zu verkörpern, hatte den Namen eines Föderationsmajors benutzt, um sich Eintritt in die Arbeitshäuser zu verschaffen, hatte den Föderationsoffizier im Dienst getäuscht und hatte die Föderationsarmee im ganzen wie einen Haufen von Tölpeln aussehen lassen. Das alles, um zwei alte Damen zu befreien. Ein ausgetrickstes, mißbrauchtes Föderationskommando mußte doch wissen wollen, warum. Sie mußten ihm doch die Demütigung und den Schaden, die er ihnen zugefügt hatte, heimzahlen wollen. Und doch hatte man ihn allein gelassen.

Er spielte im Geiste die Möglichkeiten durch. Es war unwahrscheinlich, daß er unbegrenzt ignoriert werden, daß er hier in dieser Zelle gehalten werden würde, bis man ihn einfach vergessen hatte. Major Assomal war, wie er erfahren hatte, im Feld. Vielleicht warteten sie auf seine Rückkehr, um mit dem Verhör zu beginnen. Aber wäre Kommandant Soldt geduldig genug, bis dahin zu warten, nach dem, was man ihm angetan hatte? Oder war er tot? Hatte Morgan ihn am Ende getötet? Oder warteten sie auf jemand anderen?

Morgan seufzte. Jemand anderer. Immer wieder kam er zu dem unausweichlichen Schluß. Sie warteten auf Felsen-Dall.

Er wußte, daß es das sein mußte. Teel hatte Elise und Jilt der Föderation, aber insbesondere den Schattenwesen verraten. Felsen-Dall mußte über ihre Verbindung zu Par und Coll Ohmsford und allen, die auf die Suche nach dem Schwert von Shannara gegangen waren, unterrichtet sein. Wenn jemand kam, um sie zu befreien, würde er gewiß davon in Kenntnis gesetzt werden – und würde nachschauen kommen, wen sie da erwischt hatten.

Behutsam drehte Morgan sich auf die andere Seite mit dem Rücken zur Wand und starrte ins Dunkel. Er hatte nicht mehr so starke Schmerzen wie in den ersten Tagen; die Spuren der Schläge begannen zu heilen.

Er hatte Glück, daß er nichts gebrochen hatte – er hatte überhaupt Glück, daß er noch am Leben war.

Oder vielleicht auch kein Glück, korrigierte er seinen Gedanken, je nachdem, wie man es betrachtete. Seine Glückssträhne, so schien es, war abgelaufen. Er dachte einen Moment an Par und Coll und bedauerte, daß er nicht zu ihnen gehen und nach ihnen schauen konnte, wie er es versprochen hatte. Was würde ohne ihn aus den beiden werden? Was war ihnen in seiner Abwesenheit widerfahren? Er fragte sich, ob Damson Rhee sie nach ihrer Flucht aus dem Schlund von Tyrsis versteckt hatte. Er fragte sich, ob Padishar Creel herausgefunden hatte, wo sie waren.

Er stellte sich tausend Fragen, und für keine fand er eine Antwort.

Am meisten fragte er sich, wie lange man ihn am Leben halten würde.

Er rollte sich wieder auf den Rücken und dachte daran, wie anders die Dinge für ihn hätten sein können. In einem anderen Zeitalter wäre er Prinz von Leah gewesen und hätte eines Tages über sein Heimatland regiert. Aber die Föderation hatte vor mehr als zweihundert Jahren der Monarchie ein Ende gesetzt, und heute regierte seine Familie über gar nichts. Er schloß die Augen und versuchte, alle Gedanken an das, was hätte sein können, zu vertreiben, weil er dort keinen Trost fand. Er hatte noch immer Hoffnung, und sein Geist war intakt, trotz all der Widerwärtigkeiten; seine Spannkraft, die ihm durch so vieles geholfen hatte, war noch immer da. Er hatte nicht die Absicht aufzugeben. Es gab immer einen Weg.

Er wünschte nur, er wüßte, welchen.

Er döste ein wenig ein und verlor sich in einem Strom von Einbildungen, die in einer Welle von Gesichtern und Stimmen durcheinander strudelten und ihn mit unzusammenhängenden, falschen Verbindungen narrten, Lügen über Dinge, die es nie gab und nie geben würde.

Er versank in Schlaf.

Dann legte sich eine Hand auf seinen Mund und erstickte seinen Überraschungsschrei. Eine zweite Hand drückte ihn nieder. Er strampelte, doch der Griff, der ihn hielt, war nicht zu brechen.

»Still jetzt«, flüsterte eine Stimme. »Pssst!«

Morgan wurde still. Ein adlergesichtiger Mann in Föderationsuniform beugte sich über ihn und starrte ihm fest in die Augen. Die Hände ließen locker, und der Mann setzte sich zurück. Ein Lächeln zuckte um seine Mundwinkel, und Lachfältchen durchfurchten sein schmales Gesicht.

»Wer bist du?« fragte Morgan leise.

»Jemand, der dich hier rausbringen kann, wenn du klug genug bist, zu tun, was ich dir sage, Morgan Leah.«

»Du kennst meinen Namen?«

Die Lachfältchen vertieften sich. »Gut geraten. Ich bin natürlich ganz zufällig hier reingekommen. Kannst du mir den Ausgang zeigen?«

Morgan starrte ihn an. Es war ein großer, schlaksiger Kerl, der aussah wie ein Mann, der wußte, was er tat. Sein Lächeln schien festgenagelt zu sein und hatte überhaupt nichts Freundliches. Morgan schlug die Decke beiseite und stand auf, wobei ihm auffiel, wie der andere zurückwich und immer den gleichen Abstand zwischen ihnen hielt. Vorsichtig, dachte Morgan, wie eine Katze.

»Gehörst du zu der Bewegung?« fragte er den Mann.

»Ich gehöre zu mir selbst. Zieh das an.«

Er warf Morgan ein Bündel Kleider zu. Als der Hochländer sie auseinanderfaltete, erkannte er eine Föderationsuniform. Der Fremde verschwand für einen Augenblick wieder im Finsteren und tauchte kurz darauf mit einem großen Bündel auf der Schulter wieder auf. Er warf seine Bürde grunzend auf die Pritsche. Morgan fuhr zusammen, als er begriff, daß es eine Leiche war. Der Fremde nahm die Decke und drapierte sie über den Toten, so daß es aussah, als schliefe er.

»Auf diese Weise brauchen sie länger, um zu merken, daß du fort bist«, flüsterte er mit diesem frostigen Lächeln.

Morgan wandte sich ab und zog sich, so schnell er konnte, an. Als er fertig war, winkte ihm der andere Mann ungeduldig, dann schlichen sie zusammen durch die offene Zellentür.

Der Korridor war eng und leer. Lampen beleuchteten ihn nur

schwach. Morgan hatte nichts von den Gefängnissen gesehen, als sie ihn hergebracht hatten, denn er war von den Schlägen noch immer bewußtlos gewesen und kannte den Weg nicht. Wachsam folgte er dem Fremden durch den Gang zwischen Mauern aus Steinblöcken an Reihen von Zellentüren wie der seinen vorbei, die alle verschlossen und verriegelt waren. Sie begegneten niemandem.

Als sie die erste Wachstation erreichten, fanden sie auch die leer. Offenbar hatte dort niemand Dienst. Der Fremde eilte in den Korridor dahinter, doch Morgan erhaschte durch eine halbgeöffnete Tür auf einer Seite einen Blick auf glänzende Metallklingen. Er verlangsamte seine Schritte und lugte hinein. Waffengestelle zierten alle Wände des kleinen Raumes. Er dachte plötzlich an das Schwert von Leah und wollte nicht ohne es fortgehen.

»Warte einen Moment!« flüsterte er hinter dem Mann her.

Der Fremde drehte sich um. Eilig drückte Morgan gegen die Tür, die sich nur widerwillig öffnen ließ, weil etwas im Weg lag. Morgan stemmte sich dagegen, bis der Spalt groß genug war. Drinnen lag gegen die Tür gesackt ein weiterer Toter. Morgan schluckte gegen das Gefühl an, das ihn überkam, und durchsuchte die Gestelle nach dem Schwert von Leah.

Er fand es fast sofort. Es steckte noch in seiner Behelfsscheide und hing an einem Nagel hinter einem Ständer mit Speeren. Hastig legte er die Waffe an, nahm sich noch ein Breitschwert und ging wieder hinaus.

Der Fremde wartete. »Keine weiteren Verzögerungen«, sagte er scharf. »Der Wachwechsel ist gleich nach Sonnenaufgang. Es ist schon fast soweit.«

Morgan nickte. Sie folgten einem weiteren Gang, stiegen eine von Holzbalken getragene Hintertreppe hinunter, die quietschte und knarrte, und gelangten in einen Hof. Der Fremde kannte den Weg ganz genau. Es gab keine Wachen, bis sie einen Posten direkt an der Mauer erreichten, und selbst dann wurden sie nicht angerufen. Sie schritten durch die Gefängnistore nach draußen, als der erste schwache Lichtschimmer am Horizont aufzutauchen begann.

Der Fremde führte Morgan ein Stück weit die Straße hinunter und dann durch eine Hintertür in eine Scheune, wo es so finster war, daß der Hochländer sich den Weg ertasten mußte. Sobald sie im Inneren waren, machte der Fremde eine Lampe an. Er wühlte unter einem Stapel leerer Futtersäcke und zog für jeden andere Kleider hervor, die gleiche Waldarbeiterkluft, wie sie die meisten Ostlandarbeiter trugen. Wortlos zogen sie sich um und stopften die abgelegten Föderationsuniformen unter die Säcke.

Der Fremde winkte Morgan hinter sich her, und sie traten hinaus in das erste Licht des neuen Tages.

»Du bist Hochländer, nicht wahr?« fragte der Fremde unvermittelt, während sie ostwärts durch das erwachende Dorf gingen.

Morgan nickte.

»Morgan Leah. Wie das Land. Deine Familie hat einst über die Hochländer regiert, oder?«

»Ja«, erwiderte Morgan. Sein Gefährte war jetzt etwas entspannter, und seine langen Schritte waren locker und ohne Hast, auch wenn seine Augen nicht aufhörten, sich zu bewegen. »Aber die Monarchie existiert schon seit vielen Jahren nicht mehr.«

Sie überquerten eine schmale Brücke über einen abwasserverseuchten Nebenfluß des Silberflusses. Eine alte Frau mit einem Kind auf dem Arm kam an ihnen vorbei. Beide sahen hungrig aus. Morgan schaute sie an. Der Fremde nicht.

»Mein Name ist Pe Ell«, sagte er. Er reichte ihm nicht die Hand.

»Wohin gehen wir?« wollte Morgan von ihm wissen.

Die Mundwinkel des anderen zuckten ein wenig nach oben. »Wirst du schon sehen.« Dann fügte er hinzu: »Zu der Dame, die mich beauftragt hat, dich zu retten.«

Morgan dachte sofort an Elise und Jilt. Aber woher sollten die beiden so jemanden wie Pe Ell kennen? Der Mann hatte schon gesagt, er gehöre nicht der Freiheitsbewegung an; und es war unwahrscheinlich, daß er mit dem Zwergenwiderstand alliiert war. Pe Ell, dachte Morgan, gehörte genau, wie er gesagt hatte, zu sich selbst.

Aber wer war dann die Dame, in deren Auftrag er gekommen war?

Sie folgten den Wegen, die sich zwischen den Zwergenkaten und Hütten am Rande von Culhaven entlangschlängelten, verfallenden Stein- und Brettergebilden, die über den Köpfen ihrer Bewohner verrotteten. Morgan konnte das Rauschen des Silberflusses näher kommen hören. Die Häuser wurden seltener, der Baumbestand dichter, und bald waren kaum noch welche zu sehen. Zwerge schauten mißtrauisch von ihrer Gartenarbeit auf. Falls Pe Ell es bemerkte, so zeigte er es jedenfalls nicht.

Die Sonne brach in immer breiteren Strahlen durch die Bäume, als sie schließlich ihr Ziel, eine gepflegte kleine Kate, erreichten. Um die herum war ein zerlumpter Haufen, der am Rande des Grundstücks gelagert hatte, dabei, das Frühstück zu beenden und das Schlafzeug zusammenzurollen. Die Männer flüsterten untereinander und schauten Pe Ell dabei fest und lange an. Pe Ell ging wortlos an ihnen vorbei, Morgan hinter ihm. Sie gingen die Stufen zur Eingangstür hinauf und traten ins Haus. Eine Zwergenfamilie saß um einen kleinen Tisch herum und begrüßte sie mit Kopfnicken und kurzem Willkommensgruß. Pe Ell reagierte kaum. Er führte Morgan in den hinteren Teil des Hauses in ein kleines Schlafzimmer und machte sorgfältig die Tür hinter sich zu.

Ein Mädchen saß auf dem Bettrand.

»Danke, Pe Ell«, sagte sie und stand auf.

Morgan Leah starrte sie an. Das Mädchen war umwerfend schön, mit zarten, vollkommenen Zügen und den schwärzesten Augen, die der Hochländer je gesehen hatte. Sie hatte langes, silbriges Haar, das schimmerte wie eingefangenes Licht, und eine Sanftheit, die zum Beschützen einlud. Sie trug einfache Kleider – eine Jacke, Hosen, die mit einem breiten Ledergürtel gehalten wurden, und Stiefel – doch die Kleider konnten auch nicht annähernd die Grazie und Sinnlichkeit ihres Körpers verbergen.

»Morgan Leah«, flüsterte das Mädchen.

Morgan blinzelte, als ihm plötzlich bewußt wurde, daß er sie anstarrte. Er errötete.

»Ich heiße Quickening«, sagte das Mädchen. »Mein Vater ist der König vom Silberfluß. Er hat mich aus seinen Gärten in die Welt der Menschen gesandt, um einen Talisman zu suchen. Ich bitte dich, mir dabei zu helfen.«

Morgan setzte zur Antwort an und hielt inne, weil er nicht wußte, was er sagen sollte. Er warf einen Blick auf Pe Ell, doch die Augen des anderen waren auf das Mädchen gerichtet. Pe Ell war ebenso fasziniert wie er.

Quickening trat zu ihm, und die Röte seines Gesichts und Halses erfaßte heiß seinen ganzen Leib. Sie streckte die Hände aus und legte sie ihm sanft auf beide Seiten des Gesichts. Er hatte noch nie eine solche Berührung gefühlt. Er dachte, er würde alles dafür geben, das noch einmal zu erleben.

»Schließ die Augen, Morgan Leah«, flüsterte sie.

Er stellte keine Fragen, er tat einfach, was sie ihm sagte. Er war augenblicklich voller Frieden. Er konnte Stimmen hören, die sich irgendwo draußen unterhielten, das Rauschen des nahen Flusses, das Wispern des Windes, Vogelgezwitscher und das Kratzen einer Gartenharke. Dann drückten Quickenings Finger ein wenig fester auf seine Haut, und alles verschwand in einem Farbenstrudel.

Morgan Leah schwebte, als würde er von einem Traum davongetragen. Diesige Helligkeit umgab ihn, doch nichts war deutlich zu erkennen. Dann klärte die Helligkeit sich auf, und die Bilder begannen. Er sah, wie Quickening auf einer Straße, die von jubelnden, rufenden Männern, Frauen und Kindern gesäumt war, nach Culhaven gelangte. Er sah, wie sie durch die wachsende Menge von Zwergen, Südländern und Gnomen zu dem kahlen Hügelgelände ging, wo einst die Meadegärten geblüht hatten. Es war, als würde er Teil jener Volksmenge, als stünde er unter jenen, die gekommen waren, um zu sehen, was das Mädchen tun würde. Er empfand selbst ihre Erwartungen und ihre Hoffnung. Dann stieg sie den Hügel hinan, grub ihre Hände in die versengte Erde und ließ ihren wunderbaren Zauber wirken. Vor seinen Augen wandelte sich die Erde, die Meadegärten erstanden aufs neue.

Farben, Düfte und Geschmäcker ihres Wunders füllten die Luft, und Morgan empfand ein Stechen von unendlicher Süße in seiner Brust. Er fing an zu weinen.

Die Bilder verblaßten. Er fand sich wieder in der Kate, fühlte, wie ihre Finger ihn losließen, und rieb sich mit dem Handrücken heftig über die Augen, als er sie aufschlug. Sie schaute ihn an.

»War das Wirklichkeit?« fragte er. Seine Stimme war belegt, trotz seiner Entschlossenheit, sie fest klingen zu lassen. »Ist das tatsächlich geschehen? Es stimmt, nicht wahr?«

»Ja«, erwiderte sie.

»Du hast die Gärten wiedergebracht. Warum?«

Sie lächelte leicht und süß. »Weil die Zwerge etwas brauchen, woran sie wieder glauben können. Weil sie sterben.«

Morgan holte tief Luft. »Kannst du sie retten, Quickening?«

»Nein, Morgan Leah«, antwortete sie zu seiner Enttäuschung. »Das kann ich nicht.« Sie wandte sich einen Moment in den Schatten des Zimmers. »Du wirst es vielleicht eines Tages tun können. Doch im Augenblick mußt du mit mir kommen.«

Der Hochländer zögerte unsicher. »Wohin?«

Sie hob ihr exquisites Gesicht wieder ins Licht. »Nach Norden, Morgan Leah. Nach Darklin Reach. Um Walker Boh zu suchen.«

Pe Ell stand abseits in dem kleinen Schlafzimmer, für den Augenblick vergessen. Ihm gefiel nicht, was er sah. Ihm gefiel die Art und Weise nicht, in der sie den Hochländer berührte, noch die Art und Weise, wie der Hochländer darauf reagierte. Ihn hatte sie nicht so berührt. Es störte ihn auch, daß sie den Namen des Hochländers kannte. Auch den Namen des anderen. Seinen hatte sie nicht gekannt.

Da wandte sie sich an ihn und bezog ihn in die Unterhaltung mit Morgan Leah mit ein, erklärte ihnen beiden, daß sie nach Norden reisen und den dritten Mann suchen müßten. Sobald sie ihn gefunden hätten, würden sie sich auf die Suche nach dem Talisman begeben, den sie zu finden ausgesandt war. Sie sagte ihnen nicht, was der Talisman war, und keiner von ihnen fragte danach. Es lag an der merkwürdigen Wirkung, die sie auf beide hatte, sagte sich Pe Ell, daß sie nichts von dem, was sie ihnen sagte, in Frage stellten. Sie glaubten ihr. Pe Ell hatte das noch nie getan. Aber er wußte instinktiv, daß dieses Mädchen, dieses Kind des Königs vom Silberflusses, dieses Geschöpf wunderbaren Zaubers, nicht log. Er hielt sie für unfähig zu lügen.

»Ich brauche dich«, sagte sie wieder zu dem Hochländer.

Er schaute zu Pe Ell. »Gehst du auch mit?«

Die Art, wie er die Frage stellte, gefiel Pe Ell. In der Stimme des Hochländers klang Besorgnis mit. Vielleicht sogar Angst. Er lächelte geheimnisvoll und nickte. Natürlich, Hochländer, aber nur, um euch beide zu töten, wenn ich Lust dazu habe, dachte er.

Der Hochländer wandte sich wieder dem Mädchen zu und begann, ihr irgend etwas über zwei alte Zwergendamen zu erklären, die er aus den Arbeitshäusern befreit habe, und daß er herausfinden müsse, ob sie sich in Sicherheit befänden, weil er einem Freund ein Versprechen gegeben habe. Er starrte das Mädchen dabei an, als ob ihr Anblick ihm Leben geben würde. Pe Ell schüttelte den Kopf. Dieser hier stellte jedenfalls keine Bedrohung für ihn dar. Er konnte sich nicht vorstellen, warum das Mädchen meinte, er würde für die Wiederbeschaffung dieses mysteriösen Talismans unbedingt gebraucht.

Quickening sagte dem Hochländer, daß sich unter den Leuten, die mit ihr zu der Kate gekommen waren, jemand befinde, der in der Lage sei, herauszufinden, was aus den Zwergendamen geworden sei. Der würde sich darum kümmern, daß sie wohlauf seien. Sie wolle ihn sofort darum bitten.

»In dem Fall werde ich mit dir kommen, wenn du mich wirklich brauchst«, versprach ihr Morgan Leah.

Pe Ell wandte sich ab. Der Hochländer kam mit, weil er keine andere Wahl hatte, denn das Mädchen hatte ihn gefangen. Er konnte es in den Augen des jungen Mannes lesen. Pe Ell verstand dieses Gefühl. Er empfand auch ein bißchen davon. Der einzige Unterschied zwischen ihnen bestand in dem, was sie daraus machen würden.

Pe Ell fragte sich wieder, wie es wohl wäre, wenn er das Mädchen schließlich tötete. Er fragte sich, was er in ihren Augen entdecken würde.

Quickening führte Morgan zu ihrem Bett, damit er sich ausruhe. Pe Ell verließ schweigend das Zimmer und die Kate. Draußen stand er mit geschlossenen Augen da und ließ die Sonne sein Gesicht wärmen.

Coll Ohmsford war schon seit acht Tagen als Gefangener in der Südwache, ehe er herausfand, wer ihn eingesperrt hatte. Seine Zelle war seine ganze Welt, ein Raum von sechs Metern im Quadrat, hoch oben in dem schwarzen Granitturm, eine Stein- und Mörtelgruft mit einer einzigen Metalltür, die sich niemals öffnete, einem Fenster, das mit Metallläden verschlossen war, einer Schlafmatte, einer Holzbank, einem kleinen Tisch und zwei Stühlen. Licht drang bei Tag in schmalen, grauen Streifen durch die Läden und schwand bei Nacht. Er konnte durch die schmalen Schlitze in den Läden schauen und das blaue Wasser des Regenbogensees und das grüne Dach der Bäume sehen. Hin und wieder erhaschte er einen Blick auf einen fliegenden Vogel, Kraniche, Möwen und Seeschwalben, und er konnte ihre einsamen Rufe hören.

Manchmal konnte er auch den Wind aus dem Runnegebirge durch die Schluchten, die den Mermidon zerfurchten, heulen hören. Ein- oder zweimal hatte ein Wolf geheult.

Hin und wieder roch er Küchendüfte, doch sie schienen nie von der Nahrung zu stammen, die man ihm gab. Sein Essen kam durch eine Klappe in der Eisentür als eine geheimnisvolle Lieferung, die keinen erkennbaren Ursprung hatte. Er aß die Nahrung, und die Teller blieben, wo er sie neben der Tür aufstapelte. Aus der Tiefe der Burg drang ein stetiges Brummen, eine Art Vibration, die zunächst an eine gewaltige Maschinerie denken ließ, und ihm später eher wie ein Erdbeben vorkam. Es wurde von den Steinen des Turms getragen, und wenn Coll seine Hände gegen die Wände legte, fühlte er, wie der Stein zitterte. Alles war warm, die Wände, der Boden, die Tür, das Fenster, Stein, Mörtel und Metall. Er wußte nicht, wie das möglich war, da die Nächte manchmal so kalt waren, daß die Luft beißend wurde, aber es war so. Manchmal glaubte er, jenseits der Tür Schritte zu hören – nicht, wenn das Essen geliefert wurde, sondern zu anderen Zeiten, wenn alles still und sonst nur das Summen von Insekten zu hören war. Die Schritte näherten sich nicht, sondern gingen vorbei, ohne sich zu verlangsamen. Auch schienen sie keinen erkennbaren Ursprung zu haben; sie konnten sowohl von unten oder oben oder draußen kommen.

Er konnte fühlen, daß er beobachtet wurde, nicht sehr oft, aber oft genug, um es zu merken. Er konnte fühlen, wie jemand ihn fixierte, ihn studierte, vielleicht auf etwas wartete. Er konnte nicht feststellen, von wo die Augen schauten; es fühlte sich an, als seien sie überall. Manchmal hörte er Atmen, aber wenn er zu lauschen versuchte, konnte er nur seinen eigenen Atem hören.

Er verbrachte die meiste Zeit mit Nachdenken, denn es gab wenig anderes zu tun. Er konnte essen und schlafen, er konnte in seiner Zelle auf und ab gehen, und er konnte durch die Spalten in den Fensterläden schauen. Er konnte lauschen, er konnte die Luft schmecken und riechen. Aber Denken war am besten, fand er, eine Beschäftigung, die seinen Verstand wach und frei erhielt. Seine Gedanken wenigstens waren keine Gefangenen. Die Isolation drohte ihn manchmal zu überwältigen, denn er war von allem und jedem abgeschnitten, ohne daß er einen Grund oder einen Zweck darin erkennen konnte, und zwar von Fängern, die sich sorgfältig versteckt hielten. Er machte sich so große Sorgen um Par, daß er manchmal beinahe weinen mußte. Es war, als habe die Welt ihn vergessen und sei an ihm vorübergegangen. Dinge ereigneten sich ohne ihn, vielleicht war alles, was er gekannt hatte, verändert. Die Zeit verfloß in langsamer Folge von Sekunden, Minuten, Stunden und schließlich Tagen. Er war in Schatten und Zwielicht und fast vollständiger Stille verloren, seine Existenz entbehrte jeglicher Bedeutung.

Das Denken hielt ihn aufrecht.

Er dachte ständig darüber nach, wie er entkommen könnte. Tür und Fenster waren solide im Stein des Festungsturms verankert, und Wände und Boden waren dick und undurchdringlich. Er versuchte auf die zu lauschen, die draußen patrouillierten, doch der Versuch erwies sich als ergebnislos. Er versuchte, einen Blick auf jene zu werfen, die ihm seine Mahlzeiten lieferten, doch sie ließen sich niemals sehen. Ein Entkommen schien ausgeschlossen.

Er dachte auch daran, was er tun könnte, um jemanden draußen wissen zu lassen, daß er sich hier befand. Er konnte einen Fetzen Stoff oder einen Papierschnipsel mit einer daraufgekritzelten Nachricht durch die Schlitze im Fensterladen zwängen, aber wozu? Der Wind würde es voraussichtlich auf den See oder ins Gebirge tragen, und niemand würde es je finden. Oder zumindest nicht rechtzeitig genug, daß es irgendeinen Unterschied machte. Er dachte, er könnte auch schreien, aber er wußte, daß er sich so hoch oben befand, daß man ihn nie hören würde. Er lugte ständig aufs Land hinaus, solange es Tag war, doch er sah nie einen einzigen Menschen. Er hatte das Gefühl, vollständig allein zu sein.

Schließlich lenkte er seine Gedanken darauf, sich vorzustellen, was jenseits seiner Zellentür vor sich ging. Er versuchte, seinen Verstand zu benutzen, und als das nicht klappte, versuchte er es mit seiner Phantasie. Seine Fänger nahmen unterschiedliche Identitäten und Verhaltensmuster an. Verschwörungen und Komplotte wurden lebendig, ausgestaltet mit den Einzelheiten ihrer Verbindung zu ihm. Par und Morgan, Padishar Creel und Damson Rhee, Zwerge, Elfen und Südländer kamen allesamt zum schwarzen Turm, um ihn zu befreien. Tapfere Retter machten sich auf. Doch alle Versuche schlugen fehl. Keiner kam bis zu ihm durch. Irgendwann gaben sie alle auf. Jenseits der Mauern der Südwache nahm das Leben sorglos seinen Lauf.

Nach einer Woche dieser einsamen Existenz fing Coll Ohmsford an zu verzagen.

Und dann, am achten Tag seiner Gefangenschaft, erschien Felsen-Dall.

Es war später Nachmittag, grau und regnerisch, die Gewitterwolken hingen tief und schwer, Blitze zuckten in Spinnwebmustern über den Himmel, der Donner grollte in langgezogenem, dröhnendem Getöse aus der Finsternis. Die Sommerluft war geschwängert mit Gerüchen, die von der Feuchtigkeit verursacht worden waren, und in Colls Zelle war es kalt. Er stand nahe am Fenster, lugte durch die Spalten der Läden und lauschte auf das Tosen des Mermidon, der unten durch die Felsschluchten schäumte.

Als er hörte, wie das Schloß seiner Zellentür geöffnet wurde, drehte er sich nicht gleich um, überzeugt, daß er sich getäuscht haben mußte. Dann sah er, wie die Tür sich zu öffnen begann, erhaschte die Bewegung aus dem Augenwinkel und wirbelte herum.

Eine verhüllte Gestalt erschien, groß und dunkel und abweisend, ohne Gesicht und Gliedmaßen, wie ein Geist der Nacht. Colls erster Gedanke galt den Schattenwesen, und er kauerte sich schutzsuchend hin, tastete in der plötzlich eng gewordenen Zelle verzweifelt nach einer Waffe, mit der er sich verteidigen könnte.

»Fürchte dich nicht, Talbewohner«, sagte der Geist mit einer seltsam vertrauten Flüsterstimme. »Du bist hier nicht in Gefahr.«

Der Geist schloß die Tür hinter sich und trat in das dämmrige Licht der Zelle. Coll sah nacheinander den weißen Wolfsschädel auf dem schwarzen Umhang, die linke Hand mit dem Handschuh bis zum Ellbogen und dann das grobknochige, schmale Gesicht mit dem unverkennbaren roten Bart.

Felsen-Dall.

Augenblicklich dachte Coll an die Umstände seiner Gefangennahme. Er war mit Par, Damson und dem Maulwurf durch die Tunnel unter Tyrsis in den verlassenen Palast der Könige der alten Stadt gegangen, und von dort aus waren die Ohmsfordbrüder auf der Suche nach dem Schwert von Shannara allein in die Grube gestiegen. Er hatte vor dem Gewölbe, in dem sich das Schwert befinden sollte, Wache gestanden, während sein Bruder hineinging. Seither hatte er Par nicht wiedergesehen. Er war von hinten gepackt, bewußtlos gemacht und fortgezaubert worden. Bis zu diesem Augenblick hatte er nicht gewußt, wer dafür verantwortlich war. Es schien einleuchtend, daß es Felsen-Dall war, der Mann, der vor Wochen nach Varfleet gekommen war und sie seither durch alle Vier Länder verfolgt hatte.

Der Erste Sucher trat auf Coll zu und blieb kurz vor ihm stehen. Sein schroffes Gesicht war ruhig und beschwichtigend. »Hast du dich ausgeruht?«

»Was für eine dumme Frage«, antwortete Coll, ohne nachzudenken. »Wo ist mein Bruder?«

Felsen-Dall zuckte mit den Achseln. »Ich weiß es nicht. Als ich ihn zum letzten Mal sah, trug er das Schwert von Shannara aus dem Gewölbe.«

Coll starrte ihn an. »Du warst dort – drinnen?«

»Ja.«

»Und du hast Par das Schwert von Shannara mitnehmen lassen? Hast ihn einfach damit fortgehen lassen?«

»Warum nicht? Es gehört ihm.«

»Du willst mir weismachen«, sagte Coll vorsichtig, »daß es dir egal ist, ob er im Besitz des Schwertes ist? Daß dir das unwichtig ist?«

»Nicht so, wie du denkst.«

Coll ließ eine Pause entstehen. »Du hast Par also gehen lassen und hast mich gefangengenommen. Ist das richtig?«

»Ja.«

Coll schüttelte den Kopf. »Warum?«

»Um dich zu schützen.«

Coll lachte. »Wovor? Freiheit der Wahl?«

»Vor deinem Bruder.«

»Vor Par? Du mußt mich für den größten Trottel halten, den es je gegeben hat!«

Der große Mann faltete die Arme vor seiner Brust. »Um ehrlich zu sein, steckt mehr dahinter als nur dein Schutz. Du bist auch noch aus einem anderen Grund mein Gefangener. Früher oder später wird dein Bruder nach dir suchen. Wenn er das tut, werde ich eine weitere Gelegenheit haben, mit ihm zu reden. Wenn ich dich hier festhalte, gibt mir das die Gewißheit, daß mir diese Gelegenheit geboten wird.«

»Was wirklich geschehen ist«, fauchte Coll ärgerlich, »ist, daß du mich erwischt hast, während Par entkommen ist! Er fand das Schwert von Shannara und entschlüpfte dir irgendwie, und jetzt benutzt du mich als Köder, um ihn in die Falle zu locken. Nun, das wird nicht klappen. Par ist zu klug dafür.«

Felsen-Dall schüttelte den Kopf. »Wenn ich dich am Eingang zu dem Gewölbe habe fangen können, wie soll es deinem Bruder dann gelungen sein, zu entkommen? Beantworte mir das.« Er wartete einen Augenblick, dann ging er zu dem Tisch und ließ sich auf einem der Stühle nieder. »Ich werde dir die Wahrheit sagen, Coll Ohmsford, wenn du mir die Gelegenheit dazu gewährst. Willst du?«

Coll studierte wortlos einen Augenblick lang das Gesicht des anderen, dann zuckte er mit den Schultern. Was hatte er zu verlieren? Er blieb, wo er war, stehend und den Abstand zwischen ihnen messend.

Felsen-Dall nickte. »Laß uns mit den Schattenwesen beginnen. Die Schattenwesen sind keine Monster, keine Gespenster, deren einziges Ziel darin besteht, die Rassen zu zerstören, deren bloße Anwesenheit die Vier Länder krank gemacht hat. Sie sind zum größten Teil Opfer. Es sind Männer, Frauen und Kinder, die über ein gewisses Maß an Elfenmagie verfügen. Sie sind das Ergebnis vieler Generationen menschlicher Evolution, in denen die Magie mitgespielt hat. Die Föderation jagt sie wie Tiere. Du hast die armen Geschöpfe gesehen, die dort in der Grube gefangen sind. Weißt du, wer sie sind? Es sind Schattenwesen, die die Föderation gefangengenommen und bis zum Wahnsinn hat aushungern lassen, was sie so verändert hat, daß sie jetzt schlimmer sind als Tiere. Du hast auf deiner Reise nach Culhaven auch die Waldfrau und den Riesen gesehen. Was sie sind, ist nicht ihre Schuld.«

Die behandschuhte Hand hob sich schnell, als Coll zu sprechen ansetzen wollte. »Talbewohner, höre mich zu Ende an. Du fragst dich, woher ich so viel über dich weiß. Ich werde es dir erklären, wenn du geduldig bist.«

Die Hand senkte sich wieder. »Ich wurde Erster Sucher, um die Schattenwesen zu verfolgen – nicht um ihnen ein Leid zuzufügen oder sie gefangen zu setzen, sondern um sie zu warnen und in Sicherheit zu bringen. Deshalb bin ich zu euch nach Varfleet gekommen – um dafür zu sorgen, daß du und dein Bruder beschützt wurden. Ich bekam keine Gelegenheit dazu. Ich habe seither nach dir gesucht, um dir zu erklären, was ich weiß. Ich dachte, du würdest vielleicht nach Vale zurückkehren, und stellte also deine Eltern unter meinen Schutz. Ich glaubte, daß du, wenn ich dich zuerst erreichte, ehe die Föderation dich auf irgendeine andere Weise ausfindig machte, in Sicherheit wärest.«

»Ich glaube dir kein Wort«, warf Coll eisig dazwischen.

Felsen-Dall achtete nicht darauf. »Talbewohner, man hat dich von Anfang an belogen. Dieser alte Mann, der sich Cogline nennt, hat dir gesagt, die Schattenwesen seien deine Feinde. Der Schatten von Allanon warnte dich am Hadeshorn im Tal von Shale und sagte, die Schattenwesen müßten vernichtet werden. Man riet dir, die verlorenen Zauber der Alten Welt wiederzufinden. Das Schwert von Shannara zu finden. Die Elfensteine zu finden. Das verlorene Paranor zu finden und die Druiden zurückzubringen. Doch wurde dir gesagt, was das alles erbringen würde? Natürlich nicht. Denn die Wahrheit ist, daß du es nicht wissen darfst. Denn wenn du es wüßtest, würdest du die Angelegenheit auf der Stelle fallenlassen. Die Druiden scheren sich einen Dreck um dich und deinesgleichen, und haben es immer getan. Ihr einziges Interesse liegt darin, die Macht wiederzuerlangen, die sie verloren, als Allanon starb. Wenn du sie zurückholst und ihre Magie wiederherstellst, werden sie erneut das Schicksal der Rassen kontrollieren. Darum geht es ihnen, Coll Ohmsford. Die Föderation hilft ihnen, ohne es zu ahnen. Die Schattenwesen sind die idealen Opfer, über die beide herfallen können. Dein Onkel erkannte die Wahrheit. Er sah, daß Allanon ihn zu manipulieren versuchte und im Sinn hatte, ihn in eine Aufgabe zu verwickeln, die niemandem dienen würde. Er warnte euch alle. Er weigerte sich, sich an dem Wahnsinn der Druiden zu beteiligen. Er hatte recht. Die Gefahr ist weit größer, als dir klar ist.«

Er beugte sich vor. »Das alles habe ich deinem Bruder erzählt, als er wegen des Schwertes in das Gewölbe kam. Ich wartete dort auf ihn – ich hatte übrigens schon mehrere Tage dort gewartet. Ich wußte, daß er wiederkommen würde, um das Schwert zu holen. Er mußte es tun, er konnte nicht anders. Das ist, was die Magie euch antut. Ich weiß es. Auch ich habe Magie.«

Er stand plötzlich auf, und Coll wich erschreckt zurück. Der schwarzgekleidete Körper begann im Zwielicht zu schimmern, als wäre er durchscheinend. Dann schien er sich aufzulösen, und Coll hörte sich stöhnen. Die dunkle Gestalt eines Schattenwesens mit glühenden, roten Augen hob sich langsam aus Felsen-Dalls Körper, blieb einen Augenblick in der Luft hängen und tauchte dann wieder zurück.

Der Erste Sucher lächelte kalt. »Siehst du, ich bin ein Schattenwesen. Alle Sucher sind Schattenwesen. Was für eine Ironie, nicht wahr? Die Föderation weiß es nicht. Sie halten uns für gewöhnliche Menschen, weiter nichts, Menschen, die ihren perversen Interessen dienen, die so wie sie versuchen, das Land von Magie zu befreien. Sie sind Dummköpfe. Magie ist nicht der Feind der Menschen. Sie sind es. Und die Druiden. Und jeder, der Männer und Frauen daran hindern will, zu sein, was und wer sie sind.«

Wie ein Dolch zeigte ein Finger auf Coll. »Ich habe deinem Bruder das alles erzählt, und ich habe ihm noch etwas gesagt. Ich habe ihm gesagt, daß auch er ein Schattenwesen ist. Ah, du glaubst mir noch immer nicht, nicht wahr? Aber hör mir zu. Par Ohmsford ist in Wahrheit ein Schattenwesen, gleich, ob ihr es zugeben wollt oder nicht. Desgleichen Walker Boh. Und jeder, der über wahre Magie verfügt. Das ist es, was wir alle sind, alle von uns – Schattenwesen. Wir sind gesunde, vernunftbegabte und in den meisten Fällen normale Männer, Frauen und Kinder, bis wir von Idioten wie der Föderation gehetzt und gefangen und zum Wahnsinn getrieben werden. Dann überwältigt uns die Magie, und wir werden zu Tieren wie die Waldfrau und der Riese, wie diese Geschöpfe in der Grube.«

Coll schüttelte den Kopf. »Nein. Das ist alles gelogen.«

»Wie kommt es dann, daß ich so viel über dich weiß? Was meinst du?« beharrte Felsen-Dall mit sogar jetzt noch nervtötend ruhiger Stimme. »Ich weiß alles über deine Flucht südwärts den Mermidon hinunter, deine Begegnungen mit der Waldfrau und dem alten Mann; wie du dem Hochländer begegnet bist und ihn überredet hast, sich euch anzuschließen; wie du nach Culhaven gereist bist, dann nach Hearthstone und schließlich zum Hadeshorn. Ich weiß von den Zwergen und von Walker Boh. Ich weiß von deiner Kusine Wren Omsford. Ich weiß von den Geächteten und von Padishar Creel und dem Mädchen und all den anderen. Ich wußte, wann du in die Grube hinuntersteigen würdest, und ich habe versucht, dich aufzuhalten. Ich wußte, daß du wiederkommen würdest, und ich habe dort auf dich gewartet. Wie kann ich das wissen, Talbewohner? Sag es mir.«

»Ein Spion im Lager der Geächteten«, antwortete Coll plötzlich verunsichert.

»Wer denn?«

Coll zögerte. »Ich weiß es nicht.«

»Dann werde ich es dir sagen. Der Spion war dein Bruder.«

Coll starrte ihn an.

»Dein Bruder, auch wenn er es nicht gemerkt hat. Par ist ein Schattenwesen, und ich weiß manchmal, was andere Schattenwesen denken. Wenn sie ihre Magie einsetzen, reagiert die meine. Sie offenbart mir ihre Gedanken. Als dein Bruder das Zauberlied benutzt hat, ließ es mich wissen, was er dachte. So habe ich dich gefunden. Aber Pars Magie alarmierte auch andere. Feinde. Daher kam es, daß der Gnawl dich im Wolfsktaag verfolgt hat, und die Spinnengnome in Hearthstone. Denk nach, Talbewohner! Alles, was dir widerfahren ist, hast du selbst verursacht. Es war nicht meine Absicht, dir in Tyrsis ein Leid anzutun. Es war Pars Entscheidung, in die Grube hinunterzugehen, die dir Kummer brachte. Ich habe euch das Schwert von Shannara nicht vorenthalten. Ja, ich habe es versteckt – aber nur, um Par zu zwingen, zu mir zu kommen, damit ich ihn warnen konnte.«

Coll streckte sich. »Was willst du damit sagen?«

Felsen-Dalls blasse Augen schauten ihn eindringlich an. »Ich habe dir gesagt, daß ich dich aus dem einfachen Grund hierhergebracht habe, weil ich dich vor deinem Bruder schützen wollte. Das entspricht der Wahrheit. Die Magie eines Schattenwesen ist so zweischneidig wie ein Schwert. Du hast das vermutlich selber oft gemerkt. Sie kann ein Segen sein oder auch ein Fluch. Sie kann helfend wirken oder verletzen. Aber es ist noch viel komplizierter als das. Ein Schattenwesen kann von der Belastung, die der Einsatz der Magie verlangt, angegriffen werden, vor allem, wenn es bedroht oder verfolgt wird. Die Magie kann kampflustig werden und entkommen. Erinnerst du dich an die Kreaturen in der Grube? Erinnerst du dich an jene, denen du auf deinen Reisen begegnet bist? Was meinst du, was ihnen widerfahren ist? Dein Bruder besitzt das Zauberlied als seine Magie. Doch das Zauberlied ist nur eine dünne Schicht, die das, was darunter liegt, verdeckt – Magie, die viel mächtiger ist, als dein Bruder ahnt. Sie fängt an, stärker zu werden, während er fortläuft und sich versteckt und versucht, sich in Sicherheit zu bringen. Wenn ich ihn nicht rechtzeitig erreiche, wenn er weiterhin meine Warnungen in den Wind schlägt, wird diese Magie ihn verschlingen.«

Es folgte eine lange Stille. Coll dachte schweigend nach. Er erinnerte sich daran, daß Par ihm gesagt hatte, er glaube, die Magie des Zauberliedes vermöge weit mehr als nur die Erzeugung von Bildern; daß er fühlen könne, wie sie freigesetzt werden wollte. Er erinnerte sich daran, wie sie reagiert hatte, als sie zum ersten Mal in die Grube gestiegen waren, wie sie Licht in die Dämmerung gestrahlt und die Schriftrolle in dem Gewölbe beleuchtet hatte. Er dachte an die dort gefangenen Kreaturen, die zu Monstern und Dämonen geworden waren.

Er fragte sich nur für einen Augenblick, ob Felsen-Dall ihm vielleicht die Wahrheit sagte.

Der Erste Sucher trat einen Schritt auf ihn zu und blieb stehen. »Denk darüber nach, Coll Ohmsford«, schlug er leise vor. Er stand groß und dunkel im Dämmerlicht und war furchteinflößend anzuschauen. Aber seine Stimme klang beruhigend. »Durchdenke es. Du hast genug Zeit dazu. Ich habe die Absicht, dich hierzubehalten, bis dein Bruder dich suchen kommt oder seine Magie benutzt. So oder so muß ich ihn finden und warnen. Ich muß euch beide und jene, mit denen ihr eventuell in Kontakt kommt, beschützen. Hilf mir. Wir müssen deinen Bruder finden. Wir müssen es versuchen. Ich weiß, daß du mir jetzt nicht glaubst, doch das wird sich ändern.«

Coll schüttelte den Kopf. »Das glaube ich nicht.«

Draußen grollte ein ferner Donner und verlor sich im Prasseln des Regens. »So viele Lügen sind dir von anderen erzählt worden«, sagte Felsen-Dall. »Mit der Zeit wirst du es einsehen.«

Er ging zur Zellentür und blieb noch einmal stehen. »Du bist lange genug in dieses Zimmer gesperrt gewesen. Während des Tages kannst du hinausgehen. Du brauchst nur an die Tür zu klopfen, wenn du hinaus möchtest. Geh hinunter in den Übungshof und trainiere mit den Waffen. Jemand wird dort sein, der dir helfen wird. Du mußt lernen, dich besser zu verteidigen. Aber begehe keinen Fehler. Du darfst nicht fort. Nachts wirst du wieder eingesperrt. Ich wünschte, es könnte anders sein, aber das geht leider nicht. Zu vieles steht auf dem Spiel.«

Er machte eine Pause. »Ich habe einen kurzen Besuch zu machen, eine Reise von ein paar Tagen. Jemand anderes braucht meine Aufmerksamkeit. Wenn ich zurückkomme, werden wir uns wieder unterhalten.«

Er musterte Coll eine Weile, als schätze er ihn irgendwie ab, dann wandte er sich um und ging hinaus. Coll schaute ihm nach, dann trat er wieder an das verschlossene Fenster und lugte in den Regen hinaus.

Er schlief schlecht in jener Nacht, geplagt von Träumen von finsteren Gestalten, die das Gesicht seines Bruders trugen, und wenn er wach wurde, quälte ihn, was man ihm gesagt hatte. *Unsinn*, war sein erster Gedanke. *Lügen.* Aber sein Instinkt sagte ihm, daß zumindest ein Teil davon der Wahrheit entsprach – und das wiederum unterstellte die unerfreuliche Möglichkeit, daß es alles stimmen konnte. Par ein Schattenwesen. Die Magie eine Waffe, die ihn zerstören konnte. Beide von finsteren Mächten jenseits ihres Verständnisses bedroht.

Er wußte nicht mehr, was er glauben sollte.

Als er aufwachte, klopfte er an die Tür. Ein Sucher in schwarzem Umhang ließ ihn hinaus und führte ihn hinunter in den Übungshof. Ein anderer, ein grober Kerl mit kahl rasiertem Schädel und Narben und Knoten überall bot ihm an, mit ihm zu kämpfen. Mit gepolsterten Keulen trainierten sie den ganzen Morgen. Coll schwitzte und strengte sich an. Es tat gut, den Körper wieder zu benutzen.

Später, als er wieder allein in der Zelle war, hellte der Nachmittag sich auf. Die Wolken wurden dünner, und die Sonne brach im fernen Süden hindurch. Er überdachte seine neue Lage. Er war noch immer ein Gefangener, aber es war nicht mehr ganz so schlimm. Er war nicht mehr in eine einzige Zelle eingesperrt. Man hatte ihm die Gelegenheit gegeben, stark und fit zu bleiben. Er fühlte sich nicht bedroht.

Ob Felsen-Dall Rätselspielchen mit ihm trieb, blieb natürlich abzuwarten. Wie auch immer, der Erste Sucher hatte einen Fehler begangen. Er hatte Coll Ohmsford die Gelegenheit gegeben, die Südwache zu erkunden.

Und damit die Gelegenheit, einen Fluchtweg zu finden.

Walker Boh schmachtete in Hearthstone in einem bei weitem scheußlicheren Gefängnis als jenem, in dem Morgan Leah festgehalten wurde. Er war mit dem eisernen Vorsatz, seine Krankheit zu heilen, aus Storlock zurückgekommen; er wollte das Gift, das der Asphinx ihm eingespritzt hatte, aus seinem Körper treiben und sich gesund machen, was nicht einmal den Stors gelungen war. Innerhalb einer Woche hatte er sich völlig verändert, war mutlos und bitter geworden und hatte Angst, daß seine Hoffnungen vergeblich seien, daß er sich am Ende nicht würde selber retten können. Seine Tage zogen sich endlos lang und heiß dahin, während er in Gedanken verloren durch das Tal wanderte und verzweifelt darüber nachgrübelte, welchen Zauber es brauchte, um die Ausbreitung des Giftes aufzuhalten. Während der Nächte brütete er weiter, die dunklen Stunden vergingen mit den vergeblichen Versuchen, seine Ideen auszuführen.

Nichts wirkte.

Er versuchte alles. Er begann mit einer Reihe von Bewußtseinssteuerungen, dem inneren Ausloten seiner eigenen Zauberkraft, das dazu angetan sein sollte, die Ausbreitung des Giftes aufzuhalten, zu brechen, rückgängig zu machen oder wenigstens zu verlangsamen. Nichts davon geschah. Er kanalisierte seine Magie in Form eines Angriffs, das innere Äquivalent des Feuers, das er manchmal zum Schutz und zur Verteidigung heraufbeschwor. Die Kanalisierung schien keine taugliche Quelle zu finden, die Magie verstreute sich und verlor ihre Macht. Er probierte die Beschwörungen und Zauberformeln, die er im Laufe der Jahre gesammelt hatte, sowohl jene, die ihm angeboren waren, als auch jene, die man ihn gelehrt hatte. Alle versagten. Schließlich griff er auf die Chemikalien und Pulver zurück, auf die Cogline sich verlassen hatte, die Wissenschaften der Alten Welt, die auf die Neue überkommen waren. Er attackierte die Steinruine seines Arms und versuchte, sie bis zum Fleisch abzubrennen und auszuglühen. Er versuchte Heilmixturen, die von der Haut absorbiert wurden und in den Stein dringen sollten. Er wandte elektrische und magnetische Felder an. Er probierte Antitoxine. Auch das alles versagte. Das Gift war zu stark. Es konnte nicht neutralisiert werden. Es breitete sich weiterhin in seinem Körper aus und brachte ihn langsam um.

Ondit blieb fast ohne Unterbrechung an seiner Seite, folgte ihm geräuschlos auf seinen langen Tageswanderungen, streckte sich in der Dunkelheit seines Zimmers neben ihm aus, während er sich vergeblich abmühte, die Magie in einer Weise anzuwenden, die ihm zu überleben gestattete. Die riesige Moorkatze schien zu spüren, was mit Walker geschah; sie beobachtete ihn, als fürchte sie, er könne jeden Moment verschwinden, als könne sie ihn irgendwie vor dieser unsichtbaren Bedrohung beschützen, indem sie ihn nicht aus den Augen ließe. Die leuchtenden gelben Augen waren immer da, beobachteten ihn mit Klugheit und Sorge, und Walker ertappte sich dabei, wie er voller Hoffnung hineinstarrte und nach den Antworten suchte, die er nirgendwo sonst zu finden vermochte.

Auch Cogline tat alles in seiner Macht Stehende, um Walker in seinem Ringen zu unterstützen. Wie die Moorkatze hielt er Wache, wenn auch aus größerer Distanz, weil er fürchtete, Walker würde es nicht tolerieren, wenn er zu nah käme oder zu lange bliebe. Zwischen den beiden bestand noch immer ein Antagonismus, der nicht zu überwinden war. Es fiel ihnen schwer, mehr als für ein paar Minuten zusammen zu sein. Cogline gab Rat, wo er konnte, mischte Pulver und Arzneien auf Walkers Bitte, verschrieb Salben und Heilmittel und schlug Formen von Zaubern vor, von denen er glaubte, sie könnten helfen. Vor allem aber gab er das bißchen Trost, das er vermitteln konnte, daß ein Gegenmittel gefunden werden würde.

Walker war dankbar für diesen Trost, auch wenn er es dem anderen niemals eingestehen würde. Er hatte seinem eigenen Tod nie viele Gedanken gewidmet, war immer überzeugt gewesen, daß es noch lange hin sei und er, wenn es soweit wäre, dafür vorbereitet sei. Er stellte jetzt fest, daß er sich in beidem geirrt hatte. Er war zornig und verängstigt und verwirrt; seine Gefühle stürzten in ihm durcheinander wie übriggebliebene Steine einer ausgeleerten Ladung in einem fahrenden Lastkarren. Er kämpfte um sein Gleichgewicht, den Glauben an sich selbst, ein winziges Fünkchen Hoffnung, doch ohne die unterstützende Gegenwart von Cogline wäre er verloren gewesen. Gesicht und Stimme des alten Mannes, seine Gesten, seine besonderen Eigenheiten, die ihm alle so vertraut waren, boten ihm Halt an dem Abgrund, an den Walker Boh sich klammerte, und bewahrten ihn davor, ganz und gar in die Tiefe zu stürzen. Er kannte Cogline seit langer Zeit, und in Abwesenheit von Par und Coll und in geringerem Maße auch von Wren stellte Cogline seine einzige Verbindung zur Vergangenheit dar – eine Vergangenheit, die er zuerst verspottet, verachtet und schließlich ganz und gar verleugnet hatte, und die er jetzt verzweifelt zurückzugewinnen versuchte, denn sie war die einzige Verbindung zur Verwendung der Magie, die ihn retten konnte. Wenn er es nicht so eilig gehabt hätte, sie zu verleugnen, ihren Einfluß loszuwerden, wenn er sich mehr Zeit genommen hätte, sie zu begreifen, von ihr zu lernen, sie zu meistern und sie für seine Bedürfnisse zu nutzen, dann hätte er jetzt vielleicht nicht so hart zu ringen, um am Leben zu bleiben.

Doch die Vergangenheit ist nicht wiedergutzumachen. Trotzdem konnte er einen gewissen Trost aus der ständigen Gegenwart des alten Mannes ziehen, der ihm all sein Verständnis der Magie vermittelt hatte. Jetzt, da seine Zukunft so erschreckend ungewiß geworden war, entdeckte er ein seltsames, zwingendes Bedürfnis, nach jenen Dingen zu greifen, die ihm aus der Vergangenheit geblieben waren. Und von denen war Cogline das nächstliegende.

Cogline war im zweiten Jahr seines einsamen Lebens in Hearthstone zu ihm gekommen. Risse war damals schon fünfzehn Jahre tot und Kenner fünf. Er war seither auf sich selbst angewiesen, trotz der Bemühungen von Jaralan und Mirianna Ohmsford, ihn zu einem Mitglied ihrer Familie zu machen, ein von allen Ausgestoßener, denn seine Magie erlaubte ihm nichts anderes. Während sie im Älterwerden bei allen Ohmsfords seit Brin verschwunden war, so war das bei ihm nicht der Fall. Sie wurde statt dessen stärker, drängender, unkontrollierbarer. Es war schon schlimm genug gewesen, als er in Shady Vale lebte, in Hearthstone wurde es unerträglich. Sie zeigte sich auf neue Weise – unerwünschte Empfindungen, befremdliche Vorahnungen, überscharfe Sinneswahrnehmungen und erschreckende Demonstrationen roher Gewalt, die ihn zu zerschmettern drohten. Er schien sie nicht meistern zu können. Er verstand sie einfach nicht und konnte daher auch keinen Weg finden, ihre Funktionsweise zu entziffern. Am besten blieb er allein, niemand wäre in seiner Umgebung sicher gewesen. Er spürte, wie ihm seine geistige Gesundheit entglitt.

Cogline veränderte alles. Eines Nachmittags tauchte er zwischen den Bäumen aus dem Nebel, der zur Neige des Herbstes vom Wolfsktaag herunterrollte, ein kleiner, alter Mann in Gewändern, die locker um seine magere Gestalt hingen, wild zerzaustem Haar und scharfen, klugen Augen. Ondit war bei ihm, ihre massige, unbeirrbare schwarze Anwesenheit schien die Veränderung, die in das Leben des Dunklen Onkels kommen würde, anzukündigen. Cogline berichtete Walker die Geschichte seines Lebens von der Zeit von Bremen und dem Druidenrat bis in die Gegenwart – tausend Jahre. Es war ein aufrichtiger Bericht, der nicht darum bat, akzeptiert zu werden, er forderte es. Seltsamerweise fügte Walker sich. Er fühlte, daß diese wilde, unwahrscheinliche Geschichte der Wahrheit entsprach. Er kannte die Geschichten über Cogline aus Brin Ohmsfords Zeiten, und dieser alte Mann war ganz genauso, wie die Geschichten ihn beschrieben hatten.

»Ich schlief den Druidenschlaf«, erläuterte Cogline an einem Punkt, »sonst wäre ich schon früher gekommen. Ich hatte nicht erwartet, daß es schon Zeit war, doch die Magie, die in dir steckt und die mit deinem Eintritt ins Mannesalter erwacht ist, sagte mir, daß es soweit ist. Allanon hatte es so geplant, als er Brin das Vermächtnis übergab; es würde eine Zeit kommen, wo die Magie wieder gebraucht würde, und einer unter den Ohmsfords würde sie zu befehligen haben. Ich meine, du bist vielleicht dazu bestimmt, derjenige zu sein, Walker. Wenn das so ist, wirst du meine Hilfe brauchen, um zu verstehen, wie die Magie funktioniert.«

Walker war voll böser Vorahnungen, doch er erkannte, daß der alte Mann in der Lage sein mochte, ihm zu zeigen, wie er seine Zauberkraft unter Kontrolle bringen konnte. Diese Kontrolle brauchte er dringend. Er war bereit, es darauf ankommen zu lassen, ob Cogline sie ihn lehren konnte.

Cogline blieb fast drei Jahre bei ihm. Er offenbarte Walker als Lehrer dem Schüler die Überlieferungen der Druiden, die Schlüssel, die die Türen des Verstehens öffnen würden. Er lehrte ihn die Weisen von Bremen und Allanon, wie man sich nach innen wendet, um sich die rohe Kraft der Magie nutzbar zu machen, wie man sein Bewußtsein strukturierte, so daß die Kraft kanalisiert werden konnte und nicht aufs Geratewohl losging. Walker verfügte schon über ein paar Kenntnisse; er hatte viele Jahre mit der Magie gelebt und etwas von der Selbstverleugnung und den Schranken gelernt, die nötig waren, um ihre Forderungen zu überleben. Cogline baute auf diesem Wissen auf, drang in Bereiche vor, die Walker nicht hatte antasten wollen, lehrte ihn Methoden, die er nicht für möglich gehalten hatte. Langsam und schrittweise stellte Walker fest, daß die Magie sein Leben nicht mehr regierte; Unvorhersehbarkeit wurde durch Selbstkontrolle ersetzt. Walker begann sich selbst zu meistern.

Cogline unterrichtete ihn auch in den Wissenschaften der Alten Welt, lehrte ihn auch die Chemikalien und Mixturen, die er im Laufe der Jahre entwickelt und benutzt hatte, die Pulver, die sich durch Metall brannten und wie Feuer explodierten, und die Lösungen, die die Form sowohl von Flüssigkeiten als auch von festen Körpern veränderten. Neue Türen öffneten sich für Walker; er entdeckte eine ganz andere Form von Kraft. Seine Neugierde war so groß, daß er anfing, eine Verbindung von beiden – der Alten und der Neuen Welt – zu erforschen, eine Verschmelzung von Wissenschaft und Magie, die bislang noch niemand erfolgreich versucht hatte. Er ging langsam und vorsichtig vor, entschlossen, nicht zu einem der Opfer zu werden, die die Macht im Laufe der Zeit gefordert hatte, von den Menschen der Alten Welt, die die Großen Kriege ausgelöst hatten, bis hin zu dem Druiden Brone, seinen Schädelträgern und den Mordgeistern, die die Kriege der Rassen entzündet hatten.

Und dann begann er aus irgendeinem Grunde anders darüber zu denken. Vielleicht lag es an der Begeisterung, die ihn überkam, wenn er die Magie befehligte. Vielleicht war es das unersättliche Bedürfnis, mehr zu erfahren. Was auch immer der Grund war, er gelangte zu der Überzeugung, daß eine vollständige Beherrschung der Magie nicht möglich war, daß die Kraft, gleich, wie sorgfältig er sich gegen ihre schädlichen Wirkungen schützen mochte, ihn eines Tages überwältigen würde. Über Nacht wendete sich seine Haltung ins Gegenteil. Er versuchte, vor ihr zurückzuweichen, sie abzuschütteln. Er steckte in einem gewaltigen Dilemma; er versuchte, sich von der Magie zu distanzieren, doch das war ausgeschlossen, denn sie stellte einen wesentlichen Teil von ihm dar. Cogline sah, was vor sich ging, und versuchte, ihn zur Vernunft zu bringen. Walker weigerte sich, ihm zuzuhören, und fragte sich plötzlich, warum Cogline überhaupt zu ihm gekommen war. Ein Versuch war im Gange, ihn zu manipulieren, eine Druidenverschwörung, die bis zu den Zeiten von Shea Ohmsford zurückverfolgt werden konnte. Er wollte damit nichts zu tun haben. Er stritt mit Cogline, dann kämpfte er. Schließlich ging Cogline fort.

Er kam im Laufe der Jahre natürlich zurück. Aber Walker wollte keine weiteren Instruktionen über den Einsatz der Magie mehr hören, weil er fürchtete, daß zusätzliche Kenntnisse zu einer Unterwanderung seiner mühsam errungenen Kontrolle führen könnten, daß eine Steigerung zur Besitznahme führen könnte. Lieber verließ er sich auf das Verständnis, über das er verfügte, begrenzt, aber zu handhaben, und hielt sich von den Rassen fern, wie er es von Anfang an vorgehabt hatte. Cogline konnte kommen und gehen, sie konnten ihre unbequeme Allianz aufrechterhalten, aber er würde sich den Druiden oder einstigen Druiden oder irgendwem sonst nicht überlassen. Er wollte bis zum Ende sein eigener Herr bleiben.

Und jetzt war das Ende gekommen, und er war sich des Wegs, den er gewählt hatte, nicht mehr so sicher. Der Tod war nahe und wollte ihn, und hätte er sich nicht so von der Magie distanziert, hätte er ihn vielleicht ein wenig hinauszögern können. Sich diese Möglichkeit einzugestehen, verlangte, daß er eine bittere Dosis Stolz herunterschluckte. Es war hart, sich selbst neu einschätzen zu müssen, aber es war unvermeidlich. Walker Boh hatte in seinem ganzen Leben nie die Wahrheit gescheut, und er weigerte sich, jetzt damit anzufangen.

In der zweiten Woche nach seiner Rückkehr aus Storlock, als er in den frühen Abendstunden am Feuer saß und die Schmerzen seiner Krankheit ihn ständig an die Dinge mahnten, die unerledigt geblieben waren, sagte er zu Cogline, der irgendwo im Hintergrund in seinen Büchern herumwühlte, die er zu seinem eigenen Gebrauch in der Kate aufbewahrte: »Komm, setz dich zu mir, alter Mann.«

Er sagte es freundlich und traurig, und Cogline kam ohne zu widersprechen und setzte sich neben ihn. Gemeinsam starrten sie in den hellen Feuerschein.

»Ich sterbe«, sagte Walker nach einer Weile. »Ich habe alles versucht, um das Gift auszutreiben, und nichts hat gewirkt. Sogar meine Magie hat versagt. Und deine Wissenschaft. Wir müssen akzeptieren, was das bedeutet. Ich habe die Absicht, weiterhin alles zu versuchen, um es zu verhindern, aber es sieht so aus, als würde ich nicht überleben.« Er preßte seinen störrischen Arm gegen den Körper, ein steinernes Gewicht, das ihn unnachgiebig nach unten zog. »Es gibt Dinge, die ich dir sagen muß, bevor ich sterbe.«

Cogline wandte sich zu ihm um und wollte etwas sagen, doch Walker schüttelte den Kopf. »Ich habe mich selbst ohne einen triftigen Grund gegen dich verhärtet. Ich war unfreundlich zu dir, während du mehr als freundlich zu mir warst. Es tut mir sehr leid.«

Er schaute den alten Mann an. »Ich hatte Angst vor dem, was die Magie mir antun könnte, wenn ich mich ihr weiterhin hingeben würde; ich habe noch immer davor Angst. Ich denke nicht völlig anders. Ich glaube noch immer, daß die Druiden die Ohmsfords für ihre eigenen Absichten ausnutzen, daß sie uns sagen, was sie uns wissen lassen wollen, und uns steuern, wie es ihnen behagt. Es fällt mir schwer zu akzeptieren, ihr Handlanger zu sein. Doch ich habe mich geirrt, als ich dich als einen von ihnen angesehen habe. Deine Absichten waren nicht die ihren. Du hast deine eigenen.«

»Soweit irgendwelche Absichten die meinen sind und nicht vom Schicksal und den Umständen abhängen«, sagte Cogline mit trauriger Miene. »Wir verwenden so viele Worte, um zu beschreiben, was mit uns geschieht, und alles läuft auf dasselbe hinaus. Wir leben unser Leben, wie uns bestimmt ist, es zu leben – mit einer gewissen Entscheidungsfreiheit und ein paar Zufällen, doch vor allem als Ergebnis dessen, was wir sind.« Er schüttelte den Kopf. »Wer kann denn behaupten, daß ich freier von den Druiden und ihren Manipulationen bin als du, Walker? Allanon kam genauso zu mir, wie er zu dir, dem jungen Par und zu

Wren gekommen ist, und hat mich zu dem seinen gemacht. Ich kann nicht behaupten, daß es anders wäre.«

Walker nickte. »Dennoch, ich bin grob zu dir gewesen, und ich wünschte, das wäre nicht geschehen. Ich wollte, daß du der Feind bist, weil du aus Fleisch und Blut bist und nicht ein toter Druide oder ein unsichtbarer Zauber, und ich konnte auf dich einschlagen. Ich wollte dich als die Ursache für meine Angst betrachten. Es machte es mir leichter, wenn ich dich so sah.«

Cogline zuckte mit den Schultern. »Entschuldige dich nicht. Die Magie ist eine für jeden unterschiedliche Last, die er zu tragen hat, doch für dich um so mehr.« Er machte eine Pause. »Ich glaube, du wirst niemals von ihr freikommen.«

»Außer im Tod«, erwiderte Walker.

»Falls der Tod dich so schnell ereilt, wie du glaubst.« Die alten Augen zwinkerten. »Würde Allanon einen Plan machen, der sich so leicht durchkreuzen läßt? Würde er das Risiko eingehen, daß seine ganze Arbeit umsonst wäre, falls du so bald sterben würdest?«

Walker zögerte. »Selbst Druiden können sich in ihrem Urteil irren.«

»In seinem Urteil?«

»Vielleicht war der Zeitpunkt falsch gewählt. Jemand anderer als ich war bestimmt, die Magie über die Jugend hinaus zu besitzen. Ich bin der falsche Träger. Cogline, was kann mich denn noch retten? Was ist denn noch unversucht geblieben?«

Der alte Mann schüttelte den Kopf. »Ich weiß es nicht, Walker. Aber ich spüre, daß da noch etwas ist.«

Dann schwiegen sie. Ondit lag ausgestreckt vor dem Feuer, hob den Kopf und schaute Walker an, dann ließ er ihn wieder sinken. Das Holz knisterte laut, und eine Rauchfahne schwebte durchs Zimmer.

»Du glaubst also, die Druiden sind mit mir noch nicht fertig?« sagte Walker schließlich. »Du meinst, sie lassen mich mein Leben nicht aufgeben?«

Cogline antwortete nicht sogleich. »Ich glaube«, sagte er nach einer Weile, »daß du bestimmen wirst, was aus dir wird, Walker. Das habe ich immer geglaubt. Was dir fehlt, ist die Fähigkeit zu erkennen, was du zu tun hast. Oder zumindest, es zu akzeptieren.«

Walker spürte, wie ein kalter Schauder ihn durchlief. Die Worte des alten Mannes wiederholten, was Allanon gesagt hatte. Er wußte, was sie bedeuteten. Daß er zugeben mußte, daß Brin Ohmsfords Vermächtnis für ihn gedacht war, daß er die Rüstung der Magie anlegen und hinaus in den Kampf ziehen mußte – wie ein unbesiegbarer Krieger, der aus alter Zeit herübergekommen war. Daß er die Schattenwesen vernichten mußte.

Als sterbender Mann?

Wie?

Wieder herrschte Schweigen. Diesmal brach er es nicht.

Drei Tage später verschlimmerte sich Walkers Zustand. Die Heilmittel der Stors und die Verschreibungen von Cogline gaben plötzlich dem Angriff des Giftes nach. Walker erwachte fiebrig und krank, konnte sich kaum erheben. Er frühstückte, ging auf die Veranda hinaus, um die Sonnenwärme zu genießen, und brach zusammen.

Er erinnerte sich nur noch bruchstückhaft an das, was danach geschah. Cogline brachte ihn wieder ins Bett und machte ihm kalte Umschläge, während das Fieber des Gifts in ihm wütete, ein unlöschbares Feuer. Er nahm Flüssigkeit zu sich, aber er konnte nichts essen. Er träumte ohne Unterlaß. Ein endloser Wahn von häßlichen, angsteinflößenden Geschöpfen, die vor ihm paradierten und ihn bedrohten, während er hilflos dastand und langsam seinen Verstand zu verlieren drohte. Er kämpfte dagegen an, so gut er es vermochte, doch ihm fehlten die nötigen Waffen. Was immer er auffuhr, die Monster hielten stand. Schließlich gab er auf und überließ sich ihnen und fiel in schwarzen Schlaf.

Von Zeit zu Zeit erwachte er, und jedesmal war Cogline da. Wieder einmal war es die tröstliche Gegenwart des alten Mannes, die ihn rettete, ein Lebensfaden, an den er sich klammerte, der ihn aus dem Vergessen zurückholte, in das er sonst geschwemmt worden wäre. Die knorrigen Hände streckten sich ihm entgegen; manchmal packten sie ihn, als wollten sie ihn festhalten, manchmal streichelten sie ihn, als wäre er ein trostbedürftiges Kind. Die vertraute Stimme beschwichtigte ihn, sprach Worte, die keinen Sinn ergaben, aber voller Wärme waren. Er fühlte den anderen neben sich, immer in der Nähe, darauf wartend, daß er erwache.

»Du bist nicht zum Sterben bestimmt, Walker Boh«, meinte er mehr als einmal zu hören, obwohl er sich dessen nicht sicher war.

Manchmal sah er, wie sich das Gesicht des alten Mannes über ihn beugte, die ledrige, runzlige, gezeichnete Haut, das schüttere, graue Haar, der zerzauste Bart, die Augen leuchtend und verständnisvoll. Er konnte ihn riechen, einen Waldbaum mit einem alten Stamm und alten Gliedern, doch mit Blättern so frisch und jung wie der Frühling. Wenn die Krankheit ihn zu überwältigen drohte, war der alte Mann da, um ihm Halt zu geben. Es war der alte Mann, dem zuliebe er nicht aufgab, dem zuliebe er gegen die Wirkung des Giftes ankämpfte und sich erholen wollte.

Am vierten Tag erwachte er gegen Mittag und nahm ein wenig Suppe zu sich. Das Gift war zeitweilig aufgehalten worden, die Arzneien und Mittel und Walkers Überlebenswille hatten noch einmal die Oberhand gewonnen. Walker zwang sich, den Schaden an seinem zerschmetterten Arm zu untersuchen. Das Gift war weiter vorgedrungen. Sein Arm war fast bis zur Schulter zu Stein geworden.

In jener Nacht weinte er aus Wut und Verzweiflung. Bevor er einschlief, wurde ihm bewußt, daß Cogline sich über ihn beugte, eine zerbrechliche Gestalt vor der endlosen, unerforschlichen Finsternis, die ihm leise sagte, daß alles gut werden würde.

Er erwachte während der trägen, ziellosen Stunden zwischen Mitternacht und Morgendämmerung, wenn die Zeit ihren Weg verloren zu haben scheint. Es war sein Instinkt, der ihn weckte, ein Gefühl, daß irgend etwas ganz und gar nicht in Ordnung war. Er rappelte sich hoch und stützte sich schwach und verwirrt auf den Ellenbogen, ohne in der

Lage zu sein, die Ursache seiner Besorgnis festzustellen. Ein seltsames, undefinierbares Geräusch stieg aus der nächtlichen Stille, ein Summen irgendeiner Aktivität irgendwo draußen, das von Schlaf und Krankheit undeutlich gemacht wurde. Sein Atem ging unregelmäßig, als er sich aufsetzte. Er schauderte unter seinen Bettüchern in der frostigen Luft.

Grelles Licht flammte plötzlich auf, sichtbar durch einen Spalt in den Vorhängen vor dem Fenster.

Er hörte Stimmen. Nein, dachte er ängstlich. Keine Stimmen, kehlige, unmenschliche Töne.

Es kostete ihn alle seine Kraft, um vom Bett bis zum Fenster zu kriechen. Fieber und Erschöpfung ließen ihn nur langsam und mühevoll vorankommen. Er verhielt sich ruhig, war sich bewußt, daß Vorsicht geboten war, daß er sich nicht sehen lassen durfte. Die Geräusche draußen wurden lauter, und ein ekelerregender Verwesungsgeruch hatte sich über alles gelegt.

Tastend fand er das Fenstersims und zog sich daran hoch, bis er mit den Augen auf gleicher Höhe war.

Was er durch den Spalt in den Vorhängen sah, ließ seinen Magen zu Eis erstarren.

Cogline erwachte, als Ondit ihn mit der Schnauze anstupste, grob und drängend, und der alte Mann fuhr sofort hoch. Er war erst lange nach Mitternacht eingeschlafen, nachdem er sich in seinen Büchern der Wissenschaften der Alten Welt vergraben und wieder einmal versucht hatte, ein Mittel zu entdecken, das Walker Bohs Leben retten könnte. Irgendwann war er in seinem Stuhl beim Feuer eingeschlafen. Das Buch, das er studiert hatte, lag noch immer aufgeschlagen auf seinem Schoß, als Ondit ihn weckte.

»Verflixt noch mal, Katze«, murmelte er.

Sein erster Gedanke war, daß etwas mit Walker nicht stimmte. Dann hörte er die Geräusche, die zwar noch schwach waren, aber lauter wurden. Knurren und Brummen und Fauchen. Tierlaute. Und ohne sich zu bemühen, ihr Kommen zu verbergen.

Er stand auf und wischte sich den Schlaf aus den Augen. Eine Lampe brannte auf dem Eßtisch, das Feuer war erloschen. Cogline zog seine Gewänder fest um sich und schlurfte voller Unbehagen zur Tür, um herauszufinden, was da los war. Ondit lief vor ihm her, das Fell auf ihrem Rücken gesträubt, fletschte sie die Zähne. Was immer sich dort draußen näherte, der Moorkatze behagte es ganz und gar nicht.

Cogline machte die Türe auf und trat auf die überdachte Veranda vor der Hütte. Der Himmel war klar. Mondlicht flutete zwischen den Bäumen hindurch und tauchte das Tal in weißes Leuchten. Die Luft war kühl und machte Cogline hellwach. Am Rand der Veranda blieb er stehen. Dutzende von winzigen, roten Lichterpaaren blinkten ihn aus den Schatten des Waldes an. Wie eine unendliche Schar zarter, roter Blüten schimmerten sie in der Finsternis. Sie schienen überall zu sein, rund um die Hütte und die Lichtung herum.

Cogline blinzelte, um sie besser erkennen zu können. Und dann begriff er, daß es Augen waren.

Er fuhr zusammen, als sich zwischen den Augen etwas rührte. Es war ein Mann in einer schwarzen Uniform mit den silbernen Insignien eines Wolfsschädels auf der Brust. Cogline sah ihn ganz deutlich, als er ins Mondlicht trat, groß und grobknochig, mit einem zerfurchten, ausgehöhlten Gesicht und leblosen Augen.

Felsen-Dall, dachte er, und ein Schwindelgefühl packte ihn.

»Alter Mann«, sagte der andere, und seine Stimme war ein krächzendes Flüstern.

Cogline antwortete nicht. Er starrte den anderen fest an und zwang sich, nicht nach rechts zu schauen, zu dem offenen Fenster von Walkers Schlafzimmer, wo Walker schlief. Angst und Zorn wüteten in ihm, und eine innere Stimme schrie ihm zu, um sein Leben zu rennen, zu fliehen. Schnell, warnte sie. Wecke Walker auf. Hilf ihm, zu entkommen!

Aber er wußte, daß es dafür längst zu spät war.

Er wußte schon seit einiger Zeit, daß es so sein würde.

»Wir sind deinetwegen gekommen, alter Mann«, krächzte Felsen-Dall, »meine Freunde und ich.« Er winkte, und die Geschöpfe, die ihn begleiteten, rückten eines nach dem anderen ins Licht, allesamt Horrorgestalten, Schattenwesen. Manche waren mißgestaltete Kreaturen wie die Waldfrau, die er vor ein paar Wochen von dem Lager von Par und Coll Ohmsford vertrieben hatte; manche sahen aus wie Hunde oder Wölfe, auf allen vieren, pelzig und mit zu Tierschnauzen verzerrten Gesichtern mit Zähnen und Krallen. Die Laute, die sie von sich gaben, ließen keinen Zweifel darüber, daß sie gierig auf Futter waren.

»Versager«, sagte ihr Anführer. »Menschen, die sich über ihre Schwächen nicht haben erheben können. Sie dienen jetzt einem besseren Zweck.« Er trat einen Schritt vor. »Du bist der letzte, alter Mann – der letzte, der sich mir in den Weg stellt. Alle Shannara-Kinder sind fort, von der Erde gewischt. Du bist der letzte, der übrigbleibt, ein armer, ehemaliger Druide, der niemanden mehr hat, der ihn retten kann.«

Die Runzeln, die Coglines Gesicht zeichneten, vertieften sich. »Ist das so?« fragte er. »Alle getötet hast du?« Felsen-Dall starrte ihn an. Kaum denkbar, entschied Cogline auf der Stelle. In Wahrheit hat er nicht einen umgebracht, will nur, daß ich das glaube. »Und du bist den ganzen Weg hierhergekommen, um es mir zu berichten, ja?«

»Ich bin hergekommen, um dir ein Ende zu setzen«, erwiderte Felsen-Dall.

Nun, da hast du es, dachte der alte Mann. Was immer der Erste Sucher mit den Shannara-Kindern angestellt hatte, es war nicht genug; er war jetzt auch hinter Cogline her, vielleicht, weil er die leichtere Beute abgab. Der alte Mann mußte beinahe lächeln. Wenn man bedachte, daß es alles hierauf hinauslief. Nun, nicht, daß er es nicht längst gewußt hätte. Allanon hatte ihn vor Wochen gewarnt, warnte ihn übrigens schon, als er ihn aufforderte, die Druidengeschichte aus Paranor zu besorgen. Oh, er hatte Walker natürlich nichts davon gesagt. Er hatte daran gedacht, doch er hatte es nicht getan. Es schien einfach keinen triftigen Grund dafür zu geben. *Wisse dies, Cogline*, hatte der Schatten prophetisch und mit tiefer Stimme erklärt. *Ich habe die Zeichen der Unterwelt gelesen; deine Zeit in dieser Welt ist beinahe abgelaufen. Der*

Tod ist dir auf den Fersen, und er ist ein unerbittlicher Jäger: Wenn du das nächste Mal Felsen-Dall zu Gesicht bekommst, wird er dich gefunden haben. Wenn dieser Augenblick gekommen ist, nimm Walker Boh die Druidengeschichte wieder ab und halte sie fest, als sei sie dein Leben. Lasse sie nicht los. Gib sie nicht auf. Denk daran, Cogline.

Denk daran.

Cogline ordnete seine Gedanken. Die Druidengeschichte ruhte in einer Nische in dem steinernen Kamin in der Hütte, wo Walker sie versteckt hatte.

Denk daran.

Er seufzte müde und resigniert. Er hatte natürlich Fragen gestellt, doch der Schatten hatte keine Antworten gegeben. Typisch Allanon. Es reichte offenbar, daß Cogline wußte, was auf ihn zukam. Es war nicht nötig, daß er die Einzelheiten kannte.

Ondit knurrte. Ihr Fell stand rundum zu Berge. Sie kauerte schützend vor dem alten Mann, und Cogline wußte, daß es unmöglich sein würde, die große Katze zu retten. Ondit würde ihn niemals verlassen. Er schüttelte den Kopf. Nun. Eine seltsame Ruhe nahm von ihm Besitz. Seine Gedanken waren ziemlich klar. Die Schattenwesen waren seinetwegen gekommen. Sie wußten nichts davon, daß Walker Boh hier war. Und dabei wollte er es auch belassen.

Er runzelte die Stirn. Würde ihm die Druidengeschichte, falls es ihm gelang, sie an sich zu nehmen, dabei helfen?

Seine Augen trafen die von Felsen-Dall. Diesmal erschien tatsächlich ein Lächeln auf seinem Gesicht. »Ich glaube, ihr seid zu wenige, um die Arbeit zu erledigen«, sagte er.

Sein Arm schwang in die Höhe, Silberstaub flog auf den Ersten Sucher und entflammte, als er auftraf. Felsen-Dall schrie auf vor Wut und taumelte zurück. Die Kreaturen, die mit ihm waren, griffen an. Von allen Seiten stürmten sie auf Cogline zu, doch Ondit stellte sich ihnen entgegen, stoppte sie am Rand der Veranda und riß die vordersten in Stücke. Cogline warf Händevoll des Silberstaubs auf seine Angreifer, und reihenweise gingen sie in Flammen auf. Die Schattenwesen kreischten und jaulten und stolperten übereinander, als sie erst anzugreifen und dann zu entkommen suchten. Leichen flogen wild durch den Mondschein und füllten die Lichtung mit brennenden Gliedmaßen. Sie fingen an, aufeinander loszugehen. Sie starben zu Dutzenden. *Leichte Beute, das haben sie sich so gedacht!* Cogline genoß eine wilde, perverse Freude, als er seine Gewänder zurückschlug und die Nacht in grellem Gleißen aufleuchten ließ.

Einen unmöglichen Augenblick lang hielt er es für möglich, daß er überleben würde.

Aber dann tauchte Felsen-Dall wieder auf; zu mächtig, um mit Coglines kleiner Zauberkraft überwältigt zu werden, peitschte er mit seinem eigenen Feuer die Kreaturen an, die er befehligte, seine Hunde und Wölfe und Halbmenschen, seine beinahe verstandeslosen Gehilfen. Die Schattenwesen, die von ihm terrorisiert wurden, griffen mit neuem Haß und neuer Wut wieder an. Diesmal ließen sie sich nicht zurückschlagen. Ondit zerfetzte die erste Welle, riesig und behende zwischen ihren kleineren Gestalten, und dann fielen sie alle über ihn her, ein Wirbelsturm aus Zähnen und Krallen. Cogline konnte nichts tun, um der Katze zu Hilfe zu kommen; selbst als der Silberstaub mitten zwischen ihnen explodierte, ließen die Schattenwesen nicht locker. Ondit verlor langsam an Boden.

Verzweifelt setzte Cogline den letzten Rest seines Pulvers ein und warf es auf den Boden, so daß eine Flammenwand entstand, die dem Vordringen der Biester für einen kurzen Moment Einhalt gebot. Pfeilschnell rannte er in die Hütte und riß die Druidengeschichte aus dem Versteck.

Jetzt werden wir sehen.

Kaum war er wieder an die Tür gelangt, als die Schattenwesen die Feuerwand durchbrachen und sich auf ihn stürzten. Er hörte Felsen-Dall, der sie anstachelte. Er fühlte, wie Ondit sich schützend an ihn drückte. Es gab keinen Ausweg, und es war sinnlos, eine Flucht zu versuchen. So blieb er einfach stehen, drückte das Buch an seine Brust wie eine Vogelscheuche in zerrissenen Gewändern vor einem Wirbelsturm.

Seine Angreifer kamen näher. Als ihre Hände ihn berührten, als sein Körper jeden Augenblick in Fetzen gerissen werden würde, fühlte er die Runenzeichen auf dem Buch zu Leben erwachen. Grelles, weißes Feuer brach hervor, und alles im Umkreis von fünfzehn Metern wurde verbrannt.

Jetzt bist du dran, Walker, war Coglines letzter Gedanke.

Dann verschwand er in den Flammen.

Die letzte Explosion schleuderte Walker von dem verhangenen Fenster fort, kurz bevor es von den Flammen erfaßt wurde. Trotzdem waren sein Gesicht und seine Hand angeschwärzt, und seine Kleider qualmten. Als Haufen lag er da, während das Feuer über die Decke seines Zimmers leckte. Er achtete nicht darauf, ihm war inzwischen egal, was geschah. Er war nicht in der Lage gewesen, Cogline und Ondit zu Hilfe zu eilen, zu schwach, den Zauber anzurufen, zu schwach sogar, um auch nur aufzustehen und sich mit ihnen gegen die Schattenwesen zu stellen, zu schwach, irgend etwas anderes zu tun als sich an das Fenstersims zu klammern und zuzuschauen.

Zwecklos! Er schrie das Wort tonlos im Geiste. Wut und Kummer schüttelten ihn.

Verzweifelt rappelte er sich auf die Knie und spähte durch die Flammen hinaus. Cogline und Ondit waren verschwunden. Felsen-Dall und die übriggebliebenen Schattenwesen zogen sich in den Wald zurück. Er starrte einen Moment hinter ihnen her, dann verließ ihn seine Kraft, und er brach wieder zusammen.

Zwecklos!

Die Feuerhitze wurde immer unerträglicher. Balken krachten herunter, und glühende Splitter versengten seine Haut. Sein Körper zuckte unter den Schmerzen, sein steinerner Arm zerrte ihn wie ein Anker auf den hölzernen Boden. Sein Schicksal war besiegelt, erkannte er. Niemand würde zu ihm kommen. Niemand wußte überhaupt, daß er hier war. Der alte Mann und die große Moorkatze hatten seine Gegenwart sogar vor den Schattenwesen verborgen; sie hatten ihr Leben dafür gegeben…

Er schauderte, als ihm das Bild von Felsen-Dalls Gesicht in den Sinn kam. Die leblosen Augen schauten ihn abschätzend an.

Er entschied, daß er nicht sterben wollte.

Fast ohne sich dessen bewußt zu sein, begann er zu kriechen.

Quickening fand ihn zwei Tage später. Pe Ell und Morgan waren dabei, angezogen von dem Geheimnis, wer und was sie war, ihrem Versprechen, daß sie gebraucht würden, um den Talisman zu finden, den zu suchen sie geschickt worden war, angezogen durch Neugier, durch Leidenschaft und ein Dutzend anderer Gründe, die sie nicht zu nennen vermochten. Sie hatten die Reise von Culhaven nach Norden in drei Tagen zurückgelegt. Zu Fuß waren sie dem Rabb gefolgt, wo er an den Anar grenzte, weit genug westlich des Wolfsktaags mit den finsteren Geschöpfen, die dort hausten. Geheimnistuerei schien das letzte zu sein, das Quickening am Herzen lag. Sie hatte beschlossen, bei Tag zu reisen, und hatte jenen, die ihr gerne gefolgt wären, gesagt, daß sie zurückbleiben und ihr Werk vollenden müßten, die Gesundheit des Landes wiederherzustellen, und sie waren den ganzen Weg bis zum Waldrand durch die offenen Ebenen gezogen. Morgan Leah war zwar erleichtert, daß er sich nicht mehr in den Wolfsktaag wagen mußte, aber er war sicher, Föderationspatrouillen am Rabb würden versuchen, sie aufzuhalten. Seltsamerweise geschah das nicht. Sie kamen zwar mehr als einmal in Sicht und näherten sich, doch bevor die Patrouillen ganz herangekommen waren, drehten sie plötzlich ab. Es war fast, als hätten sie beschlossen, sie hätten sich geirrt – als hätten sie beschlossen, sie hätten am Ende gar nichts gesehen.

Es fing schon an zu dämmern, als die drei schließlich in Hearthstone anlangten, die Männer mit wunden Füßen, verschwitzt und ein bißchen mürrisch über das Tempo, das das Mädchen angegeben hatte und das sie offenbar ohne jede Mühe einhalten konnte. Sie waren an Storlock vorbei über den Jadepaß den Chard Rush hinunter nach Darklin Reach gekommen. Die Sonne näherte sich schnell den Berggipfeln hinter ihnen, und der Himmel vor ihnen war klar und hell. Eine dicke, schwarze Rauchsäule stieg darin auf wie eine Schlange. Sie sahen den Rauch lange bevor sie seine Ursache ausmachen konnten. Sie sahen ihn in den dunkler werdenden östlichen Himmel steigen und sich langsam auflösen, und Morgan Leah fing an, sich Sorgen zu machen. Quickening sagte nichts, doch dem Hochländer kam es so vor, als sei ihr Gesicht angespannt. Als sie schließlich den Rand des Tales erreichten und keinerlei Zweifel mehr blieben, wirkte das Gesicht des Mädchens erschöpft.

Sie folgten dem Rauch zu den Ruinen der Hütte. Verkohlter Schutt war alles, was noch übrig war. Das Feuer, das dort gewütet hatte, war so heiß gewesen, daß es an manchen Stellen noch immer brannte. Holz und Asche glühten leuchtend rot und sandten den schwarzen Rauch in den Himmel. Die Lichtung rundum war versengt und leblos, und riesige Klumpen Erde waren weggeplatzt. Es sah aus, als hätten sich zwei gewaltige Armeen auf einem Feld von hundert Metern eine Schlacht geliefert. Nichts Erkennbares war übrig. Fetzen und Teile von etwas, das vielleicht einst Menschen gewesen waren, lagen überall verstreut, aber es war unmöglich mit Bestimmtheit festzustellen. Sogar Pe Ell, der sonst so sorgsam darauf achtete, seine Gedanken nicht zu verraten, stand da und starrte.

»Die Schattenwesen waren hier«, sagte Quickening, und das veranlaßte beide Männer, sofort losgehen zu wollen, um den Wald hinter ihnen abzusuchen, doch sie fügte hinzu: »Aber sie sind fort und werden nicht wiederkommen.«

Unter der Anleitung des Mädchens suchten sie die Lichtung nach Walker Boh ab. Morgans Herz sank. Er hatte gehofft, daß Walker nicht hier sei, daß der Angriff der Schattenwesen einen anderen Grund gehabt hätte. Niemand konnte das überlebt haben, dachte er. Er beobachtete, wie Pe Ell lustlos gegen Schutthaufen trat, eindeutig nur halbherzig bei der Sache. Morgan mochte den Mann nicht. Er traute ihm nicht, und er verstand ihn nicht. Trotz der Tatsache, daß Pe Ell ihn aus dem Föderationsgefängnis befreit hatte, konnte Morgan sich nicht dazu bringen, irgendwelche Freundschaftsgefühle für ihn zu hegen. Pe Ell hatte ihn auf Quickenings Bitte gerettet; er hätte keinen Finger krumm gemacht, wenn das Mädchen ihn nicht darum gebeten hätte. Soviel hatte er Morgan schon wissen lassen, es hatte ihm viel daran gelegen, es ihm zu sagen. Wer er war, blieb ein Geheimnis, und der Hochländer war sicher, daß nichts Gutes aus seiner Anwesenheit hier entspringen konnte. Selbst jetzt, als er über die verkohlte Lichtung streifte, sah er aus wie eine Katze auf der Suche nach etwas zum Spielen.

Quickening fand Walker Boh wenige Augenblicke später und rief die beiden anderen eilig hinzu. Wie sie herausfand, wo er sich versteckt hatte, konnte man nur vermuten. Er war bewußtlos und lag tief in die Erde eingegraben. Pe Ell und Morgan gruben ihn aus und stellten dabei fest, daß er offenbar in einem unterirdischen Tunnel, der von der Hütte zum Waldrand führte, steckengeblieben war. Obwohl der Tunnel vermutlich bei dem Schattenwesenangriff eingestürzt war, hatte er genug Luft bekommen, um zu überleben. Sie brachten ihn an das schwächer werdende Tageslicht, und Morgan sah die Überreste seines Arms, der Unterarm war ganz weg, und ein steinerner Stumpf ragte aus der Schulter. Walker atmete nur schwach, seine Haut war bleich und ausgemergelt. Zuerst glaubte der Hochländer, er lebe gar nicht mehr.

Behutsam legten sie ihn auf den Boden und wischten ihm den Schmutz vom Gesicht. Quickening kniete sich neben ihn und nahm seine Hand in ihre Hände. Sie hielt sie einen Moment lang fest, und er schlug die Augen auf. Morgan wich zurück. So hatte er Walkers Blick noch nie gesehen; es war erschreckend, ihn anzuschauen, finsterer Wahnsinn stand darin.

»Laßt mich nicht sterben«, flüsterte der Dunkle Onkel rauh.

Das Mädchen berührte sein Gesicht, und er schlief auf der Stelle ein. Morgan holte tief Luft und atmete langsam wieder aus. Walker Boh bat nicht aus Angst um Hilfe; es war Wut.

In jener Nacht schlugen sie ihr Lager neben den Ruinen der Hütte im

Schutze der Bäume auf, als das Tageslicht der Dunkelheit wich. Quikkening ließ sie neben der Stelle, wo Walker Boh schlafend lag, ein Feuer entzünden, und sie setzte sich neben ihn und rührte sich nicht. Manchmal nahm sie seine Hand, manchmal streichelte sie ihn. Morgan und Pe Ell waren vergessen. Sie schien sie nicht zu brauchen und auch nicht zu wollen, daß sie sich einmischten, also entfachte der Hochländer ein zweites Feuer ein Stückchen weiter weg und bereitete ein Nachtmahl aus den Vorräten, die sie mitgebracht hatten – Brot, getrocknetes Fleisch, Käse und Obst. Er bot dem Mädchen etwas an, doch sie schüttelte den Kopf und er zog sich zurück. Er aß allein. Pe Ell nahm sein Essen und verschwand in die Dunkelheit.

Nach einer Weile streckte Quickening sich neben Walker Boh aus und schlief eng an ihn geschmiegt ein. Morgan beobachtete es mit steinernem Gesicht, und eine Welle von Eifersucht, daß der Dunkle Onkel ihr so nah sein durfte, überrollte ihn. Er musterte ihr Gesicht im Feuerschein, die Kurve ihres Körpers, ihre Sanftheit. Sie war so schön. Er konnte die Wirkung, die sie auf ihn hatte, nicht erklären; er hielt sich für außerstande, ihr irgend etwas auszuschlagen. Nicht, daß er die Hoffnung hegte, sie empfände für ihn, was er für sie empfand – oder daß sie überhaupt etwas für ihn übrig hätte. Es war die Sehnsucht, die sie in ihm erweckte. Er hätte nicht mit ihr gehen dürfen, nachdem er aus dem Gefängnis entkommen war und sich vergewissert hatte, daß Elise und Jilt in Sicherheit waren. Er hätte den Talbewohnern Par und Coll Ohmsford folgen sollen. Er hatte sich mehr als einmal vorgenommen, während er in der Finsternis und dem Dreck jener Föderationsgefängniszelle lag, daß er das täte, wenn er je freikommen sollte. Und dennoch war er jetzt hier im tiefsten Anar hinter einem Mädchen her, das nach einem Talisman suchte, von dem sie behauptete, daß es ihn gab, den sie jedoch nie genauer benannt hatte, in Gesellschaft dieses rätselhaften Pe Ell und nun auch noch von Walker Boh. Es verblüffte ihn, doch er stellte es nicht in Frage. Er war hier, weil er hier sein wollte. Er war hier, weil er sich in dem Augenblick, als er Quickening zum ersten Mal sah, hoffnungslos in sie verliebt hatte.

Er betrachtete sie, bis es schmerzte. Dann zwang er sich, den Blick abzuwenden. Er war überrascht, als er Pe Ell am Waldrand stehen sah, der sie ebenfalls betrachtete.

Ein Weilchen später war er wieder überrascht, als der Mann herüberkam und sich neben ihn ans Feuer setzte. Pe Ell tat so, als sei es die natürlichste Sache der Welt, als hätten die beiden Männer nie Abstand voneinander gehalten, als wären sie Gefährten und nicht Fremde. Mit schmalem Gesicht, mager wie der Schatten eines Drahtes, war er kaum mehr als einen Anhäufung von Linien und Kanten, die in der Dunkelheit zu verschwinden drohten. Mit gekreuzten Beinen saß er da, die magere Gestalt entspannt, zusammengekauert, und ein kleines Lächeln spielte um seinen Mund, als er Morgan die Stirn runzeln sah. »Du traust mir nicht«, sagte er. »Das solltest du auch nicht.«

»Warum nicht?« fragte Morgan.

»Weil du mich nicht kennst, und man traut niemandem, den man nicht kennt. Und den meisten, die man kennt, traut man besser auch nicht. So ist es einfach. Sag mal, Hochländer, was meinst du, warum ich hier bin?«

»Keine Ahnung.«

»Ich weiß es selber nicht. Und ich wäre bereit zu wetten, daß es dir genauso geht. Wir sind hier, du und ich, weil das Mädchen uns sagt, daß sie uns braucht, aber wir wissen nicht wirklich, was sie meint. Wir bringen es einfach nicht fertig, nein zu sagen.« Pe Ell schien sich gleichzeitig selbst die Situation zu erklären, während er zu Morgan sprach. Er sah kurz in Quickenings Richtung und nickte. »Sie ist hinreißend, nicht wahr? Wie kann man jemandem etwas abschlagen, der so aussieht? Aber da ist noch mehr, denn sie hat auch etwas in sich, etwas Besonderes, sogar in dieser Welt. Sie hat Magie, die stärkste Art von Magie. Sie bringt Totes wieder zum Leben – wie die Gärten, wie den da drüben.«

Er schaute Morgan wieder an. »Wir alle wollen diese Magie berühren, wollen über sie damit in Berührung kommen. Das ist, was ich glaube. Vielleicht gelingt es uns, wenn wir Glück haben. Aber wenn die Schattenwesen in diese Angelegenheit verwickelt sind, wenn die Dinge, mit denen wir uns abzugeben haben, so schlimm sind, na, dann werden wir uns um einander kümmern müssen. Du brauchst mir also nicht zu trauen, und ich nicht dir – vielleicht sollten wir das nicht –, aber wir müssen einander Rückendeckung geben. Meinst du nicht auch?«

Morgan war nicht sicher, ob er das auch meinte, aber er nickte trotzdem. Was er meinte, war, daß Pe Ell nicht von der Sorte zu sein schien, der sich darauf verließ, daß irgendwer ihm Rückendeckung gäbe. Oder gar seinerseits irgend jemandem Rückendeckung geben würde.

»Weißt du, was ich bin?« fragte Pe Ell leise, den Blick ins Feuer gerichtet. »Ich bin ein Handwerker. Ich kann Orte betreten und verlassen, ohne daß man mich bemerkt. Ich kann Sachen wegrücken, die sich nicht bewegen lassen wollen. Ich lasse Leute verschwinden.« Er schaute auf. »Ich verfüge über ein wenig Magie. Du auch, nicht wahr?«

Morgan schüttelte den Kopf, er war auf der Hut. »Da drüben ist der Mann mit der Magie«, bot er mit einer Geste in Walker Bohs Richtung an.

Pe Ell lächelte zweifelnd. »Schien ihm mit den Schattenwesen nicht allzuviel gebracht zu haben.«

»Vielleicht hat es ihm das Leben gerettet.«

»Haarscharf, wie es scheint. Und was soll er uns nützen, mit seinem Arm?« Pe Ell faltete die Hände. »Sag mal. Was kann er mit seiner Magie denn anfangen?«

Morgan gefiel diese Frage nicht. »Er kann eine Menge von dem, was du kannst. Frag ihn selbst, wenn's ihm besser geht.«

»Falls es ihm je besser geht.« Pe Ell erhob sich geschmeidig und ohne jede Anstrengung, so daß Morgan überrascht war. Schnell, dachte der Hochländer. Viel schneller als ich. Der andere schaute ihn an. »Ich fühle die Magie in dir, Hochländer. Ich möchte, daß du mir mal davon erzählst. Später, wenn wir ein bißchen länger zusammen gereist sind, wenn wir einander ein bißchen besser kennen. Wenn du mir vertraust.«

Er verzog sich in den Schatten am Rande des Feuers, breitete seine Decke auf dem Boden aus und rollte sich hinein. Er schlief fast augenblicklich ein.

Morgan saß da und starrte eine Weile zu ihm hinüber. Es dürfte einige Zeit dauern, bis er dem da vertrauen würde, dachte er. Pe Ell lächelte zwar leicht, aber es sah so aus, als sei nur sein Mund an diesem Akt beteiligt. Morgan überdachte, was der Mann von sich selber gesagt hatte, und versuchte, einen Sinn darin zu finden. Ich kann Orte betreten und verlassen, ohne daß man mich bemerkt? Ich kann Sachen wegrükken, die sich nicht bewegen lassen wollen? Ich lasse Leute verschwinden? Was war das für ein zweideutiges Gerede?

Das Feuer brannte herunter, und alle um ihn herum schliefen. Morgan dachte an die Vergangenheit, an seine Freunde, die tot oder verschollen waren, an den unaufhaltbaren Lauf der Ereignisse, die ihn mitschwemmten. Und vor allem dachte er über das Mädchen nach, das behauptete, die Tochter des Königs vom Silberfluß zu sein. Quickening.

Was würde sie von ihm verlangen?

Was würde er zu geben in der Lage sein?

Walker Boh erwachte bei Sonnenaufgang, tauchte aus dem schwarzen Abgrund der Bewußtlosigkeit. Er schlug die Augen auf und sah das Mädchen, das auf ihn hinunterblickte. Ihre Hände lagen auf seinem Gesicht. Ihre Finger fühlten sich kühl und sanft auf seiner Haut an, und es war, als hebe sie ihn mit ebensowenig Anstrengung hoch, wie es braucht, um eine Feder zu heben.

»Walker Boh.« Freundlich nannte sie ihn beim Namen.

Sie kam ihm seltsam bekannt vor, obwohl er sicher war, daß er sie noch nie gesehen hatte. Er versuchte zu sprechen, doch er konnte nicht. Irgend etwas hinderte ihn daran, ein Staunen über ihre exquisite Schönheit, über die Gefühle, die sie in ihm weckte. Er empfand sie wie die Erde, voll fremdartiger Magie, die gleichzeitig einfach und komplex war, ein Gefäß von Elementen, Erde, Luft und Wasser, Teil von allem, das Leben gibt. Er sah sie anders als Morgan Leah und Pe Ell, doch das konnte er noch nicht wissen. Er fühlte sich nicht als Liebhaber oder als Beschützer zu ihr hingezogen, er hatte nicht den Wunsch, sie zu besitzen. Statt dessen bestand eine Zuneigung zwischen ihnen, die Leidenschaft und Sehnsucht transzendierte. Ein Band unmittelbaren Verstehens einte sie, wie Gefühle es niemals konnten. Walker erkannte das Vorhandensein dieses Bandes, auch ohne es beschreiben zu können. Dieses Mädchen war etwas von dem, was er sein Leben lang zu sein sich abgemüht hatte. Dieses Mädchen war ein Spiegel seiner Träume.

»Schau mich an«, sagte sie.

Er fixierte sie mit den Augen. Sie nahm ihre Finger von seinem Gesicht und bewegte sie zu den zersplitterten Resten seines Armes, zu dem steinernen Stumpf, der leblos aus seiner Schulter ragte. Ihre Finger tasteten sich unter seine Kleidung, strichen über seine Haut und wanderten zu der Stelle, wo die Haut sich zu Stein verhärtete. Er zuckte unter ihrer Berührung zusammen, wollte nicht, daß sie die Krankheit in ihm fühlte oder die Zerstörung seines Fleisches entdeckte. Doch ihre Finger harrten aus, ihre Augen schauten nicht weg.

Und dann stöhnte er auf, als alles in weißglühendem Schmerz unterging. Für einen Moment sah er die Halle der Könige wieder, die Gruften der Toten, die Steinplatte mit den Runen, das schwarze Loch darunter und die schnelle Bewegung des Asphinx, als er zubiß. Danach schwebte er, und nur noch ihre Augen waren da, schwarz und unendlich, die ihn auf einer Welle süßer Erleichterung trugen. Der Schmerz schwand, entfleuchte als roter Dunst aus seinem Körper und löste sich in der Luft auf. Er fühlte, wie ihm ein Gewicht abgenommen wurde, und er fand Frieden.

Er mochte anschließend etwas geschlafen haben, aber er war nicht sicher. Als er die Augen wieder aufschlug, war das Mädchen neben ihm und schaute ihn an, und das Dämmerlicht war fahl und fern hinter den Baumwipfeln. Er schluckte gegen die Trockenheit in Mund und Kehle an, und sie gab ihm Wasser aus einem Balg. Ihm wurde bewußt, daß Morgan Leah ihn mit offenem Mund anstarrte, sein schmales, gebräuntes Gesicht eine Maske des Unglaubens. Neben ihm stand ein anderer Mann, den er nicht kannte, mit hartem, spöttischem Gesicht. Sie waren beide dagewesen, als das Mädchen ihn fand, erinnerte er sich. Was sahen sie jetzt, das sie so sehr erstaunte?

Dann merkte er, daß etwas anders war. Sein Arm fühlte sich leichter an, freier. Er hatte keine Schmerzen. Mit dem bißchen Kraft, das er hatte, hob er den Kopf und schaute an sich hinunter. Seine Kleider waren von seiner Schulter gezogen worden und enthüllten rosige, geheilte Haut, wo der steinerne Stumpf entfernt worden war.

Sein Arm war fort.

Und damit auch das Gift des Asphinx.

Was fühlte er? Seine Emotionen überschlugen sich. Er starrte das Mädchen an und versuchte erfolglos, etwas zu sagen.

Sie sah auf ihn hinunter, ernst und makellos. »Ich bin Quickening, sagte sie. »Ich bin die Tochter des Königs vom Silberfluß. Schau mir in die Augen, damit du mich kennenlernst.«

Er tat wie geheißen, und sie rührte ihn an. Er sah, was Morgan Leah vor ihm gesehen und was Pe Ell miterlebt hatte – Quickenings Ankunft in Culhaven, die Wiederherstellung der Meade-Gärten aus Schutt und Asche. Er fühlte das Wunder und wußte instinktiv, daß sie war, was sie behauptete. Sie verfügte über Magie jenseits aller Vorstellung, Magie, die die bedauernswertesten Ruinen des Lebens retten konnte. Als die Bilder aufhörten, verblüffte ihn wieder dieses unerklärliche Verwandtschaftsgefühl, das er zu ihr hatte.

»Du bist wieder gesund, Walker Boh«, sagte sie. »Die Krankheit wird dir nicht mehr zu schaffen machen. Schlaf jetzt, denn ich brauche dich dringend.«

Sie berührte ihn, und er versank in Schlaf.

Am Mittag wachte er wieder auf, mit einem Bärenhunger und trockener Kehle vor Durst. Quickening war da und gab ihm zu essen und Wasser und half ihm beim Aufsetzen. Er fühlte sich wieder stärker, eher wieder wie der Mann, der er vor seiner Begegnung mit dem Asphinx gewesen war, seit Wochen zum ersten Mal wieder fähig, klar zu denken. Seine Erleichterung, von dem Gift des Asphinx befreit zu sein, das heißt, überhaupt noch am Leben zu sein, lag im Widerstreit mit seiner Wut über das, was Felsen-Dall und die Schattenwesen mit Cogline und Ondit gemacht hatten. Nichts als ein alter Mann und eine lästige Katze, hatte er sie genannt. Er schaute über die Lichtung, auf die Spuren der Zerstörung. Das Mädchen fragte ihn nicht, was passiert war; sie berührte ihn nur und wußte Bescheid. Sämtliche Bilder der tragischen Ereignisse jener Nacht überschwemmten ihn mit einer Flut von Erinnerungen, daß er schauderte und den Tränen nahe war. Sie berührte ihn wieder, um ihn zu trösten und zu beruhigen, aber er weinte nicht. Er erlaubte es sich nicht. Er behielt seinen Kummer für sich, eingemauert hinter seiner Entschlossenheit, die Schuldigen zu finden und zu vernichten.

Quickening sprach zu ihm, fern von Morgan Leah und dem, den sie Pe Ell nannte: »Du darfst deinen Gefühlen nicht nachgeben, Walker Boh. Wenn du die Schattenwesen jetzt verfolgst, werden sie dich vernichten. Dir fehlt die Weisheit und die Kraft, um sie zu überwältigen. Beides kannst du nur durch mich erlangen.«

Und dann, ehe er antworten konnte, rief sie die beiden anderen herüber, ließ sie sich dazusetzen und sagte: »Ich werde euch jetzt sagen, wozu ich euch brauche.« Sie schaute einen nach dem anderen an und dann schien ihr Blick in die Ferne zu wandern. »Vor langer Zeit, in einem Zeitalter vor der Menschheit, vor den Feenkriegen, vor allem, was ihr kennt, gab es viele wie meinen Vater. Sie waren die ersten der Feengeschöpfe, denen das Wort das Leben gegeben hatte und die Herrschaft über das Land. Sie hatten die Aufgabe, zu bewahren und zu schützen, und solange sie konnten, taten sie es. Doch die Welt wandelte sich mit dem Verblassen der Feengeschöpfe und dem Aufstieg der Menschheit. Die Evolution der Welt ließ fast alles verschwinden, das am Anfang bestanden hatte, einschließlich jener von der Art meines Vaters. Einer nach dem anderen verstarb, ging unter im Laufe der Zeit mit den Veränderungen der Welt. Die Großen Kriege zerstörten viele von ihnen. Die Kriege der Rassen vernichteten noch mehr. Schließlich gab es nur noch meinen Vater, inzwischen eine Legende, den Feenlord, den sie den König vom Silberfluß nennen.«

Sie hob das Gesicht. »Nur, daß mein Vater nicht allein war, wie er glaubte. Es gab einen anderen. Selbst mein Vater wußte zunächst nichts von ihm. Er glaubte, daß alle seine Verwandten vor langer Zeit ausgestorben seien und er allein überlebt habe. Mein Vater irrte sich. Ein anderer wie er lebte noch, hatte sich so sehr verändert, daß er inzwischen nicht mehr wiederzuerkennen war. Alle frühen Feengeschöpfe bezogen ihre Magie aus den Elementen des Landes. Die Kraft meines Vaters stammte von den Flüssen und Seen, von den Wassern, die die Erde nähren. Er legte seine Gärten an, um sie zu füttern, ihnen Leben zu geben und daraus Leben zu beziehen. Sein Bruder, jener, von dem er nicht wußte, daß er ebenfalls überlebt hatte, holte seine Magie aus dem Gestein der Erde. Während mein Vater Kraft in Flüssigkeit und Wandel fand, fand sein Bruder Kraft in Beständigkeit und Unwandelbarkeit.«

Sie machte eine Pause. »Sein Name ist Uhl Belk. Er ist der Steinkönig. In alter Zeit hatte er keinen Namen, keiner der Verwandten meines Vaters hatte einen. Namen wurden nicht gebraucht. Mein Vater bekam seinen Namen von den Leuten des Landes; er hatte sie nicht darum gebeten. Uhl Belk nahm seinen Namen aus Angst an. Er nahm ihn an, weil er glaubte, daß er nur mit einem Namen sicher sein konnte zu überleben. Ein Name bedeutete Fortdauer, glaubte er. Um ihn herum wandelte sich die Welt, das Alte starb aus und gab den Platz für Neues frei. Er konnte nicht hinnehmen, daß er sich ändern sollte, denn wie das Gestein, von dem er seine Kraft bezog, war er unnachgiebig. Um zu überleben, bettete er sich tiefer auf die Weise, die ihn so lange erhalten hatte, grub sich in die Erde, von der er abhing. Er versteckte sich, als die Großen Kriege fast alles vernichteten. Er versteckte sich wieder, als die Kriege der Rassen das gleiche zu tun drohten. Er nahm seinen Namen an und hüllte sich in Stein. Wie für meinen Vater war seine Welt zu fast nichts geschrumpft, ein winziges bißchen Existenz war alles, was seine Magie beschützen konnte. Er klammerte sich verzweifelt daran, während die Kriege der Menschheit durch die Jahrhunderte wüteten, und er wartete, daß ein gewisses Maß an Vernunft wiederkehren würde.

Doch im Gegensatz zu meinem Vater vernachlässigte Uhl Belk den Auftrag, den das Wort ihm gegeben hatte. Im Kampf um sein Überleben verlor er den eigentlichen Sinn seines Daseins aus den Augen; er gelangte zu der Überzeugung, daß allein die Existenz, koste es, was es wolle, bedeutsam sei. Sein Auftrag, das Land zu erhalten und zu beschützen, war vergessen, sein Versprechen, sich für das Leben des Landes einzusetzen, hatte keine Bedeutung mehr. Er hegte und pflegte seine Magie mit einem einzigen Gedanken im Kopf – daß er dafür sorgen würde, so stark zu werden, daß seine Existenz niemals wieder von irgend etwas oder irgendwem bedroht würde.«

Quickening senkte den Blick, und als sie wieder aufschaute, waren ihre Augen voller Staunen. »Uhl Belk ist der Herrscher von Eldwist, einem Landstreifen weit im Nordosten jenseits des Charnalgebirges, wo das Ostland am Gezeitenstrom-Ozean endet. Nachdem er sich jahrhundertelang versteckt gehalten hat, kommt er nun hervor und fordert die Welt der Menschen für sich. Er tut dies mit seiner Magie, deren Kraft weiter zunimmt, sobald er sie benutzt. Er setzt sie wahllos gegen das Land ein – den Boden, das Wasser, die Bäume, die Geschöpfe, die ihre Nahrung daraus beziehen. Er verwandelt alles zu Stein und bezieht daraus Magie, die ihn noch stärker macht. Das gesamte Eldwist ist Stein, und das Land rundum fängt ebenfalls an zu versteinern. Der Gezeitenstrom hält ihn zur Zeit in Schach, denn er ist gewaltig, und selbst Uhl Belks Magie reicht noch nicht aus, einen Ozean zu überwältigen. Doch Eldwist ist an seiner Spitze mit dem Ostland verbunden, und nichts verhindert die Ausbreitung des Gifts nach Süden. Außer meinem Vater.«

»Und den Schattenwesen«, fügte Morgan Leah hinzu.

»Nein, Morgan«, sagte sie, und es entging keinem von ihnen, daß sie ihn allein beim Vornamen nannte. »Die Schattenwesen sind nicht Uhl Belks Feinde. Allein mein Vater versucht, die Vier Länder zu erhalten. Die Schattenwesen wie der Steinkönig würden die Länder gern umgestaltet sehen, so daß sie nicht wiederzuerkennen wären – öde und jeglichen Lebens beraubt. Die Schattenwesen und Uhl Belk lassen einander in Ruhe, denn sie haben nichts voneinander zu befürchten. Das kann sich eines Tages ändern, aber dann wird es für keinen von uns mehr eine Rolle spielen.«

Sie sah Walker an. »Denk an deinen Arm, Walker Boh. Das Gift, das ihn dir genommen hat, stammt von Uhl Belk. Der Asphinx gehört zu ihm. Alles Lebendige, das vom Steinkönig oder einem seiner Geschöpfe berührt wird, wird wie dein Arm – hart und leblos. Das ist die Quelle von Uhl Belks Macht, diese Beständigkeit, diese Unwandelbarkeit.«

»Und warum wollte er mich vergiften?« fragte Walker.

Ein Sonnenstrahl traf ihr Silberhaar und ließ es hell aufleuchten. Sie schüttelte die Sonne ab. »Er stahl einen Druidentalisman aus der Halle der Könige, und er wollte sichergehen, daß, wer auch immer den Diebstahl bemerkte, sterben müsse, ehe er etwas unternehmen konnte. Du hattest einfach das Pech, derjenige zu sein. Als die Druiden noch lebten, waren sie stark genug, Uhl Belk die Stirn zu bieten. Er wartete, bis sie alle fort waren, um erst dann wieder hervorzukommen. Sein einziger Feind ist jetzt mein Vater.«

Ihre dunklen Augen schwenkten auf Pe Ell. »Uhl Belk möchte das Land aufzehren, und um das tun zu können, muß er meinen Vater vernichten. Mein Vater hat mich ausgesandt, das zu verhindern. Ich kann es ohne eure Hilfe nicht tun. Ihr müßt mit mir nach Norden nach Eldwist kommen. Sobald wir dort sind, müssen wir den Talisman, den der Steinkönig den Druiden aus der Halle der Könige gestohlen hat, finden und zurückholen. Dieser Talisman wird der schwarze Elfenstein genannt. Solange Uhl Belk im Besitz des Elfensteins ist, ist er unbesiegbar. Wir müssen ihn ihm wegnehmen.«

Pe Ells langes, schmales Gesicht zeigte keinerlei Ausdruck. »Und wie sollen wir das anfangen?« fragte er.

»Ihr werdet einen Weg finden«, sagte das Mädchen und schaute einen nach dem anderen an. »Mein Vater sagte, das würdet ihr, ihr wäret im Besitz der nötigen Mittel. Aber ihr werdet alle drei gebraucht, um es zu tun. Jeder von euch besitzt die Magie, die erforderlich ist; wir haben nicht darüber gesprochen, doch es ist so. Alle drei Magien sind vonnöten. Ihr müßt alle drei mitkommen.«

»Alle drei.« Pe Ell sah zweifelnd auf Walker und Morgan. »Und was kann der schwarze Elfenstein? Was für eine Art von Magie hat er?«

Walker lehnte sich vor, um ihre Antwort zu hören, und Quickenings Augen richteten sich auf ihn. »Er nimmt die Kraft anderer Magien fort. Er verschlingt sie und macht sie sich zu eigen.«

Verblüfftes Schweigen breitete sich aus. Walker hatte noch nie von einer solchen Magie gehört. Er dachte an die Worte in der Druidengeschichte, die Cogline ihm gebracht hatte, die Worte, die beschrieben, wie Paranor wiederhergestellt werden konnte:

> *Einmal fortgeschafft, soll Paranor für die Welt der Menschen für alle Zeit verloren sein, versiegelt und uneinnehmbar unter dem Bann. Ein einziger Zauber besitzt die Macht, es zurückzuholen – dieser einzigartige Elfenstein von schwarzer Farbe, der von dem Feenvolk der Alten Welt in der Art und Weise aller Elfensteine erstellt wurde, und der dennoch in einem einzigen Stein allein die nötigen Eigenschaften von Herz, Verstand und Körper in sich vereint. Wer auch immer den Grund und das Recht dazu hat, soll ihn zu seinem wahren, vorbestimmten Zweck verwenden.*

Er hatte sich den Wortlaut eingeprägt, bevor er das Buch in einer Nische über dem Kamin der Hütte versteckte und zur Halle der Könige aufbrach. Der Text erläuterte etwas darüber, wie der schwarze Elfenstein verwendet werden konnte, um Paranor wiedererstehen zu lassen. Wenn Druidenmagie es versiegelt hatte, würde der schwarze Elfenstein diese Magie zunichte machen und die Feste wiederherstellen. Walker runzelte die Stirn. Das erschien verdammt einfach. Schlimmer noch, die Kraft einer solchen Magie ließ vermuten, daß nichts sie schlagen konnte, wenn sie einmal zum Einsatz käme. Warum würden die Druiden das Risiko eingehen, daß etwas so Mächtiges in die Hände eines Feindes von der Art von Uhl Belk fiele?

Andererseits hatten sie vermutlich alles getan, um ihn zu schützen. So gut wie niemand konnte ihn aus der Halle der Könige entfernen. Oder überhaupt wissen, daß er sich dort befand. Woher wußte es dann also der Steinkönig, fragte er sich.

»Wenn der schwarze Elfenstein andere Magie fortnehmen kann«, unterbrach Pe Ell plötzlich Walkers Gedanken, »wie kann irgend etwas ihn überwinden? Unsere eigene Magie, irgendeine Magie, ist doch dann machtlos dagegen.«

»Vor allem meine, denn ich besitze keine«, ließ Morgan sich plötzlich vernehmen, und alle schauten ihn an. »Jedenfalls keine, die der Rede wert wäre.«

»Kannst du uns irgendwie gegen den Steinkönig helfen?« fragte Walker. »Kannst du deine Magie in irgendeiner Form einsetzen?«

»Nein«, erwiderte das Mädchen, und sie starrten sie schweigend an. »Meine Magie ist nutzlos, bis ihr den schwarzen Elfenstein von Uhl Belk zurückgewonnen habt. Auch darf er nicht herausfinden, wer ich bin. Wenn er das täte, würde er mir ein schnelles Ende bereiten. Ich werde mit euch kommen und euch beraten, wenn ich kann. Ich werde helfen, falls das möglich ist. Aber ich darf meine Magie nicht einsetzen – nicht das mindeste bißchen, nicht für den kürzesten Augenblick.«

»Aber du meinst, wir könnten das?« fragte Pe Ell ungläubig.

»Der Steinkönig wird eure Magie für unbedeutend halten. Er wird sich von euch nicht bedroht fühlen.«

Pe Ell machte ein so finsteres Gesicht, daß Walker für einen Augenblick von seiner Frage, was Quickening ihnen vorenthielt, abgelenkt wurde. Er war jetzt sicher, daß sie ihnen etwas verschwieg. Nicht, daß sie sie anlog, das glaubte er nicht. Aber da war eindeutig etwas, das sie ihnen nicht sagte. Das Problem war, daß er nicht die geringste Ahnung hatte, was das sein könnte.

»Es gibt noch einen Grund, warum ihr mir helfen solltet«, sagte sie. »Alles ist möglich, wenn ihr mitkommt. Walker Boh. Ich habe das Gift aus deinem Körper entfernt und dich gesund gemacht. Ich habe deinen Arm geheilt, aber ich bin nicht in der Lage, dich wieder heil und ganz zu machen. Komm mit mir auf die Suche nach dem schwarzen Elfenstein, dann wirst du einen Weg finden, deine Ganzheit wiederzugewinnen. Morgan Leah. Du kannst die Magie deines zerbrochenen Schwertes wiederherstellen. Komm mit. Pe Ell. Du trachtest nach stärkerer

Magie, als sie die Schattenwesen haben. Komm mit. Mein Vater sagt, daß ihr zusammen alle Schlüssel besitzt, die alle diese Geheimnisse erschließen. Mein Vater weiß, was möglich ist. Er würde nicht lügen.«

Sie hob ihr Gesicht. »Die Vier Länder und ihre Völker werden von den Schattenwesen bedroht; doch nicht mehr, als von Uhl Belk. Die Mittel, die eine Bedrohung beenden, werden sich durch die Beendigung der anderen finden. Der schwarze Elfenstein ist der Talisman, der beide enden kann. Ich weiß, daß ihr das noch nicht verstehen könnt; ich weiß, daß ich es euch nicht erklären kann. Ich weiß nicht, wie es euch bei dieser Suche ergehen wird. Aber ich werde mit euch gehen, mit euch leben oder sterben, erfolgreich sein oder versagen. Wir werden durch das, was geschehen wird, für immer verbunden sein.«

So, wie wir irgendwie schon jetzt verbunden sind, dachte Walker und wunderte sich erneut über das Gefühl, das nach wie vor da war.

Stille kristallisierte sich um sie herum. Niemand wollte seine Schale brechen. Da waren Fragen, die noch nicht gestellt, Antworten, die noch nicht gegeben waren; da waren Zweifel und Vorbehalte und Ängste, die es zu überwinden galt. Ihnen allen war vor kaum einer Woche eine Zukunft gegeben worden, die sich nun als dunkler, ungewisser Pfad vor ihnen auftat, der sie führen würde, wohin es ihm beliebte. Uhl Belk, der Steinkönig, wartete am Ende dieses Pfads, und sie waren bereit, ihn aufzusuchen. Es war längst beschlossene Sache. Ohne daß irgendwer etwas gesagt hätte, war es entschieden. Das war die Macht von Quickenings Zauber, der Magie, die sie auf des Leben anderer ausübte, einer Magie, die nicht nur Leben von Totgeglaubtem wiedererweckte, sondern auch Hoffnungen und Träume in den Lebenden freisetzte.

So war es auch jetzt.

Morgan Leah dachte darüber nach, wie es wäre, wenn er das Schwert von Leah wiederbekäme. Er erinnerte sich daran, wie es sich anfühlte, als er seine Magie befehligen konnte. Pe Ell malte sich aus, wie es wohl wäre, wenn er im Besitz einer Waffe wäre, gegen die niemand etwas ausrichten konnte. Er erinnerte sich, wie es war, wenn er den Stiehl benutzte. Er fragte sich, ob es wohl genauso wäre.

Nur Walker Boh dachte weniger an sich selbst als an den schwarzen Elfenstein. Er blieb der Schlüssel zu all den verschlossenen Türen. Konnte Paranor wiedererstellt, konnten die Druiden zurückgebracht werden? Allanons Auftrag an ihn, Teil dessen, was getan werden mußte, sollten die Schattenwesen vernichtet werden. Und nun, zum ersten Mal, seit er die Träume gehabt hatte, wünschte er sie vernichtet. Mehr noch, er wollte derjenige sein, der es tat.

Er schaute in Quickenings schwarze Augen, und es war, als könne sie seine Gedanken lesen. Ein Druidentrick. Eine Feengabe.

Und plötzlich erinnerte er sich voller Schrecken, wo er sie schon einmal gesehen hatte.

Später in der Nacht ging er zu ihr, um es ihr zu sagen. Er brauchte lange, bis er sich dazu durchrang. Es wäre leichter gewesen, nichts zu sagen, denn wenn er davon sprach, riskierte er, seine Freundschaft mit ihr und seine Teilnahme an der Reise nach Eldwist aufs Spiel zu setzen. Aber zu schweigen wäre einer Lüge gleichgekommen, und dazu konnte er sich nicht entschließen. Er wartete, bis Morgan und Pe Ell eingeschlafen waren, bis die Nacht in Schwärze gehüllt war und die Zeit nur noch langsam vorankroch. Dann erhob er sich geräuschlos von seiner Decke, noch immer steif und mit Schmerzen von seiner Krankheit, und überquerte die feuerbeschienene Lichtung zu der Stelle, wo sie ihn erwartete.

Als er an der Ruine der Hütte vorbeikam, schaute er hinüber. Früher am Abend, als es noch hell war, hatte er die schwelende Asche nach Resten der Druidengeschichte durchsucht. Er hatte nichts gefunden.

Quickening schlief nicht. Er wußte, daß sie nicht schlafen würde. Sie saß im Schatten einer gewaltigen Kiefer, wo die Bäume, die die Lichtung umgaben, am weitesten von den Schlafenden entfernt waren. Er war noch immer schwach und konnte nicht weit gehen, doch er wollte nicht mit ihr sprechen, wo die beiden anderen ihn hören könnten. Sie schien dies zu fühlen; als er sich näherte, ging sie wortlos mit ihm tiefer in den Wald. Als sie in sicherem Abstand waren, verlangsamte sie ihre Schritte und schaute ihn an.

»Was möchtest du mir sagen, Walker Boh?« fragte sie und zog ihn hinunter auf den kühlen Waldboden.

Er brauchte eine Weile, ehe er zu sprechen begann. Er fühlte wieder die seltsame Verwandtschaft zu ihr, ohne bislang zu verstehen, warum, und das brachte ihn beinahe dazu, sich anders zu besinnen. Er fürchtete sich vor den Worten, die zu sagen er gekommen war, und vor der Reaktion, die sie auslösen würden.

»Quickening«, sagte er schließlich, und als der Klang ihres Namens über seine Lippen kam, ließ ihn das erneut innehalten. Dann riß er sich zusammen. »Cogline gab mir einen Band der Druidengeschichte, bevor er starb. Das Buch wurde vom Feuer zerstört. In dem Buch stand eine Passage, die besagte, daß der schwarze Elfenstein ein Druidenzauber sei und die Macht besitze, das untergegangene Paranor wieder erstehen zu lassen. Das war die Aufgabe, mit der mich der Schatten Allanons betraute, als ich ihn vor ein paar Wochen am Hadeshorn getroffen habe – den Vier Ländern Paranor und die Druiden wiederzubringen. Es war ein Auftrag, den anzunehmen Cogline mich drängte. Er brachte mir die Druidengeschichte, um mich davon zu überzeugen, daß es durchführbar ist.«

»Ich weiß das«, sagte sie leise.

Ihre schwarzen Augen drohten ihn zu verschlingen, und er zwang sich wegzuschauen. »Ich habe daran gezweifelt«, fuhr er fort, und es fiel ihm immer schwerer. »Ich zweifelte an seinen Absichten, wußte nicht, warum er mir das erzählte, beschuldigte ihn, den Interessen der Druiden zu dienen. Ich wollte mit keinem von ihnen etwas zu tun haben. Aber meine Neugier auf den schwarzen Elfenstein brachte mich dazu, der Sache trotzdem nachzugehen, sogar, nachdem Cogline fortgegangen war. Ich beschloß herauszufinden, wo der Elfenstein versteckt war. Ich ging zum Finsterweiher.«

Er schaute wieder zu ihr auf und hielt seinen Blick beständig. »Mir wurden drei Visionen gezeigt. Alle drei handelten von mir. In der ersten stand ich vor den anderen der Gruppe, die zum Treffen mit Allanon zum Hadeshorn gereist waren, und verkündete, daß ich mir eher eine

Hand abhacken, als die Druiden wiederzubringen helfen würde. Die Vision verspottete meine Worte und zeigte mich schon ohne meine Hand. Und nun ist sie wirklich weg. Nicht nur die Hand, der ganze Arm.«

Seine Stimme bebte. »Die dritte Vision hat in diesem Zusammenhang keine Bedeutung, doch in der zweiten stand ich am Rande eines Abgrundes, von dem aus man über die Welt schauen konnte. Ein Mädchen war bei mir. Sie verlor das Gleichgewicht und faßte nach mir. Als sie das tat, stieß ich sie fort, und sie stürzte in die Tiefe. Dieses Mädchen warst du, Quickening.«

Er wartete auf ihre Reaktion. Schweigen füllte den Raum zwischen ihnen, bis Walker das Gefühl hatte, nichts trenne sie mehr. Quickening sagte nichts. Sie hielt den Blick auf ihn gerichtet, und ihr Gesicht war bar jeden Ausdrucks.

»Du kennst doch den Finsterweiher!« rief er schließlich voller Entrüstung.

Dann sah er sie blinzeln und erkannte, daß sie an etwas völlig anderes gedacht hatte. »Er ist ein verbannter Geist«, sagte sie.

»Einer, der in Rätseln spricht und lügt und doch ein gewisses Maß an Wahrheit sagt, die er in irreleitender Weise verbrämt. Er tat es bei meiner ersten Vision. Mein Arm ist weg. Ich will nicht, daß dir das gleiche geschieht.«

Ein Anflug von Lächeln huschte über ihr Gesicht, eine Spur von Bewegung ihrer Mundwinkel. »Du wirst mir nichts zuleide tun, Walker Boh. Fürchtest du, daß du es wirst tun müssen?«

»Die Vision«, wiederholte er.

»Eine Vision, weiter nichts«, unterbrach sie ihn. »Visionen sind ebensosehr Illusion wie Wahrheit. Visionen zeigen uns Möglichkeiten und nicht Realität. Wir sind nicht an sie gefesselt, sie steuern nicht, was geschehen wird. Insbesondere solche von einer Kreatur wie dem Finsterweiher. Er neckt mit Falschheit, er täuscht. Fürchtest du ihn, Walker Boh? Nein, nicht du. Und ich auch nicht. Mein Vater sagt mir, was geschehen wird, und das reicht. Du wirst mir kein Leid antun.«

Walkers Gesicht fühlte sich verkniffen und angespannt an. »Er kann sich irren in dem, was er sagt; er mag nicht alles sehen, was sein wird.«

Quickening schüttelte den Kopf, streckte ihre schmale Hand aus und legte sie auf seine. »Du wirst auf dieser Reise mein Beschützer sein, Walker Boh – ihr alle drei, solange es nötig ist. Mach dir keine Sorgen. Ich werde bei euch sicher sein.«

Walker schüttelte den Kopf. »Ich könnte hierbleiben…«

Ihre Hand legte sich hastig auf seine Lippen und berührte sie, als müsse sie neues Gift fortwischen. »Nein.« Das Wort war wie aus Eisen gegossen. »Ich werde in Sicherheit sein, wenn du bei mir bist, ich laufe nur Gefahr, wenn du es nicht bist. Du mußt mitkommen.«

Er sah sie zweifelnd an. »Kannst du mir irgend etwas darüber sagen, was ich zu tun haben werde?«

Sie schüttelte den Kopf.

»Oder über die Mittel, wie ich Uhl Belk den schwarzen Elfenstein abnehmen soll?«

Wieder verneinte sie mit Bestimmtheit.

»Oder wenigstens, wie ich dich beschützen soll, wo ich doch nur einen Arm habe und…?«

»Nein.«

Er sackte zusammen, fühlte sich plötzlich schrecklich erschöpft. Finsternis hüllte ihn als Decke aus Zweifeln und Unentschlossenheit mit erstickenden Falten ein. »Ich bin ein halber Mann«, flüsterte er. »Ich habe das Vertrauen in mich verloren, in die Versprechen, die ich mir selbst gegeben, die Aufgaben, die ich mir gestellt habe. Ich bin von Druidenträumen und -aufträgen, an die ich nicht glaube, herumgezerrt worden. Ich habe meine beiden engsten Freunde verloren, mein Haus und meine Wertvorstellungen. Ich war der Stärkste von jenen, die Allanon aufsuchten, der, auf den die anderen sich verließen. Jetzt bin ich der Schwächste, kaum in der Lage, mich auf den Beinen zu halten. Ich kann die Visionen des Finsterweihers nicht so schnell abtun wie du. Ich bin zu oft zu Unrecht vertrauensvoll gewesen. Jetzt muß ich einfach alles in Frage stellen.«

»Walker Boh«, sagte sie.

Er schaute sie fragend an, während sie ihm auf die Füße half. »Du wirst wieder stark sein – allerdings nur, wenn du daran glaubst.«

Sie war so nah, daß er ihre Wärme durch die kühle Nachtluft zu ihm strahlen fühlte. »Du bist wie ich«, sagte sie ruhig. »Du hast es schon gespürt, doch du kannst noch nicht begreifen, warum das so ist. Es ist so, denn wir sind in erster Linie Geschöpfe der Magie, die wir befehligen. Die Magie definiert uns, formt uns und macht uns zu dem, was wir sind. Für uns beide ist es ein angeborenes Recht, dem wir nicht entkommen können. Du willst mich beschützen, indem du mir von der Vision berichtest, und indem du die Gefahr, die deine Gegenwart bedeuten könnte, bannst, falls deine Vision sich bewahrheiten sollte. Aber, Walker Boh, wir sind in einer Weise verbunden, daß wir allen Visionen zum Trotz nicht getrennt überleben können. Fühlst du das nicht? Wir müssen diesen Faden des Wegs aufnehmen, der uns nach Eldwist, zu Uhl Belk und dem schwarzen Elfenstein führt, und wir müssen ihm bis zum Ende folgen. Visionen von dem, was sein könnte, dürfen uns nicht von diesem Weg abbringen. Wir dürfen keine Angst um unsere Zukunft haben.«

Sie machte eine Pause. »Magie, Walker Boh. Magie bestimmt den Sinn meines Lebens, die Magie, die mein Vater mir gab. Kannst du behaupten, daß es für dich anders ist?«

Es war nicht eine Frage, die sie ihm stellte, sondern die Feststellung einer Tatsache, eine unanfechtbare Wahrheit. Er holte tief Luft. »Nein«, gab er zu, »das kann ich nicht.«

»Wir können es weder verleugnen noch davor weglaufen, nicht wahr?«

»Ja.«

»Dies haben wir miteinander gemein – dies und unterschiedliche Aufträge, den schwarzen Elfenstein zu finden und die Vier Länder zu retten, deinen von Allanons Schatten, meinen von meinem Vater. Darüber hinaus ist alles unwichtig. Alle Wege führen zu dem Druidentalisman.« Sie hob ihr Gesicht in das schwache Licht, das vom sternenübersäten Himmel durch die Bäume fiel. »Wir müssen uns zusammen auf die Suche danach machen, Walker Boh.«

Sie war so überzeugt, war sich dessen, was sie sagte, so sicher. Walker fing ihren Blick auf, war noch immer voll Zweifel und Ängste, doch gleichzeitig fühlte er sich von ihrer Zielstrebigkeit und ihrer Willenskraft getröstet. Beides hatte er einst in gleichem Maße besessen. Es machte ihn beschämt und zornig, daß es nicht mehr so war. Er erinnerte sich an Par Ohmsfords Entschlossenheit zu tun, was richtig war, eine Anwendung für seine Gabe der Magie zu suchen. Er dachte an sein unausgesprochenes Versprechen, das er Cogline und Ondit gegeben hatte. Er war noch immer auf der Hut vor der Vision des Finsterweihers, aber Quickening hatte recht. Es durfte ihn nicht von seiner Aufgabe abhalten.

Er schaute sie an und nickte. Ein gewisses Maß an Entschlossenheit kehrte zurück. »Wir werden nicht mehr von der Vision des Finsterweihers sprechen«, versprach er.

»Nicht, ehe es nötig ist«, erwiderte sie.

Sie nahm seinen Arm und führte ihn durch den dunklen Wald zurück zu seinem Schlafplatz.

Par Ohmsford kam langsam wieder zu Kräften. Zwei Wochen verstrichen, während er in dem unterirdischen Bau des Maulwurfs darniederlag, ein hageres, regloses Skelett, in alte Leintücher gehüllt, von einer Mischung aus Schatten und Kerzenlicht gesprenkelt und umgeben von den fremden, unbeweglichen Gesichtern der Adoptivkinder des Maulwurfs. Zeit hatte zunächst keine Bedeutung, denn er war für alles, das auch nur entfernt mit der Realität zu tun hatte, verloren. Dann schwand der Wahn, und er kam langsam wieder zu sich. Tage und Nächte nahmen Gestalt an. Damson Rhee und der Maulwurf wurden erkennbar. Die Schemen von Dunkelheit und Licht verdichteten sich und ließen ihn die Formen und Strukturen der unterirdischen Räume erkennen, in denen er ruhte. Die ausgestopften Hüllen erschienen ihm wieder vertraut, Knopfnasen und Augen, genähte Münder, abgetragene Stoffglieder und Leiber. Er konnte ihnen Namen geben. Wörter bekamen wieder Sinn. Es gab Nahrung, und es gab Schlaf.

Vor allem aber gab es Erinnerungen. Sie verfolgten ihn im Schlaf und im Wachen gleichermaßen, Gespenster, die auf der Klippe seiner Gedanken lauerten und darauf gierten, ihn zu stechen und zu beißen. Erinnerungen an die Grube, die Schattenwesen, Felsen-Dall und das Schwert von Shannara, doch vor allem an Coll.

Er konnte es sich nicht verzeihen. Coll war seinetwegen tot – nicht, weil er ihm den fatalen Stoß versetzt hätte, den tödlichen Schlag seiner Wunschliedmagie, nicht, weil er seinen Bruder nicht vor den Horden von Schattenwesen, die in der Grube lungerten, angemessen zu beschützen versucht hätte, während er sich mit Felsen-Dall abgab, nicht wegen alldem, sondern weil er von Anfang an, seit sie vor den Suchern aus Varfleet geflüchtet waren, ausschließlich an sich selbst gedacht hatte. Sein Drang, die Wahrheit über das Wunschlied, das Schwert von Shannara, den Auftrag von Allanon, den Sinn der Magie herauszufinden – das war alles, was ihn interessiert hatte. Er hatte alles geopfert, um diese Wahrheit zu entdecken, und am Ende hatte das Opfer seinen eigenen Bruder mit eingeschlossen.

Damson Rhee, die instinktiv seine Qualen und ihre Ursache erkannte, gab sich mächtig Mühe, ihn vom Gegenteil zu überzeugen.

»Er wollte dort mit dir zusammen sein, Par«, pflegte sie ihm wieder und wieder sagen. Sie beugte sich über ihn, und ihr rotes Haar fiel ihr über die schmalen Schultern, während sie mit sanfter, freundlicher Stimme auf ihn einsprach. »Es war sein eigener Wille. Er liebte dich so, daß es anders nicht sein konnte. Du hast dein Bestes getan, um ihn daran zu hindern mitzukommen, ihn nicht in Gefahr zu bringen. Aber Coll war jemand, der keine Kompromisse einging. Er hatte einen Sinn für das Richtige und Unausweichliche. Er war entschlossen, dich vor den Gefahren zu schützen, von denen ihr beide wußtet, daß sie euch erwarteten. Es gab sein Leben für deine Sicherheit, siehst du das nicht? Versuch nicht, dieses Opfer zu entwerten, indem du darauf bestehst, es sei deine Schuld. Er hatte die Wahl, und er hat sie getroffen. Er war starrköpfig, und du hättest ihn nicht umstimmen können, selbst wenn du es noch heftiger versucht hättest, als du ohnehin getan hast. Er wußte Bescheid, Par. Er verstand den Sinn und die Notwendigkeit deines Tuns. Vorher hast du geglaubt, daß es so ist, und du mußt es jetzt auch glauben. Coll glaubte es. Laß seinen Tod nicht umsonst gewesen sein.«

Aber das war genau das, was er fürchtete, und diese Furcht verfolgte ihn in seinen finstersten Gedanken. Was hatte denn seines Bruders Tod eingebracht? Was hatte er dagegen aufzuweisen? Das Schwert von Shannara? Ja, er hatte die legendäre Klinge seiner elfenblütigen Vorfahren in seinem Besitz, den Talisman, den zu suchen der Schatten Allanons ihn ausgesandt hatte. Und wozu war das gut? Es hatte als Waffe gegen Felsen-Dall jämmerlich versagt, selbst nachdem der Erste Sucher sich als Schattenwesen zu erkennen gegeben hatte. Wenn das Schwert eine notwendige Waffe war, wie Allanon behauptet hatte, warum hatte es dann seinen größten Feind nicht zerstört? Und schlimmer noch, falls man Dall Glauben schenken durfte, hätte er das Schwert von Shannara erhalten, wenn er ganz einfach darum gebeten hätte. Ihr entsetzlicher, vernichtender Abstieg in die Grube wäre also überflüssig gewesen – und damit Colls Tod.

Und außerdem sinnlos, wenn Felsen-Dall in einer anderen Sache recht hatte – daß Par so wie auch Dall ein Schattenwesen war. Denn wenn Par tatsächlich genau das war, wogegen sie kämpften, um die Vier Länder zu schützen...

Wenn Coll gestorben war, um ein Schattenwesen zu schützen...

Undenkbar? Er war sich seiner Sache nicht mehr so sicher.

So plagten ihn die Erinnerungen, bitter und grauenhaft, und er wurde in einem Wirbel von Verständnislosigkeit und Wut herumgeschleudert. Er kämpfte sich durch diesen Morast, strampelte, um nicht unterzugehen, um zu atmen, zu überleben. Das Fieber verschwand, die Öde seiner Gefühle hellte sich auf, die scharfen Kanten glätteten sich, und der Schmerz im Herzen und im Körper vernarbte und heilte.

Nach Ablauf der zwei Wochen stand er auf, entschlossen, nicht mehr herumzuliegen, und wanderte durch die dunkle Behausung des Maulwurfs. Er wusch sich in der Schüssel, zog sich an und nahm seine Mahlzeiten am Tisch ein. Er durchstreifte den Bau von einem Ende zum anderen, von einem Gang zum nächsten, tastete sich durch seine Schwäche. Die Erinnerungen verdrängte er, hielt sie sorgfältig in Schach. Vor allem einfach dadurch, daß er sich bewegte. Wenn er etwas tat, irgend etwas, dann half ihm das, sich nicht mehr mit dem, was vorüber und vorbei war, aufzuhalten. Er schnupperte nach den Gerüchen in der eingesperrten Luft. Er studierte die Zusammensetzung des brüchigen Mobiliars, der unterschiedlichen Abfälle aus der Oberwelt und der Wände und Böden der Höhle selbst. Seine Entschlossenheit erhärtete sich. Er lebte noch, und es gab einen Grund dafür. Er bewegte sich im Kerzenschein hin und her, ein Geist, der von einer inneren Vision getrieben wird.

Selbst wenn er zu müde war, weiter herumzuwandern, sträubte er sich dagegen, sich auszuruhen. Er verbrachte Stunden auf der Bettkante sitzend und untersuchte das Schwert von Shannara, grübelte über sein Geheimnis nach.

Warum hatte es ihm nicht gehorcht, als er Felsen-Dall mit der Klinge berührte?

»Ist es möglich«, fragte Damson ihn einmal vorsichtig, »daß du irgendwie getäuscht worden bist und dies gar nicht das Schwert von Shannara ist?«

Er dachte sorgfältig nach, ehe er antwortete. »Als ich es in dem Gewölbe sah, Damson, und als ich es dann berührte, wußte ich, daß es das Schwert ist. Ich war mir dessen sicher. Ich habe seine Geschichte so oft gesungen, es so oft dargestellt. Ich hatte nicht den geringsten Zweifel.« Er schüttelte langsam den Kopf. »Und ich habe noch immer das Gefühl, daß es so ist.«

Sie nickte. Sie saß neben ihm auf dem Bett, hatte die Beine untergeschlagen, und ihre grünen Augen schauten ihn konzentriert an. »Aber deine Erwartung, daß du es finden würdest, mag dein Urteil getrübt haben, Par. Du hast es vielleicht so sehr gewollt, daß du dich hast täuschen lassen.«

»Das kann sein, ja«, gab er zu. »Damals. Aber jetzt auch noch? Schau dir die Klinge an. Schau hier. Der Griff ist abgewetzt, gealtert – doch die Klinge glänzt wie neu. Wie Morgans Schwert – die Magie schützt es. Und sieh hier die Gravierung der Fackel mit der Flamme...«

Sein Enthusiasmus verlor sich in einem Seufzer. Er sah den Zweifel in ihren Augen. »Doch es funktioniert nicht, das ist wahr. Es tut überhaupt nichts. Ich halte es, und es fühlt sich richtig an, so, wie es sein sollte – und es tut überhaupt nichts, gibt nichts zurück, läßt mich auch nicht die leiseste Spur seiner Zauberkraft spüren. Wie kann es also das Schwert sein?«

»Gegenzauber«, sagte der Maulwurf feierlich. Er kauerte in einer Ecke des Zimmers in ihrer Nähe, fast unsichtbar im Schatten. »Eine Maske, die verbirgt.« Er verzerrte sein Gesicht und veränderte sein Aussehen.

Par schaute ihn an und nickte. »Irgendeine Art von Verschleierung. Ja, Maulwurf, das wäre möglich. Ich habe an diese Möglichkeit auch schon gedacht. Aber welche Zauberkraft wäre stark genug, die Magie des Schwertes von Shannara zu unterdrücken? Wie können die Schattenwesen eine solche Magie produzieren? Und wenn sie es können, warum benutzen sie sie dann nicht einfach, um die Klinge zu zerstören? Und müßte ich nicht in der Lage sein, jeglichen Gegenzauber zu brechen, wenn ich der rechtmäßige Träger des Schwertes bin?«

Der Maulwurf betrachtete ihn feierlich, ohne etwas zu sagen. Damson gab keine Antwort.

»Ich begreife es nicht«, flüsterte er leise. »Ich verstehe nicht, was los ist.«

Er wunderte sich auch darüber, wie willig Felsen-Dall ihn mit dem Schwert hatte abziehen lassen. Wenn es tatsächlich die Waffe war, die es sein sollte, die Waffe, die die Schattenwesen vernichten konnte, dann hätte Dall mit Sicherheit nicht zugelassen, daß Par Ohmsford es in Besitz nahm. Und dennoch hatte er es dem Talbewohner ohne Widerrede gegeben, fast sogar aufgedrängt. Und hatte ihm dazu gesagt, daß alles, was man ihm über die Schattenwesen und das Schwert erzählt habe, Lügen seien.

Und dann hatte er es tatsächlich auch noch bewiesen, indem er demonstrierte, daß das Schwert ihm nichts anhaben konnte.

Par irrte durch die Maulwurfbehausung, hielt die Klinge in der Hand, steckte sie in die Scheide, holte sie hervor, balancierte sie und mühte sich, die Magie, die darin schlummerte, anzurufen. Doch das Geheimnis des Schwertes von Shannara blieb ihm weiterhin verschlossen.

Damson verließ hin und wieder ihr unterirdisches Versteck und ging hinauf auf die Straßen von Tyrsis. Es war merkwürdig, sich vorzustellen, daß über ihren Köpfen eine ganze Stadt existierte, gleich außerhalb von Sicht und Gehör, mit Leuten und Gebäuden, Sonnenschein und frischer Luft. Par sehnte sich danach, mit ihr zu gehen, doch sie riet ihm weise ab. Er war noch nicht wieder kräftig genug für ein solches Unterfangen, und die Föderation fahndete nach wie vor nach ihm.

Eine Woche nachdem Par das Krankenlager verlassen und allein herumzuwandern begonnen hatte, kam Damson mit beunruhigenden Neuigkeiten zurück.

»Vor ein paar Wochen«, berichtete sie, »hat die Föderation den Jut geortet. Ein Spion im Lager der Geächteten hatte sie offenbar verraten. Eine Armee aus Tyrsis wurde ausgesandt, in den Parma Key einzudringen und sie zu belagern. Die Belagerung war erfolgreich. Der Jut fiel. Er wurde etwa zu der Zeit eingenommen, Par, als du aus der Grube entkamst.« Sie unterbrach sich. »Jeder, der dort gefunden wurde, wurde getötet.«

Par hielt den Atem an. »Jeder?«

»So behauptet jedenfalls die Föderation. Die Bewegung, so heißt es, ist vernichtet.«

Eine Weile herrschte Schweigen. Sie saßen an dem langen Eßtisch des

Maulwurfs, umgeben von den stimmlosen, blinden Kindern, mit Schüsseln und Tellern vor sich. Es war ein Nachmittagsritual geworden.

»Noch etwas Tee, liebe Damson?« fragte der Maulwurf leise. Sein pelziges Gesicht ragte über den Tischrand. Sie nickte, ohne ihren Blick von Par zu wenden.

Par runzelte die Stirn. »Die Sache scheint dich nicht sonderlich zu beunruhigen«, bemerkte er schließlich.

»Ich finde es merkwürdig, daß die Nachricht von diesem Sieg Wochen gebraucht haben soll, bis sie die Stadt erreichte.«

»Es stimmt also nicht?«

Sie biß auf einen Keks, den der Maulwurf angeboten hatte, und kaute daran. »Es mag stimmen, daß der Jut eingenommen worden ist. Aber ich kenne Padishar Creel. Es kommt mir unwahrscheinlich vor, daß er sich in seinem eigenen Unterschlupf fangen läßt. Dazu ist er viel zu schlau. Was mir Freunde der Bewegung, mit denen ich mich unterhalten habe, gesagt haben, scheint eher wahrscheinlich: Sie berichteten, daß Frontsoldaten der Armee zugaben, so gut wie keinen, höchstens ein paar Dutzend getötet zu haben, und die waren schon tot, als eine Bresche in den Jut geschlagen wurde. Was ist also aus den anderen geworden? Es waren dreihundert Mann in dem Lager. Und außerdem, wenn die Föderation Padishar Creel tatsächlich hätte, würde sie seinen Schädel zum Beweis auf das Stadttor spießen.«

»Aber es gibt keine Nachricht von Padishar?«

Sie schüttelte den Kopf.

»Und keinerlei Nachrichten von Morgan oder Steff oder einem der anderen?«

Sie schüttelte erneut den Kopf. »Sie sind verschwunden.«

»So.« Er ließ das Wort im Raum hängen.

Sie lächelte kläglich. Schweigend tranken sie ihren Tee.

Am nächsten Tag fühlte Par sich stärker und entschlossener und verkündete wieder, daß er nach oben nach Tyrsis gehen wolle. Er war lange genug untergetaucht; er mußte wieder einmal etwas von seiner eigenen Welt zu sehen bekommen. Er brauchte Sonne auf seiner Haut und frische Luft zum Atmen. Und außerdem wurde nichts erreicht, solange er sich versteckt hielt. Es war an der Zeit, daß er etwas *tat.*

Damson war strikt dagegen und wies darauf hin, daß er noch nicht vollständig wiederhergestellt und es äußerst gefährlich für ihn sei, irgendwohin zu gehen. Die Föderation wußte jetzt, wer er war, seine Beschreibung fand sich überall. Nachdem er aus der Grube entkommen war, hatten Sucher begonnen, die unteren Regionen des alten Palastes abzusuchen, und hatten dabei die Tunnel entdeckt, die ins Innere führten. Auch jetzt noch durchsuchten sie die Tunnel. Es gab kilometerweise Tunnel und Abwasserkanäle zu durchforschen, doch das Risiko der Entdeckung war nicht von der Hand zu weisen. Im Augenblick war es besser, sich still zu verhalten.

Am Ende einigten sie sich auf einen Kompromiß. Par durfte in die nächstgelegenen Tunnel gehen, solange er in Begleitung von Damson oder dem Maulwurf blieb. Er würde nicht an die Oberfläche steigen, auch nicht für einen kurzen Moment. Er würde gehen, wohin man ihm sagte, und tun, was man ihm riet. Aber wenigstens konnte er sein Krankenzimmer verlassen. Par willigte ein.

Mit Eifer begann er seine Erkundungen, studierte die Anlage der Tunnel, während er Damson und dem Maulwurf folgte, und merkte sie sich genau. Am ersten Tag ermüdete er schnell und mußte bald umkehren. Am nächsten Tag war er kräftiger, und es wurde immer besser. Langsam verstand er, wie die Tunnel und Kanäle miteinander verwoben waren – so weit, daß er glaubte, er könne den Weg an die Oberfläche allein finden, sollte sich die Notwendigkeit dafür ergeben. Der Maulwurf lehrte ihn sorgfältig, beobachtete ihn mit seinen aufmerksamen, glänzenden Augen und nickte befriedigt. Damson blieb ihm ganz nah, ihre Hände berührten ihn ständig, so als wollte sie ihn vor Gefahren schützen. Er lächelte innerlich über ihre Fürsorglichkeit.

Eine Woche verstrich. Es ging ihm immer besser, er war fast vollständig wiederhergestellt. Mehr als ein Monat war vergangen, seit er unter die Stadt Tyrsis getragen und versteckt worden war. Er dachte ständig ans Fortgehen, daran, daß er die Fäden seines Lebens wieder aufgreifen würde.

Und gleichzeitig fragte er sich, wo er anfangen sollte.

Am Ende wurde die Entscheidung für ihn getroffen.

Es war am späten Nachmittag, zehn Tage nachdem er mit seinen Erkundungen der Tunnel um die Behausung des Maulwurfs begonnen hatte. Er saß auf seiner Bettkante und untersuchte wieder einmal das Schwert von Shannara. Damson war in die Stadt hinaufgegangen, um zu sehen, ob sie Neuigkeiten von Padishar und der Föderation erfahren könnte. Der Maulwurf huschte wie ein Schatten von Zimmer zu Zimmer, ordnete, glättete und hantierte mit seinen Habseligkeiten. Die Zeit für den Tee war gekommen und verstrichen, ohne daß das Mädchen wiedergekommen wäre, und der Maulwurf war beunruhigt. Par hätte sich ebenfalls gesorgt, wenn er sich erlaubt hätte, darüber nachzugrübeln, aber er war mit etwas anderem beschäftigt. Seine Erinnerungen an die Ereignisse im Zusammenhang mit der Entdeckung des Schwertes von Shannara und Colls Tod waren noch immer unvollständig, die Bruchstücke fügten sich nur unregelmäßig zu einem vollständigen Bild zusammen, während er sich erholte. Hin und wieder fiel ihm ein neues Detail ein. So war es auch jetzt.

Es hatte etwas mit dem Wunschlied zu tun. Er erinnerte sich nur zu gut, wie der Zauber sich in ihm aufgebaut hatte, fast ohne sein Zutun, als Coll – das Ding, das wie Coll ausgesehen hatte – ihn bedrohte. Und als dann Coll fort war und die anderen Schattenwesen in der Grube hinter ihm herkamen, hatte das Zauberlied ihm ein flammendes Schwert gegeben, eine Waffe, wie sie die Magie noch nie produziert hatte. Damit hatte er die Schattenwesen ohne jede Mühe vernichtet. Für einen Moment war er wie besessen gewesen, erfüllt von Wut und Wahnsinn, jenseits jeglicher Vernunft. Er erinnerte sich, wie sich das angefühlt hatte. Aber da war noch etwas, etwas, das er bislang völlig vergessen hatte. Nachdem die Schattenwesen vernichtet waren, hatte er sich gebückt, um das Schwert von Shannara aufzuheben, das ihm aus der Hand gefallen war, und das Schwert hatte ihn verbrannt – hatte seine Hand wie Feuer versengt. Und im gleichen Augenblick war seine eigene Magie erstorben, und er war nicht in der Lage gewesen, sie erneut aufzuwecken.

Warum hatte das Schwert von Shannara das getan? Was war passiert, um eine solche Reaktion auszulösen?

Darüber grübelte er nach und versuchte es, mit dem wenigen, das er über das Geheimnis des Schwertes von Shannara wußte, in Einklang zu bringen, als Damson durch den Eingang zu dem unterirdischen Refugium des Maulwurfs gestürmt kam. Ihr langes Haar war zerzaust, ihr Atem ging schnell und verängstigt.

»Föderationssoldaten!« rief sie, eilte zu Par und zerrte ihn auf die Füße. »Dutzende von ihnen jagen durch die Kanäle. Eine Razzia! Nicht beim Palast, sondern hier. Ich bin knapp vor ihnen hergeschlüpft. Ich weiß nicht, ob uns jemand verraten hat oder ob ich gesehen worden bin. Aber sie haben den Eingang gefunden und sie kommen!« Sie hielt inne, um sich zu fassen. »Wenn wir hierbleiben, finden sie uns. Wir müssen sofort hinaus.«

Par schwang sich das Schwert von Shannara über die Schulter und stopfte seine wenigen Habseligkeiten in einen Beutel. Seine Gedanken waren verwirrt. Er hatte es eilig gehabt, aufzubrechen, doch nicht in dieser Weise.

»Maulwurf!« rief Damson, und das pelzige Kerlchen kam schnell herbeigetrippelt. »Du mußt verschwinden. Sie werden dich auch finden.«

Doch der Maulwurf schüttelte feierlich den Kopf. Mit ruhiger Stimme sagte er: »Nein, bezaubernde Damson. Dies ist mein Heim. Ich bleibe hier.«

Damson kniete sich hastig neben ihn. »Das kannst du nicht machen, Maulwurf. Du gerätst in schreckliche Gefahr. Diese Männer werden dir etwas zuleide tun.«

Par eilte dazu. »Komm mit, Maulwurf. Bitte. Es ist unsere Schuld, daß du bedroht wirst.«

Der Maulwurf musterte ihn spöttisch. »Ich habe dich aus freiem Willen hergebracht. Ich habe dich freiwillig gepflegt. Ich tat es für Damson – aber gleichzeitig auch für mich selbst. Ich mag dich. Ich mag, wie du... die liebliche Damson fühlen machst.«

Par sah aus dem Augenwinkel, wie Damson errötete, und hielt seinen Blick auf den Maulwurf gerichtet. »Das ist jetzt unwichtig. Was wichtig ist, ist, daß wir deine Freunde sind, und Freunde kümmern sich umeinander. Du mußt mit uns kommen.«

»Ich will nicht in die Oberwelt zurückkehren«, beharrte der Maulwurf ruhig. »Dies ist mein Heim. Ich muß mich darum kümmern. Und was soll aus meinen Kindern werden? Was soll aus Chalt und der kleinen Lida und Westra und Everlind werden? Wollt ihr, daß ich sie hier lasse?«

»Nimm sie mit, wenn es sein muß!« Par begann zu verzweifeln.

»Wir werden dir helfen, ein neues Heim zu finden«, fügte Damson schnell hinzu.

Doch der Maulwurf schüttelte störrisch den Kopf. »Die Welt dort oben will mit niemandem von uns zu schaffen haben. Wir gehören dort nicht hin, liebliche Damson. Wir gehören hier unten hin. Macht euch um uns keine Sorgen. Wir kennen diese Tunnel. Es gibt Verstecke, wo man uns nie finden kann. Dorthin werden wir gehen, wenn es sein muß.« Er machte eine Pause. »Ihr könntet mitkommen. Ihr wäret dort in Sicherheit.«

Damson erhob sich stirnrunzelnd. »Es ist genug, wenn ihr in Sicherheit seid, Maulwurf. Wir haben schon genug Gefahr über euer Leben gebracht. Versprich mir nur, daß du jetzt in eines dieser Verstecke gehst. Nimm deine Kinder mit und bleibt dort, bis diese Jagd vorüber ist und die Tunnel wieder sicher sind. Versprich es mir.«

Der Maulwurf nickte. »Ich verspreche es, süße Damson.«

Damson sammelte in aller Eile ihre eigenen Habseligkeiten zusammen und gesellte sich dann zu Par am Eingang. Der Maulwurf schaute sie aus dem Schatten an, kaum mehr als ein glitzerndes Augenpaar inmitten des Durcheinanders von Abfällen im schwachen Kerzenschein.

Damson schulterte ihr Gepäck. »Auf Wiedersehen, Maulwurf«, rief sie leise, ging zu ihm und bückte sich, um ihn zu umarmen. Als sie zu Par zurückkehrte, weinte sie.

»Ich verdanke dir mein Leben, Maulwurf«, sagte Par. »Ich danke dir für alles, was du für mich getan hast.«

Eine kleine Hand hob sich zu einem schwachen Winken.

»Denk an dein Versprechen!« rief Damson beinahe zornig. »Versteck dich!«

Dann schlüpften sie lautlos durch den Eingang in den dahinter liegenden Tunnel. Damson hatte keine Lampe dabei, sondern holte einen dieser seltsamen Steine hervor, die glimmten, wenn sie sie mit der Hand anwärmte. Sein schwaches, sicheres Licht führte sie, wenn sie die Finger öffnete, um die Richtung zu finden. Dann schloß sie sie wieder, damit sie nicht entdeckt würden. Sie bewegten sich eilig von der Behausung des Maulwurfs fort, einen Tunnel entlang, dann in einen anderen und dann eine Metalleiter hinauf und in einen Schacht.

Irgendwo aus der Ferne hörten sie knirschende Stiefel.

Damson führte Par von dem Geräusch fort durch einen feuchten, glitschigen Tunnel. Die Temperatur stieg schon an, und die Luft füllte sich mit Abwassergerüchen. Ratten huschten durch die dunklen Nischen, und Wasser tropfte aus den Spalten im Fels. Sie setzten ihren Weg durch das Labyrinth stetig fort. Einmal hörten sie Stimmen, undeutlich, unklar. Damson achtete nicht darauf.

Sie gelangten an einen Zusammenfluß mehrerer Abwasserkanäle, einen ringförmigen Schacht, in dem sich das Wasser sammelte. Eine zentrale Sammelstelle, dachte Par. Er atmete schwer, seine Kräfte schwanden schon bei dieser ungewohnten Anstrengung. Bein- und Rückenmuskeln schmerzten ihn, und er streckte sich vorsichtig, um sie zu entlasten.

Damson schaute sich nach ihm um. Besorgnis spiegelte sich in ihrem Blick. Sie zögerte, dann führte sie ihn weiter.

Wieder waren Stimmen zu hören, näher diesmal und aus mehr als nur einer Richtung. Hinter ihnen flackerte Licht auf. Damson führte Par eine weitere Leiter hinauf in einen Tunnel, der so eng war, daß sie kriechen mußten. Feuchtigkeit und Dreck drangen in Pars Kleider und klebten sie an seine Haut. Er zwang sich, durch den Mund zu atmen, und nur, wenn er die Luft nicht länger anhalten konnte.

Sie gelangten an einen größeren Tunnel, der in der Mitte eine Rinne hatte, wo das Abwasser entlangfloß, so daß auf beiden Seiten Gehsteige entstanden. Zwei kleinere Tunnel kreuzten ihn. In beiden flackerte Licht. Damson hastete weiter. Sie bogen um eine Kurve, und dort fanden sie ebenfalls Licht. Damson blieb stehen und schob Par gegen die Tunnelwand.

Als sie ihn anschaute, war ein Anflug von Verzweiflung in ihrem Blick. »Der einzige Ausgang liegt vor uns«, flüsterte sie, den Mund ganz nah an seinem Ohr. »Wenn wir zurückgehen, laufen wir in die Falle.«

Sie trat zurück, um seine Reaktion zu sehen. Er schaute an ihr vorbei zu den Lichtern, die sich jetzt schnell näherten, und er hörte das Trampeln von Stiefeln und die ersten Anzeichen von Stimmen. Angst wallte in ihm auf und drohte ihn zu überschwemmen. Er fühlte sich so, als sei die Föderation schon immer auf der Jagd nach ihm gewesen, als würde diese Jagd nie ein Ende nehmen. Er war so oft der Gefangennahme entgangen. Es ging so nicht weiter. Früher oder später würde das Glück ihn verlassen. Er hatte die Grube und die Schattenwesen nur haarscharf überlebt. Er war ausgelaugt und tief im Herzen krank und wollte nichts als in Ruhe gelassen werden. Aber die Föderation würde ihn niemals in Ruhe lassen. Der Teufelskreis hatte kein Ende.

Für einen Augenblick übermannte ihn Verzweiflung. Dann mußte er plötzlich an Coll denken. Er erinnerte sich an seinen Schwur, daß er irgendwen für das zahlen lassen würde, was seinem Bruder widerfahren war. Wut trat augenblicklich an die Stelle der Verzweiflung. Nein, er würde sich nicht fangen lassen, schwor er sich im stillen. Er würde Felsen-Dall nicht in die Hände fallen.

Einen Moment dachte er daran, den Zauber anzurufen, der ihm in der Grube geholfen hatte; jenes Flammenschwert herbeizurufen, das seine Feinde zerstückeln würde. Er unterdrückte den Impuls. Es war zu mächtig, um sich so bald und mit noch immer so begrenztem Verständnis damit zu konfrontieren. List war hier vonnöten, nicht rohe Gewalt. Er erinnerte sich plötzlich, wie er der Föderation in jener Nacht im Volkspark entkommen war. Er zog Damson hinter sich her in eine dunkle Nische in der Tunnelwand bei der Abzweigung. Mit dem Mädchen in die Dunkelheit gekauert, legte er einen Finger an die Lippen und signalisierte ihr, sie solle sich still verhalten.

Die Föderationssoldaten näherten sich. Fünf starke Lampen lieferten ihnen genug Licht für ihre Suche, das Metall ihrer Waffen glänzte. Par holte tief Luft und tauchte in sich selbst hinein. Er hatte nur einen Versuch frei. Einen einzigen.

Er wartete, bis sie beinahe auf ihrer Höhe waren, dann setzte er das Wunschlied ein. Er ging kein Risiko ein und kontrollierte sorgfältig, was es auslösen würde. Er warf ein Netz getuschelter Warnungen über die Soldaten, einen Hinweis auf etwas, das das Abwasser weiter vorn aufwühlte, eine schemenhafte Bewegung. Er durchtränkte sie mit dem Drang, sich zu sputen, wenn sie es erwischen wollten.

Die Soldaten fingen fast gleichzeitig an zu rennen und hasteten an ihnen vorbei, ohne zu schauen. Der Talbewohner und das Mädchen drückten sich an die Tunnelwand und hielten den Atem an. Einen Augenblick später waren die Soldaten fort.

Langsam kamen Damson und Par wieder auf die Füße. Dann streckte Damson die Arme aus und umarmte den Talbewohner impulsiv. »Du bist wieder gesund, Par Ohmsford«, flüsterte sie und küßte ihn. »Hier entlang. Wir sind beinahe frei.«

Sie eilten den Gang entlang, überquerten einen Zufluß und gelangten in eine trockene Rinne. Die Lampen und Stiefel und Stimmen waren in der Ferne verklungen. Eine Leiter führte nach oben. Damson stieg voran, hielt oben inne und drückte eine Falltüre auf. Zwielicht drang durch den Spalt. Sie lauschte, lugte hindurch und stieg dann hinaus. Par folgte ihr.

Sie standen in einem Bretterverschlag. Eine Tür führte nach draußen. Damson öffnete sie vorsichtig und trat mit Par im Gefolge hinaus.

Um sie herum erhob sich die Stadt Tyrsis. Festungsmauern, spiralige Türme, zusammengewürfelte Gebäude aus Stein und Holz. Die Luft war geschwängert von Gerüchen und Geräuschen. Es war früher Abend, und die Stadtbewohner befanden sich auf dem Heimweg. Das Leben war langsam und träge in der windstillen Sommerhitze. Über ihnen wandelte sich der Himmel in schwarzen Samt, und Sterne übersäten ihn wie verstreute Kristallsplitter. Ein wundervoll heller Vollmond strahlte kaltes Licht über die Welt.

Par Ohmsford lächelte. Die Schmerzen waren vergessen, die Ängste für den Augenblick zurückgelassen. Er rückte das Gewicht des Schwertes von Shannara auf seiner Schulter zurecht. Es war gut, am Leben zu sein.

Damson nahm seine Hand und drückte sie sanft.

Zusammen bogen sie in eine Straße ein und verschwanden in der Nacht.

Quickening blieb mit ihrer kleinen Gruppe mehrere Tage in Hearthstone, damit Walker Boh wieder zu Kräften kommen konnte. Er erholte sich schnell. Der Heilungsprozeß wurde gleichermaßen von den kleinen Berührungen und dem häufigen Lächeln des Mädchens, von ihrer bloßen Gegenwart, wie von der Hand der Natur beschleunigt. Magie war überall um sie herum, eine unsichtbare Aura umgab sie, die alles berührte, mit dem sie in Kontakt kam, und die alles mit einer Geschwindigkeit und einer Gründlichkeit erneuerte und wiederherstellte, die einfach verblüffend waren. Walker wurde fast über Nacht wieder kräftig, die Wirkung des Giftes gehörte der Erinnerung an, und bis zu einem gewissen Grade gesellte sich der Schmerz über den Verlust von Cogline und Ondit dazu. Die Besessenheit schwand aus seinem Blick, und er war in der Lage, seine Wut und seine Angst in einer kleinen, dunklen Ecke seines Bewußtseins einzusperren, wo sie ihn nicht behelligen würden und doch nicht in Vergessenheit gerieten, wenn die Zeit gekommen wäre, sich daran zu erinnern. Seine Entschlossenheit kehrte zurück, sein Selbstvertrauen, sein Zielbewußtsein und seine Entschiedenheit, und er glich eher wieder dem Dunklen Onkel alter Zeiten. Seine eigene Magie half ihm bei seiner Genesung, doch es war Quickening, die mit einer Wärme, die die Sonne in den Schatten stellte, in jedem Augenblick den Anstoß dazu gab.

Sie tat noch mehr. Die Lichtung, auf der die Hütte gestanden hatte, wurde von ihren Wunden und Brandspuren gereinigt, und die Zeugnisse des Kampfes mit den Schattenwesen schwanden langsam. Gras und Blumen erblühten und füllten die Öde, Farbkleckse und duftende Polster trösteten und taten wohl. Sogar die Ruinen der Hütte wandelten sich zu Staub und schwanden schließlich ganz. Es war, als ob sie, wenn immer sie wollte, die Welt erneuern könnte.

Morgan Leah begann sich mit Walker zu unterhalten, wenn Pe Ell nicht in der Nähe war. Der Hochländer fühlte sich nach wie vor nicht wohl und gestand Walker, daß er nicht sicher sei, wer der andere wirklich war und warum Quickening ihn mitgebracht hatte. Morgan war erwachsen geworden, seit Walker ihn zum letzten Mal gesehen hatte. Dreist und selbstgefällig war er gewesen, als er zum ersten Mal nach Hearthstone gekommen war. Jetzt erschien er ihm wie ein gebändigter, kontrollierter, achtsamer Mann, dem es jedoch nicht an Mut fehlte, ein richtiger Mann. Walker mochte ihn lieber so, und er glaubte, daß die Ereignisse, die ihn von den Ohmsfords getrennt und nach Culhaven gebracht hatten, viel zu seiner Reifung beigetragen hatten. Der Hochländer hatte ihm berichtet, was Par und Coll widerfahren war, wie sie sich Padishar Creel und der Bewegung angeschlossen hatten, von ihrer Reise nach Tyrsis und dem Versuch, das Schwert von Shannara aus der Grube zu holen, ihren Kämpfen mit den Schattenwesen, ihrer Trennung und ihrem getrennten Entkommen. Er berichtete Walker von dem Überfall der Föderation auf den Jut, von Teels Verrat, ihrem Tod und der Flucht von Steff und dem Geächteten nach Norden.

»Sie hat uns alle verraten, Walker«, erklärte Morgan zum Schluß seines Berichts. »Sie verpetzte Elise und Jilt in Culhaven, die Zwerge, die mit dem Widerstand zusammenarbeiten, von denen sie wußte, einfach jeden. Sie muß auch Cogline angezeigt haben.«

Doch Walker glaubte das nicht. Die Schattenwesen hatten über Cogline und Hearthstone Bescheid gewußt, seit Par vor ein paar Monaten von Spinnengnomen gekidnappt worden war. Die Schattenwesen hätten jederzeit kommen können, um Cogline zu holen, und sie hatten sich erst jetzt dazu entschlossen. Felsen-Dall hatte, bevor er Cogline tötete, gesagt, daß der alte Mann der letzte sei, der sich den Schattenwesen in den Weg stellte, und das hieß, daß er Cogline für eine Bedrohung hielt. Wie Felsen-Dall sie gefunden hatte, bereitete ihm weniger Sorgen als die Behauptung des Ersten Suchers, daß die Shannara-Kinder alle tot seien. Was Walker anging irrte er sich offenkundig, aber wie stand es um Par und Wren, die anderen, die von Allanons Schatten auf die Suche nach den verlorenen, verschwundenen Gegenständen geschickt worden waren, die angeblich die Vier Länder retten würden? Irrte Felsen-Dall sich auch in ihrem Fall, oder hatten sie das gleiche Schicksal erlitten wie Cogline? Er hatte keine Möglichkeit, die Wahrheit herauszufinden, und er behielt seine Gedanken für sich. Es gab keinerlei Veranlassung, Morgan Leah etwas zu sagen, der ohnehin schon mit den eingebildeten Konsequenzen seiner Entscheidung, Quickening zu folgen, zu schaffen hatte.

»Ich weiß, daß ich nicht hier sein dürfte«, vertraute er Walker eines Nachmittags an. Sie saßen im Schatten einer alten Eiche, lauschten auf die Singvögel und schauten ihnen zu, wie sie über ihnen herumflitzten. »Ich habe mein Steff gegebenes Versprechen gehalten und für die Sicherheit von Elise und Jilt gesorgt. Aber jetzt! Wie steht es mit meinem Versprechen an Coll und Par, daß ich sie beschützen würde? Ich dürfte nicht hier sein. Ich müßte nach Tyrsis zurückgehen und sie suchen.«

Doch Walker erwiderte: »Nein, Hochländer, das müßtest du nicht. Was könntest du denn tun, selbst wenn du sie fändest? Was könntest du denn gegen die Schattenwesen ausrichten? Hier hast du die Gelegenheit, etwas weit Wichtigeres zu tun – etwas Notwendiges, wenn Quikkening recht hat. Und vielleicht findest du auch Mittel und Wege, die Magie deines Schwertes wiederherzustellen, so wie ich vielleicht Mittel und Wege finden werde, meinen Arm wiederherzustellen. Geringe Hoffnungen für unsereinen mit pragmatischem Geist, aber dennoch Hoffnungen. Wir fühlen ihr Bedürfnis, Hochländer, und wir reagieren darauf; wir sind ihre Kinder, nicht wahr? Ich glaube, wir können solche Gefühle nicht so einfach abtun. Jedenfalls gehören wir im Augenblick an ihre Seite.«

Zu dieser Überzeugung war er gelangt, seit er Quickening in dem mitternächtlichen Gespräch von der Vision des Finsterweihers und seiner Furcht, daß sie sich bewahrheiten könne, berichtet hatte. Ihre beharrliche Bestimmtheit, daß dies nicht der Fall sein würde, hatte ihn umgestimmt. Morgan Leah war nicht weniger durch und durch gefesselt, von ihrer Schönheit hypnotisiert, durch sein Sehnen angekettet, in einer Weise zu ihr hingezogen, die er nicht im mindesten verstehen und dennoch nicht ableugnen konnte. Für jeden der drei war Quickenings Anziehungskraft anders. Bei Morgan war es physisch, er war fasziniert von ihrem Aussehen und ihren Bewegungen, von der Vollkommenheit ihres Gesichts und ihres Körpers, der Lieblichkeit, die alles übertraf, das er je gekannt oder auch nur geahnt hatte. Bei Walker war es vergeistigter, ein Gefühl der Verwandtschaft, das dem gemeinsamen Erbe der Magie entsprang, ein Verständnis ihrer Denk- und Handlungsweise, die darauf beruhte, ein Band, das sie wie eine gemeinsame Kette aneinander fesselte, wobei jedes Kettenglied die geteilte Erfahrung des Denkens darstellte, die aus dem Zauber der Magie erwuchs.

Pe Ells Absichten waren am schwierigsten zu bestimmen. Er bezeichnete sich selbst als Künstler in Taschenspielerei und im Entkommen, doch er war eindeutig mehr als das; daß er extrem gefährlich war, war für keinen ein Geheimnis, doch er hielt jegliches Wissen über sich selbst sorgfältig verborgen. Er sprach nur selten mit einem von ihnen, einschließlich sogar Quickening, obgleich er ebenso zu ihr hingezogen war wie Walker oder Morgan und sich ebenso aufmerksam um sie kümmerte wie sie. Aber Pe Ell war eher zu ihr hingezogen, wie man sich zu seinen Besitztümern hingezogen fühlt, als zu einer Geliebten oder einer verwandten Seele. Er verhielt sich Quickening gegenüber, wie ein Handwerker zu etwas steht, das er geschaffen hat und als Zeichen seiner Fähigkeiten vorzeigt. Walker hatte Schwierigkeiten, seine Attitüde zu verstehen, denn Pe Ell war in der gleichen Weise wie die beiden anderen mitgenommen worden und hatte nichts zu dem beigetragen, wer oder was Quickening war. Doch das Gefühl, daß Pe Ell das Mädchen als sein Eigentum betrachtete und daß er, wenn die Zeit gekommen wäre, versuchen würde, sie zu besitzen, blieb bestehen.

Die Tage der Woche rollten vorbei, bis Quickening schließlich entschied, daß Walker soweit wiederhergestellt war, daß er reisen konnte. Da verließen die vier Hearthstone. Sie reisten zu Fuß, denn das Land erlaubte nichts Besseres; sie zogen nordwärts durch Darklin Reach und den Wald von Anar, am westlichen Rand des Toffer Ridge zum Rabb, überquerten ihn, wo er schmaler wurde, und reisten in Richtung der Charnalberge. Sie kamen nur langsam voran, denn das Land war dicht bewaldet, erstickt unter Gestrüpp, von Schluchten und Klippen zerklüftet, und sie waren immer wieder gezwungen, ihre Marschrichtung zu verändern, um passierbares Gelände zu finden. Das Wetter war jedoch gut, warme Sonnentage mit sanfter Brise, ein später Sommer, wo die Stunden träge verstrichen und jeder neue Tag willkommen und endlos erschien. Selbst so weit im Norden war das Land krank, die Erde und ihr Leben welk und vergiftet, wenn auch noch nicht so weit fortgeschritten wie im mittleren Teil der Vier Länder, und die Gerüche, die Anblicke und die Geräusche waren meist frisch und neu und noch nicht angefault. Die Flüsse waren klar, die Wälder grün, und das Leben darin schien von der zunehmenden Finsternis, mit der die Schattenwesen alles zu überziehen drohten, noch nicht erfaßt.

Nachts kampierten sie in Waldlichtungen bei einem Teich oder Fluß, die frisches Wasser lieferten und oft auch Fisch für eine Mahlzeit, und hin und wieder gab es Gespräche unter den Männern, sogar mit Pe Ell. Quickening war es, die sich zurückhielt, die abseits blieb, wenn die Tagesreise vorüber war, die sich in die Schatten zurückzog, fern von dem Lagerfeuer und der Gegenwart der drei Männer. Nicht, daß sie sie geringschätzte oder sich vor ihnen verbarg; es war eher, weil sie allein sein mußte. Ziemlich zu Beginn ihrer Reise begann eine Mauer zu wachsen, die sie in der ersten Nacht unterwegs errichtete und später nicht einriß. Ihre drei Begleiter stellten keine Fragen, doch sie beobachteten sie und einander ununterbrochen und warteten, was sich ereignen würde. Als nichts geschah, begann jeder, durch die erzwungene Trennung von ihr, sich in Gegenwart der beiden anderen zu entspannen und zu reden. Morgan hätte so oder so zu reden angefangen. Er war ein junger Mann, der Geschichten und die Gesellschaft anderer genoß. Anders Pe Ell und Walker, die beide von Natur aus und aus Erfahrung vorsichtig und zurückhaltend waren. Gespräche wurden oft zu Schlachtfeldern zwischen den beiden, wo beide versuchten, die Geheimnisse, die der andere zu verbergen suchte, zu entschleiern, und keiner von ihnen war bereit, irgend etwas von sich preiszugeben. Sie benutzten ihre Gespräche als Schirm und achteten sorgfältig darauf, daß die Konversation fern von allem blieb, was wichtig war.

Alle drei spekulierten hin und wieder, wohin sie gehen und was sie tun würden, wenn sie einmal dort wären. Diese Gespräche endeten jedesmal sehr bald. Keiner von ihnen wollte darüber reden, welche Magie er beherrschte, obgleich Morgan und Walker schon eine gewisse Vorstellung von der Kraft des anderen besaßen, und niemand wollte irgendeinen Schlachtplan vorstellen, wie der Talisman zu erringen sei. Sie umstrichen einander wie Säbelfechter, testeten Stärken und Schwachstellen, täuschten einander mit Fragen und Vorschlägen und versuchten herauszufinden, welche Sorte von Eisen die anderen beschützte. Walker und Pe Ell machten nur geringe Fortschritte miteinander, und während eindeutig klar war, daß Morgan wegen der Magie im Schwert von Leah dabei war, war es unmöglich, etwas Wesentliches darüber zu erfahren, da die Waffe zerbrochen war. Vor allem Pe Ell stellte wieder und wieder Fragen darüber, was das Schwert von Leah zu tun imstande sei, welche Art von Materialien es durchdringen könne, und wieviel

Kraft es eigentlich enthalte. Morgan setzte alle seine beachtlichen Talente ein, um gleichzeitig charmant und verwirrend zu bleiben und den Eindruck zu vermitteln, daß das Schwert alles und nichts zu tun imstande sei. Irgendwann ließ Pe Ell ihn in Ruhe.

Das Ende der ersten Reisewoche brachte sie nördlich des Anar zu dem Vorgebirge des Charnals, durch das sie tagelang im Schatten der Berge zogen, während sie sich den Weg nach Nordosten in Richtung des Gezeitenstroms bahnten. Inzwischen hatten sie das Land, das ihnen vertraut war, hinter sich gelassen. Weder Morgan noch Pe Ell waren je nördlich des Oberen Anar gewesen, und Walker hatte bisher nur die tieferen Regionen des Anar besucht. Wie auch immer, es war Quickening, die sie führte, offenbar unbeeindruckt von der Tatsache, daß sie das Land noch weniger kannte als sie. Sie gehorchte einer inneren Stimme, die keiner von ihnen hören konnte, Instinkten, die keiner von ihnen fühlte. Sie gab zu, daß sie nicht genau wußte, wohin sie gingen, daß sie für den Augenblick genau genug fühlte, wohin sie sie zu führen hatte, doch daß sie irgendwann das Gebirge zu überwinden hätten, und daß sie dann nicht mehr weiter wüßte, da die Berge sich für sie als unergründlich zeigen würden. Eldwist lag jenseits des Charnalgebirges, und sie würden Hilfe brauchen, um es zu finden.

»Verfügst du über die Magie dafür, Walker?« neckte Pe Ell, als sie geendet hatte, doch Walker lächelte nur und stellte sich die gleiche Frage.

Als die zweite Woche zu Ende ging, holte der Regen sie ein und folgte ihnen unerbittlich in die dritte Woche, durchnäßte gleichermaßen ihren Pfad, ihr Gepäck, ihre Kleidung und ihre Gemüter. Wolken türmten sich über ihren Köpfen entlang der Gipfellinie und weigerten sich dunkel und hartnäckig zu weichen. Donner grollte, und Blitze zuckten über die Gebirgswände, als spielten Riesen Schattentheater mit ihren Händen. So weit im Norden gab es nicht viele Reisende; die wenigen, denen sie begegneten, waren überwiegend Trolle. Wenige sprachen überhaupt, und die, die es taten, hatten kaum etwas Nützliches zu sagen. Es gab mehrere Pässe, die über das Gebirge führten, ein oder zwei Tagreisen entfernt, und alle nahmen ihren Anfang in einer Stadt hoch in den Vorbergen mit dem Namen Rampling Steep. Ja, einige der Pässe führten weit nach Osten zum Gezeitenstrom. Nein, von Eldwist hatten sie noch nie reden gehört.

»Da fragt man sich, ob es wirklich existiert«, murmelte Pe Ell in seiner ständigen Rolle des Aufstachlers; ein Lächeln verzerrte sein schmales Gesicht, das kalt, leer und ohne jeden Humor war. »Gibt einem zu denken.«

In jener Nacht, zwei Tage, bevor ihre dritte Reisewoche zu Ende ging, brachte er das Thema in einer Weise zur Sprache, die keinen Zweifel über seine Gefühle aufkommen ließ. Der Regen fiel noch immer als grauer Vorhang, der die Gemüter frösteln machte und die Geduld auf die Folter spannte.

»Diese Stadt, Rampling Steep«, begann er, und in seiner Stimme klang eine Schärfe mit, die sie im Zwielicht alle aufhorchen ließ. »Von dort aus haben wir keinerlei Anhaltspunkte mehr, wo wir hingehen, nicht wahr?« Er stellte Quickening die Frage, die nicht darauf einging. »Danach sind wir verloren, und das gefällt mir nicht. Vielleicht wäre es an der Zeit, etwas Genaueres über die Angelegenheit zu erfahren.«

»Was willst du wissen, Pe Ell?« fragte das Mädchen ruhig und gelassen.

»Du hast uns über das, was uns bevorsteht, nicht genug gesagt«, erwiderte er. »Ich meine, das solltest du. Jetzt.«

Sie schüttelte den Kopf. »Du erwartest Antworten, die ich nicht zu geben vermag. Ich muß sie ebenfalls herausfinden.«

»Das glaube ich dir nicht.« Er schüttelte unterstreichend den Kopf. Seine Stimme war leise und hart. Morgan Leah schaute ihn mit unverhohlener Gereiztheit an, und Walker Boh sprang auf die Füße. »Ich weiß etwas von Leuten, sogar solchen, die über Magie verfügen wie du, und ich kann erkennen, wenn sie mir alles sagen, was sie wissen, und wenn sie etwas verbergen. Das tust du. Du solltest es lieber nicht tun.«

»Sonst machst du kehrt und gehst zurück?« forderte Morgan ihn scharf heraus.

Pe Ell sah ihn ausdruckslos an.

»Warum tust du das nicht, Pe Ell? Sag doch, warum nicht?«

Pe Ell erhob sich. Sein Blick war scheinbar desinteressiert und leer. Morgan stand gleichzeitig auf. Aber Quickening trat schnell zwischen die beiden, trennte sie voneinander, so, als sei das ganz zufällig, als wolle sie nur Pe Ell genau anschauen. Sie stand klein und verwundbar vor ihm, ihr Silberhaar fiel nach hinten, als sie das Gesicht hob, um ihn anzuschauen. Er runzelte die Stirn und sah einen Augenblick lang aus, als fühle er sich von ihr bedroht und könnte zuschlagen. Gertenschlank und nervig wich er schlangengleich zurück. Aber sie rührte sich nicht, weder auf ihn zu noch von ihm weg, und langsam lockerte sich seine Anspannung.

»Du mußt mir trauen«, ermahnte sie ihn leise, sprach zu ihm, als sei er der einzige andere lebende Mensch in der Welt, hielt ihn mit ihrer Stimme, der Intensität ihrer schwarzen Augen, der Nähe ihres Leibes in Bann. »Was man über Uhl Belk und Eldwist wissen muß, habe ich dir gesagt. Was man über den schwarzen Elfenstein wissen muß, habe ich dir gesagt. Jedenfalls wenigstens alles, was ich selber weiß. Ja, es gibt Dinge, die ich euch vorenthalte, so wie du mir Dinge vorenthältst. Das ist so unter lebendigen Geschöpfen, Pe Ell. Du kannst mir meine Geheimnisse nicht verübeln, solange du deine eigenen für dich behältst. Ich verberge nichts vor dir, das dir schaden könnte. Das ist alles, was ich tun kann.«

Der schlanke Mann starrte wortlos auf sie hinunter, alles blieb hinter seinen Augen verschlossen, wo seine Gedanken heftig arbeiteten.

»Wenn wir nach Rampling Steep kommen, werden wir Hilfe suchen, um den Weg zu finden«, fuhr sie fort. Ihre Stimme war nach wie vor kaum mehr als ein Flüstern, doch glockenklar und bestimmt. »Eldwist wird bekannt sein und jemand wird uns den Weg zeigen.«

Und zu der großen Überraschung sowohl von Walker und Morgan Leah nickte Pe Ell nur und ging fort. In jener Nacht sprach er mit keinem von ihnen mehr. Es war, als habe er vergessen, daß sie existierten.

Am nächsten Tag gelangten sie zu einer breiten Straße, die nach Westen ins Vorgebirge führte, und sie bogen darauf ein. Die Straße wand sich schlangengleich ins Licht und dann in den Schatten, als die Sonne hinter dem Charnalgebirge versank. Die Nacht brach herein, und sie kampierten unter den Sternen, dem ersten klaren Himmel seit Tagen. Beim Abendessen sprachen sie ruhig miteinander, ein gewisses Gleichgewicht war mit dem Aufhören des Regens wiederhergestellt. Die Ereignisse des Vorabends wurden mit keinem Wort erwähnt. Pe Ell schien mit dem, was Quickening ihm gesagt hatte, zufrieden zu sein, obwohl sie ihm so gut wie gar nichts gesagt hatte. Es lag an der Art, wie sie mit ihm gesprochen hatte, dachte Walker. Es lag an der Art, wie sie ihre Magie einsetzte, um Mißtrauen und Ärger abzuwenden.

Früh am nächsten Morgen brachen sie wieder auf. Die Sonne schien hell und warm. Am späten Nachmittag waren sie hoch hinauf ins Vorgebirge gestiegen, nahe an den Fuß des Gebirges. Bei Sonnenuntergang erreichten sie die Stadt Rampling Steep.

Bis dahin war es schon fast dunkel, nur ein schwacher Schimmer hinter den Bergen im Westen färbte den Horizont in goldenen und silbernen Schattierungen. Rampling Steep kauerte in einem tiefen, schattigen Loch, einer flachen Senke am Fuß der Gipfel, wo die Waldbäume sich verdünnten und als isolierte Gruppen zwischen den Klippen der Gebirgsfelsen verstreut standen. Die Gebäude der Stadt waren ein kümmerlicher Haufen, baufällige Konstruktionen aus Steinfundamenten und hölzernen Wänden und Dächern, Fenster und Türen mit Läden verschlossen wie die Augen verängstigter Kinder. Eine einzige Straße schlängelte sich zwischen ihnen entlang, als suche sie nach einem Ausweg. Die Häuser kauerten sich zu beiden Seiten, nur eine Handvoll Scheunen und Katen standen etwas höher oben wie achtlose Wachposten. Alles brauchte dringend Reparaturen. Bretter der Wände waren zerbrochen oder hingen lose, Dachschindeln waren heruntergerutscht, Vordächer standen schief. Licht schimmerte durch Spalten und Schlitze. Pferdegespanne standen nah vor den Häusern, jedes sah noch elender aus als das vorangegangene, und dunkle Gestalten auf zwei Beinen huschten zwischen ihnen herum wie Geister.

Im Näherkommen erkannte Walker, daß die Gestalten vor allem Trolle waren, große, ungeschlachte Figuren im Zwielicht, in deren borkigen Gesichtern nichts zu lesen stand. Einige schauten auf, als die vier die Straße entlangkamen, doch keiner sprach sie an oder schaute ein zweites Mal hin. Stimmengewirr drang zu ihnen, Grunzen und Gemurmel und Gelächter, das die verfallenen Wände nicht aufhalten konnten. Doch trotz der Gespräche und des Gelächters und der Leute vermittelte Rampling Steep einen leeren Eindruck, so als sei es seit geraumer Zeit von den Lebenden verlassen worden.

Quickening führte sie die Straße hinunter, ohne stehenzubleiben, ihrer Sache so sicher, wie sie es von Anfang an gewesen war. Morgan folgte einen Schritt hinter ihr, blieb in der Nähe, blieb wachsam und beschützend, auch wenn es wahrscheinlich nicht nötig gewesen wäre. Pe Ell war nach rechts ausgewichen und hielt Abstand, Walker folgte.

Im Zentrum von Rampling Steep gab es eine Reihe von Kneipen, und es sah so aus, als habe sich die gesamte Bevölkerung dort versammelt. Aus manchen klang Musik, und Männer torkelten und schwankten in gesichtsloser Anonymität durch die Türen ein und aus. Auch ein paar Frauen kamen vorbei, sie sahen hart und abgearbeitet aus. Rampling Steep schien eher eine Endstation zu sein als ein Anfang.

Quickening führte sie in die erste der Kneipen und fragte den Inhaber, ob er jemanden kenne, der sie durch das Gebirge nach Eldwist führen könne. Sie stellte die Frage, als sei es das Natürlichste auf der Welt. Sie bemerkte die Erregung nicht, die ihre Gegenwart auslöste, die Blicke, die von überall auf sie gerichtet waren, die Gier, die in vielen der auf sie fixierten Augenpaare stand, oder sie schien sie jedenfalls nicht zu bemerken. Vielleicht, dachte Walker, als er sie beobachtete, hat es einfach keine Bedeutung für sie. Er sah, daß sich keiner näherte und niemand bedrohlich wurde. Morgan stand beschützend hinter ihr, das Gesicht der unfreundlichen, geilen Gesellschaft zugewandt – als ob er etwas ausrichten könnte, falls die Meute etwas zu unternehmen beschloß – doch es war nicht der Hochländer, der sie davon abhielt, auch nicht Walker und nicht einmal der abweisende Pe Ell. Es war das Mädchen, diese verblüffende Erscheinung, die wie ein Produkt wilder Phantasie nicht gestört werden durfte, aus Angst, sie würde sich als Einbildung herausstellen. Die in dem Bierhaus versammelten Männer musterten sie; diese Meute von Männern mit wildem Blick konnte es nicht ganz glauben und war auch nicht willens, sich einen Irrtum eingestehen zu müssen.

In der ersten Kneipe konnten sie nichts erfahren, so zogen sie in die nächste. Niemand folgte ihnen. Das Schauspiel der ersten wiederholte sich in dieser, die kleiner und enger war, die Luft geschwängert mit Pfeifenrauch und dem Geruch von Leibern. Trolle, Gnome, Zwerge und Menschen bewohnten Rampling Steep. Alle sprachen und tranken miteinander, als sei es die natürliche Ordnung der Dinge, als habe das, was im Rest der Vier Länder geschah, hier keine Gültigkeit. Walker studierte leidenschaftslos ihre Gesichter, und wenn ihre Gesichter ihm nichts mitteilten, ihre Augen, und er fand sie verschlossen und furchtsam, die Gesichter und die Augen von Leuten, die mit Mühsal und Enttäuschung lebten, dies jedoch ignorierten, weil sie sonst nicht würden überleben können. Manche wirkten gefährlich, ein paar sogar verzweifelt. Doch das Leben in Rampling Steep gehorchte einer Ordnung, wie das fast überall der Fall ist, und es geschah nicht viel, das diese Ordnung störte. Fremde kamen und gingen, sogar solche, die so umwerfend waren wie Quickening, und das Leben ging trotzdem weiter. Quickening war so etwas wie eine Sternschnuppe – es gab sie hin und wieder, und wenn man Glück hatte, sah man sie, aber man unternahm deswegen nichts, um sein Leben zu verändern.

Sie zogen weiter in ein drittes Bierhaus und in ein viertes. Überall waren die Antworten auf Quickenings Fragen die gleichen. Niemand wußte etwas über Eldwist und Uhl Belk, und niemand wollte etwas wissen. Es gab vielleicht acht Trinkhäuser an der Straße. Die meisten boten Betten im Oberstock und Vorräte aus dahinterliegenden Lagern an. Einige waren gleichzeitig Handels- oder Tauschstationen. Rampling Steep war die einzige Stadt im Umkreis von mehreren Tagesreisen in allen Richtungen im unteren Teil des Charnalgebirges, und es lag an der Kreuzung der Wege, die aus dem Gebirge herunterführten, so daß viel Verkehr hindurchkam, vor allem Trapper und Händler, doch auch andere. In allen Bierhäusern waren Durchreisende oder zeitweilig Ansässige auf dem Weg von oder nach irgendwo versammelt. Die Gespräche aller Art handelten von Geschäft und Politik, von bereisten Straßen und gesehenen Wundern, von Leuten und Orten aller Vier Länder. Walker lauschte, ohne den Anschein zu erwecken, und er meinte, Pe Ell tue das gleiche.

In dem fünften Bierhaus, das sie aufsuchten – Walker hatte nicht einmal auf seinen Namen geachtet –, erhielten sie endlich die Information, die sie suchten. Der Wirt war ein großer, rotgesichtiger Kerl mit Narben im Gesicht und beflissenem Lächeln. Er musterte Quickening in einer Weise, die Walker unbehaglich war. Dann schlug er vor, das Mädchen solle für ein paar Tage ein Zimmer mit ihm teilen, nur um zu sehen, ob sie die Stadt nicht gern genug mochte, um zu bleiben. Morgan Leah funkelte zornig mit den Augen, doch Quickening schirmte ihn durch eine leichte Drehung ihres Körpers ab, gab den dreisten Blick des Wirts zurück und erklärte, sie sei nicht daran interessiert. Der Wirt drängte nicht. Statt dessen, und zu aller Überraschung angesichts des Korbs, den er gerade bekommen hatte, sagte er ihr, daß der Mann, den sie suchte, ein Stück weiter die Straße hinunter in der Gehäuteten Katze zu finden sei. Sein Name, sagte er, laute Horner Dees.

Sie traten wieder in die Nacht hinaus, und der Wirt sah aus, als sei er ganz und gar nicht sicher, was er da gerade getan hatte. Der Blick sagte alles. Quickening hatte diese Gabe; es war die Essenz ihrer Magie. Sie konnte einen umstimmen, ehe man es begriff. Sie konnte einen dazu bringen, sich in einer Weise preiszugeben, die man niemals beabsichtigt hatte. Sie konnte einen dazu bringen, ihr gefallen zu wollen. Es war etwas, das eine schöne Frau einen Mann veranlassen konnte zu tun, doch bei Quickening war es viel mehr als nur ihre Schönheit, die einen entwaffnete. Es war das Wesen, das in ihr steckte, der Elementargeist, der menschlich aussah, aber weit mehr war, eine Verkörperung der Magie, von der Walker glaubte, sie reflektiere ihren Vater, der sie geschaffen hatte. Er kannte die Geschichten über den König vom Silberfluß. Wenn man ihm begegnete, sagte man ihm, was er wissen wollte, und man konnte sich nicht verstellen. Seine Gegenwart reichte aus, einen *wollen* zu lassen, es ihm zu sagen. Walker hatte gesehen, wie Morgan und Pe Ell und die Männer in den Kneipen auf sie reagierten. Und er ebenso. Sie war wirklich durch und durch das Kind ihres Vaters.

Sie fanden die Gehäutete Katze am Ortsausgang im Schatten mehrerer gewaltiger alter Korkeichen. Es war ein großes, ausladendes Gebäude, das allein durch die Bewegungen der Männer und Frauen im Inneren in allen Fugen knirschte und quietschte, und das nur aus Starrsinnigkeit zusammenzuhalten schien. Es war voll wie die anderen, doch es gab mehr Raum zum Füllen und entlang der Wände hatte man Nischen und Abtrennungen errichtet, um es weniger scheunenartig wirken zu lassen. Lampen standen verstreut herum wie Freunde, die einander im Dämmerlicht zublinzelten, und die Kunden drängten sich an der Theke und saßen an langen Tischen. Als sie eintraten, drehten sich die Köpfe nach ihnen um, wie sie sich in den anderen Kneipen umgeschaut hatten, die Blicke folgten ihnen. Quickening suchte den Wirt auf, der sie anhörte und auf das hintere Ende des Saales zeigte. Dort saß ein Mann allein in einer schattigen Nische am Tisch, gebeugt und gesichtslos, fern der Menge und der Lichter.

Die vier gingen zu ihm und blieben vor seinem Tisch stehen.

»Horner Dees«, sagte Quickening mit ihrer Seidenstimme.

Grobe Hände setzten den Bierkrug langsam von den bärtigen Lippen zurück auf den Tisch, und ein breites, zerzaustes Gesicht hob sich ihnen entgegen. Der Mann war riesig, ein großer, alter Bär von einem Kerl, der seine besten Jahre hinter sich hatte. Er war über und über behaart, auf den Unterarmen, den Handrücken, am Hals und auf der Brust, auf dem Kopf und im Gesicht, so überwachsen, daß abgesehen von seiner Nase und seinen Augen seine Züge fast vollständig zugedeckt waren. Es war unmöglich, sein Alter zu schätzen, doch das Haar war silbergrau und die Haut darunter runzlig, gebräunt und gesprenkelt, seine Finger knorrig wie alte Wurzeln.

»Mag sein«, brummte er unwillig. Seine Stimme schien aus der Höhle eines Riesen zu dröhnen. Seine Augen waren fest auf das Mädchen gerichtet.

»Ich heiße Quickening«, sagte sie. »Das hier sind meine Gefährten. Wir suchen einen Ort namens Eldwist und einen Mann namens Uhl Belk. Man sagte uns, daß du beide kennst.«

»Man hat euch was Falsches gesagt.«

»Kannst du uns hinbringen?« fragte sie, ohne auf seine Worte einzugehen.

»Ich habe doch gesagt…«

»Kannst du uns hinbringen?« wiederholte sie.

Der große Mann starrte sie an, ohne etwas zu sagen, ohne sich zu rühren, ohne einen Hinweis auf seine Gedanken. Er war wie ein gewaltiger Felsblock, der Wetter und Erosion über sich hatte ergehen lassen und sie nur als eine vorüberwehende Brise betrachtet hatte. »Wer bist du?« fragte er schließlich. »Wer, abgesehen von deinem Namen?«

Quickening zögerte nicht. »Ich bin die Tochter des Königs vom Silberfluß. Kennst du ihn, Horner Dees?«

Er nickte bedächtig. »Ja, ich kenne ihn. Und vielleicht bist du, wer zu sein du vorgibst. Vielleicht bin ich derjenige, für den du mich hältst. Vielleicht kenne ich sogar Eldwist und Uhl Belk. Vielleicht bin ich der einzige, der sie kennt – der einzige, der noch lebt, um dir darüber zu erzählen. Vielleicht kann ich sogar tun, was du erbittest, und dich hinbringen. Aber ich sehe keinen Grund dazu. Setzt euch.«

Er zeigte auf eine Reihe leerer Stühle, und die vier ließen sich ihm gegenüber am Tisch nieder. Er musterte die Männer einen nach dem anderen, dann richtete er seinen Blick wieder auf das Mädchen. »Ihr seht nicht aus wie Leute, die nicht wissen, was sie tun. Warum wollt ihr Uhl Belk aufsuchen?«

Quickenings schwarze Augen waren unergründlich und intensiv. »Uhl Belk stahl etwas, das ihm nicht zusteht. Es muß zurückgeholt werden.«

Horner Dees schnaubte höhnisch. »Ihr wollt es zurückstehlen, ja?

Oder ihn einfach bitten, es zurückzugeben? Wißt ihr etwas über Belk? Ich ja.«

»Er stahl einen Talisman der Druiden.«

Dees zögerte. Sein bärtiges Gesicht verzog sich, während er auf etwas Eingebildetem kaute. »Mädchen, niemand, der nach Eldwist geht, kommt wieder heraus. Niemand außer mir, und ich hatte ganz einfach Glück. Es gibt Dinge dort, gegen die nichts ankommt. Belk ist ein Überbleibsel aus einem anderen Zeitalter, voll finsterer Magie und Bosheit. Du wirst ihm nichts wegnehmen, und er wird euch nichts geben.«

»Meine Begleiter sind stärker als Uhl Belk«, erwiderte Quickening. »Auch sie haben Magie, und die wird seine überwinden. Mein Vater sagt, daß es so sein wird. Diese drei«, und sie nannte ihre Namen, »werden erfolgreich sein.«

Während sie die Namen aussprach, ließ Horner Dees seinen Blick von einem zum anderen gleiten und musterte schnell ihre Gesichter. Er verweilte nur einmal – so kurz, daß Walker zunächst nicht sicher war, ob er überhaupt innegehalten hatte – auf Pe Ell.

»Es sind Menschen«, sagte er dann. »Uhl Belk ist mehr als das. Man kann ihn nicht töten wie einen gewöhnlichen Menschen. Ihr werdet ihn vermutlich nicht einmal finden. Er wird euch finden, und dann ist es zu spät.« Er schnippte mit den Fingern und lehnte sich zurück.

Quickening musterte ihn über den Tisch hinweg, dann streckte sie impulsiv die Hand aus und legte sie auf die hölzerne Tischplatte. Eine Span löste sich, rollte sich auf, bildete einen schlanken Stiel, bekam Blätter und erblühte schließlich mit zarten, blauen Glockenblümchen. Quickenings Lächeln war so magisch wie ihre Berührung. »Zeig uns den Weg nach Eldwist, Horner Dees«, sagte sie.

Der alte Mann befeuchtete seine Lippen. »Es braucht mehr als Blümchen, um Uhl Belk beizukommen«, meinte er.

»Vielleicht nicht«, flüsterte sie, und Walker hatte den Eindruck, daß sie für einen Augenblick ganz woanders war. »Hättest du nicht Lust, mit uns zu kommen und es mit eigenen Augen zu sehen?«

Dees schüttelte den Kopf. »Ich bin nicht so alt geworden, indem ich mich töricht benommen habe«, erklärte er. Er überlegte einen Moment, dann beugte er sich wieder vor. »Es ist zehn Jahre her, seit ich nach Eldwist gegangen bin. Ich entdeckte es geraume Zeit vorher, aber ich wußte, daß es gefährlich war, und wollte nicht alleine gehen. Aber ich dachte immer wieder daran und fragte mich, was dort wohl sein mochte, denn es ist meine Art, Sachen auf den Grund zu gehen. Ich bin Fährtensucher gewesen, Soldat, Jäger, alles, was es so gibt, und alles diente am Ende dazu, herauszufinden, was was ist. Ich dachte also dauernd über Eldwist nach, fragte mich, was es dort in allen diesen Gebäuden, all diesem Stein, wo das Auge auch hinblickt, wohl gäbe. Am Ende ging ich wieder hin, weil es mir unerträglich war, nicht Bescheid zu wissen. Ich nahm ein Dutzend Männer mit. Dreizehn sollten uns Glück bringen. Wir dachten, wir würden dort etwas von Wert finden, an einem so geheimen, uralten Ort. Wir wußten, wie er hieß; im Hochland hatte es Legenden darüber gegeben, drüben, auf der anderen Seite des Gebirges, wo einige von uns gewesen waren. Die Trolle kennen es. Es ist eine Halbinsel – nur eine schmale Landzunge, nichts als Felsen, die in den Gezeitenstrom hinausragen. Eines Morgens gingen wir hin, alle dreizehn. Voller Leben. Bei Anbruch des nächsten Tages waren die anderen zwölf tot, und ich rannte wie ein verängstigtes Reh davon!«

Er ließ die Schultern hängen. »Ihr wollt dort nicht hingehen«, sagte er. »Ihr wollt nichts mit Eldwist und Uhl Belk zu tun haben.«

Er hob seinen Krug auf, leerte ihn und setzte ihn lautstark wieder ab. Das Geräusch ließ den Wirt sofort herbeikommen, einen neuen Bierkrug in der Hand, und ebenso schnell wieder verschwinden. Dees schaute ihn nicht ein einziges Mal an, sein Blick war noch immer auf Quickening gerichtet. Es ging schon auf Mitternacht zu, doch nur wenige der Bierhauskunden waren fortgegangen. Sie hockten in Gruppen zusammen, wie sie es seit Sonnenuntergang getan hatten, manche sogar schon länger, ihre Unterhaltungen waren flüssiger und weniger zusammenhängend, ihre Haltung entspannter. Die Zeit war ihnen für den Moment unwichtig geworden, sie waren die Opfer aller Arten von Hader und Mißgeschick, Flüchtlinge, die sich im Schutz ihres Rausches und ihrer zufälligen Gemeinsamkeit zusammendrängten. Dees gehörte heute nicht zu ihnen; Walker Boh zweifelte, ob er das je tat.

Quickening rührte sich. »Horner Dees.« Sie sagte seinen Namen, als untersuche sie ihn, ein junges Mädchen, das die Identität eines alten Mannes testet. »Wenn du nichts unternimmst, wird Uhl Belk dich holen kommen.«

Zum ersten Mal sah Dees erschreckt drein.

»Irgendwann wird er kommen«, fuhr Quickening mit freundlicher, trauriger Stimme fort. »Er weitet sein Königreich über seine Grenzen hinweg aus, und im Lauf der Zeit wächst es immer schneller. Wenn er nicht aufgehalten wird, wenn seine Macht nicht eingeschränkt wird, wird er dich früher oder später erreichen.«

»Dann bin ich lange tot«, sagte der alte Mann, aber er klang nicht überzeugt.

Quickening lächelte wieder ihr magisches Lächeln, vollkommen und wundersam. »Es gibt Geheimnisse, die du niemals lösen wirst, weil du keine Gelegenheit dazu bekommst«, sagte sie. »Bei Uhl Belk ist das nicht der Fall. Du bist ein Mann, der sein Leben lang Dingen auf den Grund gegangen ist. Willst du damit jetzt aufhören? Wie willst du wissen, wer von uns in bezug auf Uhl Belk recht hat, wenn du nicht mit uns gehst? Tu es, Horner Dees. Zeig uns den Weg nach Eldwist. Reise mit uns.«

Dees schwieg lange und dachte nach. Dann sagte er: »Ich würde gerne glauben, daß dieses Monster durch irgend etwas überwunden werden kann...« Er schüttelte den Kopf. »Ich weiß nicht.«

»Mußt du es denn vorher wissen?« fragte das Mädchen leise.

Dees runzelte die Stirn, dann lächelte er ein breites, zahnlückiges Grinsen, das sein wettergegerbtes Gesicht in tiefe Runzeln kräuselte. »Das war mir nie wichtig«, sagte er lachend. Dann verschwand das Lächeln. »Es ist eine schwere Reise, von der hier die Rede ist, nicht ein Spaziergang die Straße entlang. Die Pässe sind zu allen Jahreszeiten hart, und wenn wir einmal drüben sind, sind wir auf uns selbst angewiesen. Dort gibt's keinerlei Hilfe. Nichts als Trolle, und die scheren sich einen Dreck um Fremde. Dort müssen wir uns selber helfen. Um die Wahrheit zu sagen, keiner von euch sieht stark genug aus, um das zu bewältigen.«

»Wir sind vielleicht stärker, als du denkst«, sagte Morgan Leah leise.

Dees musterte ihn kritisch. »Das werdet ihr sein müssen«, sagte er, »ein ganzes Stück stärker.« Dann seufzte er. »Tja nu. Soweit kommt es also, was? Ich alter Mann soll also noch einmal in die Ferne ziehen.« Er kicherte leise und schaute dann wieder zu Quickening. »Du hast so eine Art, das muß ich schon sagen. Kannst reden, daß eine Nuß aus ihrer Schale schlüpft. Selbst eine harte, alte Nuß wie ich. Tja, tja.«

Er schob seinen Stuhl zurück und stand auf. Er wirkte im Stehen noch größer, als man im Sitzen vermutet hätte, wie eine zerfurchte Mauer, die selbst nach Jahren der Verwitterung nicht stürzen will. Er stand gebeugt und ergraut vor ihnen, seine kräftigen Arme hingen lokker herunter, und er kniff die Augen zusammen, als würde er geblendet.

»Also gut, ich führe euch«, verkündete er und lehnte sich dabei vor, um seiner Entscheidung Nachdruck zu verleihen. Er sprach leise und gleichmütig. »Ich führe euch, weil es stimmt, daß ich noch nicht alles gesehen und die Antworten noch nicht alle gefunden habe, und wozu ist das Leben gut, wenn man es nicht weiter versucht – auch wenn ich nicht glaube, daß es reicht, es zu versuchen. Bei Sonnenaufgang treffen wir uns wieder hier, und ich gebe euch eine Liste, was ihr braucht und wo ihr es bekommt. Ihr sorgt dafür, alles zusammenzutragen, ich übernehme die Organisation. Wir versuchen's mal. Wer weiß? Vielleicht schafft es auch der eine oder andere von uns wieder zurück.«

Er hielt inne und schaute sie an, als sehe er sie zum ersten Mal. Ein Anflug von Lachen begleitete seine Worte, als er sagte: »Wäre es nicht ein guter Witz, wenn sich herausstellte, daß ihr wirklich die stärkere Magie besitzt als Belk?«

Dann kam er hinter dem Tisch hervor, watschelte durch den Saal zur Tür und verschwand in der Nacht.

Horner Dees hielt Wort und traf sie am frühen Morgen, um die Vorbereitungen für die Reise zu leiten, die sie über das Charnalgebirge nach Eldwist führen würde. Er erwartete sie an der Tür der Herberge, in der sie sich für die Nacht eingemietet hatten, einem knarrenden zweistöckigen Rasthaus, das in früheren Zeiten einmal eine Residenz und dann ein Laden gewesen war. Er gab sich nicht damit ab, ihnen zu erklären, wie er sie gefunden hatte, sondern lieferte ihnen eine Liste von Dingen, die sie brauchen würden, und Anweisungen, wo sie sie erhalten konnten. Er wirkte noch zerzauster und bärenhafter als am Vorabend, breiter als die Tür, vor der er stand, und vornübergebeugt wie eine aufgeplusterte Urwaldstaude. Er murrte und brummte, und seine Anweisungen klangen, als litte er darunter, am Vorabend zu viel getrunken zu haben. Pe Ell hielt ihn für einen unnützen Trunkenbold, und Morgan Leah fand ihn ganz einfach höchst unangenehm. Da sie sehen konnten, daß Quickening es von ihnen erwartete, nahmen sie die Anweisungen wortlos entgegen. Aber Walker Boh sah etwas anderes. Zuerst hatte er sich in der vergangenen Nacht wegen Dees genug Sorgen gemacht, um Quickening beiseite zu nehmen, nachdem der alte Mann fortgegangen war, und ihr anzudeuten, daß er vielleicht doch nicht der Mann wäre, nach dem sie suchten. Was wußten sie schließlich über Dees außer dem, was er ihnen erzählt hatte? Falls er tatsächlich nach Eldwist gekommen war, dann lag das zehn Jahre zurück. Und wenn er inzwischen den Weg vergessen hatte? Wenn er sich gerade so weit erinnerte, daß sie sich hoffnungslos verirrten? Aber Quickening hatte ihn in der ihr eigenen Weise beruhigt und allen Zweifel darüber beiseite geräumt, ob Horner Dees tatsächlich der Mann sei, den sie brauchten. Als er dem alten Fährtensucher jetzt zuhörte, war er geneigt, ihr zuzustimmen. Walker hatte in seinem Leben eine ganze Menge Reisen gemacht, und er wußte etwas von den Vorbereitungen, die vonnöten waren. Es war klar, daß auch Dees es wußte. Bei all seinem groben Gerede und seinem ergrauten Aussehen wußte Horner Dees ganz genau, was er tat.

Die Zeit der Vorbereitungen verstrich schnell. Walker, Morgan und Pe Ell trugen Nahrungsmittel, Bettzeug, Planen, Seile, Klettergeräte, Kochgeschirr, Kleidung und Erste-Hilfe-Ausstattung zusammen, die Dees sie zu kaufen geschickt hatte. Dees seinerseits besorgte Packtiere, zottige Maultiere, die das schwere Gepäck tragen würden und die Gebirgsstürme ertrugen. Alles wurde zu einem alten Stall am nördlichen Ortsausgang von Rampling Steep gebracht, einem Gebäude, das Dees als Behausung zu dienen schien. Er bewohnte die Werkzeugkammer, und wenn er nicht gerade Befehle austeilte oder ihre Bemühungen, sie auszuführen, überwachte, zog er sich dorthin zurück.

Quickening war noch zurückgezogener. Wenn sie nicht bei ihnen war, was sehr selten vorkam, hatten sie keine Ahnung, wo sie steckte. Sie wirkte wie eine dahinziehende Wolke, eher ein Schatten als ein Lebewesen. Sie mochte aus der Stadt in den Wald wandern, wo sie sich wohler fühlte. Sie mochte sich auch einfach nur verstecken. Wo immer sie hinging, sie verschwand so vollständig wie die Sonne am Tagesende, und sie vermißten sie ebensosehr. Erst wenn sie wiederkam, fühlten sie sich wieder erwärmt. Sie sprach jeden Tag mit ihnen, immer einzeln, nie zusammen. Sie gab ihnen ein wenig von sich selbst, kleine Aufmunterungen, die sie nicht recht zu definieren imstande waren, aber auch nicht fehlzudeuten. Wäre sie jemand anderer gewesen, hätten sie sie verdächtigt, Spielchen mit ihnen zu treiben. Doch sie war Quickening, die Tochter des Königs vom Silberfluß, und in ihrem Leben gab es weder die Zeit noch den Wunsch noch die Notwendigkeit für Spiele. Sie stand weit über einem solchen Verhalten, und obgleich sie sie nicht ganz verstanden und fühlten, daß sie sie vielleicht nie verstehen würden, so waren sie doch überzeugt, daß in ihr keinerlei Täuschung oder Verrat war. Ihre Anwesenheit allein hielt sie zusammen, band sie an sie, so daß sie sich nicht abwandten. Sie strahlte, ein Geschöpf von überwältigendem Leuchten, so magisch, daß sie von ihr so gefesselt waren wie von einem Regenbogen. Sie brachte sie dazu, überall nach ihr Ausschau zu halten. Sie warteten darauf, daß sie erschien, und wenn sie es tat, fanden sie sich erneut in ihrem Bann. Sie warteten darauf, daß sie mit ihnen sprach, sie berührte, ja sogar nur auf einen kleinen Blick von ihr. Sie spann sie in den Strudel ihrer Existenz, und selbst wenn sie sich verzaubert fühlten, sehnten sie sich danach, daß es weiterginge. Sie beobachteten einander wie Habichte, waren sich ihrer jeweiligen Rollen in ihren Plänen nicht gewiß, wußten nicht, wozu sie gebraucht würden und wozu sie nötig waren. Sie kämpften darum, etwas von ihr zu erfahren, das nur ihnen allein gehörte, und sie maßen die Zeit, die sie mit ihr verbrachten, als wäre es goldener Staub.

Und dennoch waren sie nicht frei von Zweifeln und Befürchtungen. In ihren tiefsten, geheimsten Gedanken sorgten sie sich – ob es weise von ihr war, sie ausgewählt zu haben, ob ihre Neugier auf das Unterfangen, an dem teilzunehmen sie eingewilligt hatten, und ob ihr Wunsch, ihr nahe zu sein, ausreichende Gründe waren, weiterzumachen.

Pe Ells Grübeleien waren die intensivsten. Er hatte sich in erster Linie auf diese Reise begeben, weil das Mädchen ihn faszinierte, weil sie anders war als jene, die zu töten er je ausgeschickt worden war, weil er so viel wie möglich über sie in Erfahrung bringen wollte, ehe er den Stiehl benutzte, und auch, weil er herausfinden wollte, ob dieser Talisman, von dem sie sprach, dieser schwarze Elfenstein, so mächtig war, wie sie glaubte, und ob er ihn sich würde aneignen können. Es hatte ihn gestört, als sie darauf bestand, den dreisten Hochländer und den großen, bleichen Einarmigen mitzunehmen. Ihm wäre es lieber gewesen, wenn sie beide allein gegangen wären, weil er davon überzeugt war, daß sie außer ihm niemanden brauchte. Dennoch hatte er den Mund gehalten und war geduldig geblieben, überzeugt, daß die beiden anderen kein Problem für ihn darstellen würden.

Aber jetzt war da auch noch Horner Dees im Weg, und irgend etwas an diesem alten Mann beunruhigte Pe Ell. Es war seltsam, daß Dees ihm so zu schaffen machte; er wirkte wie ein nutzloser, alter Tölpel. Die Ursache seines Unbehagens, nahm er an, war die Tatsache, daß sie zu zahlreich wurden. Wie viele wollte das Mädchen denn noch in die kleine Reisegesellschaft aufnehmen? Demnächst würde er an jeder Ecke über Krüppel und Taugenichtse stolpern, von denen keiner die kleine Anstrengung wert war, die es kosten würde, ihn zu beseitigen. Pe Ell war ein Einzelgänger; er mochte Gruppen nicht. Doch das Mädchen fuhr fort, ihre Zahl zu vergrößern, und das alles für ein reichlich unklares Ziel. Ihre Magie schien fast grenzenlos; sie vermochte Dinge, die kein anderer konnte, nicht einmal er. Er war davon überzeugt, daß ihre Magie, trotz der Behauptung des Gegenteils, ausreichen würde, sie nach Eldwist zu führen. Dort angekommen, brauchte sie niemand anderen als ihn. Was hatte es also für einen Sinn, die anderen mitzunehmen?

Zwei Nächte zuvor, ehe der Regen aufgehört hatte, hatte Pe Ell sie aus Enttäuschung und Unzufriedenheit zur Rede gestellt und versucht, ihr die Wahrheit über die Sache abzunötigen. Quickening hatte ihn irgendwie abgelenkt, hatte ihn beruhigt und ihm seine Entschlossenheit, sie zu demaskieren, irgendwie genommen. Die Erfahrung, mit welcher Leichtigkeit sie ihn manipuliert hatte, hatte ihn verblüfft, und während einiger Zeit hatte er daran gedacht, sie einfach zu töten und die Sache damit zu erledigen. Er hatte ihre Absichten in Erfahrung gebracht, nicht wahr? Warum also nicht tun, wie Felsen-Dall geraten hatte, die Sache damit erledigt sein lassen, den schwarzen Elfenstein vergessen und diese Dummköpfe ohne ihn danach jagen lassen? Er hatte beschlossen zu warten. Jetzt war er froh darüber. Denn während er die störende Gegenwart Dees und der anderen überdachte, war es ihm, als verstünde er langsam ihren Zweck. Quickening hatte sie als Ablenkung mitgenommen, weiter nichts. Was für Dienste konnten sie schließlich anbieten? Die Kraft des einen steckte in einem zerbrochenen Schwert, die des anderen in einem verstümmelten Körper. Was waren solche dürftigen Zauber im Vergleich zu seinem Stiehl? War er nicht der Mörder, der Meistertöter, der, dessen Magie alles niederstrecken konnte? Das war mit größter Wahrscheinlichkeit der Grund, warum sie sie mitgenommen hatte. Sie hatte es nie geäußert, aber er wußte, daß es so war. Felsen-Dall hatte sich geirrt, als er meinte, sie würde nicht erkennen, wer er war. Quickening, mit ihrer außerordentlichen Einsicht und Intuition, konnte eine so offensichtliche Wahrheit nicht entgehen. Deshalb hatte sie ihn natürlich mitgenommen – deshalb hatte sie ihn vor allen anderen angesprochen. Sie brauchte ihn, damit er Belk tötete; er war der einzige, der dazu in der Lage war. Sie brauchte die Magie des Stiehls. Die anderen, einschließlich Dees, waren nichts als das Anmachholz, das ins Feuer geworfen werden sollte. Am Ende war sie ganz allein auf ihn angewiesen.

Morgan Leah, falls Pe Ell sich die Mühe gemacht hätte, ihn zu fragen, hätte vielleicht zugestimmt. Er war der Jüngste und trotz seiner kecken Art der Unsicherste. Er war noch immer eher ein Junge als ein erwachsener Mann, eine Tatsache, die er sich gezwungenermaßen selbst eingestehen mußte, wenn auch keinem anderen. Er war weniger weit herumgekommen und hatte weniger geleistet. Er wußte über praktisch alles weniger gut Bescheid. Den größten Teil seines Lebens hatte er im Hochland von Leah verbracht, und auch wenn er den Föderationsoffizieren die Besetzung seiner Heimat, die sie zu regieren suchten, einigermaßen unerfreulich gestaltet hatte, so hatte er doch darüber hinaus wenig Beachtenswertes geleistet. Er war hoffnungslos in Quickening verliebt, und er hatte ihr nichts anzubieten. Das Schwert von Leah war die Waffe, die sie für ihre Suche nach dem schwarzen Elfenstein brauchte, der Talisman, der Uhl Belk besiegen konnte. Doch das Schwert hatte den größten Teil seiner Magie eingebüßt, als es an der runengeschmückten Tür, die aus der Grube führte, zersplitterte. Was davon übrig war, war unzureichend und – schlimmer noch – unzuverlässig. Und ohne das Schwert sah er nicht, wie er in dieser Angelegenheit von Nutzen sein könnte. Vielleicht hatte Quickening recht, wenn sie meinte, er könne die Magie des Schwertes wiedererlangen, wenn er mit ihr ginge. Aber was würde geschehen, wenn sie bedroht würde, ehe das geschah? Wer von ihnen würde sie beschützen? Er hatte nur ein zerbrochenes Schwert. Walker Boh schien ohne seinen Arm weit weniger großartig als zuvor – ein Mann auf der Suche nach sich selbst. Horner Dees war alt und ergraut. Nur Pe Ell mit seiner nach wie vor geheimnisvollen Magie und seiner rätselhaften Art schien in der Lage, die Tochter des Königs vom Silberfluß zu verteidigen.

Trotzdem war Morgan entschlossen, die Suche fortzusetzen. Er war sich nicht ganz sicher über die Gründe. Vielleicht war es Stolz, vielleicht eine starrsinnige Weigerung, sich selbst aufzugeben. Was immer es war, es hielt eine leise Hoffnung am Leben, daß er sich irgendwie diesem wundersamen, merkwürdigen Mädchen, in das er sich verliebt hatte, als nützlich erweisen könnte, daß er irgendwie imstande wäre, sie vor allem zu beschützen, was immer sie bedrohte, und daß er mit Zeit und Geduld herausfinden würde, wie er die Magie des Schwertes von Leah wiederherstellen könnte. Er erledigte fleißig die Aufgaben, die Horner Dees ihm zur Ausrüstung der kleinen Mannschaft für die Reise nach Norden stellte, und war meistens eifriger als die anderen. Er dachte ständig an Quickening, spielte mit Bildern von ihr in seinem Bewußtsein. Sie war ein Geschenk, das wußte er. Sie war die Erfüllung all dessen, was er erträumt hatte. Es war mehr als nur die Tatsache, daß sie hinreißend war, mehr als nur ihr Anblick oder ihre Berührung, oder daß sie ihn aus dem Föderationsgefängnis befreit oder den Zwergen von Culhaven die Meadegärten wiedergegeben hatte. Es war das, was er zwischen ihnen beiden fühlte, ein unantastbares Band, das sich von dem, das sie mit den anderen verband, unterschied. Es war da, wenn sie mit ihm sprach, wenn sie ihn beim Vornamen nannte, was sie bei den anderen nicht tat. Es lag in der Weise, wie sie ihn anschaute. Es war etwas unglaublich Kostbares.

Er faßte den Entschluß, es nicht aufzugeben, was immer es war, als was immer es sich herausstellen würde. Es wurde, zu seiner Überraschung und sogar zu seiner großen Freude, das Wichtigste in seinem Leben.

Auch Walker Boh hatte etwas in der Hand, aber es war nicht so leicht zu bestimmen. Entsprechend Morgans Entschlossenheit zu lieben, und Pe Ells, zu töten, gab es eine Verbindung, die ihn mit Quickening verkettete. Da war diese seltsame Verwandtschaft zwischen ihnen, diese Gemeinsamkeit von Magie, die ihnen den Einblick ineinander gab und die kein anderer besaß. Wie der Hochländer und der Mörder glaubte auch er, daß ihre Beziehung anders war als die der anderen, persönlicher und bedeutsamer, dauerhafter. Er fühlte nicht Liebe zu ihr wie

Morgan, er wollte sie nicht besitzen wie Pe Ell. Ihm lag daran, ihre Magie zu verstehen, denn wenn ihm das gelänge, so würde er, davon war er überzeugt, endlich auch seine eigene begreifen.

Das Dilemma lag darin, festzulegen, ob es eine gute Idee war oder nicht. Es reichte nicht, daß sein Bedürfnis unwiderstehlich war. Der Tod von Cogline und Ondit hatte das bewirkt. Er wußte, daß er die Magie verstehen mußte, wenn er die Schattenwesen vernichten wollte. Aber er hatte noch immer Angst vor einem solchen Wissen. Die Magie verlangte immer ihren Preis. Er war fasziniert davon, seit er entdeckte, daß er sie besaß – und hatte gleichzeitig Angst davor. Angst und Neugier hatten ihn sein Leben lang hin und her gerissen. So war es gewesen, als sein Vater ihm von seinem Erbe berichtet hatte, als er sich erfolglos abgemüht hatte, bei den Leuten von Shady Vale zu Hause zu sein, als Cogline zu ihm gekommen war und ihm angeboten hatte, ihn zu lehren, wie die Magie funktionierte, und als er aus der Druidengeschichte von der Existenz des schwarzen Elfensteins erfahren und begriffen hatte, daß die Aufgabe, die Allanons Schatten ihm anvertraut hatte, erfüllt werden konnte. Und jetzt war es wieder so.

Er hatte sich eine Weile Sorgen gemacht, daß er die Magie gänzlich verloren habe, daß sie durch das Gift des Asphinx zerstört worden sei. Doch mit der Genesung seines Körpers war auch sein Geist wiederhergestellt, und damit das Bewußtsein, daß seine Magie überlebt hatte. Er hatte sie unterwegs mit Kleinigkeiten getestet. Er wußte, daß sie da war, wenn zum Beispiel etwas in seinem Inneren auf Quickenings Gegenwart reagierte und auf ihre Wirkung auf andere, darauf, wie sie ihre eigene Magie einsetzte, um Morgan und Pe Ell und ihn selbst an sich zu binden. Sie war auch spürbar in der Weise, wie er Dinge fühlte. Er hatte das Zögern in dem Blick, den Horner Dees Pe Ell gewidmet hatte, bemerkt. Er konnte die Beziehungen zwischen den Mitgliedern der Gruppe und Quickening wahrnehmen, er hatte ein Gespür für die Gefühle, die unter der Oberfläche der Blicke und Worte lagen, die sie austauschten. Manchmal hatte er Einsichten, Vorahnungen. Es gab keinen Zweifel. Die Magie war noch immer da.

Doch sie war geschwächt und nicht mehr die furchteinflößende Waffe, die sie einst gewesen war. Das gab Walker Luft. Es war eine Gelegenheit, sich ihrem Einfluß zu entziehen, dem Schatten, den sie auf sein Leben warf, dem Vermächtnis von Brin Ohmsford und den Druiden, allem, was ihn zum Dunklen Onkel gemacht hatte. Wenn er es nicht auf die Probe stellte, gäbe es auch kein Unheil. Die Magie würde schlummern, glaubte er, wenn sie nicht aufgestört wurde. Wenn er sie in Ruhe ließ, mochte er sich vielleicht losbrechen können.

Doch ohne sie würden auch die Schattenwesen ungeschoren bleiben. Und was hatte es für einen Sinn, diese Reise nach Eldwist zu unternehmen und Uhl Belk herauszufordern, wenn er nicht die Absicht hatte, die Magie zu benutzen? Welchem Zweck sollte der schwarze Elfenstein dienen?

So strich jeder in seinem selbstgemachten Käfig herum, Walker Boh und Morgan Leah und Pe Ell, mißtrauische Katzen mit scharfen Augen und hungrigem Blick, jeder begierig auf das, was er in den kommenden Tagen tun würde, und gleichzeitig noch immer zu sehr voller Fragen, um sicher zu sein. Sie leisteten sich gegenseitig Gesellschaft, ohne sich näherzukommen. Vorräte wurden zusammengetragen und eingepackt, und die Zeit verging wie im Fluge. Horner Dees schien zufrieden, doch er war der einzige. Die drei anderen kämpften gegen die Zwänge ihrer Ungewißheit, Ungeduld und Zweifel an, trotz ihrer Entschlossenheit, es anders sein zu lassen, und nichts, was sie taten oder dachten, schaffte ihnen Erleichterung. Finsternis lag vor ihnen, baute sich wie eine Gewitterwolke auf, und sie konnten nicht sehen, was sie dahinter erwartete. Sie sahen, wie sie sich vor ihnen auftürmte wie eine Mauer, ein Zusammentreffen von Ereignis und Umständen, eine Explosion von Magie und roher Gewalt, eine Offenbarung von Bedürfnis und Absicht. Schwarz und undurchdringlich und bereit, sie zu verschlingen.

Und wenn dies geschah, ahnten sie, würde nicht jeder von ihnen überleben.

Drei Tage später verließen sie Rampling Steep. Sie brachen bei Sonnenaufgang auf, der Himmel dick verhangen mit Wolken, die sich an den Gipfeln rieben und das Licht nicht durchließen. Es roch nach Regen, und der Wind blies scharf und kalt vom Gebirge herunter. Die Stadt schlief noch, als sie hinauszogen, wie ein verängstigtes Tier gegen die Finsternis geduckt, verschlossen und reglos. Ein paar vergessene Öllampen glimmten vor Türen und schimmerten durch Spalten in den Fensterläden, doch die Leute rührten sich nicht. Walker Boh warf einen Blick zurück auf die Ansammlung farbloser Häuser, die ihn an Kassiaschoten erinnerten, hohl und verlassen und faszinierend häßlich.

Mittags begann es zu regnen, und es regnete eine ganze Woche lang. Manchmal wurde es zu einem Nieseln, doch es hörte nie ganz auf. Die Wolken blieben über ihren Köpfen wie festgenagelt, Donner grollten und Blitze zuckten in der Ferne. Sie waren naß, sie froren und sie konnten nichts tun, um ihr Unbehagen zu lindern. Das Vorgebirge war weiter unten bewaldet, doch höher oben war es kahl. Der Wind fegte ungehindert über sie hinweg, und ohne die Sonnenwärme blieb er frostig und kalt. Horner Dees gab einen stetigen Schritt vor, doch die Gruppe kam zu Fuß und mit den Maultieren im Schlepp nicht schnell voran. Nachts schliefen sie im Schutz der Planen, die den Regen abhielten, und sie konnten sich ihrer nassen Kleider entledigen und in Decken hüllen. Doch es gab kein Holz für ein Feuer, und die Nässe blieb. Sie wachten jeden Morgen steif und durchkühlt auf, aßen etwas, weil es nötig war, und drängten weiter.

Nach mehreren Tagen verließen sie die Vorberge, gelangten in das eigentliche Gebirge, und der Weg wurde ungewisser. Die Spur, der sie gefolgt waren, zunächst breit und deutlich zu erkennen, verschwand vollständig. Dees führte sie in ein Labyrinth aus Graten und Schluchten, an Rändern breiter Steilhänge entlang und um massige Felsformationen herum, die die Gebäude von Rampling Steep wie Zwerge hätten erscheinen lassen. Der Abhang wurde gefährlich steil, und sie mußten an jeder Biegung sorgfältig aufpassen, wohin sie ihre Füße setzten. Die Wolken drückten sich tiefer, füllten die Luft mit einer durchdringenden

Feuchtigkeit und umschlängelten die Felsen wie riesige, substanzlose Würmer, deren Haut aus feuchtem Dampf bestand. Donner krachte, und es war, als befänden sie sich mittendrin. Der Regen prasselte ohne Unterlaß. Sie verloren jegliche Sicht auf das, was hinter ihnen lag, und sie konnten nicht erkennen, was vor ihnen wartete.

Ohne Dees' Führung hätten sie sich hoffnungslos verirrt. Das Charnalgebirge verschluckte sie wie ein Ozean einen Kiesel. Alles sah gleich aus. Klippen bildeten unüberwindliche Mauern unter Regen und Nebel, Schluchten stürzten in bodenlose, schwarze Leere, und die Berge dehnten sich als scheinbar unendliche Anhäufung von schneebedeckten Gipfeln, soweit das Auge reichte. Es war so kalt, daß ihnen die Haut gefühllos wurde. Manchmal wandelte sich der Regen in Graupeln oder gar Schnee. Sie hüllten sich in große Umhänge und schwere Stiefel und stapften weiter. Durch all dies hindurch blieb Horner Dees standhaft und sicher, und sie lernten schnell, sich auf seine gewaltige, struppige Gegenwart zu verlassen. Er war im Gebirge zu Hause, zufrieden, trotz des widerwärtigen Klimas und des schwierigen Geländes im Einklang mit sich und der Welt. Er summte vor sich hin, verloren in Träumereien von anderen Zeiten und Orten. Hin und wieder blieb er stehen, um auf etwas hinzuweisen, das ihnen sonst entgangen wäre – es lag ihm daran, daß sie nichts verpaßten. Daß er das Charnalgebirge kannte, war von Anfang an klar; daß er es liebte, wurde sehr bald unübersehbar. Er sprach offen über diese Liebe, über die Mischung aus Wildheit und Heiterkeit, die er hier fand, über die Weite und die Beständigkeit. Seine tiefe Stimme brummte und wankte, als würde sie von Sturm und Wind geschüttelt. Er erzählte, wie das Leben im Charnalgebirge einst gewesen war, und er gab in seinen Geschichten einen Teil von sich selbst preis.

Er konnte sie jedoch nicht bekehren – außer vielleicht Quickening, die sich wie üblich nicht ansehen ließ, was sie dachte. Die drei anderen knurrten nur hier und da und bewahrten im übrigen ein wohlbedachtes Schweigen, während sie einen hoffnungslosen Kampf fochten, die Unbequemlichkeit zu ignorieren. Das Gebirge würde niemals ihre Heimat sein; das Gebirge war nichts als ein Hindernis, das sie überwinden mußten. Sie mühten sich stoisch und warteten darauf, daß die Reise ein Ende nähme.

Das tat sie nicht. Statt dessen ging sie weiter, als wäre sie ein verirrter Hund auf der Suche nach seinem Herrn, den Geruch fest im Sinn, doch abgelenkt von anderen Gerüchen. Der Regen ließ nach und hörte schließlich auf, doch die Luft blieb eisig, der Wind peitschte sie nach wie vor, und das Gebirge zog sich hin. Die Männer, das Mädchen und die Tiere stapften weiter, geschüttelt und gerüttelt vom Wetter und dem Gelände. Als die zweite Woche zur Hälfte um war, sagte Dees, daß sie jetzt den Abstieg begännen, doch nichts ließ erkennen, ob es tatächlich der Fall war, nichts an den Felsen und dem Gestrüpp um sie herum wies darauf hin. Wo auch immer sie hinschauten, das Charnalgebirge war noch immer überall.

Nach zwölf Tagen gerieten sie hoch oben auf einem Paß in einen Schneesturm und kamen beinahe ums Leben. Der Sturm kam so unerwartet, daß selbst Dees von ihm überrascht wurde. Hastig seilte er sie aneinander, und da auf dem Paß kein Schutz zu finden war, mußten sie weiterziehen. Die Luft wurde undurchdringlich weiß und alles rundum verschwand. Füße und Hände erstarrten ihnen. Die Maultiere gerieten in Panik, als ein Teil des Hanges ins Rutschen geriet, schrien und stolperten an den verzweifelten Menschen vorbei, bis sie überrollt wurden, abstürzten und verloren waren. Nur eines konnte gerettet werden, und es trug keine Nahrungsmittel.

Sie fanden einen Unterschlupf, überlebten den Sturm und zogen weiter. Selbst Dees, der sich als der ausdauerndste von ihnen erwiesen hatte, begann zu ermüden. Das übriggebliebene Maultier mußte am nächsten Tag notgeschlachtet werden, nachdem es in eine schneebedeckte Spalte geraten war und sich ein Bein gebrochen hatte. Die Wetterausrüstung war verlorengegangen, und sie hatten nur noch ihre Rücksäcke, in denen sich ein paar magere Nahrungsmittel und etwas Wasser, ein paar Seile und nicht viel anderes befanden.

In jener Nacht sackte die Temperatur ab, und sie wären erfroren, hätte Dees nicht etwas Holz für ein Feuer gefunden. Sie hockten die ganze Nacht eng zusammengekauert, drückten sich nah an die Flammen, rieben sich Hände und Füße, redeten, um wach zu bleiben, weil sie fürchteten, daß sie sonst im Schlaf sterben würden. Es war ein seltsames Bild, wie die fünf zwischen den Felsen eng zusammengekauert neben dem kleinen Feuer hockten, nach wie vor auf der Hut voreinander, jeder sich selbst beschützend, und gezwungen, Raum, Zeit und Umstände miteinander zu teilen. Es waren nicht die Worte, die sie verrieten, nicht so sehr, was sie sagten, sondern wie und wann und warum. Es brachte sie einander auf merkwürdige Weise näher, verband sie, wie kaum etwas anderes es vermocht hätte, und obgleich die Nähe eher körperlich als emotional war und sowieso sehr begrenzt, so entstand dennoch ein Gefühl von Gemeinsamkeit, das bis dahin gefehlt hatte.

Danach wurde das Wetter besser, die Wolkendecke brach auf, die Sonne erwärmte die Luft, und Schnee und Regen hörten endlich auf. Die Berge weiteten sich vor ihnen, und jetzt gab es keine Zweifel mehr, daß sie den Abstieg begonnen hatten. Es gab wieder Bäume, zunächst vereinzelt, dann ganze Haine und schließlich Wälder, soweit das Auge reichte bis hinunter in ferne Täler. Sie waren in der Lage, zu fischen und zu jagen, in warmen Baumnischen zu schlafen und trocken und ausgeruht zu erwachen. Die Stimmung besserte sich.

Fünfzehn Tage nachdem sie Rampling Steep verlassen hatten, gelangten sie schließlich zu den Stacheln.

Lange Zeit standen sie auf einer Klippe und schauten ins Tal hinunter. Es war beinahe Mittag, und die Luft duftete süß. Ein breites, tiefes Tal lag im Schatten von Bergen, die es zu beiden Seiten umsäumten. Es war trichterförmig, nach Süden weitete es sich, und im Norden war es eng und verschwand zwischen fernen Hügeln. Bäume standen dicht und üppig am Talboden, doch in der Mitte zog sich eine schroffe Felsenkette entlang, und die Bäume dort hatten bei einem Eissturm ihr Laub verloren, und ihre Stämme und Äste ragten kahl in die Höhe wie das gesträubte Nackenfell eines in die Enge getriebenen Tieres.

Wie Stacheln, dachte Morgan Leah.

Er schaute zu Horner Dees hinüber. »Was gibt's dort unten?« fragte er. Seine Haltung gegenüber dem alten Fährtensucher hatte sich im Laufe der vergangenen zwei Wochen verändert. Er hielt ihn nicht mehr für einen unangenehmen, alten Mann. Er hatte länger dazu gebraucht als Walker Boh, aber er mußte schließlich auch anerkennen, daß Dees durch und durch Profi war, besser als irgend jemand, dem der Hochländer bislang begegnet war. Morgan wäre gern auch nur halb so gut gewesen. Er hatte angefangen, auf das, was der alte Mann tat und sagte, zu achten.

Dees zuckte mit den Schultern. »Ich weiß es nicht. Es ist zehn Jahre her, seit ich hier langgekommen bin.« Dees seinerseits gefiel Morgans Enthusiasmus und seine Arbeitswilligkeit. Er mochte es, daß Morgan sich nicht fürchtete, etwas zu lernen. Nachdenklich runzelte er die Stirn, als er den Blick des anderen erwiderte. »Ich bin nur vorsichtig, Hochländer.«

Sie betrachteten das Tal eine Weile.

»Da unten ist etwas«, sagte Pe Ell leise.

Keiner widersprach ihm. Pe Ell war der Zurückhaltendste von ihnen geblieben, doch sie kannten ihn inzwischen gut genug, um seinem Instinkt zu trauen.

»Wir müssen hier hinuntergehen«, sagte Dees schließlich, »oder auf dieser oder der anderen Seite dem Gebirge folgen. Wenn wir das tun, verlieren wir eine ganze Woche.«

Für geraume Zeit fuhren sie fort, schweigend das Gelände zu betrachten, und jeder überdachte die Angelegenheit für sich, bis Horner Dees schließlich sagte: »Laßt uns weitergehen.«

Sie begannen den Abstieg und entdeckten einen Pfad, der direkt nach unten in die Mitte des Tals zu dem kahlen Riff führte. Sie bewegten sich leise, Dees ging voran, gefolgt von Quickening; Morgan, Walker und Pe Ell bildeten die Nachhut. Sie verließen den sonnenbeschienenen Teil, gelangten in den Schatten, und die Luft wurde kühl. Das Tal kam ihnen entgegen und verschlang sie für eine Weile. Dann führte der Pfad sie auf das Felsenriff, und sie kamen zu den kahlen Bäumen. Morgan untersuchte die leblosen Skelette, die Schwärzung der Rinde, die verwelkten Blätter und Knospen, wo es noch welche gab, und wandte sich instinktiv zu Walker. Der Dunkle Onkel hob sein blasses Gesicht und starrte ihn mit seinen kalten Augen an. Sie dachten beide das gleiche. Die Stacheln waren von derselben Krankheit befallen wie das übrige Land. Auch hier waren die Schattenwesen am Werk. Sie überquerten den sonnigen Streifen, wo die Sonne durch eine Lücke zwischen den Gipfeln schien, und stiegen wieder abwärts in eine Niederung. Es war ungewöhnlich still hier, eine Stille, die die Geräusche ihrer Schritte zu verstärken schien, während sie vordrangen. Morgan war zunehmend nervös geworden. Er dachte an seine Begegnung mit den Schattenwesen auf der Reise nach Culhaven mit den Ohmsfords. Seine Nase prüfte die Luft nach dem ranzigen Gestank, der ihre Gegenwart anzeigen würde, und er lauschte auf die winzigsten Geräusche. Dees ging zielstrebig weiter, Quickenings langes Haar wehte silbrig hinter ihr her. Keiner der beiden zeigte auch nur einen Anflug von Zögern. Doch sie standen alle unter Spannung, Morgan spürte es.

Sie stiegen aus der Niederung wieder zum offenen Riff hinauf. Eine Weile waren sie hoch genug über den Bäumen, so daß Morgan das Tal von einem Ende bis zum anderen überblicken konnte. Sie hatten schon mehr als den halben Weg zurückgelegt und näherten sich dem schmalen Ende des Trichters, wo die Berge sich teilten und die Bäume zu dem dahinterliegenden Hügelland hin spärlicher wurden. Morgans Nervosität löste sich langsam, und er mußte an zu Hause denken, an das Hochland von Leah, an die Landschaft, wo er aufgewachsen war. Er vermißte das Hochland, stellte er fest – viel mehr, als er erwartet hätte. Es war eine Sache, sich zu sagen, daß seine Heimat ihm nicht mehr gehörte, da die Föderation sie besetzte; es war etwas anderes, sich selbst dazu zu bringen, es auch zu glauben. Wie Par Ohmsford lebte er mit der Hoffnung, daß sich die Dinge eines Tages wieder ändern würden.

Der Pfad führte wieder abwärts und eine weitere Niederung tat sich auf, diese hier voller Gestrüpp und Unterholz, das die Lücken zwischen den inzwischen abgestorbenen Bäumen ausgefüllt hatte. Sie gingen hinein, bahnten sich den Weg durch Dornsträucher und Klebranken zu dem freieren Gelände, wo der Pfad sich weiterschlängelte. Die Niederung lag in tiefem Schatten, und das Licht kroch langsam westwärts. Die Wälder rundum bildeten eine Mauer dunklen Schweigens.

Sie waren gerade auf eine Lichtung in der Mitte der Niederung gelangt, als Quickening plötzlich stehenblieb. »Seid still!« warnte sie.

Sie gehorchten augenblicklich, schauten erst zu ihr und dann auf das Gestrüpp rundum. Etwas regte sich. Gestalten lösten sich langsam aus ihren Verstecken und bewegten sich ins Licht. Hunderte von ihnen – kleine, stämmige Gestalten mit haarigen, knorrigen Gliedmaßen und knochigen Gesichtern. Sie sahen aus, als seien sie aus dem Gestrüpp herausgewachsen, so sehr glichen sie der Vegetation, und nur die kurzen Hosen und die Waffen schienen den Unterschied auszumachen. Die Waffen waren furchterregend – kurze Speere und seltsam geformte Wurfgeräte mit rasierklingenscharfen Kanten. Die Geschöpfe hielten sie drohend in die Höhe, während sie sich näherten.

»Urdas«, sagte Dees leise. »Rührt euch nicht.«

Niemand muckste, nicht einmal Pe Ell, der sich in sehr ähnlicher Weise duckte wie die Kreaturen, die ihn bedrohten.

»Wer sind sie?« fragte Morgan und schob sich beschützend vor Quickening.

»Gnome«, erwiderte Dees. »Mit ein bißchen Trollblut dabei. Keiner kennt die genaue Mischung. Man findet sie nirgendwo südlich des Charnalgebirges. Sie sind Nordländer wie die Trolle. Stammesgruppen wie die Gnome. Äußerst gefährlich.«

Die Urdas waren jetzt rund um sie herum, so daß an Flucht nicht zu denken war. Sie hatten kräftige, muskulöse Körper mit kurzen, starken Beinen und langen Armen, und ihre Gesichter waren starr und ausdruckslos. Morgan versuchte, in ihren gelben Augen zu lesen, was sie dachten, doch es gelang ihm nicht.

Dann bemerkte er, daß sie alle auf Quickening schauten.

»Was sollen wir tun?« flüsterte er Dees besorgt zu.

Dees schüttelte den Kopf.

Die Urdas näherten sich auf wenige Meter und blieben stehen. Sie drohten nicht, sie sagten nichts. Sie standen nur da, musterten Quickening und warteten.

Was erwarten sie? dachte Morgan.

Fast im selben Augenblick teilte sich das Gestrüpp, und ein goldblonder Mann trat hervor. Sofort ließen sich die Urdas auf ein Knie sinken und beugten ehrfurchtsvoll die Köpfe. Der goldblonde Mann schaute die fünf belagerten Mitglieder der umzingelten Gruppe an und lächelte.

»Der König ist gekommen«, sagte er strahlend. »Lang lebe der König.«

»Würdet ihr bitte eure Waffen niederlegen?« rief ihnen der Mann fröhlich zu. »Legt sie einfach vor euch auf den Boden. Keine Angst. Ihr könnt sie gleich wieder aufheben.«

Er begann zu singen:

»Freiwillig gegeben ist nicht aufgegeben,
es wird euch wiedergegeben
in Liebe und Vertrauen eines anderen.«

Die fünf aus Rampling Steep starrten ihn an.

»Bitte«, sagte er. »Es macht die Sache leichter, wenn ihr es tut.«

Dees schaute seine Gefährten an, zuckte mit den Achseln und tat, um was man ihn gebeten hatte. Walker und Quickening besaßen keine Waffen. Morgan zögerte. Pe Ell rührte sich überhaupt nicht.

»Es soll nur zeigen, daß ihr mit freundlicher Absicht gekommen seid«, fuhr der Mann aufmunternd fort. »Wenn ihr eure Waffen nicht niederlegt, erlauben mir meine Untertanen nicht, mich euch zu nähern. Ich müßte euch von hier aus zubrüllen.«

Dann sang er wieder:

»Wo immer wir gehen, wo immer wir stehen,
müßt' ich schreien statt zu reden.«

Morgan fügte sich nach einem strengen Blick von Dees. Es war schwer zu sagen, was Pe Ell getan hätte, wenn Quickening sich nicht zu ihm umgedreht und geflüstert hätte: »Tu, was er sagt.« Selbst dann zögerte Pe Ell noch, ehe er sein Breitschwert losschnallte. Sein Gesichtsausdruck ließ keinen Zweifel übrig. Morgan wäre jede Wette eingegangen, daß Pe Ell abgesehen von dem Breitschwert noch eine weitere Waffe bei sich hatte.

»So ist es besser«, verkündete der Fremdling. »Und jetzt tretet einen Schritt zurück. So!« Er winkte, und die Urdas erhoben sich rasch auf die Füße. Er war ein mittelgroßer Mann mit schnellen, energischen Bewegungen und einem glattrasierten hübschen Gesicht unter seinem langen, goldblonden Haar. Seine blauen Augen zwinkerten. Er gestikulierte zu den Urdas und dann auf die Waffen am Boden. Die merkwürdig aussehenden Geschöpfe murmelten zustimmend und nickten mit den Köpfen. Er sang wieder etwas, das die Urdas zu kennen schienen. Seine Stimme war voll und wohltönend, und sein hübsches Gesicht strahlte. Als er geendet hatte, teilte sich der Kreis und ließ ihn hindurchtreten. Er trat direkt vor Quickening, verbeugte sich tief vor ihr, nahm ihre Hand in die seine und küßte sie. »Meine Lady«, sagte er.

Dann sang er:

»Fünf Wanderer querten Feld und Fluß
und weite Wälder im Osten.
Sie querten Chasnals Berge,
zum Nordland kamen sie.
Tralali, tralala, tralali.

Fünf Wanderer kamen von weither,
kamen ins Urdaland.
Sie trotzten den Gefahren der Stacheln
zu König Carisman.
Tralala, tralali, tralala.«

Er verbeugte sich wieder vor Quickening. »So werde ich genannt, Lady. Und du?«

Quickening stellte sich und ihre Gefährten vor. Es schien sie nicht zu beunruhigen, wenn er sie erführe. »Bist du tatsächlich ein König?« fragte sie.

Carisman strahlte. »O ja, Lady. Ich bin König der Urdas, Herr über alle, die du hier versammelt siehst, und noch viele, viele mehr. Um ehrlich zu sein, ich habe mir diesen Job nicht ausgesucht, er wurde mir sozusagen aufgezwungen. Aber kommt nun. Wir haben reichlich Zeit, diese Geschichte später zu erzählen. Nehmt eure Waffen – behutsam natürlich. Wir dürfen meine Untertanen nicht mißtrauisch machen, sie beschützen mich eifrig. Ich lade euch in meinen Palast ein, und wir werden reden und Wein trinken und exotische Früchte und Fische verspeisen. Kommt jetzt, kommt, es soll ein königliches Fest werden!«

Dees versuchte etwas zu sagen, doch Carisman war so schnell wie eine Feder, die vom Wind getragen wird, verschwunden; tanzend und irgendein neues Lied singend winkte er ihnen zu folgen. Der Fährtensucher, Morgan und Pe Ell nahmen ihre Waffen wieder an sich, und zusammen mit Quickening und Walker folgten sie ihm. Urdas umzingelten sie von allen Seiten, sie drängten sie nicht, doch sie blieben unbehaglich nah. Die seltsamen Kreaturen sprachen nicht, sondern machten sich nur Zeichen, und ihre Blicke huschten zwischen Carisman und den Reisenden fragend und wachsam hin und her. Morgan erwiderte den Blick jener, die ihm am nächsten waren, und versuchte ein Lächeln. Sie lächelten nicht zurück.

Sie stiegen von den Stacheln hinunter in das bewaldete Tal westlich des Riffs, wo die Schatten am tiefsten waren. Ein schmaler Pfad schlängelte sich zwischen den Bäumen hindurch, Carisman ging singend vorneweg, und die Prozession folgte ihm gehorsam. Morgan war im Laufe seines Lebens schon einigen seltsamen Gestalten begegnet, aber Carisman erschien ihm noch seltsamer als die meisten. Er konnte nicht umhin, sich zu fragen, warum irgendwer, selbst die Urdas, einen Kerl wie ihn zu ihrem König machten.

Dees war einen Schritt zurückgefallen, um neben ihm zu gehen, und er fragte den alten Fährtensucher danach. »Wie gesagt, ein Stammesvolk. Abergläubisch wie die meisten Gnome. Glauben an Geister und Gespenster und anderen Unsinn.«

»Und Carisman?« wollte Morgan wissen.

Dees schüttelte den Kopf. »Ich gebe zu, ich habe keine Ahnung. Die Urdas wollen gewöhnlich nichts mit Fremden zu tun haben. Dieser hier wirkt so albern wie ein unreifer Bengel, aber offensichtlich ist es ihm irgendwie gelungen, ihren Respekt zu gewinnen. Ich habe noch nie von ihm gehört. Ich glaube nicht, daß bislang irgendwer von ihm gehört hat.«

Morgan warf einen Blick über die Köpfe der Urdas auf den vorneweg stolzierenden Carisman. »Er wirkt reichlich harmlos.«

»Ist er wahrscheinlich auch«, knurrte Dees. »Aber wie auch immer, seinetwegen mußt du dir keine Sorgen machen.«

Sie zogen westwärts in Richtung der hohen Bergmauer. Das Tageslicht schwand jetzt schnell, die Dämmerung breitete sich aus, bis das ganze Waldland davon erfaßt war. Morgan und Dees tauschten Kommentare miteinander aus, doch die drei anderen behielten ihre Gedanken für sich. Pe Ell und Walker waren kaum erkennbare Schatten, Quickening ein heller Sonnenstrahl. Die Urdas waren überall um sie herum, verschwanden im dichten Gestrüpp, tauchten wieder auf, vor ihnen, hinter ihnen und zu beiden Seiten. Carisman hatte sie als Gäste bezeichnet, doch Morgan wurde das Gefühl nicht los, daß sie in Wahrheit Gefangene waren.

Nach geraumer Zeit endete der Pfad auf einer Lichtung, beim Dorf der Urdas. Ein Palisadenzaun schützte es vor Eindringlingen, und die

Tore wurden jetzt geöffnet, um die Jäger und jene, die sie wie eine Herde mitbrachten, einzulassen. Drinnen wartete ein Meer von Frauen, Kindern und alten Leuten. Alle starrten mit knochigen Gesichtern und murmelten mit leisen Stimmen miteinander. Das Dorf bestand aus kleinen Hütten und seitlich offenen Unterständen um ein Gebäude aus verfugten Balken und einem Schindeldach herum. Bäume wuchsen innerhalb der Palisaden, überschatteten das Dorf und bildeten Säulenträger für Baumwege und Flaschenzüge. Es gab verstreute Brunnen und Räucherhütten zur Fleischkonservierung. Die Urdas besaßen, so schien es, zumindest gewisse Fertigkeiten.

Die fünf aus Rampling Steep wurden zu dem Hauptgebäude auf eine Plattform geführt, auf der ein roh gezimmerter, mit frischen Blumengirlanden geschmückter Stuhl bereitstand. Carisman ließ sich zeremoniell darauf nieder und lud seine Gäste ein, neben ihm auf Matten Platz zu nehmen. Morgan und die anderen taten wie geheißen und hielten wachsam die Urdas im Auge, die sich in großer Zahl auf dem Boden unter der Plattform lagerten. Als sich alle hingesetzt hatten, stand Carisman auf und sang wieder, diesmal in einer Sprache, die Morgan nicht verstand. Als er geendet hatte, erschienen mehrere Urdafrauen und reichten Platten mit Nahrung herum.

Carisman setzte sich. »Ich muß singen, um sie dazu zu kriegen, irgend etwas zu tun«, vertraute er ihnen an. »Manchmal ist das mühsam.«

»Was tust du denn eigentlich hier?« fragte Horner Dees ohne Umschweife. »Wo kommst du her?«

»Ach«, sagte Carisman mit einem Seufzer.

Er sang:

»Ein junger Reimschmied aus Rampling,
der fand, es sei an der Zeit.
Er wanderte nordwärts,
in Richtung der Stacheln
zu den Urdas, die ihn zum König machten!«

Er zog eine Grimasse. »Nicht besonders gelungen, fürchte ich. Ich versuch's noch mal.«

Er sang:

»Kommt her, meine Freunde, komm, Lady, komm nah.
So viel zu entdecken, so viel zu verstehn,
Land zu bereisen, Leute zu sehn,
Wunder zu schauen und Leben zu proben.
So viel zu erfahren. So viel kann gescheh'n.

Kommt her, meine Freunde, komm, Lady, komm nah.
Ein Reimschmied muß singen, um fliegen zu können.
Sucht singend die Wahrheit,
sucht Kern und Beweis,
den Sinn unsres Lebens, den Zweck unsres Seins.

Kommt her, meine Freunde, komm, Lady, komm nah.
Das Leben, es lebt im Fluß und im Himmel,
in Wald und Gebirge weit in der Fremde,
bei fröhlichen Wesen, die tanzen und springen,
und Freude beschert denen mein Singen.

»Das war schon wesentlich besser, nicht wahr?« fragte er sie, und seine blauen Augen hüpften von einem Gesicht zum anderen und warteten eifrig auf Beifall.

»Ein Reimeschmied bist du also, hm?« brummte Horner Dess. »Und aus Rampling Steep?«

»Nun, auf dem Weg über Rampling Steep. Ich habe dort vor einigen Jahren ein oder zwei Tage haltgemacht.« Carisman schaute ein wenig einfältig drein. »Das Singen wirkt, also benutze ich es.« Seine Miene hellte sich auf. »Aber ein Reimeschmied, ja. Mein ganzes Leben. Ich bin zum Singen begabt, und ich bin klug genug, es zu nutzen. Ich bin begabt.«

»Aber warum bist du hier, Carisman?« drängte Quickening.

Carisman schmolz dahin. »Lady, der Zufall hat mich an diesen Ort und zu dieser Zeit und sogar zu der Begegnung mit dir gebracht. Ich habe den größten Teil der Vier Länder durchwandert und nach Liedern gesucht, die meiner Musik Flügel verleihen. Ich habe eine Rastlosigkeit in mir, die mich an keinem Ort lange verweilen läßt. Ich hätte oft genug Gelegenheit gehabt, es zu tun, und es gab sogar Damen, die mich gerne bei sich behalten hätten – auch wenn keine so schön war wie du. Aber ich zog immer weiter. Ich wanderte zunächst nach Westen, dann nach Osten und schließlich nach Norden. Ich gelangte nach Rampling Steep und fragte mich, was wohl dahinter liegen mochte. Schließlich machte ich mich auf den Weg über das Gebirge, um es herauszufinden.«

»Und hast überlebt?«

»Haarscharf. Ich habe ein Gespür für Dinge; ich nehme an, das liegt an meiner Musik. Ich war gut vorbereitet, denn ich war auch zuvor schon durch rauhes Land gereist. Ich fand den Weg, indem ich auf mein Herz lauschte. Ich hatte Glück, daß das Wetter mir hold war. Als ich schließlich herübergekommen war – erschöpft und nahe am Verhungern, das gebe ich zu –, fanden mich die Urdas. Weil ich nicht wußte, was ich sonst tun sollte, sang ich ihnen etwas vor. Sie waren von meiner Musik verzaubert und machten mich zu ihrem König.«

»Verzaubert von Limericks und holprigen Reimen?« Dees weigerte sich, seine Skepsis aufzugeben. »Eine gewagte Behauptung, Carisman.«

Carisman grinste jungenhaft. »Oh, ich behaupte nicht, besser zu sein als irgendwer sonst.«

Er sang wieder:

»So hoch auch der Thron, erhaben und hehr,
was draufsitzt, sieht aus wie irgendwer.«

Er schob die Angelegenheit beiseite. »Jetzt eßt erst einmal etwas. Ihr müßt sehr hungrig sein nach eurer Reise. Es gibt so viel zu essen und zu trinken, wie ihr wollt. Und erzählt mir, was euch hergeführt hat. Niemand aus dem Südland kommt so weit nach Norden – nicht einmal die Fallensteller. Ich bekomme niemanden zu Gesicht, außer Trollen und Gnomen. Was führt euch her?«

Quickening berichtete ihm, daß sie auf der Suche nach einem Talisman seien. Das war mehr, als Morgan verraten hätte, doch es schien Carisman wenig zu interessieren. Er fragte nicht einmal, was für ein Talisman es sei und wozu sie ihn brauchten. Er wollte nur wissen, ob Quikkening ihm ein paar neue Lieder beibringen könne. Carisman war schnell und intelligent, doch sein Interesse war weltfremd und sehr begrenzt. Er war wie ein Kind, neugierig, leicht abzulenken und voller Staunen über die Welt. Er schien die Anerkennung wahrhaftig zu brauchen. Quickening war am entgegenkommendsten, also konzentrierte er seine Aufmerksamkeit auf sie und schloß die anderen im Gespräch eher stillschweigend mit ein. Morgan hörte mit halbem Ohr zu, während er aß, und bemerkte dann, daß Walker überhaupt nicht hinhörte, sondern die Urdas unterhalb der Plattform beobachtete. Morgan begann sie seinerseits zu beobachten. Nach einer Weile fiel ihm auf, daß sie sich deutlich in Gruppen zusammengesetzt hatten und daß die zuvorderst sitzende Gruppe aus jüngeren und älteren Männern bestand, denen alle anderen Ehrfurcht zollten. Häuptlinge, dachte Morgan sofort. Sie redeten eindringlich miteinander, warfen hin und wieder einen Blick zu den sechs auf der Plattform, ignorierten sie sonst jedoch. Irgend etwas wurde beschlossen, ohne Carisman.

Morgan wurde nervös.

Die Mahlzeit endete, und die leeren Teller wurden abgetragen. Dann begannen die Urdas anhaltend zu klatschen, und Carisman erhob sich mit einem Seufzer. Er begann wieder zu singen, doch diesmal war das Lied anders. Diesmal war es ausgefeilt und kompliziert, ein sorgfältig gewobenes Musikstück voller Nuancen und Subtilitäten, die die Melodie variierten. Carismans Stimme füllte die Luft, sie ergriff und trug alles davon, was den Sinnen im Wege stand, tauchte hinein in den Körper und umschlang und liebkoste das Herz. Morgan war verwundert. Er war noch nie so ergriffen worden – nicht einmal von der Musik des

Wunschliedes. Par Ohmsford konnte in seinem Lied das Gefühl und den Sinn der Geschichte erwecken, doch Carisman berührte die Seele.

Als der Sänger geendet hatte, herrschte absolute Stille. Langsam setzte er sich wieder, für einen Augenblick nach innen gekehrt, noch immer gefangen in dem, was er gesungen hatte. Dann fingen die Urdas an, zum Applaus mit den Händen auf ihre Knie zu trommeln.

»Das war wundervoll, Carisman«, sagte Quickening.

»Vielen Dank, Lady«, erwiederte er, wieder verlegen. »Mein Talent ist größer als nur Limericks, nicht wahr.«

Das silberhaarige Mädchen schaute plötzlich Walker an. »Hat es dir gefallen, Walker Boh?«

Sein blasses Gesicht neigte sich nachdenklich. »Es macht mich wundern, warum jemand mit solchen Fähigkeiten sie mit so wenigen teilen will.« Seine dunklen Augen fixierten Carisman.

Der Reimeschmied wand sich unbehaglich. »Nun.« Die Worte schienen plötzlich nicht über seine Lippen kommen zu wollen.

»Insbesondere, weil du selbst gesagt hast, daß du von einer Rastlosigkeit bist, die dir nicht gestattet, an einem Ort zu bleiben. Und doch bleibst du hier unter den Urdas.«

Carisman schaute auf seine Hände.

»Sie lassen dich nicht gehen, nicht wahr?« sagte Walker ruhig.

Carisman sah aus, als wolle er im Erdboden versinken. »Ja«, gab er widerstrebend zu. »Ungeachtet der Tatsache, daß ich ihr König bin, bleibe ich ihr Gefangener. Ich darf König sein, solange ich meine Lieder singe. Die Urdas behalten mich hier, weil sie glauben, daß mein Gesang magisch sei.«

»Und das ist er«, murmelte Quickening so leise, daß nur Morgan, der neben ihr saß, es hören konnte.

»Und wie ist es mit uns?« fragte Dees scharf. Er richtete sich drohend auf. »Sind wir ebenfalls Gefangene? Hast du uns als Gäste oder als Gefangene hergebracht, König Carisman? Oder hast du in dieser Angelegenheit überhaupt etwas zu bestimmen?«

»Oh, nein!« rief der Sänger deutlich bestürzt. »Ich meine, ja, ich habe in der Angelegenheit etwas zu sagen. Und nein, ihr seid keine Gefangenen. Ich muß nur mit dem Rat sprechen, mit jenen Männern, die dort unten zusammensitzen.« Er zeigte auf die Gruppe, die Morgan und Walker beobachtet hatten. Dann zögerte er, als er Pe Ells finsteren Blick sah, und stand hastig auf. »Ich werde sofort mit ihnen sprechen. Ihr sollt nicht länger hierbleiben, als euer Wunsch ist, das verspreche ich. Lady, glaubt mir, bitte, Freunde.«

Er eilte von der Plattform, kniete sich neben die Mitglieder des Urdarates und sprach ernst auf sie ein. Die fünf, die darauf warteten zu erfahren, ob sie Gefangene oder Gäste seien, schauten einander an.

»Ich glaube kaum, daß er irgendwas tun kann, um uns zu helfen«, murmelte Horner Dees.

Pe Ell rückte näher. »Wenn ich ihm ein Messer an die Kehle halte, werden sie uns ganz schnell ziehen lassen.«

»Oder auf der Stelle umbringen«, fauchte Dees.

»Laßt es ihn versuchen«, sagte Walker Boh, der die Versammlung ganz ruhig betrachtete. Sein Gesicht verriet nichts.

»Ja«, stimmte Quickening ihm leise zu. »Geduld.«

Danach saßen sie schweigend da, bis Carisman sich von der Gruppe des Rats trennte und wieder auf die Plattform zurückkam. Sein Gesichtsausdruck sagte ihnen alles. »Ich... ich muß euch bitten, über Nacht zu bleiben«, sagte er und hatte Mühe, die Worte über die Lippen zu bringen, durch und durch unbehaglich. »Der Rat wünscht... hm... die Angelegenheit noch zu debattieren. Nur eine Formsache, müßt ihr verstehen. Ich bitte nur um etwas mehr Zeit...«

Er verstummte. Er hatte sich so weit wie möglich von Pe Ell entfernt aufgestellt. Morgan hielt den Atem an. Er glaubte nicht, daß die Entfernung zwischen den beiden dem Reimeschmied viel Sicherheit gewährte. Er ertappte sich dabei, wie er sich nahezu fasziniert fragte, was Pe Ell tun würde, was er angesichts einer so großen Übermacht überhaupt tun *konnte*.

Diesmal sollte er es nicht herausfinden. Quickening lächelte beruhigend und sagte: »Wir werden warten.«

Sie wurden in eine der größeren Hütten gebracht, und man gab ihnen Matten und Decken zum Schlafen. Die Tür wurde hinter ihnen zugemacht, aber nicht verschlossen. Morgan glaubte nicht, daß das irgendeinen Unterschied machte. Die Hütte stand in der Mitte des Dorfes, und das Dorf war von Palisaden umzäunt und voller Urdas. Er hatte Dees während des Abendessens über die seltsamen Geschöpfe ausgefragt. Dees hatte ihm berichtet, daß sie ein Jägerstamm waren. Ihre Waffen waren dazu angelegt, auch das flinkeste Wild zu erlegen. Zweibeinige Flüchtlinge würden kein großes Problem darstellen.

Pe Ell stand an einer der Lehmwände der Hütte und schaute durch einen Spalt. »Sie werden uns nicht gehen lassen«, sagte er. Niemand sprach. »Egal, was dieser Spielzeugkönig sagt, sie werden versuchen, uns festzuhalten. Wir sollten lieber in dieser Nacht noch verschwinden.«

Dees ließ sich schwer gegen eine Wand sinken. »Du sagst das so, als ob Flucht im Bereich der Möglichkeiten wäre.«

Pe Ell wandte sich um. »Ich kann fliehen, wann immer es mir beliebt. Mich hält kein Gefängnis.«

Er sagte das mit solcher Selbstverständlichkeit, daß ihn alle außer Quickening überrascht anstarrten. Quickening schaute in die Ferne. »In diesen Liedern ist Magie«, sagte sie.

Morgan erinnerte sich, daß sie so etwas schon vorher gesagt hatte. »Echte Magie?« fragte er.

»Ähnlich genug,um den Namen zu verdienen. Ich verstehe ihren Ursprung nicht; ich weiß nicht einmal, was sie ausrichten kann. Aber eine Form von Magie ist es trotzdem. Er ist mehr als ein gewöhnlicher Sänger.«

»Ja«, stimmte Per Ell zu. »Er ist ein Idiot.«

»Das könnten wir auch von dir sagen, wenn du darauf bestehst, daß wir ohne ihn hier wegkommen«, schnaubte Horner Dees.

Pe Ell wirbelte zu ihm herum. In seinem Gesicht stand so heftiger Zorn, daß Dees schneller auf die Füße kam, als Morgan ihm zugetraut hätte. Walker Boh, eine dunkle Gestalt auf der anderen Seite des Raumes, drehte sich langsam um. Pe Ell schien seine Möglichkeiten zu kalkulieren, dann stolzierte er auf Quickening zu, die neben Morgan stand und ihn anschaute. Der Hochländer konnte nichts tun. Pe Ell tat ihn mit einem kaum erkennbaren Blick ab und wandte sich an das Mädchen.

»Wozu brauchen wir die anderen?« zischte er zornig. »Ich bin mitgekommen, weil du mich darum gebeten hast. Ich hätte es auch genausogut lassen können.«

»Das weiß ich«, sagte sie.

»Du weißt, was ich bin.« Sein hageres Habichtgesicht beugte sich näher, sein Körper war angespannt. »Du weißt, daß ich über die Magie verfüge, die du brauchst. Ich habe alle Magie, die du brauchst. Vergiß die anderen. Laß uns alleine gehen.«

Um ihn herum schien es, als habe sich das Zimmer in Stein verwandelt, die anderen waren wie zu Statuen erstarrt, die nur beobachten, aber nicht handeln können. Morgan Leahs Hand rückte ein paar Millimeter in Richtung seines Schwertes und hielt dann inne. Er wäre niemals schnell genug, das wußte er. Pe Ell würde ihn töten, noch ehe er sein Schwert gezogen hätte.

Quickening wirkte völlig furchtlos. »Es ist noch nicht Zeit für dich und mich, Pe Ell«, flüsterte sie mit beruhigender, ungerührter Stimme. Ihre Augen suchten seinen Blick. »Du mußt warten, bis es soweit ist.«

Morgan verstand nicht, was sie damit meinte, und er war einigermaßen sicher, daß es Pe Ell ebenso erging. Sein hageres Gesicht verzerrte sich, seine harten Augen zuckten. Er schien eine Entscheidung zu treffen.

»Mein Vater allein hat die Gabe, in die Zukunft zu schauen«, sagte Quickening leise. »Er hat vorhergesehen, daß ich euer aller Hilfe brauchen werde, wenn wir Uhl Belk finden. So soll es sein – auch wenn du dir wünschst, daß es anders sei, Pe Ell. Trotzdem.«

Pe Ell schüttelte langsam den Kopf. »Nein, Mädchen. Du irrst dich. Es wird sein, wie ich es will. So wie immer.« Er musterte sie eine Weile und zuckte dann mit den Achseln. »Wie auch immer, was macht es schon? Noch einen Tag, eine Woche, es kommt alles auf dasselbe heraus. Nimm die anderen mit, wenn du willst. Für den Moment jedenfalls.«

Er wandte sich ab und zog sich in eine dunkle Ecke zurück.

Die anderen schauten schweigend zu.

Die Nacht fiel ein, und das Urdadorf wurde still. Die Einwohner gingen schlafen. Die fünf aus Rampling Steep legten sich in ihrem Unterschlupf nieder, getrennt voneinander durch ihre privaten Grübeleien. Horner Dees schlief. Walker Boh lag als undeutliches Bündel reglos da. Morgan Leah saß in der Nühe von Quickening, keiner der beiden sagte etwas, die Augen gegen das fahle Mondlicht, das hereindrang, geschlossen.

Pe Ell beobachtete sie alle und wütete im stillen gegen die Umstände und seine eigene Dummheit.

Was war bloß in ihn gefahren, fragte er sich mürrisch. So aus der Haut zu fahren und damit die Ausführung dessen, was zu erfüllen er mitgekommen war, aufs Spiel zu setzen. Er hielt sich immer unter Kontrolle. *Immer!* Nur diesmal nicht. Nicht, wenn er sich von Enttäuschung und Ungeduld dazu hinreißen ließ, das Mädchen mit allen ihren kostbaren Schützlingen zu bedrohen wie ein ungezogener Schuljunge.

Er hatte sich wieder beruhigt und war in der Lage, zu analysieren, was er getan hatte, seine Gefühle zu sichten und seine Fehler zu erkennen. Von beiden gab es viele. Und das Mädchen war dafür verantwortlich, das ihn jedesmal wieder auf den Boden zurückbrachte, das war ihm klar. Sie war der Fluch seines Lebens, ein Ärgernis und ein Reiz, die in entgegengesetzter Richtung an ihm zerrten, ein Geschöpf aus Schönheit, Leben und Magie, das er nie würde verstehen können, bis der Moment gekommen wäre, in dem er sie tötete. Sein Verlangen, es endlich zu tun, wuchs mit jedem Tag, und es fiel ihm immer schwerer, sich in Schranken zu halten. Doch dazu war er gezwungen, wenn er in den Besitz des schwarzen Elfensteins gelangen wollte. Die Schwierigkeit lag darin, Mittel und Wege zu finden, seinem Verlangen bis dahin zu widerstehen. Sie entzündete ihn, entflammte ihn und ließ ihn innerlich verknäuelt wie aus dünnem Draht zurück. Alles, was ihm selbstverständlich und unkompliziert vorkam, erschien ihr als das glatte Gegenteil. Sie bestand darauf, daß diese Dummköpfe mitkamen – der Einarmige, der Hochländer und der alte Fährtensucher. *Nichtsnutze! Überflüssiger Ballast!* Wie lange würde er sie noch ertragen müssen?

Er fühlte, wie der Ärger wieder in ihm aufzuschwellen begann. *Geduld.* Ihr Wort, nicht seines – aber er tat besser daran, es an sich auszuprobieren.

Er lauschte auf die Geräusche der Urdas draußen, mehr als ein Dutzend Wächter, die im Dunkel um die Hütte herum lauerten. Er konnte sie nicht sehen, doch er spürte ihre Gegenwart. Sein Instinkt sagte ihm, daß sie dort waren. Bislang noch kein Zeichen von dem Sänger – aber das spielte keine Rolle. Die Urdas würden sie nicht gehen lassen.

So viele Ablenkungen von dem, was einzig wichtig war!

Seine scharfen Augen richteten sich eine Weile auf Dees. Dieser Alte. Er war der Schlimmste in dem Haufen, der, der am schwierigsten zu durchschauen war. Er hatte so etwas an sich...

Er fing sich wieder. Geduld. Abwarten. Die Ereignisse würde zweifellos fortfahren, ihn zu provozieren, die Geduld zu verlieren, aber er mußte durchhalten. Er mußte die Kontrolle bewahren.

Nur war das hier so schwer. Dies war nicht sein Land, es war nicht sein Volk, und die Vertrautheit mit Land und Leuten, mit Verhalten und Sitten, auf die er immer mit Selbstverständlichkeit hatte bauen können, fehlte hier. Er bewegte sich auf einer Klippe, die er nie zuvor gesehen hatte, und das Gelände war heimtückisch.

Vielleicht würde es sich diesmal als unmöglich erweisen, die Kontrolle zu bewahren.

Er schüttelte mißmutig den Kopf. Dieser Gedanke blieb und ließ sich nicht vertreiben.

Mitternacht war verstrichen, als Carisman wieder erschien.

Quickening weckte Morgan, indem sie ihn mit der Hand an der Wange berührte. Er sprang auf und sah, daß die anderen schon aufgestanden waren. Die Tür ging auf, und der Sänger schlüpfte herein.

»Ah, ihr seid wach. Gut.« Er ging sofort zu Quickening hinüber, zögerte zu sprechen, war in ihrer Gegenwart verunsichert wie ein Junge, der etwas beichten muß, das er lieber für sich behalten hätte.

»Was hat der Rat beschlossen, Carisman«, spornte Quickening ihn freundlich an, faßte seinen Arm und zog ihn herum, so das er sie anschauen mußte.

Der Sänger schüttelte den Kopf, »Lady, das Beste und das Schlimmste, muß ich leider sagen.« Er schaute die anderen an. »Ihr seid allesamt frei fortzugehen, wann immer ihr wollt.« Dann wandte er sich wieder zu Quickening. »Außer dir.«

Morgan fiel augenblicklich wieder ein, in welcher Weise die Urdas Quickening angeschaut hatten, und erinnerte sich, wie fasziniert sie von ihr gewesen waren. »Wieso?« fragte er hitzig. »Warum wird sie nicht auch freigelassen?«

Carisman schluckte. »Meine Untertanen finden sie wunderschön. Sie glauben, sie könne magisch sein, so wie ich. Sie... sie wollen, daß sie mich heiratet.«

»Na hör mal! Was ist denn das für eine wilde Geschichte?« fauchte Horner Dees, und sein borstiges Gesicht verzerrte sich ungläubig.

Morgan packte Carisman am Kittelkragen. »Ich habe genau gesehen, wie du sie anschaust, Sänger! Das war deine Idee!«

»Nein, wirklich nicht! Ich schwöre es!« rief er verzweifelt mit entsetztem Gesicht. »So etwas würde ich nie tun. Die Urdas...«

»Den Urdas ist es völlig egal...«

»Laß ihn los, Morgan«, unterbrach Quickening mit leiser, ungerührter Stimme. »Er sagt die Wahrheit. Er kann nichts dafür.«

Pe Ell schnellte hervor wie die Schneide eines Messers. »Spielt keine Rolle, wer dafür verantwortlich ist.« Er fixierte Carisman. »Sie kommt mit uns.«

Carisman wurde bleich, und er schaute verängstigt von einem zum anderen. »Sie werden sie nicht gehen lassen«, flüsterte er und senkte den Blick. »Und wenn sie sie nicht lassen, dann wird sie da enden, wo ich bin.«

Er begann zu singen:

»Es war einmal vor langer Zeit ein wunderschönes Mädchen.
Sie wanderte durch Wald und Feld,
zu Hause in der ganzen Welt.
Ein mächt'ger Herr verliebte sich und wollte sie zum Weibe.
Sie wollt' ihn nicht, er nahm sie heim,
in seinen Turm sperrt' er sie ein.
Sie grämte sich und trauerte
um das verlor'ne Leben.
Für ihre Freiheit wollte sie
ihr Hab und Gut hergeben.
Ein Kobold hörte ihren Eid und öffnete den Zwinger.
Mitnichten ließ er sie dann frei,
ihr Flehen war ihm einerlei,
er nannte sie sein eigen.

Und die Moral von der Geschicht':
Willst' alles geben, was du hast,
dann bleibt dir vielleicht gar nichts.«

Horner Dees warf voller Entrüstung die Hände in die Luft. »Was soll das denn heißen, Carisman?« schnaubte er.

»Daß deine Wünsche dich zerstören können. Daß du, wenn du alles willst, alles verlieren kannst.« Es war Walker Boh, der geantwortet hatte. »Carisman hatte geglaubt, daß er, wenn er König würde, Freiheit fände. Statt dessen fand er Fesseln.«

»Ja«, seufzte der Sänger, und seine feinen Gesichtszüge waren voller Kummer. »Ich gehöre hier genausowenig her wie Quickening. Wenn ihr sie mitnehmt, wenn ihr geht, müßt ihr mich auch mitnehmen!«

»Nein!« rief Pe Ell sofort.

»Lady«, bettelte der Sänger. »Bitte. Ich bin jetzt schon seit fast fünf Jahren hier – nicht nur ein paar Jährchen, wie ich behauptet habe. Ich sitze so fest wie das Mädchen in meinem Lied. Wenn ihr mich nicht mitnehmt, werde ich bis zu meinem Lebensende hier gefangen bleiben.«

Quickening schüttelte den Kopf. »Es ist gefährlich, wo wir hingehen. Weit gefährlicher als hier. Du würdest ein großes Risiko eingehen.«

Carismans Stimme zitterte. »Das ist egal! Ich will frei sein!«

»Nein!« wiederholte Pe Ell und bewegte sich wie eine Katze. »Denk nach, Mädchen! Noch so einen Dummkopf, der uns im Weg ist? Warum nicht gleich eine ganze Armee davon? Idioten!«

Morgan Leah war es jetzt leid, dauernd als Idiot bezeichnet zu werden, und wollte es gerade äußern, doch Walker Boh packte ihn fest am Arm und schüttelte den Kopf. Morgan runzelte zornig die Stirn, doch er gab nach.

»Was weißt du über das Land im Norden, Carisman?« fragte Horner Dees plötzlich. »Warst du schon mal dort?«

Carisman schüttelte den Kopf. »Nein. Es spielt keine Rolle, was dort ist. Es ist jedenfalls weg von hier.« Seine Augen blitzen listig. »Außerdem müßt ihr mich mitnehmen. Ihr könnt nicht weg, wenn ich euch nicht zeige, wie.«

Das wirkte. Alle drehten sich zu ihm um. »Was meinst du damit?« fragte Dees mißtrauisch.

»Ich meine, daß ihr ohne meine Hilfe ein dutzendmal und mehr ums Leben kommt«, erwiderte der Sänger.

Er begann zu singen:

»Stock und Stein bricht euch die Bein',
wenn's nicht die Speere sind,
Fallen lauern ungesehn.
Nur ich kann euch bewahren.
Diddelduh, diddeldah, diddeldeih.«

Pe Ell war ihm an die Kehle gesprungen, ehe irgendwer Zeit hatte, ihn daran zu hindern. »Du sagst uns alles, was du weißt, bevor ich dich umbringe!« drohte er wütend.

Aber Carisman hielt stand, sogar in der Lage, in der er sich befand, mit den harten Augen direkt vor den seinen. »Niemals«, keuchte er. »Es sei denn... ihr seid bereit... mich mitzunehmen.«

Sein Gesicht verlor jegliche Farbe, als Pe Ells Hände fester zupackten. Morgan und Horner Dees sahen sich unentschlossen an und schauten dann zu Quickening, gegen ihren Willen abwartend. Es war Walker Boh, der eingriff. Er trat hinter Pe Ell und berührte ihn in einer Weise, die sie nicht sehen konnten. Der hagere Mann sprang zurück. Sein Gesicht war starr vor Verblüffung. Walker nutzte den Augenblick, sein Arm packte Carisman und zog ihn beiseite.

Pe Ell schnellte herum, kalte Wut in den Augen. Morgan war sicher, daß er Walker angreifen würde, und das konnte nicht gutgehen. Doch Pe Ell überraschte ihn. Statt loszuschlagen, starrte er Walker nur an und wandte sich dann ab. Sein Gesicht war eine ausdruckslose Maske.

»Carisman«, sagte Quickening und lenkte damit die Aufmerksamkeit auf sich. »Kennst du einen Weg, der uns hier herausführt?«

Carisman nickte. Er mußte schlucken, ehe er antworten konnte. »Ja, Lady.«

»Wirst du ihn uns zeigen?«

»Wenn ihr bereit seid, mich mitzunehmen, ja.« Er feilschte jetzt, aber er wirkte zuversichtlich.

»Würde es dir reichen, wenn wir dir helfen würden, das Dorf zu verlassen?«

»Nein, Lady. Ich würde mich verirren, und sie würden mich wieder zurückholen. Ich muß mit euch gehen, wo immer ihr hinwollt – weit weg von hier. Vielleicht«, fügte er fröhlich hinzu, »kann ich euch sogar nützlich sein.«

Wenn die Schweine fliegen lernen, dachte Morgan gnadenlos.

Quickening schien unentschlossen, was gar nicht ihre Art war. Sie schaute Horner Dees fragend an.

»Er hat recht, was die Urdas angeht, die ihn zurückholen würden«, stimmte der alte Fährtensucher zu. »Und uns ebenfalls, wenn wir nicht schnell genug sind. Oder schlau genug.«

Morgan bemerkte, wie Pe Ell und Walker aus entgegengesetzten Ekken der Hütte einander anfunkelten – grausame, finstere Geister aus zwei entgegengesetzten Welten, die sich schweigend und drohend anstarrten. Wer von den beiden würde eine Konfrontation überleben? Und wie konnte ihre Gruppe überleben, solange die beiden so quer miteinander standen?

Und dann kam ihm plötzlich ein Gedanke. »Deine Magie, Quickening!« platzte er impulsiv heraus. »Deine Magie kann uns helfen, zu entkommen. Du kannst alles, was auf der Erde wächst, kontrollieren. Das reicht, um die Urdas zu bezwingen. Mit oder ohne Carisman bleibt uns deine Magie!«

Doch Quickening schüttelte den Kopf, und für einen Augenblick schien es, als würde sie sich gleich auflösen. »Nein, Morgan. Wir haben das Charnalgebirge überquert und das Land von Uhl Belk erreicht. Ich darf meine Magie nicht mehr einsetzen, bis wir den Talisman gefunden haben. Der Steinkönig darf nicht entdecken, wer ich bin. Wenn ich meine Magie benutze, erfährt er es.«

Es wurde still in der Hütte. »Wer ist der Steinkönig?« fragte Carisman, und alle Blicke richteten sich auf ihn.

»Ich meine, wir nehmen ihn mit«, sagte Horner Dees unverblümt und zur Sache wie immer. Seine massige Gestalt schob sich herum. »Falls er uns tatsächlich hier rausführen kann, heißt das.«

»Nehmen wir ihn mit«, willigte Morgan ein. Dann grinste er. »Mir gefällt die Vorstellung, einen König in unseren Reihen zu haben – auch wenn er nichts als Lieder zu erfinden weiß.«

Quickening schaute die schweigenden Gegner hinter ihrem Rücken an. Pe Ell zuckte desinteressiert mit den Achseln. Walker Boh sagte gar nichts.

»Wir nehmen dich mit, Carisman«, sagte Quickening, »auch wenn ich nicht daran zu denken wage, was diese Entscheidung dich kosten kann.«

Carisman schüttelte eifrig den Kopf. »Kein Preis ist zu hoch, Lady, ich schwöre es.« Der Sänger strahlte.

Quickening ging zur Tür. »Die Nacht neigt sich ihrem Ende zu. Laßt uns eilen.«

Carisman hob die Hand. »Nicht dort entlang, Lady.«

Quickening wandte sich um. »Gibt es einen anderen Weg?«

»Allerdings.« Er grinste schelmisch. »Ich stehe zufällig darauf.«

Die Stachelfelsen und das umliegende Land waren von Urdastämmen und anderen Gnomen- und Trollrassen besiedelt. Da sie alle ständig im Krieg miteinander lagen, hatten sie ihre Dörfer befestigt. Im Laufe der Zeit hatten sie viele harte Lektionen gelernt, und eine davon war, daß eine Einfriedung mehr als nur einen Ausgang brauchte. Carismans Leute hatten unter dem Dorf Stollen angelegt, die durch verborgene Falltüren in die Wälder rundum führten. Wenn das Dorf durch eine andauernde Belagerung oder ein zahlenmäßig überlegenes Heer bedroht wurde, blieb den Bewohnern noch immer ein Fluchtweg offen.

Einer der Eingänge zu den Tunneln lag unter dem Boden der Hütte, in denen sich die fünf aus Rampling Steep befanden. Carisman zeigte ihnen, wo er lag, fast einen halben Meter unter dem Lehmboden, und im Laufe der Zeit so fest verschlossen, daß Horner Dees und Morgan alle Kräfte brauchten, um ihn freizulegen. Er war offensichtlich nie benutzt worden und möglicherweise sogar in Vergessenheit geraten. Wie auch immer, es war ein Ausgang, und die Gruppe zögerte nicht, ihn zu benutzen.

»Ich wäre glücklicher, wenn wir ein Licht hätten«, murmelte Dees, als er in die Dunkelheit hinunterschaute.

»Hier«, flüsterte Walker Boh ungeduldig und trat neben ihn. Er ließ sich in das schwarze Loch gleiten, wo die Tunnelwände sein Tun abschirmten, und machte ein Schnalzgeräusch mit seinen Fingern. Seine Hand begann zu leuchten, eine helle Aura, die keine sichtbare Quelle besaß. Dem Dunklen Onkel ist wenigstens ein bißchen von seiner Magie geblieben, dachte Morgan Leah.

»Carisman, gibt es hier unten mehr als nur einen Gang?« Walkers Stimme klang hohl. Der Sänger nickte. »Dann bleib in meiner Nähe und zeig mir, wo es langgeht.«

Einer nach dem anderen ließen sie sich in das Loch gleiten, Carisman direkt hinter Walker, gefolgt von Quickening, Morgan und Dees. Pe Ell bildete die Nachhut. Es war finster in dem Tunnel, trotz Walkers Licht, und die Luft war stickig. Der Stollen führte zunächst geradeaus, dann verzweigte er sich in drei Richtungen. Carisman führte sie nach rechts. Dann verzweigte er sich wieder, und sie gingen nach links. Sie waren weit genug gegangen, dachte Morgan. Sie mußten sich schon außerhalb der Palisaden befinden. Der Tunnel führte noch immer weiter. Baumwurzeln waren durch die Tunnelwände gedrungen, und ihr Gewirr machte das Vorwärtskommen schwierig. An manchen Stellen war das Wurzelwerk so dicht, daß sie es durchschlagen mußten, um zu passieren. Ihr Tun wirbelte so viel Staub und Erde auf, daß das Atmen beschwerlich wurde. Morgan vergrub das Gesicht in den Ärmel seines Kittels und gestattete sich nicht, darüber nachzudenken, was geschehen würde, wenn die Tunnelwände einstürzten.

Nach endlos erscheinender Zeit wurden sie langsamer und blieben schließlich stehen. »Ja, hier ist es«, hörte er Carisman zu Walker sagen. Er lauschte, wie die beiden sich mühten, die Falltüre zu öffnen. Sie arbeiteten schweigend, stöhnten und stemmten und bewegten sich in der Enge. Morgan und die anderen hockten sich hin und warteten.

Das Freilegen der Falltüre dauerte fast ebensolang wie der ganze Weg durch den Tunnel. Als sie schließlich aufklappte, strömte frische Luft herein, und die sechs kletterten in die Nacht hinaus. Sie befanden sich in einer dicht bewaldeten Senke, und die Bäume standen so eng beieinander, daß ihr Geäst den Himmel fast vollständig abschirmte.

Wortlos standen sie eine Weile da und sogen die frische Luft ein. Dann drängte Dees herbei. »Wo geht es zu den Stacheln?« fragte er Carisman ungeduldig.

Carisman wies die Richtung, und Dees wollte sofort losgehen, doch Pe Ell packte ihn am Arm und riß ihn zurück. »Warte!« warnte er. »Dort sind mit Sicherheit Wachposten!«

Er warf dem alten Fährtensucher einen vernichtenden Blick zu, machte den anderen Zeichen, zu warten und verschwand in der Finsternis. Morgan ließ sich gegen den Stamm einer riesigen Kiefer sinken, und die anderen wurden zu undeutlichen Schatten hinter den struppigen Ästen. Er schloß müde die Augen. Es schien Tage her zu sein, seit er richtig geruht hatte. Er dachte, wie gut es täte, ein wenig zu schlafen.

Aber eine Berührung an seiner Schulter weckte ihn gleich wieder auf. »Ruhig, Hochländer«, flüsterte Walker Boh. Der große Mann ließ sich neben Morgan nieder, und seine dunklen Augen suchten Morgans. »Du bewegst dich auf gefährlichem Boden in diesen Tagen, Morgan Leah. Du solltest besser aufpassen, wo du hintrittst.«

Morgan blinzelte. »Was meinst du damit?«

Walker neigte sein Gesicht ein wenig, und Morgan sah, wie Anspannung und Belastung seine Züge verzerrten. »Pe Ell. Bleib ihm fern. Provoziere ihn nicht, fordere ihn nicht heraus. Halte dich so fern von ihm, wie du kannst. Wenn er will, schlägt er schneller zu als eine Schlange.«

Er flüsterte, seine Stimme klang rauh, und die Überzeugung, die darin lag, ließ Morgan schaudern. Eine spröde Todesbotschaft. Morgan schluckte gegen seine Gefühle an und nickte. »Wer ist er, Walker? Weißt du es?«

Der Dunkle Onkel schaute weg und dann wieder zu Morgan. »Manchmal kann ich Dinge durch eine Berührung fühlen. Manchmal kann ich die Geheimnisse eines anderen erfahren, indem ich nur an ihm entlangstreiche. Das geschah, als ich Carisman von Pe Ell wegzog. Er hat getötet. Viele Male. Er hat es absichtsvoll getan, nicht in Selbstverteidigung. Er genießt es. Ich nehme an, er ist ein Meuchelmörder.«

Seine bleiche Hand hielt den erschreckten Morgan fest. »Hör zu. Er hat unter seinen Kleidern eine Waffe von immenser Kraft verborgen. Seine Waffe ist magisch. Die benutzt er zum Morden.«

»Magisch?« Morgans Stimme zitterte vor Überraschung, trotz seines

Bemühens, sie ruhig klingen zu lassen. Die Gedanken rasten durch sein Bewußtsein. »Weiß Quickening das?«

»Sie hat ihn ausgewählt, Hochländer. Sie hat uns alle erwählt. Sie hat uns gesagt, daß wir Magie besitzen, daß unsere Magie gebraucht würde. Natürlich weiß sie es.«

Morgan war entsetzt. »Sie hat absichtlich einen Meuchelmörder mitgenommen? Will sie den schwarzen Elfenstein auf diese Weise wiederbekommen?«

Walker schaute Morgan fest an. »Ich glaube nicht«, sagte er schließlich. »Aber ich bin nicht sicher.«

Morgan ließ sich ungläubig zurücksinken. »Walker, was tun wir hier? Warum hat sie uns mitgenommen?« Walker antwortete nicht. »Ich weiß beim allerbesten Willen nicht, warum ich mich bereit erklärt habe, mitzukommen. Oder vielleicht doch. Ich fühle mich zu ihr hingezogen, ich gebe es zu. Ich bin von ihr völlig bezaubert. Aber was ist das für ein Grund? Ich dürfte nicht hier sein. Ich sollte in Tyrsis sein und nach Par und Coll suchen.«

»Die Diskussion haben wir doch schon geführt«, erinnerte Walker ihn freundlich.

»Ich weiß. Aber ich frage mich noch immer. Vor allem jetzt. Pe Ell ist ein Mörder; was haben wir mit so einem Mann zu schaffen? Hält Quikkening uns alle für seinesgleichen? Glaubt sie, wir seien alle Mörder? Ist es das, wozu sie uns braucht? Ich kann es nicht fassen!«

»Morgan.« Walker sprach seinen Namen aus, um ihn zu beruhigen, dann lehnte er sich ebenfalls an den Baumstamm, bis ihre Köpfe sich beinahe berührten. Etwas an der Krümmung seines Körpers erinnerte Morgan daran, wie gebrochen der Dunkle Onkel gewesen war, als sie ihn in den Ruinen der Hütte in Hearthstone gefunden hatten. »Hinter der Sache steckt mehr, als dir bekannt ist«, flüsterte Walker. »Oder mir. Ich kann Dinge fühlen, aber ich kann sie nicht klar erkennen. Quickening hat ein Ziel, das weiter reicht, als was sie uns kundgibt. Sie ist die Tochter des Königs vom Silberfluß – vergiß das nicht. Sie hat geheimes Wissen. Sie verfügt über Magie, die alles übertrifft, was ich je gesehen habe. Aber sie ist gleichzeitig auch verwundbar. Sie muß bei diesem Unterfangen einen wohlbedachten Pfad beschreiten. Ich nehme an, wir sind unter anderem dazu da, dafür zu sorgen, daß sie diesen Pfad einhalten kann.«

Morgan dachte ein Weilchen darüber nach und nickte. Er lauschte in die nächtliche Stille und starrte unter den tiefhängenden Kiefernästen hindurch auf die schattigen Gestalten dahinter, vor allem auf Quickenings schlanke, ätherische Figur, ein schmales Etwas von Bewegung, das von der Nacht durch eine leichte Verschiebung des Lichts verschluckt werden konnte.

Walkers Stimme klang gepreßt. »Ich habe eine Vision von ihr gehabt – die grauenhafteste aller Visionen, die ich je hatte. Die Vision sagte mir, daß sie sterben wird. Ich warnte sie davor, ehe wir Hearthstone verließen, ich sagte ihr, daß ich vielleicht nicht mitkommen sollte. Aber sie bestand darauf. Also kam ich mit.« Er schaute hinüber. »Das gilt für uns alle gleichermaßen. Wir sind mitgegangen, weil wir wissen, daß es sein muß. Versuch nicht zu verstehen, warum das so ist, Morgan. Nimm es einfach als gegeben hin.«

Morgan seufzte, verloren im Wirrwarr seiner Gedanken und Gefühle, in seiner Sehnsucht nach Dingen, die niemals sein konnten, einer Vergangenheit, die für immer verloren war, und einer Zukunft, die er nicht bestimmen konnte. Er dachte daran, wie weit die Dinge gekommen waren, seit ihn die Ohmsfords in Leah aufgesucht hatten, und wie anders jetzt alles geworden war.

Walker Boh erhob sich. Seine Bewegung raschelte in der Stille. »Denk an das, was ich dir gesagt habe, Hochländer. Halt dich von Pe Ell fern.«

Er schob sich durch den Vorhang von Ästen und ging fort, ohne sich umzudrehen. Morgan starrte ihm nach.

Pe Ell blieb lange weg. Als er zurückkam, sprach er nur zu Horner Dees. »Die Luft ist rein, Alter«, berichtete er leise. »Auf geht's.«

Wortlos verließen sie die Senke und folgten Carisman, der sie wieder zu dem Steilhang führte, eine schweigende Prozession von Geistern in der Nacht. Keiner kam ihnen in die Quere, und Morgan war sicher, daß es auch so bleiben würde. Pe Ell hatte dafür gesorgt.

Es war noch immer dunkel, als die Stacheln wieder in Sicht kamen. Sie bestiegen den Steilhang und wandten sich nach Norden. Dees gab einen schnellen Schritt vor. Der Weg war frei, der Grat kahl und vom Mond beschienen, außer dort, wo die skelettartigen Bäume mit den spindeligen Schatten ihrer Stämme und Äste ein Spinnwebmuster auf den Boden warfen. Sie folgten den Stacheln durch das enge Talende und steuerten die dahinterliegenden Hügel an. Tagesanbruch war nicht mehr fern, ein schwacher Schimmer am östlichen Horizont. Dees wurde noch schneller. Keiner brauchte zu fragen, warum.

Als die Sonne über die Berggipfel stieg, waren sie weit genug gekommen, daß sie das Tal nicht mehr sehen konnten. Sie stießen auf einen Fluß mit klarem Wasser und machten halt, um zu trinken. Schweiß rann ihnen über die Gesichter, und ihr Atem ging heftig.

»Seht dort«, sagte Horner Dees. Eine Kette spitzer Berge zeichnete sich vor dem Himmel ab. »Das ist der Nordrand des Charnalgebirges, die letzte Bergkette, über die wir müssen. Es gibt ein Dutzend Pässe, die darüberführen, und die Urdas können nicht wissen, welchen wir nehmen. Überall sind Felsen, und es ist schwer, irgendwelche Spuren zu verfolgen.«

»Für dich vielleicht«, sagte Pe Ell unfreundlich. »Nicht unbedingt für sie.«

»Sie werden ihre Berge nicht verlassen.« Dees ignorierte ihn. »Sobald wir drüben sind, sind wir vor ihnen in Sicherheit.«

Sie rafften sich wieder auf und zogen weiter. Die Sonne stieg in den wolkenlosen Himmel, ein gleißender, weißer Feuerball, der die Erde in einen Brennofen verwandelte. Soweit Morgan sich erinnern konnte, war es der heißeste Tag, seit er Culhaven verlassen hatte. Die Hügel gingen in Gebirge über, die Bäume wurden spärlicher und wichen Gestrüpp und Buschwerk. Einmal glaubte Dees, weit hinter ihnen im Wald eine Bewegung bemerkt zu haben, und einmal hörten sie ein Jaulen, von dem Carisman behauptete, es sei ein Urdahorn. Aber der Mittag ging vorüber, und es gab keine Anzeichen einer Verfolgung.

Dann stiegen Wolken von Westen her auf, eine drohende schwarze Gewitterwand. Morgan schlug nach den Mücken, die sein schweißnasses Gesicht umsurrten. Das Gewitter würde nicht lange auf sich warten lassen.

Im Laufe des Nachmittags machten sie wieder halt, erschöpft von ihrer Flucht und inzwischen auch hungrig. Viel zu essen gab es nicht, nur ein paar Wurzeln, etwas wildes Gemüse und frisches Wasser. Horner Dees zog los,um den weiteren Weg auszukundschaften, und Pe Ell beschloß, ein Stück zurück zu einem Felsvorsprung zu gehen, von dem aus er das Gebiet hinter ihnen überschauen konnte. Walker setzte sich ein wenig abseits. Carisman sprach mit Quickening über seine Musik und forderte ihre gesamte Aufmerksamkeit. Morgan musterte die hübschen Züge des Sängers, seinen blonden Schopf, seine ungehemmten Gesten, und war verdrossen. Um seine Gefühle nicht zu zeigen, zog sich der Hochländer in den Schatten einer dürren Kiefer zurück und schaute in eine andere Richtung.

Donner grollte in der Ferne, und die Wolken rückten auf das Gebirge zu. Der Himmel war eine seltsame Mischung aus Sonnenschein und Finsternis. Die Hitze war noch immer erdrückend und lastete wie eine erstickende Decke über der Erde, Morgan vergrub sein Gesicht in den Händen und schloß die Augen.

Sowohl Horner Dees als auch Pe Ell kamen bald zurück. Der erstere verkündete, daß der Paß, der sie über den letzten Ausläufer des Charnalgebirges bringen würde, eine knappe Stunde entfernt sei. Pe Ell berichtete, daß die Urdas in großer Zahl hinter ihnen her seien.

»Mehr als hundert«, gab er an und fixierte sie dabei mit seinen harten, unlesbaren Augen. »Uns direkt auf den Fersen.«

Sie brachen augenblicklich wieder auf und marschierten noch schneller weiter. Ein Gefühl der Dringlichkeit trieb sie voran, das vorher nicht dagewesen war. Niemand hatte damit gerechnet, daß die Urdas sie so schnell einholen würden, jedenfalls nicht, bevor sie über den Paß waren. Wenn sie gezwungen waren, sich hier einem Kampf zu stellen, war das ihr Ende, das wußten sie.

Sie kämpften sich in die Felsen hinauf, stolperten durch riesige Geröllfelder, stiegen durch enge Schluchten, suchten Halt auf dem lockeren Gestein, das nachzugeben und sie in bodenlose, ausgezackte Spalten mißzureißen drohte. Die Wolken türmten sich über den Berggipfeln und füllten den Himmel jetzt von einem Horizont zum anderen. Dicke Regentropfen klatschten auf den Boden und auf ihre erhitzte Haut. Finsternis legte sich über alles, ein bedrohliches Schwarz, in dem der Donner widerhallte, der über die kahlen, leblosen Felsen rollte. Der Abend rückte näher, und Morgan war sicher, daß der Einbruch der Nacht sie im Gebirge überfallen würde, doch er zwang sich weiterzugehen. Er schaute nach vorne zu Carisman, der in noch schlechterer Verfassung war als er selbst. Er stolperte und stürzte immer wieder, und sein Atem ging schwer. Morgan überwand seine eigene Erschöpfung, holte den anderen ein, legte einen Arm um ihn und half ihm beim Gehen.

Sie hatten gerade die Paßhöhe erreicht, zu der Dees sie geführt hatte, als die Urdas in Sicht kamen. Die struppigen, zerlumpten Geschöpfe tauchten zwischen den Felsen hinter ihnen auf. Sie waren zwar noch immer etwa eine Meile entfernt, doch sie stürmten wie die Wilden schreiend und rufend vorwärts, schwangen ihre Waffen mit dem unmißverständlichen Versprechen, sie zu benutzen, wenn sie sie einholten. Die Gruppe zögerte nur einen ganz kurzen Augenblick und flüchtete dann in den Paß.

Der Paß war ein Einschnitt, der sich aufwärts in die Klippen schlitzte, ein schmaler Durchgang voller Windungen und Biegungen. Die Gruppe stieg hinein und schlängelte sich vorwärts. Es regnete jetzt ernsthaft, statt der vereinzelten Tropfen goß es in Strömen. Der Boden wurde glitschig, und kleine Bäche bildeten sich und schwemmten die Erde unter ihren Füßen weg. Sie tauchten aus dem Schutz der Klippen und gelangten auf einen kahlen Abhang, der nach links in einen steilwandigen Hohlweg mündete, der so schwarz war wie die Nacht. Windböen peitschten in heftigen Stößen über die Bergflanke und schleuderten ihnen aufgewirbelten Sand ins Gesicht. Morgan ließ Carisman los und zog sich schützend seinen Umhang über den Kopf.

Es kostete sie ungeheure Anstrengung, den Hohlweg zu erreichen. Der Wind peitschte so heftig auf sie ein, daß sie nur mühsam vorankamen. Als sie die dunkle Mündung erreichten, tauchten die Urdas wieder auf, sehr nah diesmal. Sie hatten diese letzte Meile allzuschnell zurückgelegt. Pfeile, Lanzen und Wurfgeschosse zischten durch die Luft und trafen ungemütlich nahe auf. Hastig stürmte die Gruppe in den Hohlweg und den Schutz seiner Steilwände.

Hier prasselte der Regen in Sturzbächen nieder, und das Licht war fast völlig verdunkelt. Zackige Felsvorsprünge ragten aus dem Boden und den Wänden des engen Korridors und schrammten sie, als sie hindurchstürmten. Die Zeit schien im heulenden Wind und dem grollenden Donner stillzustehen, und es sah aus, als kämen sie nie hindurch. Morgan eilte vor, um in Quickenings Nähe zu sein, entschlossen, sie zu beschützen.

Als sie endlich den Hohlweg hinter sich hatten, fanden sie sich auf einem Sims wieder, der auf halber Höhe an einer hohen Steilwand entlanglief und in eine Schlucht abfiel, in der die Wasser des Rabb schäumten und gischteten. Dees führte sie ohne zu zögern auf dem Sims entlang und rief ihnen etwas zu, das sie ermutigen sollte, im brausenden Sturm jedoch verlorenging. Im Gänsemarsch folgten sie dem abbrökkelnden Steig, Dees vorneweg, gefolgt von Carisman, Quickening, Morgan und Walker Boh. Pe Ell bildete den Schluß. Es regnete in Strömen, der Wind zauste sie, und das Tosen des Flusses bildete eine undurchdringliche Mauer aus Lärm.

Als die ersten Urdas den Ausgang des Hohlwegs erreichten, bemerkte es niemand. Erst als die ersten Wurfgeschosse um die fliehende Gruppe herum gegen die Felsen prasselten, wurden sie ihrer gewahr. Ein Pfeil streifte Pe Ells Schulter, und er wirbelte herum, doch er strebte weiter und verlor den Halt nicht. Die anderen beschleunigten noch ihre Schritte und versuchten verzweifelt, die Entfernung zu ihren Verfolgern zu vergrößern, hasteten den schmalen Steig entlang, und ihre Stiefel glitschten und schlidderten atemberaubend. Morgan warf einen Blick über die Schulter und sah, wie Walker Boh sich umdrehte, den Arm gestikulierend hob und etwas in den Sturm schleuderte. Pfeile und Lanzen, die in ihre Richtung geschleudert worden waren, fielen harmlos herunter. Die Urdas wichen verängstigt vor der Magie des Dunklen Onkels in den Hohlweg zurück.

Vor ihnen verbreiterte sich der Sims etwas und führte steiler abwärts. Die gegenüberliegende Seite des Gebirges kam in Sicht, ein bewaldetes Hügelland, das sich bis zum Horizont erstreckte und in einer Wand von Wolken und Regen verschwand. Unten toste der Rabb, schlängelte sich durch die Schlucht und brauste ostwärts zwischen den Felsen hindurch. Der Steig folgte seinem Lauf mehr als fünfzehn Meter über seinem Ufer, und der kahle Fels wich Erdreich und Gestrüpp.

Morgan schaute sich ein letztes Mal um und stellte fest, daß die Urdas ihnen nicht mehr folgten. Entweder hatte Walker sie weggescheucht oder Horner Dees hatte recht behalten, daß sie ihr Gebirge nicht verlassen würden.

Er drehte sich wieder nach vorn.

Im nächsten Moment wurde die ganze Klippe erschüttert, und ein Teil davon gab dem stetigen Aufprall von Sturm und Regen nach. Der Steig vor ihm, ein ganzes Stück aus Erde und Fels, sackte in die Tiefe und riß Quickening mit sich. Sie fiel gegen den Abhang zurück und versuchte, sich irgendwo festzuklammern. Doch sie fand keinen Halt und begann in einer Lawine von Geröll und Gestein auf den Fluß zuzurutschen. Carisman, der direkt vor ihr ging, wäre beinahe ebenfalls abgestürzt, doch es gelang ihm, sich weit genug nach vorn zu werfen, und er bekam die Wurzeln eines Gebirgsstrauchs zu fassen und konnte sich retten.

Morgan war gleich dahinter. Er sah, daß Quickening sich nicht selber helfen konnte und daß er sie nicht zu fassen bekommen konnte. Er zögerte keine Sekunde. Er sprang von dem abbröckelnden Steig in die Lücke, stolperte den Berghang hinter ihr her, und die Stimmen seiner

Gefährten waren schon nicht mehr zu hören. Mit heftigem Aufplatschen stürzte er in den Rabb, tauchte unter, kam wieder an die Oberfläche und schnappte nach Luft von dem Kälteschock. Er sah blitzartig Quickenings Silberhaar wenige Meter entfernt in weißem Schaum auftauchen, schwamm zu ihr und packte sie.

Dann wurden sie beide von der Strömung ergriffen und fortgeschwemmt.

Alles, was Morgan tun konnte, war, sich und Quickening in dem reißenden Fluß über Wasser zu halten, und während er versucht haben könnte, ans Ufer zu schwimmen, wenn er allein gewesen wäre, so dachte er jetzt gar nicht daran. Quickening war wach und in der Lage, seine Bemühungen ein wenig zu unterstützen, doch es war vor allem Morgans Kraft, die sie von Felsen und tiefen Strudeln fernhielt, von denen sie in die Tiefe gerissen worden wären. Doch der Fluß trug sie ziemlich dorthin, wo er wollte. Er war vom Regen angeschwollen und über die Ufer getreten, und weißer Schaum spritzte auf. Das Gewitter wütete noch immer, Donner rollte durch die Bergschlucht, Blitze zuckten über den schwarzen Himmel, und der Regen prasselte hernieder. Der Steilhang, von dem sie gestürzt waren, schwand fast sofort außer Sicht, und mit ihm ihre Gefährten. Der Rabb wand und schlängelte sich zwischen den Felsen entlang, und sie hatten sehr bald die Orientierung verloren.

Nach einer Weile schwamm ein Baum, der in den Fluß gestürzt war, vorbei, und sie bekamen ihn zu fassen und konnten sich von ihm tragen lassen. Es erlaubte ihnen, sich ein bißchen zu verschnaufen, während sie sich nebeneinander an den glitschigen Stamm klammerten und taten, was sie konnten, um sich vor den Felsblöcken zu schützen. Dabei suchten sie den Fluß und die Ufer nach Möglichkeiten ab, sich an Land zu retten. Sie versuchten gar nicht erst zu sprechen, sie waren zu erschöpft, und das Getöse hätte vermutlich ihre Worte ohnehin übertönt. Sie tauschten nur Blicke und konzentrierten sich darauf, zusammenzubleiben.

Irgendwann wurde der Fluß breiter, wo er aus dem Felsengebirge in das nördlich liegende Hügelland floß und sich in ein waldumgrenztes Becken leerte, von dem aus sein Flußbett ihn nach Süden führte. In der Mitte befand sich eine Insel, und der Stamm, auf dem sie ritten, blieb hüpfend und sich drehend an ihrem Ufer hängen. Morgan und Quickening rissen sich von ihrem Behelfsfloß los und stolperten erschöpft an Land. Außer Atem, die Kleider zerfetzt, krochen sie durch das Gras in den Schutz der Bäume, eine Gruppe von Hartholzkiefern, überragt von zwei riesigen, alten Ulmen. Wasser strudelte in Bächen um sie herum, während sie sich mühselig über das regengepeitschte Inselufer kämpften, und der Wind pfiff ihnen in den Ohren. Ein Blitz traf das Festlandufer mit ohrenbetäubendem Krach nicht weit entfernt, und sie drückten sich platt auf den Boden, während der Donner vorbeirollte.

Schließlich erreichten sie die Bäume und stellten dankbar fest, daß es unter dem Blätterdach relativ trocken und windgeschützt war. Sie taumelten zum Fuß der größten Ulme und brachen zusammen, streckten sich nebeneinander auf dem Boden aus und rangen nach Luft. Ohne sich zu rühren, blieben sie eine Weile so liegen, um wieder zu Kräften zu kommen. Dann schauten sie einander lange an und einigten sich wortlos, sich aufzusetzen und an die rauhe Rinde der Ulme zu lehnen, wo sie Schulter an Schulter sitzen blieben und in den Regen hinausstarrten.

»Bist du in Ordnung?« fragte Morgan sie. »Quickening?«

Es war das erste, was überhaupt gesprochen wurde. Sie nickte schweigend. Morgan untersuchte sich selbst auf Wunden, fand keine, seufzte und lehnte sich zurück – erleichtert, müde, kalt und unbeschreiblich hungrig und durstig, obwohl er völlig durchweicht war. Aber es gab nichts zu essen oder trinken, und es hatte keinen Sinn, darüber nachzudenken.

Er schaute wieder zu ihr hinüber. »Ich nehme an, du kannst kein Feuer machen, oder?« Sie schüttelte den Kopf. »Darfst keinerlei Magie benutzen, hm? Nun ja. Wo steckt denn Walker Boh, wenn man ihn braucht?« Er versuchte, unbeschwert zu klingen, doch es mißlang. Er seufzte.

Sie legte ihre Hand auf die seine, und es wärmte ihn trotz seines Unbehagens. Er hob den Arm, legte ihn um ihre Schultern und zog sie näher. Es gab ihnen beiden ein kleines bißchen Geborgenheit. Ihr Silberhaar war an seiner Wange und ihr Duft in seiner Nase, eine Mischung aus Erde und Wald und noch etwas, das süß und unwiderstehlich roch.

»Sie werden uns nicht finden, bevor das Gewitter vorüber ist«, sagte sie.

Morgan nickte. »Wenn überhaupt. Es gibt keinen Weg, dem sie folgen können. Nur den Fluß.« Er runzelte die Stirn. »Wo sind wir überhaupt? Nördlich oder südlich von der Stelle, wo wir in den Fluß gestürzt sind?«

»Nordöstlich«, erklärte sie.

»Das weißt du?«

Sie nickte. Er konnte fühlen, wie sie atmete, die leise Bewegung dicht an seinem Körper. Er fror, doch sie so nah zu haben, machte das beinahe wieder wett. Er schloß die Augen.

»Du hättest nicht hinter mir herspringen sollen«, sagte sie plötzlich. Sie klang unbehaglich. »Ich wäre zurechtgekommen.«

Er versuchte vergebens, ein Gähnen zu unterdrücken. »Ich war fällig für ein Bad.«

»Du hättest dich verletzen können, Morgan.«

»Nicht ich. Ich habe schon Angriffe von Schattenwesen, Föderationssoldaten, Schleichern und anderem solchem Geschmeiß überlebt und sogleich wieder vergessen. Ein Sturz in einen Fluß kann mir nichts anhaben.«

Der Wind pfiff scharf, heulte durch die Bäume, und sie schauten himmelwärts und lauschten. Als das Geheul verklang, konnten sie wieder das Rauschen des Flusses hören, der gegen das Ufer donnerte.

Morgan kauerte sich in seinen nassen Kleidern zusammen. »Wenn das Gewitter endlich vorüber ist, können wir ans Festland schwimmen, diese Insel verlassen. Im Augenblick ist der Fluß zu aufgewühlt, um es jetzt zu versuchen. Und wir sind viel zu erschöpft. Aber wir sind hier in Sicherheit. Nur ein bißchen naß.«

Morgan stellte fest, daß er nur redete, um irgend etwas zu tun, und schwieg wieder. Quickening reagierte nicht. Er konnte beinahe fühlen, wie sie nachdachte, aber er hatte keinerlei Anhaltspunkte, worüber. Er schloß die Augen wieder. Er fragte sich, was aus den anderen geworden sein mochte. War es ihnen gelungen, den Steig heil bis nach unten zu gehen, oder hatte das Abrutschen des Simses dazu geführt, daß Walker und Pe Ell oben auf dem Steilhang festsaßen? Er versuchte, sich den Dunklen Onkel und den Mörder zusammen in derselben Falle vorzustellen, aber es gelang ihm nicht.

Es begann jetzt zu dunkeln, die Dämmerung vertrieb das bißchen Licht, das noch da war, und Schatten breiteten sich in wachsenden schwarzen Flecken über die Insel. Der Regen ließ ein wenig nach, der Donner und das Heulen des Windes verschwanden in der Ferne, und das Gewitter zog vorüber. Die Luft hatte sich nicht so abgekühlt, wie Morgan erwartet hatte, sondern sie wurde wieder wärmer, angereichert mit dem Geruch von Erde und Feuchtigkeit. Um so besser, dachte er. Es war ihnen ohnehin ziemlich kalt. Er stellte sich vor, wie es sich anfühlen würde, wieder warm und trocken zu sein, in seiner Jagdhütte im Hochland zu sein, mit einer heißen Suppe vor dem Feuer auf dem Boden zu sitzen und sich mit den Ohmsfords Lügengeschichten zu erzählen.

Oder vielleicht lieber mit Quickening, ohne etwas zu sagen, denn es wäre überflüssig zu reden. Es reichte, zusammenzusein, sich zu berühren...

Der Schmerz, den er empfand, füllte ihn gleichzeitig mit Sehnsucht und Furcht. Morgan wünschte, daß er ihm erhalten bliebe, daß er immer da sei, und gleichzeitig verstand er ihn nicht, und er war sicher, daß er von ihm verraten werden würde.

»Bist du wach?« fragte er, plötzlich begierig, den Klang ihrer Stimme zu hören.

»Ja«, erwiderte sie.

Er holte tief Luft und atmete langsam aus. »Ich habe darüber nachgedacht, warum ich hier bin«, sagte er. »Ich frage mich danach, seit ich Culhaven verlassen habe. Ich verfüge über keine Magie mehr – so gut wie keine. Und alles, was ich je hatte, steckte im Schwert von Leah, das nun zerbrochen ist. Was an Magie übrig ist, ist nicht der Rede wert und wird dir kaum von großem Nutzen sein. Also bin ich es nur, und ich...« Er hielt inne. »Ich weiß halt einfach nicht, was du von mir erwartest, nehme ich an.«

»Nichts«, entgegnete sie leise.

»Nichts?« Er konnte nicht verhehlen, wie ungläubig er war.

»Nur, was du zu geben bereit und fähig bist«, erklärte sie.

»Aber ich dachte, der König vom Silberfluß hätte gesagt...« Er hielt inne. »Ich dachte, dein Vater hätte gesagt, daß ich gebraucht würde. War das nicht, was du gesagt hast? Daß er dir mitgeteilt hat, daß wir gebraucht würden, wir alle?«

»Er hat mir nicht gesagt, was ihr tun sollt, Morgan. Er sagte mir, ich solle euch mit auf die Suche nach dem Talisman nehmen, und daß ihr dann wüßtet, was zu tun sei, du und wir alle.« Sie rückte ein Stück von ihm ab und drehte sich um, um ihn anzuschauen. »Wenn ich dir mehr sagen könnte, dann würde ich das tun.«

Er runzelte die Stirn, frustriert über ihre ausweichende Art zu antworten und über seine Ungewißheit. »Wirklich?«

Sie lächelte beinahe. Sogar vom Regen durchnäßt und vom Flußwasser verdreckt, war sie die allerschönste Frau, die er je gesehen hatte. Er versuchte etwas zu sagen, doch er brachte kein Wort über die Lippen. Er saß nur stumm da und starrte sie an.

»Morgan«, sagte sie leise. »Mein Vater sieht Dinge, die allen anderen verborgen sind. Er sagte mir, was ich wissen muß, und ich habe genug Vertrauen zu ihm, um zu glauben, daß das, was er mir gesagt hat, genug ist. Du bist hier, weil ich dich brauche. Es hat etwas mit der Magie deines Schwertes zu tun. Mein Vater sagte mir, was ich dir wiederholt habe, daß du die Gelegenheit haben wirst, dein Schwert wieder heilzumachen. Und dann wird es uns beiden vielleicht in einer Weise dienen, die wir nicht vorhersehen können.«

»Und Pe Ell?« drängte er, entschlossen, alles zu erfahren.

»Pe Ell?«

»Walker sagt, er sei ein Meuchelmörder – und daß auch er eine magische Waffe besitze – eine Waffe, die tötet.«

Sie musterte ihn lange, ehe sie antwortete. »Das ist richtig.«

»Und auch er wird gebraucht?«

»Morgan.« Sie sprach seinen Namen wie eine Ermahnung aus.

»Sag es mir. Bitte.«

Sie senkte ihr edles Gesicht in den Schatten und hob es dann wieder. Ihre perfekten Züge waren voller Traurigkeit. »Pe Ell wird gebraucht. Seine Aufgabe, genau wie die deine, muß sich erweisen.«

Morgan zögerte, weil er zu entscheiden versuchte, was er als nächstes fragen sollte. Er wollte dringend die Wahrheit erfahren und fürchtete gleichzeitig, ihre Gunst zu verlieren, wenn er sich auf ein Gebiet wagte, wo er nicht willkommen war.

Sein Gesicht war angespannt. »Mir gefällt der Gedanke nicht, daß ich aus den gleichen Gründen ausgewählt wurde wie Pe Ell«, murmelte er schließlich. »Ich bin nicht wie er.«

»Das weiß ich«, sagte sie. Sie zögerte, als kämpfe sie mit einem inneren Dämonen. »Ich glaube, daß jeder von euch – einschließlich Walker Boh – aus einem anderen Grund hier ist, daß jedem eine andere Aufgabe gestellt ist. Das fühle ich.«

Er nickte, nur zu gern bereit, ihr zu glauben, und außerstande, ihr nicht zu glauben. »Ich wünschte nur, ich wüßte mehr.«

Sie berührte seine Wange mit den Fingern, ließ sie hinunter bis an sein Kinn und über den Hals streichen und zog sie dann zurück. »Es wird alles gut werden«, sagte sie.

Dann lehnte sie sich wieder gegen den Baumstamm und kuschelte sich an ihn, und er fühlte, wie seine Enttäuschungen und Zweifel zu schwinden begannen. Er ließ sie fahren, ohne dagegen anzukämpfen, zufrieden, das Mädchen im Arm zu halten. Es war inzwischen dunkel geworden, das Tageslicht war im Westen untergegangen, und die Nacht breitete sich über das Land. Das Gewitter war nach Osten abgezogen, und vom Regen war nur ein Nebel zurückgeblieben. Die Wolkendecke war noch immer ungebrochen, doch es donnerte nicht mehr, und Stille hatte sich wie eine Decke über das Land gebreitet wie über ein Kind, das schlafen gelegt wird. Unsichtbar sprudelte und gluckerte noch immer der Rabb, sein dumpfes Rauschen war jetzt langsamer und gemäßigter und lullte sie ein. Morgan spähte in die Nacht, ohne etwas zu sehen; die Dunkelheit hatte sich wie ein undurchsichtiger Vorhang über alles gelegt, ihn eingehüllt und sich wie eine Decke um ihn gewickelt. Er sog die klare Luft ein und ließ seinen Gedanken freien Lauf.

»Ich könnte etwas Eßbares vertragen«, überlegte er nach einiger Zeit. »Falls wir hier etwas finden.«

Ohne etwas zu sagen, erhob sich Quickening, nahm seine Hände in die ihren und zog ihn hinter sich her. Zusammen wanderten sie in der Finsternis durch das nasse Gras. Sie konnte weit mehr sehen als er und führte ihn mit einer Sicherheit, der er sich widerspruchslos fügte. Bald fand sie Wurzeln und Beeren, die sie verzehren konnten, und eine Pflanze, die, in der richtigen Weise aufgeschnitten, frisches Wasser lieferte. Sie aßen und tranken, was sie fanden, wortlos und still nebeneinandergekauert. Als sie geendet hatten, nahm sie ihn mit ans Ufer, wo sie schweigend auf die dunklen, vor dem finsteren Festland mysteriös schimmernden Wasser des Rabb schauten.

Eine sanfte Brise strich Morgan über das Gesicht und trug den Duft von Blüten und Gräsern mit. Seine Kleider waren noch immer naß, aber er fror nicht mehr. Die Luft war lau, und er fühlte sich seltsam leicht.

»So ist es manchmal im Hochland«, erzählte er ihr. »Warm und voll von dem Geruch von Erde nach einem Sommergewitter, die Nächte so lang, daß man meint und hofft, sie würden nie enden.« Er lachte. »In solchen Nächten saß ich oft mit Par und Coll Ohmsford zusammen. Ich erzählte ihnen, daß man, wenn man es sich nur innig genug wünschte... mit der Dunkelheit verschmelzen könnte wie eine Schneeflocke auf der Haut, einfach darin verschwinden und so lange bleiben, wie man will.«

Er lugte zu ihr hinüber, um ihre Reaktion zu sehen. Sie saß noch immer neben ihm, in Gedanken verloren. Er zog die Knie an die Brust und schlang seine Arme darum. Ein Teil von ihm wäre gern mit dieser Nacht verschmolzen, so daß sie für immer dauerte, hätte sie mitnehmen mögen, fort aus der Welt um sie herum. Es war ein dummer Wunsch.

»Morgan«, sagte sie schließlich. »Ich beneide dich um deine Vergangenheit. Ich habe keine.«

Er lächelte. »Natürlich hast...«

»Nein«, unterbrach sie ihn. »Ich bin ein Elementargeist. Weißt du, was das bedeutet? Ich bin kein Mensch. Ich wurde durch Zauber erschaffen. Ich wurde aus der Erde der Gärten gemacht. Die Hand meines Vaters formte mich. Ich wurde voll ausgewachsen geboren, als eine Frau, die niemals ein Kind war. Meine Aufgabe wurde von meinem Vater bestimmt, und ich habe keinen Einfluß darauf, worin diese Aufgabe besteht. Das betrübt mich nicht, denn ich weiß es nicht besser. Doch mein Instinkt, meine menschlichen Gefühle verraten mir, daß es mehr gibt, und ich wünschte, daß es mein wäre, so wie es dein ist. Ich fühle den Genuß, den deine Erinnerungen dir bereiten. Ich fühle die Freude.«

Morgan war sprachlos. Er hatte gewußt, daß sie magisch war, daß sie über magische Fähigkeiten verfügte, aber es war ihm nie in den Sinn gekommen, daß sie kein... Er fing sich. Daß sie was nicht wäre? So wirklich, wie sie war? So menschlich? Aber sie war es doch, oder? Ungeachtet dessen, für was sie sich hielt. Sie fühlte und schaute und sprach und handelte wie ein Mensch. Was gab es denn sonst? Ihr Vater hatte sie nach dem Bild des Menschen gestaltet. Reichte das nicht? Sein Blick strich über sie. Ihm war es genug, stellte er fest. Mehr als genug.

Er streichelte ihre Hand. »Ich gebe zu, daß ich nichts darüber weiß, wie du gemacht wurdest, Quickening. Ich weiß auch nichts über Elementargeister. Aber du bist ein Mensch. Davon bin ich überzeugt. Ich wüßte es, wenn du das nicht wärest. Und was die Vergangenheit angeht, die Vergangenheit ist nichts als Erinnerungen, die du sammelst, und das ist etwas, das du im Augenblick gerade tust, du sammelst Erinnerungen – auch wenn es nicht die angenehmsten sind.«

»Leah«, sagte sie.

Er hielt ihrem Blick stand. Dann beugte er sich zu ihr und küßte sie. Nur eine leichte Berührung ihrer Lippen. Dann richtete er sich wieder auf. Sie schaute ihn aus ihren dunklen, durchdringenden Augen an. Angst spiegelte sich darin, und es entging ihm nicht.

»Was fürchtest du?« fragte er.

Sie schüttelte den Kopf. »Die Gefühle, die du in mir weckst.«

Er merkte, daß er sich auf gefährlichen Boden wagte, aber er ließ sich trotzdem nicht zurückhalten. »Du hast mich vorhin gefragt, warum ich hinter dir hergekommen bin, als du gestürzt bist. Die Wahrheit ist, daß ich nicht anders konnte. Ich liebe dich.«

Ihr Gesicht verlor jeglichen Ausdruck. »Du darfst mich nicht lieben«, flüsterte sie.

Er lächelte traurig. »Ich fürchte, ich bin da machtlos. Dagegen kann ich nichts tun.«

Sie schaute ihn lange an, dann erschauderte sie. »Und ich kann ebensowenig gegen das tun, was ich für dich empfinde. Aber du bist dir deiner Gefühle wenigstens gewiß, meine verwirren mich nur. Ich muß den Auftrag meines Vaters ausführen, und meine Gefühle für dich, und deine für mich, dürfen dem nicht in die Quere kommen.«

»Das brauchen sie auch nicht«, sagte er, nahm wieder ihre Hände in die seinen, diesmal mit mehr Bestimmtheit. »Sie können einfach dasein.«

Ihr Silberhaar glänzte, als sie den Kopf schüttelte. »Ich glaube nicht. Nicht Gefühle von dieser Art.«

Er küßte sie wieder, und diesmal erwiderte sie den Kuß. Er atmete sie ein, als wäre sie eine Blüte. Er war sich seiner Gefühle in seinem ganzen Leben noch nie so sicher gewesen wie mit ihr.

Sie unterbrach den Kuß und wandte sich ab. »Morgan«, sagte sie, und es klang wie ein Flehen.

Sie erhoben sich und gingen zurück in den Schutz der Bäume, zu der Ulme, unter der sie zuvor das Gewitter abgewartet hatten, und ließen sich wieder an ihrem Stamm nieder. Sie hielten sich aneinander fest wie Kinder, die verängstigt und allein sind und Schutz vor den namenlosen Schrecken suchen, die gleich außerhalb ihres Bewußtseins lauern, ihre Träume heimsuchen und ihren Schlaf bedrohen.

»Als ich die Gärten meiner Geburt verließ, sagte mir mein Vater, daß es Dinge gebe, vor denen er mich nicht bewahren kann«, flüsterte sie. Ihr Gesicht war nah an Morgans Wange, sanft und weich, und ihr Atem war warm. »Er meinte damit nicht die Gefahren, die mich erwarteten – Uhl Belk oder die Lebewesen, die in Eldwist hausen, nicht einmal die Schattenwesen. Er sprach hiervon.«

Morgan strich ihr zärtlich über das Haar. »Es gibt nicht viel, das dich gegen deine Gefühle beschützen kann.«

»Ich kann sie verdrängen«, erwiderte sie.

Er nickte. »Wenn es sein muß. Aber ich muß dir sagen, daß ich nicht fähig bin, meine Gefühle zu verdrängen. Selbst wenn mein Leben davon abhinge, wäre ich dazu nicht imstande. Und es spielt dabei keine Rolle, wer oder was du bist. Elementargeist oder sonst irgend etwas. Mir ist unwichtig, wer dich gemacht hat und warum. Ich liebe dich, Quickening. Ich glaube, ich liebe dich, seit ich dich zum ersten Mal gesehen habe, seit den ersten Worten, die du gesprochen hast. Ich kann es nicht ändern, gleich, was du sonst von mir verlangst. Ich will es nicht einmal versuchen.«

Sie drehte sich in seinen Armen um und hob ihm ihr Gesicht entgegen. Dann küßte sie ihn und küßte ihn, bis alles um sie herum verschwand.

Als sie am nächsten Morgen erwachten, stieg die Sonne gerade über den Horizont eines wolkenlosen, blauen Himmels. Vögel zwitscherten, und die Luft war warm und süß. Sie erhoben sich, wanderten ans Flußufer und fanden den Rabb wieder träge und friedlich dahinfließen.

Morgan Leah schaute Quickening an, die Linie ihres Körpers, die wilde Silbermähne, die Sanftheit ihrer Züge, und ein breites, unwillkürliches Lächeln erhellte sein Gesicht. »Ich liebe dich«, flüsterte er.

Sie lächelte zurück. »Und ich liebe dich, Morgan Leah. Ich werde in meinem ganzen Leben niemanden so lieben, wie ich dich liebe.«

Sie sprangen in den Fluß. Sie waren gut ausgeruht und schwammen mühelos zum Festland hinüber. Als sie das andere Ufer erreichten, blieben sie einen Moment stehen und schauten zu ihrer Insel zurück. Morgan kämpfte gegen eine Welle von Traurigkeit an, die in ihm aufstieg. Die Insel und ihre Einsamkeit und die vergangene Nacht waren für ihn verloren und blieben nur als Erinnerung zurück. Sie gingen wieder in die Welt des Uhl Belk und des schwarzen Elfensteins.

Sie folgten dem Ufer flußaufwärts nach Süden während mehrerer Stunden, ehe sie die anderen fanden. Es war Carisman, der sie als erster erspähte, als er am Rand eines steilen Uferfelsens entlangging, und beglückt benachrichtigte er die anderen. Dann stürmte er mit fliegendem Haar und gerötetem Gesicht den Hang hinunter. Die letzten Meter rutschte er auf der Kehrseite, sprang auf und hüpfte ihnen entgegen. Er warf sich Quickening zu Füßen und fing an zu singen:

»Die verlorenen Schäflein sind wiedergefunden,
gerettet die Lämmchen vor Wölfen und Wunden.
Sie irrten weitum, doch sie fanden zurück,
jetzt bleiben sie hier, sie sind unser Glück.
Tralala, tralala, tralala.«

Es war ein albernes Lied, doch Morgan mußte unwillkürlich lächeln. Wenig später kamen auch die anderen herbei, der hagere Pe Ell, dessen düstere Wut, Quickening verloren zu haben, der Erleichterung darüber, daß sie wieder da war, wich; der bärenhafte Horner Dees, der brummig die Sache als erledigt abtun wollte, und der rätselhafte Walker Boh, dessen Gesicht eine unergründliche Maske war, als er Morgan zu der Rettung gratulierte. Und währenddessen tanzte und sang ein überschwenglicher Carisman und füllte die Umgebung mit seiner Musik.

Nachdem die Begrüßungen schließlich erledigt waren, machten sie sich wieder auf den Weg. Sie verließen das Charnalgebirge und zogen in das Waldland im Norden. Irgendwo weit vor ihnen wartete Eldwist. Die Sonne stieg in den Himmel und hing dort, wärmte und beleuchtete das Land, als sei sie entschlosen, sämtliche Spuren des gestrigen Gewitters zu verwischen.

Morgan ging neben Quickening. Achtsam suchten sie den Weg zwischen verdampfenden Pfützen und Rinnsalen. Sie sagten nichts. Sie schauten einander nicht einmal an. Nach einer Weile fühlte er, wie sie seine Hand in die ihre nahm.

Bei ihrer Berührung durchflutete ihn die Erinnerung.

Fünf Tage lang wanderten sie nordwärts durch das Land jenseits der Charnalberge, ein grünes, sanftes Hügelland mit hohem Gras und Feldern voller Wildblumen, hin und wieder kleinen Wäldern mit Kiefern, Espen und Fichten. Bäche und Flüsse schlängelten sich in Meandern silberner Bänder von den Bergen herunter, bildeten Seen, die wie Spiegel in der Sonne glänzten und kühlende Brisen aussandten. Es war leichter, hier zu reisen als im Gebirge. Das Gelände war weit weniger steil, der Boden sicher und das Wetter mild. Die Tage waren sonnig, die Nächte lau und voll von süßen Düften. Der Himmel streckte sich weit und tief und blau von einem Horizont zum anderen. Es regnete nur einmal, einen sanften, freundlichen Regen, der die Bäume und das Gras anfeuchtete und fast unbemerkt vorüberging. Die Stimmung der Gruppe war gut: Ihre Schritte waren kraftvoll und schnell. Die Sorgen um das, was ihnen bevorstand, wurden von neuer Zuversicht und einem gewissen Wohlbefinden gedämpft. Die Zweifel steckten halbvergessen in den dunklen Tiefen ihres Bewußtseins. Die Stunden meißelten an den launischen Temperamenten mit gemächlicher, stetiger Präzision, als würden sie von dem Werkzeug eines Steinmetzen geebnet und geformt, bis alle scharfen Kanten verschwanden und nur noch die glatte Oberfläche angenehmer Gesellschaft übrigblieb.

Selbst Walker Boh und Pe Ell hielten einen unausgesprochenen Waffenstillstand. Niemand konnte behaupten, daß sie auch nur die geringste Neigung dazu hätten, miteinander Freundschaft zu schließen, doch sie hielten freundlich Abstand zueinander, und beide zeigten ein wohleinstudiertes Desinteresse aneinander. Für den Rest der Gruppe war Unveränderlichkeit die Verhaltensnorm. Horner Dees blieb mürrisch und barsch, Carisman unterhielt sie mit Geschichten und Liedern, und Morgan und Quickening spielten und fochten mit Blicken und Gesten in einem Liebestanz, der allen außer ihnen ein Mysterium blieb. Bei allen, außer vielleicht Carisman, gab es eine Unterströmung von Vorsicht und Verschwiegenheit. Carisman schien unfähig, mehr als nur ein Gesicht zu zeigen. Doch die übrigen waren in ihren dunklen Momenten vorsichtig und sehr darauf bedacht, ihre Zweifel und Befürchtungen in Schach zu halten, in der Hoffnung, daß sich eine Mischung aus Glück und Entschlossenheit als ausreichend erweisen würde, sie heil bis ans Ende ihrer Reise zu bringen.

Den Anfang von diesem Ende brachte der nächste Tag mit einer schrittweisen Veränderung der Landschaft. Das Grün, das die Wälder und Hügel im Süden geschmückt hatte, verblaßte zu Grau. Blumen wurden immer seltener, das Gras welk und trocken. Bäume, die voll üppigen Laubs sein sollten, waren verkümmert und kahl. Vögel, die nur eine Meile weiter südlich in großer, bunter Schar gesungen hatten und umhergeflogen waren, fehlten ebenso wie das Kleinwild oder größere, huf- oder hörnertragende Tiere. Es war, als habe eine Dürre das Land heimgesucht und alles Leben vernichtet.

Am späten Morgen standen sie auf dem Kamm einer Erhebung und schauten über das trostlose Land, das sich vor ihnen auftat.

»Schattenwesen«, erklärte Morgan finster.

Doch Quickening schüttelte ihre Silbermähne und erwiderte: »Uhl Belk.«

Mittags wurde es schlimmer, und noch schlimmer bei Einbruch der Nacht. Sämtliche Spuren von Gras und Blättern waren verschwunden. Selbst die winzigsten Kräuter weigerten sich, hier zu wachsen. Stämme reckten ihre skelettartigen Glieder in den Himmel, als flehten sie um Hilfe und Schutz. Das Land schien so gründlich verwüstet, daß nichts mehr zu wachsen wagte, eine weite Wildnis, die leer und kahl und freudlos geworden war. Staubwolken wirbelten unter ihren Schritten auf, als sie über den toten Boden stapften, wie der vergiftete Atem der Erde. Nichts regte sich um sie herum, über ihnen, unter ihnen – keine Tiere, keine Vögel, nicht einmal Insekten. Es gab kein Wasser. Der Erde entströmte ein metallischer, schaler Geruch. Wolken sammelten sich wieder, erst nur vereinzelt, dann immer dichter, bis eine undurchdringliche Wolkendecke wie ein Leichentuch über dem Land lag.

In jener Nacht lagerten sie in einem Wald aus toten Bäumen, wo die Luft so still war, daß sie einander atmen hören konnten. Das Holz wollte nicht brennen, und so hatten sie kein Feuer. Licht von einer Mischung von Elementen im Boden spiegelte sich an der dichten Wolkendecke und warf die Schatten der Bäume als Netzwerk über ihre zusammengekauerten Gestalten.

»Morgen bei Einbruch der Nacht sind wir da«, sagte Horner Dees, als sie einander in der Stille gegenübersaßen. »Eldwist.«

Finstere Blicke waren die einzige Antwort.

Von da an war Uhl Belks Anwesenheit nicht mehr zu übersehen. Er lauerte in ihrer Nähe in der einfallenden Dämmerung, schlief bei ihnen in jener Nacht und wanderte mit ihnen, als sie am nächsten Tag aufbrachen. Sie atmeten seinen Atem, seine Stille war die ihre. Sie fühlten, wie er sie heranwinkte, wie er sich nach ihnen ausstreckte, um sie aufzulesen. Niemand sprach es aus, aber Uhl Belk war da.

Gegen Mittag war das Land zu Stein erstarrt. Es war ganz und gar krank, welk und leblos geworden, und jeglicher Farbe außer Grau beraubt. Alles war perfekt konserviert wie eine riesige Skulptur. Bäume und ihre Äste, Gestrüpp und Gräser, Felsen und Erde – alles war, so weit das Auge reichte, zu Stein geworden. Es war eine öde, frostige

Landschaft, die trotz ihrer Kälte eine merkwürdig anziehende Schönheit ausstrahlte. Die Gruppe aus Rampling Steep war verzückt. Vielleicht war es die Solidität, die sie anzog, das Gefühl, daß hier etwas Dauerhaftes, Beständiges und irgendwie perfekt Gestaltetes vor ihnen lag. Die Verheerungen der Zeit, der Wechsel der Jahreszeiten, die eingreifendsten Bemühungen des Menschen – es war, als ob nichts von alledem hier etwas ausrichten könnte.

Horner Dees nickte, und sie gingen weiter.

Dunst hing über ihnen, als sie über diesen Teppich erstarrter Zeit wanderten, und nur unter Mühen konnten sie nach mehreren Stunden etwas anderes in der Ferne schimmern sehen. Es war eine weite Wasserfläche, so grau wie das Land, über das sie wanderten, die mit dieser Öde verschmolz, eine Kulisse, die sich so trostlos mit Himmel und Erde verband, als wäre der Übergang ohne Bedeutung.

Sie hatten den Gezeitenstrom erreicht.

Zwei Berggipfel kamen in Sicht, gezackte Felsspiralen, die sich starr vor dem Horizont abzeichneten. Es stand außer Frage, daß die Gipfel ihr Ziel darstellten.

Ab und zu rumpelte die Erde unter ihnen unheilverkündend, und ein Beben erschütterte sie, als wäre das Land ein Teppich, den ein Riese schüttelte. Das Beben hatte keine erkennbare Ursache, aber Horner Dees wußte etwas. Morgan erkannte es an der Art, wie er sein bärtiges Kinn gegen seine Brust preßte und Angst in seinem Blick lag.

Nach einiger Zeit verengte sich das Land zu beiden Seiten, und der Gezeitenstrom rückte näher. Sie folgten einem immer schmaler werdenden Felsenstreifen, der sie direkt zu den Zwillingsbergen führte auf einer Rampe, die möglicherweise im Meer endete. Die Temperatur sank, und die Luftfeuchtigkeit bildete Tröpfchen auf ihrer Haut. Ihre Stiefel waren seltsam geräuschlos auf dem harten Fels, während sie stetig weiter in den Dunst trotteten. Bald waren sie nur noch eine Reihe von Schemen in der einfallenden Dämmerung. Dees marschierte vorneweg, alt, massig und beständig. Morgan folgte mit Quickening. Das Gesicht des großen Hochländers war von Besorgnis gezeichnet, Quickenings dagegen glatt und ruhig. Der hübsche Carisman summte vor sich hin, während sein Blick so schnell herumhuschte wie ein Vogel. Walker Boh glitt blaß und nach innen gekehrt in seinem weiten Umhang hinter ihnen her. Pe Ell bildete den Schluß, seine Jägeraugen sahen alles.

Vor ihnen spaltete sich die Rampe in einem Steilabbruch, aus dem seltsame Felsformationen ins Licht ragten. Es hätten irgendwelche Skulpturen sein können, außer daß sie keinerlei bekannte Form hatten. Wie Säulen, die im Laufe von Jahrtausenden von der zornigen Hand des Wetters zerschlagen worden waren, bauchten und winkelten sie sich zu bizarren Bildern, wahnhaften Visionen eines Verrückten. Die Gruppe ging zwischen ihnen entlang, furchtsam eilten sie in ihrem Schatten voran.

Schließlich erreichten sie die Felsengipfel. Zwischen den beiden war eine Kluft, ein tiefer, enger Spalt, der den Eindruck erweckte, als sei er das Ergebnis einer gewaltigen Naturkatastrophe, die entzweigespalten hatte, was einst ein einziger Berg gewesen war. Die beiden Spitzen türmten sich zu beiden Seiten, Felsspiralen, die in die Wolken hinaufragten, als wollten sie sie festnageln. Der Himmel war trüb und dunstig, und die Wogen des Gezeitenstroms brachen und donnerten gegen die Felsenufer.

Horner Dees ging voraus, und die anderen folgten, bis sie alle von den Schatten umgeben waren. Die Luft war eisig und still in der Kluft, nur die fernen Rufe von Seevögeln hallten schrill durch die Luft. Was für Geschöpfe außer dem Meeresgetier konnten in dieser Umgebung wohl leben, fragte sich Morgan Leah unbehaglich. Er zog sein Schwert. Sein ganzer Körper war gespannt, und er spähte angestrengt um sich, suchte nach einem Zeichen der Gefahr, deren Drohen er spürte. Dees ging gebeugt wie ein Tier auf Jagd, und die drei hinter dem Hochländer waren wie Geister ohne Substanz. Nur Quickening schien unbeeinträchtigt, mit hocherhobenem Kopf wanderten ihre Augen wachsam über den Fels, den Himmel und das Grau, das alles umhüllte.

Morgan schluckte gegen die Trockenheit in seiner Kehle an. *Was ist das, was uns hier erwartet?*

Die Wände der Kluft schienen sich über ihren Köpfen zu berühren, und für einige Zeit befanden sie sich in völliger Finsternis. Nur der schmale Lichtschlitz vor ihnen ließ erkennen, daß sie nicht in einer Gruft eingeschlossen waren. Dann verbreiterte sich der Spalt wieder, und es wurde heller. Die Kluft öffnete sich auf ein Tal, das zwischen den beiden Gipfeln eingebettet lag. Flach, zerfurcht, erstickt unter den Überresten von Bäumen und Gestrüpp, mit Felsbrocken vielfach größer als ein Mann, war es eine häßliche Anhäufung vom Abfall der Natur und dem Müll der Zeit. Überall lagen Skelette in riesigen Haufen, alle Größen und Formen, zerschmettert und zerbrochen, so daß man nicht mehr erkennen konnte, was es für Geschöpfe gewesen sein mochten.

Horner Dees ließ sie anhalten. »Das ist die Knochensenke«, sagte er leise. »Das Tor nach Eldwist. Dort drüben jenseits der Senke zwischen den Gipfeln beginnt Eldwist.«

Die anderen drängten herbei, um besser sehen zu können. Walker Boh erstarrte. »Da unten ist etwas.«

Dees nickte. »Vor zehn Jahren hab' ich das auf die unsanfte Art herausgefunden«, sagte er. »Es ist ein Koden. Der Wachhund des Steinkönigs. Siehst du ihn?«

Sie spähten, doch sie sahen nichts, nicht einmal Pe Ell. Dees ließ sich schwerfällig auf einem Felsbrocken nieder. »Ihr werdet ihn nicht sehen. Nicht, bevor er euch erwischt hat. Und dann spielt es keine Rolle mehr, nicht wahr? Ihr könntet alle die armen Kreaturen da unten fragen, wenn sie noch Zungen hätten und lebten, um sie zu benutzen.«

Morgan stieß mit seinem Stiefel an einen toten Ast, während er zuhörte. Das Holz war schwer und gab nicht nach. Stein. Morgan schaute es an, als verstehe er es zum ersten Mal. Stein. Alles unter ihren Füßen, alles um sie herum, alles so weit das Auge reichte – alles war aus Stein.

»Koden sind eine Bärenart«, berichtete Dees. »Riesige Kerle, die oben in den kalten Regionen im Norden der Gebirge leben. Sie bleiben ziemlich unter sich. So oder so sehr unberechenbar. Aber dieser hier?« Er nickte geheimnisvoll. »Er ist ein Monster.«

»Riesig?« fragte Morgan.

»Ein *Monster*«, betonte Dees. »Nicht nur von der Größe her, Hochländer. Dieses Ding ist kein Koden mehr. Man kann noch erkennen, was es eigentlich sein sollte, aber nur so gerade eben. Belk hat irgendwas mit ihm gemacht. Blind gemacht, zum einen. Er kann nichts sehen. Aber seine Ohren sind so scharf, daß er eine Nadel fallen hört.«

»Dann weiß er also, daß wir hier sind«, vermutete Walker und trat an Dees vorbei, um einen besseren Blick in die Senke zu werfen. Seine Augen waren dunkel und nachdenklich.

»Schon seit geraumer Zeit, nehme ich an. Er wartet da unten darauf, daß wir versuchen durchzugehen.«

»Falls er überhaupt noch da ist«, sagte Pe Ell. »Es ist schon lange her, seit du hier warst, Alter. Inzwischen mag er tot und verschwunden sein.«

Dees schaute ihn mitleidig an. »Warum gehst du nicht runter und schaust mal nach?«

Pe Ell schenkte ihm ein schiefes, frostiges Lächeln.

Der alte Fährtensucher wandte sich ab und ließ seinen Blick wieder über sie Senke wandern. »Zehn Jahre sind es her, seit ich ihn gesehen habe, und ich kann ihn noch immer nicht vergessen«, flüsterte er. Er schüttelte sein ergrautes Haupt. »So was furchtbares wie ihn vergißt man nicht.«

»Vielleicht hat Pe Ell recht; vielleicht ist er inzwischen tot«, schlug Morgan hoffnungsvoll vor. Er schaute Quickening an, deren Blick auf Walker fixiert war.

»Nicht dieses Ding.« Dees war sich sicher.

»Nun, warum können wir ihn dann nicht sehen, wenn er so riesig und so scheußlich ist?« fragte Carisman und lugte dabei vorsichtig über Morgans Schulter.

Dees kicherte. Seine Augen verengten sich. »Man kann ihn nicht sehen, weil er genauso aussieht wie alles andere da unten – wie Stein, ganz grau und hart, nur ein weiterer Felsbrocken. Schaut selbst. Einer von diesen Brocken, einer von diesen Findlingen, etwas, das nach nichts aussieht – das ist er. Liegt einfach nur da, absolut reglos. Und wartet.«

»Und wartet«, wiederholte Carisman.

Er begann zu singen:

»Drunten im Tal, im steinigen Karst,
im Gebein seiner Opfer,
liegt der Koden und wacht.
Er lauert in seinem steinernen Horst,
bis sein er dich macht.«

»Sei still, Sänger«, warnte Pe Ell mit drohendem Unterton in der Stimme. Dann wandte er sich stirnrunzelnd an Dees. »Du bist an ihm vorbeigekommen, wenn wir glauben, was du uns erzählst. Wie hast du das gemacht?«

Dees lachte laut auf. »Ich hatte einfach Schwein! Ich hatte zwölf Mann bei mir, und wir gingen hinunter, Dummköpfe alle miteinander. Er konnte uns nicht alle kriegen, nicht, nachdem wir angefangen hatten zu rennen. Nein, er mußte sich mit dreien zufriedengeben. Das war auf dem Hinweg. Auf dem Rückweg kriegte er nur einen. Aber da waren wir nur noch zu zweit. Ich war derjenige, den er verpaßt hat.«

Pe Ell starrte ihn ausdruckslos an. »Wie du gesagt hast, Alter – Schwein gehabt.«

Dees stand auf, so bärenhaft wie irgendein Koden, den Morgan sich vorstellen konnte, mürrisch und abweisend. Er stellte sich vor Pe Ell, als wollte er ihn angreifen. »Es gibt viele Sorten von Glück«, sagte er. »Manches hast du, manches machst du dir selbst. Manches hast du bei dir, manches sammelst du unterwegs auf. Ihr werdet alle Sorten brauchen, um nach Eldwist und wieder hinauszugelangen. Der Koden ist etwas, wovon du in deinen schlimmsten Nächten nicht träumen wolltest. Aber eins kann ich dir sagen. Wenn du gesehen hast, was da unten sonst noch ist, jenseits der Knochensenke, dann brauchst du dir wegen des Kodens keine Sorgen mehr zu machen. Denn die Träume, die dich danach heimsuchen werden, handeln von anderen Sachen!«

Pe Ells Achselzucken war verächtlich und ablehnend. »Träume sind was für alte Männer, Horner Dees.«

Dees funkelte ihn an. »Mutige Worte für den Augenblick.«

»Ich kann ihn sehen«, sagte Walker Boh plötzlich.

Seine Stimme war leise, fast nur ein Flüstern, aber es brachte die anderen sofort zum Schweigen. Sie drehten sich nach ihm um. Der Dunkle Onkel starrte hinaus auf die Trostlosigkeit der Knochensenke. Ihm war offenbar nicht bewußt geworden, daß er etwas gesagt hatte.

»Den Koden?« fragte Dees barsch. Er trat einen Schritt näher.

»Wo?« fragte Pe Ell.

Walkers Geste war undeutlich. Morgan schaute trotzdem in die Richtung, doch er konnte nichts erkennen. Er sah die anderen an. Keiner von ihnen schien etwas sehen zu können. Doch Walker Boh achtete nicht auf sie. Er schien eher auf etwas zu lauschen.

»Wenn du ihn wirklich sehen kannst, dann zeig ihn mir«, sagte Pe Ell schließlich mit sorgsam neutral klingender Stimme.

Walker reagierte nicht. Er fuhr fort, hinunterzustarren. »Es fühlte sich an…«

»Walker?« flüsterte Quickening und berührte seinen Arm.

Sein bleiches Antlitz wandte sich endlich von der Senke ab, und seine dunklen Augen fanden die ihren. »Ich muß ihn finden«, sagte er. Dann schaute er einen nach dem anderen an. »Wartet hier, bis ich euch rufe.«

Morgan wollte protestieren, doch etwas im Blick des Dunklen Onkels ließ ihn innehalten.

Statt dessen beobachtete er zusammen mit den übrigen, wie Walker Boh allein in die Knochensenke stieg.

Es war ein stiller Tag, kein Windhauch regte sich, und nichts bewegte sich in der karstigen Weite der Senke, mit Ausnahme von Walker Boh. Er überquerte leise die zersplitterten Steine wie ein Gespenst, das keinen Laut macht und keine Spur hinterläßt. In den letzten Wochen war es mehrfach vorgekommen, daß er sich als ziemlich genau das gefühlt hatte. Er wäre fast an dem Gift des Asphinx zugrunde gegangen, dann erneut bei dem Angriff der Schattenwesen in Hearthstone. Ein Teil von ihm war sicherlich zusammen mit seinem Arm gestorben, ein weiterer Teil beim Versagen seiner Magie, seine Krankheit zu heilen. Ein Teil von ihm war mit Cogline gestorben. Auf dieser Reise war er leer und verloren gewesen, zum Mitgehen gedrängt von seinem Zorn auf die Schattenwesen, der Furcht, allein zu sein, und dem Wunsch, das Geheimnis von Uhl Belk und dem schwarzen Elfenstein zu lüften. Nicht einmal Quickening, trotz ihrer Bemühungen, ihm physisch wie seelisch zur Hilfe zu kommen, war stark genug gewesen, ihn sich selbst wiederzugeben. Er war ein hohles Gehäuse all dessen, was und wer er sein sollte, beraubt, und zu diesem Unternehmen in der schwachen Hoffnung bereit, daß es ihm helfen könnte, seine Aufgabe in dieser Welt zu erkennen.

Und nun glaubte Walker Boh in diesem weiten, trostlosen Tal, wo Ängste und Zweifel und Schwächen am schneidendsten zu fühlen waren, er habe eine Chance, wieder lebendig zu werden.

Es war die Gegenwart des Kodens, die seine Hoffnung anstachelte. Bis jetzt war die Magie merkwürdig still in ihm gewesen, ein erschöpftes, müdes Ding, das mehrfach versagt hatte und schließlich aufgegeben zu haben schien. Sicherlich, sie war noch dagewesen, als er bedroht wurde, um die Urdas abzuschrecken, die zu nah gekommen waren, und ihre Wurfgeschosse abzulenken. Doch das war eine ärmliche, magere Sache im Vergleich zu dem, was er einst damit hatte ausrichten können. Was war aus dem Einfühlungsvermögen mit anderen Lebewesen geworden, daß sie ihm gestattet hatte? Was aus seinem Gefühl für Emotionen und Gedanken? Und was aus dem Wissen, daß ihm immer zugefallen zu sein schien? Was aus den flüchtigen Einblicken auf das, was kommen würde? All das hatte ihn verlassen, war so gewiß entschwunden wie seine alte Welt, wie sein Leben mit Cogline und Ondit in Hearthstone. Einst hatte er sich gewünscht, es wäre so, hatte gewünscht, die Magie würde ihn freigeben und verschwinden, er würde in Frieden sein und ein Mensch wie jeder andere. Doch im Laufe dieser Reise, als sein Verständnis, wer und was er war, durch den Tod von Cogline und Ondit und durch seine eigene körperliche und seelische Verheerung noch gesteigert worden war, war ihm immer klarer geworden, daß dieser Wunsch töricht gewesen war. Er konnte niemals wie andere Menschen sein, und er hätte ohne die Magie nie den Frieden. Er konnte nicht ändern, wer und was er war. Cogline hatte es gewußt und versucht, ihm klarzumachen. Auf dieser Reise hatte er erkannt, daß es stimmte.

Er brauchte die Magie.

Ihn verlangte danach.

Jetzt würde er prüfen, ob er sie noch immer sein eigen nennen konnte. Er hatte die Nähe des Kodens gefühlt, noch ehe Pe Ell sie wahrgenommen hatte. Er hatte gefühlt, was er war, ehe Horner Dees ihn beschrieben hatte. Zwischen den umherliegenden Felsbrocken, zusammengekauert und still, hatte er ihn angerührt, wie andere Geschöpfe es getan hatten, wenn er in die Nähe gekommen war. Er konnte fühlen, wie der Koden nach ihm rief. Walker Boh war nicht sicher, weshalb er das tat, doch er wußte, daß er darauf eingehen mußte. Es war mehr als nur die Not der Kreatur, auf die er reagierte; es war auch seine eigene.

Er ging geradewegs durch das Gewirr von Felsbrocken und versteinertem Holz zu der Stelle, wo der Koden wartete. Er hatte sich nicht gerührt, nicht einmal einen Zentimeter, seit die Gruppe angekommen war. Aber Walker wußte trotzdem, wo er versteckt lag, denn seine Nähe hatte die Magie wiedererweckt. Es war eine unerwartete, aufregende und seltsam beruhigende Erfahrung, die Kraft in seinem Inneren zum Leben erwachen zu fühlen, zu erkennen, daß sie nicht verloren war, wie er angenommen hatte, sondern nur versteckt.

Oder unterdrückt, wies er sich barsch zurecht. Er hatte sich wirklich mit aller Kraft bemüht, abzuleugnen, daß sie existierte.

Nebel ringelte sich zwischen den Felsen hindurch, weiße Tentakel, die seltsame Formen und Muster vor dem grauen Land bildeten. Weit in der Ferne jenseits der Berggipfel und des Tales, das sie umschlossen, konnte Walker die Ozeanwellen gegen das Ufer donnern hören, ein dumpfes Dröhnen, das durch die Stille hallte. Er verlangsamte seine Schritte. Der Koden war direkt vor ihm, und er konnte seine Furcht, ins

Verderben gelockt zu werden, sich mit seiner Magie nicht schützen zu können und ums Leben zu kommen, nicht ganz unterdrücken. Würde es etwas ausmachen, wenn er umkäme, fragte er sich plötzlich. Er schob den Gedanken beiseite. In seinem Inneren konnte er die Magie fühlen, heiß wie ein frisch geschürtes Feuer.

Zwischen zwei Findlingsblöcken hindurch gelangte er in eine Vertiefung, und der Koden erhob sich katzenschnell vor ihm. Er schien sich aus dem Boden zu materialisieren, als habe sich der Staub plötzlich zusammengefügt, um ihm Gestalt zu geben. Er war riesig und alt und grau, dreimal so groß wie Walker, mit gewaltigen, zottigen Gliedmaßen und gezackten, gelben Krallen, die sich um den Felsen klammerten. Er richtete sich auf den Hinterläufen auf, um sich ihm zu zeigen, und sein verzerrtes Maul öffnete sich und legte eine Reihe gleißender Zähne frei. Seine blinden, weißen Augen schauten auf ihn hinunter. Walker blieb standhaft, sein Leben hing an einem seidenen Faden, den ein kleiner Hieb einer der riesigen Pranken zerreißen konnte. Walker erkannte, daß Kopf und Körper des Koden durch irgendeinen finsteren Zauber verzerrt worden waren, um das Wesen grotesker erscheinen zu lassen, und daß die Symmetrie seiner Gestalt, die einst seiner Kraft Grazie verliehen hatte, zerstört worden war.

Sprich zu mir, dachte Walker Boh.

Der Koden klapperte mit den Augendeckeln und ließ sich dann auf alle viere fallen, so daß sich seine Schnauze nur wenige Zentimeter vor Walkers Gesicht befand. Der Dunkle Onkel zwang sich, dem leeren Blick der Kreatur standzuhalten. Er konnte seinen heißen, fauligen Atem fühlen.

Sag es mir, dachte er.

Einen kurzen Moment lang war er überzeugt, daß er sterben würde, daß die Magie ihn ganz und gar betrogen hatte, daß der Koden die Pranke heben und ihn niederschlagen würde. Er erwartete die Klauen, erwartete sein Ende. Dann hörte er, wie das Wesen ihm antwortete, hörte die gutturalen Töne seiner eigenen Sprache, verzerrt und verformt von der Magie.

Hilf mir, sagte der Koden.

Wärme durchflutete Walker. Leben kehrte in einer Weise in ihn zurück, die er nicht beschreiben konnte, so, als wäre er wiedergeboren und könnte wieder an sich selbst glauben. Ein Anflug von Lächeln huschte über sein Gesicht. Die Magie war noch immer die seine.

Langsam streckte er seinen gesunden Arm aus und berührte die Schnauze des Kodens, fühlte mit seinen Fingerspitzen mehr als nur seine rauhe Haut und sein borstiges Fell, er fand auch den Geist des Geschöpfs, der darin gefangen war. Der Dunkle Onkel las mit dieser Berührung seine Geschichte und fühlte seinen Schmerz. Er trat näher, um seinen massigen, geschundenen Leib zu untersuchen. Er hatte keine Angst mehr vor seiner Größe oder seiner Häßlichkeit oder seiner zerstörerischen Gewalt. Es war ein Gefangener, erkannte er – verschreckt, zornig, verwundert und verzweifelt wie alle Gefangenen –, der nichts anderes wollte als seine Freiheit.

»Ich werde dafür sorgen«, flüsterte Walker Boh.

Er versuchte herauszufinden, wie der Koden gefesselt war, doch er sah nichts. Wo waren die Ketten, die ihn banden? Er ging um das Tier herum, prüfte die Beschaffenheit und das Gewicht von Luft und Boden. Der riesige Kopf drehte sich ihm nach, versuchte, ihm zu folgen, die blinden Augen starrten hinter ihm her. Walker vollendete den Kreis und blieb stirnrunzelnd wieder stehen. Er hatte die unsichtbaren magischen Stricke gefunden, die der Steinkönig gemacht hatte, und er wußte, was nötig war, um die Kreatur zu befreien. Der Koden war ein Gefangener seiner Mutation. Er würde wieder in einen Bären zurückverwandelt werden müssen, in das, was er vorher gewesen war, und er mußte von Uhl Belks Berührung gereinigt werden. Doch Walker verfügte nicht über die Magie, die dazu nötig war. Nur Quickening besaß die Kraft dazu, die Magie, die stark genug war, die Meadegärten aus der Asche der Vergangenheit wiedererstehen zu lassen, wiederherzustellen, was einst war. Doch sie hatte bereits gesagt, daß sie ihre Magie nicht einsetzen durfte, ehe sie den schwarzen Elfenstein zurückgewonnen hatten. Walker stand da, schaute den Koden hilflos an und versuchte zu entscheiden, ob er irgend etwas tun konnte. Das Tier drehte sich zu ihm um. Seine riesige, zerlumpte Gestalt schimmerte staubig vor dem grauen Hintergrund.

Walker streckte noch einmal seine Hand aus und ließ seine Finger auf der Schnauze des Kodens ruhen. Seine Gedanken formten sich zu Worten. *Laß uns durch, und wir werden einen Weg finden, dich zu befreien.*

Der Koden starrte ihn aus dem Gefängnis seines geschundenen Leibes an, seine toten Augen waren hart und leer. *Geht*, sagte er.

Walker hob seine Hand nur so lange, wie er brauchte, um seinen Gefährten ein Zeichen zu geben, dann legte er sie wieder zurück. Die anderen näherten sich zögernd. Quickening ging voran, gefolgt von Morgan Leah, Horner Dees, Carisman und Pe Ell. Er beobachtete kommentarlos, wie sie vorbeigingen, hielt seinen Arm ausgestreckt und seine Hand ruhig. Er sah, was in ihren Augen zu lesen stand. Es war eine seltsame Mischung von Gefühlen. Nur in Quickenings Blick lag Verstehen, die anderen zeigten Furcht, Scheu und ungläubiges Staunen. Dann waren sie vorüber. Sie verließen die Knochensenke und betraten die Kluft zwischen den Felsen dahinter, blieben stehen und warteten auf ihn.

Walker zog seine Hand zurück und sah, wie der Koden zu zittern begann. Sein Maul stand weit offen, und er schien tonlos zu schreien. Dann wirbelte er herum und hastete zwischen die Felsblöcke.

»Ich werde es nicht vergessen«, rief Walker ihm nach.

Er fühlte eine Leere, die ihn erschaudern ließ. Er zog sich den Umhang fester und verließ die Senke.

Morgan und die anderen, mit Ausnahme von Quickening, fragten Walker Boh, als er bei ihnen angekommen war, was passiert sei. Wie war es ihm gelungen, den Koden zu bezaubern, so daß sie vorbeigehen konnten? Doch der Dunkle Onkel verweigerte die Antworten auf ihre Fragen. Er sagte nur, daß das Tier ein Gefangener der Magie des Steinkönigs sei und befreit werden müsse. Daß er ihm das versprochen habe.

»Da du es bist, der das Versprechen gegeben hat, kannst du dich auch darum kümmern, es zu halten«, verkündete Pe Ell gereizt und hatte es eilig, die Angelegenheit mit dem Koden fallenzulassen, da die Gefahr jetzt vorbei war.

»Wir werden genug Mühe haben, uns selbst vor der Magie des Steinkönigs zu bewahren«, stimmte Horner Dees ihm zu.

Carisman hüpfte schon voraus, und Morgan fand sich plötzlich Walker Boh gegenüber, ohne eine Antwort geben zu können. Quickening war es, die statt dessen sprach. »Wenn du ihm dein Versprechen gegeben hast, Walker Boh, dann muß es gehalten werden.« Sie sagte allerdings nicht, wie.

Sie wandten sich von der Knochensenke ab und betraten die Kluft zwischen den beiden Bergen, die auf den Gezeitenstrom zuführte. Der Durchgang war schattig und im schwindenden Nachmittagslicht dunkel. Ein eisiger, scharfer Wind blies von den Klippen herunter und trieb sie wie die Hand eines Riesen erbarmungslos vor sich her. Die Sonne hatte sich dem westlichen Horizont genähert, gefangen in einem Wolkennetz, das ihr Licht goldrot färbte. Der Geruch von Salzwasser, Fisch und Seetang füllte scharf und beißend die Luft.

Morgan Leah schaute ein- oder zweimal hinter sich zu Walker Boh, noch immer erstaunt, wie es ihm gelungen war, den Koden davon abzuhalten, sie anzugreifen, sondern geradewegs auf ihn zuzugehen, wie er es getan hatte, ohne daß ihm etwas geschah. Er erinnerte sich an die Geschichten über den Dunklen Onkel, über den Mann, der er gewesen war, ehe der Asphinx ihn gebissen hatte und bevor Cogline und Ondit ums Leben gekommen waren. Über den Mann, der Par Ohmsford gelehrt hatte, sich nicht vor der Macht der Elfenmagie zu fürchten. Bis jetzt hatte er geglaubt, Walker Boh sei bei dem Schattenwesenüberfall auf Hearthstone verkrüppelt worden. Nachdenklich schürzte er die Lippen. Vielleicht hatte er sich geirrt. Und wenn er sich in Walker Bohs Fall geirrt hatte, warum dann nicht auch in seinem eigenen? Vielleicht konnte das Schwert von Leah wieder geheilt und seine eigene Magie wiederhergestellt werden? Vielleicht hatten sie alle eine Chance, wie Quickening gesagt hatte.

Der Hohlweg öffnete sich plötzlich vor ihnen, die Schatten, von denen sie umgeben waren, erhellten sich zu einem grauen, diesigen Licht, und sie lugten durch ein schmales Fenster in den Klippen. Unten dehnte sich der Gezeitenstrom ins Endlose, seine schaumgekrönten Wogen rollten gegen das Ufer. Die Gruppe ging weiter, wieder in den Schatten. Der Weg, dem sie folgten, fiel jetzt ab und schlängelte und wand sich durch die Felsen. Der Nebel und das Sprühwasser des Ozeans machten ihn glitschig und trügerisch. Die Wände spalteten sich wieder, diesmal zu zerklüfteten Steinsäulen, zwischen denen hindurch das Meer und der Himmel zu sehen waren. Unter ihren Füßen war der Fels locker, und es fühlte sich an, als sei alles nahe davor einzustürzen.

Dann machte der Weg eine Biegung und fiel so steil ab, daß sie gezwungen waren, sitzend hinunterzurutschen. Dann gelangten sie in einen engen Korridor, der sich bis zu einem Tunnel schlängelte. Sie mußte sich ducken, um hindurchzugehen, denn aus den Tunnelwänden ragten spitze Felszacken. Am anderen Ende gelangten sie auf einen Sims, der himmelwärts führte, entdeckten einen Pfad und kletterten hinauf, bis er vor einer Art Befestigungswall aus Steinquadern endete.

Sie standen am Rand des Walls und schauten nach unten. Morgan drehte sich der Magen um. Von der Stelle, auf der sie standen, fiel das Land steil zu einer schmalen Landenge ab, die ins Meer hinausragte. Mit der Landenge verbunden war eine Halbinsel, breit und ausgezackt an den Rändern, ganz und gar aus Klippen, an denen sich die Wellen des Gezeitenstroms ohne Unterlaß brachen. Oben auf den Klippen thronte eine Stadt aus hohen, steinernen Gebäuden. Die Bauwerke stammten nicht aus dieser Zeit, sondern aus der Alten Welt, aus dem Zeitalter, bevor die Großen Kriege die Ordnung der Dinge zerstörten und die neuen Rassen entstanden. Sie türmten sich hoch in den Himmel hinauf, glatt und symmetrisch, mit Reihen von Fenstern, die schwarz in das graue Licht gähnten. Alles stand eng beieinander, so daß die Stadt aussah wie ein Wald Steinobelisken, der aus dem Fels gewachsen war. Seevögel kreisten um die Gebäude, und ihre klagenden Schreie schallten durch das schwindende Licht.

»Eldwist«, verkündete Horner Dees.

Weit im Westen tauchte die Sonne ins Wasser des Ozeans, verlor ihre Helligkeit und ihre Farben mit dem Einbrechen der Nacht, das rotgoldene Licht verblaßte silbrig. Der Wind heulte hinter ihnen von den Klippen herunter in stetigem Crescendo, und es fühlte sich an, als würde selbst die Zinne, auf der sie standen, geschüttelt. Sie drängten sich gegen seine Wucht zusammen und beobachteten fasziniert, wie Eldwist mit dem Einbruch der Nacht schattenschwarz wurde. Der Wind heulte auch durch die Stadt, durch die Straßenschluchten, über die Klippen. Morgan schauderte bei dem Geräusch. Eldwist war leer und tot. Nur der Stein war da, hart und unnachgiebig, unwandelbar und fest.

Horner Dees rief durch das Brausen des Sturms nach ihnen, als er sich abwandte. Er führte sie zurück zu einer Stelle, wo Stufen in die Steilwand gehauen worden waren, die in die Stadt hinunterführten. Die Stufen liefen die Wand entlang, winkelten sich durch Spalten und Nischen und wanden sich immer tiefer in den Schatten. Die Nacht fiel ein, während sie hinunterstiegen, die Sonne war hinter dem Horizont verschwunden, und Sterne blinkten am Himmel auf, der klar und wolkenlos war. Der Mond spiegelte sich auf dem Gezeitenstrom, und Morgan konnte die schroffen, hoch aufragenden Spitzen der Stadt sehen, die sich aus den Felsen erhoben. Nebel wehte in langen Schleiern um die Stadt, und Eldwist bekam ein unwirkliches Aussehen – als tauche es aus den Legenden auf. Die Seevögel flogen davon, ihre Schreie verklangen. Bald war nur noch das Dröhnen der Brecher zu hören, die gegen die Felsenküste rollten.

Am Fuß der Treppe fanden sie eine Nische in den Felsen. Horner Dees ließ sie anhalten. »Es hat keinen Sinn, daß wir weiterzugehen versuchen«, erklärte er mit müder Stimme. Der Wind erreichte sie hier nicht, so daß er mit normaler Lautstärke sprechen konnte. »Zu gefährlich während der Nacht. Dort unten ist ein Schleicher...«

»Ein Schleicher!« Morgan, der gerade etwas Gras und Gestrüpp untersucht hatte, das perfekt erhalten und versteinert war, schaute abrupt auf.

»Ja, Hochländer«, fuhr Dees fort. »Ein Ding, das nach Einbruch der Dunkelheit durch die Straßen fegt und alles einsammelt, das lebt...«

Ein Rumpeln im Erdinnern unterbrach seine Rede. Die Quelle dieses Rumpelns war Eldwist, und sie schauten sich hastig um. Die Stadt hob sich schwarz vor dem Nachthimmel ab, nur hier und da spiegelte sich Licht auf dem Stein. Sie wirkte größer und unnahbarer von hier unten, dachte Morgan, während er sie betrachtete. Noch unzugänglicher...

Etwas Riesiges tauchte aus den dunklen Winkeln auf, die er gerade betrachtete, etwas von so gewaltiger Größe, daß es für einen Augenblick die Illusion weckte, es sei sogar größer als die Bauwerke. Es erhob sich zwischen den Monolithen, als wäre es mit ihnen verwandt, massig und schwer, doch gleichzeitig lang und sehnig wie eine Schlange, als wären Steinblöcke für einen Moment flüssig geworden, um sich neu zu formen und zu gestalten. Dann klappten die Kiefer auf – Morgan konnte den gezackten Zahnkranz im Mondlicht aufblitzen sehen –, und sie hörten einen grauenerregenden Schrei wie ein ersticktes Husten. Die Erde bebte unter diesem Schrei, und die Mitglieder der Gruppe aus Rampling Steep kauerten sich schutzsuchend nieder – alle außer Quikkening, die aufrecht stehen blieb, als sei sie allein stark genug, diesem Alptraum standzuhalten.

Eine Sekunde später war es verschwunden, versank so schnell und geschmeidig, wie es gekommen war, nur das Rumpeln seines Auftauchens hallte noch nach.

»Das war kein Schleicher«, flüsterte Morgan.

»Und vor zehn Jahren gab es das noch nicht«, flüsterte ein erblaßter Horner Dees zurück. »Darauf kann ich wetten.«

»Nein«, sagte Quickening und wandte ihnen nun ihr Gesicht zu. Ihre Gefährten kamen langsam wieder auf die Füße. »Es ist neu geboren«, sagte sie, »nicht einmal fünf Jahre alt. Es ist noch ein Baby.«

»Ein Baby!« rief Morgan ungläubig aus.

Quickening nickte. »Ja, Morgan Leah. Es heißt Malmschlund.« Sie lächelte traurig. »Es ist Uhl Belks Kind.«

Die sechs Gefährten aus Rampling Steep verbrachten den Rest der Nacht im Schutz der Felsnische, schweigend in der Dunkelheit zusammengekauert, verborgen vor dem Malmschlund und was sonst an Schrecken in Eldwist wartete. Sie machten kein Feuer – es gab ja kein Holz –, und sie aßen sparsam von ihrer mageren Nahrung. Essen und Trinken würde in den kommenden Tagen zu einem Problem werden, weil in diesem Land aus Stein von beidem nur wenig zu finden war. Fisch würde der Hauptbestandteil ihrer Ernährung werden; ein kleiner Regenwasserbach, der hinter ihnen die Felsen herunterplätscherte, würde ihren Durst löschen. Wenn die Fische schwer zu fangen waren oder der Bach eintrocknete, wären sie in ernsten Schwierigkeiten.

Keiner von ihnen fand viel Schlaf nach dem Erscheinen des Malmschlunds. Lange Zeit versuchten sie es nicht einmal. Ihr Unbehagen war offenkundig, während sie die Nacht abwarteten. Quickening nutzte die Zeit, den anderen kundzutun, was sie über das Kind des Steinkönigs wußte. »Mein Vater erzählte mir von dem Malmschlund, als er mich aus den Gärten sandte«, begann sie. Ihre schwarzen Augen waren in die Ferne gerichtet, ihr Silberhaar schimmerte im Mondlicht. Sie saßen im Halbkreis, den Rücken an die Felswand gelehnt, und schauten hin und wieder furchtsam zu den abweisenden Schatten der Stadt. Alles war still. Der Malmschlund war ebenso mysteriös verschwunden, wie er aufgetaucht war, die Seevögel schliefen in ihren Horsten, und der Wind hatte sich gelegt.

Quickening sprach leise. »So wie ich das Kind des Königs vom Silberfluß bin, ist der Malmschlund das Kind von Uhl Belk. Beide sind wir durch Magie gemacht, beide, um unseren Vätern zu dienen. Wir sind Elementarwesen, Geschöpfe der Erde, geboren aus dem Boden, nicht aus dem Leib einer Frau. Wir sind weitgehend gleich, der Malmschlund und ich.«

Das war eine so abwegige Vorstellung, daß Morgan Leah große Mühe hatte, nicht zu widersprechen. Er hielt sich nur deshalb zurück, weil durch das Aussprechen eines Einwandes nichts zu gewinnen war und von dem Verlauf des eigentlichen Berichts abgelenkt worden wäre.

»Der Malmschlund wurde zu einem einzigen Zweck geschaffen«, fuhr Quickening fort. »Eldwist ist eine Stadt der Alten Welt, die der Zerstörung durch die Großen Kriege entgangen ist. Die Stadt und das Land, auf der sie steht, sind das Königreich Uhl Belks, seine Zuflucht, seine Festung gegen jeglichen Übergriff von der Welt draußen. Für einige Zeit war das ausreichend. Er war zufrieden damit, sich in seinem Gestein zu verkriechen und von allem anderen fernzuhalten. Doch sein Hunger nach Macht und seine Angst, sie zu verlieren, quälten ihn ohne Unterlaß. Schließlich gewannen sie die Oberhand. Er kam zu der Überzeugung, daß, wenn er die Welt außerhalb von Eldwist nicht veränderte, sie ihn irgendwann verändern würde. Er beschloß, sein Königreich nach Süden auszudehnen. Doch um das zu tun, mußte er den Schutz von Eldwist verlassen, und das war ausgeschlossen. Wie bei meinem Vater wird seine Magie schwächer, je weiter er sich von ihrer Quelle entfernt. Uhl Belk weigerte sich, ein solches Risiko einzugehen. Statt dessen schuf er den Malmschlund und sandte sein Kind statt seiner hinaus.«

»Der Malmschlund«, flüsterte sie, »sah einst aus wie ich. Er hatte Menschengestalt und bewegte sich wie ich. Er besaß einen Teil der Magie seines Vaters wie ich. Doch während ich die Kraft erhielt, das Land zu heilen, erhielt der Malmschlund die Kraft, es in Stein zu verwandeln. Seine bloße Berührung war alles, was es brauchte. Durch Berührung nährte er sich von der Erde und allem, was darauf wuchs, und alles wurde zu Stein.

Doch Uhl Belk wurde ungeduldig mit seinem Kind, denn die Versteinerung des umliegenden Landes ging ihm nicht schnell genug. Umschlossen vom Gezeitenstrom, den seine Magie nicht angreifen kann, saß er auf seinem Stückchen Land in der Falle, und nur die schmale Landenge bot ihm den Weg nach Süden, und nur der Malmschlund konnte diesen Zugang ausweiten. Der Steinkönig flößte seinem Kinde immer größere Mengen seiner eigenen Magie ein, gierig auf schnellere, weitreichendere Ergebnisse. Der Malmschlund fing als Folge der immer größeren Machtzugaben an, seine Gestalt zu verändern und sich in etwas zu transformieren, das dem, was sein Vater wünschte, angemessener war. Er wurde maulwurfartig. Er begann, Stollen in den Boden zu graben und stellte fest, daß der Wandel von unten her schneller ging als von oben. Er wuchs, während er fraß, und veränderte sich weiter. Er wurde zu einem Wühlwurm von gigantischen Ausmaßen.«

Sie machte eine Pause. Dann fuhr sie fort: »Und er verlor den Verstand. Zu viel Macht, zu schnell eingeflößt, machte ihn wahnsinnig. Aus dem denkenden, vernünftigen Geschöpf wurde ein so vernunftloses Wesen, das nichts anderes als Fressen konnte. Es ging nach Süden und grub sich tiefer und tiefer. Das Land wandelte sich schnell, doch der Malmschlund veränderte sich noch schneller. Und eines Tages verlor Uhl Belk alle Kontrolle über sein Kind.«

Sie schaute hinüber auf die dunkle Silhouette der Stadt und dann wieder auf ihre Gefährten. »Der Malmschlund begann seinen Vater zu verfolgen, wenn er sich nicht gerade durch das Land fraß. Ihm war die Macht bewußt geworden, die der Steinkönig besaß, und er war gierig darauf, sie an sich zu reißen. Uhl Belk begriff, daß er ein zweischneidiges Schwert erschaffen hatte. Auf der einen Seite untergrub der Malmschlund die Vier Länder und verwandelte sie zu Stein. Auf der anderen untergrub er auch Eldwist und suchte nach einem Weg, ihn zu zerstören. Der Malmschlund war so stark geworden, daß Vater und Sohn sich die Waage hielten. Der Steinkönig lief Gefahr, von seiner eigenen Waffe besiegt zu werden.«

»Konnte er nicht einfach seinen Sohn zurückverwandeln?« fragte Carisman mit weit aufgerissenen Augen.

Quickening schüttelte den Kopf. »Nicht mehr, als er daran dachte, etwas zu ändern. Da war es zu spät. Der Malmschlund wollte sich nicht verändern lassen – auch wenn, wie mein Vater mir sagte, ein Teil von ihm erkannte, was für ein Horrorwesen er geworden war, und sich nach Erlösung sehnte. Doch offenbar war dieser Teil zu schwach, um sich durchzusetzen.«

»Und so wühlt er unter der Erde und bejammert sein Schicksal«, murmelte der Sänger.

Er begann zu singen:

»Gestaltet wie ein Menschenkind,
dem Steinkönig zu dienen,
wühlt Malmschlund sich durch Feld und Land.
Geschaffen von des Vaters Hand,
wurde ein Monster aus dem Kind,
ohn' Hoffnung, frei zu fliehen.
Er jagt.«

»Er jagt allerdings« wiederholte Morgan Leah. »Uns jagt er voraussichtlich auch bald.«

Quickening schüttelte den Kopf. »Er merkt nicht einmal, daß es uns gibt, Morgan. Wir sind zu klein und viel zu unbedeutend, um seine Aufmerksamkeit zu erwecken. Bis zu dem Augenblick, in dem wir unsere Magie benutzen, heißt das. Dann merkt er es.«

Es herrschte nachdenkliche Stille. »Was tat er, als wir ihn vorhin sahen?« fragte Horner Dees schließlich.

»Schrie seine Gefühle heraus – seine Wut, seine Enttäuschung, seinen Haß und seinen Wahnsinn.« Sie machte eine Pause. »Seinen Schmerz.«

»Genau wie der Koden ist er ein Gefangener von des Steinkönigs Magie«, sagte Walker Boh. Seine scharfen Augen fixierten das Mädchen. »Und irgendwie ist es Uhl Belk gelungen, jene Magie in seinem Besitz zu halten, nicht wahr?«

»Er ist in den Besitz des schwarzen Elfensteines gelangt«, erwiderte sie. »Er verließ Eldwist gerade lange genug, um ihn aus der Halle der Könige zu stehlen und durch den Asphinx zu ersetzen. Er trug ihn in seine Feste zurück und setzte ihn gegen sein Kind ein. Der Besitz der Elfenmagie ließ die Waage der Kraft wieder zu Uhl Belks Gunsten ausschlagen. Nicht einmal der Malmschlund ist stark genug gegen den Stein.«

»Ein Zauber, der die Kraft anderer Zauber zunichte machen kann«, zitierte Pe Ell nachdenklich. »Ein Zauber, der sie zu seinem eigenen Vorteil umkehren kann.«

»Der Malmschlund bedroht seinen Vater noch immer, doch den Elfenstein kann er nicht besiegen. Er lebt noch, weil Uhl Belk will, daß er weiterhin das Land frißt, daß er fortfährt, alles Lebende in Stein zu verwandeln. Der Malmschlund ist ein nützlicher, wenn auch gefährlicher Sklave. Bei Nacht gräbt er Tunnel in den Boden. Bei Tag schläft er. Wie der Koden ist er blind – durch die Magie und durch die Natur seiner Tätigkeit – gräbt in der Finsternis und sieht selten das Licht.« Sie schaute wieder zur Stadt hinüber. »Er wird vermutlich nie erfahren, daß wir hier sind, wenn wir uns in acht nehmen.«

»Also haben wir nichts anderes zu tun, als den Elfenstein zu stehlen«, lächelte Pe Ell. »Den Elfenstein stehlen, und Vater und Sohn einander auffressen lassen. Nicht weiter kompliziert, oder?« Er sah Quickening scharf an. »Oder?«

Sie begegnete seinem Blick, ohne mit der Wimper zu zucken, doch sie gab ihm keine Antwort. Pe Ells Lächeln wurde eisig, als er sich in den Schatten zurücklehnte.

Eine Weile herrschte angespanntes Schweigen, dann wandte sich Morgan Leah an Horner Dees: »Was ist mit diesem Schleicher, von dem du gesprochen hast?«

Auch Dees schaute mürrisch drein. Er beugte sich schwerfällig nach vorn, und seine Augen verengten sich mißtrauisch. »Vielleicht kann das Mädchen dir mehr darüber sagen«, antwortete er leise. »Ich habe das Gefühl, sie weiß noch eine ganze Menge mehr und sagt es uns nicht.«

Quickenings Gesicht zeigte keinerlei Ausdruck, kalt und perfekt sah sie den alten Fährtensucher an. »Ich weiß, was mein Vater mir erzählt hat, Horner Dees – sonst nichts.«

»König vom Silberfluß, Herr der Gärten des Lebens«, knurrte Pe Ell aus dem Schatten. »Hüter finsterer Geheimnisse.«

»Wie du gesagt hast, gibt es einen Schleicher in der Stadt Eldwist«, fuhr Quickening fort. Sie ignorierte Pe Ell, und ihr Blick war auf Dees gerichtet. »Uhl Belk nennt ihn den Kratzer. Der Kratzer ist schon seit vielen Jahren dort, ein Straßenkehrer für Lebewesen, der den Bedürfnissen seines Herrn dient. Er kommt in der Dunkelheit heraus und reinigt die Straßen und Gehsteige der Stadt. Wir werden uns sehr vor ihm hüten müssen, wenn wir hineingehen.«

»Ich hab' ihn bei der Arbeit gesehen«, knurrte Dees. »Vor zehn Jahren nahm er ein halbes Dutzend von uns beim ersten Durchgang, und zwei weitere kurz darauf. Er ist groß und schnell.« Er erinnerte sich jetzt, und sein Zorn auf Quickening schien sich aufzulösen. Zweifelnd schüttelte er den Kopf. »Ich weiß nicht, er stöbert dich auf, findet dich und bringt dich um. Wenn's sein muß, geht er auch in die Gebäude. Tat er damals jedenfalls.«

»Dann wäre es also ratsam, den schwarzen Elfenstein so schnell wie möglich zu finden, nicht wahr?« flüsterte Pe Ell.

Dann verstummten sie, und nach einer Weile zog sich einer nach dem anderen in die Schatten zurück. Den Rest der Nacht versuchten sie zu schlafen. Morgan döste ein, doch nie lange. Walker saß am Felsrand und betrachtete die Stadt, als der Hochländer einnickte, und saß noch immer dort, als er wieder aufwachte. Sie waren alle müde und erschöpft – alle außer Quickening. Sie stand frisch und schön im schwachen Licht des Sonnenaufgangs, so hinreißend wie bei ihrer ersten Begegnung. Morgan störte das irgendwie. Sie war in dieser Hinsicht gewiß mehr als gewöhnlich. Er beobachtete sie und schaute schnell weg, als sie sich zu ihm umdrehte, weil er fürchtete, ertappt zu werden. Es störte ihn, daß es zwischen ihnen doch Unterschiede geben könnte, und schlimmer noch, daß diese Unterschiede beträchtlich sein könnten.

Sie frühstückten ebenso lustlos, wie sie am Vorabend zu Abend gegessen hatten. Das Land hatte eine öde, bedrohliche Ausstrahlung und beobachtete sie aus verborgenen Augen. Nebel hing über der Halbinsel, stieg von den Klippen, auf denen die Stadt ruhte, bis hinauf zu den Spitzen der höchsten Türme und ließ den Eindruck entstehen, Eldwist stünde in den Wolken. Die Seevögel waren wieder da, Möwen, Taucher und Seeschwalben, und segelten rufend über den schwarzen Wassern des Gezeitenstroms. Mit der Morgendämmerung war die Luft feucht geworden, und Wassertröpfchen perlten auf der Haut der sechs Gefährten.

Nachdem Dees sie vor dem gewarnt hatte, was ihnen bevorstand, sammelten sie Regenwasser aus Pfützen hoch in den Felsen, verpackten die wenigen Nahrungsmittel, die ihnen blieben, gegen die Nässe und machten sich auf, die Landenge zu überqueren.

Sie brauchten länger, als sie gedacht hatten. Die Entfernung war nicht groß, aber der Weg war trügerisch. Der Felsen war kreuz und quer von Spalten durchzogen, die Oberfläche durch frühere Umwälzungen aufgebrochen, feucht und glitschig unter ihren Füßen vom Sprühwasser der stetigen Wellenbrecher des Ozeans. Der Wind blies in scharfen Böen und schleuderte ihnen eisiges Wasser ins Gesicht. Sie kamen nur langsam voran. Die Sonne hing als diesiger weißer Ball hinter niedrigen Wolken, und das Land vor ihnen war voller Schatten. Eldwist erhob sich vor ihnen, eine Ansammlung undeutlicher Formen, dunkel, abweisend und still. Sie sahen die Stadt größer werden, als sie sich näherten, hoch in den dunklen Himmel ragen, und der Wind heulte durch die Straßenschluchten.

Manchmal fühlten sie ein Beben unter ihren Füßen, weit entfernt, doch bedrohlich vertraut. Offenbar schlief der Malmschlund doch nicht immer während der Tagesstunden.

Mittag rückte näher. Die Landenge, die an manchen Stellen so schmal war, daß sie zu beiden Seiten in dunkle strudelnde Hexenkessel abfielen, verbreiterte sich schließlich zu der Halbinsel und den Außenbezirken der Stadt. Vor ihnen erhoben sich die Klippen, auf denen Eldwist erbaut worden war, und die Gruppe war gezwungen, auf ein breites Schanzwerk zu klettern. Sie folgten einem gewundenen Pfad zwischen riesigen Steinblöcken hindurch, der voller Geröll war und sie ständig stolpern und ausrutschen ließ, doch sie strebten entschlossen weiter.

Sie brauchten fast zwei Stunden, bis sie schließlich oben angekommen waren. Die Sonne neigte sich schon deutlich dem westlichen Horizont zu.

Sie machten eine Verschnaufpause am Stadtrand am Ende einer gepflasterten Straße, die zwischen hochaufragenden Gebäuden mit hohlen Fensterlöchern verlief und sich stetig verengte, bis sie sich in nebligen Schatten verlor. Morgan Leah hatte noch nie eine Stadt wie diese gesehen. Die Gebäude waren alle aus Stein, glatt und ebenmäßig und symmetrisch angeordnet wie die Felder auf einem Schachbrett. Steinsplitter lagen über die Straße verstreut, doch unter dem Geröll konnte er die harte, glatte Oberfläche erkennen. Es sah aus, als führe sie immer weiter, als habe sie kein Ende, ein langer, enger Korridor, der erst verschwand, wo der Nebel zu dicht wurde, als daß das Auge ihn durchdringen konnte.

Sie gingen darauf entlang, langsam und vorsichtig, lauschend und beobachtend wie Katzen auf der Pirsch. Andere Straßen kreuzten zwischen den Gebäuden und verschwanden ihrerseits rechts und links im Schatten. Es gab keine schützenden Mauern um Eldwist herum, keine Wachtürme oder Befestigungsmauern oder Stadttore, nur die Bauwerke und die Straßen, die an ihnen entlangführten. Nichts schien hier zu leben. Straßen und Häuser kamen und gingen, während sie tiefer hineindrangen, und die einzigen Geräusche stammten vom Ozean, den Seevögeln und dem Wind. Die Vögel flogen über ihren Köpfen herum, die einzigen Anzeichen irgendeiner Bewegung, kreisten um die Gebäude, segelten die Straßen hinunter über die Querstraßen und die Laufstege. Manche hockten in Nestern auf den Fenstersimsen über ihren Köpfen. Nach einer Weile sah Morgan, daß einige von denen, die er in ihren Nestern hockend geglaubt hatte, versteinert waren.

Ein großer Teil des Schutts, der überall herumlag, war einst etwas anderes als Stein gewesen. Seltsame Pfosten standen an allen Straßenekken, und es ließ sich vermuten, daß es einst irgendwelche Laternen gewesen sein mochten. Das Skelett eines riesigen Wagens lehnte umgekippt an einer Hausmauer, eine Maschine, deren Gebein von ihrem Fleisch entblößt worden war. Motorteile, die Zeit und Wetter überdauert hatten, lagen überall verstreut, Lenkräder und Zylinder, Schwungräder und Tanks. Alles war zu Stein geworden. Es gab nichts Gewachsenes, weder Bäume noch Sträucher, nicht einmal den winzigsten Grashalm.

Sie schauten in einige der Häuser und fanden die Räume kellerartig und leer. Treppen führten in das steinerne Gehäuse hinauf, und sie stiegen in einem bis ganz nach oben, um von dort aus einen Ausblick über Eldwist zu haben und sich zu orientierten. Viel ließ sich auch von dort oben nicht erkennen, nicht einmal, wo die Stadt begann und endete. Wolken und Nebel verhüllten alles und ließen in dem wirbelnden grauen Nebelmeer nur hier und da einen Blick auf Fassaden und Dächer zu.

Sie sichteten allerdings eine merkwürdige Kuppel im Zentrum von Eldwist, eine Konstruktion, die sich von den großen Obelisken, die sonst das Stadtbild prägten, unterschied, und sie beschlossen, sie als nächstes zu erforschen.

Doch als sie wieder unten auf der Straße angelangt waren, verloren sie ihre Orientierung und gingen in die falsche Richtung. Sie marschierten fast eine Stunde lang, bis ihnen klar wurde, daß sie einen Fehler gemacht hatten, und waren gezwungen, in einem anderen Haus die Treppen hinaufzusteigen, um ihren Standort zu bestimmen.

Währenddessen ging die Sonne unter. Keiner von ihnen hatte darauf geachtet, wie schnell das Tageslicht schwand.

Als sie wieder unten ankamen, waren sie überrascht, die Stadt im Finstern vorzufinden.

»Wir sollten lieber sofort ein Versteck suchen«, warnte Horner Dees und schaute sich unbehaglich um. »Der Kratzer wird bald hervorkommen, falls er es nicht schon getan hat. Und wenn er uns ungeschützt findet...«

Er brauchte den Gedanken nicht zu Ende auszusprechen. Sie starrten einander einen Moment wortlos an. Keiner von ihnen hatte sich die Mühe gemacht, Ausschau nach einen Unterschlupf für die Nacht zu halten.

Dann meinte Walker Boh: »Ein paar Straßen zurück war ein kleineres Gebäude ohne Fenster in den Untergeschossen und mit einer kleinen Tür, einem Labyrinth von Fluren und Zimmern im Inneren – wie ein Kaninchenbau.«

»Das muß es tun«, murmelte Pe Ell und machte sich schon auf den Weg.

Sie gingen wieder zurück. Es war inzwischen so dunkel geworden, daß sie Schwierigkeiten hatten, den Weg zu finden. Die Gebäudemauern ragten zu beiden Seiten hoch auf, vom dichter werdenden Nebel noch solider gemacht. Die Seevögel waren wieder zu ihren Schlafplätzen geflogen und die Geräusche von Ozean und Wind zu einem fernen Rauschen abgeflaut. Die Stadt war unangenehm still.

Unter ihnen rumpelte und bebte die steinerne Hülse der Erde.

»Irgend etwas ist aufgewacht und hungrig«, murmelte Pe Ell und lächelte Carisman kalt an.

Der Sänger kicherte nervös. Sein hübsches Gesicht war weiß und angespannt.

Er begann zu singen:

»Verschwinde, beeil dich, lauf schnell nach Haus,
schlüpf unter die Decke, komm nicht mehr heraus.
Verbirg dich geschwind vor den Dingen der Nacht,
und bleib dort verborgen, bis der Morgen erwacht.«

Sie gingen über eine Querstraße, die von fahlem Mondlicht überflutet war, das eine Lücke in der Wolkendecke gefunden hatte und wie weißes Feuer herunterströmte. Pe Ell blieb abrupt stehen, ließ die anderen ebenfalls anhalten, lauschte, schüttelte den Kopf und ging weiter. Das Rumpeln unter ihnen kam und ging, manchmal ganz nah, manchmal fern, es entstand niemals an einer bestimmten Stelle, sondern schien überall rundum zu sein. Morgan Leah schaute angestrengt um sich, durch den Nebel und die Schatten. War das die gleiche Straße, die sie zuvor entlanggekommen waren? Sie sah irgendwie anders aus...

Plötzlich knackte es laut. Pe Ell, der noch immer vorneweg ging, sprang zurück und stieß mit Horner Dees und Quickening zusammen, die direkt hinter ihm waren, und beide stürzten übereinander, wenige Zentimeter vom Rand eines gähnenden Lochs, daß sich in der Straße aufgetan hatte.

»Zurück an die Hausmauer!« rief er, sprang auf die Füße, riß gleichzeitig Quickening mit hoch und floh mit ihr von dem Rand der Einbruchstelle.

Die anderen waren nur einen Schritt hinter ihnen. Ein anderer Teil der Straße brach ein, diesmal hinter ihnen, und sackte laut krachend in die Finsternis. Das Rumpeln unter ihnen steigerte sich ohrenbetäubend, und sie konnten hören, wie sich etwas Gigantisches unter ihnen bewegte. Morgan quetschte sich tief in eine Mauernische und unterdrückte einen Angstschrei. Der Malmschlund! Horner Dees war neben ihm, sein bärtiges Gesicht abgewandt. Das Donnern des Monsters, das sich unter ihnen bewegte, steigerte sich noch und wurde dann wieder leiser. Wenige Sekunden später war es fort.

Die Mitglieder der kleinen Gruppe kamen mit bleichen Gesichtern und weit aufgerissenen Augen einer nach dem anderen wieder aus ihren Verstecken. Vorsichtig betraten sie die Straße und fuhren heftig zusammen, als sich die Löcher in der Straße wieder schlossen. Die eingestürzten Teile hoben sich wieder an ihren Platz.

»Falltüren!« zischte Pe Ell. Furcht und Abscheu standen in seinem Gesicht. Morgan erhaschte einen Blick auf etwas Weißes in seiner Hand, irgendeine Art Messer aus glänzendem Metall. Dann war es wieder verschwunden.

Pe Ell ließ Quickening los, wandte sich von ihnen ab und ging wieder die Straße hinunter, diesmal jedoch auf dem Gehsteig nahe der Hausmauern. Wortlos folgten ihm die anderen. Ihre Blicke huschten wachsam umher. Im Gänsemarsch hasteten sie den Gehsteig entlang, überquerten eine Seitenstraße und eilten weiter. Das Donnern war wieder zu hören, doch diesmal weit entfernt. Die Straßen um sie herum waren wieder still und leer.

Morgan Leah zitterte noch. Die Falltüren waren entweder dazu eingerichtet, Eindringlinge zu fangen, oder dem Malmschlund den Zugang in die Stadt zu ermöglichen. Vermutlich beides. Er schluckte gegen die Trockenheit in seiner Kehle an. Sie waren unvorsichtig gewesen. Sie mußten wirklich besser aufpassen.

Eine dichte Nebelwand versperrte den Weg nach vorn. Pe Ell zögerte, als sie sich ihr näherten, und blieb dann stehen. Er sah sich nach Walker Boh um, den Blick hart und durchdringend. Eine wortlose Verständigung fand zwischen ihnen statt, ein Blickaustausch, der Morgan beinahe animalisch vorkam. Walker schaute nach rechts. Pe Ell zögerte einen Moment, dann wandte er sich in die Richtung.

Sie gingen jetzt langsamer weiter und lauschten wieder in die Stille. Der Nebel war überall, fiel aus den Wolken, stieg aus den Steinen auf von überall her und hüllte sie ein. Sie hielten die Arme ausgestreckt, um an den Mauern entlangzustreichen. Pe Ell untersuchte ihren Weg sorgfältig. Ihm war jetzt klar, daß die Stadt voll von solchen Fallen sein mußte und daß irgendein Teil des Steinpflasters ohne Vorwarnung unter ihnen nachgeben konnte.

Vor ihnen lichtete sich der Nebel etwas.

Morgan glaubte etwas gehört zu haben, dann entschied er, daß er es nicht gehört, sondern gespürt hatte. Aber was?

Sie tauchten aus dem Gebäudeschatten, und dort wartete die Antwort. Der Kratzer stand mitten auf der Straße, ein riesiges, breitbeiniges Metallmonster mit Dutzenden von Tentakeln und Fühlern, Zangen, die aus seinem Maul ragten, und einem Peitschenschwanz. Es war ein Schleicher wie jener, dem die Geächteten von der Bewegung beim Jut begegnet waren, aus Fleisch und Metall, ein hybrider Alptraum zwischen Maschine und Insekt. Nur, daß dieser hier viel größer war.

Und viel schneller. Er stürmte auf sie zu und hatte sie schon fast erreicht, ehe sie reagierten. Auf seinen breit abgewinkelten Beinen bewegte er sich wie ein Tausendfüßler. Die Tentakel peitschten, und das Metall, das über den Stein kratzte, machte ein Geräusch, das einem eine Gänsehaut verursachte. Die Tentakel bekamen Dees und Carisman zu fassen und wickelten sich um die beiden, als sie zu fliehen versuchten. Pe Ell stieß Quickening über den Gehsteig in einen Hauseingang, tat so, als würde er das Monster angreifen und rannte davon. Morgan zog sein Schwert und hätte es angegriffen. Der Gedanke, daß Quickening in Gefahr war, ließ ihn alle Vernunft verlieren. Doch Walker Boh bekam ihn zu fassen und schleuderte ihn zurück an die Hausmauer.

»Geh da rein!« rief der Dunkle Onkel und zeigte auf ein paar massive Steintore, die offen standen.

Dann schlug Walker Boh seinen Umhang zurück, und sein gesunder Arm kam zum Vorschein. Der Kratzer hatte ihn fast erreicht, als Walker den Arm senkte und ein weißes Feuer aufflammte. Morgan wich geblendet an die Mauer zurück. Er hörte einen schrillen Schrei und erkannte, daß er von dem Kratzer stammte. Sein Sehvermögen kehrte langsam zurück. Er sah die Kreatur wild mit den Metallarmen fuchteln und erhaschte einen Blick auf Carisman und Dees, die davonrannten. Dann wurde er hart gepackt und nach hinten in den offenen Toreingang gerissen.

Es war Pe Ell, der ihn hereingezerrt hatte. Quickening war schon dort. Das weiße Licht von Walkers Magie leuchtete draußen noch immer, und sie hörten, wie der Kratzer gegen das Gebäude schlug. Sein Angriff war so gewaltig, daß Steinsplitter in alle Richtungen spritzten. Walker kam in Sicht, Carisman und Dees rannten vor ihm her, benommen, aber befreit. Sie stolperten über den Boden, stürzten und sprangen sofort wieder auf, als der Kratzer die riesigen Steintüren aus den Angeln riß, die steinerne Einfassung auseinanderbrach und hereinstürmte.

Hinter ihnen führte eine breite Steintreppe nach oben, und sie rannten darauf zu. Der Kratzer kam hinterher. Er torkelte etwas. Wenn Walkers Magie auch nicht viel gebracht hatte, so hatte sie das Biest jedenfalls zeitweilig verwirrt. Es fuchtelte wild mit den Tentakeln nach seiner Beute. Die sechs rasten die Treppe hinauf. Wie ein Peitschenhieb flog ein Arm vor ihnen über die Treppe, doch Pe Ells seltsames Messer tauchte auf, schlug gegen den Arm und verletzte ihn. Der Arm zog sich zurück. Sie rasten hinauf, sprangen von einem Treppenabsatz zum nächsten, ohne sich umzuschauen.

Schließlich, zehn Stockwerke höher, brachte Walker sie zum Anhalten. Hinter ihnen war es still. Sie standen keuchend aneinandergedrängt und lauschten.

»Vielleicht hat er aufgegeben«, flüsterte Carisman voller Hoffnung.

»Nicht dieses Vieh«, widersprach Horner Dees, nach Atem ringend. »Der gibt nie auf. Ich habe gesehen, was er zu tun in der Lage ist.«

Pe Ell drängte sich vor. »Wenn du so viel darüber weißt, dann sag uns doch, was er hier tun kann!« spottete er.

Dees schüttelte heftig seinen bärenhaften Kopf. »Ich weiß es nicht. Beim letzten Mal sind wir nie bis in die Häuser gelangt.« Dann erschauderte er. »Teufel noch mal! Ich kann diese Arme noch immer fühlen, wie sie sich um mich geringelt haben!« Er warf einen Seitenblick auf Quickening. »Ich hätte mich niemals überreden lassen sollen, wieder herzukommen!«

»Psssst!« Walker Boh stand mit leicht geneigtem Kopf auf dem obersten Treppenabsatz. »Da ist irgendwas...«, setzte er an und hielt inne.

Pe Ell war augenblicklich neben ihm und beugte sich über das Treppengeländer. »Draußen ist er!« knurrte er und schnellte herum.

Das einst verglaste Gitterwerk zerbarst, und der Kratzer brach hindurch. Morgan war entsetzt. Während sie im Treppenhaus nach ihm Ausschau gehalten hatten, war er an der Fassade heraufgeklettert!

Zum zweiten Mal erwischte er sie beinahe. Tentakel peitschten über den engen Treppenabsatz und warfen sie fast alle um, doch Pe Ell war zu schnell. Sein seltsames Messer materialisierte sich in seiner Hand und zerschlitzte den nächstgelegenen Fangarm. Der Kratzer zuckte zurück und wollte sich auf ihn stürzen, aber das Manöver hatte Walker Boh Zeit zum Handeln gegeben. Er hatte eine Handvoll von Coglines schwarzem Pulver hervorgeholt und schleuderte es dem Biest entgegen. Es explodierte zu Feuer.

Die Gruppe jagte weiter die Treppen hinauf – eine Etage, zwei, drei. Hinter ihnen schlug der Kratzer gegen die Flammen an. Dann wurde es still. Er war nicht mehr zu hören, aber sie wußten alle, wo er war. Im ganzen Treppenhaus waren auf jeder Etage Öffnungen, wo im Laufe der Zeit die Fenster herausgefallen waren. Der Kratzer konnte durch irgendeines hindurch wieder angreifen. Er würde sie weiterhin verfolgen, und früher oder später würde er sie erwischen.

»Wir müssen ihm standhalten und kämpfen!« brüllte Morgan den anderen zu und zog sein Breitschwert.

»Wenn wir das tun, werden wir alle sterben, Hochländer!« brüllte Horner Dees zurück. Da unterbrach Pe Ell, sprang vor und schaute sie an. »Die Treppen runter mit euch! Sofort! Bleibt zusammen und ich sorg dafür, daß ihr heil rauskommt!«

Niemand widersprach, nicht einmal Walker. Sie hasteten die Treppen wieder hinunter, zwei oder drei Stufen auf einmal nehmend, und hielten ein Auge auf die Fensteröffnungen auf jeder Etage. Zwei Stockwerke tiefer erhaschten sie einen Blick auf den Kratzer, der sich gerade an dem Fenstersims hochzog. Tentakel schnellten hervor, ohne sie zu erreichen. Während sie nach unten stürmten, hörten sie, wie sich das gewaltige Biest vom Stein abstieß und hinter ihnen herkam.

Noch drei Etagen tiefer, noch immer hoch über dem Erdgeschoß, ließ Pe Ell sie wieder anhalten. »Hier! Hier ist es!« Er trieb sie einen langen Flur mit hoher Decke entlang. Hinter ihnen erreichte der Kratzer den Treppenabsatz und setzte schnell watschelnd die Verfolgung fort. Das Geschöpf schien länger zu werden und seine Körperform zu verändern, um sich den baulichen Gegebenheiten besser anzupassen, während es sich näherte. Morgan war außer sich vor Entsetzen. Dieser Schleicher konnte sich jeder Situation anpassen. Enge Durchgänge oder hohe Fassaden reichten nicht, um ihn aufzuhalten.

Der Flur endete in einen überdachten Laufsteg, der zu einem Nachbargebäude führte. »Macht, daß ihr so schnell wie möglich rüberkommt!« fauchte Pe Ell sie an.

Sie taten wie geheißen, doch der Hochländer hielt ein Entkommen auf diesem Wege für ausgeschlossen. So eng dieser Durchgang auch sein mochte, den Kratzer würde das nicht hindern.

Er gelangte ans andere Ende und drehte sich um. Pe Ell kniete am vorderen Ende des Durchgangs, wo es mit dem Gebäude verbunden war, und sägte mit seinem seltsamen Messer an der steinernen Verankerung. Morgan starrte ihn fassungslos an. Hatte Pe Ell den Verstand verloren? Glaubte er tatsächlich, sein Messer – irgendein Messer – könnte den Stein zerschneiden? Der Kratzer hatte ihn fast erreicht, als Pe Ell wieder aufsprang und mit der Behendigkeit einer Katze über den Laufsteg rannte. Er war bei ihnen angelangt, als der Kratzer ins Blickfeld kam und sich inzwischen schlangengleich durch die enge Tunnelöffnung zwängte.

Und dann geschah das Unmögliche. Die Verankerung, an der Pe Ell herumgesägt hatte, knackte und brach durch. Der ganze Laufsteg kippte nach unten, blieb einen Moment so hängen und stürzte dann unter dem Gewicht des Kratzers in die Tiefe. Er krachte auf die Straße und zersplitterte in tausend Stücke. Staub und Gesteinsbrocken wirbelten auf und vermischten sich mit dem Nebel und der Nacht.

Die sechs aus Rampling Steep starrten nach unten und warteten. Dann hörten sie etwas – ein Knirschen, das Geräusch von Metall, das über Stein kratzt.

»Er ist nicht tot!« flüsterte Dees voller Entsetzen.

Hastig zogen sie sich von der Öffnung zurück, schlüpften eine andere Treppe hinunter ins Erdgeschoß, verließen das Gebäude durch eine Tür am anderen Ende und gelangten auf die Straße. Pe Ell und Walker gingen voran. Sie konnten hören, daß der Schleicher die Suche nach ihnen wieder aufgenommen hatte.

Fünf Blocks weiter gelangten sie an das Bauwerk, das Walker Boh gesucht hatte, einen gedrungenen, praktisch fensterlosen Bunker. Sie traten ein, wobei sie sich ängstlich umdrehten und schauten, wo sie waren. Es war tatsächlich wie ein Kaninchenbau, ein Labyrinth aus Zimmern und Fluren mit mehreren Treppenhäusern und einem halben Dutzend Eingängen. Sie gingen ins vierte Geschoß hinauf und ließen sich in einem zentralen Raum weit von den Fenstern entfernt nieder.

Die Minuten verstrichen, und der Kratzer erschien nicht. Eine Stunde verstrich. Sie aßen ein kaltes Mahl und lehnten sich zurück. Keiner schlief.

Sie saßen schweigend da. Ihr Atmen war das einzige Geräusch.

Als der Morgen zu grauen begann, wurde Morgan Leah rastlos. Er mußte ständig an Pe Ells Messer denken – das Messer, das Stein zu schneiden vermochte. Das Messer faszinierte ihn. So wie Pe Ells Teilnahme an diesem Unterfangen war es ein ungelöstes Rätsel. Ungeachtet Walkers Warnung, sich von dem Mann fernzuhalten, beschloß er, zu sehen, was er herausfinden konnte. Er stand auf und ging in die dunkle Ecke, wo der andere mit dem Rücken an der Wand saß. Er konnte sehen, wie Pe Ells Augen ihn beobachteten, als er sich näherte.

»Was willst du?« fragte Pe Ell eisig.

Morgan hockte sich vor den anderen hin und zögerte. »Ich war neugierig wegen deines Messers«, gab er schließlich zu.

Ihre Stimmen waren ein kaum wahrnehmbares Flüstern in der Stille. In dem dunklen Raum konnte sie keiner hören.

Pe Ells Lächeln war kalt. »Ach, wirklich?«

»Wir haben gesehen, was es geleistet hat.«

Pe Ell hatte sein Messer schon gezogen und hielt die Klinge wenige Zentimeter vor Morgans Nase. Morgan hielt den Atem an und rührte sich nicht. »Das einzige, was du darüber zu wissen brauchst«, erklärte Pe Ell, »ist, daß es dich töten kann, ehe du mit der Wimper gezuckt hast. Dich. Deinen einarmigen Freund. Jeden.«

Morgan schluckte heftig. »Selbst den Steinkönig?« Er zwang die Frage heraus, verärgert über sich selbst, weil er Angst hatte.

Die Klinge verschwand wieder. »Ich werde dir was sagen. Das Mädchen behauptet, du hättest Magie. Ich glaube das nicht. Du hast überhaupt nichts. Der Einarmige ist der einzige von euch, der Magie hat, und seine Magie taugt einen Dreck! Sie tötet nicht. *Er* tötet nicht. Ich sehe es in seinen Augen. Keiner von euch hat in dieser Angelegenheit etwas zu bieten, ob ihr es wahrhaben wollt oder nicht. Ihr seid nichts als ein Haufen Idioten.«

Er stieß Morgan mit dem Finger an. »Komm mir nicht in die Quere, Hochländer. Keiner von euch. Und erwartet nicht, daß ich euch wieder rette, wenn der Schleicher euch das nächste Mal jagt. Ich habe euch allesamt satt.« Er zog seinen Finger zurück. »Und jetzt hau ab.«

Morgan zog sich wortlos zurück. Er warf einen kurzen Blick auf Walker, beschämt, daß er seine Warnung nicht befolgt hatte. Es war unmöglich festzustellen, ob der Dunkle Onkel ihn beobachtet hatte oder nicht. Dees und Carisman schliefen. Quickening war ein gesichtsloser, kaum wahrnehmbarer Schatten.

Morgan setzte sich mit gekreuzten Beinen abseits in eine Ecke und kochte innerlich. Er hatte nichts erfahren. Er hatte sich nur selbst gedemütigt. Er preßte die Lippen zusammen. Eines Tages würde er sein Schwert wieder benutzen können. Eines Tages würde er ein Mittel finden und es wieder heil machen, seine Magie wiedererstehen lassen – genau wie Quickening vorausgesagt hatte.

Und dann würde er sich Pe Ell vornehmen. Das schwor er sich.

Bei Tagesanbruch kam die Gruppe aus ihrem Versteck. Wolken bedeckten den Himmel über Eldwist von einem Horizont zum anderen, der Morgen war grau und trüb. Ein fahles Aufhellen der feuchten, diesigen Luft war alles, was die Morgendämmerung zustande brachte, und die Schatten der Nacht zogen sich nur in die Nischen und Winkel der Stadt zurück und warteten dort auf die Rückkehr ihrer Meisterin.

Es gab keine Anzeichen des Kratzers. Die sechs aus Rampling Steep durchforschten aufmerksam die Düsternis. Um sie herum ragten die Häuser massiv und still in die Höhe. Die Straßen erstreckten sich als steinerne Schluchten in alle Richtungen. Die einzigen Geräusche waren das Heulen des Windes, das Donnern der Ozeanbrecher und die Schreie der hoch fliegenden Seevögel. Sie waren die einzige Bewegung in dieser Stille.

»Als wäre er nie hiergewesen«, murmelte Horner Dees, als er sich an Morgan Leah vorbeidrängte. »Als wäre das alles nur ein Traum gewesen.«

Sie machten sich wieder auf die Suche nach Uhl Belk. Regen, der nach Meer schmeckte und roch, begann durch den dichten Nebelvorhang zu rieseln, und sie waren in wenigen Minuten durchnäßt. Nasser Glanz legte sich über die steinernen Gehsteige und Straßen, die Hauswände, den Schutt und das Geröll, ein Belag, der die Düsternis und die Schatten widerspiegelte und mit dem Licht spielte. Der Wind blies in scharfen Stößen, fegte aus versteckten Ecken und Seitenstraßen, jagte mit lustvollem Pfeifen durch die Straßenschluchten endlos hinter sich selber her. Der Morgen rückte vor, ein langsames Knirschen der Zahnräder einer riesigen Maschine, das man nur im Geist hören und im Erlahmen des Elans fühlen konnte.

Sie fanden nicht die geringste Spur des Steinkönigs. Die Stadt war weitläufig und voller Verstecke. Selbst wenn sie sechzig statt nur sechs gewesen wären, konnte eine gründliche Suche Wochen in Anspruch nehmen. Keiner von ihnen wußte, wo sie nach Uhl Belk Ausschau halten sollten, schlimmer noch, niemand wußte, wie er überhaupt aussah. Nicht einmal Quickening konnte weiterhelfen. Ihr Vater hatte ihr nicht gesagt, wie des Steinkönigs Erscheinung sein mochte. Sah er aus wie sie? Hatte er menschliche Gestalt? War er groß oder klein? Morgan stellte diese Fragen, während sie nah an den Hausmauern entlang durch die Düsternis trotteten. Keiner wußte es. Sie suchten ein Gespenst.

Mittag verstrich. Häuser und Straßen kamen und gingen in endloser Prozession von Obelisken und glänzend schwarzen Bändern. Der Regen ließ erst etwas nach und wurde dann stärker. Donner grollte über ihren Köpfen, träge und drohend. Die sechs nahmen in dem dämmrigen Eingang eines der Gebäude ein kaltes Mahl ein und tranken etwas Wasser, während der Regen zum Wolkenbruch wurde, der die Straßen mehrere Zentimeter hoch überflutete. Sie lugten hinaus und schauten zu, wie sich das Wasser in Bächen sammelte und in steinernen Abflußgittern verschwand.

Als der Regen schließlich nachließ, machten sie sich wieder auf den Weg und gelangten nach kurzer Zeit zu dem merkwürdigen Kuppelbau, den sie am Vortag von dem obersten Stockwerk eines Hauses entdeckt hatten. Er stand zwischen den steinernen Türmen wie eine riesige Muschel. Die Oberfläche war abgenutzt, voller Kerben und Risse. Sie gingen darum herum, suchten nach einem Eingang und fanden keinen. Es gab keine Türen, keine Treppen, keine Fenster, es gab überhaupt keine Öffnungen.

Es gab Nischen und Alkoven und Einbuchtungen verschiedener Größen und Formen, die das Ganze wie eine Skulptur wirken ließen, aber keinen Ein- oder Ausgang. Es gab auch keine Leitern oder Fußstützen, die ihnen erlaubt hätten, hinaufzuklettern. Es war ihnen unmöglich festzustellen, wozu es gedient hatte. Es stand da in der Düsternis und trotzte ihnen.

Das gestrige Debakel saß ihnen noch in den Knochen, und sie kehrten rechtzeitig in ihren Unterschlupf zurück. Sie hatten sich nicht viel zu sagen, saßen in der zunehmenden Dunkelheit jeder für sich, jeder mit seinen eigenen Gedanken beschäftigt.

Im Laufe jenes Tages war keinerlei Zeichen vom Malmschlund oder dem Kratzer zu sehen gewesen. Der Einbruch der Nacht brachte beide wieder hervor. Zuerst hörten sie den Kratzer, das Knirschen seiner Metallbeine auf dem Straßenpflaster unter ihnen, das ohne anzuhalten vorbeiging, während sie alle den Atem anhielten. Der Malmschlund kam später, das Geräusch seines Näherkommens zunächst ein dumpfes Rumpeln, das schnell zum Getöse anwuchs. Das Monster brach hervor und heulte auf, während es in die Nacht stieg. Es war unbehaglich nahe; das Gebäude, in dem sie sich befanden, erbebte unter seinem Schrei. Und dann verschwand es so schnell, wie es gekommen war. Niemand unternahm den Versuch, einen Blick darauf zu erhaschen. Jeder verhielt sich mucksmäuschenstill.

Sie schliefen besser in dieser Nacht, vielleicht, weil sie sich an die nächtlichen Geräusche der Stadt gewöhnt hatten, vielleicht auch nur, weil sie so erschöpft waren. Sie stellten eine Wache auf und lösten sich dabei ab. Nichts geschah.

Während der drei folgenden Tage setzten sie ihre Suche fort. Nebel,

Dunst und Regen verfolgten sie, hartnäckig und unwillkommen, und die Stadt suchte ihre Träume heim. Eldwist war ein Steinwald voller Schatten und Geheimnisse, ihre hochaufragenden Gebäude die Bäume, die sie umzingelten und einsperrten. Doch im Gegensatz zu den grünen, lebendigen Wäldern in den südlich gelegenen Ländern war die Stadt leer und tot. Das Mädchen und die Männer empfanden keinerlei Verbindung zu Eldwist; sie waren Störenfriede, unerwünscht und allein. Alles in dieser Welt, in der sie jagten, war hart und unnachgiebig. Es gab keine erkennbaren Zeichen, keine vertrauten Markierungen und keine Veränderungen in Farbe, Form oder Geruch, die ihnen auch nur einen winzigen Fingerzeig geben konnten. Es gab nur das Rätsel des Steins.

Es begann, eine Wirkung auf die kleine Gruppe zu haben, trotz ihrer Entschlossenheit. Die Gespräche wurden knapper, die Stimmung gereizter, und die Ungewißheit, was sie tun sollten, wuchs. Horner Dees wurde noch schweigsamer und mürrischer, seine Fähigkeiten als Fährtensucher waren nutzlos, und seine Erfahrungen von vor zehn Jahren reichten hier nicht weiter. Pe Ell hielt sich weiterhin auf Distanz, seine Augen mißtrauisch, seine Bewegungen verstohlen und angespannt wie die einer Katze am Rande des Dschungels, entschlossen, sich nicht unterkriegen zu lassen. Carisman gab das Singen fast vollständig auf. Morgan Leah schrak beim leisesten Geräusch zusammen und war in Gedanken mit der Magie beschäftigt, die er verlor, als das Schwert von Leah zersplitterte. Walker Boh war ein stimmloses Gespenst; bleich und zurückhaltend glitt er durch die Düsternis, als könnte er jeden Moment einfach vergehen.

Sogar Quickening hatte sich verändert. Es war kaum wahrnehmbar, eine leichte Trübung ihrer exquisiten Schönheit, eine merkwürdige Schattierung in ihrer Stimme und ihren Bewegungen und eine gewisse Müdigkeit in ihren Augen. Morgan, der das Mädchen ständig beobachtete, glaubte, er allein könne es wahrnehmen.

Doch als sie einmal eine Pause im Schatten einer Wagenruine machten, ließ sich Walker Boh neben dem Hochländer nieder und flüsterte:

»Diese Stadt frißt uns auf, Morgan Leah. Kannst du es fühlen? Sie besitzt ein Leben über unser Verstehen hinaus, eine Ausdehnung des Willens des Steinkönigs, die an uns zehrt. Die Magie ist allenthalben. Wenn wir Uhl Belk nicht bald finden, laufen wir Gefahr, ganz und gar verschlungen zu werden. Siehst du das? Selbst Quickening ist davon angegriffen.«

Und das war sie allerdings. Walker zog sich wieder zurück, und Morgan war seinen eigenen düsteren Gedanken darüber überlassen, in was für eine Lage sie geraten waren. Diese ganze Anstrengung, um bis an diesen Ort zu gelangen, und alles schien umsonst gewesen zu sein. Es zehrte an ihrem Leben, ihrer Energie, ihrer Entschlossenheit und ihrem Willen. Er dachte daran, mit Quickening darüber zu sprechen, doch dann entschloß er sich, es bleiben zu lassen. Sie wußte, was im Gange war. Sie wußte es immer. Wenn es an der Zeit war, etwas zu unternehmen, dann würde sie das tun.

Doch es war Walker Boh, der als erster handelte. Der vierte Tag ihrer Suche nach dem Steinkönig war in der gleichen Weise vorübergegangen wie die drei davor, ohne daß einer von ihnen auch nur die winzigste Spur ihrer Jagdbeute gefunden hätte. Sie kauerten im Schatten ihres neuesten Unterschlupfs; Pe Ell hatte darauf bestanden, daß sie das Gebäude wechselten, um zu verhindern, daß der Kratzer sie entdeckte, der noch immer jede Nacht Jagd auf sie machte. Seit sie in Eldwist angekommen waren, hatten sie keine warme Mahlzeit mehr zu sich genommen oder die Wärme eines Feuers genossen, und ihre Trinkwasservorräte gingen zur Neige. Entmutigt und mit wunden Füßen saßen sie schweigend in der Patsche.

»Wir müssen die Tunnel unter der Stadt durchsuchen«, sagte plötzlich der Dunkle Onkel mit leiser, kalter Stimme.

Die anderen schauten auf. »Was für Tunnel?« fragte Carisman müde. Der Sänger, der weniger fit war als die anderen, verlor deutlich an Kraft.

»Diejenigen, die die Felsen unter den Häusern durchlöchern«, erwiderte Walker. »Es gibt viele davon. Ich habe die Treppen gesehen, die von den Straßen aus nach unten führen.«

Der bärbeißige Horner Dees schüttelte den Kopf. »Vergiß nicht, der Malmschlund ist da unten.«

»Ja. Irgendwo. Aber er ist ein riesiger, blinder Wurm. Wenn wir vorsichtig sind, wird er nicht einmal merken, daß wir da sind. Und wenn der Malmschlund sich unter der Erde versteckt, dann versteckt sich der Steinkönig vielleicht ebenfalls fort.«

Morgan nickte. »Warum nicht? Vielleicht sind beides Würmer. Vielleicht sind sie beide blind. Vielleicht mag keiner von ihnen das Licht. Der Himmel weiß, daß es davon wenig genug da unten gibt. Ich meine, das ist eine gute Idee.«

»Ja«, stimmte Quickening zu, ohne einen von ihnen anzuschauen.

Pe Ell regte sich im Schatten und sagte nichts. Die anderen murmelten ihre Zustimmung. In der Finsternis ihres Unterschlupfs wurde es schnell wieder still.

In jener Nacht schlief Quickening neben Morgan, was sie seit ihrer Ankunft in Eldwist nicht mehr getan hatte. Unerwartet kam sie und kuschelte sich an ihn, als fürchte sie, etwas könne sie fortstehlen kommen. Morgan legte seinen Arm um sie und hielt sie fest und lauschte auf ihren Atem, fühlte das Pulsieren ihres Körpers nah an seinem. Sie sprach nicht. Nach einer Weile schlief er mit ihr im Arm ein. Als er erwachte, war sie wieder fort.

Bei Tagesanbruch verließen sie ihren Unterschlupf und stiegen in die Katakomben unter der Stadt. Ein Treppenschacht unter einem Haus neben dem, wo sie sich eingenistet hatten, führte sie auf die erste Ebene. Weitere Treppen führten tiefer in den Fels, wanden sich in schwarzen Löchern im Stein ins Leere. Die Tunnel der ersten Ebene waren aus Steinquadern errichtet, und Schienen auf versteinerten Bohlen verliefen in dunkle Ferne. Alles war zu Stein verwandelt. Es gab kein Licht unter der Stadt. Walker Boh benutzte eines von Coglines Pulvern, mit dem er einen Steinkeil bestrich, der feuerähnlich leuchtete. Sie folgten den Schienen, die sich ins Finstere wanden. Die Schienen führten an Bahnsteigen entlang, wo es weitere Treppen nach oben und unten gab, und die Tunnel verzweigten sich in verschiedene Richtungen. Die Luft roch modrig, und loses Gestein knirschte unter ihren Schritten. Nach einer Weile stießen sie auf einen riesigen, umgekippten Wagen mit Rädern, die in die Schienen paßten, doch zerbrochen und zersplittert und durch die magische Transformation mit der Achse und dem Fahrgestell verschmolzen waren. Einst war dieser Wagen auf den Schienen gerollt, angetrieben durch rätselhafte Energie, und hatte die Menschen der Alten Welt von einem Gebäude zum anderen, von einer Straße zur anderen transportiert. Die Gruppe blieb einen Moment stehen und betrachtete das Wrack, um dann weiterzueilen.

Unterwegs fanden sie weitere Wagen, einmal einen ganzen Saal voll davon, manche noch immer auf den Schienen, manche umgestürzt und zersplittert. Unidentifizierbare Schutthaufen säumten die Schienen sowie Brocken und Teile von ehemaligen Eisenbänken auf den Bahnsteigen, an denen sie vorbeikamen. Hin und wieder stiegen sie zu den Straßen der Stadt hinauf, um sich zu orientieren und dann unterirdisch weiterzugehen. Tief unten, weit entfernt von ihnen, konnten sie das Rumpeln des Malmschlunds hören. Und noch weiter unten das Rauschen des Ozeans.

Nachdem sie viele Stunden lang das Tunnelnetzwerk erforscht hatten, ohne irgendeinen Hinweis auf den Steinkönig zu finden, ließ Pe Ell sie anhalten. »Wir verschwenden unsere Zeit«, sagte er. »Auf dieser Ebene werden wir nichts finden. Wir müssen tiefer hinunter.«

Walker Boh schaute zu Quickening hinüber und nickte dann. Morgan erhaschte einen Blick auf die Gesichter von Carisman und Horner Dees und sagte sich, daß er wohl den gleichen Ausdruck zeigte.

Sie stiegen durch einen gewundenen Treppenschacht zum nächsten Niveau hinunter in ein Labyrinth aus Abflußkanälen. Die Kanäle waren leer und trocken, doch es bestand kein Zweifel an ihrer ursprünglichen Funktion. Die Röhren, aus denen sie bestanden, waren mehr als sechs Meter hoch. Wie alles andere, waren auch sie versteinert. Sie folgten ihnen, und Walkers Befehlsfackel warf einen silbrigen Schimmer in die Schwärze, und ihre Schritte hallten dröhnend durch die Stille. Nicht mehr als hundert Meter von der Stelle entfernt, wo sie die Kanalisation betreten hatten, war ein riesiges Loch in die Seitenwände der Röhre gerissen worden. Sie waren zerfetzt, als bestünden sie aus Papier. Etwas von gewaltiger Größe hatte sich durch den Fels gegraben, so riesig, daß die Kanalröhre nicht mehr als ein Strohhalm in seinem Weg gewesen war.

Aus der schwarzen Leere des gegrabenen Tunnels schallte das Rumpeln des Malmschlunds. Hastig überquerten sie die geröllübersäte Öffnung und gingen weiter.

Zwei Stunden lang wanderten sie durch das Kanalsystem unter der Stadt und fahndeten vergeblich nach dem Versteck des Steinkönigs. Sie folgten den Windungen und Kurven und hatten bald jegliche Orientierung verloren. Von diesem Niveau führten weniger Treppen nach oben, und viele von ihnen waren nichts als Leitern an den Wänden der Abflüsse. Sie stießen einige Male auf die Grabtunnel des Malmschlunds, gähnende Öffnungen, die nach oben in die Stadt führten und dann wieder nach unten verschwanden, schwarze Löcher, die groß genug waren, ganze Gebäude zu verschlucken. Morgan starrte in jene Kluften, machte sich bewußt, daß der Fels der ganzen Halbinsel davon durchzogen sein mußte, und wunderte sich, daß die Stadt nicht einfach einstürzte.

Kurz nach Mittag machten sie halt, um zu rasten und etwas zu essen. Sie fanden eine Treppe, die zum ersten Niveau hinaufführte, und kletterten auf einen der verlassenen Bahnsteige, wo ein paar versteinerte Bänke standen. Dort ließen sie sich nieder. Walkers Fackel steckte in einem Geröllhaufen und warf ihr Licht wie einen Heiligenschein auf sie. Wortlos starrten sie in die Schatten.

Morgan war vor den anderen fertig und ging zu einer Stelle, wo ein schmaler Lichtstrahl durch einen Treppenschacht, der zu den Straßen der Stadt führte, hereinfiel. Er setzte sich hin und starrte nach oben, dachte an bessere Zeiten und Plätze und fragte sich verzagt, ob er sie wohl je wieder erleben würde.

Carisman kam herüber und setzte sich neben ihn. »Es wäre schön, mal wieder die Sonne zu sehen«, sagte der Sänger nachdenklich und lächelte schwach, als Morgan ihn anschaute. »Wenigstens für einen kleinen Augenblick.«

Er fing zu singen an:

»Finsternis für Katzen ist, für Fleder- und and're Mäuse,
für uns nicht, die den Sonnenschein so über alles lieben.
In Eldwist ist es kalt und trüb, nur steinernes Gehäuse.
Ach, fort von hier ins Sonnenlicht. Wo ist es nur geblieben?«

Er grinste reichlich traurig. »Ist das nicht ein gräßlicher Knittelvers? Wahrscheinlich das schlechteste Lied, das ich je komponiert habe.«

»Woher kommst du, Carisman?« fragte Morgan. »Ich meine, vor den Urdas und Rampling Steep. Wo bist zu Hause?«

Carisman schüttelte den Kopf. »Irgendwo, überall. Ich bin zu Hause, wo ich gerade bin, und ich bin fast überall gewesen. Seit ich laufen kann, bin ich herumgereist.«

»Hast du eine Familie?«

»Nein. Nicht daß ich wüßte.« Carisman zog die Knie vor die Brust und umfaßte sie mit den Armen. »Wenn ich hier ums Leben komme, gibt es niemanden, der sich fragt, was aus mir geworden ist.«

»Du wirst nicht sterben«, fauchte Morgan ihn an. »Keiner von uns, wenn wir aufpassen.« Die Eindringlichkeit von Carismans Blick war ihm unbehaglich. »Ich habe eine Familie. Vater und Mutter drüben im Hochland. Und zwei jüngere Brüder. Ich habe sie seit Wochen nicht gesehen.«

Carismans hübsches Gesicht hellte sich auf. »Ich habe vor ein paar Jahren das Hochland bereist. Es ist ein wunderschönes Land, die Hügel ganz purpurn und silbrig im Morgenlicht, fast rot, wenn die Sonne untergeht. Es war ruhig dort oben, so still, daß man die Vögel aus weiter Ferne singen hören konnte.« Er wiegte sich hin und her. »Ich hätte glücklich sein können, wenn ich dort geblieben wäre.«

Morgan musterte ihn eine Weile, beobachtete, wie er ins Leere starrte, gefangen in einer inneren Vision. »Ich habe vor, zurückzugehen, wenn wir diese Angelegenheit hier hinter uns haben«, sagte er. »Warum kommst du nicht mit zu mir nach Hause?«

Carisman sah ihn aufmerksam an. »Ginge das? Ich käme gerne mit.«

Morgan nickte. »Abgemacht. Aber kein Wort mehr über das Sterben.«

Sie schwiegen eine Weile, bis Carisman weitersprach. »Weißt du, daß das, was für mich einer Familie am nächsten kam, die Urdas waren? Trotz der Tatsache, daß ich ihr Gefangener war, kümmerten sie sich um mich. Ich bedeutete ihnen etwas. Und sie mir. Wie eine Familie. Seltsam.«

Morgan dachte an seine Familie, seine Eltern, seine Brüder. Er erinnerte sich an ihre Gesichter, den Klang ihrer Stimmen, die Art, wie sie sich bewegten. Das brachte ihn dazu, an die Talbewohner zu denken, an Par und Coll. Wo waren sie? Dann dachte er an Steff, der nun schon seit einigen Wochen tot war, der schon zu einer Erinnerung wurde, mit der Geschichte seiner Vergangenheit verschmolz. Er dachte an das Versprechen, das er seinem Freund gegeben hatte – daß er, wenn er die Magie finden würde, die den Zwergen in ihrem Kampf um Freiheit helfen konnte, sie gegen die Föderation und gegen die Schattenwesen einsetzen würde. Wilde Entschlossenheit durchströmte ihn und löste sich wieder. Vielleicht erwies sich der schwarze Elfenstein als die Waffe, die er brauchte. Wenn der Stein andere Magien zunichte machen konnte, wenn er tatsächlich stark genug war, das untergegangene Paranor zurückzubringen, indem er dem Zauberbann entgegenwirkte...

»Sie mochten die Musik, verstehst du, aber es war mehr als nur das«, fuhr Carisman fort. »Ich glaube, sie mochten mich selbst auch. Sie waren ein bißchen wie Kinder, die einen Vater brauchen. Sie wollten alles über die Welt außerhalb ihres Tales erfahren, über die Vier Länder und die Völker, die dort leben. Die meisten waren nie über die Grenze der Stachelberge hinausgekommen. Ich war schon überall gewesen.«

»Nur hier noch nicht«, sagte Morgan lächelnd.

Aber Carisman schaute woandershin. »Ich wünschte, ich wäre nie hierhergekommen«, sagte er.

Die Gruppe setzte ihre Erkundungen des Abwassersystems von Eldwist fort und fanden es nach wie vor bar jeglichen Lebens. Sie fanden nichts – nicht die kleinste Wühlmaus, keine Fledermaus, nicht einmal die Insekten, die sonst unter der Erde gedeihen. Und keinerlei Anzeichen von Uhl Belk. Da war nur das Gestein, das bewies, daß er hiergewesen war. Sie wanderten während mehrerer Stunden und begannen dann den Rückweg. Das Tageslicht würde in kurzer Zeit verlöschen, und sie hatten nicht die Absicht, draußen zu sein, wenn der Kratzer seine nächtlichen Säuberungsaktionen begann.

»Es ist möglich, daß er nicht in die unterirdischen Tunnel kommt«, überlegte Walker Boh.

Aber keiner hatte Lust, das herauszufinden. Sie folgten den gewundenen Katakomben, überquerten wieder die Grablöcher des Malmschlunds und drängten unverdrossen weiter durch die Finsternis. Grunzen und Schnaufen waren die einzigen Geräusche. Ihre Gesichter waren von der Anspannung gezeichnet, in ihren Augen spiegelten sich ihre Entmutigung und ihre Unzufriedenheit. Niemand sagte etwas. Was sie dachten, brauchte keine Worte.

Plötzlich ließ Walker sie anhalten und zeigte ins Finstere. Da war eine Öffnung in dem Tunnel, die ihnen zuvor entgangen war, kleiner als die Kanalröhren und fast unsichtbar in der Dunkelheit. Walker kauerte sich nieder, um hineinzuschauen, dann verschwand er.

Kurz darauf kam er wieder. »Dort gibt es eine Höhle und einen Treppenschacht nach unten«, berichtete er. »Es sieht so aus, als ob es weiter unten noch ein Tunnelnetz gibt.« Sie folgten ihm in die darunter liegende Höhle, eine Kammer, deren Wände und Boden mit Splittern übersät und von tiefen Rissen durchzogen waren. Sie fanden den Treppenschacht und schauten in die Finsternis hinunter. Es war unmöglich, irgend etwas zu erkennen. Sie tauschten unbehagliche Blicke miteinander. Wortlos ging Walker zu der Treppe, und, die Behelfsfackel in der Hand, begann er, die Stufen hinunterzusteigen. Nach einem kurzen Zögern folgten ihm die anderen schließlich.

Die Stufen führten tief hinunter, ausgetreten und glitschig. Der Geruch des Ozeans war hier gegenwärtig, und sie konnten das Tröpfeln von Seewasser in der Dunkelheit hören. Als sie unten angekommen waren, fanden sie sich in der Mitte eines breiten, hohen Tunnels wieder, in dem sich der Felsen kristallisiert hatte und dicke steinerne Eiszapfen von der Decke ragten, von denen Wasser in schwarze Pfützen tropfte. Walker wandte sich nach rechts, und sie gingen weiter. Die Feuchtigkeit machte die Luft eisigkalt, und die sechs zogen ihre Umhänge fester um sich. Ihre Schritte hallten durch den steinernen Korridor und brachen die Stille.

Dann war da plötzlich noch etwas, eine Art Quietschen, das Morgan an das Geräusch eines rostigen Eisenriegels erinnerte, der nach langer Zeit aufgeschoben wurde. Sie blieben alle gleichzeitig stehen und standen im silbrigen Schein der Fackel und lauschten. Das Quietschen dauerte an; es kam von irgendwo hinter ihnen.

»Kommt«, befahl Walker barsch und eilte voraus. Die anderen hasteten hinter ihm her, angespornt von der ungewohnten Dringlichkeit in seiner Stimme. Walker hatte in dem Geräusch etwas erkannt, das ihnen entgangen war. Morgan schaute beim Laufen über seine Schulter zurück. Was war dort hinten?

Sie überquerten ein seichtes Wasserrinnsal, das aus einem Riß in der Wand quoll, und Walker drehte sich um und winkte die anderen vorbei. Das Quietschen war inzwischen ohrenbetäubend laut geworden und kam immer näher. Der Dunkle Onkel reichte Morgan die Fackel und schleuderte etwas ins Dunkel. Weißes Feuer leuchtete auf, und der Tunnel dahinter war plötzlich hell erleuchtet.

Morgan riß entsetzt die Augen auf. Überall waren Ratten, eine wuselnde, strampelnde Herde pelziger Leiber. Aber diese Ratten waren Riesen, drei- oder viermal so groß wie normale Ratten, ganz Krallen und Zähne. Ihre Augen waren weiß und blind wie alles, was die Gefährten in Eldwist gesehen hatten, und ihr Fell war naß vom Seewasser. Sie sahen gefräßig aus. Und wahnsinnig. Sie strömten zwischen den Felsen hervor und steuerten auf die Männer und das Mädchen los.

»Haut ab!« schrie Walker und riß Morgan die Fackel aus der Hand.

Und sie rannten durch die Dunkelheit, verfolgt von dem Quietschen, das in Wellen anschwoll, und mühten sich, im Lichtkreis der Fackel zu bleiben, während sie versuchten, dem Horror auf ihren Fersen zu entkommen. Der Tunnel stieg an und senkte sich wieder, und Splitter ragten aus den Wänden. Immer wieder stürzten sie, rappelten sich auf und rannten weiter.

Eine Leiter! war alles, woran Morgan denken konnte. *Wir brauchen eine Leiter!*

Aber es gab keine. Es gab nichts als Felswände, Wasserrinnen und Seewasserpfützen. Und sie selbst in der Falle.

Und dann dröhnte von irgendwo weiter vorn ein neues Geräusch, das Donnern der Brecher gegen die Küste, das Branden der Wogen gegen das Land.

Sie stürmten aus der Finsternis des Tunnels in ein fahles, silbriges Licht und blieben abrupt stehen. Vor ihnen fiel der Fels steil zum Gezeitenstrom ab. Unten brodelte der Ozean, brach sich an den Felsen, schäumte weiß auf und sprühte sie naß. Sie befanden sich in einer Höhe von solchen Ausmaßen, daß die äußersten Enden in Nebel und Schatten untergingen. Tageslicht drang durch Ritzen im Fels, wo der Ozean die Wand hatte bersten lassen. Weitere Tunnel endeten ebenfalls in der Höhe, schwarze Löcher sowohl zur Rechten als auch zur Linken. Alle waren unerreichbar. Die Steilwände an beiden Seiten waren unerklimmbar. Der Abgrund vor ihnen fiel steil in die brodelnde See. Der einzig mögliche Weg war der, den sie gekommen waren.

Durch das Rattenheer.

Die Ratten hatten sie inzwischen beinahe erreicht, ihr Gequietsche übertönte sogar das Tosen der Meereswellen, ihre Leiber füllten die untere Tunnelhälfte, während sie sich mit Krallen und Zähnen aneinander vorbeidrängten. Morgan riß sein Breitschwert aus der Scheide und wußte schon, während er das tat, wie nutzlos die Waffe sein würde. Pe Ell hatte sich von den anderen abgesetzt und war auf die Seite gegangen. Er hielt sein seltsames Silbermesser in der Hand. Dees und Carisman kauerten am Rand des Abgrunds, als wollten sie springen.

Quickening trat neben Morgan, ihr schönes Gesicht seltsam ruhig, und legte ihm die Hand fest auf den Arm.

Dann warf Walker Boh seine Fackel beiseite und schleuderte eine Handvoll des schwarzen Pulvers auf das Rattenheer. Feuer explodierte überall, und die vorderste Reihe verbrannte. Doch dahinter waren Hunderte von ihnen, Tausende dieser dunklen Leiber. Krallen klammerten sich wild an die Felsen und suchten Halt. Zähne und blinde Augen glänzten. Die Ratten rückten immer näher.

»Walker!« rief Morgan verzweifelt und schob Quickening hinter seinen Rücken.

Doch es war weder der Dunkle Onkel, der auf Morgans Schrei reagierte, noch Pe Ell oder Horner Dees. Nicht einmal Quickening. Es war Carisman, der Sänger.

Er sprang vor, drängte sich an Morgan und Quickening vorbei und war neben Walker, als die Ratten gerade durch die Tunnelöffnung auf das schmale Sims stürmten. Er erhob seine sonderbare Stimme und begann zu singen. Es war ein Lied, das ganz anders war, als was sie bislang von ihm gehört hatten; es kratzte, wie wenn Metall über Stein streift, und knirschte wie berstendes Holz. Es übertönte das Tosen der Ozeanwellen und das Quietschen der Ratten und füllte die ganze Höhle mit ihrem Klang.

»Kommt hierher!« rief Quickening den anderen zu.

Die Gruppe kam sofort, einschließlich Pe Ell, und sie drückten sich aneinander, während der Reimeschmied sang. Die Ratten ergossen sich aus dem Tunnel und quollen wie eine Woge aus strampelnden Leibern auf sie zu. Doch dann spaltete sich die Woge und strömte zu beiden Seiten an dem Sänger vorbei, ohne einen von ihnen zu berühren. Irgend etwas an Carismans Gesang lenkte sie ab.

Sie zogen als wabernde Masse zu beiden Seiten an ihm vorbei. Sie strampelten sich vorwärts, ohne auf irgend etwas zu achten, und es war nicht zu erkennen, ob sie flohen oder gerufen wurden. Und sie stürzten ins Meer.

Wenige Augenblicke später war auch die letzte von ihnen verschwunden. Carisman verstummte und taumelte dann in Morgans Arme. Der Hochländer fing ihn auf, und Quickening betupfte sein Gesicht mit einem Zipfel ihres Ärmels, den sie in kaltes Seewasser getaucht hatte. Die anderen schauten atemlos zu, prüften mißtrauisch die dunkle Tunnelöffnung, den leeren Fels, die Brandung des Ozeans.

»Es hat gewirkt«, flüsterte Carisman überrascht, als er die Augen wieder aufschlug. »Habt ihr das gesehen? Es hat gewirkt!« Er rappelte sich hoch und nahm Quickening jubelnd in die Arme. »Ich habe darüber einmal was gelesen oder vielleicht auch davon gehört, aber ich hätte nie gedacht, daß ich… ich meine, ich habe so was noch nie versucht! Niemals! Das war ein Katzenlied, Lady! Ein Katzengesang! Ich wußte nicht, was ich sonst tun sollte, also habe ich diesen grauenvollen Biestern vorgegaukelt, wir wären Riesenkatzen!«

Alle starrten ihn ungläubig an. Erst jetzt wußte Morgan Leah zu schätzen, wie wahrhaft wunderbar ihre Rettung gewesen war.

Mit der Vernichtung der Ratten waren sie in der Lage, durch den Tunnel, der sie in die unterirdische Höhle gebracht hatte, zurückzugehen, wieder in das Abwassernetz von Eldwist zu klettern, von dort in die Tunnel darüber, um schließlich wieder auf die Straßen der Stadt zu gelangen. Es begann schon dunkel zu werden, und sie hasteten eilig durch die einbrechende Dämmerung in den Schutz ihres Nachtquartiers. Sie schafften es im allerletzten Moment. Der Kratzer erschien fast sofort vor den Mauern des Gebäudes, seine Panzerbeine kratzten über den Stein, und er suchte noch immer nach ihnen. Sie saßen schweigend im Dunkeln und lauschten, bis er schließlich abzog. Walker meinte, das Geschöpf könne ihre Spur mit seinem Geruchssinn verfolgen. Nur der Regen und die vielen Spuren, die sie hinterlassen hatten, verwirrten ihn. Früher oder später würde er sie finden.

Erschöpft und angeschlagen und erschüttert von den Erlebnissen verzehrten sie ihr Nachtmahl schweigend und zogen sich schnell zum Schlafen zurück.

Am nächsten Morgen verkündete Pe Ell, der seit ihrer Flucht aus den Tunneln in eine so finstere Laune verfallen war, daß keiner sich ihm zu nähern wagte, er mache sich alleine auf.

»Wir sind zu viele, die da rumstolpern, um je irgendwas zu finden«, erklärte er mit ruhiger, ausdrucksloser Stimme und undurchdringlichem Gesicht. Er sprach zu Quickening, so als zähle nur sie. »Falls es tatsächlich einen Steinkönig gibt, dann weiß er inzwischen, daß wir hier sind. Es ist seine Stadt; wenn er will, kann er sich unauffindbar verstekken. Der einzige Weg, ihn zu finden, ist, indem man ihn erwischt, wenn er nicht damit rechnet, sich anschleicht und ihn überrascht. Das ist ausgeschlossen, wenn wir weiterhin wie eine Hundemeute hinter ihm herjagen.«

Morgan setzte zum Widerspruch an, doch Walkers Finger schlossen sich mit eisernem Griff um seinen Arm.

Pe Ell schaute um sich. »Ihr könnt meinetwegen weiter rumpoltern, wenn ihr wollt. Aber ohne mich. Ich habe genug Zeit mit eurer Herde verbracht. Ich hätte von Anfang an alleine losziehen sollen, dann wäre diese Angelegenheit längst erledigt.« Er wandte sich wieder zu Quickening. »Wenn ich Uhl Belk und den schwarzen Elfenstein gefunden habe, komme ich dich holen.« Er hielt inne und schaute ihr fest in die Augen. »Falls du noch am Leben bist.«

Er stolzierte verächtlich an ihnen vorbei und verschwand. Seine Stiefel hallten dumpf aus dem Treppenhaus, dann wurde es still.

Horner Dees spuckte aus. »Den sind wir los«, murmelte er.

»Aber er hat recht«, sagte Walker Boh, und alle drehten sich zu ihm um. »In einem Punkt zumindest. Wir müssen uns in Gruppen aufteilen, wenn diese Suche Erfolg haben soll. Die Stadt ist zu groß, und wir sind zu leicht zu umgehen, wenn wir zusammenbleiben.«

»Also zwei Gruppen«, stimmte Dees zu und nickte. »Niemand darf allein losziehen.«

»Pe Ell schien sich nicht zu scheuen, allein loszugehen«, bemerkte Morgan.

»Der ist wie ein Raubtier, daran besteht kein Zweifel«, erwiderte Dees. Er sah Quickening nachdenklich an. »Was hältst du davon, Mädchen? Hat er irgendeine Chance, Belk und den Elfenstein allein zu finden?«

Aber Quickening sagte nur: »Er wird wiederkommen.«

Sie setzten sich hin, um eine Strategie auszuhecken, um die Stadt von einem Ende bis zum anderen methodisch abzusuchen. Von ihrem Unterschlupf aus erstreckte sich Eldwist vor allem nach Norden, also wurde beschlossen, die Stadt in zwei Hälften zu teilen, und daß eine Gruppe den Osten, die andere den Westen übernehmen sollte. Die Suche sollte sich auf die Häuser und die Straßen konzentrieren, nicht die Tunnel. Wenn sie überirdisch nichts fänden, würden sie weitersehen.

»Pe Ell mag sich irren, wenn er sagt, daß der Steinkönig längst wissen muß, daß wir hier sind«, sagte Quickening zum Abschluß. Sie hob ihre schlanken Finger mit der Behendigkeit eines Vogels. »Wir sind in seinen Augen unbedeutend, und er hat uns vielleicht nicht einmal bemerkt. Dafür hat er den Kratzer. Und ansonsten füllt der Malmschlund seine Zeit.«

»Wie verteilen wir uns?« fragte Carisman.

»Du kommst mit mir«, antwortete Quickening sofort, »und Walker Boh.«

Morgan war überrascht. Er hatte erwartet, daß sie ihn wählen würde. Seine Enttäuschung traf ihn tief. Er setzte an, um ihrer Entscheidung zu widersprechen, doch ihre schwarzen Augen fixierten ihn mit solcher Eindringlichkeit, daß er sofort verstummte. Welche Gründe sie auch immer für ihre Entscheidung hatte, sie wollte sie nicht in Frage gestellt sehen.

»Damit bleiben wir zwei übrig, Hochländer«, brummte Horner Dees und schlug Morgan mit seiner schweren Hand auf die Schulter. »Meinst du, wir können Pe Ell enttäuschen und mit heiler Haut davonkommen?«

Sein unerwartetes Lachen war so ansteckend, daß Morgan lächeln mußte. »Wetten, daß?« gab er zurück.

Sie sammelten ihre Habe zusammen und gingen auf die Straße hinunter. Es war düster und nebelig zwischen den Gebäuden, dicke Wolken hingen tief am Himmel. Die Luft war feucht und frostig, und ihr Atem bildete weiße Fahnen. Sie wünschten einander Glück und gingen in verschiedene Richtungen davon, Morgan und Dees nach Westen, Quickening, Walker und Carisman nach Osten.

»Paß auf dich auf, Morgan«, flüsterte Quickening. Ihr edles Gesicht lag halb im Schatten unter ihrer Silbermähne. Sie berührte ihn sanft an der Schulter und eilte dann hinter Walker Boh her.

»Wir gehen auf die Jagd, tralali, tralala!« sang Carisman fröhlich, als sie verschwanden.

Es begann zu nieseln. Morgan und Horner Dees stapften mit gesenkten Köpfen, die Umhänge fest um die Schultern gezogen, voran. Sie hatten sich darauf geeinigt, der Straße bis zum Ende zu folgen, bis zum Stadtrand, und dann der Küste entlang nach Norden zu gehen. Im Stadtkern war wenig genug zu finden gewesen, vielleicht gab es weiter draußen etwas – insbesondere, wenn die Magie des Steinkönigs gegen Wasser nichts ausrichten konnte. Sie hielten sich auf den Gehsteigen und prüften aufmerksam die finsteren Schluchten der Seitenstraßen, die sie überquerten. Regenwasser sammelte sich auf der steinernen Haut der Stadt in dunkel schimmernden Pfützen und Rinnsalen. Seevögel warteten in Spalten und Nischen den Regen ab. In den Schatten rührte sich nichts.

Im Laufe des frühen Vormittags erreichten sie den Gezeitenstrom, das Land endete mit Klippen, die tief ins Meer abfielen. Felsbrocken ragten aus den schäumenden Wellen, erodiert und zerklüftet. Wogen brachen sich an den Klippen, ihr Tosen mischte sich mit dem Heulen des Sturms. Morgan und Dees zogen sich wieder in den Schutz der äußeren Bauwerke zurück. Regen und Sprühwasser hatten sie schnell durchweicht, und sie schlotterten unter ihren nassen Kleidern. Zwei Stunden lang folgten sie der westlichen Stadtgrenze, ohne etwas zu finden. Gegen Mittag, als sie anhielten, um etwas zu essen, waren sie mürrisch und erschöpft.

»Hier draußen gibt's nichts, Hochländer«, bemerkte Dees, während er auf einem Stück getrockneten Rindfleischs kaute – seinem letzten Stück. »Nur das Meer und den Wind und diese verfluchten Vögel, die schreien und rufen wie verrückte Weiber.«

Morgan nickte, ohne zu antworten. Er fragte sich, ob er imstande wäre, einen dieser Seevögel zu essen, wenn es sein mußte. Ihre Nahrungsreserven waren fast aufgebraucht. Bald wären sie gezwungen zu jagen. Was außer den Vögeln gab es denn? Fisch, entschied er. Die Vögel sahen zu mager und zäh aus.

»Vermißt du das Hochland?« fragte Dees ihn plötzlich.

»Manchmal.« Er dachte an seine Heimat. »Immerzu.«

»Ich auch, und ich habe es seit Jahren nicht mehr gesehen. Es ist das schönste Stück Arbeit, das die Natur je hervorgebracht hat. Ich mochte, wie ich mich dort fühlte, wenn ich dort war.«

»Carisman sagte, auch er sei gern dort gewesen. Er sagte, er liebte die Stille dort.«

»Die Stille. Ja, ich erinnere mich, wie friedlich es auf jenen Hügeln ist.« Sie hatten Schutz in einem dämmrigen Hauseingang gefunden. Der große Mann rückte von einer wachsenden Pfütze ab, wo das Wasser, das an den Wänden herunterrieselte, sich auf den Stufen sammelte, während sie mit dem Rücken an der Wand saßen und in den Regen hinausschauten.

Er beugte sich vor. »Ich will dir was sagen«, meinte er leise. »Ich kenne diesen Kerl, diesen Pe Ell.«

Morgan schaute ihn neugierig an. »Woher?«

»Von früher. Lange her. Fast zwanzig Jahre. Er war fast noch ein Kind damals; ich war schon alt.« Dees kicherte. »Und was für ein Kind. Schon damals ein Killer. Von Anfang an ein Mörder – als sei er dazu geboren und könne nie etwas anderes sein.« Er schüttelte sein ergrautes Haupt. »Ich kannte ihn. Ich wußte, daß es gefährlich war, ihm in die Quere zu kommen.«

»Und bist du das?«

»Ihm in die Quere gekommen? Ich? Nein, nicht ich. Ich weiß sehr genau, wem ich mich stelle und wem ich aus dem Weg gehe. Hab' ich immer gewußt. Darum bin ich noch am Leben. Pe Ell gehört zu der Sorte, die, wenn sie dich mal auf dem Kieker haben, nicht nachlassen, bis du tot bist. Er läßt einfach nicht locker.« Er zeigte auf Morgan. »Eins solltest du begreifen. Ich weiß nicht, was er hier tut. Ich weiß nicht, warum das Mädchen ihn mitgenommen hat. Aber er ist für keinen von euch ein Freund. Weißt du, was er ist? Er ist ein Mörder der Föderation. Ihr bester übrigens. Er ist Felsen-Dalls Liebling.«

Morgan erstarrte. Alles Blut wich aus seinem Gesicht. »Das kann doch nicht wahr sein!«

»Kann und ist«, sagte Dees nachdrücklich, »es sei denn, es hat sich was geändert, und das bezweifle ich.«

Morgan schüttelte ungläubig den Kopf. »Woher weißt du das alles, Horner Dees?«

Horner Dees grinste ein breites, hämisches Grinsen. »Seltsame Sache das. Ich erinnere mich an ihn, auch wenn er sich nicht mehr an mich erinnert. Ich kann es in seinen Augen lesen. Er versucht zu erfahren, was es ist, das ich weiß und er nicht. Hast du nicht bemerkt, wie er mich mustert? Versucht, es rauszufinden. Ist zu lange her, nehme ich an. Er hat zu viele Menschen ermordet, hat zu viele Gesichter in seiner Vergangenheit, um sich an alle erinnern zu können. Ich habe nicht so viele Gespenster, über die ich mich sorgen muß.« Er machte eine Pause. »Die Wahrheit ist, Hochländer, daß ich selbst einer von ihnen war.«

»Einer von ihnen?« fragte Morgan leise.

Der andere stieß ein scharfes Lachen aus, das wie ein Bellen klang. »Ich war bei der Föderation! Ich habe für sie spioniert!«

Im gleichen Moment schlug Morgan Leahs Bild von Horner Dees um. Der große, bärenhafte Kerl war nicht länger ein mürrischer, alter Fährtensucher, dessen beste Zeiten hinter ihm lagen; er war nicht einmal mehr ein Freund. Morgan wich zurück und erkannte dann, daß es keine Fluchtmöglichkeit gab. Er faßte nach seinem Breitschwert.

»Hochländer!« fauchte Dees und ließ ihn erstarren. Der große Mann ballte eine Faust und entspannte sich wieder. »Wie gesagt, das ist lange her. Ich bin schon seit zwanzig Jahren nicht mehr dabei. Setz dich ruhig wieder hin. Von mir hast du nichts zu befürchten.«

Er legte die Hände mit den Handflächen nach oben auf den Schoß. »So jedenfalls habe ich das Hochland kennengelernt, ob du's glaubst oder nicht – im Dienst der Föderation. Ich war Zwergenrebellen auf der Spur, beim Regenbogensee und beim Silberflußland. Hab' nicht viel gefunden. Zwerge sind wie Füchse; sie verschwinden im Nu, wenn sie wissen, daß man sie jagt.« Er lächelte in unerwarteter Weise. »Hab' mich auch nicht besonders angestrengt. War ein sinnloses Unterfangen.«

Morgan ließ den Griff seines Breitschwerts los und setzte sich wieder hin.

»Jedenfalls war ich lange genug dabei, um herauszufinden, wer Pe Ell ist«, fuhr der andere fort. Sein Blick war jetzt sorgenvoll in die Ferne gerichtet. »Damals wußte ich so ziemlich alles, was vorging. Felsen-Dall wollte mich zum Sucher machen. Kannst du dir das vorstellen? Mich? Ich hielt diesen Wolfschädelkram für Kokolores. Aber ich erfuhr von Pe Ell, während Dall mich bearbeitete. Sah ihn einmal kommen und gehen, ohne daß er es wußte. Dall sorgte dafür, daß ich es sah, denn er liebte es, einen mit Pe Ell zu beeindrucken. Es war so was wie ein Spiel zwischen den beiden, jeder versuchte, den anderen vorzuführen. Wie auch immer, ich sah ihn und hörte, was er tat. Und ein paar andere hörten auch Sachen über ihn. Jeder wußte sich von ihm fernzuhalten.«

Er seufzte. »Nicht lange danach hab' ich mich von dem Haufen abgesetzt. Bin abgehauen, als es niemand sah, ging durch das Ostland nach Norden und wanderte herum, bis ich nach Rampling Steep kam und beschloß, dort zu leben. Fern von dem Wahnsinn im Süden, der Föderation, den Suchern, allem.«

»Allem?« wiederholte Morgan zweifelnd. »Sogar den Schattenwesen?«

Dees blinzelte. »Was weißt du über die Schattenwesen, Morgan Leah?«

Morgan lehnte sich vor. Der Wind hatte Nebel in Horners Gesicht geblasen, das feucht glänzte. Wassertropfen hingen in seinem Haar und seinem Bart. »Eins will ich vorher von dir wissen: Warum erzählst du mir das alles?«

Horner Dees Lächeln war ungewöhnlich freundlich. »Weil ich will, daß du über Pe Ell unterrichtet bist, und das kannst du nur sein, wenn du über mich Bescheid weißt. Ich mag dich, Hochländer. Du erinnerst mich ein bißchen an mich selbst, als ich dein Alter hatte – unbekümmert und dickköpfig und furchtlos. Ich will nicht, daß es Geheimnisse über mich gibt, die auf die falsche Weise ans Tageslicht kommen. Zum Beispiel, wenn Pe Ell sich erinnern sollte, wer ich bin. Ich möchte dich als Freund und Verbündeten haben. Ich traue sonst keinem der anderen.«

Morgan musterte ihn eine Weile wortlos. »Mit einem anderen würdest du vielleicht besser fahren.«

»Darauf laß' ich's ankommen. Nun, wie ist das also? Ich habe deine Frage beantwortet. Jetzt sag du mir, wie du von den Schattenwesen erfahren hast.«

Morgan zog die Knie vor die Brust und legte die Arme darum, während er nachdachte. »Mein bester Freund«, sagte er schließlich, »war ein Zwerg namens Steff. Er gehörte zum Widerstand. Die Frau, die er liebte, war ein Schattenwesen, und sie brachte ihn um. Dann habe ich sie getötet.«

Hornes Dees zog seine Brauen fragend in die Höhe. »Ich meinte verstanden zu haben, daß nur Magie diese Wesen töten kann.«

Morgan bückte sich und zog das zersplitterte Ende des Schwerts von Leah hervor. »In diesem Schwert war einst Magie«, erläuterte er. »Allanon selbst hat sie hineingegeben – vor dreihundert Jahren. Ich zerbrach es im Kampf mit den Schattenwesen in Tyrsis, bevor das alles losging. Dennoch war noch genug Magie übrig, um Steff zu rächen und mich selbst zu retten.« Er prüfte die Klinge nachdenklich, steckte sie in die Scheide zurück und wartete vergeblich, seine Wärme zu fühlen, dann schaute er Dees wieder an. »Vielleicht ist noch immer ein wenig davon da. Wie auch immer, das ist der Grund, warum Quickening mich mitgenommen hat. Dieses Schwert. Sie sagte, es bestünde eine Chance, daß es wiederhergestellt werde.«

Horners Dees runzelte die Stirn. »Wirst du es dann gegen Belk einsetzen?«

»Keine Ahnung«, gab Morgan zu. »Ich weiß nichts, als daß es wieder heilgemacht werden kann.« Er schob das Schwert wieder unter seine Kleider. »Versprechungen«, sagte er und seufzte.

»Sie scheint zu jenen zu gehören, die ihre Versprechen halten«, bemerkte der Alte nach einigem Nachdenken. »Magie, um Magie zu finden. Magie, um andere Magie zu übertrumpfen. Wir gegen den Steinkönig.« Er schüttelte den Kopf. »Das ist mir zu kompliziert. Sorg nur dafür, daß du an das denkst, was ich dir über Pe Ell gesagt habe. Du darfst ihm nicht den Rücken kehren. Und du darfst genausowenig gegen ihn vorgehen. Überlaß das mir.«

»Dir?« rief Morgan überrascht aus.

»Genau. Mir. Oder Walker Boh. Einarmig oder nicht, er ist Pe Ell gewachsen, oder ich habe ihn völlig fehleingeschätzt. Du konzentrierst dich darauf, dafür zu sorgen, daß dem Mädchen nichts passiert.« Er machte eine Pause. »Das dürfte dir nicht schwerfallen, wenn man bedenkt, was ihr füreinander empfindet.«

Morgan errötete gegen seinen Willen. »Ich bin es vor allem, der etwas empfindet«, murmelte er verlegen.

»Sie ist das hübscheste Ding, das ich je gesehen habe«, sagte der alte Mann und lächelte über Morgans Verlegenheit. »Ich weiß nicht, was sie ist, Mensch oder Elementarwesen oder was, aber sie kann dich glatt vom Sockel zaubern. Wenn sie dich anschaut mit ihrem sanften Gesicht, und wenn sie so redet, wie sie das tut, dann bist du bereit, alles für sie zu tun. Ich kann ein Lied davon singen. Ich wollte nie wieder hierherkommen, und hier bin ich. Sie hat uns allesamt um den Finger gewickelt.«

Morgan nickte. »Sogar Pe Ell. Er ist ebenso in ihrem Bann wie wir alle.«

Doch Dees schüttelte den Kopf. »Ich bin mir nicht so sicher, Hochländer. Schau bei der nächsten Gelegenheit mal ganz genau hin. Er ist in ihrem Bann und ist es auch nicht. Mit dem da geht sie haarscharf bis an die Grenze. Er kann sich so schnell umdrehen wie eine Katze. Darum sag' ich dir, du sollst auf sie aufpassen. Denk daran, was er ist. Er ist nicht hier, um uns irgendeinen Gefallen zu tun. Er ist um seiner selbst willen hier. Früher oder später wird er rückfällig werden.«

»Das nehme ich auch an«, gab Morgan zu.

Dees grinste zufrieden. »Aber so ohne weiteres wird ihm das nun nicht gelingen, nicht wahr? Weil wir ihn im Auge behalten werden.«

Sie packten ihre Sachen zusammen, zogen die Umhänge gegen das Wetter fest um die Schultern und traten wieder hinaus in den Regen. Sie folgten während des Nachmittags weiterhin der Küste, erreichten die Nordspitze der Halbinsel, ohne etwas zu finden, und gingen wieder zurück in die Stadt. Der Regen hörte endlich auf, und ein feiner Nebel hing wie Rauch vor dem Grau des Himmels und der Gebäude. Die Luft wärmte sich auf. Schatten gähnten aus Seitengassen und Nischen wie erwachende Geister, und Dampf stieg vom Straßenpflaster auf.

Von irgendwo unter dem Boden tönte das Rumpeln des Malmschlunds, ein fernes Donnern, das die Erde beben ließ.

»Ich beginne langsam zu glauben, daß wir überhaupt nichts finden werden«, brummte Horner Dees irgendwann.

Sie folgten den düsteren Straßenschluchten und durchsuchten den Dunst, der über allem lag, Tore und Fenster, die offenstanden wie Mäuler, die Nahrung suchen, glatte, glänzende Wege und Durchgänge. Überall lag die Stadt verlassen und tot, bar jeglichen Lebens, voller hohler, leerer Geräusche. Sie ummauerte sie mit ihren Steinen und ihrer Stille; sie umschloß sie mit solcher Unnachgiebigkeit, daß es ihnen trotz der Erinnerungen und besseren Wissens so vorkam, als sei die ganze Welt rundum untergegangen und nur Eldwist allein übriggeblieben.

Als der Abend näherrückte, wurden sie müde; die Unveränderlichkeit ihrer Umgebung stumpfte ihre Sinne ab und nagte an ihrer Widerstandskraft. Sie fingen an, ein wenig abzuschweifen, gingen näher am Rand des Gehsteigs, schauten öfter an den Steinmauern hoch und gaben sich dem gefährlichen und bohrenden Wunsch hin, daß etwas – *irgendwas* – geschehen würde. Ihr Überdruß war bedenklich, das Gefühl, die Dinge um sie herum weder beeinflussen noch verändern zu können, machte sie wahnsinnig. Sie waren jetzt schon seit fast einer Woche in Eldwist. Wieviel länger würden sie noch zu bleiben gezwungen sein?

Vor ihnen endete die Straße. Sie bogen um die Ecke des Gebäudes, an dem sie entlanggingen, und entdeckten, daß die Straße sich zu einem Platz erweiterte. In der Mitte des Platzes war eine seltsame Vertiefung mit Stufen, die von allen Seiten in eine Mulde führten, aus der eine Statue emporragte, eine geflügelte Figur, an deren Leib Bänder und Fähnchen hingen. Fast ohne zu denken bogen sie auf den Platz, verleitet von dem Anblick, der so anders war als alles, was sie bislang gesehen hatten. Ein *Park*, dachten sie wortlos. Was hatte der hier zu suchen?

Sie hatten die Straße zur Hälfte überquert, als sie den Riegel schnappen hörten, der die Falltüre unter ihren Füßen sicherte.

Sie hatten keine Gelegenheit, sich in Sicherheit zu bringen. Sie standen in der Mitte der Tür, als sie unter ihnen nachgab, und sie stürzten ins Leere. Sie fielen lange, dann rammten sie eine steile Rinne und rutschten kopfüber weiter hinunter. Die Rinne war rauh, die Oberfläche mit lockerem Geröll übersät, das ihnen Hände und Gesicht zerschrammte. Verzweifelt versuchten sie sich, ohne die Schmerzen zu beachten, festzukrallen, um ihre Geschwindigkeit zu bremsen. Mit den Stiefeln und den Knien stemmten sie sich gegen die Rinne und suchten mit Händen und Fingern Halt. Die Rinne wurde breiter und weniger steil. Sie rutschten nicht mehr und blieben mit ausgestreckten Armen und Beinen liegen.

Morgan hob vorsichtig den Kopf und schaute sich um. Er lag mit dem Kopf nach unten auf einer Steinplatte, die zu beiden Seiten so weit in die Schatten reichte, daß er die Enden nicht sehen konnte. Lockeres Gestein bedeckte sie wie ein Teppich, und einiges kullerte noch immer hinunter. Ein schwacher Lichtschimmer von irgendwo in der Höhe versuchte vergeblich, die Finsternis zu durchdringen, und war so schwach, daß er kaum bis zu Morgan reichte. Morgan zwang sich, nach unten zu schauen. Horner Dees lag ungefähr sechs Meter weiter unten auf dem Rücken, Arme und Beine ausgestreckt, und rührte sich nicht. Noch weiter unten gähnte ein Loch von undurchdringlicher Schwärze wie ein riesiges, hungriges Maul.

Morgan schluckte gegen den Staub in seiner Kehle an. »Horner?« krächzte er mühsam.

»Hier«, klang es rauh zurück.

»Bist du heil geblieben?«

»Nichts gebrochen, glaube ich«, grunzte er.

Morgan nahm sich Zeit, die Umgebung anzuschauen. Alles, was er sehen konnte, war die Rutsche, der schwache Lichtschacht von oben und der Abgrund unten. »Kannst du dich bewegen?« rief er leise hinunter.

Eine Weile herrschte Stille, dann hörte man Geröll durchs Dunkel prasseln. »Nein«, kam die Antwort. »Ich bin zu fett und zu alt, Hochländer. Wenn ich versuche, zu dir raufzukommen, gerate ich wieder ins Rutschen, und dann kann ich nicht mehr stoppen.«

Morgan hörte die Anspannung in seiner Stimme. Dees lag hilflos auf dem lockeren Gestein wie ein Blatt auf Glasscherben; auch nur die kleinste Bewegung würde ihn ins Leere abgleiten lassen.

Und mich auch, wenn ich mich zu bewegen versuche, dachte der Hochländer düster.

Und doch mußte er es versuchen.

Er holte tief Luft und hob langsam seine Hand bis an den Mund. Eine Geröllawine polterte abwärts, doch sein Körper blieb auf der Rutschbahn liegen. Er strich sich den Dreck von den Lippen und schloß die Augen, um nachzudenken. In seinem Rucksack war ein Seil, dünn, aber stark, eine Rolle von ungefähr fünfzehn Metern. Er machte die Augen wieder auf. Würde er etwas finden, woran er es befestigen konnte, um sich daran hochzuziehen?

Ein vertrautes Rumpeln erschütterte die Erde, es kam von unten und brachte die Geröllschicht um ihn herum ins Rutschen, so daß kleine Lawinen in den Abgrund rutschten. Ein gewaltiges Keuchen und dann ein langer Seufzer, als würde eine riesige Menge Luft ausgestoßen.

Morgan äugte nach unten, eiskalt bis auf die Knochen. Sein Atem ging in kurzen, hektischen Stößen, und er mußte einen fast unbezähmbaren Drang unterdrücken, so schnell wie möglich fortzuklettern. Der Malmschlund. So nahe. Er war über jede Vorstellung hinaus riesig; der kurze Blick, den er darauf geworfen hatten, reichte, um ihm das zu sagen. Es war unmöglich abzuschätzen, wieviel davon dort unten war, wo er anfing und aufhörte und wie weit er reichte.

Morgan klammerte sich an den Fels, bis ihm die Hände schmerzten, und kämpfte gegen Angst und Übelkeit an. Er mußte hier raus! Er mußte eine Möglichkeit finden!

Fast ohne zu denken, schob er seine Hand unter den Bauch und begann, die Überreste des Schwertes von Leah herauszugraben. Es war ein langwieriger, qualvoller Prozeß, denn er konnte sich nicht aufrichten, ohne fürchten zu müssen, daß er wieder ins Rutschen käme. Und jetzt wollte er das noch weit weniger riskieren.

»Versuch nicht, dich zu bewegen, Horner!« rief er leise mit trockener, rauher Stimme. »Bleib, wo du bist!«

Es kam keine Antwort. Morgan zog das Schwert von Leah zentimeterweise aus der Scheide und unter seinem Leib hervor und brachte es auf die Höhe seines Gesichts. Die polierte Metalloberfläche der zerbrochenen Klinge glänzte im fahlen Licht hell auf. Er hob sie mit einer Hand über seinen Kopf, dann schob er vorsichtig die andere Hand hinauf, bis er den Griff fest mit beiden Händen packen konnte. Mit dem ausgezackten Ende der Klinge nach unten, begann er den Stein zu ritzen. Er spürte, wie es sich in die Steinplatte fraß.

Bitte! flehte er.

Er rammte das Schwert von Leah in den Stein und zog sich hoch. Die Klinge hielt, und er brachte sein Gesicht bis auf die Höhe des Griffs. Geröll löste sich unter ihm und kullerte und rutschte ins Leere. Der Malmschlund rührte sich nicht.

Morgan zog die Klinge heraus, hob sie hoch, rammte sie weiter oben wieder in den Stein und brachte sich mit all seiner Kraft wieder ein Stück höher. Er schloß die Augen und blieb keuchend liegen. Er fühlte, wie ihn eine Hitzewelle durchflutete. Die Magie? Schnell schlug er die Augen auf und betrachtete die Schwertklinge. Nichts.

Mit einer Hand hielt er sich fest, mit der anderen suchte er das Seil und einen Enterhaken in seinem Sack. Ein paar Kochgeräte und eine Decke kamen dabei mit heraus und rutschten ein Stück nach unten. Ohne darauf zu achten schlang der Hochländer das Seil um seine Taille und verknotete es.

»Horner!« flüsterte er.

Der alte Fährtensucher schaute auf, und Morgan warf ihm das Seilende zu. Es landete quer über seinem Leib, und er packte es mit beiden Händen. Augenblicklich geriet er ins Rutschen, bis er sich direkt unter Morgan befand. Dann straffte sich das Seil und hielt ihn auf. Der Ruck erschütterte Morgan und drohte, ihn mitzuzerren, doch er hielt sich mit beiden Händen am Schwert von Leah fest, und die Klinge hielt stand.

»Kletter zu mir rauf!« flüsterte er barsch.

Horner Dees begann, sich an dem Seil hochzuziehen, mühsam und qualvoll eine Hand über die andere setzend. Als er an den Kochgeräten und der Decke, die aus Morgans Rucksack gefallen waren, vorbeikam, stieß er dagegen, und sie polterten in einer Geröllawine weiter nach unten.

Diesmal hustete der Malmschlund und wachte auf.

Er grunzte und schnaufte, und die Töne hallten durch die Steinhöhle. Er richtete sich auf, sein enormer Leib krachte gegen die Felswände seines Schlaftunnels und ließ die Erde heftig zittern. Er rollte und streckte sich und begann sich vorwärts zu bewegen. Morgan umklammerte den Griff seines Schwerts. Dees hing an dem dünnen Seil, und beide bissen die Zähne gegen die gewaltige Belastung ihrer Muskeln und Knochen zusammen. Der Malmschlund schüttelte sich, und der Fährtensucher und der Hochländer konnten ein spritzendes Geräusch hören und dann das Zischen von Dampf.

Der Malmschlund glitt in die Dunkelheit davon, und der Krach, den er verursachte, entfernte sich. Morgan und Dees schauten vorsichtig nach unten.

In dem fahlen Lichtschimmer war ein merkwürdiger grünlicher Fleck zu erkennen, der mehrere Meter unterhalb von Dees vom unteren Ende der Steinrutsche heraufwuchs. Er glitzerte dunkel und qualmte wie ein Buschfeuer. Sie beobachteten, wie er die Decke erreichte, die aus Morgans Rucksack gefallen war. Als er sie berührte, verwandelte sich die grobe Wolle augenblicklich in Stein.

Horner Dees fing sofort in wilder Hast an, auf dem losen Geröll der Rutsche weiter nach oben zu klettern. Als er beinahe auf Morgans Höhe angekommen war, stoppte ihn der Hochländer, ließ ihn das Seil lockern und begann seinerseits wieder die Schwertklinge in den Fels zu rammen, sich daran hochzuziehen – einrammen, hochziehen, einrammen, hochziehen, wieder und wieder.

So fuhren sie während einer endlos erscheinenden Weile fort. Das Tageslicht winkte ihnen, lockte sie wie ein Leuchtturm an die Oberfläche der Stadt in Sicherheit. Schweiß rann Morgan über Gesicht und Leib, und bald war er völlig durchnäßt. Sein Atem ging schwer, und sein ganzer Körper schmerzte. Es wurde so schlimm, daß er dachte, er müsse aufgeben. Aber er durfte nicht aufgeben. Unten rückte der schleimige Fleck immer weiter vor, das Gift, das der Malmschlund ausgeschieden hatte und das alles auf seinem Weg versteinerte. Zuerst die Wolldecke, dann die Küchengeräte, die hinuntergefallen waren. Bald waren nur noch Morgan und Horner Dees übrig.

Und es rückte immer näher.

Sie kämpften sich weiter, hievten sich Stückchen für Stückchen hinauf. Morgans Bewußtsein verschloß sich gegen alles Denken, wie mit einem eisernen Deckel eine Truhe voll unnützen Plunders, und seine ganze Anstrengung konzentrierte sich auf den Aufstieg. Während er arbeitete, fühlte er noch einmal, wie die Hitze ihn durchflutete, stärker diesmal, beharrlicher. Er fühlte, wie sie sich in seinem Inneren drehte wie ein Bohrer, sich im Kern seines Seins drillte und drehte. Es reichte vom Kopf zu den Füßen und wieder zurück, von den Fingern bis zu den Zehenspitzen, durch Muskeln und Knochen und Blut, bis er nichts anderes mehr wußte. Irgendwann – er wußte nicht mehr genau, wann es war – sah er das Schwert von Leah an, und es leuchtete so hell wie der Tag, das weiße Feuer der Magie glühte durch die Schatten. *Sie ist noch da*, dachte er in wilder Entschlossenheit. *Sie ist noch mein!*

Und dann war da plötzlich eine Leiter, Sprossen ragten aus der Wand der Rutsche über ihm, führten aus der Dunkelheit ihrer Falle in das schwächer werdende Tageslicht der Stadt. Das Licht, das er sah, drang durch einen schmalen Luftschacht. Er strampelte darauf zu, einrammen, hochzerren, loslassen, wieder und wieder. Er hörte, wie Horner von unten her nach ihm rief, seine rauhe Stimme klang fast wie ein Schluchzen. Er schaute lange genug nach unten, um zu sehen, daß das Gift des Malmschlundes bis auf wenige Zentimeter zu den Stiefeln des alten Fährtensuchers herangekrochen war. Impulsiv faßte er mit einer Hand das Seil, und mit einer Kraft, von der er nicht wußte, daß er sie besaß, zog er Horner Dees an dem Seil herauf. Der andere strampelte auf ihn zu, sein bärtiges Gesicht unter einer Maske aus Schweiß und Staub. Morgan ließ das Seil los und packte die unterste Sprosse der Leiter. Dees kletterte weiter, indem er seine Stiefel in das lose Geröll grub. Das Tageslicht schwand jetzt schnell, war schon grau geworden, wich schon der Dunkelheit. In der Tiefe erschütterte das Brüllen des Malmschlunds die Erde.

Dann waren sie beide auf der Leiter, strampelten sich mit Händen und Füßen hinauf, die Leiber dicht an den Stein gepreßt. Morgan steckte das Schwert von Leah wieder sicher in seine Scheide. *Nach wie vor magisch!*

Sie brachen aus dem Lichtschacht auf die Straße und sackten erschöpft auf den Gehsteig. Gemeinsam krochen sie in den Eingang des nächststehenden Hauses und brachen in dem kühlen Schatten zusammen.

»Ich wußte... ich hatte recht... als ich dich zum Freund wollte«, keuchte Horner Dees.

Er streckte die Hand aus, dieser bärenstarke Mann, und zog den Hochländer an sich. Morgan Leah konnte fühlen, wie er zitterte.

Pe Ell verbrachte den Tag schlafend. Nachdem er Quickening und die anderen aus Rampling Steep verlassen hatte, ging er direkt zu einem Gebäude kaum einen Block entfernt, das er zwei Tage zuvor für sich ausgewählt hatte. Er bog um die Hausecke, sah zu, daß er nicht gesehen werden konnte, falls irgendwer ihn beobachtete, trat durch eine Seitentür, stieg die Treppe zum ersten Stockwerk hinauf, folgte dem Flur zur Vorderseite des Gebäudes und betrat einen großen, hell erleuchteten Raum mit Fenstern, die vom Boden bis fast zur Decke reichten und den Blick auf die Straße und die gegenüberliegenden Häuser erlaubte. In einem von denen versteckten sich seine ehemaligen Gefährten. Er gestattete sich ein kleines Lächeln. Was waren sie doch für ein Haufen von Idioten.

Pe Ell hatte einen Plan. Er glaubte wie Quickening, daß sich der Steinkönig irgendwo in der Stadt versteckte. Er glaubte nicht, daß die anderen der Gruppe ihn finden würden, selbst wenn sie bis zum nächsten Sommer nach ihm suchten. Nur er war dazu fähig. Pe Ell war ein Jäger mit Instinkt und mit Erfahrung; die anderen waren etwas Geringeres – jeder in unterschiedlicher Weise, aber hoffnungslos. Er hatte nicht gelogen, als er ihnen sagte, er sei ohne sie besser dran. So war es. Horner Dees war ein Fährtensucher, aber die Fähigkeiten eines Fährtensuchers waren in einer Stadt aus Stein nutzlos. Carisman und Morgan Leah besaßen keine Fähigkeiten, die der Rede wert gewesen wären. Quickening weigerte sich, ihre Magie zu benutzen – vielleicht aus gutem Grund, auch wenn er noch nicht wirklich überzeugt davon war. Der einzige, der ihm hätte nützlich sein können, war Walker Boh. Doch dieser Einarmige war sein gefährlichster Gegner, und er hatte keine Lust, ständig auf der Hut sein zu müssen.

Sein Plan war simpel. Der Schlüssel zum Auffinden von Uhl Belk war der Kratzer. Der Schleicher war des Steinkönigs Haustier, ein riesiger Wachhund, der die Stadt von Eindringlingen sauberhielt. Nachts ließ er ihn frei, und er machte die Straßen und Häuser sauber. Aber nur nachts, nie am Tag. Warum war das so? fragte sich Pe Ell. Und die Antwort lag auf der Hand. Weil alles, was dem Steinkönig diente, freiwillig oder nicht, nicht sehen konnte. Er jagte mit Hilfe seiner anderen Sinne. Die Nacht war sein natürlicher Verbündeter. Tageslicht konnte ihn womöglich sogar behindern.

Und wohin verkroch er sich während des Tages, fragte Pe Ell weiter. Wieder schien die Antwort auf der Hand zu liegen. Wie jedes Haustier ging er zu seinem Herrn und Meister zurück. Das hieß, daß, wenn es Pe Ell gelang, dem Kratzer in seinen Tagesunterschlupf zu folgen, eine große Wahrscheinlichkeit bestand, dann auch den Steinkönig ausfindig machen zu können.

Pe Ell glaubte, daß er es schaffen konnte. Die Nacht war auch sein Verbündeter; er hatte fast immer in der Dunkelheit gejagt. Seine eigenen Sinne waren so scharf wie die des Schleichers. Er konnte den Kratzer ebensoleicht jagen wie der Katzer ihn. Der Kratzer war ein Monster, es war sinnlos zu glauben, er habe eine Chance gegen solch ein Biest in einer direkten Konfrontation, selbst mit der Unterstützung des Stiehls. Aber Pe Ell konnte ein Schatten sein, wenn er wollte, und dann konnte ihm nichts etwas anhaben. Er würde sein Glück versuchen, er würde mit dem Kratzer Katz und Maus spielen. Pe Ell fühlte vieles, doch Angst gehörte nicht dazu. Er hatte einen gesunden Respekt vor dem Schleicher, aber er fürchtete ihn nicht. Schließlich war er der Klügere von den beiden.

Wenn es Nacht würde, wollte er es beweisen.

Also verschlief er die Tagesstunden, direkt unter dem Fenster außer Sicht hingestreckt, wo er das fahle Sonnenlicht auf seiner Haut fühlen und die Geräusche von irgendwem oder irgendwas hören konnte, das unten auf der Straße vorbeikam.

Als es dunkel wurde, die Luft feucht und kühl, erhob er sich, glitt die Treppen hinunter und durch die Tür hinaus. Lange blieb er in der Dämmerung stehen und lauschte. Er hatte die anderen von ihrer Tagesjagd nicht zurückkommen hören; das war merkwürdig. Vielleicht waren sie durch eine andere Tür in ihren Unterschlupf gegangen, doch er war sicher, daß er sie auch dann gehört hätte. Er zog kurz in Betracht, sich hineinzustehlen und schnell nachzuschauen, doch gab den Gedanken gleich wieder auf. Was ihnen widerfuhr, hatte nichts mit ihm zu tun. Selbst Quickening war nicht mehr so wichtig. Jetzt, da er nicht in ihrer Nähe war, stellte er fest, daß er weit weniger unter ihrem Bann stand. Sie war einfach ein Mädchen, das zu töten er ausgesandt worden war, und er würde sie töten, falls sie noch am Leben war, wenn er von seiner nächtlichen Jagd zurückkam.

Er würde sie alle töten.

Die Schreie der Seevögel klangen fern und klagend durch die Abendstille, leises Wimmern, vom Meereswind getragen. Er konnte das dumpfe Donnern der Brecher gegen Eldwists Küste und das ferne Rumpeln des Malmschlunds irgendwo tief unter der Stadt vernehmen.

Den Schleicher hörte er nicht.

Er wartete, bis es vollständig dunkel geworden war, bis der Himmel sich mit Wolken und Nebel bedeckt hatte und die Finsternis sich über die Gebäude legte und ihre Schattenmuster darum spann. Er hatte inzwischen alle nächtlichen Geräusche gehört und identifiziert; sie waren ihm so vertraut wie das Klopfen seines eigenen Pulses. Er machte sich auf, nichts als ein weiterer Schatten in der Nacht. Wachsam und flink huschte er von Schatten zu Schatten die Straße hinunter. Außer seinem Stiehl trug er keine Waffe bei sich, und der Stiehl war sicher in seinem Futteral unter der Hose verborgen. Die einzigen Waffen, die er im Augenblick brauchte, waren Instinkt und List.

Er gelangte an eine Straßenkreuzung, wo er sich zum Warten in einen dunklen Eingang zu einer Tunneltreppe kauern und alles im Umfeld von zwei Blocks überschauen konnte. Er lehnte sich an den steinernen Mittelpfeiler und wartete.

Seine Gedanken wanderten zu dem Mädchen.

Quickening, die Tochter des Königs vom Silberfluß – sie war ihm ein Rätsel, das ihn verrückt machte; sie erweckte so viele widersprüchliche Gefühle in ihm, die er kaum auseinandersortieren konnte. Es wäre besser gewesen, wenn er sie einfach alle beiseite gefegt und getan hätte, was

Felsen-Dall ihm aufgetragen hatte – sie umbringen. Aber er konnte sich nicht so recht dazu entschließen. Es war mehr als nur Trotz gegen Dall und seine ständigen Versuche, ihn für die Sache der Schattenwesen zu benutzen, mehr als nur seine Entschlossenheit, die Angelegenheit auf seine eigene Weise anzugehen. Es waren die Zweifel und das Zögern, die sie in ihm weckte, das Gefühl, daß er irgendwie die Dinge nicht ganz so unter Kontrolle hatte, wie er glaubte, daß *sie* Dinge über ihn wußte, die ihm nicht bekannt waren. Geheimnisse – sie hütete so viele davon. Wenn er sie tötete, wären die Geheimnisse für immer verloren.

Er sah sie vor seinem geistigen Auge, wie er es auf ihrer Reise nach Norden so viele Nächte lang getan hatte. Er konnte sich ihre perfekten Züge bildlich vorstellen, die Art und Weise, wie die Bewegungen des Lichts auf ihrem Gesicht und ihrem Körper jeden Aspekt noch faszinierender machten als den vorherigen. Er konnte die Musik ihrer Stimme hören. Er konnte ihre Berührung fühlen. Sie war wirklich und gleichzeitig unwirklich: Sie selbst gab zu, ein Elementarwesen zu sein, ein Produkt von Magie und dennoch gleichzeitig Mensch. Pe Ell war ein Mann, dessen Respekt vor dem Leben seit langem durch sein Morden abgestorben war. Er war ein Berufsmörder, der nie versagt hatte. Niederlagen kannte er nicht. Er war eine Mauer, in die keine Bresche geschlagen werden konnte; niemand konnte sich ihm nähern, es sei denn, er ließ sich in kurzen Momenten dazu herab, ihre Gegenwart zu tolerieren.

Aber Quickening – dieses seltsame, zerbrechliche Mädchen – stellte dies alles in Frage. Sie hatte das Zeug dazu, alles, was er war, zu ruinieren und ihn am Ende zu zerstören, davon war er überzeugt. Er wußte nicht wie, aber er glaubte es. Sie hatte die Macht, ihn zu vernichten. Er müßte also erpicht darauf sein, sie zu töten, wie Felsen-Dall ihm aufgetragen hatte. Statt dessen war er neugierig. Bis jetzt war er noch nie jemandem begegnet, bei dem er das Gefühl gehabt hatte, er stelle eine Bedrohung für ihn dar. Er wollte sich dieser Bedrohung entledigen; doch er wollte sie zuerst nah an sich herankommen lassen.

Er starrte auf die Straßen von Eldwist hinaus, durch die Schluchten zwischen den stillen, hohen Gebäuden und in die Tunnel endloser Finsternis, unbekümmert über die scheinbare Unvereinbarkeit seiner Wünsche. Die Schatten erfaßten und umfingen ihn. Er war hier ebenso zu Hause, wie er es in der Südwache gewesen war, er war ein Teil der Nacht, der Leere, der Einsamkeit, der Gegenwart des Todes, der Abwesenheit von Leben. Wie gering doch der Unterschied zwischen Uhl Belk und den Schattenwesen war, stellte er fest.

Er entspannte sich. Er gehörte in die Anonymität der Dunkelheit. *Sie* und jene, die bei ihr waren, brauchten das Licht.

Er dachte eine Weile an die anderen. Es war ein Zeitvertreib. Er stellte sich jeden einzelnen vor, wie er es mit Quickening getan hatte, und erwog das Potential eines jeden, für ihn eine Bedrohung darzustellen.

Carisman. Den Sänger schaltete er sofort wieder aus.

Horner Dees. Was war es nur, was ihn an diesem alten Mann so störte? Er haßte die Art und Weise, wie dieser bärenhafte Fährtensucher ihn anschaute, als sehe er durch seine Haut und seine Knochen hindurch. Er dachte eine Weile darüber nach, dann ließ er es fallen. Dees war verbraucht. Er besaß keine Magie.

Morgan Leah. Er mochte den Hochländer nicht, weil er eindeutig Quickenings Favorit war. Vielleicht liebte sie ihn auf ihre Weise sogar, auch wenn er zweifelte, daß sie zu echten Gefühlen fähig war – nicht sie – nicht das Elementarwesen, die Tochter des Königs vom Silberfluß. Sie benutzte ihn einfach nur, wie sie sie alle benutzte. Sie hatte ihre eigenen Gründe, die sie sorgfältig für sich behielt. Der Hochländer war jung und unbesonnen und würde vermutlich den Tod finden, ehe er ein echtes Problem darstellte.

Also blieb nur Walker Boh.

Wie jedesmal, wenn es um Walker Boh ging, nahm Pe Ell sich Zeit für seine Erwägungen. Walker Boh war ein Rätsel. Er hatte Magie, aber er schien sich dabei nicht wohl zu fühlen. Quickening hatte ihn praktisch von den Toten auferweckt, doch er wirkte völlig desinteressiert am Leben. Er war mit seinen eigenen Angelegenheiten beschäftigt, mit

Dingen, die er tief in seinem Innersten verborgen hielt, mit Geheimnissen, die so rätselhaft waren wie die des Mädchens. Walker Boh hatte ein Gefühl für die Dinge, die Pe Ell immer wieder überraschten; vielleicht konnte er sogar in die Zukunft schauen. Vor ein paar Jahren hatte Pe Ell von einem Mann gehört, der im Ostland lebte und mit den Tieren sprechen und die Veränderungen des Landes lesen konnte, ehe sie eintraten. War er das vielleicht? Man bezeichnete ihn als einen höchst gefährlichen Gegner, die Gnome fürchteten ihn sehr.

Pe Ell beugte sich langsam vor und faltete die Hände. Vor dem Einarmigen mußte er sich besonders in acht nehmen, das war ihm klar. Pe Ell hatte keine Angst vor Walker Boh, aber Walker Boh hatte auch keine Angst vor ihm.

Noch nicht.

Die Minuten verstrichen, die Nacht schritt voran, und die Straßen blieben still und leer. Pe Ell wartete geduldig. Er wußte, daß der Kratzer irgendwann kommen würde, wie er es jede Nacht getan hatte, um ihr Versteck zu suchen und sie zu finden, entschlossen, sie zu vernichten. Heute nacht würde er keine Ausnahme machen.

Pe Ell erlaubte es sich, eine Weile die Implikationen zu betrachten, die im Besitz einer Magie wie der des schwarzen Elfensteins lagen – einer Magie, die jegliche andere Magie zunichte machte. Was würde er damit anfangen? Seine scharfen, ziselierten Züge runzelten sich amüsiert. Er würde sie erst einmal gegen Felsen-Dall benutzen. Er würde sie einsetzen, um Dalls eigene Magie aufzuheben. Er würde sich in die Südwache schleichen, den Ersten Sucher ausfindig machen und ihm ein Ende bereiten. Felsen-Dall war inzwischen eher lästig als nützlich; Pe Ell hatte keine Lust mehr, ihn zu ertragen. Es war an der Zeit, ihre Partnerschaft ein für allemal zu beenden. Anschließend würde er den Talisman gegen die übrigen Schattenwesen einsetzen, sich vielleicht zu ihrem Führer machen. Außer, daß er eigentlich nichts mit ihnen zu tun haben wollte. Vielleicht war es besser, sie einfach allesamt zu eliminieren – zumindest alle die, die er erwischen konnte. Er lächelte erwartungsvoll. Das wäre eine interessante Aufgabe.

Er lehnte sich zufrieden in den Schatten seines Verstecks zurück. Er würde natürlich erst lernen müssen, die Magie des schwarzen Elfensteins zu handhaben. Ob sich das als schwierig erweisen würde? Wäre er darauf angewiesen, daß Quickening ihn instruierte? Würde er dafür sorgen müssen, daß sie ein bißchen länger am Leben blieb? Er schauderte erwartungsvoll. Die Lösung würde sich ergeben, wenn es soweit war. Zunächst mußte er sich ganz darauf konzentrieren, in den Besitz des Elfensteins zu gelangen.

Fast eine ganze Stunde verstrich, bis er endlich den Kratzer näher kommen hörte. Der Schleicher kam von Osten. Seine metallenen Füße schabten leise über den Stein, während er durch die Finsternis glitt. Er kam direkt in Pe Ells Richtung, und der Mörder sank in die Dunkelheit des Treppenhauses zurück, bis seine Augen auf Straßenhöhe waren. Von hier aus wirkte das Biest riesig, sein gewaltiger Leib schaukelte auf den eisengepanzerten Beinen, sein Peitschenschwanz war eingerollt und bereit, jederzeit zuzuschlagen, seine Tentakel tasteten wie Fühler durch die feuchte Luft. Seine Körperwärme ließ Dampf von seinem Eisenpanzer aufsteigen, die Luftfeuchtigkeit kondensierte sich und tropfte auf den Boden. Er ließ seine Tentakel in Eingänge und Fenster, durch die Rinnen unter den Gehsteigen, in die Abflüsse und die Wracks der versteinerten, umgekippten Wagen schlängeln. Einen Augenblick lang glaubte Pe Ell, das Biest hätte ihn entdeckt, doch dann lenkte irgend etwas die Aufmerksamkeit des Schleichers ab, und er stampfte vorbei und verschwand in der Nacht.

Pe Ell wartete, bis er ihn kaum noch hören konnte, dann schlüpfte er aus seinem Versteck und nahm die Verfolgung auf.

Er folgte dem Kratzer die ganze Nacht durch die Straßen, die Gassen, durch die Eingangshallen und Säle riesiger, alter Häuser und entlang der Klippen, die im Westen und Norden die Stadt eingrenzten. Der Kratzer ging überallhin, ein Tier auf der Jagd und ständig in Bewegung. Pe Ell schlich die ganze Zeit hinter ihm her. Meistens konnte er ihn nur hören, nicht sehen. Er mußte sorgsam darauf achten, ihm nicht zu nahe zu kommen, denn sonst würde die Kreatur seine Anwesenheit wahrnehmen und ihn zu erwischen versuchen. Pe Ell machte sich selbst zu einem Teil der Schatten, nur ein weiteres Objekt in der endlosen steinernen Landschaft, ein Ding aus Rauch und Nichts, das nicht einmal der Kratzer entdecken konnte. Er hielt sich auf den Gehsteigen nahe an den Hausmauern, mied die Straßen mit ihren Falltüren und hielt sich fern von allen offenen Plätzen. Er hastete nicht, hielt seine Schritte gleichmäßig. Katz und Maus zu spielen erforderte eine Menge Geduld.

Und dann gegen Morgen verschwand der Kratzer plötzlich. Wenige Minuten zuvor hatte er ihn noch gesehen, als er im Zentrum der Stadt eine Straße hinunterwatschelte, ziemlich nah an dem Gebäude, wo sich die anderen versteckten. Er konnte seine Beine und Tentakel rasseln, seinen Leib sich drehen hören, und dann nichts mehr. Stille. Vorsichtig folgte er einer Gasse, bis sie in eine Straße einmündete. Noch immer im Schatten der Gasse spähte er hinaus. Links verlief die Straße in der Finsternis zwischen zwei Reihen glatt und abweisend in den Himmel ragender Häuser entlang. Zur Rechten gabelte sich die Straße und führte zu zwei turmhohen Gebäuden mit weitläufigen, dunklen Vorhallen, die in völliger Finsternis untergingen.

Pe Ell suchte die Straße in beiden Richtungen ab, lauschte wieder und begann zu kochen. Wie konnte er ihn so plötzlich verlieren? Wie konnte das Biest so einfach verschwinden?

Ihm wurde bewußt, daß die Luft sich aufhellte, daß die Sonne bald in die Welt hinter den Wolken, dem Nebel und der Düsterkeit von Eldwist tauchen würde. Der Tag brach an. Der Kratzer würde sich jetzt verstecken. Vielleicht hatte er es schon getan. Pe Ell runzelte die Stirn und spähte in die undurchdringlichen Schatten des Hauses auf der anderen Straßenseite. War dort wohl sein Unterschlupf?

Er wollte gerade sein eigenes Versteck verlassen, als sein Instinkt, dem er so uneingeschränkt traute, ihn warnte. Der Kratzer versteckte sich wirklich, aber nicht aus dem Grund, den er zunächst angenommen hatte. Er versteckte sich, um eine Falle aufzustellen. Er wußte, daß die Eindringlinge noch immer in der Stadt frei herumliefen, irgendwo in der Nähe. Er wußte, daß er sie töten mußte, denn sonst würden sie ihn töten. Also hatte er auf den Verdacht hin, daß sie ihm gefolgt wären, eine Falle aufgestellt. Er wartete jetzt ab, ob irgendwas hineintappte.

Pe Ell fühlte, wie eine Welle kalter Entschlossenheit ihn durchströmte, und er wich in den Schatten der Gasse zurück. Katz und Maus, etwas anderes war das nicht. Er lächelte und wartete.

Endlose Minuten verstrichen in völliger Stille. Pe Ell wartete nach wie vor.

Und dann tauchte unvermittelt der Kratzer aus dem Dunkel eines Hauses auf der gegenüberliegenden Straßenseite zur Linken hervor, tänzelte beinahe graziös in Sicht. Pe Ell hielt den Atem an, als das Monster die Luft prüfte und sich langsam dabei drehte. Zufrieden ging es schließlich weiter. Pe Ell atmete langsam aus und folgte ihm.

Es wurde immer heller, und die Nachtluft wandelte sich in einen grauen Schimmer, der die Feuchtigkeit reflektierte, so daß es noch schwieriger wurde, auszumachen, was weiter vorn geschah. Aber Pe Ell ließ sich nicht aufhalten. Er verließ sich darauf, daß sein Gehör ihn vor irgendwelchen Gefahren warnen würde, der Geräusche des sich entfernenden Kratzers ständig bewußt. Das Biest sorgte sich jetzt nicht mehr um etwaige Verfolger. Seine nächtliche Arbeit war erledigt. Es war auf dem Heimweg.

Zum Unterschlupf des Steinkönigs, dachte Pe Ell, zum ersten Mal ungeduldig, seit die Jagd angefangen hatte.

Er holte den Kratzer ein, als dieser vor einem Gebäude mit glatter Oberfläche und einem zehn Meter hohen und doppelt so breiten, dunklen Alkoven langsamer wurde. Der Kratzer tastete mit einem seiner Fühler über den Stein an der Spitze des Alkovens, und die Wand schwang sich geräuschlos beiseite. Ohne sich umzuschauen, schlüpfte der Kratzer durch die Öffnung. Sobald er im Inneren war, schwang die Wand wieder an Ort und Stelle.

Jetzt hab ich dich! dachte Pe Ell grimmig.

Trotzdem blieb er noch fast eine Stunde dort, wo er war, und wartete ab, ob noch irgend etwas geschehen würde, und um sicherzugehen, daß dies nicht eine weitere Falle war. Als er sich vergewissert hatte, daß es ungefährlich war, kam er hervor und huschte über den Gehsteig an den Häusern entlang, bis er vor dem versteckten Eingang stand.

Er nahm sich lange Zeit, ihn zu untersuchen. Die Steinfassade war glatt und eben. Er konnte die Nahtstellen der Öffnung in dem Alkoven erkennen, doch er hätte die Tür nie gesehen, wenn er nicht gewußt hätte, daß sie dort war. Weit oben über seinem Kopf, zwischen den grauen Steinen kaum erkennbar, entdeckte er eine Art Hebel. Ein Riegel, dachte er triumphierend. Ein Eingang.

Er blieb noch eine Weile dort und dachte nach. Dann machte er sich auf und suchte in den gegenüberliegenden Häusern nach einem Versteck. Sobald er sich versteckt hatte, wollte er sich hinsetzen und darüber nachdenken, wie er diesen Hebel bewegen würde. Danach wollte er erst einmal schlafen, bis es dunkel wurde. Dann würde er abwarten, bis der Kratzer herauskam.

Und dann würde er hineingehen.

Nacht lag über dem Westland als feuchtes, windstilles Leichentuch, die Tageshitze hielt sich mit eigensinnigem Trotz, lange nachdem der feurige Sonnenball hinter dem Horizont verschwunden war. Die Dunkelheit verweigerte auch nur das winzigste Maß an Erleichterung, keinen kühlenden Windhauch, kein Absinken der Temperatur. Die Schwüle des Tages wurzelte störrisch im Boden und wollte sich nicht vertreiben lassen. Wie ein Drache atmete sie Feuer aus ihrem unterirdischen Versteck. Insekten summten und flatterten in gezackten Bögen umher. Die Bäume ließen ihre Blätter hängen wie von der Hitze erschöpfte Riesen. Der Mond kroch über den südlichen Horizont, eine silbrig schimmernde Sichel im Dunst. Die einzigen Geräusche, die die Stille brachen, waren jene, die aus den Kehlen gejagter Kreaturen drangen, bevor ihre Jäger sie für immer zum Schweigen brachten.

Selbst in den heißesten aller Nächte hörte das Spiel von Leben und Tod nicht auf.

Wren Ohmsford und der große Fahrende Garth ließen ihre Pferde in den ausgetretenen Pfad einbiegen, der in die Stadt Grimpen Ward führte. Sie hatten eine Woche gebraucht, um von Tirfing hierher zu reisen. Sie hatten nur den Fahrenden bekannte Pässe über den Irrybis gewählt, waren den Wegen des Wilderun nach Norden und Westen gefolgt, hatten den trügerischen Shroudslip wohlweislich gemieden und waren endlich über den Whistle Ridge hinunter in den verruchten Sumpf des verrufensten Kaffs des Westlandes gelangt.

Wenn man nirgendwo mehr hinflüchten und untertauchen konnte, so sagte man, dann gab es noch immer Grimpen Ward. Diebe, Halsabschneider und Halunken aller Art fanden in dieser Gesetzlosenstadt Zuflucht. Umgeben von den Mauern des Irrybis- und des Rock-Spur-Gebirges, verschluckt von dem undurchdringlichen Dschungel des Wilderun, bot Grimpen Ward Aussteigern aller Art ein Refugium.

Doch es war gleichzeitig auch eine tödliche Falle, der nur wenige entkamen, eine Schlangengrube, wo jeder jedem als Beute diente, da es niemand anderen gab. Sie verschlangen sich gegenseitig mit skrupelloser Gleichgültigkeit und entartetem Vergnügen, aus einem wilden Bedürfnis heraus und aus Langeweile. Von jenen, die nach Grimpen Ward kamen, um ihr Leben zu retten, wurden die meisten enttäuscht.

Zwischen den Bäumen kam die Stadt in Sicht, und Garth und Wren wurden langsamer. Licht schien durch das Fensterglas schwarz verdreckter Häuser, die Fensterläden hingen schief in den Angeln, Mauern und Dächer waren so arg von Zeit und Vernachlässigung mitgenommen, daß sie aussahen, als wollten sie jeden Moment einstürzen. Türen standen in der fruchtlosen Hoffnung, etwas von der im Inneren gefangenen Hitze zu vertreiben, halb offen. Gelächter brach schneidend in die Stille des Waldes, grob, gezwungen, verzweifelt. Gläser klangen, und manche zersprangen dabei. Hin und wieder ertönte ein Schrei, einsam und körperlos.

Wren schaute Garth an und signalisierte: *Wir verstecken die Pferde hier.* Garth nickte. Sie lenkten ihre Reittiere zwischen die Bäume und ritten ein Stück von der Straße fort, bis sie eine geeignete Lichtung fanden, und banden die Pferde in einem Birkenhain an.

»Leise«, flüsterte Wren und bewegte dabei ihre Finger.

Sie bahnten sich den Weg zurück zur Straße und gingen weiter hinunter. Staub wirbelte unter ihren Stiefeln auf und legte sich als dunkle Schicht über ihre Gesichter. Sie waren den ganzen Tag geritten, eine langwierige Reise durch die unerträgliche Hitze, bei der sie die Pferde nicht antreiben konnten, ohne ihre Gesundheit zu gefährden. Der Wilderun war ein Morast mitsommerlicher Feuchtigkeit und Fäulnis, das Holz des Waldes verdörrte zu Stroh, der Boden war weich und gab trügerisch nach, die Flüsse und Trinkwasserteiche waren ausgetrocknet oder vergiftet, und die Luft wie in einem Hochofen ließ alles verdörren und vertrocknen. Wie unerträglich die Hitze auch in anderen Teilen der Vier Länder sein mochte, hier war sie immer doppelt so schlimm. Der Wilderun war ein stagnierender, ungastlicher Pfuhl, der seit langem als ein Ort betrachtet wurde, an dem die Ausgestoßenen der Vier Länder willkommen waren.

Banden von Fahrenden kamen häufig zum Feilschen und Tauschen nach Grimpen Ward. Die Fahrenden waren selbst Außenseiter der Gesellschaft und an die Merkwürdigkeiten und die Betrügereien der Menschen gewöhnt, überall sonst gebrandmarkte Geächtete und Unruhestifter, fühlten sie sich hier ganz zu Hause. Und doch reisten sie in engen Familienverbänden und verließen sich auf die Kraft der großen Zahl, der Sicherheit wegen. Selten wagten sie sich allein nach Grimpen Ward, wie Wren und Garth es jetzt taten.

Das zufällige Zusammentreffen mit einer kleinen Münzhändlerfamilie hatte das Mädchen und ihren riesigen Beschützer davon überzeugt, diese Chance wahrzunehmen. Gleich am Tag nach Garths erfolglosem Versuch, ihren Schatten zu verfolgen und in die Falle zu locken, waren sie einem alten Mann mit seinen Söhnen und ihren Frauen begegnet, die nach Norden über die Pässe von einer Reise in die Grube zurückkamen. Sie aßen mit ihnen und erzählten sich gegenseitig Geschichten, und

Wren fragte einfach nur aus Gewohnheit, ob einer von ihnen etwas über das Schicksal der Westlandelfen wüßte. Der alte Mann hatte lächelnd seine zerbröckelten Zähne gezeigt und genickt.

»Ich selber nicht, Mädchen«, hatte er heiser gekrächzt und dabei an seiner Pfeife gekaut, die er rauchte, und seine grauen Augen gegen das Licht zugekniffen. »Aber in der Eisernen Feder in Grimpen Ward, da ist eine Alte, die was weiß. Die Aggershag nennt man sie. Hab' nicht selbst mit ihr gesprochen, weil ich nicht in die Bierhäuser im Ward geh', aber man sagt, die Alte kennt die Geschichte. Eine Seherin, sagt man. Wunderlich wie die Sünde, vielleicht irre.« Er beugte sich in den Schein des Feuers. »Sie benutzen sie irgendwie. Sind eine Bande heimtückischer Schlangen. Lassen sich von ihr die Geheimnisse verraten, um den anderen das Geld zu klauen.« Er schüttelte den Kopf. »Wir haben uns da rausgehalten.«

Später, als die Familie schlief und sie allein waren, hatten Wren und Garth es besprochen. Die Gründe, dem Wilderun fernzubleiben, waren nur zu klar, aber es gab auch Gründe hinzugehen. Zum einen war da die Angelegenheit mit ihrem Schatten. Er war noch immer da, irgendwo außer Sicht und nicht zu fassen, sorgfältig versteckt wie die Drohung des einsetzenden Winters. Sie konnten ihn nicht erwischen, und trotz ihrer Bemühungen und Fähigkeiten konnten sie ihn auch nicht abschütteln. Er klebte an ihnen wie Spinnweben, wehte unsichtbar hinter ihnen her. Der Wilderun, überlegten sie, mochte weniger nach seinem Geschmack sein und mochte ihn, mit ein wenig Glück, zu Schaden kommen lassen.

Und zum anderen war da natürlich die unbestreitbare Tatsache, daß Wren, seit sie angefangen hatte, nach den Elfen zu fragen, zum allerersten Mal eine positive Antwort bekommen hatte. Es schien unvernünftig, der Sache nicht auf den Grund zu gehen.

So waren sie in den Wilderun gelangt, nur sie beide, allen Widerwärtigkeiten zum Trotz, entschlossen herauszufinden, welche Erkenntnisse ein Besuch in Grimpen Ward ihnen bringen würde. Jetzt, nach einer Woche des Reisens, würden sie es erfahren.

Sie steuerten auf das Stadtzentrum zu, ihre Augen huschten schnell, aber aufmerksam umher. Sie kamen an vielen Bierhäusern vorbei, doch sie fanden keine Eiserne Feder. Männer torkelten an ihnen vorbei und auch ein paar Frauen; alle wirkten zäh und hart und stanken nach Bier und Schweiß. Geschrei und Gelächter wurden lauter, und sogar Garth schien zu spüren, wie ungestüm und wild sie waren. Sein grobes Gesicht war grimmig und finster. Mehrere der Männer näherten sich Wren, betrunken und stumpf, geil auf Geld oder Lust, blind für die Gefahr, die sich in Garths Augen spiegelte. Der große Fahrende scheuchte sie davon.

An einer Straßenkreuzung entdeckte Wren eine Gruppe von Fahrenden, die am Ende der unbeleuchteten Straße auf dem Rückweg zu ihren Wagen waren. Sie rief sie an und fragte, ob sie die Eiserne Feder kannten. Einer schnitt eine Grimasse und wies in eine Richtung. Die Bande eilte ohne Kommentar davon. Wren und Garth gingen weiter.

Sie fanden die Kneipe im Zentrum von Grimpen Ward, ein ausladendes, baufälliges Gebäude aus zersplitterten Brettern und rostigen Nägeln. Der Verandavorbau war grell rot und blau angestrichen. Breite Doppeltüren standen offen und waren mit Stricken angebunden. Im Inneren drängten sich Männer an der langen Theke und auf Bretterbänken vor langen Tischen, sangen und tranken. Wren und Garth traten ein und spähten durch den heißen, rauchigen Dunst. Ein paar Köpfe drehten sich nach ihnen um; Augen starrten sie einen Moment an und wandten sich wieder ab. Keiner wollte Garths Blick begegnen. Wren drängte sich bis an die Theke und bestellte zwei Bier. Der Wirt, ein schmalgesichtiger Mann mit sicheren Händen, stellte die Krüge vor sie hin und wartete auf das Geld.

»Kennst du eine Frau namens Aggershad?« fragte Wren ihn.

Ausdruckslos schüttelte der Mann den Kopf, nahm sein Geld in Empfang und ging weg. Wren beobachtete, wie er stehenblieb und einem anderen Mann etwas zuflüsterte. Der Mann verschwand. Wren nippte an ihrem Bier, fand es unangenehm warm, ging an der Theke entlang und wiederholte ihre Frage. Niemand kannte Aggershag. Einer grinste geil und machte ein unzweideutiges Angebot. Dann sah er Garth und verkrümelte sich. Wren ging weiter. Ein zweiter Mann faßte nach ihr, und sie stieß seinen Arm beiseite. Als er wieder nach ihr fassen wollte, schlug sie ihm so heftig ins Gesicht, daß er das Bewußtsein verlor. Sie machte einen Bogen um ihn und hatte es eilig, diese Geschichte hinter sich zu bringen. Es wurde gefährlich, selbst mit Garth als Beschützer.

Am Ende der Theke blieb sie stehen. Ganz hinten am Ende des dunklen Saals saß eine Gruppe von Männern an einem Tisch. Einer von ihnen winkte ihr zu, wartete ab, ob sie ihn gesehen hatte, und winkte noch einmal. Sie zögerte und drängte sich dann mit Garth im Gefolge durch die Menge. Sie erreichte den Tisch und blieb außerhalb der direkten Reichweite vor den Männern, die dort saßen, stehen. Sie waren ein rauher Haufen – dreckig, unrasiert, mit teigigen Gesichtern und gefährlichen Frettchenaugen. Schwitzende Bierkrüge standen vor ihnen.

Der Mann, der sie herangewinkt hatte, fragte: »Wen suchst du, Mädchen?«

»Eine Seherin namens Aggershag«, erwiderte sie und wartete. Sie war sicher, daß er längst wußte, wen sie suchte und wo die Frau zu finden war.

»Was willst du von ihr?«

»Ich will sie nach den Elfen fragen.«

»Elfen gibt es nicht«, höhnte der Mann.

Wren wartete.

Der Mann beugte sich vor. Er hatte grobe Züge, und seine Augen waren bar jeglichen Gefühls. »Nimm mal an, ich würde mich entschließen, dir zu helfen. Würdest du dann auch was für mich tun?« Der Mann musterte sie eine Weile und grinste dann anmaßend. »Nicht das. Ich will nur, daß du für mich mit ihr redest, sie was fragst. An deinen Kleidern seh' ich, was du bist. Du bist eine Fahrende. Und weißt du was? Die Aggershag ist auch eine Fahrende.« Er machte eine Pause. »Wußtest du nicht, was? Nun, sie hat keine Lust, mit uns zu reden, aber bei dir mag das anders sein, einer von ihresgleichen.« Sein Blick war hart und finster auf sie gerichtet. Er hatte die Maske abgelegt, das Spiel war im Gange. »Wenn ich dich zu ihr bringe, mußt du ihr ein oder zwei Fragen für mich stellen. Ist das ein Angebot?«

Wren wußte längst, daß der Mann sie umbringen wollte. Es war nur eine Frage, wie und wann er und seine Freunde es versuchen würden. Aber sie wußte auch, daß er vielleicht wirklich in der Lage war, sie zu Aggershag zu bringen. Sie wog die Risiken und den möglichen Gewinn gegeneinander ab. »Einverstanden«, sagte sie schließlich. »Aber mein Freund kommt mit.«

»Wie du willst«, grinste der Mann. »Natürlich kommen meine Freunde auch mit. Zur Sicherheit. Wir gehen alle.«

Wren schaute den Mann abschätzend an. Stämmig gebaut, muskulös, ein erfahrener Halsabschneider. Schnell signalisierte sie Garth etwas zu, wobei sie ihre Gesten vor den Männern am Tisch abschirmte. Garth nickte. Sie wandte sich wieder zum Tisch. »Ich bin bereit.«

Der Sprecher erhob sich, die anderen, ein gieriger, geil aussehender Haufen, ebenfalls. Es gab keinen Zweifel über ihr Vorhaben. Der Sprecher schlenderte an der Rückwand des Saals zum Ausgang. Wren folgte ihm wachsam und vorsichtig. Garth war einen Schritt hinter ihr, die anderen Männer von dem Tisch folgten. Sie gingen durch die Tür in einen leeren Flur und gelangten an einen Hinterausgang. Die Geräusche des Bierhauses verstummten abrupt, als sich die Tür hinter ihnen schloß.

»Ich will wissen«, sagte der Mann über seine Schulter hinweg, »wie sie die Spielkarten liest, wie sie das macht. Wie sie die Würfel lesen kann. Ich will wissen, wie sie sehen kann, was die Spieler denken.« Er grinste. »Was für dich, Mädchen, und was für mich. Ich muß schließlich auch leben.«

Er blieb unvermittelt vor einer Nebentür stehen, und Wren straffte sich. Aber der Mann achtete nicht auf sie, sondern langte in seine Tasche und holte einen Schlüssel hervor. Er schob ihn ins Schloß und drehte ihn um. Das Schloß öffnete sich mit einem Klick, und die Tür schwang auf. Der Mann tastete im Inneren herum und brachte eine Öllampe zum Vorschein, die er anzündete und Wren überreichte.

»Sie ist im Keller«, erklärte er und deutete durch die Tür. »Da halten wir sie im Moment. Sprich mit ihr. Nimm deinen Freund mit, wenn du willst. Wir warten hier.« Sein Lächeln war hart und unfreundlich. »Aber komm ja nicht wieder rauf, ohne mir was mitzubringen, dafür, daß ich dir geholfen habe. Verstanden?«

Die anderen Männer hatten sich hinter ihnen zusammengedrängt, und ihr Gestank füllte den engen Flur. Wren konnte ihren röchelnden Atem hören.

Sie trat vor den Sprecher und näherte ihr Gesicht auf wenige Zentimeter dem seinen. »Ich denke, daß Garth hier bei euch bleiben wird.« Sie hielt seinem Blick stand. »Für alle Fälle.«

Er zuckte unbehaglich mit den Schultern. Wren nickte Garth zu, wies auf die Tür mit der Treppe und auf die Männergruppe. Dann hielt sie die Lampe vor sich und stieg die Treppe hinunter.

Es war kein schöner Abstieg. Die Treppe verlief an einer mit Brettern verkleideten Lehmwand entlang, der Geruch von Erde lag schwer in der Luft. Es war kühler hier, wenn auch nur ein kleines bißchen. Insekten huschten um ihre Füße. Spinnweben streiften ihr Gesicht. Die Treppe knickte an einer weiteren Wand entlang und endete. Vor ihr lag im Lampenlicht der Keller.

Eine alte Frau kauerte an der gegenüberliegenden Wand, kaum sichtbar in der Finsternis. Ihr Leib war eine vertrocknete Hülle, ihr Gesicht war zu einem Netz aus Linien und Runzeln verschrumpelt. Zerzaustes, weißes Haar fiel ihr über die gebrechlichen Schultern, und ihre knorrigen Hände lagen gefaltet auf ihrem Schoß. Sie trug ein Stoffhemd und alte Stiefel. Wren näherte sich und kniete sich neben sie. Die Alte hob den Kopf, und Wren sah ihre milchigen, starren Augen. Die alte Frau war blind.

Wren stellte die Öllampe auf den Boden neben sie. »Bist du die Seherin, die man Aggershag nennt, altes Mütterchen?« fragte sie leise.

Die toten Augen blinzelten, und eine dünne Stimme krächzte: »Wer will das wissen? Sag mir deinen Namen.«

»Mein Name ist Wren Ohmsford.«

Der weißhaarige Kopf neigte sich in Richtung der Treppe und der Tür darüber. »Gehörst du zu denen?«

Wren schüttelte den Kopf. »Ich bin allein, mit einem Gefährten. Wir sind beide Fahrende.«

Die Alte hob ihre Hände und berührte Wrens Gesicht, erforschte ihre Züge, und die alten Hände strichen über die Haut des Mädchens wie trockene Blätter. Wren bewegte sich nicht. Die Alte zog die Hände wieder zurück.

»Du bist eine Elfe.«

»Ich habe Elfenblut.«

»Eine Elfe!« Die Stimme der alten Frau war rauh und eindringlich, ein Fauchen in der Stille des Bierhauskellers. Das runzlige Gesicht neigte sich zur Seite, als denke sie nach. »Ich bin Aggershag. Ich bin die Seherin der Zukunft und was sie enthält, die Wahrsagerin. Was willst du von mir?«

Wren schaukelte ein wenig auf ihren Stiefelabsätzen hin und her. »Ich suche die Westlandelfen. Ich erfuhr vor einer Woche, daß du wissen könntest, wo sie zu finden sind – falls es sie noch gibt.«

Die Aggershag kicherte leise. »Oh, es gibt sie noch. Allerdings. Aber sie zeigen sich nicht jedem – niemandem seit vielen Jahren. Ist es so wichtig für dich, Elfenmädchen, sie zu sehen? Suchst du sie, weil du ein Bedürfnis nach Deinesgleichen hast?« Die milchigen Augen starrten blind auf Wrens Gesicht. »Nein, nicht du. Trotz deines Blutes bist du in erste Linie eine Fahrende, und eine Fahrende hat Bedürfnis nach niemandem. Du lebst das Leben eines Wanderers, frei, jeden Weg zu wählen, den du willst, und du siehst deine Ehre darin.« Sie grinste, nahezu zahnlos. »Warum also?«

»Weil es ein Auftrag ist, der mir erteilt wurde – ein Auftrag, den anzunehmen ich mich bereiterklärt habe«, antwortete Wren vorsichtig.

»Ein Auftrag also!« Die Falten und Runzeln im Gesicht der Alten vertieften sich. »Beug dich näher, Elfenmädchen.«

Wren zögerte und lehnte sich dann zaghaft vor. Die Aggershag hob wieder ihre Hände und betastete noch einmal Wrens Gesicht, dann strichen sie über ihren Hals und ihren Körper. Als die alte Frau die Bluse auf der Brust des Mädchen berührte, riß sie die Hände zurück, als habe sie sich verbrannt. »Magie!« keuchte sie.

Wren schrak zusammen. Dann packte sie impulsiv die Handgelenke der Alten. »Was für eine Magie? Was meinst du damit?«

Aber die Aggershag schüttelte heftig den Kopf, kniff die Lippen zusammen und ließ den Kopf auf ihre eingefallene Brust sinken. Wren hielt sie noch einen Moment fest und ließ sie dann los.

»Elfenmädchen«, flüsterte dann die alte Frau. »Wer hat dich auf die Suche nach den Westlandelfen geschickt?«

Wren holte tief Luft gegen ihre Furcht. »Allanons Schatten«, erwiderte sie dann.

Der alte Kopf richtete sich mit einem heftigen Ruck wieder auf. »Allanon!« Sie stieß den Namen wie einen Fluch aus. »So! Ein Druidenauftrag also, wie? Nun gut. Hör mir also zu. Geh nach Süden durch den Wilderun, überquere das Irribysgebirge und folge der Küste der Blauen Spalte. Wenn du zu den Rock-Höhlen gelangst, entzünde ein Feuer und halte es drei Tage und drei Nächte am Brennen. Jemand wird kommen und dir helfen. Verstanden?«

»Ja«, antwortete Wren und fragte sich gleichzeitig, ob das wirklich der Fall war. Rock-Höhlen hatte die alte Frau gesagt? Waren das nicht irgendwelche riesigen Küstenvögel?

»Hüte dich, Elfenmädchen«, warnte die Alte und hob ihre magere Hand. »Ich sehe Gefahren, harte Zeiten, Verrat und unvorstellbare Übel auf dich zukommen. Meine Visionen sind in meinem Kopf, Wahrheiten, die mich mit ihrem Wahnsinn heimsuchen. Hör auf mich. Folge deinem eigenen Verstand, Mädchen. Traue niemandem!«

Sie gestikulierte wild und ließ sich dann wieder zusammensinken, ihre blinden Augen starr und hart. Wren schaute an ihrem Körper hinunter und erschrak. Das abgetragene Kleid der Frau war von ihren Stiefeln geglitten und ließ eine eiserne Kette sehen, die an ihre Beine geklammert worden waren.

Wren nahm die Hände der Alten in die ihren. »Altes Mütterchen«, sagte sie freundlich. »Ich möchte dich von hier befreien. Mein Freund und ich können dir helfen, wenn du es uns erlaubst. Es gibt keinen Grund, warum du hier als Gefangene bleiben solltest.«

»Gefangen? Ha!« Die Aggershag beugte sich vor und fletschte ihre Zähne wie ein drohendes Tier. »Wie ich aussehe und was ich bin, sind zwei verschiedene Dinge!«

»Aber die Kette...«

»Hält mich nicht eine Sekunde länger als ich will!« Ein boshaftes Lächeln verzerrte das runzlige Gesicht. »Diese Männer, diese Dummköpfe – sie haben mich gewaltsam geholt und in diesen Keller gekettet und erwarten, daß ich ihre Wetten für sie mache!« Sie senkte ihre Stimme. »Es sind kleine, gierige Gemüter, und alles, was sie interessiert, ist der Reichtum anderer. Ich könnte ihnen geben, was sie wollen; ich könnte ihre Wetten für sie machen und fortgehen. Aber es ist ein Spiel, das mir Spaß macht. Ich mag ihre Hänseleien. Ich mag den Klang ihres Gequengels. Ich erlaube ihnen, mich eine Weile festzuhalten, weil es mich amüsiert. Und wenn es mich nicht mehr unterhält, Elfenmädchen, wenn ich ihrer müde werde und beschließe, wieder freizukommen, nun, dann... das hier!«

Ihre knochigen Hände befreiten sich, drehten sich heftig vor Wrens Augen und verwandelten sich in sich windende, zischende Schlangen mit gefletschten Zähnen und hervorschnellenden, gespaltenen Zungen. Wren sprang zurück und hielt sich die Hände schützend vors Gesicht. Als sie wieder hinschaute, waren die Schlangen verschwunden.

Sie schluckte gegen ihre Angst an. »Waren... waren die echt?« fragte sie gequetscht mit gerötetem, erhitztem Gesicht.

Die Aggershag lächelte unheilverkündend. »Geh jetzt«, flüsterte sie. »Nimm, was ich dir gesagt habe, und nutz es, wie du willst. Und paß gut auf dich auf, Elfenmädchen. Hüte dich.«

Wren zögerte, abwägend, ob sie Antworten auf den Ansturm von Fragen erbitten sollte, die ihr durch den Kopf gingen. Sie entschied sich dagegen, nahm die Öllampe und erhob sich. »Auf Wiedersehen, altes Mütterchen«, sagte sie.

Sie ging zurück durch die Finsternis, kniff die Augen gegen das Licht der Öllampe zusammen, um die Treppe zu finden, fühlte, wie der Blick der Aggershag ihr folgte. Flink stieg sie die Treppe hinauf und schlüpfte wieder durch die Tür in den Bierhausflur.

Garth erwartete sie. Er stand der Männergruppe gegenüber, die ihnen aus dem Wirtssaal gefolgt waren. Die Geräusche des Schanksaals drangen durch die geschlossene Tür, gedämpft und heiser. Die Augen der Männer glänzten. Sie konnte ihre Gier fühlen.

»Was hat die Alte gesagt?« schnauzte der Anführer sie an.

Wren hob die Öllampe in die Höhe und schüttelte den Kopf. »Gar nichts. Sie weiß nichts über die Elfen, und falls doch, dann behält sie es für sich. Und was die Spiele angeht, auch darüber sagt sie kein Wort.« Sie machte eine Pause. »Mir scheint sie überhaupt keine Seherin zu sein. Ich glaube, sie spinnt einfach nur.«

Zorn funkelte in den Augen des Mannes. »Was für eine schlechte Lügnerin du bist, Mädchen.«

Wren verzog keine Miene. »Ich geb' dir einen guten Rat, Halsabschneider. Laßt sie gehen. Es könnte dir das Leben retten.«

Der andere hatte plötzlich ein Messer in der Hand, eine metallene Klinge blitzte aus dem Nichts auf. »Aber nicht deines…«

Er sprach nicht zu Ende, denn Wren hatte schon die Öllampe auf den Boden vor seine Füße geschmettert, das Glas zersplitterte, das Öl spritzte über die Holzbretter, und Flammen explodierten rundum. Das Feuer erfaßte die hölzernen Bohlen und Wände. Der Sprecher fing Feuer, schrie auf und taumelte in die Arme seiner verblüfften Gefährten. Garth und Wren flüchteten in die andere Richtung und erreichten die Hintertür in wenigen Sekunden. Garth rammte mit der Schulter dagegen, und die Holztür flog aus den Angeln, als wäre sie aus Papier. Das Mädchen und der große Fahrensmann stürmten durch die Öffnung in die Nacht hinaus, und wütendes Gebrüll und Angstgeschrei klangen hinter ihnen her. Sie jagten zwischen den Gebäuden der Stadt entlang, schnell und leise, und erreichten kurz darauf wieder die Hauptstraße von Grimpen Ward.

Dann verlangsamten sie ihre Schritte, schauten sich um und lauschten. Nichts. Das Geschrei und Gelächter der nächstgelegenen Bierhäuser übertönte, was dahinter lag. Sie sahen kein Zeichen von Feuer. Und keine Anzeichen einer Verfolgung.

Nebeneinander wanderten Wren und Garth die Straße, auf der sie gekommen waren, zurück, ruhig und ohne Hast schlenderten sie zwischen den Nachtschwärmern durch die Hitze und die Finsternis.

»Wir gehen nach Süden zur Blauen Spalte«, verkündete Wren in der Fingersprache, als sie den Stadtrand erreichten.

Garth nickte ohne Kommentar.

Dann verschwanden sie in der Nacht.

Nachdem Walker Boh, Quickening und Carisman sich von Morgan und Horner Dees getrennt hatten, legten sie nur ein kurzes Stück ostwärts durch die dunklen Straßen von Eldwist zurück und machten Halt. Walker und das Mädchen schauten einander an. Keiner hatte etwas über anhalten gesagt; es war, als hätten sie gegenseitig ihre Gedanken gelesen. Carisman schaute verwirrt von einem zum anderen.

»Du weißt, wo sich der Steinkönig verbirgt«, sagte Quickening. Sie ließ es wie eine Feststellung von Tatsachen klingen.

»Ich glaube ja«, erwiderte Walker. Er starrte in die unergründlichen schwarzen Augen und wunderte sich über die Zuversicht, die er darin fand. »Hast du das geahnt, als du beschlossen hast, mit mir zu kommen?«

Sie nickte. »Wenn er gefunden wird, muß ich dabeisein.«

Sie gab keine Erklärungen ihrer Gründe, und Walker fragte nicht danach. Er schaute in die Ferne, versuchte vergeblich, die Dunkelheit zu durchdringen, jenseits von Nebel und Finsternis etwas von dem zu finden, was von ihm erwartet wurde. Aber dort war natürlich nichts zu finden. Die Antworten auf seine Fragen lagen irgendwo in seinem Inneren.

»Ich glaube, der Steinkönig versteckt sich unter der Kuppel«, sagte er leise. »Ich hatte den Verdacht schon, als wir vor ein paar Tagen dort waren. Es scheint keinen Zugang zu geben, doch als ich den Stein berührte und an den Mauern entlangging, fühlte ich Leben. Da war etwas, das ich nicht erklären konnte. Und dann gestern, als wir in jener unterirdischen Höhle festsaßen, fühlte ich es wieder – nur daß es diesmal über uns war. Als wir aus den Tunneln auftauchten, habe ich kurz ein paar Berechnungen angestellt. Die Kuppel steht direkt über jenen Höhlen.«

Er verstummte für einen Augenblick und sah sich um. »Die Stadt Eldwist ist das Werk ihres Schöpfers. Uhl Belk hat diese Stadt der Alten Welt zu seiner eigenen gemacht, alles, was nicht schon aus Stein war, zu Stein verwandelt und seine Domäne symmetrisch ausgebreitet, soweit das Land es erlaubt. Die Kuppel steht genau in der Mitte, die Nabe eines Rades aus Straßen und Häusern, Mauern und Ruinen.«

Sein bleiches Gesicht wandte sich ihr zu. »Uhl Belk ist dort.«

Er konnte förmlich sehen, wie ihre Augen lebhaft aufleuchteten. »Dann müssen wir ihn besuchen gehen«, sagte sie.

Sie machten sich wieder auf, folgten dem Gehsteig bis zum Ende des Häuserblocks und bogen dann scharf nach Norden. Walker ging voran, hielt sich sorgfältig von den Straßen fern und blieb nahe der Hausmauern, außerhalb der freien Flächen und fern der Falltüren. Weder er noch Quickening sagten etwas; Carisman summte leise vor sich hin. Sie prüften die Düsternis wie Habichte, lauschten auf unbekannte Geräusche und witterten wachsam in die feuchte, abgestandene Luft. Ein kurzer Regenguß überraschte sie und hinterließ sie mit triefenden Umhängen und Kapuzen und eiskalten Füßen in ihren nassen Stiefeln.

Walker Boh dachte an zu Hause. Er hatte das in letzter Zeit immer häufiger getan, getrieben von dem ständigen, unnachgiebigen Druck, eingeengt zu sein von dem Stein und der Düsterkeit der Stadt, auf der Suche nach etwas, das einst erfreulich und heilsam gewesen war. Eine Zeitlang hatte er alle Gedanken an Hearthstone zu verbannen versucht;

die Erinnerungen daran verletzten ihn wie zerbrochenes Glas. Die Hütte, die er zu seinem Heim erkoren hatte, war im Kampf mit den Schattenwesen niedergebrannt. Cogline und Ondit hatten dort ihr Leben gelassen. Er war selbst haarscharf am Tod vorbeigekommen, und es hatte ihn seinen Arm gekostet. Er hatte sich einst für unverwundbar durch Übergriffe von der Außenwelt gehalten. Er war eitel und dumm genug gewesen, zu prahlen, daß das, was außerhalb von Hearthstone lag, keine Gefahr für ihn darstellte. Er hatte die Träume, die Allanon ihm aus der Geisterwelt gesandt hatte, abgewehrt, die drängenden Bitten um seine Hilfe, die Par Ohmsford an ihn gerichtet hatte, und schließlich auch den Auftrag, auf die Suche nach Paranor und den Druiden zu gehen. Er hatte sich hinter eingebildeten Mauern verschanzt und sich in Sicherheit geglaubt. Als jene Mauern einzustürzen begannen, hatte er herausgefunden, daß sie nicht ersetzt werden konnten, daß die Dinge, die er für gesichert gehalten hatte, verloren waren.

Doch es gab auch ältere Erinnerungen an Hearthstone, die die jüngeren Tragödien überdauerten. Da waren alle jene Jahre, als er in Frieden in dem Tal gelebt hatte, die Zeiten, als die Außenwelt nicht eingriff und er Zeit für alles hatte. Da waren der Duft der Blumen, der Bäume, der frischen Quellen, das Zwitschern der Vögel im Frühling, das Summen der Insekten im Sommer, das Aroma der Dämmerung an einem klaren Herbsttag; das Gefühl von friedvoller Heiterkeit bei jedem Sonnenuntergang und dem Hereinbrechen der Nacht. Er konnte jenseits der Ereignisse der letzten Wochen Frieden in diesen Erinnerungen finden. Er tat es jetzt, denn sie waren alles, was ihm blieb.

Doch auch seine stärksten Erinnerungen boten ihm nur zeitweilige Zuflucht. Die herben Unvermeidlichkeiten der Gegenwart drängten sich ihm auf und ließen sich nicht verbannen. Für kurze Momente konnte er in die Vergangenheit fliehen, in die Welt, die ihn eine Weile geborgen hatte, ehe die Flut der Ereignisse, die er in törichter Weise zu ignorieren versucht hatte, ihn fortspülte. Flucht mochte das Gemüt stärken und besänftigen, doch nur vorübergehend. Seine Gedanken schlüpften fort aus den Erinnerungen, und er mußte erkennen, daß die

Vergangenheit für immer unwiederbringlich verloren und die Gegenwart für immer greifbar war. Er rang mit seinem Leben, erkannte er. Er war hilflos preisgegeben, ein Schiffbrüchiger, der inmitten der Trümmer seiner Verwirrung und Zweifel darum kämpfte, über Wasser zu bleiben. Er fühlte fast schon, wie er zu sinken begann.

Sie erreichten die Kuppel im Laufe des Vormittags und begannen ihre Erkundungen. Sie blieben zusammen, sie wollten sich nicht trennen, für den Fall, daß der Steinkönig tatsächlich im Inneren wartete. Sie fingen an, die Oberfläche der Kuppel zu untersuchen, gingen um das ganze Gebäude herum, tasteten die Wände ab und erforschten sogar den Boden, auf dem sie stand. Das Bauwerk war perfekt gestaltet, auch wenn die gealterte Schale gesprungen und gesplittert war. Der Scheitelpunkt ragte fast hundert Meter in die Höhe, und der Durchmesser betrug mehr als hundert Meter. Einbuchtungen wie Daumenabdrücke einer Riesenhand zierten den Gipfel wie Blütenblätter, unterteilt von steinernen Bändern, die bis ans Fundament verliefen. Nischen und Alkoven zerklüfteten das Erdgeschoß, doch sie boten keinen Eingang, führten nirgendwohin. Gehauene Muster schmückten den Stein, doch die meisten waren im Laufe der Zeit vollständig abgenutzt und nicht mehr deutbar, Runen einer Welt, die längst vergangen war.

»Ich kann noch immer etwas fühlen«, sagte Walker Boh, blieb stehen und zog seinen Umhang fester um seine Schultern. Er schaute in den Himmel hinauf. Es regnete wieder, ein langsames, aber stetiges Nieseln. »Dort drinnen ist etwas. Irgend etwas.«

Quickening stand neben ihm. »Magie«, flüsterte sie.

Er starrte sie an, überrascht, wie schnell sie eine Wahrheit erkannt hatte, die ihm entgangen war. »Das ist es«, murmelte er. Er streckte die Hand aus und suchte. »Überall, im Stein selbst.«

»Er ist hier«, flüsterte Quickening.

Carisman kam herbei und strich prüfend über die Mauer. Er runzelte die Stirn. »Warum reagiert er nicht? Sollte er nicht längst herausgekommen sein, um zu sehen, was wir wollen?«

»Vielleicht weiß er gar nicht, daß wir hier sind. Vielleicht ist es ihm auch egal.« Quickening sah fragend zu ihm auf. »Vielleicht schläft er auch.«

Carisman legte nachdenklich die Stirn in Falten. »Dann braucht es vielleicht ein Lied, um ihn aufzuwecken!«

Er begann zu singen:

»Erwache, wach auf, alter König aus Stein.
Komm doch heraus, ach, komm doch hervor,
Wir warten auf dich, sind müde und klein,
sind bar aller Hoffnung, ach, öffne das Tor.

Erwache, wach auf, alter König aus Stein,
Du brauchst nichts zu fürchten, wir bringen dir nichts.
Nicht mehr und nicht minder
als endlichen Geist, das Maß meines Lieds.

Erwache, wach auf, alter König aus Stein.
Gesehen hast du den Ablauf der Zeit,
uns sterbliche Wesen laß nehmen Anteil
an Wahrheit und Rätseln der ganzen Menschheit.«

Als er geendet hatte, schaute er erwartungsvoll auf die große steinerne Kuppel. Es kam keine Antwort. Er schaute Quickening und Walker an und zuckte mit den Schultern. »Ist vielleicht nicht die Art von Musik, die ihm behagt. Ich werde mir etwas anderes ausdenken.«

Sie verließen die Kuppel und begaben sich in den Schutz eines nahe gelegenen Hauseingangs. Sie ließen sich mit dem Rücken zur Wand nieder, so daß sie auf die Kuppel schauen konnten, und holten aus ihren Rucksäcken etwas altes Brot und ein paar getrocknete Früchte zum Mittagessen. Sie aßen schweigend und schauten aus dem Schatten in den grauen Regen hinaus.

»Wir haben fast nichts mehr zu essen«, sagte Walker nach einer Weile. »Und das Wasser wird auch knapp. Wir werden bald etwas unternehmen müssen.«

Carisman strahlte. »Ich werde uns Fische fangen. Ich war mal ein ausgezeichneter Fischer – auch wenn ich es nur aus Vergnügen gemacht habe. Es war ein angenehmer Zeitvertreib, bei dem ich komponieren konnte. Sag mal, Walker Boh, was hast du eigentlich gemacht, ehe du nach Norden gekommen bist?«

Walker zögerte, überrascht von der Frage und unvorbereitet für die Antwort. Was hatte er eigentlich gemacht, fragte er sich. »Ich war Verwalter«, entschied er schließlich.

»Von was?« drängte Carisman neugierig.

»Von einer Hütte und dem umliegenden Land«, sagte er leise und voller Erinnerungen.

»Von einem ganzen Tal und allem, was darauf lebte«, ergänzte Quikkening und lenkte Carismans Aufmerksamkeit auf sich. »Walker Boh beschützte das Leben in der Weise der Elfen alter Zeiten. Er gab von sich selbst, um das Land zu befruchten.«

Walker starrte sie an, wieder völlig überrascht. »Es war ein kläglicher Versuch«, schränkte er verlegen ein.

»Ich erlaube dir nicht, darüber zu urteilen«, erwiderte das Mädchen. »Es ist die Aufgabe anderer, festzustellen, wie erfolgreich du in deiner Arbeit warst. Du bist zu hart in deiner Kritik, und dir fehlt die nötige Distanz, um fair und unparteiisch zu sein.« Sie hielt inne und musterte ihn. »Ich bin überzeugt, daß man urteilen wird, daß du alles getan hast, was du konntest.«

Beide wußten sie, was sie damit meinte, und ihre Worte erwärmten ihn in seltsamer Weise. Wieder empfand er dieses Gefühl der Verwandtschaft zwischen ihnen beiden. Er nickte, ohne etwas zu entgegnen, und aß weiter.

Nachdem sie ihre Mahlzeit beendet hatten, erhoben sie sich und standen erneut vor der Kuppel und überlegten, was sie als nächstes versuchen würden.

»Vielleicht läßt sich von oben etwas sehen«, schlug Quickening vor. »Eine Öffnung in der Spitze der Kuppel oder vielleicht eine Abweichung im Stein, die auf einen Eingang hindeutet.«

Walker schaute sich um. Weniger als einen Block entfernt stand ein verziertes Gebäude mit einem Glockenturm, von dem aus man gut auf die Kuppel hinunterschauen konnte. Vorsichtig gingen sie hinüber, ständig auf der Hut vor den Falltüren, und erreichten den Eingang. Skulpturen geflügelter Engel und gewandeter Figuren schmückten Wände und Decken. Wachsam schlichen sie ins Innere. Der Mittelsaal war weitläufig, die Fensterscheiben längst zerfallen, die Ausstattung zu Staub zerbröckelt. Sie fanden die Treppe, die auf den Glockenturm führte, und begannen hinaufzusteigen. An manchen Stellen waren die Stufen abgestürzt, und nur die Verankerung war übriggeblieben. Sie balancierten über die Löcher und stiegen unermüdlich weiter. Sie ließen eine Etage nach der anderen unter sich, jede mit Löchern im Boden und übersät mit Schutt, und alles war versteinert und im Zustand des Verfalls perfekt erhalten.

Ohne weitere Schwierigkeiten gelangten sie auf die oberste Etage des Glockenturms und traten an die Fenster. Die Stadt Eldwist erstreckte sich nach allen Seiten, dunstig und grau, und schon füllte sie sich mit den Schatten des zur Neige gehenden Tages und dem Herannahen der Nacht. Der Regen hatte etwas nachgelassen, und die Häuser erhoben sich wie steinerne Wächter über die Halbinsel. Die Wolken hatten sich ein wenig gelichtet, und die geschieferte Wasseroberfläche des Gezeitenstroms und die zerklüfteten Klippen des Festlandes jenseits der Landenge waren durch Lücken in den langen Ketten steinerner Mauern zu sehen.

Die Kuppel stand direkt unter ihnen, von oben ebenso verschlossen und undurchschaubar, wie sie es von unten gewesen war. Es war nichts zu erkennen, kein Zeichen einer Öffnung, kein Hinweis auf einen Eingang. Dennoch betrachteten sie sie eine Weile in der Hoffnung, irgend etwas zu entdecken, das ihnen entgangen war.

Während sie mitten in ihrer Betrachtung waren, erschreckte sie plötzlich ein Hornsignal.

»Urdas!« schrie Carisman.

Walker und Quickening schauten einander erstaunt an, doch Carisman war schon an das Südfenster des Turms gesprungen und spähte in Richtung der Landenge und der Klippen, die hinunterführten.

»Das müssen sie sein, es ist ihr Signal!« rief er aufgeregt und beunruhigt. Er überschattete seine Augen gegen das blendende Licht, das sich auf dem nassen Stein spiegelte. »Dort! Seht ihr sie?«

Walker und Quickening rannten zu ihm. Der Sänger zeigte auf die Stelle, wo die Stufen von der Aussichtsplattform die Klippen hinunterführten und im Nebel kaum zu erkennen waren. Man konnte auf der Treppe eine Bewegung ausmachen, kleine, gebeugte Gestalten, tief gebückt, als wollten sie sich selbst vor den Schatten verstecken. »Urdas«, erkannte Walker, und sie kamen herunter.

»Was denken sie sich eigentlich!« rief Carisman sichtlich bestürzt. »Sie können doch nicht herkommen!«

Die Urdas wurden von einer Nebelwolke verschluckt. Carisman wirbelte zu seinen Gefährten herum. »Wenn sie nicht aufgehalten werden, werden sie alle getötet!« rief er verzweifelt aus.

»Du bist nicht mehr für sie verantwortlich, Carisman«, beschwichtigte ihn Walker Boh sanft. »Du bist nicht mehr ihr König.«

Carisman war nicht überzeugt. »Es sind Kinder, Walker! Sie haben keine Ahnung, was hier unten lebt. Der Kratzer oder der Malmschlund werden sie vernichten. Ich kann mir nicht vorstellen, wie sie überhaupt am Koden vorbeigekommen sind...«

»Genauso wie Horner Dees vor zehn Jahren«, unterbrach ihn Walker. »Indem sie Leben geopfert haben. Und trotzdem streben sie weiter. Offenbar machen sie sich nicht so viel Sorgen um sich selbst wie du um sie.«

Carisman wandte sich aufgeregt an Quickening. »Lady, du hast gesehen, wie sie reagieren. Was wissen sie schon vom Steinkönig und seiner Magie? Wenn sie nicht aufgehalten werden...«

Quickening faßte seine Arme und hielt sie fest. »Nein, Carisman. Walker Boh hat recht. Die Urdas sind jetzt eine Gefahr für dich.«

Aber Carisman schüttelte energisch den Kopf. »Nein Lady, für mich niemals. Sie waren meine Familie, ehe ich sie im Stich gelassen habe.«

»Du warst ihr Gefangener!«

»Sie haben sich um mich gekümmert und mich in der einzigen Weise beschützt, die sie kennen. Lady, was soll ich tun? Sie sind hergekommen, um mich zu suchen! Warum sollten sie sonst ein solches Risiko eingehen? Ich glaube, sie haben sich noch nie so weit von ihrer Heimat entfernt. Sie sind hier, weil sie glauben, ihr habt mich entführt. Darf ich sie ein zweites Mal im Stich lassen, und diesmal, damit sie für einen Fehler sterben, den zu begehen ich sie hindern kann?« Carisman befreite sich vorsichtig. »Ich muß zu ihnen gehen. Ich muß sie warnen.«

»Carisman...«

Der Sänger war schon bis an die Glockenturmtreppe zurückgewichen. »Ich bin mein ganzes Leben lang ein Waisenkind des Sturms gewesen, bin von einer Insel zur nächsten geweht worden, niemals hatte ich eine Familie oder ein Heim, war ständig auf der Suche nach einem Ort, wo ich zu Hause war, nach jemandem, zu dem ich gehörte. Die Urdas gaben mir von beidem, so wenig es euch auch erscheinen mag. Ich kann sie nicht einfach sterben lassen.«

Er drehte sich um und eilte die Treppen hinunter. Quickening und Walker wechselten wortlos einen Blick und hasteten hinter ihm her.

Unten auf der Straße holten sie ihn ein. »Dann begleiten wir dich also«, sagte Walker.

Carisman schnellte herum. »Nein, Walker, nein! Ihr dürft euch vor ihnen nicht sehen lassen! Wenn sie euch entdecken, glauben sie vielleicht, daß ihr mich bedroht – vielleicht sogar, daß ich euer Gefangener bin! Sie können angreifen, und ihr könntet verletzt werden! Nein! Laßt mich mit ihnen verhandeln. Ich kenne sie, ich weiß, wie ich mit ihnen reden muß. Ich kann ihnen erklären, was geschehen ist, und sie bewegen, umzukehren, ehe es zu spät ist.« Sein hübsches Gesicht war sorgenvoll verzerrt. »Bitte, Walker? Lady, bitte?«

Mehr gab es dazu nicht zu sagen. Carisman hatte sich entschlossen, und er ließ nicht zu, daß sie ihn umzustimmen versuchten. Als letztes Zugeständnis verlangen sie, daß er ihnen erlaube, ihn wenigstens so weit zu begleiten, wie die Vernunft es zuließ, um sicher zu sein, daß sie in der

Nähe wären, falls es Schwierigkeiten gab. Carisman sträubte sich, wenigstens dem zuzustimmen, besorgt, daß er sie von ihrer Arbeit abhielt, die doch viel wichtiger war, und daß er ihre Suche nach dem Steinkönig verzögerte. Sowohl Quickening als auch Walker weigerten sich, darüber zu diskutieren. Schweigend gingen sie im Gänsemarsch die Gehsteige entlang, die Straßenschluchten hinunter nach Süden. Er wolle die Urdas am südlichen Stadtrand treffen, erklärte Carisman, strich seine blonde Mähne zurück und wappnete sich für die Begegnung. Walker fand ihn seltsam und heroisch zugleich, eine merkwürdige Parodie von einem Mann, der sich nach der Wirklichkeit sehnt und dennoch nicht fähig ist, sie zu erfassen. »Bedenke, was du tun willst«, bat er den Sänger inständig. Doch Carismans Antwortlächeln war fröhlich, betörend und voller Zuversicht. Er hatte alles Denken erledigt, zu dem er bereit war.

Als sie sich dem Stadtrand näherten und die felsigen Flächen der Landenge zwischen den Gebäuden sichtbar wurden, ließ Carisman sie anhalten.

»Wartet hier auf mich«, erklärte er ihnen mit Bestimmtheit. »Zeigt euch nicht, ihr würdet die Urdas nur erschrecken. Gebt mir ein bißchen Zeit. Ich bin sicher, daß ich es ihnen verständlich machen kann. Wie gesagt, meine Freunde – sie sind wie Kinder.«

Er drückte ihnen die Hände zum Abschied und ging davon. Einmal drehte er sich um, um sicher zu sein, daß sie taten, was er gesagt hatte, dann winkte er ihnen zu. Sein hübsches Gesicht lächelte und war voller Zuversicht. Sie sahen zu, wie der Nebel ihn umwehte, ihn einholte und schließlich verschluckte.

Walker sah sich die Häuser in ihrer Nähe an, wählte ein passendes aus und steuerte Quickening darauf zu. Sie traten ein, stiegen die Treppe zum obersten Stockwerk hinauf und fanden ein Zimmer mit einer Reihe von Fenstern nach Süden. Von dort aus konnten sie sehen, wie die Urdas sich näherten. Die knorrigen Gestalten waren über die Landenge verteilt und bewegten sich vorsichtig an den Spalten und Klüften entlang. Es waren ihrer vielleicht zwanzig, und mehrere von ihnen waren sichtlich verletzt.

Sie schauten zu, bis die Urdas den Stadtrand erreichten und dann im Schatten der Häuser verschwanden.

Walker schüttelte den Kopf. »Ich wünschte, wir hätten dem nicht zugestimmt. Carisman ist selbst fast ein Kind. Ich kann nicht umhin zu denken, daß er besser nicht mit uns gekommen wäre.«

»Es war sein Wunsch, mitzukommen«, erinnerte Quickening ihn. Ihr Gesicht war ins Licht gekehrt. »Er wollte frei sein, Walker Boh. Mit uns mitzukommen, selbst hierher, war besser, als zurückzubleiben.«

Walker warf einen letzten Blick aus dem Fenster. Die Steine der Landenge und die Straßen unten glänzten feucht. Es war leer und still. Er konnte das ferne Tosen des Ozeans hören, die Schreie der Seevögel und das Rauschen des Winds an den Klippen. Er fühlte sich einsam.

»Ich frage mich manchmal, wie viele von der Sorte von Carisman es gibt«, sagte er schließlich mit leiser Stimme. »Waisen, wie er sich selbst bezeichnete. Wie viele streunen durchs Land, vom Föderationsgesetz zu Ausgestoßenen gemacht, ihre Magie nicht die Gabe, als die sie gedacht war, sondern ein Fluch, den sie verheimlichen müssen, um ihr Leben zu bewahren.«

Quickening setzte sich mit dem Rücken gegen die Wand und musterte ihn. »Eine ganze Menge, Walker Boh. Wie Carisman. Und wie du selbst.«

Er ließ sich neben ihr nieder, zog sich seinen Umhang fest um die Schultern und hob sein Gesicht ins Licht. »Ich hatte dabei nicht an mich gedacht.«

»Dann mußt du das tun«, sagte sie einfach. »Du mußt es erkennen.«

Er starrte sie an. »Erkennen? Was denn?«

»Die Möglichkeiten deines Lebens. Die Gründe, warum du bist, was du bist. Wärest du ein Elementarwesen, würdest du es verstehen. Mir wurde das Leben mit einem bestimmten Ziel gegeben. Es ist undenkbar und wäre entsetzlich, ohne dieses Ziel zu existieren. Geht dir das nicht so?«

Walker fühlte, wie sein Gesicht sich anspannte. »Ich habe ein Ziel in meinem Leben.«

Ihr Lächeln war unerwartet und verblüffend. »Nein, Walker Boh, das hast du nicht. Du hast jeden Sinn für ein Ziel von dir gewiesen und dich selbst zweifach zu einem Außenseiter gemacht – zum ersten, weil du mit dem Erbe von Brin Ohmsfords Magie geboren wurdest, und zweitens, weil dir ihr Vermächtnis zugefallen ist. Du verleugnest, wer und was du bist. Als ich deinen Arm heilte, habe ich dein Leben gelesen. Sag mir, es ist nicht so.«

Er holte tief Luft. »Woher kommt es, daß ich das Gefühl habe, wir seien uns so ähnlich? Es ist weder Liebe noch Freundschaft. Es ist etwas dazwischen. Bin ich irgendwie mit dir verbunden?«

»Unsere Magie, Walker Boh.«

»Nein«, widersprach er eilig. »Es ist mehr als das.«

Ihr hübsches Gesicht zeigte keine Spur der Emotion, die in ihren Augen aufflackerte. »Es ist das, was wir zu tun hergekommen sind.«

»Den Steinkönig zu finden und ihm den gestohlenen schwarzen Elfenstein wieder wegzunehmen. Irgendwie.« Walker nickte feierlich. »Und für mich, meinen Arm zurückzugewinnen. Und für Morgan Leah, die Magie des Schwertes von Leah zurückzugewinnen. Alles irgendwie. Ich habe deine Erklärungen angehört. Stimmt es, daß dir nicht gesagt wurde, wie das alles erfüllt werden soll? Oder gibt es Geheimnisse, die du uns vorenthältst, wie Pe Ell dir vorwirft?«

»Walker Boh«, sagte sie leise. »Du drehst meine Frage zu deiner eigenen um und verlangst von mir, was ich von dir erbitten wollte. Beide halten wir einen Teil der Wahrheit zurück. Lange kann das nicht mehr so weiter gehen. Ich schlage dir einen Handel vor. Wenn du bereit bist, dich deiner Wahrheit zu stellen, werde ich mich der meinen stellen.«

Walker versuchte sie zu verstehen. »Ich fürchte die Magie nicht mehr, mit der ich zur Welt gekommen bin«, sagte er und betrachtete ihre Gesichtszüge, die Linien und Kurven und Winkel, als könne sie verschwinden, ehe er Zeit gehabt hätte, sie sich einzuprägen. »Mein Neffe Par Ohmsford ermahnte mich einmal, daß die Magie eine Gabe, nicht ein Fluch sei. Ich wies es von mir. Ich hatte Angst vor den Folgen, die der Besitz der Magie mit sich brachte. Ich fürchtete...«

Er fing sich mit eisernem Griff, der sich augenblicklich um seine Kehle und seine Gedanken legte. Der Schatten von etwas Entsetzlichem hatte sich ihm gezeigt, ein Schatten, der ihm im Laufe der Jahre vertraut geworden war. Er hatte kein Gesicht, doch er sprach mit den Stimmen von Allanon und Cogline und seinem Vater und sogar seiner eigenen. Er wisperte von Geschichte und Bedürfnissen und Gesetzen der Menschheit. Heftig stieß er ihn fort.

Quickening lehnte sich vor und berührte sein Gesicht mit zarten Fingern.

»Ich fürchte nur, daß du fortfährst, dich selbst zu verleugnen«, flüsterte sie, »bis es zu spät ist.«

»Quickening...«

Ihr Finger legten sich auf seine Lippen und hießen ihn schweigen. »Das Leben hat eine Ordnung für all die verschiedenen Ereignisse und Geschehnisse und alles, was wir in der uns gegebenen Zeit tun. Wir können diese Ordnung verstehen, wenn wir es uns erlauben, wenn uns das Wissen nicht erschreckt. Wissen allein reicht nicht, wenn wir nicht gleichzeitig dieses Wissen akzeptieren. Irgendwer kann dir das Wissen vermitteln, Walker Boh, doch du allein kannst lernen, es zu akzeptieren. Das muß von innen kommen. Deshalb hat mein Vater mich ausgesandt, dich und Pe Ell und Morgan Leah nach Eldwist zu bringen; deshalb wird die Kombination eurer Magie den schwarzen Elfenstein befreien und den Heilprozeß der Vier Länder einleiten. Ich weiß, daß dies geschehen wird. Wenn die Zeit gekommen ist, werde ich wissen, wie. Aber ich muß bereit sein, die Wahrheit zu akzeptieren, wenn das geschieht. Und das gleiche gilt für dich.«

»Ich werde...«

»Nein, du wirst nicht bereit sein, Walker«, kam sie ihm zuvor, »wenn du weiterhin Wahrheiten leugnest, die du längst kennst. Das ist, was du dir klarmachen mußt. Sprich jetzt nicht mehr davon. Denk nur über das nach, was ich dir gesagt habe.«

Sie wandte sich ab. Es war keine Abfuhr, sie meinte es nicht so. Es war nichts als ein Abbrechen, ein Beenden des Gesprächs, nicht um ihn zu strafen, sondern um ihm den Freiraum zu geben, sich selbst zu erforschen. Er saß da und starrte sie eine Weile an, dann wurde er nachdenklich. Er überließ sich den Bildern, die ihre Worte heraufbeschworen. Er dachte an andere Stimmen zu anderen Zeiten, an die Welt, aus der er kam, mit ihren falschen Wertvorstellungen, ihren Ängsten vor dem Unbekannten, ihrer Unterwerfung unter eine Regelung und Gesetze, die sie nicht verstehen wollte. *Bring die Druiden und Paranor zurück*, hatte Allanon ihm aufgetragen. Würde das eine Veränderung auslösen, die Welt, die Vier Länder in das zurückzuverwandeln, was sie einst waren? Und würde das die Dinge verbessern? Er zweifelte daran, doch er stellte fest, daß seine Zweifel eher in dem Mangel an Verstehen wurzelten als in seinen Ängsten. Was mußte er tun? Er mußte den schwarzen Elfenstein zurückerobern, ihn nach Paranor tragen und irgendwie, auf irgendeine Weise, die Feste wiederbringen. Doch was würde damit erreicht werden? Cogline war fort. Alle Druiden waren fort. Es blieb niemand...

Außer ihm selbst.

Nein! Er schrie das Wort beinahe heraus. Es trug das Gesicht von dem, was er fürchtete, das, wogegen er so hart ankämpfte, um es sich vom Leib zu halten. Es war die erschreckende Möglichkeit, die an den Rändern seines selbstauferlegten Schutzschilds kratzte und krallte, solange er denken konnte.

Er würde die Sache der Druiden nicht übernehmen!

Doch er war Brin Ohmsfords letzter Nachkomme. Er war der Träger des Vermächtnisses, das ihr von Allanon überantwortet worden war. *Nicht in deinem Leben. Bewahr es sicher für kommende Generationen. Eines Tages wird es wieder gebraucht werden.* Worte aus der fernen Vergangenheit, gesprochen vom Schatten des Druiden nach seinem Tod, quälend, unerfüllt.

Ich habe die Magie nicht! jammerte er verzweifelt. *Warum muß ich es sein? Warum?*

Aber er kannte die Antwort längst. Notwendigkeit. Weil die Notwendigkeit bestand. Es war die Antwort, die Allanon allen Ohmsfords gegeben hatte, jedem von ihnen, Jahr um Jahr, Generation um Generation. Immer.

Er rang mit dem Gespenst seines Schicksals in der Stille seiner Gedanken. Die Augenblicke zogen sich in die Länge. Schließlich hörte er Quickening sagen: »Es wird dunkel, Walker Boh.«

Er blickte auf und sah, daß das Tageslicht der Dämmerung zu weichen begann. Er stand auf und schaute nach Süden. Die Landenge war leer. Kein Zeichen von den Urdas.

»Es hat zu lange gedauert«, sagte er und ging zur Treppe.

Eilig stiegen sie hinunter, verließen das Haus und folgten dem Gehsteig zum südlichen Stadtrand. Schatten breiteten sich schon über alles, das Licht wich zum westlichen Horizont zurück. Die Seevögel waren in ihre Horste zurückgekehrt, und das Brausen des Ozeans war zu einem fernen Stöhnen abgeklungen. Der Stein unter ihren Stiefeln hallte leise mit jedem Schritt, als wispere er von Geheimnissen, um die Stille zu brechen.

Sie erreichten den Stadtrand und wurden langsamer, bewegten sich nur behutsam vorwärts und spähten in die Dämmerung auf der Suche nach Zeichen möglicher Gefahren. Sie fanden keinerlei Bewegung. Der Nebel ringelte seine feuchten Ranken durch gähnende Fenster und in Abflußgitter, und überall war das Gefühl einer verborgenen Gegenwart. Vor ihnen erstreckten sich die Felsen der Landenge ins Dunkel, zerklüftet und leblos.

Sie traten zwischen den Hausmauern hervor und blieben stehen.

Carismans Körper lag zusammengesunken an einer Felssäule, festgenagelt von einem Dutzend Speeren. Er war schon seit geraumer Zeit tot, sein Blut vom Regen fortgewaschen.

Es sah aus, als seien die Urdas den Weg, den sie gekommen waren, wieder zurückgegangen.

Sie hatten Carismans Kopf mitgenommen.

Selbst Kinder können gefährlich sein, dachte Walker Boh traurig. Er faßte nach Quickenings Hand und hielt sie fest. Er versuchte sich vorzustellen, was Carisman gedacht haben mochte, als er erkannte, daß seine Familie ihn verstoßen hatte. Er versuchte sich einzureden, daß er nichts hätte tun können, um es zu verhindern.

Quickening rückte nah an ihn heran. Sie standen wortlos da und starrten auf den toten Sänger. Dann wandten sie sich um und gingen in die Stadt zurück.

In jener Nacht kehrten sie nicht in ihr gewohntes Versteck zurück; es war schon fast dunkel, als sie die Landenge hinter sich ließen, und die Entfernung zurück durch die Stadt war zu groß, um sie sicher zurückzulegen. Sie fanden statt dessen gleich in der Nähe ein niedriges Gebäude mit gewundenen, engen Fluren und mit Zimmern, die an beiden Enden Türen hatten und damit einen Ausweg boten, falls der Kratzer auftauchen sollte. Sie ließen sich tief im steinernen Inneren des Hauses nieder, wo es so dunkel war, daß sie einander auf Armeslänge kaum sehen konnten, aßen eine Abendmahlzeit aus getrockneten Früchten und Gemüsen und versuchten, Carismans Geist aus ihrer Gegenwart zu verbannen. Der tote Sänger tauchte in Erinnerungen auf, in ungesagten Worten und im fernen, leisen Brausen der Ozeanwellen. Sein Gesicht erblühte in den Schatten, die sie warfen, und seine Stimme flüsterte im Geräusch ihres Atems. Walker Boh betrachtete Quickening, ohne sie zu sehen; seine Gedanken galten Carisman und wie er den Sänger hatte gehen lassen, als er ihn hätte hindern können. Als Quickening seinen Arm berührte, war ihm der Druck ihrer Finger kaum bewußt. Als sie mit ihrer Berührung in seinen Gedanken las, merkte er es nicht. Er fühlte sich ausgehöhlt und leer und unerträglich einsam.

Später, als sie schlief, wurde er sich ihrer wieder bewußt. Seine Selbstanklagen hatten sich erschöpft, sein Kummer war eingetrocknet; Carismans Schatten war verbannt, an den Ort und in die Zeit verwiesen, in die er gehörte. Walker saß in der Finsternis, der Stein von Wänden, Decke und Boden erdrückte ihn, die Stille war wie ein Laken, das ihn zu ersticken drohte, und die Zeit das Instrument, mit dem er das Herannahen seines eigenen Todes maß. War der Tod jetzt für irgendeinen von ihnen noch fern? Er betrachtete das Mädchen, das neben ihm schlief, beobachtete, wie sich ihre Brust hob und senkte, wie sie auf der Seite lag, das Gesicht von der Armbeuge getragen, ihr Silberhaar zurückgefächert und leuchtend. Er beobachtete den langsamen, stetigen Puls an ihrem schlanken Hals, sah die Vertiefungen ihres Gesichts und folgte der Form ihres Körpers unter dem Schutz ihrer Kleider, die seine Perfektion nicht zu verhehlen vermochten. Bei aller magischen Kraft war sie ein zerbrechliches Stück Leben, und er konnte das Gefühl nicht loswerden, daß sie trotz des Vertrauens in ihren Vater und der Sicherheit, mit der sie sie nach Norden geführt hatte, in Gefahr schwebte. Das Gefühl war vage und schwer zu fassen, doch es entstammte seinen Instinkten und seinem Vorherwissen, geboren aus der Magie, die er von Brin Ohmsford geerbt hatte, Magie, die noch immer in ihm ebbte und flutete, je nachdem, wie die Gezeiten seines Glaubens an sich selbst stiegen und fielen. Er konnte es nicht ignorieren, Quickening war in Gefahr, und er wußte nicht, wie er sie retten sollte.

Es war tiefe Nacht, und noch immer schlief er nicht. Sie alle befanden sich natürlich in Gefahr. Was er als Risiko für die Tochter des Königs vom Silberfluß wahrnahm, war möglicherweise nichts anderes als die Gefahr, die er für sie alle witterte. Carisman hatte es schon erwischt.

Irgendwann würde es auch Quickening erwischen. Vielleicht war es nicht so sehr Quickenings Tod, den er fürchtete, sondern, daß sie sterben könnte, ehe sie ihre Geheimnisse offenbart hatte. Es waren ihrer viele, vermutete er. Daß sie sie so vollständig versteckte, machte ihn wütend. Er war überrascht über den Ärger, den diese Erkenntnis hervorrief. Quickening hatte ihn mit seinen finstersten Ängsten konfrontiert und ihn dann mit ihnen allein gelassen. Sein ganzes Leben war von der Befürchtung überschattet gewesen, daß Allanons mysteriöses Vermächtnis an die Ohmsfords, das Brin vor über dreihundert Jahren übertragen, das ungenutzt von Generation zu Generation weitergereicht worden war, irgendwie von ihm erfüllt werden müßte. Er hatte mit diesem Gespenst seit seiner Kindheit gelebt, wie seine ganze Familie seines Vorhandenseins bewußt, und hatte es als ein Gespenst betrachtet, das sich nicht verbannen ließ, sondern im Laufe der Jahre nur noch an Substanz zunahm. Die Magie der Ohmsfords lebte in ihm, wie sie nicht in seinen Ahnen gelebt hatte. Allanons Träume waren nur zu ihm gekommen. Cogline hatte ihn zu seinem Schüler gemacht und ihn die Geschichte seiner Kunst und der Sache der Druiden gelehrt. Allanon hatte ihm aufgetragen, auf die Suche nach den Druiden und dem verlorenen Paranor zu gehen.

Ihn schauderte. Jeder Schritt brachte ihn dem Unvermeidlichen näher. Das Vermächtnis war für ihn bestimmt. Das Phantom, das ihn in all diesen Jahren heimgesucht hatte, hatte sein schreckliches Gesicht enthüllt.

Er mußte den schwarzen Elfenstein nehmen und Paranor wiederbringen.

Er sollte der nächste Druide werden.

Er hätte über die Verrücktheit dieser Vorstellung lachen können, wenn sie ihm nicht solche Angst eingejagt hätte. Er verachtete die Druiden für das, was sie den Ohmsfords angetan hatten; er sah sie als finstere, ihren eigenen Zwecken dienende Manipulatoren. Er hatte sein Leben lang versucht, sich von ihrem Fluch zu befreien. Aber es war nicht nur das – Allanon war fort – der letzte der wahren Druiden. Cogline war fort – der letzte, der ihre Kunst studiert hatte. Er war allein; wer sollte ihn lehren, was ein Druide wissen mußte? Sollte er sich das Studium der Magie irgendwie aus den Fingern saugen? Sollte er sich selber unterrichten? Und wie viele Jahre würde das dauern? Wie viele Jahrhunderte? Wenn es die Magie der Druiden brauchte, um die Schattenwesen zu bekämpfen, dann konnte eine solche Magie nicht so ohne weiteres aus der Geschichte und den Büchern bezogen werden, aus denen alle vorangegangenen Druiden gelernt hatten. Die Zeit ließ es nicht zu.

Er biß die Zähne zusammen. Es war töricht zu glauben, er könne ein Druide werden, selbst wenn er dazu bereit wäre, selbst wenn er es wünschte, selbst wenn das Gespenst, das er während all dieser Jahre so gefürchtet hatte, sich als er selbst herausstellen sollte.

Töricht!

Walkers Augen glänzten, als er die Schatten des Zimmers nach einem Ausweg aus seiner Verzweiflung absuchte. Wo waren die Antworten, die er brauchte? Verhehlte Quickening ihm diese Antworten? Waren sie ein Teil jener Wahrheiten, die sie zurückhielt? Wußte sie, was aus ihm werden würde? Er streckte den Arm aus, weil er sie wachrütteln wollte. Dann zog er ihn schnell wieder zurück. Nein, sagte er sich. Ihr Wissen war so begrenzt und unvollständig wie seines. Bei Quickening war es eher ein Erfühlen von Möglichkeiten, ein Ahnen, was sein könnte, ein Vorherwissen wie sein eigenes. Es war mit ein Grund, warum er sich mit ihr verwandt fühlte. Er zwang seine Gedanken zur Ruhe und sein Bewußtsein, sich zu öffnen, und er schaute auf sie hinunter, als wollte er sie mit den Augen verschlingen. Er fühlte, wie etwas Warmes und Großmütiges ihn anrührte, ihr Schlaf, ungefragt und offenbar. Er erinnerte ihn an den seiner Mutter, als er noch klein war und ihren Trost und ihren Zuspruch brauchte. Sie war in gewisser Weise eine Wiedergabe seines eigenen Ichs. Sie öffnete ihn für die Möglichkeiten, was er sein könnte. Er sah die Farben seines Lebens, die Muster, die gewoben, und die Strukturen, die erprobt werden könnten. Er war der Stoff, der zugeschnitten und geformt werden mußte, doch ihm fehlten die Werkzeuge und die Kenntnisse. Quickening tat, was sie konnte, um ihm beides zu geben.

Danach schlief er eine Weile, noch immer an die Wand gelehnt, Arme und Beine eng an den Körper gefaltet, den Kopf nach vorn in seinen Umhang geneigt. Als er wieder aufwachte, schaute Quickening ihn an. Wortlos musterten sie einander eine Weile, jeder forschte in den Augen des anderen, suchte, die Fragen des anderen darin zu lesen.

»Du hast Angst, Walker Boh«, sagte das Mädchen schließlich.

Walker lächelte beinahe. »Ja, Quickening. Ich habe immer schon Angst gehabt. Angst hiervor – vor dem, was jetzt geschieht – mein Leben lang. Ich bin davor weggerannt, habe mich davor versteckt, es fortgewünscht, gefleht, es möge verschwinden. Ich habe gekämpft, es einzudämmen. Eine strenge und unnachgiebige Kontrolle über mein Leben auszuüben schien die Technik, die am besten wirkte. Wenn ich mein eigenes Schicksal diktierte, konnte es keine Gewalt über mich haben. Die Vergangenheit habe ich anderen überlassen, die Gegenwart gehörte mir.«

Er streckte behutsam die Beine aus. »Die Druiden haben in das Leben so vieler Ohmsfords, der Kinder von Shannara über viele Generationen, eingegriffen. Wir sind von ihnen ausgenutzt worden; wir sind benutzt worden, ihrer Sache zu dienen. Sie haben uns verändert. Sie haben uns zu Sklaven der Magie gemacht, statt einfach nur zu Trägern. Sie haben die Struktur unseres Bewußtseins, unseres Körpers und unseres Geistes verändert; sie haben uns zerrüttet. Und sie sind noch immer nicht befriedigt. Schau, was sie jetzt von uns erwarten! Schau, was von mir erwartet wird! Ich soll aus der Sklavenrolle schlüpfen und Meister werden. Ich soll den schwarzen Elfenstein übernehmen – eine Magie, die ich nicht einmal beginne zu verstehen. Ich soll sie einsetzen, um das verlorene Paranor zurückzuholen. Und nicht einmal damit ist es genug. Ich soll auch die Druiden zurückbringen. Aber es gibt keine Druiden mehr. Es gibt nur mich. Und wenn es nur mich gibt, dann…«

Die Worte blieben ihm im Hals stecken. Seine Entschlossenheit geriet ins Wanken. Seine Geduld verließ ihn. Sein Zorn kam zurück, ein rohes, bitteres Echo in der Stille.

»Sag es mir!« flehte er.

»Aber ich weiß es doch nicht«, flüsterte sie.

»Du mußt!«

»Walker…«

Er hatte Tränen in den Augen. »Ich kann nicht sein, was Allanon will, daß ich sei – was er von mir verlangt! Ich kann es nicht!« Er sog schnell und hastig die Luft ein, um sich zu fangen. »Siehst du das, Quikkening? Wenn ich die Druiden wiederbringen soll, indem ich einer werde, wenn ich das muß, weil es keinen anderen Weg gibt, damit die Rassen die Schattenwesen überleben können, muß ich dann sein, wie sie einst waren? Muß ich die Kontrolle über das Leben jener übernehmen, denen ich zu helfen behaupte, jener anderen, die Ohmsfords sind, Par und Coll und Wren? Und für wie viele zukünftige Generationen? Wenn ich ein Druide bin, muß ich das tun? Kann ich etwas anderes tun?«

»Walker Boh.« Sie sagte seinen Namen leise und eindringlich. »Du wirst sein, was du sein mußt, doch du wirst immer noch du selber sein. Du bist nicht in einem Spinnennetz von Druidenmagie gefangen, die dein Leben vorherbestimmt hat, eines und nur das eine zu sein. Es gibt immer eine Wahl. Immer.«

Er hatte plötzlich das Gefühl, daß sie von etwas völlig anderem sprach. Ihr edles Gesicht war angespannt unter einem inneren Aufruhr. Sie hielt inne, um sich zu entspannen, die Falten und Runzeln zu glätten. »Du fürchtest dein Schicksal, ohne zu wissen, was es sein wird. Du bist gelähmt durch Zweifel und Befürchtungen, die du dir selber machst. Vieles ist dir widerfahren, Dunkler Onkel, und genug, um jedermann zweifeln zu machen. Du hast geliebte Menschen verloren, deine Heimat, einen Teil deines Körpers und deines Geistes. Du hast gesehen, wie das Gespenst einer Kindheitsangst Gestalt angenommen hat und zu einer Bedrohung geworden ist, die real ist. Du bist fern von allem, was dir vertraut ist. Aber du darfst nicht verzweifeln.«

Sein Blick war verquält. »Aber ich tue es, Quickening. Ich habe den Halt verloren. Ich fühle, wie ich vollständig untergehe.«

Sie nahm seine Hand. »Dann halt dich an mir fest, Walker Boh. Und erlaube mir, mich an dir festzuhalten. Wenn wir uns gegenseitig Halt geben, werden wir nicht abgleiten.«

Sie rückte neben ihn und legte ihm den Kopf auf die Brust. Ihr Silberhaar breitete sich über seinen Umhang. Sie sagte nichts, ruhte nur dort, hielt noch immer seine Hand fest, und ihre Wärme mischte sich mit der seinen. Er senkte sein Kinn auf ihr Haar und schloß die Augen.

Dann schlief er, und er hatte keine Träume und schreckte auch nicht plötzlich aus dem Schlaf. Nur ein sanftes Wiegen weicher, unsichtbarer Fäden, die ihn sicher hielten. Das Gefühl des Abgleitens verschwand, so wie sie es versprochen hatte. Er wurde nicht mehr von ungewissen, beunruhigenden Visionen geplagt; er wurde in Frieden gelassen. Ruhe umfing ihn, besänftigend und tröstend. Es waren die Hände einer Frau, und die Frau war Quickening.

Bei Tagesanbruch erwachte er, erhob sich von dem kalten Steinboden, und seine Augen gewöhnten sich an das magere graue Licht. Jenseits des Irrgartens aus Zimmern und Fluren, die ihn von der Außenwelt abschirmten, konnte er das leise Trommeln des Regens hören. Quickening war fort. Er fand sie an einer Fensterfront auf der Nordseite. Sie starrte in den Dunst hinaus. Die steinernen Häuser und Straßen glänzten naß, spiegelten ihr eigenes Bild als groteske Parodie, reflektierten ihre Leblosigkeit. Eldwist grüßte den neuen Tag als blinde, starre Leiche. Reihen von Häusern, Bänder von Straßen erstreckten sich in die Ferne, ein symmetrisches Konstruktionsmuster, glatt und hart und bar jeden Lebens. Walker trat neben Quickening und fühlte, wie sich die Beklemmung der Stadt über ihn legte.

Ihre Augen suchten seinen Blick. Ihre Silbermähne war das einzig Helle in der Düsternis. »Ich habe dich so fest gehalten, wie ich konnte, Walker Boh«, sagte sie. »War es ausreichend?«

Er brauchte eine Weile, bis er antwortete. Der Stumpf seines verlorenen Arms schmerzte, seine Gelenke waren steif und reagierten langsam. Er kam sich vor wie eine große Muschel, in der sein Geist zu der Größe eines Kieselsteins zusammengeschrumpft war. Und dennoch war er seltsam gefaßt.

»Ich muß an Carisman denken«, sagte er schließlich, »entschlossen, um jeden Preis frei zu sein. Auch ich wäre gern frei. Von meinen Ängsten und Zweifeln. Von mir selbst. Von dem, was ich werden könnte. Und das ist ausgeschlossen, bis ich das Geheimnis des schwarzen Elfensteins und die Wahrheit hinter den Träumen von Allanons Schatten gelöst habe.«

Quickenings Anflug von Lächeln überraschte ihn. »Auch ich wäre gern frei«, sagte sie leise. Sie schien es dringend erklären zu wollen, doch sie schaute schnell weg. »Wir müssen Uhl Belk finden«, sagte sie statt dessen.

Sie verließen ihren Unterschlupf und traten in den Regen hinaus. Sie folgten den schweigenden Straßen von Eldwist nach Norden durch Schatten und Dämmerlicht, gebückt unter dem Schutz ihrer Umhänge, verloren in ihren eigenen Gedanken.

»Eldwist ist wie eine Stadt mitten im Winter«, sagte Quickening, »die auf den Frühling wartet. Sie ist von Stein bedeckt, wie andere Teile der Erde von Schnee bedeckt sind. Kannst du ihre Geduld fühlen? Samen stecken im Boden, und wenn der Schnee schmilzt, können diese Samen zum Keimen gebracht werden.«

Walker wußte nicht so recht, was sie meinte. »In Eldwist gibt es nichts als Stein, Quickening. Er reicht bis in die Tiefe und von einem Ende der Halbinsel zum anderen. Es gibt hier keinen Samen, nichts von den Wäldern und Feldern, keine Bäume, keine Blumen, kein Gras. Nur Uhl Belk und die Monster, die ihm dienen. Und uns.«

»Eldwist ist eine Lüge«, sagte sie.

»Wessen Lüge?« fragte er. Doch sie gab keine Antwort.

Fast eine Stunde lang folgten sie der Straße, hielten sich wohlweislich auf dem Gehsteig und lauschten auf die Geräusche, falls irgend etwas sich bewegte. Doch außer dem stetigen Prasseln des Regens herrschte absolute Stille. Sogar der Malmschlund schlief, so schien es, sogar die Seevögel. Regenwasser sammelte sich in Pfützen und zu Bächen, floß in reißendem Strömen strudelnd und spritzend die Abwasserrinnen entlang und schwemmte den Staub und den Sand in die Gullis, die der Wind in die Stadt getragen hatte. Die Gebäude wachten als stumme, unbeteiligte, gefühllose Zeugen. Wolken und Nebel vermischten sich und senkten sich über sie und bis zum Boden. Die Umgebung begann zu verschwinden, zuerst die Türme, dann ganze Mauern und dann Teile der Straße selbst. Walker und Quickening fühlten eine Veränderung der Welt, so, als sei etwas losgelassen worden. Trugbilder kamen zum Spielen hervor, dunkle Schatten, die aus dem Boden stiegen, um am Rande ihres Sichtfelds zu tanzen, nie ganz wirklich, nie ganz durchgeformt. Augen beobachteten sie, spähten aus der Höhe hinunter, starrten aus dem Boden herauf. Finger streiften ihre Haut, Regentropfen,

Nebelschwaden und noch irgend etwas. Walker ließ sich eins werden mit dem, was er fühlte, ein alter Trick, ein Verschmelzen des Selbst mit den äußeren Empfindungen, um ein winziges Maß an Einblick in den Ursprung des Ungesehenen zu gewinnen. Nach geraumer Zeit fühlte er etwas, ein finsteres, brütendes, uraltes Ding von gewaltiger Kraft. Er konnte es atmen hören. Er konnte beinahe seine Augen sehen.

Eine Gestalt tauchte vor ihnen aus dem Nebel, mit Umhang und Kapuze wie sie selbst und beunruhigend nah. Walker stellte sich vor Quikkening und blieb stehen. Die Gestalt hielt ebenfalls an. Wortlos standen sie einander gegenüber. Dann verschoben sich die Wolken und veränderten den Einfall des Lichts, die Schatten gestalteten sich um, und eine Stimme rief unsicher: »Quickening?«

Walker Boh atmete auf. Es war Morgan Leah.

Sie schüttelten sich die Hände zur Begrüßung. Quickening umarmte den durchnäßten, zerzausten Hochländer und küßte leidenschaftlich sein Gesicht ab. Walker schaute zu, ohne etwas zu sagen, längst der Zuneigung der beiden zueinander gewahr, und doch überrascht, daß Quickening es zuließ. Er sah, wie sie die Augen schloß, als Morgan sie im Arm hielt, und glaubte zu verstehen. Sie erlaubte sich zu fühlen, denn es war alles noch neu für sie. Sie war nicht älter als die Zeit seit ihrer Erschaffung, und selbst wenn ihr Vater ihr menschliche Gefühle eingegeben hatte, so hatte sie sie doch bisher noch nicht selber erlebt. Walker empfand eine seltsame Traurigkeit für sie. Sie gab sich so schreckliche Mühe zu leben.

»Walker.« Morgan kam auf ihn zu, einen Arm noch immer um das Mädchen geschlungen. »Ich habe überall gesucht. Ich dachte, euch sei auch etwas zugestoßen.«

Er berichtete ihnen, was Horner Dees und ihm widerfahren war, wie sie durch die Falltüre auf die Rutsche gestürzt waren und zu ihrem Entsetzen mit dem schlafenden Malmschlund direkt unter sich konfrontiert gewesen waren. Seine Augen waren wild und leuchtend, als er beschrieb, wie es ihm irgendwie gelungen war, die Magie des Schwertes von Leah, die er für verloren gehalten hatte, noch einmal freizusetzen.

Mit ihrer Hilfe waren sie entkommen. Für die Nacht hatten sie Zuflucht in der Nähe gesucht, und bei Tagesanbruch waren sie an die Stelle zurückgekehrt, wo sie die Gefährten verlassen hatten. Doch sie hatten das Gebäude leer gefunden und keinerlei Hinweis darauf, daß irgendwer zurückgekommen war. In Sorge um Quickening – um sie alle, beeilte er sich, hinzuzufügen – hatte er Dees zurückgelassen, um auf sie zu warten, und war allein auf die Suche gegangen.

»Horner Dees war bereit, ebenfalls mitzukommen, aber ich habe es nicht zugelassen. Die Wahrheit ist, daß er sich nie wieder bewegen würde, wenn das möglich wäre – zumindest bis es Zeit ist, von hier fortzugehen.« Der Hochländer grinste breit. »Er hat die Nase voll von Eldwist und den Falltüren; er wünscht sich in das Bierhaus in Rampling Steep zurück!« Dann hielt er inne und schaute suchend an ihnen vorbei. »Wo ist Carisman?«

Jetzt waren sie an der Reihe, und Quickening berichtete mit ruhiger und seltsam tröstender Stimme die Ereignisse, die zum Tod des Sängers geführt hatten. Aber Morgan Leahs Gesicht war dennoch von Kummer und Zorn gezeichnet, als sie endete.

»Er hat nie irgendwas begriffen, nicht wahr?« sagte der Hochländer; die Emotion, die er im Inneren zurückhielt, drohte ihn zu ersticken. »Er verstand es einfach nie! Er glaubte, seine Musik sei ein Heilmittel für alles! So ein Unsinn!«

Er schaute einen Moment weg, um seinen Ausdruck zu verbergen, stützte die Hände herausfordernd in die Hüften, als ob Starrsinn irgend etwas an dem Geschehenen ändern könnte. »Wo gehen wir jetzt hin?« fragte er schließlich.

Walker schaute zu Quickening. »Wir glauben, daß Uhl Belk sich in der Kuppel verbirgt«, sagte das Mädchen. »Wir waren dabei, einen Eingang zu suchen, als die Urdas auftauchten. Wir sind auf dem Weg dorthin, um die Suche fortzusetzen.«

Morgan drehte sich um, sein Gesicht wieder gefaßt. »Dann komme ich mit. Horner ist besser dran, wenn er bleibt, wo er ist. Am Abend können wir dann wieder zu ihm gehen.« Der Blick, den er ihnen zuwarf, wirkte beinahe herausfordernd. »So sollte es ohnehin sein. Nur wir drei.«

»Komm mit, wenn du möchtest«, willigte Quickening ein und Walker nickte ohne Kommentar.

Sie machten sich wieder auf, drei vom Regen durchnäßte Gestalten, verloren in Nebel und Schatten. Walker ging voran, ein magerer, weißgesichtiger Geist in der Düsternis und der Anführer, weil Quickening einen Schritt hinter ihm blieb, um bei Morgan zu sein. Er krümmte seine schmalen Schultern gegen das Wetter, spürte den beißenden Wind, der in Böen fegte, und fühlte, wie die Leere in seinem Inneren ihn zu verschlingen drohte. Er fühlte in diese Leere und versuchte, einen Teil seiner Magie zu erfassen, eine Kraft, auf die er sich verlassen könnte. Sie entzog sich ihm wie eine Schlange auf der Flucht. Er spähte nach vorn durch den dünnen Regenschleier und beobachtete die Schatten, die hinter dem Licht herjagten. Das Gespenst seines Schicksals lauerte auf ihn, ein schwacher Schimmer in einer Pfütze, ein Nebelfetzen in einem Eingang, ein Dunkeln des Steins, wo die Nässe wie ein Spiegel wirkte. Und immer trug es Allanons Gesicht.

Die Straße endete, und die dunkle Wölbung der Kuppel erhob sich vor ihnen wie die Schale eines schlafenden Krebses. Die drei traten vom Gehsteig und standen vor dem Bauwerk, winzig vor seiner Größe. Walker starrte wortlos auf die Kuppel. Ihm war bewußt, das Quickening und Morgan auf ihn warteten, bewußt, daß auch etwas anderes auf ihn wartete. *Es*. Die Präsenz, die er zuvor wahrgenommen hatte, war wieder da, hier stärker, bereiter, sicherer. Und beobachtend. Walker rührte sich nicht. Er fühlte Augen von überall her auf sich gerichtet, als gäbe es keinen Ort, an den er ungesehen fliehen könnte. Der Stein der Stadt trug ihn, doch vermochte sich auch ohne Vorwarnung um ihn schließen und ihm sein Leben herausquetschen. Die Präsenz wollte, daß er das wußte. Sie wollte, daß er wußte, wie unbedeutend er war, wie unnütz seine Suche und wie überflüssig sein Leben. Es fiel über ihn her, drückte auf ihn nieder wie der Nebel und der Regen. Geh nach Hause, hörte er es sagen. Geh, solange du es noch kannst.

Er ging nicht. Er trat nicht einmal zurück. Er war in seinem Leben oft genug bedroht worden, hatte genügend Finsteres gesehen, das durchs Land streifte, um zu erkennen, wann er getestet wurde. Es war nicht ein Versuch, ihn zu zerschmettern; es war hänselnd und vorgetäuscht, als sei es dazu gedacht, den gegenteiligen Effekt zu erzielen. Geh nicht wirklich fort, schien es zu sagen. Aber denk daran, daß man es dir geraten hat.

Walker Boh trat vor eine Stelle, wo die Wand zwischen den Steinbändern am breitesten war. Der Tod strich an ihm vorbei, ein leichtes Sprühen, von Regen und Wind getragen. Es war absurd, doch er fühlte Cogline dicht neben sich. Der Geist des alten Mannes war aus der Asche von Hearthstone auferstanden und gekommen, um seinen Schüler beim Praktizieren des Handwerks, das er ihn gelehrt hatte, zu beobachten, gekommen vielleicht, um zu urteilen, wie gut er es handhabte. Du wirst nie frei sein von der Magie, hörte Walker ihn sagen. Er betrachtete eine Weile die zerklüftete, verwitterte Oberfläche der Mauer, beobachtete das Regenwasser, das sich in unregelmäßigen, silbrigen Rinnsalen, glitzernd wie Quickenings Haarsträhnen, nach unten schlängelte. Noch einmal tauchte er in sein Inneres nach der Magie, und diesmal bekam er sie zu fassen. Er zog ihre Kraft um sich wie eine Rüstung, panzerte sich mit ihr, als wolle er der steinernen Mauer ebenbürtig sein, und dann streckte er seine Hand aus und drückte mit den Fingern gegen den Stein.

Er fühlte, wie die Magie in ihm aufstieg, wie sie heiß wie Feuer aus seiner Brust in seinen Arm flutete, in seine Finger, in...

Es gab ein Beben, und der Stein vor ihm wich, zuckte zurück, als sei es menschliches Fleisch, das gebrannt wurde. Es gab ein langgezogenes, dumpfes Knirschen, das Geräusch von Stein, der über Stein schabt, und einen schrillen Schrei, als sei Leben dazwischengeklemmt. Quickening kauerte sich nieder wie ein erschreckter Vogel, ihr Silberhaar nach hinten geworfen, ihre Augen leuchtend und seltsam lebhaft. Morgan Leah zog in einer einzigen, schnellen Geste sein Breitschwert, das er über den Rücken geschnallt trug.

Die Mauer vor ihnen öffnete sich – nicht wie eine Tür, die aufschwang, oder ein Paneel, das sich hob, sondern wie ein Lappen, der entzweigerissen wird. Sie öffnete sich weit vom Fundament bis zum Scheitel wie ein Maul, das gefüttert werden will. Als die Öffnung sieben Meter breit war, stoppte sie, unbeweglich, mit einem glatten steinernen Rahmen, der aussah, als sei er schon immer dort gewesen und gehöre eindeutig hierher.

Ein Eingang, dachte Walker Boh. Genau das, was sie gesucht hatten.

Quickening und Morgan Leah standen erwartungsvoll neben ihm. Er sah keinen der beiden an. Er hielt seinen Blick in die Öffnung gerichtet, in die Finsternis und das Meer undurchdringlicher Schatten. Er suchte und lauschte, doch nichts gab sich preis.

Doch wußte er, was dort wartete.

Carismans Stimme sang leise in seinem Geiste. *Komm nur herein, sagte die Spinne zur Fliege.*

Mit dem Mädchen und dem Hochländer an seiner Seite nahm er die Einladung an.

Schatten umfingen sie fast augenblicklich, Schichten von Finsternis, die wenige Meter innerhalb der Kuppel begannen und alles, was jenseits lag, vollständig umhüllten. Unter Walkers Führung wurden sie langsamer, warteten, daß ihre Augen sich gewöhnten, und lauschten dem hohlen Echo ihrer Schritte, das in der Ferne verklang. Dann blieb nur noch das Geräusch ihres Atems. Hinter ihnen bildete das fahle, graue Tageslicht einen dünnen Faden, der sie mit der Außenwelt verband, und kurz darauf war auch er zerrissen. Wieder schabte Stein auf Stein, und die Öffnung, die ihnen den Eintritt erlaubt hatte, verschloß sich wieder. Niemand rührte sich, um es zu verhindern; sie hatten es in der Tat alle drei erwartet. In der darauffolgenden Stille standen sie zusammen, jeder der beruhigenden Gegenwart der anderen gewahr, jeder bemüht, irgendein Geräusch zu vernehmen, das eine Bewegung verraten hätte, jeder wartend, daß ein Mindestmaß an Sicht zurückkam. Das Gefühl von Leere war absolut. Das Innere der Kuppel fühlte sich an wie ein gigantisches Grab, in dem sich seit Jahrhunderten nichts Lebendes mehr bewegt hatte. Die Luft roch abgestanden und modrig ohne irgendwelche vertrauten Gerüche, und es war kalt, ein eisiger Frost, der durch Mund und Nase drang und sich sofort bis in die Magengrube fortsetzte und dort blieb. Sie begannen fast augenblicklich zu zittern. Selbst in der undurchdringlichen Finsternis kam es Walker Boh vor, als könne er die Wolken seines Atems sehen.

Die Sekunden verstrichen, Herzschläge in der ungebrochenen Stille. Die drei Gefährten wartete geduldig. Irgend etwas würde geschehen. Irgendwer würde erscheinen, es sei denn, sie seien in die Kuppel gelockt worden, um getötet zu werden, spekulierte Walker in der Stille seiner Gedanken. Aber er glaubte nicht, daß das der Fall sei. Nein, er glaubte nicht mehr wie zu Beginn, daß irgendeine Anstrengung gemacht würde, sie zu eliminieren. Der Charakter ihrer Beziehung zu Eldwist legte bei näherer Betrachtung nahe, daß die Stadt sich auf unpersönliche Weise von Eindringlingen befreite, doch daß sie keine besonderen Anstrengungen machte, falls das nicht sofort klappte. Eldwist verließ sich nicht auf Geschwindigkeit, es baute auf das Gesetz der Wahrscheinlichkeit. Früher oder später würden Eindringlinge einen Fehler machen. Sie würden unvorsichtig werden, und entweder die Falltüren oder der Kratzer würde sie erledigen. Walker war zu wetten bereit, daß Quickening mit ihrer Annahme, der Steinkönig sei sich ihrer Anwesenheit in der Stadt nicht einmal bewußt gewesen, recht gehabt hatte – und selbst wenn er es gewußt hatte, so hatte er sich nicht darum geschert. Erst als Walker Magie gegen die Mauern seiner Behausung eingesetzt hatte, hatte er sich aufgerafft. Nicht einmal das Einsetzen von Magie gegen den Kratzer hatte ihn interessiert. Aber nun, glaubte Walker, war er neugierig geworden, und das war der Grund, warum sie hereingelassen worden waren...

Walker riß sich zusammen. Ihm war etwas entgangen. Nichts würde geschehen, wenn sie einfach nur dort in der Finsternis stehenblieben, nichts, wenn sie den ganzen Tag und auch den nächsten einfach nur warteten. Der Steinkönig hatte sie aus einem bestimmten Grund hereingelassen. Er hatte sie eingelassen, um zu sehen, was sie tun würden.

Oder vielleicht auch, was sie tun *konnten*.

Er streckte seinen Arm aus und faßte erst Morgan und dann Quickening an und beugte ihre Köpfe sanft an seinen eigenen. »Was immer geschieht, Quickening«, flüsterte er dem Mädchen zu, so leise, daß seine Stimme fast nicht zu hören war. »Denk daran, daß du geschworen hast, nichts zu tun, das erkennen lassen könnte, daß du über irgendwelche Magie verfügst.«

Dann ließ er sie los, trat zur Seite, hob die Hand, schnippte mit den Fingern und ließ eine silberne Flamme aufleuchten.

Sie schauten sich um. Sie befanden sich in einem Gang, der ein kleines Stück weit zu einer Öffnung führte. Die Flamme in die Höhe haltend, führte Walker sie voran. Als sie das Ende des Ganges erreichten, löschte er die Flamme, rief seine Magie ein zweites Mal an und sandte ein silbriges Feuerwerk in die Finsternis.

Walker atmete heftig ein. Der Lichterregen sprühte ins Unbekannte, brannte durch die Schatten, jagte sie vor sich her und stieg in die Höhe, bis alles rundum erhellt war. Sie standen am Eingang zu einer weitläufigen Rotunde, einer Arena, von Reihe über Reihe von Sitzen umgeben, die sich nach oben ins Dunkel fortsetzten. Die Decke der Kuppel wölbte sich über ihren Köpfen, ihre steinernen Sparren bogen sich von ihrem Scheitel hinauf, und ein Geländer umfaßte die Arena. Die Arena und die Ränge waren wie die Sparren aus Stein, alt und abgenutzt von der Zeit, hart und glatt vor der Dunkelheit, die sie einhüllte. Mehrere Gänge, ähnlich dem, durch den sie gekommen waren, öffneten sich zwischen den Rängen, schwarze Löcher, die ins Schwarze führten.

Genau in der Mitte der Arena stand eine steinerne Statue, ein in Gedanken versunkener Mann, roh gehauen und kaum als solcher erkennbar.

Walker wartete ab, bis das Licht sich niedergelassen hatte und alles aufhellte. Die Kuppel war weit und leer, still, abgesehen von ihren Schritten, scheinbar ohne jegliches Leben außer dem ihren. Aus dem Augenwinkel sah er, wie Morgan vorwärtsstürmen wollte, und er streckte eilig die Hand aus, um ihn zurückzuhalten. Quickening trat hinzu und faßte den Hochländer schützend am Arm. Walker ließ seinen Blick durch die Arena gleiten, über die schwarzen Tunnellöcher, die Ränge, die sie umrahmten, die Sparren und die Kuppeldecke und dann wieder die Arena. Als er wieder bei der Statue angekommen war, hielt er still. Nichts rührte sich. Doch etwas war da. Er konnte es fühlen, stärker als vorher, die gleiche Präsenz, die er wahrgenommen hatte, als sie noch draußen waren.

Langsam und vorsichtig trat er vor. Morgan und Quickening folgten ihm. Er hatte im Augenblick das Kommando, und Quickenings Unterwerfung war irgendwie ein Eingeständnis ihrer Not. Sie durfte ihre Magie nicht einsetzen. Sie mußte sich auf ihn verlassen. Er empfand eine ungeahnte Willenskraft aufgrund der Tatsache, daß sie sich von ihm abhängig gemacht hatte. Da war jetzt keine Zeit für ein Abgleiten, für Selbstzweifel oder für die Ungewißheit, wer oder was er zu sein bestimmt war. Eine wilde Entschlußkraft loderte in ihm auf. Es war besser so, erkannte er, besser, das Kommando zu haben, die Verantwortung für das zu tragen, was geschehen würde. So war es immer gewesen. Und in diesem Augenblick erkannte er zum ersten Mal in seinem Leben, daß es auch immer so sein würde.

Die Statue ragte direkt über ihnen in die Höhe, ein massiver Steinblock, der dem Licht, das Walker heraufbeschworen hatte, um die Dunkelheit zu vertreiben, zu trotzen schien. Der Denker war von ihnen abgewandt, eine knorrige, plumpe Gestalt, halb kniend, halb sitzend, einen Arm über den Bauch gelegt, der andere war zu einer Faust geballt und stützte das Kinn. Es mochte die Absicht bestanden haben, daß er einen Umhang übergeworfen hatte, oder er mochte einfach von Haaren bedeckt sein; es war unmöglich, es zu unterscheiden. Es gab keine Inschrift auf dem Sockel, auf dem er ruhte; überhaupt war es ein seltsamer Sockel, der mit den Beinen der Statue verbunden war, als sei der Stein vor langer Zeit einfach zusammengeschmolzen.

Sie erreichten die Statue und begannen, sie zu umkreisen. Das Gesicht kam langsam in Sicht. Es war das Gesicht eines Monsters, verwüstet und zernarbt, eine Masse aus Knoten und Wucherungen, völlig mißgestaltet wie eine halbvollendete und dann aufgegebene Skulptur. Steinerne Augen glotzten starr unter grimmigen Brauen hervor. Grauen stand in dem Ausdruck des Monsters geschrieben; Dämonen waren in seinen Zügen gefangen, die sich nie mehr entfernen ließen. Walker wandte sich unbehaglich ab und spähte prüfend in die Schatten der Kuppel. Stille blinzelte ihm entgegen.

Plötzlich blieb Quickening stehen, erstarrte auf der Stelle wie ein erschrecktes Reh. »Walker«, hauchte sie leise.

Sie schaute zu der Statue hinauf. Walker schnellte herum wie eine Katze und folgte ihrem Blick.

Die Augen der Statue hatten sich ihm zugewandt und fixierten ihn.

Er hörte das metallene Geräusch von Morgans Klinge, als sie aus der Scheide glitt.

Der ungestalte Kopf der Statue begann sich zu bewegen, der Stein knirschte gespenstisch, er brach nicht und splitterte auch nicht, sondern gestaltete sich um, als wäre er gleichzeitig fest und flüssig. Das Knirschen hallte durch die hohle Schale der Kuppel wie das Donnern von Felsbrocken in einer Lawine. Die Arme bewegten sich, dann die Schultern. Der Torso schwenkte herum, der Stein knirschte und malmte, bis Walker die Härchen im Nacken steil zu Berge standen.

Dann begann er zu sprechen. Der Mund öffnete sich, und Stein rieb auf Stein.

–Wer seid ihr–

Walker antwortete nicht. So erstaunt war er über das, was er sah, daß er keine Antwort zustande brachte. Er stand nur völlig verblüfft da. Die Statue lebte, ein steinernes Ding, grauenvoll gestaltet von der Hand eines Wahnsinnigen, bar jeglichen Fleisches und ohne Blut, und dennoch irgendwie lebendig.

Im nächsten Moment begriff er, wen er vor sich hatte, und selbst dann brachte er den Namen der Kreatur nicht über die Lippen. Es war Quickening, die das Wort ergriff.

»Uhl Belk«, flüsterte sie.

– Wer bist du –

Quickening trat vor und sah winzig und unbedeutend aus im Schatten des Steinkönigs, ihr Silberhaar nach hinten gestrichen.

»Ich heiße Quickening«, gab sie zur Antwort. Ihre Stimme, erstaunlich stark und ruhig, hallte durch die Stille. »Und dies sind meine Gefährten Walker Boh und Morgan Leah. Wir sind nach Eldwist gekommen, um dich zu bitten, den schwarzen Elfenstein zurückzugeben.«

Der Kopf drehte sich leicht, der Stein knirschte und malmte.

– Der schwarze Elfenstein ist mein Eigentum –

Es entstand eine lange Pause, ehe der Steinkönig wieder sprach.

– Wer bist du –

»Ich bin niemand.«

– Verfügst du über Magie gegen mich –

»Nein.«

– Und die anderen. Haben sie Magie –

»Nur ein wenig. Morgan Leah besaß einst ein Schwert, das ihm die Druiden gegeben hatten und das die Magie des Hadeshorns enthielt. Doch es ist zerbrochen, die Klinge zersplittert und die Magie verloren. Walker Boh besaß einst die Magie, die er von seinen Vorfahren ererbt hatte, von den Elfen aus dem Hause Shannara. Doch er verlor den größten Teil dieser Magie, als er Schaden an seinem Arm und an seinem Geist erlitt. Er muß sie erst wiedergewinnen. Nein, sie verfügen über keine Magie, die dir Schaden zufügen könnte.«

Walker Boh war so erstaunt, daß er kaum zu glauben wagte, was er da hörte. In wenigen Sekunden hatte Quickening sie vollständig bloßgestellt. Sie hatte nicht nur offenbart, mit welcher Absicht sie hierhergekommen waren, sondern auch, daß sie jeglicher Möglichkeit entbehrten, den Stein gewaltsam in ihren Besitz zu bekommen. Sie hatte eingestanden, daß sie gegenüber dieser Geisterkreatur absolut machtlos waren, daß sie nicht imstande waren, ihn zu zwingen, ihrem Begehren nachzugeben. Sie hatte sogar jeglicher Möglichkeit zu bluffen einen Riegel vorgeschoben. Was dachte sie sich eigentlich dabei?

Uhl Belk stellte sich offenbar die gleiche Frage.

– Ich soll den schwarzen Elfenstein hergeben, nur weil du mich darum bittest, soll ihn drei Sterblichen mit begrenzter Lebenserwartung überlassen, einem Mädchen ohne Magie, einem Einarmigen und einem Fechter mit einer zerbrochenen Klinge –

»Es muß sein, Uhl Belk.«

– Ich bestimme im Königreich von Eldwist, was sein muß; ich bin das Gesetz und die Macht, die das Gesetz durchsetzt; es gibt kein anderes Recht als meines und daher auch kein Muß als meines; wer würde es wagen, mir zu widersprechen; keiner von euch; ihr seid so unbedeutend wie der Staub, der über meine Haut weht und ins Meer gespült wird –

Er machte eine Pause.

– Der schwarze Elfenstein gehört mir –

Quickening antwortete diesmal nicht, sondern starrte nur in die vernarbten Augen des Steinkönigs. Uhl Belks massige Gestalt bewegte sich wieder, verschob sich, als sei er von Treibsand bedrängt, der Stein knirschte standhaft, ein Rad der Zeit und der Gewißheit mit einer Haut aus Dauer.

– Du –

Er zeigte mit ausgestrecktem Finger auf Walker.

– Der Asphinx hat ein Stück von dir genommen; ich kann seinen Gestank an deinem Körper riechen; trotzdem lebst du irgendwie noch; bist du ein Druide –

»Nein«, widersprach Quickening sofort. »Er ist ein Bote der Druiden, hergesandt, den schwarzen Elfenstein zurückzuholen. Seine Elfenmagie rettete ihn vor dem Gift des Asphinx. Sein Anspruch auf den Elfenstein ist rechtmäßig, er wurde ihm von den Druiden verliehen.«

– Die Druiden sind alle tot –

Wieder sagte Quickening nichts, wartete auf den Steinkönig, stand furchtlos unter ihm. Eine plötzliche Bewegung seines Armes, und sie wäre zermalmt worden. Sie schien unbekümmert. Walker warf einen schnellen Blick auf Morgan, doch die Augen des Hochländers waren auf das Gesicht von Uhl Belk gerichtet, gebannt von seiner Häßlichkeit, hypnotisiert von der Gewalt, die er dort sah. Er fragte sich, was man von ihm erwartete. Irgendwas? Er fragte sich plötzlich, was er hier überhaupt zu suchen hatte.

Dann sprach der Steinkönig wieder, ein träges Raspeln in der Stille.

– Ich lebe schon immer, und ich werde leben, wenn ihr längst zu Staub zerfallen seid; ich wurde erschaffen von dem Wort, und ich habe alle jene überlebt, denen mit mir zusammen das Leben gegeben wurde, bis auf einen, und auch der wird bald gegangen sein; ich schere mich kein bißchen um die Welt, in der ich existiere, außer um die Erhaltung dessen, was mir als Domäne zugeteilt wurde – ewiger Stein. Es ist der Stein, der allem trotzt, der unwandelbar und beständig ist und daher so nahe der Vollendung wie Leben nur sein kann; ich bin der Steinmetz der Welt und der Architekt dessen, was sein wird; ich setze alle nötigen Mittel ein, um dafür zu sorgen, daß meine Aufgabe erfüllt wird; daher nahm ich den schwarzen Elfenstein und machte ihn zu meinem Eigentum –

Die Kuppel hallte von seinen Worten wider, und dann verklang das Echo, und es wurde still. Die Schatten wuchsen schon. Walkers Licht begann langsam zu verlöschen. Walker fühlte die Aussichtslosigkeit ihres Unterfangens. Morgans Schwertarm hing schlaff an seiner Seite; was hatte es für einen Sinn, mit einer eisernen Waffe gegen etwas so Uraltes und Unwandelbares angehen zu wollen? Nur Quickening schien zu glauben, daß es noch irgendwelche Hoffnung gab.

– Die Druiden waren nichts im Vergleich zu mir; ihre Vorsichtsmaßnahmen, ihre Magie zu verstecken und zu schützen, waren sinnlos; ich hinterließ den Asphinx, um meiner Verachtung für ihre Absichten Ausdruck zu verleihen; sie glaubten an die Gesetze von Natur und Evolution, törichte Überbringer des Glaubens an Wandel; sie starben und hinterließen gar nichts; Stein ist das einzige Element des Körpers der

Erde, das überdauert, und ich werde in diesem Stein bis in alle Ewigkeit leben –

»Beständig«, flüsterte Quickening.

– Ja –

»Ewig.«

– Ja –

»Doch wie steht es mit deinem Auftrag, Uhl Belk? Was ist damit? Du hast das zu sein verachtet, als was du erschaffen wurdest – eine ausgleichende Kraft, ein Erhalter der Welt, so wie sie erschaffen wurde.« Ihre Stimme war leise und eindringlich, webte ein Netz aus Bildern, die in der toten Luft vor ihr Gestalt anzunehmen und zu schimmern schienen. »Man hat mir deine Geschichte erzählt. Dir wurde das Leben gegeben, damit du Leben beschützt; das war der Auftrag, den das Wort dir gab. Stein bewahrt nichts Lebendes. Dir war nicht aufgetragen zu transformieren, dennoch hast du eigenmächtig alles umgestürzt, hast Lebendiges in Stein verwandelt – dies alles, um eine Ausweitung dessen zu schaffen, was und wer du bist. Und schau, was das aus dir gemacht hat.«

Sie wappnete sich gegen den Zorn, der sich schon auf der Stirn des Steinkönigs ankündigte. »Gib den schwarzen Elfenstein wieder her, Uhl Belk. Laß uns dir helfen, wieder frei zu werden.«

Die gewaltige Steinkreatur bewegte sich auf seinem Felsenlager, seine Gelenke knirschten, die Geräusche krachten durch die Arena, als antwortete eine unsichtbare Zuschauermenge. Uhl Belk sprach mit einem neuen, furchteinflößenden Unterton.

– Du bist mehr, als du zu sein vorgibst; ich lasse mich nicht täuschen; doch es spielt keine Rolle; mir ist egal, wer oder was du bist oder was du willst; ich habe dich vorgelassen, um dich zu prüfen; die Magie, mit der du mich angerührt hast, machte mich aufmerksam und neugierig, wer du sein mochtest; aber ich brauche nichts von dir; ich brauche nichts von irgendeinem lebendigen Ding; ich bin vollständig; stelle mich dir als das Land vor, auf dem du gehst, und dich selbst als den winzigsten aller Flöhe, der auf mir lebt; wenn du lästig wirst, werde ich dich auf der

Stelle eliminieren; wenn du den heutigen Tag überlebst, so wirst du voraussichtlich den nächsten nicht überleben –

Er runzelte die gewaltige Stirn, und sein knotiges Gesicht formte neue Kluften und Falten.

– Was bin ich, wenn nicht die Gesamtheit deiner Existenz; schau um dich, und ich bin alles, was du siehst; schau, wo auch immer in Eldwist du stehst, und ich bin alles, was du berührst; ich habe mich selbst so gemacht; ich habe mich eins gemacht mit dem Land, das ich erschaffe; ich bin frei von allem anderen und werde es immer sein –

Plötzlich ging Walker Boh ein Licht auf. Uhl Belk war kein Lebewesen im üblichen Sinne. Er war nicht einmal ein Geist wie der König vom Silberfluß. Uhl Belk war mehr als die Statue, die vor ihnen kauerte. Er war alles, auf dem sie gingen; er war das gesamte Königreich von Eldwist. Der Stein war seine Haut, hatte er gesagt – ein Stück seines lebendigen Ichs. Er hatte einen Weg gefunden, sich selbst in alles, was er erschuf, einzuflößen, und damit eine Beständigkeit zu gewährleisten, die ihm nichts anderes bieten konnte.

Doch das hieß gleichzeitig, daß er ein Gefangener war. Deshalb war er nicht aufgestanden, um sie zu begrüßen oder sie zu jagen oder in irgendeiner Weise selbst in das, was sie taten, einzugreifen. Das war der Grund, warum seine Beine tief in den Stein gesunken waren. Er war jenseits von Bewegung. Bewegung war etwas für niedere Geschöpfe. Er hatte sich zu etwas Großartigem entwickelt; er war seine eigene Welt geworden. Und die hielt ihn gefangen.

»Aber du bist nicht frei, oder?« fragte Quickening mutig. »Wenn du frei wärest, würdest du uns den schwarzen Elfenstein geben, denn dann würdest du ihn nicht wirklich brauchen.« Ihre Stimme war hart und beharrlich. »Aber das kannst du nicht riskieren, Uhl Belk, nicht wahr? Du brauchst den schwarzen Elfenstein, um am Leben zu bleiben. Ohne ihn würde der Malmschlund dich kriegen.«

– Nein –

»Ohne ihn würde der Malmschlund dich zerstören.«

– Nein –

»Ohne ihn…«

– Nein –

Eine steinerne Faust krachte nieder, haarscharf an dem Mädchen vorbei, zerschmetterte den Boden neben ihr und ließ ausgezackte Risse hundert Meter weit in alle Richtungen entstehen. Der Steinkönig bebte.

»Der Malmschlund ist dein Kind, Uhl Belk«, fuhr Quickening fort, aufrecht vor ihm stehend, als sei sie diejenige, die die Größe und die Macht hatte, und nicht der Steinkönig. »Aber dein Kind gehorcht dir nicht.«

– Du weißt gar nichts; der Malmschlund ist eine Ausdehnung meiner selbst wie alles in Eldwist; er hat kein Leben außer dem, welches ich ihm gebe; er dient meinen Absichten und keinen anderen, indem er das angrenzende Land und alles, was darauf wächst, in Stein verwandelt, die Beständigkeit meiner selbst –

Die schwarzen Augen des Mädchens glänzten. »Und der schwarze Elfenstein?«

In der Stimme des Steinkönigs schwang eine seltsame Mischung von Gefühlen mit, die sich nicht identifizieren lassen wollten.

– Der schwarze Elfenstein ermöglicht –

Das riesige Maul schloß sich knirschend, und der Steinkönig kauerte sich zusammen, faltete die Gliedmaßen um den Leib, als würden sie zu einem einzigen Felsblock.

»Ermöglicht?« hauchte Quickening leise.

Die toten, leeren Augen hoben sich.

– Schau –

Das Wort klang wie ein Splittern von des Steinkönigs Seele. Fels knirschte und malmte wieder, und die Kuppelwand hinter ihnen teilte sich. Graues, diesiges Tageslicht drang herein, als flüchte es vor dem gleichförmigen Regenvorhang, der draußen niederging. Wolken und Nebel trieben vorbei, wanden und schlängelten sich um die Gebäude, die sich im Hintergrund auftürmten, umhüllten sie wie eine Versammlung erstarrter Riesen, die geduldig Wache hielten. Ein grauenvoller Klagelaut drang aus dem Mund des Steinkönigs und füllte die Leere der

Stadt mit dem Klang eines Blechs, das im Wind vibriert. Er stieg an und verklang schnell, doch sein Echo schien nie mehr aufhören zu wollen.

– Schau –

Sie hörten den Malmschlund, ehe sie ihn sahen. Sein Kommen kündigte sich mit einem Rumpeln tief unter den Straßen der Stadt an und wurde stetig lauter, je näher die Kreatur rückte, ein dumpfes Grollen, das sich zu wildem Getöse steigerte, alles erschütterte und die drei aus Rampling Steep in die Knie zwang. Der Malmschlund brach durch den Stein – Uhl Belks Haut – stieß direkt vor der Kuppel ein riesiges Loch in den Boden, und sie starrten mit weit aufgerissenen Augen fassungslos durch die Öffnung. Sie sahen, wie der Steinkönig vor Schmerz zusammenzuckte. Der Malmschlund stieg auf, ein Koloß von ungeheuren Ausmaßen, der sogar die Gebäude spielzeugklein erscheinen ließ, wand sich wie eine Schlange, eine widerwärtige Kreuzung zwischen einem Regenwurm und einer Giftschlange, schleimige Flüssigkeit quoll aus seinem pechschwarzen, steinverkrusteten Leib, ohne Augen, ohnen Kopf, sein Maul ein Saugschlund, der zuerst den Regen und dann auch die Luft zu trinken schien. Er füllte die Kuppelöffnung wie eine finstere Woge, die alles zu überrollen drohte.

Walker Boh überlief es eiskalt in fassungslosem Entsetzen. Der Malmschlund war nicht real; es war unmöglich, sich ein solches Wesen überhaupt auch nur auszudenken. Zum ersten Mal in seinem Leben wollte er fortrennen. Er sah Morgan Leah zurücktaumeln und auf die Knie fallen. Er sah Quickening erstarren. Er fühlte, wie seine eigene Kraft ihn verließ, und konnte sich kaum aufrechthalten. Der Malmschlund krümmte sich vor dem Himmel, eine riesige, rückgratlose, schwarze, schleimige Masse, der nichts standhalten konnte.

Doch der Steinkönig schwankte nicht. Er hob eine knotige Faust, die, mit der er sein Kinn gestützt und damit den Eindruck einer Statue vermittelt hatte, und langsam öffneten sich die Finger. Licht sprang hervor – doch es war ein Licht, wie es keiner von ihnen je gesehen hatte. Es strahlte zunächst in alle Richtungen, doch es erhellte nicht wie gewöhnliches Licht, sondern ließ alles, was es berührte, dunkel werden.

Das ist kein Licht, stellte Walker Boh fest und kämpfte gegen die Flut von Empfindungen an, die ihn zu überwältigen drohten. *Das ist das Fehlen von Licht*!

Dann spreizte der Steinkönig die Finger weit, und sie konnten sehen, was er in der Hand hielt. Es war ein perfekt geformter Edelstein, so schwarz und undurchdringlich wie die Nacht. Der Stein glitzerte mit den dünnen Strahlen des sich darin spiegelnden, grauen Tageslichts und ließ auch nicht die mindeste Spur davon ins Innere dringen. Er sah winzig aus in Uhl Belks gewaltiger Steinhand, doch die Dunkelheit, die er ausstrahlte, reichte bis in die hintersten Ecken der Kuppel, in ihre verborgensten Winkel, und umhüllte die Gesamtheit des von Walker ausgesandten Leuchtens, so daß innerhalb von Sekunden das einzige Licht durch den Spalt in der steinernen Haut der Kuppel einfiel.

Walker Boh fühlte, wie seine eigene Magie sich in ihm erkennend rührte.

Sie hatten den schwarzen Elfenstein gefunden.

Da stieß Uhl Belk einen Schrei aus, der sogar das Getöse des Malmschlunds, von Wind und Regen und Ozeanbrechern übertönte, und er streckte den schwarzen Elfenstein vor sich. Die Schwärze sammelte sich und bündelte sich zu einem einzigen Strahl, der hervorschoß und den Malmschlund traf. Der Malmschlund wehrte sich nicht. Er hing einfach dort. Wie festgenagelt. Ein Schaudern durchlief ihn – schmerzhaft und lustvoll gleichzeitig, geschüttelt von Gefühlen, die die Menschen, die vor ihm kauerten, nur ahnen konnten. Er wand sich, und die Schwärze wirbelte zur Antwort. Die Schwärze breitete sich aus, weitete sich, flutete über und wieder zurück, bis sie auch den Steinkönig umhüllte. Sie konnten ihn aufstöhnen hören, dann schluchzen, wieder mit Gefühlen, die in verschleierter Weise gemischt waren, nicht klar definiert und auch nicht so gedacht. Die Magie des Elfensteins vereinte sie, Vater und Sohn, jeder ein Monster, verbunden durch ein substanzloses Schloß, das sie fester verband als eine eiserne Kette.

Was geht vor? fragte sich Walker Boh. *Was macht die Magie mit ihnen?*

Dann schwand das Nichtlicht; wie ein Schattenstreifen, der verklang, löste es sich langsam wie ein Tintenklecks, der durch ein weißes Netz sickert, bis das Tageslicht wiederkehrte und die Verbindung zwischen dem Steinkönig und dem Malmschlund verschwunden war. Der Malmschlund versank, triefte in die Erde zurück. Das Loch, das er gestoßen hatte, verschloß sich wieder hinter ihm, der Stein rückte an seinen Platz zurück, glatt und hart wie zuvor, und hinterließ die Straße so intakt, als sei nichts geschehen. Der Regen spülte sämtliche Spuren der Kreatur, den grünlichen Giftschleim, den sein Körper ausgeschieden hatte, davon.

Uhl Belks Finger schlossen sich wieder um den schwarzen Elfenstein, seine Augenlider schlossen sich, und sein Gesicht hatte sich in einer Weise verändert, die Walker nicht zu beschreiben in der Lage war, als hätte er es irgendwie neugemacht, neu geschaffen. Er sah noch furchteinflößender aus als zuvor, seine Züge noch weniger menschlich, noch mehr ein Teil des Felsgesteins, das ihn umgab. Er zog den Elfenstein zurück und drückte ihn fest an seinen Leib. Seine Stimme donnerte.

– Seht ihr –

Sie sahen es nicht. Nicht einmal Quickening. Die Verwirrung in ihren dunklen Augen war offenkundig. Schweigend standen sie alle drei vor dem Steinkönig und fühlten sich winzig und unsicher.

»Was ist dir widerfahren, Uhl Belk?« fragte das Mädchen schließlich. Regen prasselte hernieder, der Wind fegte durch die Kuppelöffnung.

– Geht –

Der gigantische, zerklüftete Schädel begann sich abzuwenden. Der Stein knirschte bedrohlich.

»Du mußt uns den schwarzen Elfenstein geben!« rief Quickening.

– Der schwarze Elfenstein gehört mir –

»Die Schattenwesen werden ihn dir nehmen – wie du ihn den Druiden genommen hast!«

Uhl Belks Stimme klang müde und desinteressiert.

– Die Schattenwesen sind Kinder; ihr seid alle Kinder, ihr geht mich nichts an; nichts, was ihr tut, kann mir schaden oder mich berühren; schaut mich an; ich bin so alt wie die Welt, und ich werde so lange überdauern wie sie; ihr werdet mit dem Zwinkern eines Auges nicht mehr sein; verlaßt meine Stadt; wenn ihr bleibt, wenn ihr wieder herkommt, wenn ihr mich in irgendeiner Weise stört, rufe ich den Kratzer, um euch zu beseitigen, und ihr werdet auf der Stelle weggefegt –

Der Fußboden unter ihnen begann zu beben, ein Rütteln, das sie rücklings zu der Öffnung in der Mauer stolpern ließ. Der Steinkönig hatte gezuckt, wie ein Tier es tut, das ein lästiges Insekt abschütteln will. Walker Boh stand auf, half Quickening auf die Füße und winkte Morgan zu. Sie gewannen nichts, wenn sie hierblieben. Heute würden sie den schwarzen Elfenstein nicht bekommen – wenn überhaupt je. Uhl Belk war ein weit über alle Kreaturen entwickeltes Geschöpf. Er hatte recht; was konnten sie tun, das ihm schaden oder ihn berühren würde?

Doch Quickening schien nicht überzeugt. »Du bist es, der weggefegt werden wird!« schrie sie, während sie durch die Öffnung in der Mauer auf die Straße zurückwichen. Sie zitterte. »Hör auf mich, Uhl Belk!«

Das zerklüftete Gesicht war wieder in den Schatten gekehrt, die massigen Schultern gebeugt, die Denkerposition wieder eingenommen. Es kam keine Antwort.

Sie standen draußen im Regen und sahen zu, wie die Wand sich wieder verschloß, die Fugen sich versiegelten und die Öffnung verschwand, als sei sie nie dort gewesen. Nach wenigen Augenblicken war die Kuppel wieder so unzugänglich wie zuvor.

Morgan trat neben Quickening und legte ihr die Hände auf die Schultern. Das Mädchen schien ihn nicht wahrzunehmen, als sei sie selbst aus Stein. Der Hochländer beugte sich zu ihr und flüsterte auf sie ein.

Walker Boh entfernte sich von ihnen. Als er allein war, drehte er sich noch einmal um und betrachtete Uhl Belks Heim. Ein Feuer brannte in ihm, und gleichzeitig fühlte er sich unbeteiligt. Er war da und doch nicht da. Walker wurde klar, daß er sich selbst nicht mehr kannte. Er war ein Rätsel, das er nicht zu lösen verstand. Seine Gedanken spannten sich wie ein strammes Seil. Der Steinkönig war ein Feind, den keiner von ihnen besiegen konnte. Er war nicht einfach der Herrscher einer Stadt; er war die Stadt selbst. Uhl Belk war Eldwist geworden. Er war eine ganze Welt, und niemand konnte eine ganze Welt verändern. Allanon nicht und Cogline nicht und alle Druiden zusammen auch nicht.

Regen strömte ihm über das Gesicht. Niemand.

Aber er wußte schon, daß er es versuchen würde.

Pe Ell hatte sich zweimal umbesonnen, ehe er die Angelegenheit beschloß. Jetzt schlich er die dunkel werdende Straße entlang und duckte sich, die bösen Vorahnungen sorgfältig verstaut, in den Eingang des Gebäudes, in dem die anderen sich versteckt hatten. Regen triefte von seinem Umhang, tropfte auf die Stufen und zeichnete eine regelmäßige Spur. Auf dem Treppenabsatz blieb er stehen und lauschte, hörte nichts und ging weiter. Die anderen waren vermutlich noch immer unterwegs auf der Suche. Ob sie nun da waren oder nicht, machte für ihn keinen Unterschied. Früher oder später würden sie wiederkommen. Er konnte warten.

Er ging einen Korridor entlang, ohne sich die Mühe zu machen, sein Kommen zu verheimlichen, und trat durch die Tür zu ihrem Unterschlupf. Auf den ersten Blick schien das Zimmer leer, doch seine Instinkte warnten ihn augenblicklich, daß er beobachtet wurde, und er blieb auf halbem Wege stehen. Schatten bildeten seltsame Muster in dem Raum, zufällige Überschneidungen wie streunende Kinder, die vom Wetter hineingescheucht worden waren. Draußen prasselte der Regen, während Pe Ell reglos wartete.

Dann erschien Horner Dees, tauchte geräuschlos aus dem Schatten einer Tür auf der einen Seite auf, und bewegte sich mit einer Behendigkeit und Grazie, die man seiner mächtigen Gestalt nicht zugetraut hätte. Er war voller Schrammen und Blutergüsse, und seine Kleider waren zerfetzt. Er sah aus, als sei er einem wilden Tier in die Fänge geraten. Er fixierte Pe Ell mit seinem düsteren Blick, so mißtrauisch und grob wie immer, ein alternder Bär angesichts eines wohlbekannten Feindes.

»Du überraschst mich immer wieder«, sagte Pe Ell und meinte es auch. Dieser unbequeme Alte machte ihn nach wie vor neugierig.

Dees blieb stehen, bewahrte Abstand. »Dachte, wir hätten dich zum letzten Mal gesehen«, knurrte er.

»Ach, wirklich?« Pe Ell lächelte entwaffnend, dann durchquerte er das Zimmer zu einer Behelfsschüssel, in der Früchte trockneten. Er griff eine heraus und biß hinein. Sie schmeckte bitter, aber sie war eßbar. »Wo sind die anderen?«

»Unterwegs«, gab Dees zur Antwort. »Was schert es dich?«

Pe Ell legte seinen nassen Umgang ab und setzte sich. »Nicht im geringsten. Was ist dir widerfahren?«

»Ich bin in ein Loch gestürzt. So, und was willst du?«

Pe Ell lächelte weiter. »Ein bißchen Hilfe.«

Es war schwer zu sagen, ob Horner Dees überrascht war oder nicht; es gelang ihm, seinem Gesicht nichts ansehen zu lassen, doch er schien für den Augenblick um eine Antwort verlegen. Er duckte sich ein bißchen, als mache er sich auf einen Angriff gefaßt, musterte Pe Ell wortlos und schüttelte dann den Kopf.

»Ich kenne dich, Pe Ell«, sagte er leise. »Ich erinnere mich an dich aus alter Zeit, aus den Tagen, als du gerade anfingst. Ich war damals bei der Föderation, als Fährtensucher, und ich kannte dich. Felsen-Dall hatte auch mit mir Pläne; aber ich entschied mich dagegen. Ich sah dich ein- oder zweimal, sah dich kommen und gehen, hörte Gerüchte über dich.« Er machte eine Pause. »Ich wollte nur, daß du das weißt.«

Pe Ell aß die Frucht zu Ende und warf das Kerngehäuse fort. Er war nicht sicher, was er über diese unerwartete Enthüllung denken sollte. Aber er sagte sich, daß es nicht wirklich eine Rolle spielte. Wenigstens hatte er jetzt eine Ahnung, was ihn an Dees so beunruhigt hatte.

»Ich erinnere mich nicht an dich«, sagte er nach einer Weile. »Aber das ist auch egal.« Er drehte sein scharfgeschnittenes Gesicht aus dem Licht. »Nur, daß wir uns recht verstehen, Felsen-Dalls Pläne mit mir funktionierten auch nicht ganz so, wie er erwartet hatte. Ich tue, was ich will. Habe ich immer getan.«

Dees nickte. »Du bringst Leute um.«

Pe Ell zuckte mit den Schultern. »Manchmal. Hast du Angst?«

Der alte Mann schüttelte den Kopf. »Nicht vor dir.«

»Gut. Wenn damit dieses Thema erledigt ist, laß uns zu dem anderen zurückkommen. Ich brauche ein bißchen Hilfe. Wärest du bereit?«

Horner Dees setzte sich mit einem Grunzen hin und starrte Pe Ell wortlos an; offenbar erwog er den Vorschlag. Pe Ell war das recht. Er hatte die Angelegenheit sorgfältig durchdacht, bevor er wieder herkam, hatte das Für und Wider seines Plans, allein in den Unterschlupf des Kratzers zu gehen oder Unterstützung zu erbitten, um herauszufinden, ob sich der Steinkönig dort verbarg oder nicht, gründlich durchdacht. Er hatte nichts zu verbergen, keine Absicht zu täuschen. Es war immer am besten, direkt und geradeheraus zu sein, wenn es möglich war.

Dees regte sich. »Ich traue dir nicht.«

Pe Ell lachte tonlos. »Ich habe dem Hochländer neulich gesagt, er sei ein Idiot, wenn er mir traute. Mir ist egal, ob du mir traust. Ich bitte dich nicht um dein Vertrauen, sondern um Hilfe.«

Dees war gegen seinen Willen neugierig. »Was für Hilfe?«

Pe Ell versteckte seine Befriedigung. »In der vergangenen Nacht bin ich dem Kratzer zu seinem Bau gefolgt. Ich sah ihn hingehen, wo er sich verbirgt. Ich glaube, es ist ziemlich wahrscheinlich, daß dort, wo der Kratzer sich versteckt, auch der Steinkönig sein Versteck hat. Wenn der Kratzer heute nacht losgeht, um durch die Straßen zu patrouillieren, habe ich die Absicht, mal nachzuschauen.«

Er rückte näher, um Dees in den Kreis seiner Vertraulichkeit zu bringen. »Es gibt einen Riegel an der Tür, durch die der Kratzer kommt. Wenn ich den betätige, müßte ich hineingehen können. Das Problem ist, was passiert, wenn die Tür hinter mir wieder zugeht? Wie komme ich dann wieder raus?«

Dees rieb sich sein bärtiges Kinn, wühlte in dem dichten Bart, als jucke es ihn. »Du willst also, daß dir jemand Rückendeckung gibt.«

»Ich glaube, daß ist vernünftig. Ich hatte vorgehabt, allein hineinzugehen, den Steinkönig aufzusuchen, ihn zu töten, wenn nötig, und den Stein zu nehmen. Das habe ich noch immer vor, aber ich will nicht Sorge haben müssen, daß der Kratzer sich von hinten anschleicht, wenn ich ihm den Rücken kehre.«

»Du willst also, daß ich für dich Wache halte.«

»Angst?«

»Das fragst du dauernd. Statt dessen müßte ich dich das fragen. Warum solltest du mir trauen? Ich kann dich nicht leiden, Pe Ell. Mir wäre es nur recht, wenn der Kratzer dich kriegte. Das macht mich zu einem schlechten Kandidaten für diesen Job, meinst du nicht?«

Pe Ell streckte seine Beine aus und lehnte seinen mageren Körper zurück gegen die Wand. »Nicht unbedingt. Du brauchst mich nicht zu mögen. Ich brauche dich nicht zu mögen. Und ich mag dich nicht. Aber wir wollen beide das gleiche – den schwarzen Elfenstein. Wir wollen dem Mädchen helfen. Es sieht nicht so aus, als ob einer von uns allein viel erreichen könnte – auch wenn ich größere Chancen habe als du. Der Punkt ist, wenn du mir dein Wort gibst, für mich Wache zu schieben, nehme ich an, daß du das dann auch tun wirst. Weil dir dein Wort was bedeutet, oder?«

Dees lachte trocken. »Erzähl mir doch nicht, daß ausgerechnet du an mein Ehrgefühl appellierst. Ich glaube nicht, daß ich das verdauen könnte.«

Pe Ell lächelte nicht mehr. »Ich habe meinen eigenen Ehrenkodex, Alter, und der ist mir ebenso wichtig wie dir der deine. Wenn ich mein Wort gebe, halte ich es. Das ist mehr, als die meisten von sich behaupten können. Ich sage dir, daß ich auf dich aufpassen werde, wenn du auf mich aufpaßt – nur bis dieses Geschäft erledigt ist. Danach sind wir wieder jeder für sich selbst verantwortlich.« Er legte den Kopf zur Seite. »Die Zeit rennt. Wir müssen bei Sonnenuntergang an Ort und Stelle sein. Kommst du mit oder nicht?«

Horner Dees nahm sich Zeit für die Antwort. Pe Ell wäre überrascht und mißtrauisch gewesen, hätte er es nicht getan. Was immer Dees auch sonst sein mochte, er war ein ehrlicher Mann, und Pe Ell war überzeugt, daß er sich auf kein Abkommen einlassen würde, dem er nicht entsprechen konnte. Pe Ell vertraute Dees; er hätte den alten Mann nicht um Rückendeckung gebeten, wenn er es nicht täte. Und außerdem hielt er Dees für fähig, fähiger als alle anderen. Er war nicht unerfahren wie der Hochländer oder leichtsinnig wie Carisman. Noch war er so unberechenbar wie Walker Boh. Dees war nicht mehr und nicht weniger, als was er zu sein schien.

»Ich habe den Hochländer über dich aufgeklärt«, erklärte Dees und schaute ihn dabei an. »Inzwischen wird er es den anderen gesagt haben.«

Pe Ell zuckte wieder einmal mit den Schultern. »Das ist mir egal.« Und das war es auch.

Dees lehnte seine massige Gestalt nach vorn und blinzelte in das fahle graue Licht. »Wenn wir den Stein in die Hand bekommen, einer oder der andere, bringen wir ihn dem Mädchen. Dein Wort darauf.«

Pe Ell lächelte gegen seinen Willen. »Du würdest mein Wort akzeptieren, Alter?«

Dees Züge waren hart und bestimmt. »Wenn du es brichst, verlaß dich drauf, daß ich dafür sorgen werde, daß du es bereust.«

Pe Ell glaubte ihm. Horner Dees mochte alt und verbraucht sein, verwittert aussehen und die Spuren der Zeit tragen, er blieb ein gefährlicher Gegner. Ein Fährtensucher, ein Mann des Waldes und ein Jäger. Er hatte sich lange am Leben gehalten. In einem direkten Kampf mochte er Pe Ell nicht gewachsen sein, doch es gab andere Wege, einen Mann zu töten. Pe Ell lächelte innerlich. Wer wußte das besser als er?

Pe Ell streckte die Hand aus und wartete, bis der alte Mann sie nahm. »Wir haben ein Abkommen«, sagte er. Ihre Hände schlossen sich für einen Augenblick fest umeinander und lösten sich dann wieder. Pe Ell sprang geschmeidig wie eine Katze auf die Füße.

»Auf geht's.«

Sie verließen das Zimmer und stiegen, Pe Ell voran, die Treppen hinunter. Draußen dämmerte es schon. Sie krümmten ihre Schultern unter den Umhängen gegen den Regen und machten sich auf den Weg. Pe Ells Gedanken wanderten zu seinem Handel. Es war einfach, ihn abzuschließen. Er würde dem Mädchen den Elfenstein geben, denn wenn er es nicht tat, riskierte er, sie ganz zu verlieren und für alle Ewigkeit von ihnen allen verfolgt zu werden.

Laß deine Feinde niemals am Leben, denn sonst verfolgen sie dich, dachte er.

Bring sie lieber alle um, sobald du die Gelegenheit dazu hast.

Das Tageslicht schwand schnell, als Walker, Morgan und Quickening sich schließlich dem Gebäude näherten, das Horner Dees und Pe Ell weniger als eine Stunde zuvor verlassen hatten. Der stetige Regen bildete einen dunklen Vorhang, der die großen, düsteren Häuser der Stadt einhüllte, den Himmel, die Berge und das Meer versteckte. Morgan hatte seinen Arm schützend um die Schultern des Mädchens gelegt und seinen Kopf zu ihr hinuntergebeugt, zwei undeutliche Kapuzengestalten im Nebel. Walker hielt sich abseits, ließ die beiden miteinander allein. Er sah, wie sich Quickening an den Hochländer lehnte. Sie schien seine Umarmung willkommen zu heißen, eine ganz untypische Reaktion. Irgend etwas war bei der Konfrontation mit dem Steinkönig mit ihr geschehen, das ihm entgangen war, und er begann erst jetzt zu begreifen, was es war.

Am Ende des Gehsteigs überflutete ein breiter Regenwasserstrom einen Abfluß und bildete einen tiefen See, und Walker war gezwungen, einen Bogen darum zu machen. Er führte noch immer an, seine Gestalt von Regen und Dämmerung verdunkelt. Ein Gespenst vielleicht, dachte er. Nein, korrigierte er sich, ein Finsterweiher. Er hatte schon lange nicht mehr an den Finsterweiher gedacht. Die Erinnerung war zu schmerzlich, um sie aus dem Winkel seines Bewußtseins, wohin er sie verbannt hatte, hervorkommen zu lassen. Der Finsterweiher mit seinen verschrobenen Rätseln war es gewesen, der ihn zur Halle der Könige und seiner Begegnung mit dem Asphinx geführt hatte. Es war der Finsterweiher, der ihn seinen Arm gekostet hatte, seinen Geist und etwas, das er einmal war. Verwundet an Leib und Seele – so sah er sich selbst. Der Finsterweiher würde frohlocken, wenn er es wüßte.

Er hob für einen Moment das Gesicht und ließ den Regen darüberrinnen und seine Haut kühlen. Er hatte es nicht für möglich gehalten, daß ihm in so nassem Wetter so heiß sein könnte.

Es war natürlich die Vision des Finsterweihers, die ihn verfolgte – die drei düsteren, rätselhaften Zukunftsvisionen, die nicht notwendigerweise korrekt sein mußten, Lügen, die zu Halbwahrheiten verdreht waren, von Lügen überschattete Wahrheiten und dennoch wirklich. Die erste hatte sich schon erfüllt; er hatte geschworen, er würde sich lieber eine Hand abhacken, als sich der Sache der Druiden zu verschreiben, und das war ganz genau das, was er getan hatte. Und dann hatte er sich trotzdem der Sache verschrieben. Ironisch, poetisch, beängstigend.

Die zweite Vision handelte von Quickening. Die dritte...

Seine gesunde Hand ballte sich zur Faust. Die Wahrheit war, daß er nie über die zweite hinaus nachgedacht hatte. Quickening. Auf irgendeine Weise würde er sie im Stich lassen. Sie würde sich um Hilfe bittend an ihn wenden, und er hätte die Möglichkeit, sie vor dem Fallen zu retten, und er würde sie sterben lassen. Er würde dort stehen und zuschauen, wie sie in einen finsteren Abgrund stürzte. Das war die Vision des Finsterweihers. Das war es, was sich bewahrheiten würde, falls er nicht ein Mittel fände, es zu verhindern.

Es war ihm allerdings nicht gelungen zu verhindern, daß die erste wahr wurde.

Abscheu erfüllte ihn, und er verbannte die Erinnerung an den Finsterweiher wieder in den fernen Winkel, aus dem sie hervorgekommen war. Der Finsterweiher, ermahnte er sich, war an und für sich schon eine Lüge. Aber war er selbst in dem Fall dann nicht auch eine Lüge? War er nicht genau das geworden? Er, der er so entschlossen gewesen war, sich aus den Machenschaften der Druiden herauszuhalten, so willig, jegliche Anwendung der Magie auszuschließen, mit Ausnahme derjenigen, die seinem eigenen, begrenzten Glauben diente, so überzeugt, er könnte der Meister seines eigenen Schicksals sein? Er hatte sich selbst wiederholt belogen, sich bewußt selbst getäuscht, alles mögliche vorgegeben und sein Leben zu einer Karikatur gemacht. Er steckte tief in seinen eigenen Fehleinschätzungen und Vorwänden. Er tat das, was er geschworen hatte, niemals zu tun – die Arbeit der Druiden, die Wiederherstellung ihrer Magie, die Erfüllung ihres Willens. Schlimmer noch, er hatte sich auf einen Handlungsablauf eingelassen, der nur zu seiner Vernichtung führen konnte – eine Konfrontation mit dem Steinkönig, um den schwarzen Elfenstein zu bekommen. Warum? Er klammerte sich an dieses Handlungsschema, als sei es das einzige, das ihn vor dem Untergang retten könnte, die einzige Möglichkeit, die ihm bliebe.

Das war es sicherlich nicht.

Er spähte durch die Nässe in die Stadt und stellte wieder einmal fest, wie sehr er den Wald von Hearthstone vermißte. Es war nicht nur der Stein der Stadt, ihre harte, erdrückende Stimmung, ihr ständiger Nebel und Regen. In Eldwist gab es keine Farben, nichts, was seinen Blick saubergewaschen, sein Gemüt aufgehellt und erwärmt hätte. Es gab nur Schattierungen von Grau, verschwommene Schatten, die sich übereinanderlagerten. Walker kam sich vor, als sei er selbst irgendwie ein Spiegel der Stadt. Vielleicht war Uhl Belk dabei, ihn umzuwandeln, so wie er das Land verwandelt hatte, vielleicht entzog er ihm gerade alle Farben seines Lebens und reduzierte ihn zu etwas ebenso Hartem und Leblosem wie Stein. Wie weit konnte der Steinkönig reichen? fragte er sich. Wie tief in seine Seele? Gab es irgendeine Grenze? Konnte er seine Arme bis nach Darkling Reach und Hearthstone ausstrecken? Konnte er ein Menschenherz finden? Im Laufe der Zeit voraussichtlich. Und Zeit galt einer Kreatur, die schon so lange lebte, überhaupt nichts.

Sie gingen hinüber zum Vordereingang ihres nächtlichen Refugiums und begannen, die Treppe hinaufzusteigen. Da Walker voranging, sah er die Wasserflecken auf den Steinstufen, die von seinen eigenen Tropfspuren für die anderen unkenntlich gemacht wurden. Jemand war kürzlich hereingekommen und wieder hinausgegangen. Horner Dees?

Aber Dees sollte eigentlich die ganze Zeit dort sein und auf ihre Rückkehr warten.

Sie durchquerten das Labyrinth aus Räumen und Fluren und betraten das Zimmer, das ihnen als Hauptquartier diente. Das Zimmer war leer. Walker ließ seinen Blick von den feuchten Flecken über die Schatten der Türen in allen Wänden wandern; er lauschte angestrengt auf irgendwelche Geräusche. Dann ging er hinüber an eine Stelle, wo jemand gesessen und gegessen hatte.

Sein Instinkt reagierte unerwartet.

Er konnte Pe Ell förmlich riechen.

»Horner? Wo bist du?« Morgan spähte in andere Zimmer und Korridore und rief dabei nach dem alten Fährtensucher. Walker begegnete Quickenings Blick und sagte nichts. Der Hochländer verschwand für einen Augenblick und kam dann zurück. »Er sagte, er würde hier auf uns warten. Ich verstehe das nicht.«

»Wahrscheinlich hat er es sich anders überlegt«, gab Walker ruhig zu bedenken.

Morgan sah nicht überzeugt aus. »Ich glaube, ich mache mal eine Runde.«

Er verließ das Zimmer durch die Tür, durch die sie gerade hereingekommen waren, und ließ den Dunklen Onkel und die Tochter des Königs vom Silberfluß allein zurück.

»Pe Ell war hier«, sagte sie, ihre schwarzen Augen fest auf die seinen gerichtet.

Er ließ sich vom Feuer ihres Blicks wärmen; er empfand dieses vertraute Gefühl von Verwandtschaft, von geteilter Magie. »Ich habe nicht den Eindruck, daß es einen Kampf gegeben hat«, sagte er. »Kein Blut, kein Durcheinander.«

Quickening nickte nüchtern und wartete ab. Als er nicht weitersprach, kam sie auf ihn zu und blieb vor ihm stehen. »Was denkst du, Walker Boh?« fragte sie, Sorge im Blick. »Worüber hast du auf dem ganzen Weg hierher nachgedacht, so in dich selbst versunken?«

Sie streckte die Hände aus und faßte nach seinem Arm und hielt ihn fest. Sie hob das Gesicht, ihr Silberhaar fiel nach hinten, und ihr edles Gesicht wurde in das graue Licht getaucht. »Sag mir's.«

Er fühlte sich bloßgelegt, ein dünnes, verknittertes, geschlagenes bißchen Leben mit kaum genug Kraft, sich vor dem endgültigen Zusammenbruch zu bewahren. Der Schmerz reichte von seinem verwundeten Arm bis in sein Herz, gleichzeitig körperlich und seelisch, eine alles überrollende Woge, die ihn fortzuschwemmen drohte.

»Quickening«, sagte er leise, und der Klang ihres Namens schien ihn zu beruhigen. »Ich dachte, daß du menschlicher bist, als du dir eingestehen willst.«

Sie war sichtlich überrascht.

Er lächelte traurig, ironisch. »Ich bin vielleicht kein Kenner solcher Sachen, weniger empfänglich, als ich sein sollte, ein Flüchtling, der als Junge ohne Freunde herangewachsen ist und zuviel allein gelebt hat. Aber ich erkenne etwas von mir selbst in dir. Du hast Angst vor den Gefühlen, die du in dir selbst entdeckt hast. Du gibst zu, daß du die menschlichen Emotionen besitzt, mit denen dein Vater dich ausgestattet hat, als er dich erschuf, doch du weigerst dich, das, was du wahrnimmst, als ihre Konsequenzen zu akzeptieren. Du liebst den Hochländer – doch du versuchst es zu verstecken. Du verdrängst es. Du verachtest Pe Ell – doch du verführst ihn wie ein Köder einen Fisch. Du ringst mit deinen Emotionen, du weigerst dich, sie zuzugeben. Du kämpfst so hart darum, dich vor deinen Gefühlen zu verstecken.«

Ihre Augen suchten die seinen. »Ich lerne noch immer.«

»Widerwillig. Als du dem Steinkönig gegenübertratst, hattest du es eilig, ihm den Grund deines Kommens mitzuteilen. Du sagtest ihm alles; du hast nichts versteckt. Nicht den geringsten Versuch einer Täuschung oder List. Doch als Uhl Belk deine Bitte abschlug – was du sicherlich schon vorher wußtest –, wurdest du zornig, beinahe...« Er suchte nach dem passenden Wort. »Beinahe rasend«, sagte er dann. »Das war das erste Mal, seit ich dich kenne, daß du dir gestattet hast, deine Gefühle offen zu zeigen, ohne dich darum zu kümmern, wer dich dabei sieht.«

Er sah ein Flackern des Verstehens in ihren Augen. »Dein Zorn war echt, Quickening. Er war Ausdruck deines Kummers. Ich glaube, du wolltest, daß Uhl Belk dir den schwarzen Elfenstein gibt, weil du überzeugt bist, daß etwas geschehen wird, wenn er es nicht tut. Ist das so?«

Sie zögerte, hin und her gerissen, dann atmete sie langsam und gequält aus. »Ja.«

»Du glaubst, daß wir den Elfenstein erlangen werden. Ich weiß, daß du es glaubst. Du glaubst es, weil dein Vater gesagt hat, daß es so sein wird.«

»Ja.«

»Aber du glaubst auch, wie er dir gesagt hat, daß es die Magie jener braucht, die du mitgenommen hast, um ihn zu bekommen. Keine Worte, keine Überredungskünste werden Uhl Belk dazu bringen, ihn herzugeben. Und dennoch meintest du, du müßtest es versuchen.«

Ihre Augen wurden feucht. »Ich habe Angst...«, sagte sie mit erstickter Stimme.

Er beugte sich näher. »Wovor? Sag es mir.«

Morgan Leah erschien in der Tür. Er blieb stehen, wartete, daß Walker Boh sich von Quickening entfernte, und kam dann herein. »Nichts«, sagte er. »Keine Spur von Horner. Inzwischen ist es dunkel, und der Kratzer dürfte wieder unterwegs sein. Ich werde die Suche auf morgen verschieben müssen.« Er trat neben sie. »Gibt es irgendein Problem?« fragte er leise.

»Nein«, sagte Quickening.

»Ja«, sagte Walker.

Morgan riß die Augen auf. »Worum geht es?«

Walker Boh fühlte, wie sich die Schatten des Zimmers zusammenzogen, als sei die Dunkelheit plötzlich hereingekommen, um sie dort einzufangen. Der Hochländer, der Dunkle Onkel und das Mädchen standen da und schauten einander an. Es war, als seien sie an einen Scheideweg gelangt, als müßten sie nun einen Pfad wählen, von dem es kein Zurück mehr gab, als müßten sie eine Entscheidung treffen, vor der sie nicht ausweichen konnten.

»Der Steinkönig...«, begann Quickening.

»Wir gehen zurück, um den schwarzen Elfenstein zu holen«, sagte Walker Boh.

Kaum mehr als einen Kilometer entfernt wartete Horner Dees an einem Fenster im zweiten Stock eines Hauses gegenüber dem Unterschlupf des Kratzers darauf, daß der Schleicher auftauchte. Sie waren schon geraume Zeit auf ihrem Posten, hatten sich sorgfältig im Schatten versteckt und warteten mit der Geduld erfahrener Jäger. Der Regen hatte endlich aufgehört und sich in Nebel umgewandelt, als die Luft kühler und ruhiger wurde. Feiner Dampf stieg in Fetzen vom Stein der Straßen auf und ringelte sich schlangengleich empor. Von irgendwo tief unter der Erde drang das ferne Rumpeln des erwachenden Malmschlunds.

Pe Ell dachte an die Menschen, die er ermordet hatte. Es war seltsam, aber er konnte sich nicht mehr erinnern, wer sie waren. Eine Zeitlang hatte er sie noch gezählt, zuerst aus Neugier, später aus Gewohnheit, aber irgendwann waren es ihrer so viele und über so lange Zeit, daß er einfach den Überblick verlor. Zu Anfang waren die Gesichter noch klar gewesen, dann hatten sie angefangen, miteinander zu verschwimmen und dann ganz und gar zu verblassen. Jetzt kam es ihm vor, als könne er sich nur noch an den ersten und den letzten genau erinnern.

Die Tatsache, daß seine Opfer jegliche Identität eingebüßt hatten, war beunruhigend. Es legte nahe, daß er dabei war, die Schärfe seines Verstandes zu verlieren, die er für seine Arbeit brauchte. Es wies darauf hin, daß er das Interesse zu verlieren begann.

Er starrte in die schwarze Nacht hinaus, und eine ungewohnte Müdigkeit überfiel ihn.

Gereizt zwang er die Müdigkeit fort. Es würde anders sein, versprach er sich, wenn er das Mädchen tötete. Er mochte die Gesichter jener anderen aus Rampling Steep vergessen, den Einarmigen, den Hochländer, den Sänger und diesen alten Fährtensucher, schließlich war es nichts als eine Notwendigkeit, sie umzubringen. Aber Quickening würde er nie vergessen. Sie zu töten war eine Frage von Stolz. Sogar jetzt konnte er sie sich so genau vorstellen, als sitze sie neben ihm, die sanften Kurven der Haut über ihren Knochen, die Neigung ihres Kopfes, wenn sie zu ihm sprach, die Art und Weise, wie ihre Augen ihn aufsaugten, die Gesten ihrer Hände, wenn sie sich bewegte. Sie war ohne Zweifel das wundersamste Geschöpf, bezaubernd in einer Weise, die jeglicher Beschreibung trotzte. Sie besaß die Magie des Königs vom Silberfluß, so alt wie das Leben selbst. Er wollte diese Magie schlürfen, wenn er sie tötete; er hielt das für durchführbar. Und sobald er das getan hätte, wäre sie ein Teil von ihm, lebte in seinem Inneren, eine stärkere Präsenz als die unauslöschlichste aller Erinnerungen, die sich in ihm offenbaren würde, wie nichts anderes es könnte.

Neben ihm bewegte Horner Dees sich leise, um seine verkrampften Muskeln zu lockern. Pe Ell war noch immer tief in seine eigenen Gedanken versunken und schaute nicht hinüber. Er hielt seinen Blick starr auf die glatte Oberfläche des versteckten Eingangs auf der anderen Straßenseite gerichtet. Die Schatten, die ihn umhüllten, blieben still und reglos.

Was würde wohl geschehen, wenn er die Klinge des Stiehls in ihren Körper rammte, überlegte er. Was würde er in diesen bodenlos schwarzen Augen lesen? Was würde er fühlen? Die Vorfreude auf diesen Augenblick brannte wie Feuer in ihm. Er hatte seit einiger Zeit nicht mehr an ihre Ermordung gedacht, weil ihm keine andere Wahl blieb, als abzuwarten und die Dinge ihren Lauf nehmen zu lassen, wenn er sich den schwarzen Elfenstein sichern wollte. Doch jetzt war der Augenblick nicht mehr fern, glaubte er. Sobald er in den Unterschlupf des Kratzers eingedrungen wäre, das Versteck des Steinkönigs gefunden, sich den Besitz des schwarzen Elfensteins gesichert und Horner Dees beiseite geschafft hätte...

Er zuckte zusammen.

Trotz seiner Bereitschaft erschrak er, als sich gegenüber die Steinplatte hob und der Kratzer erschien. Schnell verdrängte er alle weiteren Gedanken an Quickening. Der dunkle Leib des Schleichers glitzerte, wo die dünnen Lichtstrahlen der Sterne, die es geschafft hatten, durch die Wolkendecke zu dringen, sich auf den Panzerplatten spiegelten. Das Monster trat aus der Öffnung und blieb dann stehen, als sei es auf etwas aufmerksam geworden. Die Fühler wedelten prüfend durch die Luft, der Peitschenschwanz zuckte. Die zwei Männer duckten sich noch tiefer in den Schatten ihres Verstecks. Der Schleicher verweilte noch einen Moment reglos, dann schien er befriedigt, drehte sich um und betätigte den Riegel über seinem Kopf. Die Steinplatte glitt geräuschlos an ihren Platz. Der Kratzer wandte sich um und watschelte in den Nebel und die Finsternis davon, seine eisernen Beine schlurften über den Boden wie lockere Ketten.

Pe Ell wartete, um sicherzugehen, daß das Biest wirklich fort war, dann winkte er Horner Dees, ihm zu folgen. Gemeinsam glitten sie auf die Straße hinaus, überquerten sie und blieben vor dem Unterschlupf des Kratzers stehen. Dees holte ein Seil mit einem Kletterhaken hervor und schleuderte ihn über einen steinernen Vorsprung über die Geheimtür. Der Anker traf mit einem dumpfen Klirren auf und hielt. Dees prüfte das Seil, nickte und reichte Pe Ell das Ende. Pe Ell kletterte mühelos hinauf, bis er auf der Höhe des Riegels angekommen war. Er betätigte ihn, und das Paneel begann sich zu heben. Pe Ell ließ sich flink zu Boden gleiten, und mit Horner Dees an seiner Seite beobachtete er, wie der finstere Keller des Gebäudes in Sicht kam.

Vorsichtig schlichen sie hinein.

Hinter dem Eingang herrschte tiefste Finsternis. Fahles graues Licht fiel von den höher gelegenen Fenstern durch Löcher in den verrotteten Fußböden und beleuchtete kleine Flecken in der Schwärze. Kein Geräusch war von drinnen zu hören. Nichts rührte sich.

Pe Ell drehte sich zu Dees. »Überwach du die Straße«, flüsterte er. »Pfeif, wenn was ist.«

Er schlüpfte in die Finsternis, verschmolz damit so selbstverständlich, als wäre er ein Teil der Schatten. Er war sofort in seinem Element, und seine Augen und Ohren paßten sich an die Umgebung an. Die Mauern des Gebäudes waren nackt und verwittert, an manchen Stellen feucht, wo das Wasser durch die Fugen gesickert und über den Stein geronnen war, hoch und starr in dem schwachen Licht. Pe Ell bewegte sich vorsichtig weiter und wartete darauf, daß irgend etwas sich bemerkbar machen würde. Er fühlte nichts. Das Haus wirkte völlig leer.

Etwas knirschte unter seinen Stiefeln und erschreckte ihn. Er spähte in die Schwärze hinunter. Knochen lagen über den Boden verstreut, Hunderte von Knochen, Überreste von Geschöpften, die der Kratzer bei seinen nächtlichen Reinigungszügen eingesammelt und in seinen Bau gebracht hatte, um sie zu fressen.

Vom Eingang führte ein breiter Flur in eine große Halle und endete dort. Keine Türen, keine Gänge. Die Halle war einmal ein Innenhof gewesen und ragte bald hundert Meter zu einer gewölbten Decke, die von seltsamen Lichtmustern und dem langsamen Vorüberziehen der Wolken gesprenkelt war. In der Halle war es still. Pe Ell sah sich unglücklich um. Er wußte sofort, daß es hier nichts zu entdecken gab – weder den Steinkönig noch den schwarzen Elfenstein. Er hatte sich geirrt. Wut und Enttäuschung stiegen in ihm auf und zwangen ihn, seine Suche fortzusetzen, obwohl er wußte, daß es sinnlos war. Er machte sich daran, die gegenüberliegende Wand zu untersuchen, ließ seinen Blick in der verzweifelten Hoffnung, irgend etwas zu finden, über die Mörtelfugen wandern, über den Boden, die Wände und hinauf bis zur Decke.

Da pfiff Horner Dees.

Fast gleichzeitig hörte Pe Ell das leise Kratzen von Metall auf Stein.

Er wirbelte auf dem Absatz herum und stürmte durch die dunkle Halle zurück. Der Kratzer war wiedergekommen. Es gab keine andere Erklärung dafür, als daß er sie entdeckt hatte. Aber wie? Hektisch kämpfte er gegen die Verwirrung an. Der Kratzer war blind, er verließ sich auf seine anderen Sinne. Gesehen konnte er sie nicht haben. Vielleicht gewittert? Pe Ell wußte die Antwort im gleichen Augenblick. Ihr Geruch vor dem Eingang hatte ihn alarmiert, darum war er dort stehengeblieben. Er hatte so getan, als ginge er fort, wartete und kam wieder.

Pe Ell kochte vor Zorn über seine eigene Dummheit. Wenn er nicht machte, daß er sofort hier rauskam, saß er in der Falle.

Er stürmte in den düsteren Eingang und stellte fest, daß es zu spät war. Durch die offene Tür sah er, wie der Kratzer eben um die Hausecke gegenüber bog und so schnell ihn seine Beine tragen konnten zu seinem Bau watschelte. Das Seil und Horner Dees waren verschwunden. Pe Ell verschmolz mit dem Schatten an der dunkelsten Stelle der Wand und glitt geräuschlos vorwärts. Er mußte den Eingang erreichen, ehe der Schleicher den Riegel betätigte. Wenn es ihm mißlang, saß er in der Falle. Selbst der Stiehl würde ihn da nicht retten können.

Der Kratzer stampfte mit knirschenden Krallen durch die Öffnung, seine Tentakel peitschten gegen die Steinmauern, und er begann, das Innere zu untersuchen. Pe Ell zog den Stiehl aus der Scheide und kauerte sich ins Dunkel. Er mußte schnell sein. Er war seltsam ruhig, so wie vor einem Mord. Er beobachtete, wie das Monster die Öffnung ausfüllte und hereinkam.

Er sprang sofort los und rannte. Der Kratzer entdeckte ihn sofort, seine Instinkte noch schärfer als Pe Ells. Ein Tentakel schlug aus und erwischte ihn wenige Zentimeter vor dem Ausgang. Der Stiehl schnellte hervor und zerschlitzte die Fessel. Der Mörder war wieder frei. Der Kratzer schnellte keuchend herum. Pe Ell versuchte zu fliehen, doch da waren schlängelnde Arme überall.

Da schoß der Ankerhaken aus der Dunkelheit hinter dem vorwärtsstürmenden Schleicher, und das Seil wickelte sich um seine Beine. Das Seil straffte sich, und das Monster wurde nach hinten gerissen. Es strampelte mit allen Gliedern und versuchte sich festzukrallen. Für einen Augenblick war seine Aufmerksamkeit abgelenkt. Der Augenblick reichte. Im Bruchteil einer Sekunde war Pe Ell an ihm vorbei und rannte so schnell er konnte auf die Straße. Horner Dees rannte fast gleichzeitig neben ihm her, seine Bärengestalt hatte Mühe bei der Anstrengung. Hinter ihnen hörten sie das Seil reißen und den Kratzer die Verfolgung aufnehmen.

»Hier!« bellte Dees und zerrte Pe Ell nach links in einen Eingang.

Sie jagten hinein, mehrere Treppen hinauf, einen Flur entlang und hinaus auf eine Brücke, die zu einem anderen Haus führte. Der Schleicher polterte hinterher und zerschmetterte dabei alles, was ihm in den

Weg kam. Die Männer rasten in das Gebäude am anderen Ende der Brücke, wieder mehrere Treppen hinunter und auf die Straße zurück. Die Geräusche ihres Verfolgers wurden leiser. Sie verlangsamten ihren Lauf, bogen um eine Ecke und spähten vorsichtig die leere Straße hinunter. Dann folgten sie dem Gehsteig mehrere Häuserblöcke weit nach Süden zu einer Gruppe kleinerer Gebäude, die einen guten Unterschlupf boten, und krochen hinein. Sicher drinnen angekommen, ließen sie sich erschöpft nebeneinander niedersinken, den Rücken an die Wand gelehnt, und atmeten heftig.

»Ich dachte, du wärst abgehauen«, keuchte Pe Ell.

Dees grunzte und schüttelte den Kopf. »Wäre ich gern, aber ich hatte dir mein Wort gegeben. Was machen wir jetzt?«

Pe Ell dampfte vor Schweiß, doch tief innen baute sich eine kalte Wut auf. Er konnte den Tentakel des Kratzers um seinen Leib noch immer fühlen. Er empfand einen solchen Ekel, daß er sich kaum daran hindern konnte, laut herauszubrüllen.

Noch nie war er dem Tod so nah gewesen.

Er drehte sich zu Horner Dees um und sah, wie sich das grobe, bärtige Gesicht runzelte und die Augen glitzerten. Pe Ells Stimme war frostig vor Zorn. »Du kannst tun, was du willst, Alter«, flüsterte er. »Aber ich gehe zurück und bring' das Viech um.«

Morgan Leah war entsetzt. »Was soll das heißen, wir gehen wieder zurück?« wollte er von Walker Boh wissen. Er war nicht einfach entrüstet, er war zutiefst erschrocken. »Wer gibt dir das Recht, irgendeine Entscheidung zu treffen, Walker? Quickening hat die Führung in diesem Unternehmen, nicht du!«

»Morgan«, sagte das Mädchen. Sie versuchte, seine Hand zu nehmen, doch er wich hastig zurück.

»Nein. Ich will das klarstellen. Was geht hier vor? Ich gehe für einen Augenblick aus dem Zimmer, nur um zu sehen, ob Horner nicht... und als ich zurückkomme, finde ich euch nah genug, um...« Die Worte blieben ihm im Hals stecken, sein Gesicht lief rot an, als ihm das, was er sagen wollte, in vollem Umfang bewußt wurde.

»Morgan, hör mich an«, fuhr Quickening fort. »Wir müssen den schwarzen Elfenstein zurückerobern. Wir müssen.«

Der Hochländer ballte seine Hände hilflos zu Fäusten. Ihm war bewußt, wie albern er aussah, wie jung. Mit großer Anstrengung versuchte er, seine Selbstkontrolle zurückzugewinnen. »Wenn wir wieder dorthin zurückgehen, Quickening, werden wir getötet. Vorher wußten wir nicht, mit was wir es zu tun haben, jetzt wissen wir es. Uhl Belk ist zu viel für uns. Wir haben es alle gesehen – etwas, das nur noch ganz entfernt menschlich ist, steingepanzert und in der Lage, uns beiseite zu fegen, als wären wir gar nichts. Er ist Teil des Landes selbst! Wie sollen wir gegen so etwas ankommen? Er wird uns mit Haut und Haaren verschlingen, ehe wir auch nur in seine Nähe gekommen sind!«

Er zwang sich dazu, ruhiger zu atmen. »Und das nur, wenn er nicht erst einmal den Kratzer oder den Malmschlund ruft. Wir kommen schon gegen *die* nicht an, geschweige denn gegen *ihn*. Überleg doch mal, ja? Was ist, wenn er den Elfenstein gegen uns einsetzt? Was machen wir dann? Was machen wir? So oder so – du ohne jede Magie, die du benutzen kannst, ich mit meinem zerbrochenen Schwert, das den größten Teil seiner Magie verloren hat, und Walker mit... ich weiß nicht, was? Was, Walker? Was bist du?«

Der Dunkle Onkel war von dem Angriff nicht erschüttert, sein bleiches Gesicht zeigte keinen Ausdruck, und seine Augen richteten sich fest und ruhig auf den Hochländer. »Ich bin, was ich immer war, Morgan Leah.«

»Mit einem Arm weniger!« fauchte Morgan und bereute es sofort. »Nein, entschuldige, das wollte ich nicht sagen.«

Morgan wandte sich einen Moment verlegen ab, dann sah er wieder auf. »Schaut uns doch mal an«, flüsterte er. »Wir sind so gerade eben noch am Leben. Wir sind den ganzen Weg bis ans Ende der Welt gekommen, und das hat uns beinahe ganz geschafft. Carisman ist schon tot. Horner Dees vielleicht auch. Wir sind am Ende. Wir sehen aus wie Vogelscheuchen, haben uns seit Wochen nicht gewaschen, es sei denn, ihr wollt den Regen als Dusche bezeichnen. Unsere Kleider hängen in Fetzen. Wir flüchten und verstecken uns jetzt schon so lange, daß wir nicht mehr wissen, wie man kämpft. Wir hocken in dieser grauen, trostlosen Welt, wo alles, was wir zu sehen kriegen, Stein und Regen und Nebel ist. Ich hasse diesen Ort. Ich will wieder Gras und Bäume und Leben sehen. Ich will nicht hier sterben. Und ich will vor allem nicht grundlos sterben! Und genau das wird geschehen, wenn wir den Steinkönig wieder aufsuchen. Sagt doch, was haben wir für eine Chance?«

Zu seiner Überraschung erwiderte Walker Boh: »Eine bessere Chance, als du glaubst. Setz dich einen Moment hin und hör zu.«

Morgan zögerte einen Moment, Mißtrauen in den Augen. Dann ließ er sich langsam nieder. Sein Zorn und seine Verbitterung waren für den Augenblick erschöpft. Er ließ zu, daß Quickening sich neben ihn setzte und ihren Arm um ihn legte. Er ließ zu, daß die Wärme ihres Körpers in ihn drang.

Walker Boh schlug die Beine übereinander und zog seinen dunklen Umhang fest um seine Schultern. »Es stimmt, daß wir aussehen wie Bettler von der Straße einer Südlandschaft, daß wir nichts haben, womit wir Uhl Belk drohen können, daß wir für ihn so unbedeutend sind wie die winzigsten Insekten, die auf dem Boden herumkriechen. Aber dieser Anschein mag eine Illusion sein, die wir ausnutzen können. Es mag uns die Chance geben, die wir brauchen, um ihn zu besiegen. Verächtlich macht er sich unseretwegen keine Sorgen. Es ist durchaus möglich, daß er uns schon wieder vergessen hat. Er hält sich für unverwundbar. Vielleicht können wir das gegen ihn benutzen.«

Seine dunklen Augen waren ernst und konzentriert. »Er ist nicht, was er zu sein glaubt, Hochländer. Er hat sich über das Geistwesen, als das er geboren wurde, hinausentwickelt. Ich glaube sogar, er hat sich über den König vom Silberfluß hinausentwickelt. Aber seine Entwicklung ist nicht eine natürliche. Seine Entwicklung wurde durch den Einsatz des schwarzen Elfensteins bewirkt. Es mag ironisch klingen, aber die Druiden schützten ihre Magie besser, als Uhl Belk klar ist. Er glaubt, er habe ihn mit Leichtigkeit gestohlen und könne ihn unbedenklich benutzen. Aber er irrt sich. Indem er die Magie des Elfensteins anruft, zerstört er sich selbst.«

Morgan Leah schaute ihn mit weit aufgerissenen Augen an. »Was meinst du damit?«

»Hör ihn an, Morgan«, bat Quickening. Erwartungsvoll beugte sie sich näher.

»Ich hatte bis heute nicht begriffen, wozu der schwarze Elfenstein gedacht war«, fuhr Walker Boh eifrig mit seinen Erklärungen fort. »Cogline gab mir die Druidengeschichte und trug mir auf, sie zu lesen. Ich erfuhr von der Existenz des schwarzen Elfensteins, und daß seine Aufgabe darin bestand, Paranor von dem Zauberbann zu befreien und in die Welt der Menschen zurückzubringen. Von Quickening erfuhr ich, daß die Magie des schwarzen Elfensteins konzipiert war, die Wirkungen anderer Magien aufzuheben – auf diese Weise konnte der Zauber, der Paranor verbannt hatte, zunichte gemacht werden. Was für eine Kraft, Hochländer! Wie konnte es eine solche Kraft geben? Ich fragte mich immer wieder, ob das überhaupt möglich war, und wenn, warum dann die Druiden – die in solchen Dingen so ungeheuer vorsichtig waren – keine besseren Vorkehrungen getroffen hatten, um seinen Mißbrauch zu verhindern. Schließlich war der schwarze Elfenstein die einzige Magie, die ihre Feste wiederherstellen und den Prozeß einleiten konnte, der sie wieder an die Macht brachte. Würden sie sich diese Magie so ohne weiteres wegnehmen lassen? Würden sie zulassen, daß jemand anderer sie benutzte, insbesondere eine so mächtige Kreatur wie Uhl Belk?

Ich wußte natürlich, daß sie das nicht tun würden. Aber wie konnten sie es verhindern? Heute fand ich die Antwort auf diese Frage. Ich sah den Steinkönig den Malmschlund herbeirufen; ich beobachtete, was sich zwischen Vater und Sohn abspielte. Habt ihr es gesehen? Als Uhl

Belk die Macht des Steins anrief, entstand eine Verbindung zwischen den beiden, ein Zusammenschluß. Es schien beiden Leben zu geben. Es war deutlich suchterzeugend; sie ergötzten sich daran. Die Magie des schwarzen Elfensteins war stärker als ihre eigene in dem Moment, in dem sie freigesetzt wurde. Sie war so stark, daß sie dem, was sie ihnen antat, nicht widerstehen konnten; im Gegenteil, sie genossen es.«

Er machte eine Pause. Dann senkte er seine Stimme zu einem vorsichtigen Flüstern. Die Schatten in dem Zimmer umhüllten sie wie Verschwörer. »Ich bin überzeugt, daß es das ist, was geschehen muß, wenn die Magie angerufen wird. Ja, sie hebt jede andere Magie auf, gegen die sie gerichtet wird, so, wie die Druidengeschichte berichtet. So, wie Quickening von ihrem Vater erfahren hat. Sie fordert die andere Magie heraus und raubt ihr die Kraft. Aber es muß noch mehr sein. Sie kann die Magie nicht einfach verschwinden lassen. Sie kann sie nicht einfach in Luft auflösen. Irgend etwas muß mit dieser Magie geschehen. Die Naturgesetze verlangen es. Ich glaube, was sie tut, ist, daß sie die andere Magie absorbiert und auf den Benutzer des Steins überträgt. Wenn Uhl Belk den schwarzen Elfenstein auf den Malmschlund richtet, nimmt er seinem Kind die Magie und eignet sie sich an; er nimmt das Gift, das das Land und seine Bewohner versteinert, und verwandelt auch sich selbst. Deshalb hat er sich so entwickelt. Und was vielleicht noch wichtiger ist: Jedesmal, wenn er einen Teil von des Malmschlunds Magie aufsaugt, kommt Uhl Belk für eine kurze Zeit dem Sohn, den er erschaffen hat, nah. Wenn er den schwarzen Elfenstein benutzt, um an der Magie des Malmschlunds teilzuhaben, entsteht ein Band zwischen ihnen, das sie anders nicht erleben könnten. Sie hassen und fürchten einander, aber sie brauchen einander auch. Sie nähren sich aneinander, ein Nehmen und Geben, das nur der schwarze Elfenstein ermöglichen kann. Es ist das einzige, das einer Vater-Sohn-Beziehung nahekommt. Es ist das einzige, was sie verbindet.«

Er beugte sich nach vorn. »Aber es bringt Uhl Belk um. Es macht ihn vollständig zu Stein. Im Laufe der Zeit wird er in dem Stein verschwinden, der ihn umgibt. Er wird werden wie irgendeine Statue – leblos. Er tut sich das selbst an und merkt es nicht einmal. So wirkt der Elfenstein; darum war es ihm so leicht, ihn zu stehlen. Die Druiden scherte das nicht. Sie wußten, daß wer auch immer ihn benutzt, eines Tages die Konsequenzen tragen muß. Magie kann nicht ohne Folgen absorbiert werden. Uhl Belk ist süchtig auf diese Magie. Er ist auf dieses Gefühl der Transformation angewiesen, darauf, seinem steinernen Leib, dem Land, seinem Königreich und sich selbst immer mehr hinzuzufügen. Selbst wenn er es versuchte, er könnte nicht mehr aufhören.«

»Aber was soll uns das nutzen?« fragte Morgan ungeduldig. Er beugte sich neugierig vor, gefesselt von den Möglichkeiten, die Walkers Erläuterungen aufdeckten. »Selbst wenn du recht hast, was macht das für einen Unterschied? Du willst doch nicht vorschlagen, daß wir einfach abwarten, bis Uhl Belk sich umgebracht hat, oder?«

Walker schüttelte den Kopf. »Darauf können wir nicht warten. Der Prozeß kann Jahre in Anspruch nehmen. Aber Uhl Belk ist nicht so unverwundbar, wie er glaubt. Er hat sich weitgehend von dem schwarzen Elfenstein abhängig gemacht, eingepuppt in seine steinerne Festung; selbst weitgehend zu Stein geworden, interessiert er sich nicht so sehr für das, was um ihn vorgeht, als für die Nahrung, die es braucht, damit seine Mutation fortschreitet. Er ist weitgehend unbeweglich. Habt ihr ihn beobachtet, als er sich zu rühren versuchte? Er kann seine Position nicht schnell verändern, er ist mit dem Fels des Bodens verschweißt. Seine Magie ist alt und außer Gebrauch; der größte Teil seiner Tätigkeit hat damit zu tun, sich durch die Verwendung des Steins zu ernähren. Die Angst, den schwarzen Elfenstein zu verlieren, seiner Nahrungsquelle beraubt, und dem fragwürdigen Wohlwollen seines verrückten Sprößlings ausgeliefert zu sein, bestimmen all sein Denken. Er hat sich in seiner Besessenheit selbst verstümmelt. Das gibt uns eine Chance, ihn zu besiegen.«

Morgan betrachtete Walkers Gesicht eine lange Weile, überdachte die Angelegenheit trotz seines Widerwillens, daran zu glauben, daß irgendeine Erfolgschance bestand, und war sich bewußt, daß Quickenings Augen die ganze Zeit auf ihn gerichtet waren. Er hatte immer an

Walker Bohs Fähigkeit geglaubt, Dinge vernünftig zu durchdenken, wenn andere dazu nicht in der Lage waren. Er war derjenige gewesen, der Par und Coll Ohmsford geraten hatte, ihren Onkel aufzusuchen, als sie wegen der von Allanon gesandten Träume Rat brauchten. Er hatte Angst vor dem, was der Dunkle Onkel vorschlug, doch er war nicht so dumm, es vollständig abzulehnen.

»Alls, was du sagst, mag ja zutreffen, Walker«, sagte er schließlich, »aber eines hast du dabei vergessen. Wir müssen ja irgendwie in den Kuppelbau gelangen, damit wir überhaupt erst eine Gelegenheit bekommen, Uhl Belk zu besiegen. Und er wird uns nicht ein zweites Mal einladen. Das hat er schon klar und deutlich gesagt. Und da wir mit unseren eigenen Mitteln nicht hineingelangen konnten, wie sollen wir ihm denn nahe genug kommen, um irgendwas zu unternehmen?«

Walker faltete nachdenklich die Hände. »Uhl Belk hat einen Fehler begangen, als er uns in die Kuppel kommen ließ. Ich war in der Lage, Dinge zu erspüren, die mir vorher verborgen gewesen waren, solange ich gezwungen war, draußen zu bleiben. Ich war in der Lage, die Natur seiner Festung zu erahnen. Er hat sich über jener Höhle niedergelassen, in der uns die Ratten bei unserer Durchsuchung der Tunnel unter der Stadt in die Enge getrieben hatten. Er hat den Gezeitenstrom zwischen sich und die unterirdische Behausung des Malmschlunds plaziert. Aber er hat sich dabei verrechnet. Der ständige Wechsel der Gezeiten haben Teile des Steins, auf dem er ruht, abgenutzt und erodiert.«

Der Dunkle Onkel kniff die Augen zu Schlitzen zusammen. »Es gibt eine Öffnung, die den Zugang zu der Kuppel von unten her erlaubt.«

Ein anderes Augenpaar verengte sich zu Schlitzen, diese hier ungläubig, als Horner Dees die Implikationen von Pe Ells Worten in der dunklen Stille des Hauses abwog, wo die beiden Männer sich verkrochen hatten. »Umbringen willst du das Viech?« fragte er schließlich. Er konnte nicht umhin, die Worte des anderen zu wiederholen. »Warum denn das?«

»Weil es da draußen ist!« fauchte Pe Ell ungeduldig, als ob das eine Erklärung wäre.

Er starrte den Fährtensucher herausfordernd an, ob er es wagen würde, etwas zu entgegnen. Als Dees nicht antwortete, beugte Pe Ell sich vor. »Wie lange sind wir jetzt in dieser Stadt, Alter – eine Woche, zwei? Ich weiß es nicht einmal mehr. Mir kommt es wie eine Ewigkeit vor! Aber eines weiß ich. Seit wir angekommen sind, jagt uns dieses Vieh. Jede Nacht. Wo wir auch hingehen! Der Kratzer fegt die Straßen, beseitigt den Müll. Ich habe die Nase voll davon!«

Er war starr vor Wut und kämpfte gegen die Erinnerung an diesen eisernen Arm, der ihn umwickelt hatte, an; er hatte Mühe, seinen Ekel unter Kontrolle zu halten. Wenn er mordete, dann war das schnell und sauber. Kein langsames Quetschen, kein Ersticken und Erwürgen. Und niemals hatte ihn etwas angerührt. Nichts war ihm nah gekommen.

Bis jetzt.

Und daß er den Steinkönig nicht im Unterschlupf des Kratzers gefunden hatte, verbesserte seine Laune auch nicht. Er hatte fest damit gerechnet, Uhl Belk und den schwarzen Elfenstein dort zu finden. Statt dessen hatte er es geschafft, beinahe selbst getötet zu werden.

Sein messerscharfes Gesicht war hart und entschlossen. »Ich will mich nicht mehr jagen lassen. Ein Schleicher kann sterben wie irgendwer.« Er machte eine Pause. »Überleg mal. Wenn er tot ist, läßt sich der Steinkönig vielleicht blicken. Vielleicht kommt er raus, um nachzuschauen, was seinen Wachhund getötet hat. Und dann haben wir ihn!«

Horner Dees sah nicht überzeugt aus. »Du denkst um die Ecke rum.«

Pe Ell errötete. »Hast du wieder Angst, Alter?«

»Natürlich. Aber das tut nichts zur Sache. Du bist ein professioneller Killer, ein Berufsmörder. Du tötest nicht ohne Grund und niemals, wenn die Chancen nicht zu deinen Gunsten stehen. Und das kann ich hier nicht sehen.«

»Dann schaust du nicht genau genug hin!« Pe Ell war wütend. »Der Grund ist klar! Hast du nicht zugehört? Es muß nicht um Geld gehen, und es muß auch nicht ein Auftrag von irgendwem sein! Willst du Uhl Belk finden, oder nicht? Und was die Chancen angeht, da sorge ich schon dafür, daß sie zu meinen Gunsten stehen!«

Pe Ell stand auf und wandte sich einen Augenblick lang ab. Er sollte sich nicht darum scheren, was dieser Alte dachte; es sollte überhaupt keine Rolle spielen. Aber irgendwie tat es das, und er weigerte sich, Dees die Befriedigung zu gestatten, daß er sich vertan hatte. Es war ihm ein Greuel zuzugeben, daß Horner Dees ihm das Leben gerettet hatte, nicht einmal, daß er ihm geholfen hatte, zu entkommen. Der Alte war ihm ein Dorn im Auge, den er dringend loswerden mußte. Dees war wie ein Gespenst aus seiner Vergangenheit aufgetaucht, aus einer Zeit, die er längst vergessen und begraben geglaubt hatte. Kein Lebender sollte wissen, wer er war oder was er getan hatte, mit Ausnahme von Felsen-Dall. Niemand durfte in der Lage sein, über ihn zu reden.

Er merkte plötzlich, daß er Horner Dees ebenso dringend umbringen wollte wie den Kratzer.

Außer, daß der Kratzer momentan das dringendere Problem war.

Er drehte sich wieder dem alten Fährtensucher zu. »Ich habe genug Zeit mit dir vergeudet«, fauchte er. »Geh zu den anderen zurück. Ich brauche deine Hilfe nicht.«

Horner Dees zuckte mit den Schultern. »Habe ich auch nicht angeboten.«

Pe Ell wandte sich zum Gehen.

»Bloß aus Neugier«, rief Dees hinter ihm her und erhob sich ebenfalls, »wie willst du ihn denn umbringen?«

»Was geht dich das an?« rief Pe Ell über die Schulter.

»Einen Plan hast du doch nicht, oder?«

Pe Ell blieb in der Tür stehen. Ein überwältigender Drang, diesem lästigen Dees auf der Stelle ein Ende zu bereiten, überfiel ihn. Warum sollte er noch länger warten? Die anderen würden es nie erfahren. Seine Hand schob sich in den Schlitz seines Hosenbeins und schloß sich um den Griff des Stiehls.

»Tatsache ist«, sagte Horner Dees, »daß du den Kratzer nicht töten kannst, selbst wenn du nah genug rankommst, um dein Messer zu benutzen.«

Pe Ells Hand ließ wieder los. »Was meinst du damit?«

»Ich meine, daß selbst, wenn du dem Vieh auflauerst, sagen wir mal, daß du dich von oben auf ihn stürzt oder dich von unten heranschleichst – nicht wahrscheinlich, aber nehmen wir's mal an –, kannst du es noch immer nicht schnell genug erledigen.« Seine scharfen Augen glänzten. »Oh, du kannst ein oder zwei Tentakel abschneiden, vielleicht sogar ein Bein, oder ihm ein Auge ausstechen. Aber das bringt ihn nicht um. Wohin stichst du ihn, damit er stirbt, Pe Ell? Weißt du es? Ich nicht. Ehe du einen zweiten Stich landest, hat der Kratzer dich. Das Vieh verletzen? Ein Schleicher heilt sich selbst auf der Stelle wieder, findet ein paar Blechstücke und repariert, was kaputt ist.«

Pe Ell lächelte – böse, zynisch, kalt. »Ich werde einen Weg finden.«

Dees nickte. »Klar doch.« Er machte absichtlich eine Pause, verlagerte sein Gewicht von einem Fuß auf den anderen. In der Dunkelheit wirkte seine Bärengestalt wie ein Stück der Wand, das sich löste. »Aber nicht ohne einen Plan.«

Pe Ell schaute angeekelt weg, schüttelte den Kopf und sah ihn wieder an. Er hatte schon zu viel Zeit damit verbracht, in dieser trostlosen Stadt herumzutrotten, dieser feuchten, steinernen Gruft. Er hatte schon zu lange gekämpft, um zu verhindern, daß sie ihn verschlang. Und das, gepaart mit Quickenings Magie, der er schon so lange ausgesetzt war, hatte seine Instinkte untergraben, ihn abgestumpft und die Klarheit seiner Gedanken getrübt. Er war an einen Punkt gelangt, wo das einzige, das zählte, sein Bedürfnis war, wieder dorthin zurückzukehren, von wo er gekommen war, in die Welt außerhalb von Eldwist und zu dem Leben, das er so vollständig unter Kontrolle gehabt hatte.

Aber nicht ohne den schwarzen Elfenstein. Er würde ihn nicht aufgeben.

Und nicht ohne Quickenings Leben. Das würde er auch nicht aufgeben.

In der Zwischenzeit versuchte Horner Dees, ihm irgendwas mitzuteilen. Es konnte nichts schaden, ihn anzuhören. Er machte sich ganz still in seinem Inneren – alles, bis hin zu seinem Denken. »Du hast selbst einen Plan, nicht wahr?« flüsterte er.

»Möglich.«

»Ich höre.«

»Vielleicht ist da was dran, was du gesagt hast. Den Kratzer umbringen. Vielleicht lockt das den Steinkönig aus seinem Versteck. Irgendwas muß versucht werden.« Das Zugeständnis kam nur widerwillig.

»Ich höre noch immer.«

»Es braucht uns alle beide. Gleiche Abmachung wie zuvor. Wir passen aufeinander auf, bis die Sache getan ist. Dann sorgt wieder jeder für sich selbst. Dein Wort drauf.«

»Das hast du.«

Horner Dees schlurfte herbei, bis er direkt vor Pe Ell stand, näher, als Pe Ell lieb war. Er schnaufte, als sei er meilenweit gerannt, grinste unter seinem zottigen Bart und ballte seine knorrigen Hände zu Fäusten.

»Ich meine«, sagte er leise, »wir müssen den Kratzer in ein tiefes Loch werfen.«

Morgan Leah musterte Walker Boh wortlos eine Weile, dann schüttelte er den Kopf. Er war überrascht, wie ruhig seine Stimme klang. »Das kann nicht klappen. Du hast selbst gesagt, daß der Steinkönig nicht nur eine bewegliche Statue ist; er hat sich selbst zu einem Bestandteil des Landes gemacht. Er ist alles in Eldwist. Du hast gesehen, was er gemacht hat, als er uns schließlich in die Kuppel ließ, und dann danach, als er den Malmschlund herbeibefahl. Er spaltete einfach die Felswand. Seine eigene Haut, Walker. Meinst du, er merkt es nicht, wenn wir von unten her durch die gleiche Haut zu klettern versuchen? Meinst du nicht, daß er das fühlen kann? Was meinst du, was dann mit uns passiert? Schmatz!«

Er machte ein schnalzendes Geräusch mit seinen Handflächen. Sein Gesicht war dunkelrot angelaufen, und er merkte, daß er zitterte.

Walkers Ausdruck änderte sich nicht. »Was du sagst, ist möglich, aber nicht wahrscheinlich. Uhl Belk ist das Herz und die Seele des Landes, das er schuf, aber er ist auch, genau wie das Land, etwas Steinernes. Stein fühlt nichts, empfindet nichts. Uhl Belk hätte nicht einmal gemerkt, daß wir hier sind, wenn er sich auf seine äußeren Sinne verlassen müßte. Es war unsere Magie, die ihn aufmerksam gemacht hat. Es mag sein, daß genug Menschliches von ihm übrig ist, um Eindringlinge zu bemerken, aber er verläßt sich vor allem auf den Kratzer. Wenn wir es vermeiden können, Magie zu benutzen, dann können wir in die Kuppel gelangen, ohne daß er von unserer Anwesenheit weiß.«

Morgan setzte zum Widerspruch an, doch dann unterbrach er sich. Quickening umklammerte seinen Arm so fest, daß es ihn schmerzte. »Morgan«, flüsterte sie drängend. »Wir können es schaffen. Walker Boh hat recht. Das ist unsere Chance.«

»Unsere Chance?« Morgan schaute auf sie hinunter und mühte sich, sein Gleichgewicht zu bewahren, als ihre dunklen Augen ihn zu ertränken drohten, und er fand sie wieder unwiderstehlich schön. »Unsere Chance, was zu tun, Quickening?« Er zwang sich, seinen Blick von ihr zu wenden und schaute Walker an. »Angenommen, du hast recht mit alledem, und wir können tatsächlich in die Kuppel gelangen, ohne daß Belk es merkt. Was ändert das? Was sollen wir dann tun? Unsere angeschlagene Magie benutzen, alle drei – ein unbewaffnetes Mädchen, ein Einarmiger und ein Mann mit einem halben Schwert? Sind wir nicht genau da, wo wir waren, als wir dieses Gespräch angefangen haben?«

Er ignorierte Quickenings Hände, die an seinen Armen zogen. »Ich will dir nichts vormachen, Walker. Du weißt, was ich denke. Du weißt es von jedem. Ich habe große Angst. Ich gebe es zu. Wenn das Schwert von Leah wieder heil wäre, könnte ich eine Chance gegen so was wie Uhl Belk haben. Aber das ist nicht der Fall. Ich verfüge nicht über irgendeine angeborene Magie wie du oder Par. Ich habe nur mich selbst. Ich habe bislang überlebt, indem ich meine Grenzen akzeptiert habe. Nur so war es möglich, die Föderationsoffiziere zu bekämpfen, die meine Heimat besetzt haben; nur so war es möglich, etwas so viel Größeres und Stärkeres zu überleben. Man muß seine Kämpfe sorgfältig auswählen. Der Steinkönig ist ein Monster, das Monster befehligt, und ich sehe nicht, wie wir drei irgend etwas gegen ihn ausrichten können.«

Quickening schüttelte den Kopf. »Morgan…«

»Nein«, unterbrach er sie hastig, unfähig, sich selbst jetzt aufzuhalten. »Sag jetzt nichts. Hör mich bitte an. Ich habe alles getan, was du wolltest. Ich habe andere Verantworungen aufgegeben, die ich hätte wahrnehmen müssen, um mit dir nach Norden auf die Suche nach Eldwist und Uhl Belk zu kommen. Ich bin mitgekommen, um den schwarzen Elfenstein zu finden. Ich will, daß du erfolgreich erledigst, was dein Vater dir aufgetragen hat. Aber ich habe keine Ahnung, wie das geschehen soll, Quickening. Weißt du es? Kannst du es mir sagen?«

Sie stellte sich vor ihn hin und hob ihr Gesicht zu ihm auf. »Ich kann dir sagen, daß es geschehen wird. Mein Vater hat mir gesagt, daß es so sein wird.«

»Ich weiß, mit Hilfe meiner Magie und der von Walker und Pe Ell. Also, was ist mit Pe Ell? Sollte er nicht mitkommen? Brauchen wir ihn nicht, wenn wir was erreichen wollen?«

Sie zögerte, ehe sie antwortete. »Nein. Pe Ells Magie wird erst später gebraucht.«

»Später. Und deine eigene?«

»Ich habe keine Magie, bis ihr den Elfenstein erobert habt.«

»Es bleibt also an Walker und mir hängen.«

»Ja.«

»Irgendwie.«

»Ja.«

Walker trat ungeduldig hinzu, sein bleiches Gesicht hart und entschlossen. »Das langt, Hochländer. Du tust so, als handle es sich um irgendeinen mystischen Prozeß, der göttliche Fügung oder die Weisheit der Toten verlangte. Es gibt nichts Mysteriöses an dem, was man uns zu tun bittet. Der Steinkönig ist im Besitz des schwarzen Elfensteins; er muß dazu gebracht werden, ihn herzugeben. Wir müssen uns durch den Boden nach oben in die Kuppel schleichen und ihn überraschen. Wir müssen einen Weg finden, ihn zu erschrecken, ihn zu verblüffen, etwas, das ihn veranlaßt, den Stein loszulassen, und ihn ihm dann wegschnappen. Wir müssen nicht mit ihm kämpfen, wir brauchen ihn nicht zu erschlagen. Es handelt sich nicht um einen Wettstreit der Kräfte; es ist ein Wettstreit des Willens. Und der Klugheit. Wir müssen klüger sein als er.«

Die Augen des Dunklen Onkels glühten. »Wir sind nicht den ganzen Weg hierhergekommen, Morgan Leah, um jetzt einfach umzukehren und wieder zu verschwinden. Wir wußten, daß man uns keine Antworten auf unsere Fragen geben würde, daß wir selbst herausfinden müssen, wie wir alles, was nötig ist, erledigen. Das haben wir getan. Wir müssen es nur noch einmal tun. Wenn wir es nicht tun, ist der Elfenstein für uns verloren. Und damit auch die Vier Länder. Damit haben die Schattenwesen gesiegt. Cogline und Ondit sind umsonst gestorben. Dein Freund Steff ist umsonst gestorben. Willst du das? Ist das deine Absicht? Ist es das, Morgan Leah?«

Morgan drängte sich an Quickening vorbei und packte Walkers Umhang. Walker packte ihn seinerseits. Einen Augenblick lang hielten sie sich einander wortlos fest, Morgans Gesicht wutverzerrt, Walker glatt und konzentriert.

»Ich habe auch Angst, Hochländer«, sagte Walker Boh leise. »Meine Ängste gehen weit über das hinaus, was hier von uns erwartet wird. Ich bin von Allanons Schatten beauftragt worden, den schwarzen Elfenstein zu benutzen, um Paranor und die Druiden zurückzubringen. Wenn die Anwendung des Elfensteins auf den Malmschlund Uhl Belk zu Stein verwandelt, was wird dann seine Anwendung auf das verschwundene Paranor an mir ausrichten?«

Eine lange, leere Stille entstand, in der die Frage drohend in der Finsternis des Zimmers hing. Dann flüsterte Walker: »Es spielt keine Rolle, verstehst du? Ich muß es herausfinden.«

Morgan ließ Walkers Umhang aus seinen Fingern gleiten und trat langsam einen Schritt zurück. »Warum machen wir das?« flüsterte er zur Antwort. »Warum?«

Walker Boh lächelte beinahe. »Du weißt, warum, Morgan Leah. Weil kein anderer da ist.«

Morgan lachte gegen seinen Willen. »Tapfere Soldaten? Oder unverbesserliche Idioten?«

»Wahrscheinlich beides. Und vielleicht sind wir einfach halsstarrig.«

»Das scheint mir auch.« Morgan seufzte traurig, verdrängte die erdrückende Düsternis und kämpfte gegen das Gefühl von Ausweglosigkeit an. »Ich meine aber, es müßten mehr Antworten da sein, als wir haben.«

Walker nickte. »Durchaus. Aber statt dessen gibt es nur Gründe, und mit denen werden wir uns begnügen müssen.«

Morgan jagten die Erinnerungen durchs Bewußtsein, an seine vermißten und toten Freunde, an seinen Kampf, am Leben zu bleiben, und an die Myriaden von Ereignissen, die ihn aus seiner Heimat im Hochland bis an dieses äußerste Ende der Welt gebracht hatten. So viel war geschehen, und das meiste außerhalb seiner Kontrolle. Er fühlte sich klein und hilflos angesichts dieser Ereignisse, ein winziges Fetzchen Müll, das im Meer schwamm, getragen von den Gezeiten und ihren Launen. Er war krank und erschöpft; er brauchte eine Lösung. Vielleicht war nur der Tod eine angemessene Lösung.

»Laß mich mit ihm reden«, hörte er Quickening sagen.

Allein knieten sie einander gegenüber in der Mitte des Zimmers, umgeben von Schatten, ihre Gesichter so nah, daß Morgan sein Spiegelbild in ihren Augen sehen konnte. Walker war verschwunden. Quickening streckte die Hände nach ihm aus und ließ ihre Finger auf seinem Gesicht ruhen, strich über die Linien seiner Züge.

»Ich liebe dich, Morgan Leah«, wisperte sie. »Ich will, daß du das weißt. Es klingt seltsam, mich so etwas sagen zu hören. Ich hätte nie geglaubt, daß ich dazu in der Lage wäre. Ich habe meine eigenen Ängste, anders als deine oder Walker Bohs. Ich habe Angst, zu lebendig zu sein.«

Sie beugte sich vor und küßte ihn. »Verstehst du, was ich meine, wenn ich das sage? Ein Elementarwesen erhält sein Leben nicht aus der Liebe zwischen einem Mann und einer Frau, sondern aus den Notwendigkeiten der Magie. Ich wurde erschaffen, um einem Ziel zu dienen, dem Ziel meines Vaters, und ich wurde ermahnt, mich vor Dingen in acht zu nehmen, die mich ablenken könnten. Doch was könnte mich mehr ablenken, Morgan Leah, als meine Liebe zu dir? Ich kann diese Liebe nicht erklären. Ich verstehe sie nicht. Sie kommt aus jenem Teil von mir, der Mensch ist, und bricht allen meinen Bemühungen, sie abzuleugnen, zum Trotz hervor. Was soll ich tun? Ich sage mir, daß ich sie außer acht lassen muß. Sie ist... gefährlich. Aber ich kann sie nicht aufgeben; denn sie zu fühlen, gibt mir Leben. Sie macht mich zu mehr als einem Ding aus Erde und Wasser, mehr als einem bißchen zu Leben erwecktem Lehm. Sie macht mich wirklich.«

Er küßte sie auch, innig und entschlossen, erschreckt über das, was sie ihm sagte, über den Klang ihrer Worte und die Implikationen, die darin steckten. Er wollte mehr nicht hören.

Sie befreite sich. »Du mußt mich anhören, Morgan. Ich hatte vor, mich an meines Vaters Weg zu halten und nicht abzuweichen. Sein Rat schien vernünftig. Aber ich stelle jetzt fest, daß ich mich nicht daran halten kann. Ich muß dich lieben. Es spielt keine Rolle, was von jedem von uns erwartet wird; wir sind nicht lebendig, wenn wir nicht auf unsere Gefühle reagieren. Darum werde ich dich so lieben, wie ich es vermag; ich fürchte mich nicht mehr vor dem, was daraus folgen kann.«

»Quickening...«

»Aber«, fügte sie hastig hinzu. »Der Weg liegt dennoch klar vor uns, und wir müssen ihm folgen, du und ich. Wir haben gesehen, wohin er führt, und wir müssen ihn bis zum Ende gehen. Der Steinkönig muß überwunden werden. Der schwarze Elfenstein muß zurückgeholt werden. Du und ich und Walker Boh, wir müssen dafür sorgen, daß dies geschieht. Wir müssen, Morgan. Wir müssen.«

Er nickte, während sie sprach, hilflos angesichts ihrer Beharrlichkeit. Seine Liebe zu ihr war so stark, daß er alles getan hätte, was sie erbat, auch gegen die schwerwiegendsten Vorbehalte. Tränen traten ihm in die Augen, aber er unterdrückte sie, vergrub sein Gesicht an ihrer Schulter und umarmte sie innig. Mit den Fingern fuhr er durch ihr Silberhaar und strich ihr über den Nacken. Er fühlte, wie ihre schlanken Arme ihn umfingen und wie sie am ganzen Leib zitterte.

»Ich weiß«, sagte er leise.

Dann mußte er an Steff denken, der von der Hand des Mädchens starb, das er geliebt hatte, weil er sie für etwas gehalten hatte, das sie nicht war. Würde es ihm wohl auch so ergehen? Und er dachte auch an das Versprechen, das er seinem Freund einst gegeben hatte, ein Versprechen, das sie alle gegeben hatten, Par und Coll und er, daß, falls einer von ihnen eine Magie fände, die helfen würde, die Zwerge zu befreien, dann würden sie alles tun, um sie zu gewinnen und dafür zu sorgen, daß sie benutzt würde. Der schwarze Elfenstein besaß sicherlich eine solche Magie.

Er fühlte, wie Ruhe ihn erfaßte und den Zorn und die Befürchtungen, die Zweifel und die Ungewißheiten vertrieb. Der Weg lag tatsächlich klar vor ihm, und er hatte nie eine andere Wahl gehabt, als ihm zu folgen.

»Wir werden es schaffen«, flüsterte er und fühlte, wie ihre Tränen seine Wange netzten.

Walker stand in der Dunkelheit des Nebenzimmers, schaute zu, wie die Liebenden sich umarmten und fühlte, wie ihr Zusammensein nach ihm faßte wie nach der winzigen Hand eines verirrten Kindes. Er wandte sich ab. Eine solche Liebe gab es für ihn nicht. Er empfand Kummer für einen Augenblick und wischte ihn hastig beiseite. Seine Zukunft war ein winziger Lichtblick von Gewißheit in der Finsternis der Gegenwart. Manchmal enthüllte sein Vorauswissen eine schneidend scharfe Ecke.

Geräuschlos bewegte er sich durch das Gebäude, bis er ein offenes Fenster hoch über der Straße erreichte, und schaute hinaus in das Getümmel von Nebel und Dunkelheit. Eldwist war eine Welt aus steinernen Labyrinthen, Mauern und Schluchten, die ihn durch einen erbarmungslosen, nassen Vorhang anstarrten. Es war hart und gewiß und sinnlos, und es erinnerte ihn an die Richtung, die sein Leben genommen hatte.

Doch jetzt schien sein Leben endlich mehr als nur das zu werden. Ein Rätsel jedoch blieb. Der Hochländer hatte es angerührt, war daran vorbeigestrichen, als er zu begreifen versuchte, wie es möglich war, daß sie gegenüber einem Wesen von der Macht des Uhl Belk bestehen könnten. Das Rätsel hatte sie vom Beginn dieser Reise an begleitet, ständig präsent und nicht gewillt, sich lüften zu lassen. Dieses Rätsel war Quickening selbst. Die Tochter des Königs vom Silberfluß, erschaffen aus den Elementen des Gartens, magisch zum Leben erweckt – sie war ein Rätsel aus Worten einer anderen Sprache. Sie war ausgesandt, sie nach Eldwist zu führen. Aber hätte eine Aufforderung den Zweck nicht ebenso erfüllt? Statt dessen hatte der König vom Silberfluß ein lebendes, atmendes Wunder, ein Wesen von unglaublicher Schönheit geschickt. Warum? Sie war aus einem Grund hier, und es war ein Grund, der jenseits dessen lag, was sie enthüllte.

Walker Boh fühlte eine dunkle Stelle in seinem Inneren bei den Möglichkeiten erschaudern.

Was war es, das Quickening wirklich zu tun ausgesandt worden war?

Bei Tagesanbruch verließen die drei ihr Versteck und gingen auf die Straßen hinunter. Der Regen hatte aufgehört, die Wolken waren über die Dächer der Häuser gestiegen, und das Licht war grau und stählern. Stille umhüllte das Gebein von Eldwist wie ein Leichentuch; es war völlig windstill, leer und frei von Nebel. Aus der Ferne war dumpf das Murmeln des Ozeans zu hören. Ihre Schritte hallten dumpf, und ihr Echo stieg wie ein Wispern in den Himmel. Erfolglos suchten sie nach Leben in der Stadt. Weder ein Zeichen von Horner Dees noch von Pe Ell. Der Kratzer hatte sich in seinem Bau verkrochen. Der Malmschlund schlief unter der Erde. Und in seiner kuppeltragenden Festung erwartete sie Uhl Belk für die unvermeidliche, finstere Konfrontation.

Aber Walker Boh war dennoch im Frieden mit sich selbst.

Er schritt vor Morgan und Quickening einher, überrascht über die

Tiefe seiner Ruhe. Er hatte sich so verausgabt in dem Kampf, den Sinn und das Ziel seines Lebens zu verstehen und zu kontrollieren, hin- und hergerissen zwischen dem Zwillingsgespenst seines Erbes und seines Schicksals. Jetzt war das alles in den Hintergrund gerückt. Zeit und Ereignisse hatten ihn zu diesem Augenblick geführt, einem unerbittlichen Strudel, der den Sinn seines Lebens für ihn entscheiden würde. Die Begegnung mit dem Steinkönig würde darüber entscheiden, wer und was er war. Entweder war er des Auftrags würdig, den Allanons Schatten ihm gegeben hatte, oder er war es nicht. Entweder war er dazu bestimmt, in den Besitz des schwarzen Elfensteins zu gelangen und Paranor und die Druiden zurückzubringen, oder er war es nicht. Entweder würde er Uhl Belk überleben, oder auch nicht. Er stellte nicht mehr in Frage, daß seine Zweifel einer Entschlossenheit weichen mußten; er erlaubte sich nicht mehr, sich mit »Was, wenn's« abzugeben, die ihn so lange geplagt hatten. Die Umstände hatten ihn an diesen Ort geführt, und das war genug. Gleich, ob er überlebte oder den Tod fand, er wäre endlich frei von der Vergangenheit. War die Shannara-Magie in ihm lebendig und trotz des Verlustes seines Armes an das Asphinxgift stark genug, um dem Zorn des Steinkönigs standzuhalten? War das Vermächtnis, das Allanon Brin Ohmsford übertragen hatte, für ihn bestimmt? Er würde es erfahren. Wissen, dachte er mit unleugbarer Ironie, war immer befreiend.

Morgan Leah war weniger gewiß.

Ein halbes Dutzend Schritte hinter ihm klammerte sich der Hochländer an Quickenings Hand, eine zerbrechliche Schale, in der Ängste und Befürchtungen wie gefangene Fliegen umhersummten. Im Gegensatz zu Walker Boh wußte er schon viel zuviel. Er wußte, daß Walker nicht mehr der Dunkle Onkel von früher war, daß der Mythos seiner Unbesiegbarkeit gleichzeitig mit seinem Arm in Scherben gegangen war und daß er von der gleichen Welle von Prophezeiungen und Versprechungen getragen wurde, wie sie alle. Er wußte, daß er selber noch unfähiger war, ein Mann ohne eine intakte Waffe und einer Magie beraubt, die ihn bei früheren Auseinandersetzungen mit weit geringeren Gegnern nur um Haaresbreite gerettet hatte. Er wußte, daß alles von ihnen beiden allein abhing, daß Quickening nicht eingreifen konnte, daß sie ihr Schicksal teilen, aber nicht beeinflussen konnte. Er konnte behaupten, daß er verstand, warum sie den schwarzen Elfenstein brauchte, warum sie den Versprechungen ihres Vaters glaubte und darauf vertraute – er konnte es beim Namen nennen. Er konnte beten, daß sie das, was sie da unternahmen, irgendwie überleben würden, daß ein Wunder sie retten würde. Aber die Ängste und Befürchtungen ließen sich durch Worte und Gebete nicht vertreiben; sie ließen sich mit falschen Hoffnungen nicht beschwichtigen. Sie flohen in seinem Inneren wie aufgeschrecktes Wild, und er konnte sein Herz zur Antwort auf ihre Flucht heftig pochen hören.

Was würde er tun, fragte er sich verzweifelt, wenn der Steinkönig diese toten Augen auf ihn richtete? Wo sollte er die Kraft hernehmen?

Heimlich warf er einen Seitenblick auf Quickening, auf die Linien und Schatten ihres Gesichts und den dunklen, beruhigenden Glanz in ihren Augen.

Doch Quickening ging neben ihm, ohne es zu merken.

Sie folgten den leeren Straßen zum Herzen der Stadt, schlichen wie Katzen mit dem Rücken zu den Hausmauern entlang der steinernen Bänder der Gehsteige. Sie konnten den Boden unter sich beinahe von dem Leben des Steinkönigs pulsieren fühlen; konnten fast das Geräusch seines Atems in der Stille hören. Eine alte Gottheit, ein Geist, ein Wesen von unbegreiflicher Macht – sie konnten seine Augen auf sich gerichtet fühlen. Die Minuten verstrichen, Straßen und Gebäude kamen und gingen mit einer Gleichförmigkeit, die von Zeitaltern wisperte, die gekommen und gegangen waren, von Leben von dem ihren, das diesen Weg gegangen war, ohne Spuren zu hinterlassen. Eine erdrückende Gewißheit erfaßte sie, eine wortlose Stimme, ein kaum erinnertes Gesicht, eine federleichte Berührung, alles dazu angetan, sie von der Aussichtslosigkeit ihres Unterfangens zu überzeugen. Sie fühlten seine Gegenwart und reagierten jeder auf seine Weise, jeder mit der ihm zur Verfügung stehenden Abwehr. Keiner kehrte um. Keiner gab nach.

Aneinander gebunden durch ihre Entschlossenheit, diesem Alptraum ein Ende zu setzen, gingen sie weiter.

Im Osten hellte sich das fahle Dämmerlicht zu frostigem Silbernebel auf, der sich mit den Wolken paarte und die Stadt kristallen machte.

Kurz darauf sahen sie die Kuppel zum ersten Mal, und Walker Boh drängte sich in den Schatten des Hauses, an dem sie entlanggingen, als fürchte er, die Kuppel könne sie sehen. Er führte sie den Gehsteig zurück und eine Nebenstraße entlang, hinüber und eine andere hinunter; im Zickzack schlängelten sie sich durch das Labyrinth. Sie schlichen durch die Feuchtigkeit wie ein Wasserrinnsal, das immer das niedrigste Niveau sucht und nie langsamer wird. Ihr Weg führte sie in Mäandern, doch die Kuppel rückte hinter den Mauern, die sie abschirmte, immer näher.

Schließlich blieb Walker stehen und hob den Kopf aus der Kapuze seines Umhangs, als schnuppere er die Luft. Er war nach innen gekehrt, lotete in der Finsternis seines Bewußtseins die Magie aus, die ihn führen würde, so seine Augen nicht sehen konnten. Dann ging er wieder weiter, führte sie über eine Straße, durch eine kleine Gasse und weitere Straßen hinunter zu einem Gebäude mit einem Eingang zu einem breiten Treppenhaus. Sie stiegen die dunklen Treppen hinunter in einen höhlenartigen Keller, wo Dutzende der Waggons der Alten Welt auf ihren versteinerten Schienen ruhten. Die massiven, steinernen Wagen, vom Zahn der Zeit zerbrochen und zerklüftet, gaben dem Keller das Aussehen eines Gebeinhauses. Licht fiel in dünnen Streifen über die Skelette, und Staubwolken dekorierten die Luft mit feinem Dunst.

Die Treppen führten weiter in die Tiefe, und die drei stiegen hinunter. Sie gelangten in einen Vorraum mit einem runden Portal am gegenüberliegenden Ende, gingen zögernd hindurch und befanden sich wieder im Abwassersystem der Stadt. Die Kanäle führten in drei Richtungen in die Finsternis – Katakomben, in Schweigen gehüllt und mit dem Geruch toter Dinge geschwängert. Walker hob seine Hand und silbernes Licht strahlte aus seinen Fingern. Er blieb wieder stehen, als untersuche er die Luft. Dann führte er sie nach links.

Der Tunnel verschluckte sie mühelos mit seinen undurchdringlichen, steinernen Wänden, die sie für immer festzuhalten drohten. Die Stille war ein heimlicher, unsichtbarer Beobachter. Der Malmschlund war nicht zu hören – kein Gerumpel, nicht einmal das Beben seines Atems. Eldwist fühlte sich wieder an wie ein Grab, vom Leben verlassen, eine Heimat der Toten. Sie gingen im Gänsemarsch hintereinander, Walker vorneweg, dann Quickening und hinter ihr Morgan. Kein Wort wurde gewechselt, kein Blick. Sie hielten die Augen auf das Licht gerichtet, das Walker in die Höhe hielt, auf den Tunnelboden, auf dem sie gingen, und auf die Bewegungen ihrer eigenen Schritte.

Walker wurde langsamer. Seine leuchtende Hand bewegte sich erst zu der einen, dann zur anderen Seite. Ein schwacher Schein erfaßte die Umrisse einer dunklen Öffnung in der linken Wand mit einer Treppe dahinter.

Wieder stiegen sie tiefer, folgten den feuchten, glitschigen, groben Stufen durch ein Wurmloch in der Erde. Sie rochen jetzt den Gezeitenstrom, hörten sein fernes Donnern gegen Eldwists Küste. Sie lauschten aufmerksam auf das Quieken der Ratten, doch sie hörten nichts. Als sie das untere Ende der Treppe erreichten, führte Walker sie nach rechts durch einen engen Spalt, gespickt mit messerscharfen, von der Natur und der Zeit geschliffenen steinernen Vorsprüngen. Langsam und vorsichtig bewegten sie sich nah beieinander, um innerhalb des Lichtkegels zu bleiben, hindurch. Nässe überzog die Wände mit dunklen Flecken. Im Licht bewegte sich etwas, flitzte davon. Morgan erhaschte einen Blick darauf. Meeresgetier, erkannte er überrascht. Kleine, schwarze Krebse. Waren sie tief genug unter Uhl Belk, daß solche Tiere hier leben konnten? Waren sie nah genug am Wasser?

Dann gelangten sie wieder in die unterirdische Höhle unter der Stadt. Sie standen auf dem Felsvorsprung zwischen den Felswänden, und unter ihnen schäumten der Ozean wild um die Klippen. Nebel wirbelte durch die Höhle und füllte auch die hintersten Winkel mit einem weißen Schleier. Tageslicht hellte die Schatten auf, wo die Felsen gespalten waren, und erzeugten kleine, fast farblose Regenbögen vor dem Nebel.

Der Vorsprung verlief in beide Richtungen. Walker Boh untersuchte beide Seiten, erfühlte jene Gegenwart, von der er wußte, daß sie da wäre, spürte den Puls ihrer Magie. Seine Augen hoben sich auf das Ungesehene. Uhl Belk.

»Hier entlang«, sagte er leise und wandte sich nach links.

Dann ertönte das Donnern des erwachenden Malmschlunds, und ganz Eldwist bebte heftig.

Der Plan war einfach, aber einfache Pläne waren meistens auch jene, die am besten klappten. Das einzige Problem bei diesem hier, dachte Pe Ell, als er im Schatten des Hauses gegenüber von der Behausung des Kratzers stand, daß er derjenige war, der das ganze Risiko zu tragen hatte, während Horner Dees sich in Sicherheit befand.

Aber der Plan stammte natürlich von dem Alten.

Wie Quickening, Walker und Morgan waren sie bei Tagesanbruch aus ihrem Refugium auf die Straße hinuntergeschlichen und hatten den freudlosen Tag mit zusammengekniffenen Augen und mißtrauischem Stirnrunzeln begrüßt. Nach einem kurzen Blickaustausch hatten sie sich aufgemacht, waren zunächst zu der Behausung des Kratzers gegangen und hatten dann die Strecke festgelegt, der entlang Pe Ell den Schleicher locken würde. Als Dees sicher war, daß Pe Ell sie sich gut eingepägt hatte, installierten sie die Ausrüstung für den alten Mann, prüften die Hebelwirkung des Behelfsflaschenzugs und trennten sich.

Pe Ell ging wieder zurück zum Bau des Kratzers, und dort stand er nun und wartete.

List und Schnelligkeit würde er brauchen, zuerst das eine, dann das andere, und nicht zu viel von beidem – Werkzeuge eines Mörders.

Er lauschte lange in die Stille, schätzte die Entfernung, die er zurücklegen mußte, und maß seinen Fluchtweg ab. Diesmal würde ihm keiner zu Hilfe kommen, wenn etwas schiefging. Sein schmales Gesicht wandte sich hierhin und dorthin, hob sich in den Geruch von Meer und Steinen, schärfte sich gegen den Nebel und wachte über die Instinkte, die ihm sagten, daß der Schleicher noch wach war.

Er lächelte sein kaltes, leeres Lächeln. Die Wut war verflogen. Die Aussicht auf das Morden beruhigte ihn wie Quickenings Berührung, tröstete ihn und schenkte ihm Frieden. Er war still und im reinen mit sich selbst; alles war bereit und an Ort und Stelle, so scharf wie die Klinge des Stiehls und ebenso gewiß.

Geräuschlos überquerte er die Straße zum Eingang in den Bau. Das Seil mit dem Ankerhaken hielt er fest in der Hand. Vor der Tür schleuderte er den Haken wieder über den gleichen steinernen Vorsprung, den er am Vorabend benutzt hatte. Mit einem scharfen Klirren landete der Haken und hielt. Pe Ell wich zurück und wartete. Doch die Tür blieb verschlossen. Der Kratzer hatte ihn entweder nicht gehört, oder er bereitete sich auf das, was als nächstes geschehen würde vor. Pe Ell hatte gehofft, daß das Geräusch des Hakens das Vieh herauslocken und ihm die Mühe des Kletterns ersparen würde. Aber er wußte, daß das zu viel verlangt war.

Er holte tief Luft. Das war der Augenblick, in dem der Plan wirklich gefährlich zu werden begann.

Er packte das Seil, das von dem Ankerhaken baumelte, und begann zu klettern. Er war schnell und stark genug, daß er nur seine Hände brauchte. Oben angekommen, packte er den Hebel, der den versteckten Eingang zu dem Unterschlupf betätigte, drückte heftig darauf und ließ sich behende wie eine Katze an dem Seil zu Boden gleiten. Die Tür öffnete sich schon, als er unten anlangte. Ein leises Geräusch drang von drinnen, und er sprang augenblicklich zurück. Ein Tentakel erwischte ihn um Haaresbreite, pfiff an seinem Kopf vorbei. Der Kratzer hatte sich schon in Bewegung gesetzt, watschelte als Bündel wedelnder Tentakel vorwärts.

Sobald sich die Tür vollständig geöffnet hatte, preschte der Schleicher wild fuchtelnd und ohne sich um die Tatsache zu scheren, daß es schon Tag war, heraus. Wütend über Pe Ells Störung, setzte er augenblicklich zur Verfolgung an. Der Mörder jagte direkt vor dem wildgewordenen Biest her in die Schatten der Gasse auf der anderen Straßenseite. Der Schleicher folgte schneller, als Pe Ell erwartet hatte. Ihm kam der Verdacht, daß er seine Chance falsch eingeschätzt haben könnte. Aber er hatte jetzt keine Zeit, die Angelegenheit zu überdenken, und die Zweifel wichen einer wilden Entschlossenheit, die ihn vorwärtstrieb.

Er raste die Gasse entlang und auf die angrenzende Straße hinaus, kam schliddernd zum Stillstand. Vorsicht vor den Falltüren, dachte er. Paß auf, daß du nicht selbst von einer erwischt wirst. Denn das war, was sie für den Kratzer geplant hatten, der alte Mann und er. Einen langen Sturz in ein tiefes Loch – einen Sturz in Eldwists Eingeweide. Wenn er lange genug am Leben blieb.

Der Kratzer schoß durch die Tür des Hauses neben ihm, wählte jetzt seine eigene Route und überrumpelte ihn beinahe. Um Haaresbreite entkam er den Tentakeln, entwischte, ehe das Vieh ihn packen konnte. Er flitzte um die Hausecke, der Kratzer dicht hinter ihm. Sein Eisenpanzer klirrte und schepperte, klapperte und quietschte. Pe Ell konnte seine Größe hinter sich aufragen fühlen wie eine Lawine, die gleich losbricht. Er durchquerte ein Gebäude und noch eines und gelangte wieder auf eine Straße. Nicht mehr weit, nur noch zwei Blocks. Und das Monster? Er drehte sich suchend um. Er konnte es herannahen hören, aber das Geräusch schien aus allen Richtungen gleichzeitig zu kommen. Wo...?

Aus dem Schatten eines dunklen Eingangs schoß der Schleicher hervor und schlug mit seinen eisernen Armen wenige Zentimeter neben Pe Ell auf den Boden, und der Mörder sprang davon. Pe Ell brüllte vor Wut und Entsetzen.

So schnell!

Er wollte sich umwenden und kämpfen, wollte das Monster auf das kalte Eisen des Stiehls reagieren sehen, wenn er seinen Leib in Streifen zerschnitt. Er wollte *fühlen*, wie der Schleicher starb. Aber er rannte statt dessen wieder weiter, jagte über die Steinwege der Stadt, die Straßen hinunter an den Hausmauern entlang, durch Schatten und graues Licht, ein Hauch von etwas, das schwärzer war als die Nacht. Tentakel knisterten und peitschten hinter ihm her, fingen sich in Türen und Fensterrahmen, fetzten sie auseinander und ließen Staub und Steinsplitter aufstieben. Der massige Leib raste auf metallenen Beinen donnernd über den Stein. Der Kratzer schien immer schneller zu werden. Falls das Tageslicht ihn störte, falls seine Blindheit ihn behinderte, so war davon jetzt nichts zu merken. Pe Ell konnte seine wilde Wut fühlen, als wäre sie greifbar.

Die Verfolgungsjagd führte eine weitere Straße entlang und um eine letzte Ecke. Pe Ell fühlte, daß er an Vorsprung verlor. Vor ihm endete die Straße vor einem versteinerten Park mit Stufen, die in ein Becken mit einer geflügelten Statue in der Mitte führten – und davor eine Falle, die gleiche Falle, in die der Hochländer und der alte Mann ein paar Tage zuvor gestürzt waren.

Horner Dees wartete an das Seil gebunden am Rand der versteckten Tür als Köder für die Falle. Pe Ell sprang seitlich auf den Gehsteig und beschleunigte, als der Kratzer hinter ihm mit peitschenden Tentakeln um die Ecke bog. Er rannte an Horner Dees vorbei, erhaschte einen Blick auf sein rauhes, unter dem dichten Bart bleiches Gesicht, und sprang zu der Mauer, wo die Seile für den Flaschenzug bereitlagen. Er zog sie stramm, und Horner Dees wurde über der Falle in die Höhe gerissen. Pe Ell hörte den Schleicher die Straße entlangtrampeln, und er hörte Horner Dees schreien. Der Kratzer entdeckte den alten Mann, veränderte seine Richtung leicht und stürmte auf ihn zu. Dees strampelte gegen seinen Willen, als der Moloch mit quietschenden Eisenscharnieren auf ihn zudonnerte.

Dann löste sich die Falltüre und das Monster begann abzustürzen. Es schlidderte wild und scheppernd die Steinrampe hinunter. Es war so begierig gewesen, den Fährtensucher zu schnappen, daß es die Falle vergessen hatte. Jetzt hatte es den Schleicher erwischt, und er rutschte hinunter und außer Sicht. Pe Ell schrie entzückt auf.

Doch plötzlich kamen die Tentakel zum Vorschein und klammerten sich an steinerne Vorsprünge – eine Ecke der Stufen des Beckens, ein Stück einer halb eingestürzten Mauer, was immer sie fanden. Und das Vieh rutschte nicht mehr. Staub stieg auf und verdunkelte alles. Pe Ell zögerte, vergaß einen Augenblick lang an dem Seilzug zu ziehen, der Dees festhielt. Dann hörte er den alten Mann brüllen. Er riß heftig an den Seilen, doch sie rührten sich nicht. Etwas zog am anderen Ende, etwas, das weit mehr Kraft hatte als er. Er hatte zu lange gewartet. Der Kratzer hatte Horner Dees.

Pe Ell zauderte nie. Er dachte nicht an sein Versprechen; sein Wort zu halten, war ihm nie wichtig erschienen. Er reagierte nur. Er ließ die Seile fallen, sprang von der Mauer und raste durch das steinerne Becken auf die Straße. Er sah den alten Fährtensucher mit Händen und Füßen um sich schlagend, einen Fangarm um seinen stämmigen Leib gewikkelt, über den Stein zum Rand des Lochs rutschen. Er erreichte Horner Dees gerade in dem Moment, in dem der alte Mann im Loch verschwinden würde. Mit einem Hieb des Stiehls wurde der Fangarm durchtrennt, ein zweiter zerschnitt die Seile des Flaschenzugs.

»Hau ab!« brüllte Pe Ell und stieß den kräftigen Mann vorwärts.

Ein Tentakel schlängelte sich näher und versuchte, ihm die Arme zu fesseln. Er wand sich, die Klinge des Stiehls glühte mit magischer Kraft, und der Fangarm fiel ab. Pe Ell raste nach links und zerschnitt die Tentakel, die den Kratzer festhielten. Staubwolken stiegen in die Luft und vermischten sich mit dem Dunst, bis man kaum noch etwas erkennen konnte. Pe Ell folgte seinem Instinkt. Er huschte und sprang zwischen dem Gewirr von Tentakeln herum, und zerhackte einen nach dem anderen. Dann hörte er ein Knirschen, und das Monster begann wieder abzurutschen.

Noch einmal fuchtelten die Tentakel wild in der Luft herum, dann war der Kratzer verschwunden. Er stürzte von der Rutsche und hinunter in den Abgrund. Pe Ell unterdrückte seine Erleichterung und raste wieder zurück, um Dees zu suchen. Er fand ihn, wie er erschöpft an den Stufen des Beckens entlangkroch. »Steh auf!« brüllte er, riß ihn auf die Füße und stieß ihn vorwärts.

Hinter ihnen zerbarst der Boden, und Steinbrocken flogen hoch in die Luft. Die beiden Männer stolperten und fielen und schauten sich um.

Der letzte Akt von Horners Plan kam zur Erfüllung.

Aus den Tiefen von Eldwist stieg wütend der Malmschlund, der von dem Aufprall des Kratzers geweckt worden war. Der monströse Wurm brüllte und schüttelte sich, als er sich himmelwärts hob. Sein zerklüfteter, schuppiger Schlangenleib glänzte und war so gigantisch, daß er das graue Tageslicht verdüsterte. Der Kratzer hing ihm aus dem Maul, verwandelte sich langsam zu Stein unter der Berührung des Gifts, sein Strampeln wurde schwächer. Der Malmschlund hielt ihn einen Augenblick lang fest, dann schleuderte er ihn fort, wie es ein Hund mit einer Ratte tun würde. Der Kratzer flog durch die Luft und prallte gegen eine Hauswand. Die Mauer stürzte unter dem Aufprall ein, und der Kratzer zerbarst in Stücke.

Der Malmschlund ließ sich wieder unter die Erde gleiten, und sein Getöse verklang. Die Staubwolken legten sich langsam, und es wurde wieder heller.

Impulsiv packte Pe Ell die Hand von Horner Dees und drückte sie. Ihr Keuchen war das einzige Geräusch, das in der darauffolgenden Stille zu hören war.

Unter der Erde, in der Höhle unter der Kuppelfestung des Steinkönigs, verklang das Getöse des erwachten Malmschlunds und wich dem Branden des Ozeans gegen Eldwists Felsenriffs. Morgan Leah hob sein sonnengebräuntes Gesicht und spähte durch den Dunst.

»Was war das?« flüsterte er.

Walker Boh schüttelte den Kopf. Er wußte die Antwort nicht. Er konnte das Beben der Erde noch fühlen, das Echo von des Monsters Wut. Irgend etwas hatte es aufgeschreckt – das war nicht sein normales Erwachen. Die Reaktion der Kreatur war anders gewesen, als auf den Befehl des Steinkönigs, ungeduldiger, heftiger.

»Schläft er wieder?« drängte der Hochländer ängstlich, besorgt, in der Falle zu sitzen.

»Ja.«

»Und er?« Morgan zeigte in den Dunst. »Weiß *er* davon?«

Uhl Belk. Walker prüfte durch Schichten von Felsen hindurch, was wohl im Gange war. Aber er war zu weit weg, der Stein zu dicht, um mit seiner Magie hindurchdringen zu können. Es ginge nur, wenn er ihn damit berührte, doch wenn er das täte, würde der Steinkönig alarmiert werden.

»Er ruht noch immer«, antwortete Quickening unerwartet. Sie trat neben ihn, ihr Gesicht glatt und ruhig, ihre Augen in die Ferne gerichtet. Der Wind zauste ihr Silberhaar und wehte es ihr ins Gesicht. Sie stemmte sich dagegen. »Keine Sorge, Morgan. Er hat keine Veränderung bemerkt.«

Doch Walker spürte es, was immer es war, genau wie das Mädchen. Kaum wahrnehmbar bislang, doch die Wirkungen begannen anzuschwellen. Es war etwas jenseits des Verstreichens von Zeit, der Erosion von Fels und Stein. Der Wind wisperte es, die Erde hallte davon wider, und die Luft atmete es. Als Kinder der Magie hatten sowohl die Tochter des Königs vom Silberfluß als auch der Dunkle Onkel sein Kräuseln gefühlt. Nur der Hochländer merkte es nicht.

Walker Boh wurde plötzlich von unerwarteter Eile erfaßt. Die Zeit raste davon.

»Wir müssen uns sputen«, sagte er und machte sich wieder auf den Weg. »Schnell jetzt. Kommt.«

Er führte sie nach links über den glitschigen, unebenen Felsrand. Mit dem Rücken zur Wand tasteten sie sich vorsichtig auf dem an manchen Stellen nur wenige Zentimeter breiten Sims entlang. Die Meereswellen sprühten sie mit jedem neuen Brecher naß. Jenseits der Stelle, wo sie sich befanden, erstreckte sich die Höhle in die Ferne wie eine weite, verborgene Welt, und es war, als könnten sie die Augen ihrer unsichtbaren Bewohner auf sich gerichtet fühlen.

Der Felsvorsprung endete vor einem Stollen, der in die Finsternis führte. Walker Boh hob sein magisches Silberlicht, und eine Treppe wurde sichtbar, die sich aufwärts in den Fels spiralte.

Walker begann hinaufzusteigen. Morgan und Quickening folgten ihm wie Schatten.

Als Junge hatte Morgan Leah oft in den kristallgespickten Höhlen östlich der Stadt gespielt. Die Höhlen waren Jahrhunderte zuvor entstanden und von unzähligen Generationen erforscht und schließlich vergessen worden, der steinerne Boden war abgetreten und glatt von vielen Füßen und verstrichener Zeit. Sie hatten die Großen Kriege, die Kriege der Rassen, das Eindringen von Lebewesen aller Art und selbst das Feuer der Erde überstanden, das direkt darunter glimmte. Die Höhlen waren strahlend leuchtende Löcher, die Decken dicht mit Stalaktiten behangen, klare Wassertümpel und dunkle Senklöcher im Boden. Ihre Kammern waren durch ein Netz enger, gewundener Stollen miteinander verbunden. Es war gefährlich, in die Höhlen zu gehen, das Risiko, sich zu verirren, war sehr groß. Aber für einen abenteuerlustigen Hochlandjungen wie Morgan Leah war die Aussicht auf Gefahr nichts als eine Verlockung.

Er entdeckte die Höhlen, als er noch sehr klein war, kaum alt genug, um allein herumzustrolchen. Ein halbes Dutzend Jungen waren dabei, als er den Eingang entdeckte, aber er war als einziger mutig genug, sich hineinzutrauen. An jenem Tag ging er nur ein kleines Stück weit, mehr als nur ein bißchen eingeschüchtert; es erschien ihm eine sehr reale Möglichkeit, daß die Stollen bis in die Mitte der Erde führten. Doch es war auch der Reiz dieser Möglichkeit, der ihn schließlich zurücklockte, und nach kurzer Zeit wagte er sich tiefer hinein. Er verheimlichte seinen Eltern seine Unternehmungen wie alle Jungen; es gab schon so genug Verbote und Einschränkungen in jenen Tagen. Er spielte, er sei ein Forscher, der ganze Welten entdeckte, die jenen, die er zurückgelassen hatte, völlig unbekannt waren. Seine Phantasie kannte keine Grenzen, wenn er in der Höhle war; er konnte irgendwer oder irgend etwas sein. Oft ging er allein hinein, weil er die Freiheit genoß, wenn die anderen Jungen nicht dabeiwaren und seinen Rollenspielen Grenzen setzten. Allein schon ihre bloße Anwesenheit schränkte seinen Spielraum in einer Weise ein, die er nicht immer zu akzeptieren bereit war.

Es war genau ein Jahr nach seiner wundervollen Entdeckung, daß er allein in der Höhle war und sich verirrte. Er spielte wie immer, achtete nicht auf seinen Weg, und plötzlich wußte er nicht mehr, wo er war. Der Tunnel, dem er folgte, war ihm nicht vertraut; die Höhlen, auf die er stieß, sahen fremd aus; die Atmosphäre wurde plötzlich feindselig und kalt. Es kostete ihn geraume Zeit, bis er sich eingestand, daß er sich tatsächlich verirrt hatte und nicht einfach nur verwirrt war, und dann blieb er einfach stehen und wartete. Er hatte zunächst keine Ahnung, worauf er wartete, aber nach einiger Zeit wurde es klar. Er wartete darauf, verschlungen zu werden. Die Höhlen waren lebendig geworden, ein schlafendes Tier, das schließlich aufgewacht war, um dem Jungen ein Ende zu bereiten, der sich anmaßte, mit ihm herumzuspielen. Morgan sollte sich sein ganzes Leben lang daran erinnern, wie ihm in diesem Augenblick zumute war. Er würde sich an die Verzweiflung erinnern, als die Höhlen plötzlich von unbelebtem Fels zu einem lebenden, atmenden, sehenden Wesen wurden, das ihn rundum schlangenähnlich umfing und abwartete, wohin er zu flüchten versuchen würde. Morgan floh nicht. Er wappnete sich gegen die Bestie, gegen die Art und Weise, wie sie sich über ihn beugte. Er zog das Messer, das er bei sich trug, hielt es vor sich hin, entschlossen, seine Haut teuer zu verkaufen. Langsam und ohne daß es ihm bewußt wurde, wurde er wieder zu der Gestalt, die zu sein er vorher viele Stunden lang gespielt hatte. Er wurde jemand anderes. Irgendwie rettete ihn das. Das Tier wich zurück. Herausfordernd ging er weiter, und währenddessen schwand die Fremdheit langsam wieder. Er erkannte vertraute Ecken, hier eine Kristallisierung, dort eine Tunnelnische, hier etwas, dort noch etwas, und plötzlich wußte er wieder, wo er sich befand.

Als er aus der Höhle kam, war es Nacht geworden. Er war mehrere Stunden lang in der Höhle herumgeirrt – doch es kam ihm vor, als sei es nur ein Augenblick gewesen. Er ging nach Hause und dachte, daß die Höhlen viele verschiedene Verkleidungen annehmen konnten, aber daß man, wenn man genau genug hinschaute, immer das Gesicht, das sich dahinter verbarg, erkennen konnte.

Damals war er noch ein Junge gewesen. Jetzt war er ein erwachsener Mann, und der Glauben seiner Kindheit war ihm längst entglitten. Er hatte zu viel von der Wirklichkeit gesehen. Er kannte zu viele harte Wahrheiten.

Doch während er die Treppen hinaufstieg, die sich zwischen den Felswänden der Höhlen unter Eldwist nach oben schlängelten, war er erstaunt über die Ähnlichkeit zwischen dem, was er jetzt empfand und dem, was er damals empfunden hatte. Beide Male steckte er in einem steinernen Irrgarten, aus dem das Entkommen ungewiß war. Und dann das Gefühl, daß Leben – Uhl Belk – in dem Gestein wohnte und in der Stille pulsierte. Und das Gefühl, von einem Tier beobachtet zu werden, das erwacht war und abwartete, in welche Richtung er zu fliehen versuchen würde. Das Gewicht dieses Wesens erdrückte ihn, ein Ding von solchen Dimensionen, daß es nicht mit bekannten Maßstäben gemessen werden konnte. Eine Halbinsel, eine Stadt, und dahinter eine ganze Welt – das war Eldwist, und Eldwist war Uhl Belk. Morgan Leah suchte vergeblich nach der Verkleidung, die ihn als Junge an der Nase herumgeführt hatte, nach dem Gesicht, das er damals dahinter verborgen geglaubt hatte. Wenn er es nicht fand, fürchtete er, würde er nie wieder frei sein.

Schweigend stiegen sie die Treppe hinauf, die drei letzten, die von jenen aus Rampling Steep übrig waren, um dem Steinkönig die Stirn zu bieten. Morgan war es so kalt, daß er zitterte, und die Kälte, die er fühlte, war nicht nur die frostige Höhlenluft. Er konnte den Schweiß über seinen Rücken rinnen fühlen, und seine Gedanken rasten voraus. Was würde er tun, wenn die Treppe endete und sie sich in der Kuppel befanden? Sein Schwert ziehen? Das aus gewöhnlichem Metall, das wenigstens heil war? Jenes Ding, das fast unsterblich war, damit angreifen? Seinen zersplitterten Talisman ziehen, eine zerbrochene Klinge? Damit angreifen? Was nur? Was war es, was zu tun von ihm erwartet wurde?

Er beobachtete Quickening, die vor ihm herging, klein und zart vor Walker Bohs silbernem Lichtschein, ein zerbrechliches Etwas aus

Fleisch und Blut, das mit einem einzigen Streich von Uhl Belks steinernen Hand wieder in jene Elemente zerschmettert werden konnte, aus denen sie geschaffen worden war. Quickening fort – er versuchte es sich auszumalen. Ängste überfielen ihn erneut wie Pfeile, die ihn schmerzhaft durchbohrten. Warum tat sie das bloß? Warum versuchte sie es überhaupt?

Walker glitt auf den feuchten Steinen aus und stöhnte vor Schmerzen, als er sich das Knie anschlug. Sie warteten, bis er sich wieder aufgerichtet hatte, und Morgan erwartete, daß Uhl Belk sich rührte. Jäger und Gejagte – aber wer war was? Er wünschte, Steff stünde ihm zur Seite. Er sehnte sich nach Par Ohmsford oder Padishar Creel. Er wünschte irgendeinen von ihnen oder sie alle herbei. Aber das war sinnlos. Keiner von ihnen war hier, keiner würde kommen. Er war allein.

Mit dem Mädchen, das er liebte, und die nicht helfen konnte.

Und mit Walker Boh.

Ein Hoffnungsfunken flammte unerwartet in dem Hochländer auf. Walker Boh. Er starrte auf dessen verhüllte Gestalt, die sie anführte, einarmig und aus der Halle der Könige entkommen, aus der Asche von Hearthstone auferstanden. Eine Katze mit vielen Leben, dachte er. Der Dunkle Onkel von früher, vielleicht nicht mehr die unbesiegbare Gestalt der Legenden, aber ein Wunder trotzdem, fähig, den Druiden, den Geistern und den Schattenwesen die Stirn zu bieten und weiterzuleben. Nach Eldwist gekommen, um ein von Allanons Schatten vorausgesagtes Schicksal zu erfüllen oder zu sterben – das war es, was Walker Boh zu tun gewählt hatte. Walker, der bis jetzt alles überlebt hatte, ermahnte Morgan sich selbst, war nicht ein Mann, der so ohne weiteres getötet wurde.

Es war also vielleicht nicht vorgesehen, daß der Dunkle Onkel diesmal getötet würde. Und vielleicht – sehr vielleicht – färbte ein wenig von dieser Unsterblichkeit auch auf ihn ab.

Vorne wurde Walker langsamer. Er schnippte mit den Fingern, und das silbrige Licht erlosch. Schweigend standen sie im Dunkel und warteten, lauschten. Die Dunkelheit büßte an Undurchdringlichkeit ein, als ihre Augen sich gewöhnten, und ihre Umgebung nahm langsam Gestalt an – Stufen, Decke und Boden und dahinter eine Öffnung.

Sie hatten das Ende ihrer Kletterpartie erreicht.

Dennoch ließ Walker sie reglos warten, wo sie waren. Gerade als Morgan glaubte, er hielte es nicht länger aus, machten sie sich wieder auf, langsam und vorsichtig bewegten sie sich Schritt für Schritt schattengleich durch die Finsternis. Sie gelangten an einen Korridor und folgten ihm unsichtbar und leise, abgesehen von ihren Gedanken, die, so kam es Morgan vor, nackt und schreiend und von grellem Licht beschienen dahingen.

Am Ende des Korridors blieben sie wieder stehen, noch immer in seinem schützenden Schatten. Morgan trat einen Schritt vor und riskierte einen ängstlichen Blick.

Vor ihnen öffnete sich die Kuppel des Steinkönigs. Die Tribünen, die die Arena umgaben, erstreckten sich, von symmetrischen Treppen durchbrochen, als halb überschattetes, halb beleuchtetes Stilleben bis an die Decke, und die obersten Ränge waren nurmehr als vage Andeutungen vor dem gealterten Stein auszumachen. Unten war die Arena flach und glatt und ohne jegliche Bewegung. Die gigantische Gestalt von Uhl Belk hockte in ihrem Zentrum, abgewandt, so daß nur ein Teil seines groben Gesichts zu sehen war.

Morgan Leah hielt den Atem an. Die Stille der Kuppel schien Warnungen zu flüstern, die in seinem Schädel dröhnten.

Walker Boh trat zur Seite, bis er neben ihm war, und beugte sein blasses Gesicht an sein Ohr. »Geh du links herum. Ich gehe nach rechts. Halte dich bereit, wenn ich zuschlage. Ich werde versuchen, ihn dazu zu bringen, den Stein fallen zu lassen. Schnapp ihn dir und dann lauf los. Schau dich nicht um. Zögere nicht. Bleib unter gar keinen Umständen stehen.« Er packte ihn am Handgelenk und hielt ihn fest. »Sei flink, Hochländer. Sei schnell.«

Morgan nickte wortlos. Für einen Moment trafen Quickenings schwarze Augen die seinen. Er konnte nicht lesen, was er darin sah.

Und dann war Walker schon aus dem Korridor in die Arena geschlüpft und bewegte sich zu seiner Rechten vor den Tribünen durch das Dämmerlicht. Morgan folgte und wandte sich nach links. Er verdrängte seine Angst und überantwortete sich dem Befehl des Dunklen Onkels. Wie ein Geist schlich er über den Stein, schnell und sicher, und fand erstaunlicherweise Zuversicht in der einfachen Tatsache, daß er sich bewegte. Doch seine Furcht blieb, ein in die Enge getriebenes Tier unter seiner Haut. Schatten schienen ihn zu umkreisen, und die Stille der Kuppel zischte ihn in seinem Bewußtsein an wie eine stimmlose Schlange. Er fixierte seinen Blick auf die mächtige Gestalt in der Mitte der Arena und suchte nach den Anzeichen auch nur der winzigsten Bewegung. Nichts rührte sich. Uhl Belk war behauener Stein, still und unbeweglich. Schnell jetzt, dachte Morgan. Schnell wie das Licht. Er sah Walker auf der gegenüberliegenden Seite der Arena, eine schlanke, heimliche Gestalt, im Dämmerlicht fast nicht zu erkennen. Nur noch wenige Augenblicke, dachte er. Und dann...

Quickening.

Er merkte plötzlich, daß er in seinem Eifer, Walker zu gehorchen, das Mädchen vergessen hatte. Wo war sie? Er blieb abrupt stehen, schaute sich vergeblich nach ihr um, suchte die Tribünen, die Tunnel und die Schatten, die über allem lagen, ab. Er fühlte, wie sich in seiner Brust etwas verkrampfte. Quickening!

Dann entdeckte er sie – nicht sicher versteckt oder weit hinter ihm, nein, völlig offen trat sie aus dem Korridor in die Arena direkt vor die gigantische Gestalt von Uhl Belk. Ihm blieb der Atem im Hals stecken. Was machte sie denn?

Quickening!

Sein Schrei war lautlos, doch der Steinkönig schien ihn gehört zu haben. Er reagierte mit einem kaum hörbaren Grunzen, regte sich, richtete sich auf und begann, sich umzuwenden...

Gleißendes weißes Licht leuchtete grell auf, so blendend, daß auch Morgan sich abwenden mußte. Es war, als sei die Sonne durch die Wolkendecke gebrochen, durch den grauen Dunst, selbst durch den Stein, um die hier gefangene Luft in Brand zu stecken. Morgan sah Walker Boh, der seinen Arm unter dem schwarzen Umhang hervorstreckte, und die Magie, die aus seinen Fingerspitzen zischte. Uhl Belk heulte überrascht auf, sein massiger Leib bebte, und er hob die Arme, um seine Augen zu schützen, seine steinernen Gelenke knirschten unter der Anstrengung.

In dem Augenblick sprang Walker Boh wie ein Schatten ins Licht und stürzte auf den Steinkönig zu, der schwerfällig gegen die schmerzende Helligkeit mit den Augen funkelte. Wieder hob Walker den Arm. Ein ganzer Beutel von Coglines flüchtigem Pulver flog auf den Steinkönig und explodierte. Teile seines zerklüfteten Leibes zersplitterten zu Scherben. Der Arm, dessen Faust den schwarzen Elfenstein umklammerte, stand in Flammen.

Doch er hielt den Talisman fest.

Und plötzlich stellte Morgan Leah fest, daß er sich nicht mehr rühren konnte. Er war auf der Stelle erstarrt, wo er stand. Genau wie damals im Jut, als der Schleicher im Schutz der Dunkelheit die Höhe erreicht hatte und die Geächteten der Bewegung seinem Angriff entgegentraten, war er gelähmt. Alle seine Ängste und Zweifel, all seine Befürchtungen und sein Entsetzen überfielen ihn. Sie packten ihn mit ihren Klauen und bannten ihn so unerbittlich, als sei er in Ketten gelegt. Was sollte er tun? Wie konnte er eingreifen? Seine Magie war verloren, seine Schwertklinge zersplittert. Hilflos sah er zu, wie Uhl Belk sich umdrehte, um Walker Bohs Angriff abzuwehren und seine Magie wegzufegen. Der Dunkle Onkel griff erneut an, doch diesmal war der Steinkönig vorbereitet, der Überraschungseffekt fehlte, und der Steinkönig zuckte nicht einmal. Schon begann die Helligkeit von Walkers falscher Sonne zu verblassen, und das graue Licht der Kuppel kehrte zurück.

Walker Bohs Worte hallten bohrend in Morgans Ohren.

Sei flink Hochländer. Sei schnell.

Morgan kämpfte gegen seine Erstarrung an und riß das Breitschwert, daß er auf den Rücken geschnallt trug, aus der Scheide. Aber seine Finger weigerten sich, es festzuhalten, seine Hände wollten ihm nicht gehorchen. Das Breitschwert entglitt ihm und fiel mit hohlem Scheppern auf den Boden der Arena.

Der Atem des Steinkönigs zischte, als sich seine riesige Hand nach Walker Boh ausstreckte, um ihm das Leben herauszuquetschen. Der Dunkle Onkel war ihm zu nah gekommen; er hatte keine Chance zu entwischen. Und da war er plötzlich verschwunden, erschien zuerst doppelt wieder, dann vierfach und dann unzählige Male mehr – Jair Ohmsfords Lieblingstrick vor dreihundert Jahren. Der Steinkönig schnappte nach den Bildern, und die Bilder verflogen bei seiner Berührung. Der wahre Walker Boh sprang das Monster an, schleuderte ihm wieder Feuer ins Gesicht und sprang behende zurück.

Der Steinkönig brüllte wütend, packte sich ins Gesicht und schüttelte sich wie ein Tier, das lästige Fliegen loswerden will. Die ganze Arena erbebte. Risse bildeten Zickzacklinien im Boden, die Tribünen krachten und stürzten ein, Staub und Geröll regneten von der Decke. Morgan verlor den Halt und fiel heftig auf den harten Boden.

Der Schmerz löste die lähmenden Ketten.

Der Steinkönig hob seine Faust, und die Finger seiner Hand begannen sich zu öffnen. Das Unlicht des Elfensteins sickerte hindurch und saugte den Rest von Walker Bohs schwindender Magie auf. Der Dunkle Onkel schleuderte einen Feuerschein auf, um das Vordringen der Magie zu bremsen, doch das Unlicht hüllte ihn in eine Woge von Schwärze. Walker stolperte zurück in die Schatten, verfolgt von dem Unlicht, behindert von den Spalten und Rissen im Stein.

In wenigen Sekunden wäre er in der Falle.

Da fing Quickening Feuer.

Anders ließ es sich nicht beschreiben. Morgan sah es geschehen und traute seinen Augen nicht. Die Tochter des Königs vom Silberfluß stand inzwischen weniger als sieben Meter von Uhl Belk entfernt, exponiert und ungeschützt in seinem Schatten, und stieg wie ein Geist, wie ein Wesen aus Luft, in die Höhe, bis sie auf dem gleichen Niveau war wie der Kopf des Riesen, und ging in Flammen auf.

Das Feuer war golden und rein, sein Leuchten eine Hülle aus Licht, das von ihrem Körper und ihren Gliedern ausstrahlte und sie wie von der Mittagssonne beschienen aussehen ließ. Sie war in diesem Moment noch viel schöner, als Morgan sie je gesehen hatte, strahlend und makellos und unfaßbar bezaubernd. Ihr Silberhaar wehte und fächerte im Feuer, und ihre Augen glänzten schwarz vor dem Gold. Sie schwebte dort, wundersame, unerklärliche, lebendig gewordene Magie.

Sie versucht ihn abzulenken, stellte Morgan ungläubig fest. *Sie verrät sich selbst, gibt zu erkennen, wer sie ist, nur, um ihn von uns abzulenken!*

Der Steinkönig drehte sich zu dem unerwartet aufflammenden Licht. Sein ohnehin zerklüftetes Gesicht verzerrte sich, bis er wirklich nicht mehr zu erkennen war. Bei ihrem Anblick klappte sein Mund auf, und aus seiner Stimme klang tiefe Angst.

– Du –

Uhl Belk vergaß Walker Boh. Er vergaß die Magie des Dunklen Onkels. Er vergaß alles außer dem flammenden Mädchen. Mit grausigem Knirschen seiner Gelenke strampelte er, um sie zu erreichen, stemmte sich gegen den steinernen Boden, an dem er festgeschweißt war, griff vergeblich nach ihr und hob dann in seiner Verzweiflung die Hand mit dem schwarzen Elfenstein gegen sie. Seine Stimme wuchs von einem grausigen Stöhnen zu wildem Gebrüll. Die Erde erbebte unter der Wucht seiner Not.

Da endlich handelte Morgan, verzweifelt, ja, ohne jede Hoffnung. Er sprang auf die Füße, und den Blick starr auf Quickening und das Monster, das sie zu zerstören suchte, gerichtet, griff er an. Er ging ohne Gedanken, ohne Vernunft, getrieben von der Notwendigkeit und gepanzert mit einer Entschlossenheit, die er sich niemals zugetraut hätte. Er stürmte in den Tumult aus Staub und Geröll, sprang über Spalten und Löcher, als würde er von den Herbststürmen seiner Heimat getragen. Seine Hand griff an die Taille und zog die zersplitterte Klinge seiner Vorfahren, das zerbrochene Schwert von Leah.

Es war ihm nicht bewußt, doch das Schwert leuchtete weiß mit Magie.

Er stieß den Kampfschrei seiner Heimat aus: »Leah! Leah!«

Er erreichte den Steinkönig in dem Moment, als dieser seine Anwesenheit bemerkte und seine harten, leeren Augen zu ihm wandte. Er sprang mit einem Satz auf das gigantische Knie und rammte die zersplitterte Klinge des Schwertes von Leah tief in den steinernen Arm, der den schwarzen Elfenstein hielt.

Uhl Belk schrie auf, nicht vor Überraschung oder Wut diesmal, sondern vor entsetzlichen Schmerzen. Weißes Feuer zischte aus der zerstörten Klinge in den Körper des Steinkönigs, Flammenbündel, die tief eindrangen und brannten. Morgan stach wieder zu und wieder. Die steinernen Hände zitterten, und das getroffene Monster erschauderte.

Der schwarze Elfenstein entglitt seinen Fingern.

Augenblicklich riß Morgan sein Schwert aus dem Stein und kletterte nach unten, um ihn aufzuheben. Doch der verwundete Arm des Steinkönigs versperrte ihm den Weg, schwenkte herum und traf ihn wie ein Hammer. Morgan duckte sich, um dem Schlag auszuweichen, doch er traf ihn dennoch. Mit Armen und Beinen strampelnd wurde er rücklings fortgeschleudert. Mit Mühe gelang es ihm, seine Waffe festzuhalten. Er erhaschte einen Blick auf Quickening, ein seltsam klares Bild. Ihr Gesicht strahlte, obgleich das Feuer ihrer Magie verblaßt war. Er sah eine dunkle Bewegung, als Walker Boh aus den Schatten neben ihr auftauchte. Dann traf er gegen die Mauer. Die Wucht des Aufpralls preßte ihm die Luft aus den Lungen und erschütterte seine Gelenke, so daß er dachte, er hätte sich sämtliche Knochen gebrochen. Dennoch weigerte er sich, sich geschlagen zu geben. Er rappelte sich wieder auf, benommen und angeschlagen, aber entschlossen, nicht aufzugeben.

Aber es gab nichts mehr zu tun. Der Kampf war zu Ende. Walker Boh hatte den Elfenstein in seinem Besitz. Er stand vor dem Steinkönig und hob drohend die Hand, die den Druidentalisman fest umklammerte. Quickening stand neben ihm, wieder sie selbst, die Magie, die sie angerufen hatte, war wieder verklungen. Als Morgan langsam wieder klar sah und sein Gleichgewicht wiederfand, hatte er noch immer das Bild von ihr, wie sie lichterloh zu brennen schien, im Sinn. Entgegen ihrem Schwur hatte sie die Magie benutzt, hatte sich Uhl Belk zu erkennen gegeben und alles riskiert, um ihnen das Leben zu retten.

Fragen wisperten in ihm, heimtückische Schurken.

Hatte sie gewußt, daß er kommen würde, um sie zu retten?

Hatte sie gewußt, was sein Schwert tun würde?

Im Inneren der Kuppel machte sich mit dem Verklingen der Magie die Dämmerung wieder breit und hüllte Uhl Belks gigantische Gestalt in Schatten. Der Steinkönig saß zusammengesunken in einer wirbelnden Staubwolke, als sei er von der Hitze seiner Anstrengung, sich zu verteidigen, geschmolzen, noch immer untrennbar mit dem Stein von Eldwist verwachsen, was ihm seine Niederlage beschert hatte. Trotz aller seiner Versuche, sich zu befreien, hatte er nicht aufstehen und loskommen können. Indem er sich als wesentliche Substanz mit seinem Königreich verschmolzen hatte, hatte er sich weitgehend unbeweglich gemacht. Sein Gesicht war zur Unkenntlichkeit verzerrt, und in seiner Stimme klangen Grauen und Wahnsinn, als er sprach.

– Gebt mir den Elfenstein zurück –

Die drei aus Rampling Steep starrten zu ihm hinauf, und keiner schien die Worte zu finden, um zu sprechen.

»Nein, Uhl Belk«, sagte Walker Boh schließlich. Die Anstrengung des Kampfes ließ sich in seiner Stimme noch hören. »Der Elfenstein hat dir nie zugestanden. Du wirst ihn nicht zurückbekommen.«

– Dann werde ich ihn euch wegnehmen –

»Du kannst dich von dort, wo du bist, nicht fortbewegen. Du hast diesen Kampf verloren, und damit den Elfenstein. Denke nicht daran, zu versuchen, ihn zurückzustehlen.«

– Er gehört mir –

Der Dunkle Onkel gab nicht nach. »Er gehört den Druiden.«

Eine Staubwolke sprühte aus dem verwüsteten Gesicht, als die Kreatur einen zischenden Seufzer der Verzweiflung ausstieß.

– Es gibt keine Druiden –

Die Drohung verklang mit knirschendem Echo. Walker Boh antwortete nicht. Sein Gesicht war von Gefühlen gezeichnet, die ihn von innen her zu zerreißen schienen. Der Steinkönig hob mit dramatischer Geste seinen Arm.

– Gib mir den schwarzen Elfenstein zurück, Sterblicher, oder ich befehle Eldwist, dir dein Leben auszuquetschen; gib den Talisman augenblicklich her, oder du wirst vernichtet –

»Wenn du mich oder meine Gefährten angreifst«, sagte Walker Boh, »dann werde ich die Magie des Elfensteins gegen diese Stadt wenden! Ich werde so viel Kraft anrufen, um die steinerne Hülle, die sie erhält, zu zerschmettern und sie und dich in Staub zu verwandeln! Unterlaß deine Drohungen, Uhl Belk! Du hast die Macht nicht länger!«

Dann folgte tiefe Stille. Der Steinkönig ballte seine Hand zur Faust, und es knirschte.

– Du kannst mir keine Befehle erteilen, Sterblicher, niemand kann das –

Walker antwortete sofort. »Laß uns gehen, Uhl Belk. Den schwarzen Elfenstein hast du verloren.«

Die Statue reckte sich stöhnend auf, und seine Stimme war erstickt vom Weinen.

– Er wird mich angreifen; der Malmschlund wird kommen; mein Sohn, das Monster, das ich erschaffen habe, wird kommen, und ich werde gezwungen sein, ihn zu vernichten; nur der schwarze Elfenstein hielt ihn in Schach; er wird mich alt und müde und zu schwach glauben, um mich gegen seine Gier zu verteidigen; er wird kommen und versuchen, mich zu verschlingen –

Seine harten, leblosen Augen waren auf Quickening gerichtet.

– Kind des Königs vom Silberfluß, Tochter dessen, der einst mein Bruder war, bedenke, was du tust; du drohst, mich für immer zu schwächen, wenn du mir den Stein nimmst; das Leben des Malmschlunds liegt mir nicht weniger am Herzen als deines deinem Vater; ohne ihn kann sich mein Land nicht ausweiten, kann meine Aufgabe nicht erfüllt werden; wer bist du, daß du so eilig nimmst, was mein ist; bist du wirklich blind für all das, was ich geschaffen habe; in dem Stein meines Landes ist eine unwandelbare Schönheit, die die Gärten deines

Vaters nie erreichen werden; Welten mögen kommen und gehen, doch Eldwist wird bestehen; es wäre besser, wenn alle Welten so wären; dein Vater glaubt sich im Recht, wenn er tut, was er tut, doch seine Sicht der Dinge ist nicht klarer als die meine; es ist mir nicht gegeben, die Dinge anders zu sehen, als das Wort mir aufgetragen hat –

»Du zerstörst, was du berührst, Uhl Belk«, flüsterte das Mädchen.

– Und du nicht; dein Vater nicht; alle jene, die nach der Natur leben, nicht; kannst du behaupten, es sei anders –

Quickenings zarte Gestalt trat einen Schritt näher auf den Riesen zu, und das Licht, das zuvor von ihr ausgestrahlt war, flammte wieder auf.

»Es ist etwas anderes, das Leben zu hegen und zu pflegen oder es umzuwandeln«, sagte sie. »Deine Aufgabe war es, zu hegen, als man dir den Auftrag erteilte. Du hast vergessen, wie man das macht.«

Die Hand des Steinkönigs wedelte die Lichtpartikel ab, die aus ihrem Körper strahlten, ein unbewußter Versuch, sich dagegen abzuschirmen. Doch dann zog er seine Hand heftig zurück und schnappte unter Qualen nach Luft.

– Nein –

Es klang wie ein Angstschrei. Er reckte sich auf, gefangen in einem unsichtbaren Netz, das ihn umfing und festhielt.

– Oh, Kind; ich sehe dich jetzt; ich glaubte, mit dem Malmschlund ein unglaubliches Monster geschaffen zu haben; aber dein Vater hat mit dir Schlimmeres vollbracht –

Seine Stimme klang rauh, erstickt, als könne er die Worte nicht hervorbringen.

– Kind des Wandels und der Evolution, du bist die unaufhaltsame, quecksilbrige Bewegung des Wassers selbst; ich sehe, wozu du in Wahrheit ausgesandt worden bist; ich bin schon zu lange versteinert, so daß es mir entgangen ist; ich hätte es merken müssen, als du das erste Mal herkamst, daß du der Wahnsinn bist; ich bin in der Beständigkeit, die ich suchte, gefangen und war so blind wie jene, die mir dienen; das Ende meines Lebens steht in meiner eigenen Handschrift vor mir geschrieben –

»Uhl Belk.« Quickening flüsterte seinen Namen wie ein Gebet.

– Wie kannst du geben, was von dir gefordert wird, nachdem du von so vielem gekostet hast –

Morgan verstand nicht, was der Steinkönig meinte. Er schaute zu Quickening und fuhr überrascht zusammen. Ihr Gesicht war schuldbewußt verzerrt, ein Spiegel der verborgenen Geheimnisse, die er immer vermutet, aber nie hatte glauben wollen.

Die Stimme des Steinkönigs war ein leises Zischen.

– Verlasse mich, Kind; geh in die Welt zurück und tue, was getan werden muß, um unser aller Schicksal zu besiegeln; dein Sieg über mich muß dir hohl und bitter erscheinen, wenn der Preis, den du dafür zahlen mußt, so teuer ist –

Auch Walker Boh hatte die Augen weit aufgerissen und die Stirn gerunzelt. Auch er schien nicht zu verstehen, was Uhl Belk damit meinte. Morgan setzte an, um Quickening zu fragen, was eigentlich vor sich ginge, doch dann zögerte er unsicher.

Plötzlich riß Uhl Belk mit scharfem Krachen den Kopf hoch.

– Horch –

Die Erde begann zu zittern, ein leises Donnern, das aus der Tiefe drang und langsam immer lauter wurde. Morgan Leah hatte das Geräusch schon gehört.

– Er kommt –

Der Malmschlund.

Walker begann zurückzuweichen und brüllte Quickening und Morgan zu, sie sollten ihm folgen. Er schrie zu dem Steinkönig: »Laß uns hinaus, Uhl Belk, wenn du dich selber retten willst! Tu es jetzt! Schnell!«

Walker hob den Arm und drohte mit der Faust, die den schwarzen Elfenstein hielt. Uhl Belk schien es kaum wahrzunehmen. Sein Gesicht war noch eingefallener, noch mitgenommener denn je, eine Parodie menschlicher Züge, das Gesicht eines Monsters, das über alle Maßen häßlich geworden war. Die Stimme des Riesen zischte wie die einer Schlange durch das Getöse des herannahenden Malmschlunds.

– Flieht, ihr Dummköpfe –

Kein Zorn klang in seiner Stimme mit – nur Enttäuschung und Leere. Und noch etwas, dachte Morgan Leah verwundert. Hoffnung klang darin, ein Fünkchen Hoffnung, ein Verstehen jenseits des Verständnisses des Hochländers, die Aussicht auf eine Möglichkeit, die alles andere überstieg.

Ein Segment der massiven Kuppelwand spaltete sich knirschend und krachend direkt hinter ihnen, und graues Tageslicht drang herein.

– Flieht –

Morgan Leah stürmte augenblicklich auf die Öffnung zu, gejagt von Dämonen, die er lieber nicht sehen wollte. Er fühlte mehr als er sah, daß der Steinkönig ihm nachschaute. Quickening und Walker kamen hinterdrein. Sie erreichten die Öffnung und stürmten hinaus in den grauen Tag auf der Flucht vor der rasenden Wut des herannahenden Malmschlunds.

Es war, als sei der Malmschlund wahnsinnig geworden.

Zweimal zuvor hatten die drei Fliehenden die Ankunft des Monsters gesehen, einmal war es aufgetaucht, als sie vom Berg aus auf die Stadt geschaut hatten, und einmal, als Uhl Belk es herbeigerufen hatte. Und es war kein Tag vergangen, seit sie in Eldwist waren, daß sie nicht das Rumpeln des Geschöpfs in den Tunneln unter der Stadt gehört hätten, wenn es bei Einbruch der Nacht erwachte und in der Dunkelheit auf Jagd ging. Und jedesmal war seinem Herannahen das unverwechselbare, dumpfe Dröhnen vorausgegangen. Jedesmal hatte die Stadt gebebt.

Aber so wie jetzt war es noch nie gewesen.

Die Stadt Eldwist war wie ein Tier, das sich aus einem bösen Traum wachschüttelt. Türme und Gebäude schwankten und zitterten, und lockere Steine und Splitter prasselten in dichten Staubwolken zu Boden. Die Straßen drohten sich aufzuwölben, der Stein bekam Risse und Spalten, Falltüren brachen ein, als ihre Riegel sich lösten, Verankerungen und Stützen zerbarsten. Ganze Treppenfluchten, die in die Tunnel hinunterführten, stürzten ein und verschwanden unter den Trümmern, und Brückenstege zwischen Häusern krachten herunter. Vor grauem Dunst und Wolken schimmerte Eldwist wie eine vergehende Fata Morgana.

Walker Boh raste aus der Kuppel des Steinkönigs und erreichte kaum den nächstgelegenen Gehsteig, als er von der Erschütterung umgeworfen wurde. Er drückte den Arm gegen die Brust, um den schwarzen Elfenstein nicht zu verlieren, und fing den Sturz mit der Schulter auf, einen heftigen Schlag, und er rutschte weiter und krachte mit solcher Wucht gegen die Mauer eines Hauses, daß ihm die Luft wegblieb. Einen Augenblick war er wie betäubt, Sterne tanzten vor seinen Augen. Als er wieder klar sehen konnte, entdeckte er Quickening und Morgan auf dem Boden liegen. Auch sie hatte es von den Füßen gerissen.

Mühsam rappelte er sich wieder auf und brüllte ihnen zu, sie sollten ihm folgen. Während er wartete, daß sie wieder aufstanden, jagten ihm die Gedanken durch den Sinn. Er hatte Uhl Belk mit dem schwarzen Elfenstein gedroht und gesagt, er würde seine Magie gegen die Stadt einsetzen, wenn sie nicht freigelassen würden. Das war eine leere Drohung. Er konnte den Elfenstein so nicht einsetzen, ohne sich selbst zu zerstören. Sie hatten Glück, daß Uhl Belk nicht wußte, wie die Druidenmagie funktionierte. Aber auch so waren sie noch nicht frei. Was sollten sie tun, wenn der Malmschlund hinter ihnen herkam? Und es stand zu erwarten, daß er das tun würde. Die Magie des schwarzen Elfensteins hatte ein Band zwischen Vater und Sohn, Geisterlord und Monster geschaffen, und Walker Boh hatte dieses Band zerrissen. Der Malmschlund spürte es schon; er war daraufhin erwacht. Sobald er entdeckte, daß der Elfenstein verschwunden war, daß der Steinkönig ihn nicht mehr in seinem Besitz hatte, was würde das Biest dann hindern, die Verfolgung aufzunehmen?

Walker Boh zog eine Grimasse. Es stand völlig außer Frage, wie diese Jagd enden würde. Er konnte den schwarzen Elfenstein ebensowenig gegen den Malmschlund benutzen.

Ein Steinblock, groß genug, um ihn unter sich zu begraben, krachte wenige Meter vor ihm auf die Straße und schleuderte den Dunklen Onkel ein zweites Mal zu Boden, Quickening hetzte vorbei, ihr schönes Gesicht seltsam verzerrt, und raste weiter. Morgan tauchte auf, bückte sich, als er neben Walker war, und half ihm wieder auf die Beine. Zusammen rannten sie weiter, schlugen Bögen um die wachsenden Schutthaufen, übersprangen Spalten und Risse.

»Wo sollen wir hin?« rief der Hochländer und zog den Kopf ein.

Walker machte eine unbestimmte Geste. »Raus aus der Stadt, runter von der Halbinsel, zurück auf den Berg!«

»Und Horner Dees?«

Walker hatte den Fährtensucher völlig vergessen. Er schüttelte den Kopf. »Wenn wir ihn finden, nehmen wir ihn mit! Aber wir können nicht nach ihm suchen! Wir haben keine Zeit!« Er verstaute den Elfenstein in der Tasche seines Kittels und packte im Laufen Morgans Arm. »Hochländer, bleib bei Quickening. Die Sache ist noch nicht ausgestanden! Sie schwebt in Gefahr!«

Morgans Augen leuchteten weiß aus seinem dreckverschmierten Gesicht. »Welche Gefahr, Walker? Weißt du etwas? Was meinte Uhl Belk vorhin, als er ihren Sieg als hohl bezeichnete, und mit dem Preis, den sie zu zahlen hätte? Was meinte er?«

Walker schüttelte wortlos den Kopf. Er wußte es nicht – aber er hatte gleichzeitig das Gefühl, er müßte es wissen, er übersehe etwas Offensichtliches, vergesse etwas Wichtiges. Vor ihnen schnappte ein Falltürriegel, und ein gähnendes Loch öffnete sich im Pflaster. Er riß den Hochländer gerade noch rechtzeitig zurück und schleuderte ihn auf den Gehsteig. Das Gebrüll des Malmschlunds war etwas leiser geworden, als sie sich weiter von der Kuppelfestung des Steinkönigs entfernten.

»Lauf hinter ihr her, Hochländer!« rief Walker und stieß ihn vorwärts. »Und halte nach Dees Ausschau! Wir treffen uns in dem Haus, wo wir uns vor dem Kratzer versteckt haben!« Er warf einen kurzen Blick über die Schulter zurück, dann rief er: »Sei vorsichtig! Paß auf dich auf!«

Aber Morgan war schon davongerannt.

Pe Ell und Horner Dees hatten soeben das Haus erreicht, zu dem die anderen jetzt flüchteten, als das Erdbeben begann. Nachdem sie den Kampf mit dem Kratzer hinter sich hatten, waren sie auf der Suche nach den anderen Mitgliedern der Gruppe aus Rampling Steep hierhergekommen, jeder aus seinen persönlichen Gründen, die keiner der beiden mit dem anderen teilte. Der Waffenstillstand zwischen ihnen war mit der Zerstörung des Kratzers beendet, und sie beobachteten einander jetzt wachsam und mißtrauisch.

Erstaunt schnellten sie herum, als das Getöse begann, dröhnender und deutlicher als je zuvor. Die ganze Stadt bebte.

»Irgend etwas ist geschehen«, schnaufte Horner Dees. »Irgend etwas Gewaltiges.«

»Er ist wieder aufgewacht«, rief Pe Ell voller Abscheu. Als sie den Malmschlund verlassen hatten, war er in die Erde zurückgeschlüpft und still geworden.

Die Straße, auf die sie schauten, bebte unter der Wucht der Kreatur.

Pe Ell zeigte auf das Haus. »Schau oben nach, ob jemand da ist.«

Dees ging, ohne zu widersprechen. Pe Ell stand wie angewurzelt da, während die Stadt in den Grundfesten erschüttert wurde. Er war streng und hart mit sich selbst, der Kampf mit dem Kratzer steckte ihm noch in den Knochen und pulsierte in ihm wie sein eigenes Blut. Die Dinge kamen langsam in Ordnung; er fühlte, wie die Ereignisse sich zusammenfügten, wie die Schicksalsfäden der fünf aus Rampling Steep sich verflochten. Bald war alles überstanden. Bald war es vorbei.

Horner Dees tauchte im Hauseingang auf. »Keiner da.«

»Dann warte hier, bis sie kommen«, knurrte Pe Ell und eilte davon. »Ich werde im Stadtzentrum nachschauen.«

»Pe Ell!«

Das scharfgeschnittene Gesicht wandte sich um. »Keine Sorge, Alter. Ich komme wieder.« *Vielleicht*, fügte er im stillen hinzu.

Er eilte davon und ließ den alternden Fährtensucher umsonst hinter ihm herrufen. Genug von Horner Dees, dachte er verbittert. Es fraß noch immer an ihm, daß er den Alten vor dem Kratzer gerettet hatte, daß er instinktiv gehandelt hatte, statt nachzudenken, daß er sein Leben riskiert hatte, um einem Mann das Leben zu retten, den er ohnehin fest entschlossen war zu ermorden.

Andererseits war er dabei, seine Pläne für Dees und die anderen Idioten, die mit Quickening gekommen waren, zu verändern. Er konnte fühlen, wie diese Pläne sich jetzt in erfreulicher Weise entwickelten. Es war alles so viel klarer, wenn er sich regte. Es war gut und schön, ein Ereignis zu planen, doch Umstände und Notwendigkeiten veränderten sich, die Ereignisse nahmen nicht immer den erwarteten Lauf und kamen nicht immer in der vorhergesehenen Weise zustande. Pe Ell revidierte seine frühere Überzeugung, daß das Umbringen seiner Gefährten unumgänglich sei. Quickening mußte natürlich sterben. Er hatte Felsen-Dall versprochen, daß er sie töten würde. Quickenings Los war unabänderlich. Aber wozu sich die Mühe machen, die anderen zu töten? Wozu die Anstrengung, es sei denn, sie kamen ihm bei seinen Plänen mit dem Mädchen in die Quere? Falls es ihm irgendwie gelang, in den Besitz des schwarzen Elfensteins zu gelangen, konnten sie ihm keinerlei Schaden zufügen. Und selbst wenn er gezwungen wäre, jenen Teil seines Plans aufzugeben – und jetzt sah es so aus, als müsse er das –, dann stellten weder der alte Fährtensucher oder der Einarmige, noch der Hochländer und der Sänger eine Bedrohung für ihn dar. Selbst wenn sie Eldwist verließen und ihn verfolgten, hatte er wenig zu fürchten. Wie sollten sie ihn finden? Und was konnten sie tun, wenn sie ihn fanden?

Nein, er brauchte sie nicht umzubringen – aber er würde es tun, fügte er im stillen hinzu, falls sich eine passende Gelegenheit bot.

Die Erde bebte noch immer, ein dumpfes, tiefes Grollen, der Protest über das Kommen des Monsterwurms. Pe Ell rannte durch die leeren, schuttübersäten Straßen, hierhin und dorthin, an den Häusern entlang, deren Mauern von gefährlichen Rissen und Spalten durchzogen waren. Seine scharfen Augen suchten die Schatten nach einer Bewegung ab, nach jenen, die mit hierhergekommen waren, oder vielleicht auch nach einem Zeichen des versteckten Steinkönigs. Pe Ell hatte den schwarzen Elfenstein noch nicht ganz aufgegeben. Es bestand noch immer eine Chance, sagte er sich. Alles floß zusammen wie in einem Strudel. Er fühlte es...

Aus dem Dunst vor ihm kam Quickening mit fliegendem Silberhaar gerannt, ihr gertenschlanker Leib wie ein quecksilbriger Schatten. Pe Ell machte einen Satz und bekam sie mit einem Arm an der Taille zu fassen, ehe sie begriff, wie ihr geschah. Überrascht schnappte sie nach Luft, wurde steif und klammerte sich dann an ihn.

»Pe Ell«, hauchte sie.

Etwas an der Art, wie sie seinen Namen aussprach, überraschte ihn. Ein gewisses Maß von Angst, vermischt mit Erleichterung, eine seltsame Kombination von Entsetzen und Befriedigung. Instinktiv packte er sie fester, doch sie versuchte nicht, sich zu befreien.

»Wo sind die anderen?« fragte er.

»Sie kommen nach, sind Uhl Belk und dem Malmschlund entkommen.« Ihre schwarzen Augen fixierten ihn. »Es ist Zeit, Eldwist zu verlassen, Pe Ell. Wir haben den Steinkönig gefunden und ihm den schwarzen Elfenstein abgenommen – Morgan, Walker Boh und ich.«

Pe Ell hatte Mühe, ruhig zu bleiben. »Dann sind wir tatsächlich hier fertig.« Er schaute an ihr vorbei in den Dunst. »Wer hat den Elfenstein jetzt?«

»Walker Boh«, beichtete sie ihm.

Pe Ell biß die Zähne zusammen. Ausgerechnet Walker Boh. Natürlich. Er mußte es sein. Wieviel einfacher wäre es, wenn das Mädchen den Stein hätte. Dann könnte er sie jetzt umbringen, den Stein nehmen und verschwinden, ehe irgendwer wußte, was geschehen war. Der Einarmige schien ihm an jeder Ecke im Weg zu stehen, eine schattenhafte

Präsenz, der er irgendwie nicht entkommen konnte. Was brauchte es, um ihn loszuwerden?

Er wußte natürlich, was es brauchte. Seine ursprünglichen Pläne rückten wieder in den Vordergrund.

»Quickening!« rief eine Stimme.

Es war der Hochländer. Pe Ell zögerte kurz und traf dann eine Entscheidung. Er preßte Quickening die Hand auf den Mund und zerrte sie in den Schatten. Zu seiner Überraschung sträubte sich das Mädchen nicht. Sie war leicht und nachgiebig und fast schwerelos in seinem Arm. Es war das erste Mal, daß er sie berührte, seit er sie aus den Meadegärten getragen hatte. Die Gefühle, die sie in ihm weckte, waren beunruhigend sanft und wohltuend, und er unterdrückte sie unwillig. Das kommt später, sagte er sich, wenn ich den Stiehl benutze...

Morgan Leah kam in Sicht, trabte den Gehsteig entlang und rief nach dem Mädchen. Pe Ell hielt Quickening fest und sah zu, wie der Hochländer vorbeirannte. Im nächsten Moment war er verschwunden.

Pe Ell nahm die Hand von ihrem Mund, und sie drehte sich um und schaute ihn an. In ihren Augen standen weder Überraschung noch Furcht; nur Resignation. »Unsere Zeit ist fast gekommen, Pe Ell«, flüsterte sie.

Ein Funken Zweifel nagte an seiner Zuversicht. Sie schaute ihn in ihrer seltsamen Art an, als wäre er für sie transparent, als wisse sie alles über ihn. Aber wenn sie alles wüßte, stünde sie nicht so ruhig hier. Sie würde zu fliehen versuchen, hinter dem Hochländer herrufen oder sonst irgend etwas tun, um sich in Sicherheit zu bringen.

Das Getöse unter der Stadt schwoll an und wurde dann wieder ein wenig schwächer, eine Warnung vor der langsamen, unausweichlichen Lawine, die auf sie zurollte.

»Zeit für was?« brachte Pe Ell zögernd heraus, unfähig, sich von ihrem Blick abzuwenden.

Sie gab keine Antwort. Statt dessen schaute sie an ihm vorbei, ihre schwarzen Augen suchten etwas. Er drehte sich um und folgte ihrem Blick. Walker Bohs dunkle Gestalt löste sich aus dem staubig düsteren, grauen Dunst.

Im Gegensatz zu dem Hochländer hatte er sie gesehen.

Pe Ell riß das Mädchen vor sich, zog den Stiehl, dessen Klinge magisch strahlte, aus dem Versteck. Der einarmige Mann wurde sichtbar langsamer, doch dann näherte er sich wieder.

»Bleib mir vom Leib, Walker Boh«, drohte er. Walker blieb stehen. »Wir kennen einander gut genug, um zu wissen, wozu wir fähig sind. Unnötig, es zu testen. Es ist besser, wir trennen uns jetzt und gehen jeder unserer Wege. Aber gib mir erst den Stein.«

Der große Mann stand reglos da, scheinbar leblos, die Augen starr auf den Mörder und seine Geisel gerichtet. Er schien etwas abzuwägen.

Pe Ell lächelte zynisch. »Sei nicht so töricht zu glauben, du könntest schneller sein als ich.«

»Möglicherweise sind wir beide nicht schnell genug, um diesen Tag zu überleben. Der Malmschlund kommt.«

»Wenn er kommt, bin ich längst weg. Gib mir den schwarzen Elfenstein.«

»Wenn ich das tue, ist dir das dann genug?« fragte der andere ruhig. Er schaute Pe Ell fest in die Augen, als versuche er, darin zu lesen.

Wie das Mädchen, dachte Pe Ell. Zwei von der gleichen Sorte. »Gib ihn her«, kommandierte er, ohne auf die Frage einzugehen.

»Gib Quickening frei.«

Pe Ell schüttelte den Kopf. »Wenn ich in Sicherheit bin. Dann verspreche ich, sie freizulassen.« *Frei für immer.*

Sie starrten einander eine Weile hart und unerbittlich an, ungesagte Versprechen und finstere Visionen grausiger Möglichkeiten standen darin. Dann langte Walker Boh in seine Tasche und holte den Stein hervor. Er hielt ihn auf der Handfläche vor sich, dunkel und glänzend. Ein Anflug von Lächeln spielte um Pe Ells Mundwinkel. Der Elfenstein war schwarz wie die Nacht, undurchsichtig und ohne Tiefe und absolut makellos. Er hatte dergleichen noch nie gesehen. Fast spürte er, wie die Magie darin pulsierte.

»Gib ihn her«, wiederholte er.

Walker Boh faßte sich an den Gürtel und holte einen Lederbeutel hervor, der mit leuchtendblauen Runen markiert war. Behutsam manövrierte er mit seiner einzigen Hand den Stein in den Beutel und zog die Verschlußschnüre stramm. Dann schaute er Pe Ell an. »Du darfst den schwarzen Elfenstein nicht benutzen, Pe Ell«, sagte er. »Wenn du es versuchst, wird seine Magie dich zerstören.«

»Das Leben ist voller Gefahren«, erwiderte Pe Ell. Staub wirbelte durch die Luft um sie herum, getragen von einer leichten Meeresbrise. Der Stein der Stadt schimmerte, erschüttert von fernem Rumpeln und eingehüllt in Nebel und Wolken. »Wirf ihn her«, befahl er. »Vorsichtig.«

Mit dem Arm, dessen Hand den Stiehl umklammerte, hielt er Quikkening fest. Das Mädchen rührte sich nicht. Sie wartete untätig, den schlanken Leib gegen ihn gepreßt und so passiv, als schlafe sie. Walker hatte den Beutel mit dem schwarzen Elfenstein in der Hand und warf ihn Pe Ell gut gezielt zu. Pe Ell fing ihn auf, schob ihn sich in den Gürtel und sicherte ihn mit den Schnüren an seiner Gürtelschnalle.

»Die Magie steht jenen zu, die keine Angst haben, sie zu benutzen«, erklärte er lächelnd und wich dabei vorsichtig zurück. »Und jenen, die sie in ihrem Besitz zu halten verstehen.«

Walker Boh stand reglos wie ein Fels auf der bebenden Erde inmitten der wirbelnden Staubwolken. »Hüte dich, Pe Ell. Du riskierst alles.«

»Folge mir nicht, Walker Boh«, warnte Pe Ell düster. »Es ist besser für dich, wenn du hier bleibst und dich mit dem Malmschlund abgibst.«

Pe Ell hielt Quickening fest im Arm und entfernte sich über den Gehsteig, bis der andere durch Dunst und Nebel nicht mehr zu erkennen war.

Walker Boh blieb unbewegt stehen und starrte hinter Pe Ell und Quikkening her. Er fragte sich, warum er den schwarzen Elfenstein so ohne weiteres hergegeben hatte. Er hatte beschlossen, es nicht zu tun und sich darauf vorbereitet, Pe Ell anzugreifen, dem Mädchen zu Hilfe zu kommen – bis er ihr in die Augen schaute und dort etwas sah, das ihn zurückhielt. Auch jetzt war er nicht sicher, was er dort eigentlich gesehen hatte. Entschlossenheit, Resignation, eine persönliche Einsicht, die seine eigene überstieg – etwas. Was immer es war, es hatte ihn so erfolgreich umgestimmt, als habe sie Magie benutzt.

Er senkte den Kopf, und seine dunklen Augen verengten sich.

Hatte sie, fragte er sich, ihre Magie benutzt?

Er stand gedankenverloren da. Regentropfen befeuchteten sein Gesicht. Es hatte wieder zu nieseln begonnen. Er schaute auf, als er sich erinnerte, wo er war, und was er zu tun hatte, und er hörte wieder das Gedonner des Malmschlunds unter der Stadt, fühlte die Erschütterung seines Herannahens.

Coglines Stimme war ein Wispern in seinen Ohren. Sie ermahnte ihn freundlich, zu erkennen, wer er war. Bisher hatte er es immer in Frage gestellt. Jetzt glaubte er es zu wissen.

Er rief seine Magie an, fühlte, wie sie mühelos in ihm aufstieg, erstarkt seit dem Kampf mit dem Steinkönig, als habe ihn diese Konfrontation von Zwängen befreit, mit denen er sich selbst eingeschränkt hatte. Sie sammelte sich im Zentrum seines Seins, wirbelte wie ein gewaltiger Wind. Die Runen auf dem Beutel, in dem der schwarze Elfenstein steckte, würde ihn leiten. Mit einer kaum wahrnehmbaren Bewegung seines Kopfes ließ er sie losfliegen, um Pe Ell zu suchen.

Dann folgte er.

Pe Ell rannte. Er zerrte Quickening hinter sich her. Sie folgte, ohne Widerstand zu leisten, lief gehorsam, um mit ihm Schritt zu halten, sagte nichts, fragte nichts, den Blick ruhig in die Ferne gerichtet. Er schaute sie einmal kurz an und drehte sich dann schnell wieder um. Was er in jenen dunklen Augen sah, irritierte ihn. Sie sah etwas, das er nicht sehen konnte, etwas Altes, Unwandelbares, einen Teil ihrer Vergangenheit oder ihrer Zukunft – er war nicht sicher, was von beidem. Sie war ihm noch immer ein Rätsel, das eine Geheimnis, das er nicht hatte lüften können. Aber das würde er jetzt bald tun, schwor er sich. Der Stiehl würde ihm den Schlüssel zu dem geben, was sie verhehlte. Wenn sie ihr Leben aushauchte, würde sie sich entblößen. Dann gab es keine Geheimnisse mehr. Die Magie ließ das nicht zu. Genau wie bei allen anderen, die er getötet hatte, gab es nichts als die Wahrheit.

Er fühlte die ersten Regentropfen auf seinem erhitzten Gesicht.

Er rannte nach rechts in eine Querstraße in eine andere Richtung als die, in die Morgan Leah gelaufen war und der Walker Boh folgen würde. Es gab keinen Grund, ihnen eine Chance zu lassen, ihn zu finden. Er würde schleunigst die Stadt verlassen, die Landenge zu der Treppe überqueren und die Anhöhe mit dem Ausblick erreichen, und dann, wenn er Ruhe und genügend Privatheit hätte, um den Augenblick voll auskosten zu können, würde er sie töten. Vorfreude wallte in ihm auf. Quickening, die Tochter des Königs vom Silberfluß, die allerwunderbarste magische Kreatur, wäre für immer sein.

Aber ein Funken von Zweifel brannte nach wie vor in ihm. Was war es nur, das ihn so störte? Er suchte nach der Antwort und blieb einen Moment stehen, als er sich ihre Worte in Erinnerung rief, daß die Magie von allen dreien – dem Hochländer, Walker Bohs und seiner eigenen – vonnöten sei. Alle drei würden gebraucht, hatte der König vom Silberfluß verkündet. Darum hatte sie sie rekrutiert, hatte sie überredet mitzukommen, und hatte sie trotz allen Mißtrauens und Widerstrebens zusammengehalten. Aber Walker Boh und der Hochländer hatten Uhl Belks Versteck allein gefunden und ihm den schwarzen Elfenstein abgenommen. Er hatte nichts getan – außer daß er den Kratzer vernichtet hatte. War es das, wozu seine Magie gedacht gewesen war? War das der Grund für seine Teilnahme? Irgendwie erschien ihm das nicht plausibel. Irgendwie mußte da noch mehr dahinterstecken.

Pe Ell schlüpfte durch Eldwists Dunst des späten Morgens, hielt das Mädchen dabei eng an sich gedrückt und dachte darüber nach, daß diese ganze Reise ein Puzzle mit zu vielen fehlenden Teilen gewesen war. Sie waren hergekommen, um den Steinkönig zu suchen – doch es waren die anderen, nicht Pe Ell, die ihn gefunden hatten. Sie waren gekommen, um den schwarzen Elfenstein zu holen – doch es waren die anderen, nicht Pe Ell, denen es gelungen war. Die Magie des Stiehls war die mörderischste von allen Magien – doch welchem Zweck hatte sie gedient?

Unbehagen stahl sich in sein Bewußtsein wie ein Dieb und untergrub seine Freude, beides zu haben – Quickening und den Stein.

Irgend etwas stimmte nicht, und er wußte nicht, was es war. Er müßte das Gefühl haben, alles sei unter seiner Kontrolle, aber es war nicht so.

Sie schwenkten zurück auf eine nach Süden führende Straße, glitten zwischen den Häusern entlang wie zwei verstohlene Schatten, die durch den Dunst zum Licht flüchteten. Pe Ell verlangsamte ihren Lauf. Er fing an zu ermüden. Er spähte durch den dünnen Regenschleier und blinzelte unsicher. War dies der Weg, den er hatte einschlagen wollen? Irgendwie schien es ihm nicht richtig. Er schaute erst nach links, dann nach rechts. War das nicht genau die Straße, die er eigentlich hatte vermeiden wollen? Er war verwirrt und fühlte Quickenings Blick, aber er weigerte sich, ihm zu begegnen.

Er führte sie eine weitere Straße entlang, und sie gelangten auf einen breiten Platz, der von einer von Bänken gesäumten Vertiefung beherrscht wurde. Die Bänke waren verfallen und einige waren umgekippt, und Reste von Pfosten, an denen einst Fahnen geweht hatten, standen rundum. Er steuerte geradewegs nach links auf einen überwölbten Durchgang zwischen den Häusern zu, um die Straße dahinter zu erreichen, als er seinen Namen rufen hörte. Er schnellte herum, riß das Mädchen vor sich und hielt ihr die Klinge des Stiehls an die Kehle.

Morgan Leah stand auf der anderen Seite des Platzes. Pe Ell riß die Augen auf. Wie hatte der Hochländer ihn finden können? Er hatte einfach nur Glück gehabt, sagte er sich hastig. Weiter nichts. Entsetzen paarte sich mit Wut. Was immer für ein Unglück aus dieser Begegnung resultieren würde – ihn sollte es nicht treffen.

Der Hochländer schien nicht zu wissen, was im Gange war. »Was machst du da, Pe Ell?« rief er durch den Wald abgebrochener Pfosten herüber.

»Was mir gefällt!« gab Pe Ell zurück, und seine Stimme klang zu seiner eigenen Überraschung erschöpft. »Hau ab, Hochländer. Ich habe nicht die Absicht, dir etwas anzutun. Ich habe bekommen, was ich haben wollte. Dein einarmiger Freund hat mir den Elfenstein gegeben –

hier in dem Beutel an meinem Gürtel! Ich habe die Absicht, ihn zu behalten! Wenn du willst, daß das Mädchen ungeschoren bleibt, dann mach, daß du wegkommst!«

Aber Morgan Leah rührte sich nicht. Er stand da, erschöpft und ausgemergelt, kaum mehr als ein Kind, und wirkte gleichzeitig verloren und unentschlossen. Aber er weigerte sich aufzugeben. »Laß sie los, Pe Ell. Tu ihr nichts an.«

Seine Bitte war verschwendet, doch Pe Ell brachte ein müdes Nicken zustande. »Hau ab, Hochländer. Quickening bleibt bei mir.«

Morgen Leah schien zunächst zu zögern, dann kam er näher. Zum ersten Mal, seit Pe Ell Quickening festhielt, fühlte er, wie sie sich versteifte. Sie machte sich Sorgen um den Hochländer, erkannte er. Ihre Sorge stimmte ihn wütend. Er riß sie zurück, hielt ihr wieder den Stiehl an die Kehle und rief dem jungen Mann zu, er solle stehenbleiben.

Und da tauchte plötzlich auch Walker Boh aus dem Schatten auf, gleich neben Morgan Leah. Er trat ohne Hast hinzu, packte den Hochländer am Arm und zog ihn zurück. Morgan wehrte sich, aber selbst mit nur einem Arm war der andere stärker.

»Überleg dir gut, was du tust, Pe Ell!« rief Walker Boh, und seine Stimme klang jetzt wütend.

Wie hatte der große Mann ihn so schnell einholen können? Pe Ell überfiel ein gewisses Unbehagen, das Gefühl, daß alles aus unerfindlichen Gründen irgendwie schiefging. Er müßte diesen Wahnsinn inzwischen längst hinter sich haben und in Sicherheit sein. Er müßte Zeit haben, seinen Sieg auszukosten, mit dem Mädchen zu sprechen, ehe er den Stiehl ansetzte, sehen, wieviel er von ihrer Magie erfahren konnte. Statt dessen wurde er gnadenlos von jenen Männern belästigt, die er zu verschonen beschlossen hatte. Schlimmer noch, er schwebte in Gefahr, selbst in eine Falle zu geraten.

»Bleibt mir vom Leib!« brüllte er. Er begann, seine Selbstkontrolle zu verlieren, und seine Wut ging mit ihm durch. »Ihr setzt das Leben des Mädchens aufs Spiel, wenn ihr mich weiterhin verfolgt! Laßt mich gehen, oder sie muß sterben!«

»Laß sie los!« rief der verzweifelte Hochländer wieder. Er hatte sich auf die Knie fallen lassen. Der Einarmige hielt seinen Arm noch immer fest.

Hinter Pe Ell, noch immer zu weit weg, als daß es einen Unterschied gemacht hätte, näherte sich Horner Dees. Der Mörder war jetzt von seinen Feinden umzingelt. Zum ersten Mal in seinem Leben saß er in der Klemme, und er fühlte, wie ein Anflug von Panik sich ausbreitete. Er riß Quickening herum, um dem stämmigen Fährtensucher entgegenzutreten. »Geh mir aus dem Weg, Alter!« bellte er.

Aber Horner Dees schüttelte nur den Kopf. »Ich denke nicht daran, Pe Ell. Ich bin oft genug vor dir zurückgewichen. Auch ich habe in dieser Sache etwas zu verlieren. Ich habe mindestens ebensoviel aufs Spiel gesetzt wie du. Außerdem hast du nichts geleistet, um zu verdienen, was du verlangst. Du versuchst es einfach nur zu stehlen. Wir wissen, wer und was du bist, allesamt. Tu, was Morgan Leah dir sagt. Laß das Mädchen frei.«

Walker Boh hob seine Stimme. »Pe Ell, wenn die Schattenwesen dich beauftragt haben, den schwarzen Elfenstein zu stehlen, dann nimm ihn und verschwinde. Wir werden dich nicht hindern.«

»Die Schattenwesen!« spottete Pe Ell und mühte sich, seine Wut im Zaum zu halten. »Die Schattenwesen bedeuten mir gar nichts. Ich tue für sie, was mir paßt, und mehr nicht. Meinst du, ich sei ihretwegen den ganzen Weg hierhergekommen? Da irrst du dich gewaltig!«

»Dann behalte den Elfenstein für dich selbst, wenn es sein muß.«

Jetzt ging die Wut mit ihm durch. Seine Vorsicht tauchte in einem roten Nebel unter. »Wenn es sein muß! Natürlich muß es sein! Aber der Elfenstein ist nicht der eigentliche Grund, warum ich hergekommen bin!«

»Was ist es dann, Pe Ell?« fragte Walker scharf.

»Sie ist es!« Pe Ell riß Quickening wieder herum und hob ihr hübsches Gesicht über die Spitze seiner Klinge. »Schau sie an, Walker Boh, und erzähl mir, daß du sie nicht begehrst! Kannst du nicht, oder? Deine Gefühle, meine, die des Hochländers – sie sind alle gleich! Ihretwegen haben wir diese Reise gemacht, wegen der Art, wie sie uns anschaut, und wegen der Gefühle, die sie in uns weckt, wegen der Art, wie sie uns mit ihrer Magie umgarnt hat! Denk an die Geheimnisse, die sie hütet! Ich habe diese Reise getan, um herauszufinden, was sie ist, um sie zu besitzen. Sie ist von Anfang an für mich bestimmt, und wenn ich hier fertig bin, wird sie mir auf immer gehören! Ja, die Schattenwesen haben mich geschickt, aber es war meine Entscheidung, herzukommen – meine eigene Entscheidung, nachdem ich sah, was sie mir geben kann! Begreifst du's nicht? Ich bin nur nach Eldwist gekommen, um sie zu töten!«

Es wurde augenblicklich still. Das Beben und Donnern ebbte zu einem fernen, undeutlichen Stöhnen ab, und die Worte des Mörders standen klar und deutlich in der Luft. Der Stein der Stadt fing sie auf und ließ ihr Echo zwischen den Mauern spielen – ein endlos langer Widerhall des Grauens.

»Ich muß herausfinden, was sie ist«, wisperte Pe Ell in dem jetzt überflüssigen Versuch, etwas zu erklären, doch unfähig, irgend etwas anderes zu tun, verwundert, daß er so töricht gewesen war, so viel preiszugeben, wissend, daß sie ihn jetzt nie mehr entkommen lassen würden. Hatte er tatsächlich die Kontrolle so sehr verloren? »Ich muß sie töten«, wiederholte er rauh und verbiestert. »So funktioniert die Magie. Sie enthüllt alle Wahrheiten. Indem sie Leben nimmt, gibt sie Leben. Mir. Sobald der Mord vollzogen ist, wird Quickening mein sein. Für immer.«

Keiner sagte etwas. Das Geständnis des Mörders machte sie sprachlos. Schließlich sagte Morgan Leah langsam und bedächtig: »Sei nicht dumm, Pe Ell. Du kannst uns nicht allen entkommen. Gib sie frei.«

Was dann passierte, war nie ganz klar. Es gab eine Art Explosion von zersplittertem Gestein, als der Malmschlund irgendwo in der Stadt nahe der Kuppel, in der der Steinkönig sich versteckte, aus dem Boden hervorbrach und zwischen den Häusern himmelwärts schoß. Das Monster stieg vor dem diesigen Nebel wie ein aufgedunsener Wurm in die Höhe und schnaufte, als schnappe es nach Luft, als sei ihm der Atem weggeblieben. Pe Ell schrak zusammen, fühlte, wie der Boden so heftig bebte, als würde ganz Eldwist auseinandergerissen.

In dem Augenblick befreite sich Quickening, schlüpfte aus seiner Umklammerung, als sei sie nichts als Luft. Sie wandte sich zu ihm um, rannte nicht davon, sondern blieb direkt vor ihm stehen, und ihre Hände packten den Arm, der den Stiehl umklammerte. Ihre schwarzen Augen fesselten ihn, als sei er in Ketten gelegt. Er konnte sich nicht bewegen; er stand nur wie angewurzelt da. Er sah die Symmetrie ihres Gesichts und ihres Körpers, als nehme er sie zum ersten Mal wahr; er bewunderte ihre Perfektion, ihre Schönheit, die nicht nur an der Oberfläche ihrer wunderbaren Gestalt lag, sondern bis in die tiefsten Tiefen reichte. Er fühlte, wie sie sich auf ihn zu bewegte – oder war er es? Was geschah? Er sah, wie sich ihr Mund voller Überraschung, Schmerz und Erleichterung öffnete.

Da schaute er hinunter und sah, daß der Stiehl bis zum Heft in ihrem Leib steckte, daß die Klinge in ihren Körper gedrungen war. Er konnte sich nicht erinnern, sie erstochen zu haben, aber irgendwie war es geschehen. Verwirrung und Fassungslosigkeit übermannten ihn. Wie war das passiert? Was war mit seinem Plan, sie zu töten, wo und wann er wollte? Was war mit seiner Absicht, den Augenblick ihres Sterbens voll auszukosten? Er schaute hastig in ihre Augen, hoffend, er könne einen Blick auf das erhaschen, was dort gefangen war und jetzt freigesetzt würde, begierig, ihre Magie einzufangen. Er schaute, und was er sah, erfüllte ihn mit Grauen.

Pe Ell schrie. Und als wolle er verbergen, was er entdeckt hatte, stach er wieder und wieder zu, jedesmal mit dem vergeblichen, wahnsinnigen Versuch zu leugnen, was er sah. Quickenings Körper zuckte jedesmal, doch ihr Blick blieb fest, und die Visionen, die aus ihren Augen strahlten, blieben unverändert.

Pe Ell verstand schließlich, und mit dem Verstehen kam das Entsetzen, gegen das er sich nicht wehren konnte. Seine Gedanken brachen zusammen und stürzten in einen Sumpf der Verzweiflung. Er riß sich von dem Mädchen los und sah zu, wie sie langsam zu Boden sank, ohne daß ihre Augen ihn losließen. Er war sich bewußt, daß Morgan wütend brüllte, daß Walker Boh herbeigerannt kam und daß Horner Dees von hinten auf ihn zuraste. Sie waren unwichtig. Nur das Mädchen zählte. Er wich zurück, zitterte unter einer Kälte, die ihn an Ort und Stelle festzufrieren drohte. Alles, was er erhofft hatte, war ihm genommen worden. Alles, was er sich ersehnt hatte, war verloren.

Was habe ich getan?

Er wirbelte herum und begann zu rennen. Die eisige Kälte wurde plötzlich zu Feuer, aber die Worte summten in seinem Kopf herum, ein Hornissennest mit spitzen, gierigen Stacheln.

Was habe ich getan?

Er schoß mit einer Geschwindigkeit, die aus Angst und Verzweiflung geboren war, an Horner Dees vorbei, und er war so schnell an ihm vorbei, daß der alte Fährtensucher keine Gelegenheit hatte, ihn abzufangen. Die steinerne Straße bebte und wackelte und war glitschig vom Regen, doch nichts konnte seine Flucht mehr bremsen. Diesiggraues Dämmerlicht umfing ihn wie ein freudloser Umhang, und er schrumpfte zu einer winzigen Gestalt zwischen den alten Häusern der Stadt zusammen, ein Fünkchen Leben, gefangen in einem Netz von Magie, weit älter und weit grausamer als seine eigene. Er sah Quickenings Gesicht vor sich. Er fühlte ihren Blick, als der Stiehl in ihren Körper drang. Er hörte ihren Seufzer der Erleichterung.

Pe Ell flüchtete aus Eldwist wie ein Besessener.

Morgan Leah war als erster bei Quickening. Er riß sich mit einer Kraft los, die den Einarmigen überraschte, rannte über den Platz, als sie auf den Stein stürzte, und fing sie auf, noch ehe sie am Boden war. Kniend hielt er sie im Arm, drückte ihr aschfahles Gesicht an seine Brust und flüsterte wieder und wieder ihren Namen.

Walker Boh und Horner Dees eilten aus entgegengesetzten Richtungen herbei, beugten sich einen Moment über sie und tauschten dann einen ernüchternden Blick. Die ganze Vorderseite von Quickenings Hemd war mit ihrem Blut durchtränkt.

Walker kniff die Augen zusammen und spähte durch den Dunst in die Richtung, in die Pe Ell verschwunden war. Der Mörder war schon nicht mehr zu sehen. Er floh durch das Labyrinth aus Häusern und Straßen zurück zu der Landenge und den Klippen dahinter. Walker dachte an den Ausdruck, den er in seinem Blick gesehen hatte – Entsetzen, Ungläubigkeit und Wut. Quickening zu töten hatte ihm eindeutig nicht das gegeben, was er erwartet hatte.

»Walker!«

Morgans Stimme war ein verzweifeltes Flehen. Walker schaute ihn an. »Hilf ihr, Walker. Sie stirbt!«

Walker schaute auf das Blut in ihren Kleidern, auf den gebrochenen, zusammengesunkenen Körper, auf das schöne Gesicht, über das sich ihr Silberhaar wie ein Schleier gebreitet hatte. *Sie stirbt*. Er flüsterte die Worte tonlos im Geiste, wunderte sich erst, daß so etwas möglich war, und dann, daß er nicht schon viel früher die Unvermeidlichkeit erkannt hatte. Er starrte auf das Mädchen, so hilflos und unglücklich wie der Hochländer, doch gleichzeitig begann ihm ein Schimmer von Verstehen zu dämmern, warum es geschah.

»Walker, tu etwas!« wiederholte Morgan drängend, verzweifelt.

»Hochländer«, sagte Horner Dees und legte ihm freundlich die Hand auf die Schulter. »Was soll er denn tun?«

»Was wohl! Seine Magie benutzen! Ihr die gleiche Chance geben, die sie ihm gegeben hat!«

Walker kniete sich neben ihn. »Ich kann es nicht, Morgan«, sagte er leise und ruhig. »Ich habe die Magie nicht, die sie braucht.« Er befühlte ihren Hals und suchte nach dem Puls. Er fand ihn, schwach und unregelmäßig. Er sah sie atmen. »Sie muß tun, was sie kann, um sich selber zu retten.«

Morgan warf ihm einen kurzen Blick zu, dann begann er wieder, auf

Quickening einzureden, drängte sie, aufzuwachen und zu ihm zu sprechen. Seine Worte waren verzweifelt, hastig und dringlich. Das Mädchen regte sich schwach.

Walker sah Horner Dees an. Der alte Mann schüttelte langsam den Kopf.

Da schlug Quickening die Augen auf. Sie waren klar und erschreckt und voller Schmerz. »Morgan«, flüsterte sie. »Nimm mich auf den Arm. Trag mich aus der Stadt.«

Morgan hielt es zwar nicht für klug, doch er widersprach nicht. Er hob sie ohne Anstrengung auf und trug sie, als wäre sie schwerelos. Er hielt sie nah an sich gedrückt, gab ihr seine Wärme und flüsterte beim Gehen ohne Unterlaß auf sie ein. Walker und Dees folgten schweigend. Sie überquerten den Platz und folgten der Straße, über die Pe Ell geflüchtet war. »Halte dich auf den Gehsteigen«, warnte Walker, und Morgan folgte seinem Rat.

Sie waren erst ein kurzes Stück gegangen, als die Erde wieder zu beben begann. Ganz Eldwist wurde geschüttelt, die Häuser krachten und bildeten Risse, und Steinsplitter und Staub prasselten hernieder. Walker warf einen Blick über die Schulter zum Stadtzentrum zurück. Der Malmschlund bewegte sich wieder. Was immer seine Begegnung mit Uhl Belk ergeben hatte, er hatte eindeutig eine neue Strategie beschlossen. Vielleicht hatte er seinem Vater ein Ende bereitet. Vielleicht hatte er einfach beschlossen, daß der schwarze Elfenstein wichtiger war. Wie auch immer, er kam direkt in ihre Richtung. Statt seine unterirdischen Tunnel zu benutzen, raste er durch die Straßen von Eldwist. Mauern barsten und stürzten ein. Das Gift seines Körpers spritzte wild herum. Die Luft um ihn herum dampfte und schimmerte.

Die verbliebenen Mitglieder der Gruppe aus Rampling Steep begannen südwärts zu der Landenge zu rennen. Sie hatten Mühe, ihr Gleichgewicht zu halten, denn der Boden unter ihnen wackelte und bebte. Überall schnappten von den Erschütterungen entriegelte Falltüren auf, und der Schutt einstürzender Mauern übersäte die Straßen. Hinter ihnen schnaufte und grunzte der Malmschlund und kam immer näher.

Obwohl Morgan Quickening auf den Armen trug, gab er ein rasendes Tempo an, und weder Walker noch Horner Dees konnten es einhalten. Als sie den Stadtrand erreichten, war der alte Fährtensucher schon fünfzig Schritte zurückgefallen. Keuchend schlingerte seine stämmige Gestalt hinter ihnen her. Walker rannte zwischen ihnen, seine Beine waren schwer und schwach und seine Brust zog sich schmerzhaft zusammen. Er rief hinter Morgan her, er solle etwas langsamer laufen, aber der Hochländer war taub für ihn. Seine ganze Aufmerksamkeit war auf das Mädchen konzentriert. Walker schaute sich zu Dees um, sah das Beben der Gebäude, an denen der Malmschlund vorbeiraste, der schon wieder ein Stück näher herangekommen war und dessen Schatten sich vor dem grauen Himmel abzeichnete. Walker glaubte nicht, daß sie ihm entkommen würden. Er konnte nicht umhin zu denken, durch welche Ironie des Schicksals sie für etwas sterben würden, das sie gar nicht mehr in ihrem Besitz hatten.

Während ihrer Flucht zog die Zeit sich unendlich in die Länge, reduziert auf das Trommeln ihrer Stiefel auf dem Stein. Die Wellen brachen sich an den Ufern der Landenge zu beiden Seiten, und die Gischt sprühte über ihre erhitzten Gesichter. Der Fels wurde glitschig, und sie stolperten und rutschten immer wieder aus. Die Wolken wurden finster, und es fing wieder an zu regnen. Walker dachte wieder an den Ausdruck in Pe Ells Gesicht, als er Quickening erstochen hatte. Er überdachte seine frühere Annahme. Was er dort gesehen hatte, war Verblüffung gewesen. Pe Ell war noch nicht bereit gewesen, sie sterben zu lassen. Hatte er überhaupt vorgehabt, den Stiehl zu benutzen? Irgend etwas an den Gesten der beiden im Augenblick vor dem Dolchstich war seltsam. Warum war Quickening nicht einfach fortgerannt? Sie hatte sich doch von ihm befreit, aber sie war zu ihm zurückgekehrt. In die Klinge? Absichtlich? Hatte sie mehr getan, als nur dazustehen und zu warten? Hatte sie sich tatsächlich in Pe Ells Klinge gestürzt?

Seine wirren Gedanken schienen zu kristallisieren und zu Eis zu erstarren. Himmel noch mal! War das der Grund, warum Pe Ell aufgefordert worden war, mitzukommen? Pe Ell, der Mörder mit der magischen

Waffe, einer Magie, der nichts standhalten konnte – war das der Grund für seine Teilnahme?

Weiter vorn hatte Morgan Leah den Fuß der Klippen und den Pfad, der von der Landenge hinaufführte, erreicht. Ohne langsamer zu werden, begann er den Aufstieg.

Hinter ihnen tauchte der Malmschlund auf. Sein gewaltiger Schädel brach zwischen den Häuserruinen hervor, witterte und schoß dann weiter voran. Er schleimte sich zwischen den Mauern der Stadt hindurch, als hätte er keine Knochen. Sein unförmiger Leib füllte die ganze Landenge. Der riesige Koloß schob sich immer näher.

Walker stolperte den Pfad auf die Klippen hinauf, Horner Dees war noch immer ein Stück weiter hinter ihm. Er verdrängte seine Gedanken an Pe Ell und Quickening. Sie erschienen ihm allzu abwegig. Warum sollte Quickening wollen, daß Pe Ell sie tötete? Warum sollte sie sterben wollen? Er sah keine Veranlassung dafür. Er versuchte, sich auf das zu konzentrieren, was er tun konnte, um den Malmschlund aufzuhalten. Er warf wieder einen Blick zurück und sah das massige, schneckenartige Tier über den Fels robben. Konnte er die Landenge unter ihm einstürzen lassen? Nein, der Felsen war zu tief. Die Klippen auf ihn drauf? Nein, er würde sich einfach darunter durchwinden. Wasser würde ihn behindern, aber alles Wasser war hinter ihnen im Gezeitenstrom. Keine von Walkers Magien, nicht einmal Coglines, waren stark genug, den Malmschlund aufzuhalten. Flucht war ihre einzige Chance, und lange würden sie nicht mehr davonlaufen können.

Er gelangte auf die Höhe der Klippen, wo Morgan Leah wartete. Der Hochländer kniete um Atem ringend auf dem Felsvorsprung, von dem aus man die Landenge und Eldwist überblickte. Er beugte sich über Quickening, die mit offenen, wachen Augen in seinen Armen lag. Walker eilte zu ihnen. Quickenings Gesicht war kreidebleich.

Morgan Leah schaute zu ihm auf. »Sie will ihre Magie nicht benutzen«, wisperte er fassungslos.

Walker kniete sich neben sie. »Rette dich selbst, Quickening. Es steht in deiner Macht.«

Sie schüttelte den Kopf. Ihre schwarzen Augen glänzten, als sie Morgans Blick suchten. »Hör mich an«, sagte sie leise und mit ruhiger Stimme. »Ich liebe dich. Ich werde dich immer lieben, und ich werde bei dir sein. Vergiß es nicht. Und vergiß auch nicht, daß ich die Dinge ändern würde, wenn ich es könnte. Leg mich jetzt nieder und steh auf.«

Morgan schüttelte den Kopf. »Nein, ich will bei dir bleiben...«

Sie berührte seine Wange mit der Hand, und er verstummte. Wortlos legte er sie auf den Boden und trat zurück. Tränen rannen ihm über das Gesicht.

»Nimm dein Schwert, Morgan, und steche es in den Boden. Jetzt.«

Morgan zog das Schwert von Leah, packte es mit beiden Händen und rammte es in den Felsen. Seine Hände hielten es einen Augenblick lang fest, dann ließen sie los.

Er schaute langsam auf. »Stirb nicht, Quickening«, flehte er.

»Vergiß mich nicht«, flüsterte sie.

Horner Dees kam keuchend herbeigestolpert. »Was ist los?« fragte er mit leiser, rauher Stimme und beugte sein bärtiges Gesicht näher. »Was tut sie?«

Walker schüttelte den Kopf. Ihre schwarzen Augen suchten seinen Blick. »Walker!« rief sie ihn.

Er ging zu ihr, hörte, wie der Malmschlund immer näher kam, dachte, daß sie schnell weiter mußten und fragte sich, so wie Horner Dees, was sie im Sinn hatte. Er kniete neben ihr nieder.

»Hilf mir auf«, sagte sie hastig, als versuche sie zu sprechen, solange sie noch konnte. »Bring mich an den Klippenrand.«

Walker stellte keine Fragen. Er legte seinen Arm um ihre Taille und richtete sie auf. Sie schwankte schwach, und ihr zitternder Leib stützte sich gegen ihn. Er hörte, wie Morgan protestierte, aber ein kurzer Blick des Mädchens ließ ihn schweigen. Walker stützte sie, damit sie nicht hinfiel, und führte sie langsam bis an den Rand des Abgrunds. Dort blieben sie stehen. Unter ihnen kroch der Malmschlund über die Landenge, ein obszöner Fleischwurm mit zuckendem Leib und heraustriefendem Gift. Er hatte schon die halbe Strecke zurückgelegt. Sein gewaltiger Körper dampfte, und seine Giftspur reichte bis in die Stadt zurück. Eldwists Umrisse standen unregelmäßig vor dem Horizont, Türme waren abgebrochen, Häuser zerspalten, Mauern eingestürzt. Staub und Nebel bildeten einen Schleier unter dem Regen.

Die Kuppel, unter der der Steinkönig hauste, war intakt.

Quickening drehte sich um und wandte ihm ihr Gesicht zu. Für einen Moment war sie noch einmal wunderschön und so lebendig wie damals, als sie Walker von den Toten zurückgeholt hatte, als sie sein Leben wiederhergestellt und das Gift des Asphinx aus seinem Körper vertrieben hatte. Walker hielt den Atem an, als er sie so sah, und blinzelte gegen die Illusion an. Ihre dunklen Augen fixierten ihn.

»Dunkler Onkel«, wisperte sie. »Wenn du diesen Ort verläßt, wenn du zurück in die Welt der Vier Länder kehrst, nimm die Lektionen, die du hier gelernt hast, mit dir. Kämpfe nicht gegen dich selbst an oder gegen das, was du sein könntest. Ziehe nur in Betracht, welche Alternative du hast. Nichts ist vorherbestimmt, Walker. Du kannst immer wählen.«

Dann streckte sie die Hand aus, und ihre kühlen Finger legten sich auf seine Wange. Bilder durchfluteten ihn, ihre Gedanken, ihre Erinnerungen und ihr Wissen. Im Zeitraum eines Augenblicks gab sie sich selbst vollständig preis, ließ ihn all die Geheimnisse, die sie so sorgfältig gehütet hatte, sehen, die Wahrheit, wer und was sie war. Er schrie auf, als habe er sich verbrannt, tief getroffen von dem, was er sah. Er drückte sie fest an sich und verbarg sein bleiches Gesicht verzweifelt in ihrem Haar.

Sowohl Morgan als auch Horner Dees kamen herbeigerannt, doch Walker rief ihnen zu, sie sollten dort bleiben, wo sie waren. Sie blieben zögernd und unsicher stehen. Walker war noch immer halb abgewandt und hielt Quickening an sich gedrückt. Sein Gesicht war eine Maske eiserner Konzentration. Er verstand es jetzt. Er verstand alles.

»Walker.« Sie sagte wieder seinen Namen. Ihre Hand strich ein letztes Mal über sein Gesicht, und ein einziges Bild wurde sichtbar.

Es war die zweite Vision des Finsterweihers.

Sie hob die Lider. »Laß mich fallen«, sagte sie leise.

Er sah die Vision ganz deutlich, sich selbst oben auf den Klippen, die Vier Länder, die sich hinter ihm erstreckten, und Quickening an seiner Seite, ihre schwarzen Augen, die ihn flehentlich anschauten, als er sie fortstieß.

Hier. Jetzt. Die Vision wurde Wirklichkeit.

Er begann den Kopf zu schütteln, doch ihr Blick ließ ihn innehalten. Sie schaute ihn mit solcher Intensität an, daß es wie eine Drohung war.

»Adieu, Walker«, flüsterte sie.

Er ließ sie los. Für einen kleinen Moment hielt er sie noch im Ring seiner Arme, dann stieß er sie in den Abgrund. Es war fast, als sei jemand anderer verantwortlich, jemand, der in ihm versteckt war, ein Wesen, dem mit Vernunft nicht beizukommen war. Er hörte Horner Dees entsetzt aufstöhnen. Er hörte Morgan fassungslos schreien. Sie stürzten sich auf ihn und packten ihn grob, während Quickening in die Tiefe stürzte. Sie schauten ihr nach, ein winziges Bündel aus Kleidern und Silberhaar, das hinter ihr herwehte. Sie sahen sie leuchten.

Da begann sie unglaublicherweise sich aufzulösen. Es fing an den Rändern an, wie ausfransender Stoff, kleine Fetzen flatterten davon. Die drei standen stumm und ergriffen am Rande des Abgrunds und schauten ihr nach. In wenigen Sekunden war sie nicht mehr, ihr Körper zu Staub zerfallen, der glitzerte und leuchtete, als er vom Wind erfaßt wurde.

Tiefer unten blieb der Malmschlund stehen und hob den Kopf. Vielleicht wußte er, was geschehen würde, vielleicht verstand er es sogar. Er versuchte nicht zu fliehen, sondern wartete geduldig, bis der Staub, der einst Quickening gewesen war, sich auf ihn legte. Dann durchfuhr ihn ein Schauder, er schrie einmal auf, und dann begann er zu schrumpfen. Es ging sehr schnell, sein Leib wurde welk und runzlig und schrumpfte, bis nichts mehr übrig war.

Dann verteilte sich der Staub über die Landenge; der Felsen verwandelte sich, Moos und Gras übergrünten ihn. Sprößlinge schossen empor, grün und voll strotzenden Lebens. Der Staub schwebte weiter, erreichte die Halbinsel und Eldwist, und die Verwandlung setzte sich fort. Jahrhunderte von Uhl Belks finsterer Unterdrückung wurden in wenigen Augenblicken aufgehoben. Der Stein der Stadt zerbarst – Mauern, Türme, Straßen und Tunnel stürzten zusammen. Alles fügte sich der Macht von Quickenings Magie, so wie es die Meadegärten von Culhaven getan hatten. Alles, was gewesen war, ehe der Steinkönig die Veränderung erzwungen hatte, erwachte wieder zu Leben. Felsen verschoben sich und nahmen eine andere Gestalt an. Bäume schossen empor, die knorrigen Äste dicht besetzt mit Sommerlaub, das vor dem Grau vom Himmel und Wasser leuchtete. Flecken mit Wildblumen blühten auf, nicht so üppig wie in Culhaven, denn dies hier war immer ein rauher Ort gewesen, doch in vereinzelten Büscheln, saftig und voller Leben. Seegras und Gestrüpp wucherte zwischen den Felsen und gab dem Land seinen Küstencharakter zurück. Auch die Luft belebte sich wieder, füllte sich mit den Düften lebender Natur. Der steinerne, tote Panzer des Landes rückte in ferne Erinnerung. Langsam und knirschend versank Eldwist, wurde von der Erde verschlungen und verschwand wieder in die Vergangenheit, aus der es geboren war.

Als die Verwandlung vollständig war, blieb von Eldwist nur noch die Kuppel, unter der der Steinkönig sich vergraben hatte – eine einsame graue Insel inmitten eines grünen Landes.

»Wir hätten absolut nichts tun können, um sie zu retten, Morgan«, erklärte Walker Boh leise und beugte sich nah zu dem niedergeschmetterten Hochländer, um sicher zu sein, daß er ihn hören konnte. »Quickening kam nach Eldwist, um zu sterben.«

Sie kauerten zusammen am Rande der Klippen, Horner Dees neben ihnen, sprachen mit gedämpfter Stimme, als wäre die Stille, die sich nach Quickenings Verwandlung über das Land gelegt hatte, aus Glas, das zerbrechen könnte. Weit in der Ferne waren hin und wieder schwach die Brecher des Gezeitenstroms und vereinzelte Schreie der Seevögel zu hören. Die Magie war inzwischen die Klippen heraufgekommen und an ihnen vorbei weiter vorgedrungen, reinigte das Gestein von dem Gift des Malmschlunds und gab dem Land neues Leben. Eine leichte Brise zupfte an den Wolken, zerbrach die Wolkendecke hier und da, und die Sonne lugte vorsichtig hindurch.

Morgan nickte wortlos. Er hielt den Kopf gesenkt, sein Gesicht war angespannt.

Walker schaute Horner Dees an, der aufmunternd nickte. »Sie hat es mich alles sehen lassen, Hochländer, kurz bevor sie starb. Sie wollte, daß ich es weiß, damit ich es dir sagen kann. Sie berührte mein Gesicht, als wir über dem Abgrund standen und auf Eldwist schauten, und alles wurde mir kundgetan. All die Geheimnisse, die sie vor uns hütete. Alle ihre sorgfältig bewahrten Rätsel.«

Er rückte noch ein Stück näher. »Ihr Vater erschuf sie, um Uhl Belks Magie entgegenzuwirken. Er machte sie aus den Elementen der Gärten, in denen er lebt, aus seinen stärksten Zaubern. Er schickte sie nach Eldwist zum Sterben. In gewissen Sinne schickte er einen Teil seiner selbst. Er hatte tatsächlich keine andere Wahl. Nichts Geringeres wäre stark genug gewesen, um den Steinkönig in seinem eigenen Herrschaftsbereich zu überwinden. Und Uhl Belk mußte besiegt werden, denn er würde Eldwist niemals verlassen – konnte es, genauer gesagt, nicht verlassen, auch wenn er das nicht wußte. Er war längst ein Gefangener seiner eigenen Magie. Der Malmschlund war zu Uhl Belks Botschafter geworden, ausgesandt, den Rest der Vier Länder in Stein zu verwandeln. Aber wenn der König vom Silberfluß abgewartet hätte, bis das Monster nahe genug herangekommen wäre, dann wäre es schon viel zu groß gewesen, um noch aufgehalten zu werden.«

Er legte Morgan die Hand auf die Schulter und fühlte, wie der junge Mann zusammenzuckte. »Sie hat jeden von uns mit einer bestimmten Absicht ausgewählt, Hochländer – genau wie sie gesagt hat. Du und ich waren auserkoren, den schwarzen Elfenstein zurückzugewinnen, den Belk aus der Halle der Könige gestohlen hatte. Das Problem, dem Quickening gegenüberstand, war natürlich, daß ihre Magie nicht wirken konnte, solange Uhl Belk die Kontrolle über den Elfenstein hatte. Solange er die Druidenmagie einsetzen konnte, konnte er ihre Magie aufsaugen und die notwendige Transformation verhindern. Wenn er erkannt hätte, wer sie war, hätte er es auf der Stelle getan. Er hätte sie zu Stein verwandelt. Aus diesem Grund durfte sie ihre Magie bis zum letzten Moment nicht benutzen.«

»Sie hat aber doch die Meadegärten durch eine simple Berührung des Bodens verwandelt!« protestierte Morgan verärgert und trotzig.

»Die Meadegärten, ja. Aber Eldwist war bei weitem zu monströs, um so einfach umgewandelt zu werden. Durch eine simple Berührung hätte sie es nicht tun können. Sie mußte sich selbst in den Fels einfließen lassen, sich zu einem Teil des Landes machen.« Walker seufzte. »Und deshalb wählte sie Pe Ell. Der König vom Silberfluß muß gewußt oder wenigstens geahnt haben, daß die Schattenwesen jemanden aussenden würden, Quickening an dem Vorhaben zu hindern. Es war kein Geheimnis, wer sie war oder wie sie Dinge verwandeln konnte. Sie stellte eine sehr reale Bedrohung dar. Sie mußte beseitigt werden. Ein Schattenwesen, so sieht es jetzt aus, hatte die nötigen Mittel dazu nicht. Also wurde statt dessen Pe Ell geschickt. Pe Ell glaubte, seine Absicht sei ein Geheimnis; er glaubte, daß Quickening zu ermorden seine eigene Idee gewesen sei. Das war es nicht. In keinem Moment. Es war die ihre, von Anfang an. Deswegen wählte sie ihn aus, denn ihr Vater hatte ihr aufgetragen, es zu tun, den Mann und die Waffe mit nach Eldwist zu nehmen, die imstande waren, den Schutz ihrer Magie zu durchbrechen und es ihr zu ermöglichen, sich zu transformieren.«

»Und wieso konnte sie sich nicht einfach durch ihren Willen transformieren?«

»Sie war lebendig, Morgan – so menschlich wie du und ich. Sie war ein Elementarwesen, aber eines in menschlicher Gestalt. Ich glaube, etwas anderes konnte sie nicht sein. Sie mußte sterben, um ihre Magie auf Eldwist wirken zu lassen. Keine gewöhnliche Waffe konnte sie töten; ihr Körper war gefeit gegen gewöhnliche Waffen. Es brauchte Magie, die der ihren entsprach, die Magie einer Waffe wie der Stiehl – und die Hände und die Mentalität eines Mörders wie Pe Ell.«

Walker lächelte kurz und bitter. »Sie forderte uns auf, ihr zu helfen –

weil sie dazu beauftragt war und wir gebraucht wurden, um einem Zweck zu dienen, ja – aber auch, weil sie an uns glaubte. Wenn wir versagt hätten, irgendeiner von uns, einschließlich Pe Ell, wenn wir nicht getan hätten, wozu sie uns fähig wußte, dann hätte Uhl Belk gesiegt. Der Malmschlund wäre weiter vorgedrungen und Uhl Belks Königreich hätte sich weiter ausgedehnt. Kombiniert mit dem Ansturm der Schattenwesen wäre alles verloren gewesen.«

Morgan streckte sich und schaute endlich auf. »Sie hätte es uns sagen sollen, Walker. Sie hätte uns wissen lassen sollen, was sie vorhatte.«

Walker schüttelte freundlich den Kopf. »Nein, Morgan. Genau das konnte sie nicht tun. Wir hätten nicht so gehandelt, wie wir es getan haben, wenn wir die Wahrheit gewußt hätten. Du warst in sie verliebt, Hochländer. Sie wußte, was das hieß.«

Morgan starrte ihn einen Moment mit zusammengekniffenem Mund an, dann nickte er widerstrebend. »Du hast recht. Sie wußte es.«

»Es gab keinen anderen Weg. Sie mußte das Ziel ihres Herkommens verheimlichen.«

»Ich weiß, ich weiß.« Morgan atmete schwer und unregelmäßig. »Aber es tut trotzdem weh. Ich kann beinahe glauben, sie sei gar nicht fort, sie finde einen Weg, irgendwie zurückzukehren.« Er holte tief Luft. »Ich brauche sie.«

Dann schwiegen sie, starrten jeder in eine andere Richtung und gaben sich Erinnerungen hin. Walker zog kurz in Betracht, dem Hochländer von der Vision des Finsterweihers zu erzählen und zu berichten, daß er mit Quickening darüber gesprochen hatte, und sie ihn trotzdem mitgenommen hatte; daß sie von Anfang an gewußt haben mußte, wie alles enden würde, und dennoch gekommen war, um die Absicht, mit der ihr Vater sie erschaffen hatte, zu erfüllen. Aber er ließ es bleiben. Der Hochländer hatte genug über versteckte Pläne und Geheimnisse erfahren. Es gab nichts zu gewinnen, indem man ihm noch mehr erzählte.

»Was, meint ihr, ist wohl aus Uhl Belk geworden?« brach Horner Dees mit seiner rauhen Stimme das Schweigen. »Ist er wohl noch da unten in seiner Kuppel? Lebt er wohl noch?«

Sie schauten alle gleichzeitig über den Klippenrand auf den letzten Zeugen von Eldwist inmitten des neuentstandenen Grüns der Halbinsel, rundum verschlossen und verschwiegen.

»Ich vermute, eine Feenkreatur wie Uhl Belk stirbt nicht so leicht«, antwortete Walker leise und nachdenklich. »Aber Quickening hält ihn sicher in seiner Muschel gefangen, und das Land wird sich in absehbarer Zeit nicht wieder nach seinem Geschmack verändern.« Er machte eine Pause. »Ich glaube, wenn Uhl Belk das erkennt, kann es sein, daß er den Verstand verliert.«

Morgan beugte sich vor und berührte ein Grasbüschel, als suche er nach etwas. Seine Finger streiften sanft über die Halme. Walker beobachtete ihn einen Moment, dann erhob er sich. Sein Körper schmerzte, und sein Gemüt war dunkel und mürrisch. Ihn hungerte nach richtiger Nahrung, und sein Durst schien unstillbar. Seine eigene Odyssee sollte erst beginnen, eine Reise zurück durch die Vier Länder auf der Suche nach Pe Ell und dem gestohlenen schwarzen Elfenstein; eine zweite Konfrontation, um festzustellen, wer ihn haben soll, und, wenn er das alles überlebte, eine Reise, das verschwundene Paranor und die Druiden zurückzubringen...

Die Gedanken drohten ihn zu überwältigen und ihm seine letzte Kraft zu nehmen. Er schob sie beiseite.

»Komm, Hochländer«, drängte Horner Dees und faßte Morgan bei den Schultern. »Sie ist fort. Sei froh, daß wir sie so lange haben durften. Sie war nicht für diese Welt gemacht. Sie diente einem höheren Ziel. Tröste dich mit der Tatsache, daß sie dich geliebt hat. Das ist keine Kleinigkeit.«

Die großen Hände packten ihn fest, und Morgan ließ sich auf die Beine helfen. Er nickte, ohne den Alten anzuschauen. Als er schließlich aufblickte, waren seine Augen hart und entschlossen. »Ich werde Pe Ell verfolgen.«

»Wir verfolgen ihn alle, Morgan Leah«, fauchte Horner Dees. »Allesamt. Der entkommt uns nicht.«

Sie warfen einen letzten Blick von der Anhöhe, dann drehten sie sich um und steuerten auf den Hohlweg zu, der ins Gebirge führte. Sie waren erst ein paar Schritte gegangen, als Morgan plötzlich stehenblieb. Ihm war etwas eingefallen. Er schaute hinüber, wo er das Schwert von Leah zurückgelassen hatte. Es steckte noch immer im Felsen, die zersplitterte Klinge unsichtbar in den Boden gegraben. Morgan zögerte einen Moment, fast, als zöge er in Betracht, die Waffe dort zu lassen, wo sie war, sie ein für alle Male aufzugeben. Dann ging er hin und packte den Griff. Langsam begann er daran zu ziehen. Und zog weiter und weiter, als er erwartete.

Die Klinge kam hervor. Morgan Leah riß die Augen auf. Das Schwert von Leah war nicht mehr zerbrochen. Es war so vollkommen wie an jenem Tag, als sein Vater es ihm gab.

»Hochländer!« stieß Horner Dees staunend aus.

»Sie sprach die Wahrheit«, flüsterte Morgan und ließ seine Finger über die glänzende Oberfläche der Klinge streichen. Ungläubig schaute er Walker an. »Wie?«

»Ihre Magie«, erwiderte Walker und lächelte über den Ausdruck auf dem Gesicht des anderen. »Sie wurde wieder zu den Elementen der Erde, die ihr Vater benutzte, um sie zu erschaffen, und dazu gehören auch die Metalle, aus denen das Schwert von Leah geschmiedet wurde. Sie hat deinen Talisman neu gemacht, wie sie dieses Land neu gemacht hat. Es war ihre letzte Tat, Hochländer. Ein Liebesakt.«

Morgans graue Augen leuchteten. »In gewissem Sinn ist sie dann bei mir, nicht wahr? Und sie wird bei mir sein, solange ich das Schwert in meinem Besitz habe.« Er holte tief Luft. »Glaubst du, das Schwert hat auch seine magische Kraft wieder, Walker?«

»Ich glaube, die Magie kommt von dir. Ich glaube, sie stammte immer von dir.«

Morgan musterte ihn eine Weile, dann nickte er langsam. Er schob das Schwert behutsam in seinen Gürtel. »Ich habe mein Schwert wieder, aber da ist noch immer die Sache mit deinem Arm. Was ist damit? Sie sagte, daß du, so wie die Klinge, wieder heil und ganz gemacht würdest.«

Walker dachte nach, dann schürzte er die Lippen. »Allerdings.« Er streckte die Hand aus und drehte Morgan sanft zu dem Hohlweg. »Ich fange an zu glauben, Hochländer«, sagte er leise, »daß sie, als sie davon sprach, heil und ganz zu werden, nicht meinen Arm, sondern etwas ganz anderes meinte.«

Hinter ihnen flutete das Sonnenlicht über den Gezeitenstrom.

Ihre Augen!

Sie starrten Pe Ell aus den hohlen Fensterlöchern der Häuser von Eldwist an, und als er die Stadt hinter sich gelassen hatte, lugten sie aus den Spalten und Klüften des Felsgesteins auf der Landenge, und als er bei den Klippen war, spähten sie hinter den nebelumwehten Findlingen neben dem Pfad, der nach oben führte, hervor. Wohin er auch rannte, ihre Augen folgten ihm.

Was habe ich getan?

Die Verzweiflung fraß ihn auf. Er hatte das Mädchen getötet, wie er vorgehabt hatte; er hatte den schwarzen Elfenstein in seinem Besitz. Alles war genauso gekommen, wie es geplant gewesen war. Mit Ausnahme der Tatsache, daß es nie sein Plan gewesen war – sondern von Anfang an der ihre. Das war es, was er in ihren Augen gesehen hatte, die Wahrheit, weshalb er hier war und wozu er bestimmt worden war. Sie hatte ihn nicht nach Eldwist gebracht, damit er dem Steinkönig entgegentreten und den schwarzen Elfenstein erobern sollte; sie hatte ihn mitgenommen, damit er sie tötete.

Himmel noch mal, damit er sie tötete!

Blindlings rannte er, stolperte, raffte sich wieder auf, zerrissen von der Erkenntnis, wie sie ihn benutzt hatte.

Er hatte nie die Kontrolle gehabt. Er hatte sich nur eingebildet, sie zu haben. Alle seine Mühen waren verschwendet. Sie hatte ihn vom ersten Moment an manipuliert – als sie ihn in Culhaven auswählte und ganz genau wußte, wer und was er war, als sie ihn überredete, mitzukommen und ihn dabei in dem Glauben ließ, er komme aus eigenem Willen, und indem sie ihn sorgfältig von den anderen fernhielt, ihn hierhin und dorthin schickte, wie ihre Absichten es verlangten. Sie hatte ihn benutzt! Warum? Warum hatte sie das getan? Die Frage brannte wie Feuer? Warum hatte sie sterben wollen?

Das Feuer wurde zu eisiger Kälte, als er sah, daß ihm ihre Augen von rechts und links und überallher zuzwinkerten. War es am Ende überhaupt seine Entscheidung gewesen, sie zu erstechen? Er konnte sich nicht erinnern, bewußt die Entscheidung getroffen zu haben. Es war beinahe so, als habe sie sich selbst in die Klinge gestürzt – oder seine Hand dazu gebracht, sich diese wenigen, nötigen Zentimeter weit zu bewegen. Pe Ell war die ganze Zeit die Marionette der Tochter des Königs vom Silberfluß gewesen; vielleicht hatte sie auch an den Fäden gezogen, die ihn ein letztes Mal hatten handeln lassen – und dann öffnete sie ihm ihre Augen, so daß ihm alle ihre Geheimnisse offenbart wurden.

Er taumelte zu Boden, als er das obere Ende des Klippenpfads erreichte, warf sich nach links in eine Nische zwischen den Felsen, kauerte sich zusammen und begrub sein hageres, verstörtes Gesicht in den Armen. Er wünschte, er könnte sich verstecken, könnte verschwinden. Wutentbrannt knirschte er mit den Zähnen. Er hoffte, sie sei tot! Er hoffte, sie wären alle tot! Tränen rannen ihm übers Gesicht, Zorn und Verzweiflung wüteten in ihm, kehrten sein Inneres nach außen. Niemand hatte ihm das je angetan. Er konnte nicht ertragen, was er empfand! Er konnte es nicht dulden!

Nach kurzer Zeit, vielleicht auch etwas länger, schaute er wieder auf, weil ihm plötzlich bewußt wurde, daß er in Gefahr schwebte. Die anderen würden ihn verfolgen. Sollen sie doch kommen, dachte er wild. Aber nein, er war noch nicht bereit, ihnen entgegenzutreten. Er konnte kaum klar denken. Er brauchte Zeit, um sich wieder zu fangen.

Er zwang sich wieder auf die Füße. Alles, was ihm zu tun in den Sinn kam, war rennen und immer wieder rennen.

Er erreichte den Hohlweg, der von den Klippen und dem Blick auf die verhaßte Stadt wegführte. Er konnte fühlen, wie die Erde erschüttert wurde, und er hörte das Rumpeln des Malmschlunds. Regen prasselte auf ihn nieder, und grauer Nebel senkte sich über ihn, bis man meinte, die Wolken lagerten direkt auf dem Land. Pe Ell drückte den Lederbeutel mit den Runenzeichen und seinem kostbaren Inhalt fest an seine Brust. Der Stiehl ruhte wieder in der Scheide an seiner Hüfte. Er fühlte die Magie bis in seine Hände brennen, an seinem Körper, heißer, als er sie je gefühlt hatte, ein Feuer, das vielleicht nie mehr gelöscht werden konnte. Was hatte ihm das Mädchen angetan? Was hatte sie getan?

Er stürzte und konnte eine Weile lang nicht wieder aufstehen. Alle Kraft hatte ihn verlassen. Er schaute auf seine Hände, sah das Blut, das an ihnen klebte. Ihr Blut.

Ihr Gesicht blitzte vor ihm aus dem grauen Dunst auf, leuchtend und sprühend, ihr Silberhaar zurückgeworfen, ihre schwarzen Augen...

Quickening!

Es gelang ihm mit Mühe, wieder auf die Füße zu kommen, und dann rannte er weiter, rutschte und stolperte und kämpfte gegen die Visionen an, versuchte, seine Fassung zurückzugewinnen, seine Selbstkontrolle. Aber nichts wollte an seinen Platz rücken, alles torkelte kunterbunt durcheinander, und Wahnsinn raste in ihm wie ein freigelassener Wachhund. Er hatte sie getötet, ja. Aber sie hatte ihn dazu veranlaßt, es zu tun! Alle die Gefühle für sie waren von Anfang an falsch gewesen, nichts als ihr Werk, sie hatte ihn verdreht!

Vor ihm öffnete sich die Knochensenke, leer und steinig. Er wurde nicht langsamer. Er rannte weiter.

Irgend etwas geschah hinter ihm. Er konnte eine Veränderung der Erschütterungen wahrnehmen, ein Drehen des Windes. Er konnte fühlen, wie sich etwas Kaltes tief in seinem Inneren ausbreitete. *Magie!* Eine Stimme flüsterte bohrend, heimtückisch. *Quickening kommt dich holen!* Aber Quickening war doch tot! Er schrie laut auf, verfolgt von Dämonen, die alle ihr Gesicht trugen.

Er stolperte und fiel mitten in einen Haufen bleicher Knochen, raffte sich wieder auf die Knie und erkannte plötzlich, wo er sich befand.

Die Zeit blieb für Pe Ell stehen, und ein furchteinflößender Augenblick der Erkenntnis erblühte in ihm.

Der Koden!

Und dann hatte er ihn. Seine zottigen Glieder umfingen ihn, sein Körper roch nach Alter und Verwesung. Er konnte das Pfeifen seines Atems an seinem Ohr hören, konnte die Hitze seines Gesichts spüren. Die Nähe des Monsters war erstickend. Er strampelte, um es zu sehen, und stellte fest, daß er unfähig dazu war. Es war da und gleichzeitig nicht da. War es irgendwie unsichtbar geworden? Er versuchte, den Griff des Stiehls zu fassen, aber seine Finger wollten nicht reagieren.

Wie war das möglich?

Plötzlich wußte er, daß es kein Entkommen mehr gab. Und er war nur gelinde überrascht festzustellen, daß es ihm ziemlich egal war.

Im nächsten Augenblick war er tot.

Weniger als eine Stunde später gelangten die letzten drei Überlebenden der Gruppe aus Rampling Steep zur Knochensenke und fanden Pe Ells Leiche. Er lag auf halbem Wege, ausgespreizt und ungeschützt auf der Erde, den leblosen Blick in den Himmel gerichtet. Eine Hand umklammerte den Lederbeutel mit den blauen Runen, der den schwarzen Elfenstein enthielt. Der Stiehl steckte noch in der Scheide.

Walker Boh schaute sich neugierig um. Quickenings Magie hatte sich über die Knochensenke hinaus ausgebreitet und so verwandelt, daß sie nicht mehr wiederzuerkennen war. Sägegras und Springkraut wucherte in Büscheln überall und polsterte die harte Oberfläche des Gesteins. Gelbe und purpurne Wildblumen neigten sich der Sonne entgegen, und die Knochen der Toten waren im Erdboden verschwunden. Alles, was übriggeblieben war, war Pe Ell.

»Nicht die geringste Wunde«, murmelte Horner Dees. Sein zerklüftetes Gesicht war noch runzliger, und seine Stimme war voller Staunen. Er trat näher, beugte sich hinunter, um genauer hinzuschauen, und richtete sich wieder auf. »Vielleicht der Hals gebrochen. Rippen eingedrückt. Irgend so was. Aber nichts, was ich so sehen könnte. Etwas Blut an seinen Händen, aber das stammt von dem Mädchen. Und schaut doch mal. Spuren vom Koden überall. Er muß ihn erwischt haben. Aber an seiner Leiche sind keine Zeichen. Wie gefällt euch das?«

Nirgendwo war ein Hinweis darauf, daß der Koden noch da war. Er war fort, verschwunden, als habe es ihn nie gegeben. Walker prüfte die Luft, testete die Stille, schloß die Augen, um zu prüfen, ob er den Koden in seinem Bewußtsein finden könnte. Nein. Quickenings Magie hatte ihn befreit. Sobald die Ketten, die ihn fesselten, zerbrochen waren, war er in seine eigene Welt zurückgekehrt, wieder er selbst, nichts als ein Bär. Und die Erinnerungen an das, was ihm angetan worden war, verblaßten schon. Walker fühlte, wie sich tiefe Befriedigung in ihm ausbreitete. Am Ende hatte er sein Versprechen halten können.

»Schaut euch doch mal seine Augen an«, sagte Horner Dees. »Seht mal, wieviel Angst darin steht. Er starb nicht als glücklicher Mann, was immer es war, das ihn getötet hat. Er starb voller Angst.«

»Es muß der Koden gewesen sein«, beharrte Morgan Leah. Er hielt sich von der Leiche fern, wollte sich ihr nicht nähern.

Dees musterte ihn kritisch: »Meinst du? Wie denn? Was hat er gemacht? Ihn zu Tode umarmt? Muß ziemlich schnell gegangen sein, wenn es das war. Sein komisches Messer steckt noch immer in der Scheide. Schau dir's an, Hochländer. Was siehst du?«

Morgan kam widerwillig näher. »Nichts«, gab er zu.

»Wie ich gesagt habe«, schnaufte Dees. »Soll ich ihn umdrehen, damit du die andere Seite sehen kannst?«

Morgan schüttelte den Kopf. »Nein.« Er betrachtete Pe Ells Gesicht eine Weile, ohne etwas zu sagen. »Es spielt keine Rolle.« Dann schaute er auf und suchte Walkers Blick. »Ich weiß nicht, was ich davon halten soll. Ist das nicht seltsam? Ich wünschte ihn tot, aber ich wollte derjenige sein, der ihn tötete. Ich weiß, es ist egal, wer ihn umgebracht hat oder wie es geschehen ist, aber irgendwie fühle ich mich betrogen. Als wäre mir die Chance gestohlen worden, die Dinge auszugleichen.«

»Ich glaube nicht, daß es so ist, Morgan«, erwiderte der Dunkle Onkel leise. »Ich glaube, diese Chance war dir nie zugedacht.«

Der Hochländer und der alte Fährtensucher schauten ihn überrascht an. »Was willst du damit sagen?« knurrte Dees.

Walker zuckte mit den Achseln. »Wäre ich der König vom Silberfluß und gezwungen, das Leben meines Kindes der Klinge eines Meuchelmörders zu opfern, dann würde ich dafür sorgen, daß der Mörder nicht mit heiler Haut davonkommt.« Er schaute von einem zum anderen. »Vielleicht sollte die Magie, die Quickening in ihrem Körper trug, mehr als nur einer Sache dienen. Vielleicht tat sie das.«

Es entstand ein langes Schweigen, während die drei diese Möglichkeit erwogen. »Das Blut an seinen Händen vielleicht?« sagte Horner Dees nach einiger Zeit. »Als wäre es Gift?« Er schüttelte den Kopf. »Erscheint ebenso wahrscheinlich wie irgendwas anderes.«

Walker Boh bückte sich und befreite den Beutel mit dem schwarzen Elfenstein vorsichtig aus Pe Ells starren Fingern. Er wischte ihn sauber, hielt ihn einen Moment auf der Handfläche und dachte bei sich, welche Ironie des Schicksals es war, daß der Elfenstein dem Mörder nichts genützt hatte. So viel Mühe, um in den Besitz seiner Magie zu gelangen, und alles umsonst. Quickening hatte es gewußt. Der König vom Silberfluß hatte es gewußt. Wenn Pe Ell es auch gewußt hätte, hätte er das Mädchen auf der Stelle getötet und damit der Sache ein für alle Male ein Ende gesetzt. Oder wäre er dennoch geblieben, so gefangen von ihr, daß er selbst dann nicht hätte entkommen können? Walker Boh war sich nicht sicher.

»Und was ist hiermit?« Horner Dees löste den Stiehl von Pe Ells Hüfte. »Was machen wir hiermit?«

»In den Ozean werfen«, gab Morgan sofort zurück. »Oder in das tiefste Loch, das du finden kannst.«

Walker kam es vor, als höre er jemand anderen sprechen, als ob die Worte ihm in unangenehmer Weise nicht unbekannt seien. Dann merkte er, daß er an sich selbst dachte und sich an das erinnerte, was er gesagt hatte, als Cogline ihm die Druidengeschichte aus Paranor gebracht hatte. Andere Zeiten, andere Magie, dachte er, aber die Gefahren blieben immer die gleichen.

»Morgan«, sagte er, und der junge Mann drehte sich zu ihm um. »Wenn wir es fortwerfen, riskieren wir, daß es wiedergefunden wird – vielleicht von jemandem, der so verderbt und übel ist wie Pe Ell. Vielleicht von jemandem, der noch schlimmer ist. Die Waffe muß irgendwo eingeschlossen werden, wo niemand sie mehr erreichen kann.« Er wandte sich an Horner Dees. »Wenn du sie mir überlassen willst, dann werde ich dafür sorgen, daß das geschieht.«

Ohne sich zu rühren, standen sie eine Weile da, drei erschöpfte, zerlumpte Gestalten in einem Gelände zerborstenen Gesteins und frischen Grüns, und maßen einander ab. Dees warf einmal einen Blick auf Morgan, dann reichte er Walker das Messer. »Ich nehme an, wir können uns darauf verlassen, daß du dein Wort so gut hältst wie sonst irgendwer«, meinte er.

Walker verstaute den Stiehl und den Elfenstein in den tiefen Taschen seines Umhangs und hoffte, daß es so sei.

Für den Rest des Tages wanderten sie nach Süden und verbrachten ihre erste Nacht fern von Eldwist auf einer kargen, mit Gestrüpp bewachsenen Ebene. Einen Tag zuvor war die Ebene noch ein Teil von Uhl Belks Königreich gewesen, infiziert vom Gift des Malmschlunds, ein zerklüfteter steinerner Teppich. Selbst mit nichts als dem Gestrüpp zu ihrem Schmuck, wirkte die Ebene wohltuend üppig nach der Leblosigkeit der Stadt. Es gab nach wie vor nicht viel zu essen, ein paar Wurzeln und Wildgemüse, doch es gab wieder frisches Wasser, der Himmel war voller Sterne und die Luft sauber und frisch. Sie entfachten ein Feuer und saßen bis spät in die Nacht davor, sprachen leise über ihre Empfindungen und verbrachten lange Zeit schweigend mit ihren Erinnerungen an das Geschehene.

Als der Morgen anbrach, erwachten sie mit der Sonne im Gesicht, ganz einfach dankbar, noch am Leben zu sein.

Sie zogen wieder durch die hohen Wälder auf das Carnalgebirge zu.

Horner Dees führte sie einen anderen Weg diesmal, östlich an den Stacheln vorbei und sorgfältig das Gebiet von Carismans Stamm der Urdas meidend. Das Wetter blieb mild, selbst im Gebirge, und weder Stürme noch Lawinen verursachten ihnen weitere Probleme. Nahrung war wieder in Hülle und Fülle zu finden, und sie kamen langsam wieder zu Kräften. Auch ein Wohlgefühl stellte sich langsam wieder ein, und die grausamsten der Erinnerungen verblaßten ein wenig.

Morgan Leah sprach häufig von Quickening. Es schien ihm gut zu tun, von ihr zu reden, und sowohl Walker als auch Horner Dees ermutigten ihn dazu. Manchmal redete der Hochländer, als wäre sie noch am Leben, berührte dabei das Schwert von Leah und gestikulierte zurück zu dem Land, das sie hinter sich ließen. Sie war dort, behauptete er beharrlich, und es war besser, daß sie dort war, als ganz und gar verschwunden. Manchmal konnte er ihre Gegenwart fühlen, dessen war er sicher. Er lächelte und scherzte und kam langsam wieder zu sich.

Horner Dees wurde fast ebensoschnell wieder der alte; der geplagte Ausdruck verschwand aus seinem Blick, die Anspannung seines Gesichts löste sich, die Schroffheit seiner Stimme verlor ihre Schärfe, und zum ersten Mal seit Wochen tauchte seine Liebe zu den Bergen wieder in seinen Gesprächen auf.

Walker Boh erholte sich langsamer. Er steckte in einem eisernen Panzer fatalistischer Resignation, die seine Gefühle fast gänzlich umschlossen hielt. Er hatte seinen Arm in der Halle der Könige verloren. Er hatte Cogline und Ondit in Hearthstone verloren. Er hatte unzählige Male beinahe sein Leben verloren. Carisman war tot. Quickening hatte recht gehabt. Es gab immer Alternativen. Aber die Wahl wurde manchmal für einen getroffen, ob man es wollte oder nicht. Er mochte vorgehabt haben, sich nicht in die Machenschaften der Druiden verstricken zu lassen und sein Leben von Brin Ohmsford und ihrem Vermächtnis der Magie abzuwenden. Aber die Umstände und das Gewissen machten es einfach unmöglich. Sein Schicksal war mit Fäden gewoben, die Hunderte, ja Tausende von Jahren zurückreichten, und er konnte sich nicht von ihnen befreien, jedenfalls nicht vollständig. Er hatte die Sache immer wieder durchdacht, seit er sich in jener Nacht in Eldwist bereiterklärt hatte, mit Quickening in den Unterschlupf des Steinkönigs zurückzukehren und den schwarzen Elfenstein zu holen. Er wußte in dem Augenblick, daß er, indem er sich dazu bereit erklärte, den Talisman, falls sie Erfolg hätten, in die Vier Länder tragen und versuchen würde, das verschwundene Paranor und die Druiden zurückzubringen – ganz wie Allanon ihm aufgetragen hatte.

Er wußte, ohne die Worte auszusprechen, was das bedeutete.

Triff die Wahl, die du willst, hatte Quickening ihm geraten.

Aber welche Alternativen blieben ihm denn? Er hatte schon vor langer Zeit beschlossen, nach dem schwarzen Elfenstein zu suchen – vielleicht seit dem Moment, als er von seiner Existenz in der Druidengeschichte las; gewiß seit Coglines Tod. Er hatte ebenfalls entschieden, herauszufinden, was seine Magie leisten würde – und das bedeutete, daß er Allanons Behauptung, Paranor und die Druiden könnten zurückgebracht werden, testete. Er konnte sich sagen, daß er die Sache bis zu dem Moment erwogen hätte, als die Stadt Eldwist ihr Ende fand. Aber er wußte, daß die Wahrheit anders war. Er wußte ebensogut, daß Paranor, wenn die Magie des schwarzen Elfensteins alldem entsprach, was versprochen war, wenn sie wirkte, wie er glaubte, wiederhergestellt werden würde. Und wenn das geschah, würden die Druiden in die Vier Länder zurückkommen.

Durch ihn.

Mit ihm angefangen.

Und diese Tatsache gab ihm die einzige Wahl, die ihm blieb, jene, die zu treffen Quickening von ihm gewollt hatte – die Wahl, wer er sein würde. Wenn es stimmte, daß Paranor wiederhergestellt werden konnte und er der erste Druide sein mußte, der die Festung übernahm, dann mußte er dafür sorgen, daß er sich in dem Prozeß nicht selbst verlor. Er mußte dafür sorgen, daß Walker Boh überlebte – sein Herz, seine Ideen, seine Überzeugungen, seine Zweifel – alles, was er war und glaubte. Er mußte alles tun, nicht genau zu dem zu werden, dem zu entrinnen er so hart gekämpft hatte. Mit anderen Worten, er durfte nicht ein Allanon werden. Er durfte nicht wie die Druiden der alten Zeit werden – Manipulatoren, Ausbeuter, finstere, heimlichtuerische Verschwörer und Verschleierer von Wahrheiten. Wenn die Druiden zurückkommen mußten, um die Rassen zu erhalten, um ihr Überleben gegen die finsteren Mächte der Welt, Schattenwesen oder was immer, zu gewährleisten, dann mußte er sie zu dem machen, was sie sein sollten – eine bessere Sorte von Menschen, Lehrer und Verteiler der Macht der Magie.

Diese Wahl konnte er noch immer treffen – eine Wahl, die er treffen mußte, wenn er seinen gesunden Verstand bewahren wollte.

Sie brauchten fast zwei Wochen bis Rampling Steep, wählten die längeren, aber sichereren Wege, vermieden alle Risiken, verkrochen sich, wenn es dunkel wurde, und zogen weiter, wenn es wieder hell war. Sie erreichten die Gebirgsstadt gegen Mittag. Der Himmel war von grauen Wolkenschleiern überdeckt, die ein Sommerregen zurückgelassen hatte und die an hastig zerzupfte Baumwollflocken denken ließen. Es war ein warmer, feuchter Tag, und die Häuser der Stadt glänzten wie nasse, fette Kröten, die zwischen den Steinen hockten. Die drei Reisenden näherten sich der Stadt wie Fremde, sahen sie mit neuen Augen, die erste Stadt seit Eldwist. Gleichzeitig verlangsamten sie alle drei ihre Schritte, als sie die Hauptstraße erreichten, die zwischen den Tavernen, Scheunen und Läden entlangführte. Sie blieben stehen und schauten noch einmal auf die Berge zurück, von denen sie gekommen waren, und beobachteten für ein Weilchen, wie das Wasser des Gewitterregens in Sturzbächen von den Felsen plätscherte, und lauschten auf das ferne Rauschen.

»Zeit zum Abschied«, verkündete Horner Dees unvermittelt und streckte Morgan seine Hand hin.

Morgan riß die Augen auf. Kein Wort war bisher darüber gefallen, daß er sich von ihnen trennen würde. »Du kommst nicht mit?«

Der alte Fährtensucher schnaubte. »Ich bin froh, daß ich noch lebe, Hochländer. Jetzt willst du, daß ich mit nach Süden gehe? Wie weit erwartest du, daß ich die Dinge treiben soll?«

»Ich meine nicht…«, stammelte Morgan.

»Die Sache ist«, unterbrach ihn der andere mit einer kurzen Bewegung seiner großen Hand, »ich hätte gar nicht mitgehen sollen. Es war das Mädchen, das mich überredet hat. Konnte es ihr nicht abschlagen. Und vielleicht war es auch das Gefühl, daß ich was zurückgelassen hatte, als ich vor zehn Jahren vor dem Steinkönig und seinen Monstern davongerannt bin. Ich mußte noch mal hingehen und es wiederfinden. Und da bin ich nun. Der einzige Mensch, der Eldwist und Uhl Belk zweimal entkommen ist. Mir scheint, das ist genug für einen alten Mann.«

»Du wärest herzlich willkommen, wenn du mit uns gehen wolltest, Horner Dees«, versicherte ihm an Morgans Statt Walker Boh. »Du bist weniger alt, als du behauptest, und doppelt so fähig. Der Hochländer und seine Freunde könnten deine Erfahrungen brauchen.«

»Ja, Horner«, stimmte Morgan eilig zu. »Wie ist das mit den Schattenwesen? Wir brauchen deine Hilfe, um gegen sie zu kämpfen. Komm doch mit.«

Aber der alte Fährtensucher schüttelte starrsinnig seinen Bärenkopf. »Ich werde dich vermissen, Hochländer. Ich verdanke dir mein Leben. Ich schaue dich an und sehe den Sohn, den ich unter anderen Umständen vielleicht hätte haben können. Na, ist das nicht ein Geständnis? Aber ich habe in meinem Leben genug Aufregung gehabt, und ich bin nicht scharf auf mehr. Ich sehne mich nach der Ruhe und der Dunkelheit der Bierhäuser. Ich brauche die Annehmlichkeiten meines eigenen Heims.« Er streckte wieder die Hand aus. »Aber wer sagt denn, daß sich das nicht wieder ändern kann? Also, ein andermal vielleicht.«

Morgan ergriff die Hand. »Jederzeit, Horner.« Dann ließ er die Hand los und umarmte den alten Mann. Horner Dees drückte ihn an sich.

Danach ging die Reise schnell, die Zeit verstrich fast magisch, die Tage und Nächte verflossen wie Quecksilber. Walker und Morgan gelangten aus den Charnalbergen in das Vorgebirge im Süden und folgten ihnen dann westwärts zum Rabb. Sie überquerten den Nordarm des

Flusses und gelangten in das offene Grasland, das sich bis zu den fernen Gipfeln der Drachenzähne erstreckte. Die Tage waren lang und heiß, die Sonne brannte aus einem wolkenlosen Himmel, kaum hatten sie das unbeständige Wetter des Gebirges hinter sich gelassen. Die Sonne ging früh auf und ging spät unter. Selbst die Nächte waren warm und hell. Die beiden begegneten nur wenigen Reisenden und keiner einzigen Föderationspatrouille. Das Land war zunehmend von der Schattenwesenkrankheit befallen, dunkle Flecken, die die Verbreitung der Krankheit andeuteten, aber es gab keine Zeichen der Überträger.

Am Ende der Woche erreichten der Dunkle Onkel und der Hochländer den südlichen Zugang zum Jannissonpaß. Es war schon fast Mittag, und der Paß erstreckte sich vor ihnen durch die Verbindung der felsigen Drachenzähne mit dem Charnalgebirge, ein breiter, leerer Korridor, der nordwärts nach Streleheim führte. Hier hatte Padishar Creel gehofft, die Truppen der Südlandbewegung, des Zwergenwiderstandes und der Trolle von Axhind und seines Kelctischen Vogels Rock zu vereinigen, um die Armeen der Föderation zu bebämpfen und zu besiegen. Der Wind wehte sanft über die Ebene und über den Paß; sonst regte sich nichts.

Morgan schaute sich trübsinnig und resigniert um. Walker stand schweigend eine Weile neben ihm, dann legte er ihm die Hand auf die Schulter. »Wohin nun, Hochländer?« fragte er leise.

Morgan zuckte mit den Schultern und lächelte tapfer. »Nach Süden, denke ich, nach Varfleet. Ich werde versuchen, Kontakt mit Padishar aufzunehmen. Ich hoffe, daß er Par und Coll gefunden hat. Wenn das nicht der Fall ist, werde ich selber nach den Talbewohnern suchen gehen.« Er hielt inne und musterte das harte, bleiche Gesicht des anderen. »Ich kann mir denken, wo du hingehen wirst.«

Walker nickte. »Paranor suchen.«

Morgan holte tief Luft. »Ich weiß, daß du genau das nicht tun wolltest, Walker.«

»Allerdings.«

»Ich kann mitgehen, wenn du willst.«

»Nein, Hochländer, du hast genug für andere getan. Es ist Zeit, daß du etwas für dich selbst tust.«

Morgan nickte. »Nun, ich habe keine Angst, falls du das denkst. Ich habe die Magie des Schwertes von Leah wieder. Ich könnte etwas nützen.«

Walkers Finger drückten Morgans Schulter kräftig und ließen dann los. »Ich glaube nicht, daß irgendwer mir helfen kann, wo ich hingehe. Ich glaube, ich werde mir selbst helfen müssen, so gut ich kann. Der Elfenstein wird vermutlich mein bester Schutz sein.« Er seufzte. »Seltsam, wie die Dinge sich entwickeln. Ohne Quickening würde keiner von uns tun, was er tut, oder sein, was er ist, nicht wahr? Sie hat uns beiden ein neues Ziel, ein neues Gesicht und vielleicht sogar neue Kraft gegeben. Vergiß nicht, was sie für dich aufgegeben hat, Morgan. Sie liebte dich. Und ich glaube, daß sie dich – in welcher Weise auch immer sie kann – immer lieben wird.«

»Ich weiß.«

»Horner Dees sagte, daß du ihm das Leben gerettet hast. Du hast auch meines gerettet. Hättest du nicht das Schwert benutzt, so zersplittert, wie es war, hätte Uhl Belk mich getötet. Ich glaube, Par und Col Ohmsford können sich keinen besseren Beschützer wünschen. Geh sie suchen. Sorg dafür, daß sie wohlauf sind. Hilf ihnen, wo immer du kannst.«

»Das werde ich.«

Sie schüttelten sich die Hände, hielten sie einen Moment fest und schauten sich in die Augen.

»Sei vorsichtig, Walker«, sagte Morgan.

Walker lächelte schwach und ein wenig ironisch. »Bis zum nächsten Mal, Morgan Leah.«

Dann drehte Walker sich um und machte sich auf den Weg über den Paß. Er gelangte aus der Sonne in den Schatten der Felsen und schaute nicht mehr zurück.

Für den Rest des Tages und auch noch den ganzen nächsten zog Walker Boh westwärts über die Streleheimebenen, entlang der dunklen, alten, von den Drachenzähnen umgebenen Wälder im Süden. Am dritten Tag schlug er den Weg in den schattigen Wald ein und ließ die Ebene und den Sonnenschein hinter sich. Die Bäume standen da wie riesige, hohe Wachposten, die darauf warteten, in den Kampf geschickt zu werden, ihre dicken Stämme kameradschaftlich dicht beieinander, und die Äste zu einem Baldachin verflochten. Es waren die Wälder, die vor vierhundert Jahren die Druidenfestung vor der übrigen Welt abgeschirmt hatten. Zu Shea Ohmsfords Zeiten waren Wölfe zur Bewachung eingesetzt worden. Und selbst später hatte es noch eine Dornenhecke gegeben, die niemand außer Allanon persönlich überwinden konnte. Die Wölfe waren nicht mehr da, auch die Dornenhecke war verschwunden und sogar die Festung selbst. Nur die Bäume waren geblieben, in tiefes, allgegenwärtiges Schweigen gehüllt.

Walker folgte den Pfaden, als wäre er ein Schatten, glitt lautlos zwischen den Stämmen über den Teppich toter Nadeln, verloren in der Trübsal seiner wachsenden Unentschlossenheit. Die Gedanken an das, was er auf dem Wege zu tun war, waren wirr und nervenzehrend, und die Ungewißheit, die er sorgfältig überwunden zu haben glaubte, suchte ihn erneut heim. Sein ganzes Leben lang hatte er sich bemüht, Brin Ohmsfords Vermächtnis zu entkommen; und jetzt beeilte er sich freiwillig, es zu umarmen. Die Entscheidung, es zu tun, hatte lange gebraucht, und er hatte sie oft in Frage gestellt. Sie war das Ereignis einer seltsamen Mischung aus Umständen, Gewissen und Überlegung. Er hatte so viel darüber nachgedacht, wie er imstande war, und er war überzeugt, daß er die richtige Wahl getroffen hatte. Und dennoch war die Aussicht auf die Konsequenzen beängstigend, und je näher der Moment rückte, da er sie erkennen würde, desto mehr nahmen die bösen Vorahnungen überhand.

Als er schließlich im Herzen des Waldes bei der Anhöhe, auf der Paranor einst gethront hatte, ankam, waren seine Gefühle in wildem Aufruhr. Lange Zeit stand er da und starrte zu den wenigen Steinblöcken hinauf, die von den Außenmauern übriggeblieben waren, auf die roten Streifen, die der Sonnenuntergang mit heißem, schwindendem Leuchten über die Hügelkuppe warf. Im Schein des verblassenden Lichts konnte er sich vorstellen, daß es möglich wäre, Paranor vor der hereinbrechenden Nacht in die Höhe ragen zu sehen, seine Zinnen scharf umrissen, mit Türmen, die wie Speere in das Blau des Himmels stachen. Er konnte die ungeheure Größe der Präsenz der Festung, die trotzende Masse ihrer Steine fühlen. Er konnte das Leben ihrer Magie anrühren, die auf ihre Wiedergeburt wartete.

Er machte ein Feuer, saß davor und wartete auf den Einbruch der Nacht. Als es vollständig dunkel war, stand er auf und ging an den Fuß des Hügels zurück. Über ihm glitzerten die Sterne, und die Wälder rundum waren voller nächtlicher Geräusche. Er fühlte sich fremd und einsam. Er starrte noch einmal auf die Hügelkuppe hinauf und suchte von innen her mit seiner Magie einen Hinweis auf das zu finden, was dort wartete. Nichts gab sich zu erkennen. Dennoch war die Festung dort; er konnte ihre Gegenwart in einer Weise fühlen, die er nicht zu erklären imstande war. Die Tatsache, daß seine Magie versagte, das zu bekräftigen, was er ohnehin wußte, verursachte ihm zusätzliches Unbehagen. Bring das verlorene Paranor und die Druiden zurück, hatte Allanon gesagt. Was würde es brauchen, um es zu tun? Was, über den bloßen Besitz des schwarzen Elfensteins hinaus? Es brauchte noch mehr, das wußte er. Da mußte noch mehr sein.

Er schlief ein paar Stunden, obwohl der Schlaf nicht leicht kommen wollte, eine schwache Notwendigkeit gegen das Gewisper seiner Ängste. Er lag lange wach, seine Entschlossenheit entglitt ihm, zersetzte sich und bekam Risse. Die Fallen eines lebenslänglichen Mißtrauens verstrickten ihn, befreiten sich aus den Winkeln, in die er sie verbannt hatte, und drohten, erneut die Oberhand zu gewinnen. Er zwang sich, an Quickening zu denken. Wie mußte es für sie gewesen sein, da sie doch wußte, was ihr bevorstand? Welche Ängste sie ausgestanden haben mußte! Und doch opferte sie sich selbst, weil es nötig war, um dem Land das Leben zurückzugeben. Es gab ihm Kraft, wenn er an ihren

Mut dachte, und nach einer Weile ließ das Gewisper nach, und er schlief ein.

Der Tag brach schon an, als er wieder erwachte. Er wusch sich und aß eilig etwas, hölzern und nervös im Schatten dessen, was ihn erwartete. Als er fertig war, ging er wieder zum Fuß des Hügels und schaute hinauf. Die Sonne war hinter ihm und schien auf die kahle Kuppe des Hügels. Nichts hatte sich verändert. Kein Hinweis auf das, was einst war oder was sein könnte, ließ sich entdecken. Paranor war und blieb in der Zeit, im Raum und in der Legende verschollen.

Walker wandte sich ab und kehrte wieder zum Waldrand zurück, in sichere Entfernung von der Anhöhe. Er faßte in die Tasche seines Umhangs und holte den Beutel mit dem schwarzen Elfenstein hervor. Er starrte darauf und fühlte das Gewicht der magischen Kraft in seiner Hand. Sein Körper war steif und müde, sein fehlender Arm schmerzte. Seine Kehle war so trocken wie Herbstblätter. Er merkte, wie die Unsicherheiten und Zweifel und Ängste wieder aufstiegen und sich zu einer Woge zusammenballten, die ihn fortzuschwemmen drohte.

Hastig ließ er den Elfenstein aus dem Beutel auf seine Handfläche gleiten.

Er schloß die Hand augenblicklich, zu furchtsam, in sein dunkles Licht zu schauen. Sein Kopf arbeitete rasend. Ein Stein, einer für alles, einer für Herz, Geist und Körper – so gemacht, glaubte er, weil er die Antithese aller anderen Elfensteine darstellte; ein Stein, von den Geschöpfen der Alten Welt der Feen geschaffen und mit einer Magie ausgestattet, die verschlang, statt auszustrahlen, die absorbierte, statt etwas freizusetzen. Die Elfensteine, die Allanon Shea Ohmsford gegeben hatte, waren ein Talisman, der seinen Besitzer gegen jegliche finstere Magie beschützte, die ihm drohen mochte. Aber der schwarze Elfenstein war aus einem völlig anderen Grund geschaffen worden – nicht zur Verteidigung, sondern zur Befähigung. Er war für einen einzigen Zweck gedacht – um der Magie entgegenzuwirken, die die Druidenfeste hatte verschwinden lassen, und um damit das verlorene Paranor aus der Vergessenheit zurückzuholen. Er würde das vollbringen, indem er jene Magie aufzehrte – und sie in den Körper dessen, der den Stein besaß, übertrug – ihn selbst. Was das bei ihm bewirken würde, konnte Walker sich nur ausmalen. Er wußte, daß der Schutz des Steins gegen Mißbrauch in der Tatsache lag, daß er in der gleichen Weise wirkte, gleich, wer ihn handhabte und zu welchem Zweck. Das war es, was Uhl Belk zerstört hatte. Seine Aufnahme der Magie des Malmschlunds hatte ihn zu Stein gemacht. Walkers eigenes Schicksal mochte ähnlich sein, glaubte er – wenn auch komplexer. Aber wie? Wenn das Benutzen des schwarzen Elfensteins Paranor wiederherstellte, was waren dann die Folgen, wenn die Magie, die die Festung verbannt hatte, auf ihn übertragen würde?

Wer auch immer den Grund und das Recht dazu hat, soll ihn zu seinem wahren, vorbestimmten Zweck verwenden.

Er selbst. Aber warum? Weil Allanon bestimmt hat, daß es so sei? Hatte Allanon die Wahrheit gesprochen? Oder nur einen Teil der Wahrheit? Oder spielte er wieder irgendwelche Spielchen? Was sollte Walker Boh glauben?

Er stand da, einsam und unentschlossen und furchtsam, und er fragte sich, was ihn dazu gebracht hatte. Er sah, daß seine Hand zu zittern begann.

Und dann durchbrach plötzlich das Gewisper in Strömen seine Abwehr und wurde zu Geschrei.

Nein!

Fast ohne zu denken hob er den schwarzen Elfenstein in die Höhe und öffnete die Hand.

Der Elfenstein entflammte sofort zu Leben; seine Magie kitzelte heftig auf seiner Haut. Schwarzes Licht – das Unlicht, die verschlingende Finsternis. *Wer auch immer.* Er sah, wie sich das Licht vor ihm sammelte, sich aus sich selbst aufbaute. *Den Grund und Recht dazu besitzt.* Der Rückschlag der Magie zischte durch ihn hindurch, zerfetzte Zweifel und Furcht, ließ Gewisper und Schreie verstummen, füllte ihn mit unvorstellbarer Macht. *Soll ihn zu seinem wahren, vorbestimmten Zweck verwenden.*

Jetzt!

Er ließ das schwarze Licht vorwärtsströmen, ein gewaltiger Tunnel grub sich durch die Luft, verschluckte alles auf seinem Weg, verschlang Substanz und Raum und Zeit. Es prallte gegen die Kuppe des kahlen Hügels, und Walker wurde zurückgeworfen, als habe ihn der Schlag einer unsichtbaren Faust getroffen. Aber er stürzte nicht. Die Magie zischte durch ihn hindurch, stützte ihn, umgab ihn mit einem Panzer. Das schwarze Licht breitete sich vor dem Himmel aus wie Malfarbe, stieg auf, verbreitete sich, schwenkte hierhin und dorthin, zerteilte sich selbst, als folge es Tunneln und Rinnen, durch die es fließen mußte. Es begann, Form anzunehmen. Walker rang nach Luft. Das Licht des schwarzen Elfensteins begann die Umrisse einer gewaltigen Festung herauszuätzen, ihre Wälle und Zinnen, Burgfriede und Türme. Mauern erhoben sich, und Tore zeichneten sich ab. Das Licht breitete sich über den Himmel aus, und das Sonnenlicht wurde verdeckt. Schatten fielen von der Burg, und er fühlte, wie er selbst darin verschwand.

Irgend etwas begann sich in ihm zu verändern. Er wurde ausgesaugt. Nein, er wurde eher aufgefüllt! Etwas, die Magie, strömte hindurch. *Die andere*, dachte er, schwach unter ihrem Aufprall, hilflos, und plötzlich erschrocken. Es war die Magie, die Paranor festgehalten hatte und nun in den Elfenstein gesaugt wurde.

Und in ihn.

Er knirschte mit den Zähnen, und sein Körper versteifte sich. *Ich werde nicht nachgeben.*

Das schwarze Licht durchflutete den leeren Raum des Bildes über der Hügelkuppe, färbte es, gab ihm zuerst Substanz und dann Leben – Paranor, die Druidenfeste, zurück in die Welt der Menschen gekommen, wiedergekehrt aus dem dunklen Halbraum, der sie während all der Jahre verborgen hatte. Sie erhob sich in den Himmel, riesig und abweisend. Der schwarze Elfenstein verblaßte in Walkers Hand. Das Unlicht wurde schwächer und verlosch.

Walker fiel auf die Knie, geschüttelt von Empfindungen, die er nicht benennen konnte, verstört durch die Magie, die er absorbiert hatte und die ihn durchströmte, als wäre es sein eigenes Blut. Er schloß die Augen und schlug sie langsam wieder auf. Er sah sich selbst in einem Dunst schimmern, der seine klaren Umrisse fortstahl. Ungläubig schaute er an sich hinunter, dann wurde ihm eiskalt. Er war nicht mehr wirklich da! Er war zu seinem Gespenst geworden!

Er verdrängte sein Entsetzen und stand wieder auf, seine Hand umklammerte noch immer den schwarzen Elfenstein. Er beobachtete sich selbst, als wäre er jemand anderes, beobachtete das Schimmern seines Körpers und seiner Glieder und die überlappenden Schattierungen, die den Anschein erweckten, er sei in einzelne Teile zerlegt. *Himmel, was ist mit mir geschehen!* Er taumelte vorwärts, stolperte den Hügel hinauf zu der Kuppe, weil er nicht wußte, was er sonst tun sollte. Er mußte Paranor erreichen. Er mußte hineingelangen.

Der Aufstieg war lang und mühsam, und als er die eisernen Tore der Festung erreichte, rang er nach Atem. Sein Körper bewegte sich als eine Fülle von Bildern, jedes ein bißchen außerhalb der anderen. Aber er konnte atmen wie ein normaler Mensch; und er konnte fühlen wie zuvor. Das machte ihm Mut, und er eilte durch Paranors Tore. Der Stein der Festung war nur allzu wirklich, hart und rauh anzufühlen – dennoch gleichzeitig auf eine Art abweisend, die er nicht sofort benennen konnte. Die Tore öffneten sich, als er sich dagegen lehnte, als besäße er die Kraft von tausend Männern und könnte alles bezwingen, das sich ihm entgegenstellte.

Vorsichtig trat er ein. Schatten hüllten ihn ein. Er stand in der Finsternis, und ein Wispern von Tod war überall.

Dann bewegte sich etwas im Dunkel, löste sich und nahm Gestalt an – eine vierbeinige Erscheinung, schwerfällig und bedrohlich. Es war eine Moorkatze, pechschwarz mit leuchtendgelben Augen, da und nicht da, genau wie Walker selbst.

Walker erstarrte. Die Moorkatze sah genauso aus wie…

Hinter der Katze kam ein Mann zum Vorschein, alt und gebeugt, ein durchscheinender Geist, der schimmerte. Als der Mann näher kam, wurden seine Züge erkennbar.

»Endlich bist du da, Walker«, flüsterte er mit eifriger, hohler Stimme.

Der Dunkle Onkel fühlte, wie sich die letzten Überreste seines Zwiespalts auflösten.

Der Mann war Cogline.

Der König vom Silberfluß stand in seinem Garten, seinem Heiligtum, und sah zu, wie die Sonne mit dem westlichen Horizont verschmolz. Ein klarer Bach plätscherte über die Felsen zu seinen Füßen in einen Teich, aus dem ein Einhorn trank; eine sanfte Brise strich durch das Jungfernhaar und trug den Duft von Flieder und Jonquillen herüber, die Bäume raschelten, ihre Blätter leuchteten grün, und Vögel sangen zufriedene Lieder zum Tagesende, während sie sich niederließen für die herannahende Nacht.

So soll es also jetzt sein.

Die Augen, die alles sehen können, hatten den Tod seines Kindes und die Transformation des Landes des Steinkönigs mitangesehen. Den Malmschlund gab es nicht mehr. Die Stadt Eldwist war wieder in die Erde gegangen, zu den Elementen geworden, aus denen sie geschaffen war, und das Land war wieder grün und fruchtbar. Die Magie seines Kindes war tief eingewurzelt, ein Fluß, der unsichtbar um die einsame Kuppel floß, in der Uhl Belk gefangen saß. Es würde lange dauern, bis sein Bruder wieder ans Licht kommen konnte.

Schillernde Libellen surrten an ihm vorbei und verschwanden im Abendlicht.

Anderswo ging der Kampf gegen die Schattenwesen weiter. Walker Boh hatte die Magie des schwarzen Elfensteins angerufen, wie Allanon ihm aufgetragen hatte, und die Druidenfeste war aus den Nebeln, die sie drei Jahrhunderte lang versteckt hatten, wieder aufgetaucht. Was, fragte sich der König vom Silberfluß, wird der Dunkle Onkel wohl von dem halten, was er dort vorfindet? Im Westen, wo einst die Elfen gelebt hatten, setzte Wren Ohmsford ihre Suche fort, um herauszufinden, was aus ihnen geworden war – und, wichtiger noch, auch wenn sie es noch nicht wußte, was aus ihr selbst werden würde. Sie hatte jetzt die Elfensteine, die ihr helfen würden; sie würde sie brauchen. Im Norden mühten sich die Brüder Par und Coll Ohmsford, zueinander zu finden und die Geheimnisse des Schwertes von Shannara und der Schattenwesenmagie zu lüften. Es gab jene, die helfen würden, und jene, die sie verraten würden, und alle die Räder des Glücks, die Allanon in Gang gesetzt hatte, konnten noch immer aufgehalten werden.

Der König vom Silberfluß stand auf, ließ sich in den Teich gleiten, genoß das kühle Naß und ließ sich eins werden mit dem Fließen. Dann stieg er heraus und wandelte über die Wege seines Gartens, zwischen Wacholderbüschen und Schierling hindurch auf ein Hügelchen mit Tausendgüldenkraut und Glockenblumen, deren Blütenblätter im Abendlicht goldene Ränder hatten. Dort blieb er wieder stehen und schaute in die jenseitige Welt hinaus.

Seine Tochter hatte ihre Sache gut gemacht, sinnierte er.

Aber der Gedanke war seltsam leer und trüb. Er hatte ein Elementarwesen hinausgeschickt, seinen Zielen zu dienen. Sie war nicht für ihn gewesen – eine Tocher nur dem Namen nach, ein Kind nur aufgrund der Benennung. Sie war nur eine begrenzte Realität, und er hatte nie die Absicht gehabt, sie irgend etwas anderes sein zu lassen.

Und doch vermißte er sie. Als er sie formte, als er ihr sein Leben einhauchte, war er ihr zu nah gekommen. Die menschlichen Gefühle, die sie füreinander gehabt hatten, würden nicht so schnell vergehen wie ihre menschliche Gestalt. Sie sollte ihm nichts bedeuten, jetzt, da sie fort war. Doch ihre Abwesenheit hinterließ eine Leere, die er nicht füllen zu können schien.

Quickening.

Ein Kind der Elemente und der Magie, sagte er sich. Er würde heute das gleiche wieder tun – aber vielleicht nicht so bereitwillig. Da war etwas in der Art der Geschöpfe der sterblichen Rassen, das über das Vergehen des Fleisches hinaus bestehen blieb und entzückte. Ein Nachhall ihrer Gefühle blieb. Er konnte noch immer ihre Stimme hören, ihr Gesicht sehen, die Berührung ihrer Finger spüren. Sie war fort, und doch war sie geblieben.

Warum war das so?

Er saß da, während die Dunkelheit ihn umfing, und wunderte sich über sich selbst.

Hier endet das Buch. Der Folgeband Die Elfenkönigin von Shannara *wird mehr von den Geheimnissen von Cogline und Paranor enthüllen und von Wren Ohmsfords Bemühungen berichten, herauszufinden, was aus den Westlandelfen geworden ist.*